Never Felt Like This Before

Never – Band 1

J. Moldenhauer

Für Mell und Marc.

Verlag:
Zeilenfluss
Implerstraße 24
81371 München
Deutschland

ISBN 978-3-96714-153-5

Texte: J. Moldenhauer
Covergestaltung: Grit Bomhauer
Lektorat/Korrektorat: Dr. Andreas Fischer
Satz: Zeilenfluss

NEVER *felt like this* BEFORE

New Adult Romance

J. Moldenhauer

ZEILENFLUSS

1. Scarlett

Das Smartphone in meiner Hand blinkte erneut. Eine Benachrichtigung von Snapchat ploppte auf, die ich ignorierte. Ich biss mir auf die Lippe, ließ den Finger über dem Button *Konto deaktivieren* schweben. Er zitterte leicht, als ich nacheinander Facebook, Twitter, Instagram und Snapchat öffnete und, ohne einen Gedanken zu verschwenden, auf den Button klickte. Mein Herz setzte aus, als die Bestätigung aufleuchtete und mir mitgeteilt wurde, dass man bedauere, dass ich meinen Account deaktiviert hatte.

Dann fing es an in meiner Brust zu pochen. Ich hatte es getan. Wie würden die Tausende von Followern auf mein unvorhergesehenes Aussteigen reagieren? Täglich hatte ich sie mit Informationen versorgt und jeden meiner Schritte veröffentlicht.

Ob sie überhaupt bemerken würden, dass ich die Accounts gelöscht hatte?

Der Bus bremste ab und die Sporttasche an meinen Füßen machte einen Satz nach vorne. Ich streckte den Arm aus und stützte mich an dem Sitz vor mir ab, während auf der Anzeigetafel die Haltestelle aufleuchtete, vor der ich mich fürchtete. Doch eine andere Wahl hatte ich nicht. Ich atmete tief durch, schulterte die Tasche und krallte mich daran fest, während ich durch den schmalen Gang des Busses lief. Die Türen glitten auf und eine angenehme Kühle empfing mich. Ich blieb auf dem Bürgersteig stehen, ließ den Blick über die umliegenden Häuser gleiten. Statt Rasensprengern schallte Musik durch die Nacht, die von der leichten Brise, die vom Meer kam, übertönt wurde. Ein sternenklarer Nachthimmel stand über mir und ein paar Leute rannten lachend durch die Straßen. Wahrscheinlich war es normal für eine Mittwochnacht in dieser Gegend, doch das Gefühl des Unbekannten übermannte mich. Traurigkeit stieg langsam in mir auf.

Ich kramte den kleinen zerknüllten und mittlerweile vergilbten Zettel aus der Tasche meiner Lederjacke und schaute mir erneut die Adresse an. Eigentlich war es unnötig, denn ich hatte in jeder freien Minute der letzten drei Wochen dieses Stück Papier angestarrt, wenn niemand hingeschaut hatte. Die Gedanken, die sich dabei in meinem Kopf festgesetzt hatten, hatte ich immer wieder verworfen. Trotzdem stand ich jetzt an dieser Bushaltestelle, irgendwo in San Diego.

Ich wusste nicht mal, ob diese dämliche Adresse noch aktuell war. Schließlich war der Zettel schon drei Jahre alt. Sollte gleich niemand öffnen oder jemand Unbekanntes, war ich ehrlich gesagt ziemlich am Arsch. Statt einer harten Couch oder einer Luftmatratze würde mir dann nur die Parkbank bleiben, die ich mir bestimmt teilen musste. Kein sehr angenehmer Gedanke, wenn ich ehrlich war.

Obwohl es dunkel war, kannte ich den Weg. Zu oft hatte ich ihn bei Google eingegeben, um sicherzugehen, dass ich mich nicht verirren würde.

Mit jedem Schritt, den ich machte, schien mein Herzschlag sich zu beschleunigen. Die Hände wurden feucht. Ein Schweißfilm bildete sich auf meiner Stirn, von dem ich nicht sagen konnte, ob er durch Angst oder Anstrengung hervorgerufen wurde.

Und ehe ich mich versah, tauchte das Haus vor meinen Augen auf. Es stand eingeklemmt zwischen zwei dunkelgrauen Gebäuden, die ihm jedoch nur bis knapp zur halben Höhe reichten. Ein wenig erweckte es den Eindruck, als hätte man es links und rechts so zusammengedrückt, dass es länger wurde. Die Fassade war weiß gestrichen und an einzelnen Ecken blätterte Putz ab. An der Seite in einer schmalen Gasse hing eine Feuerleiter, die bereits Rostspuren hatte. Ich betrachtete die erleuchteten Fenster, die mich erst aufatmen ließen, ehe sich ein gigantischer Kloß in meinem Hals bildete.

Meine Handflächen hatten sich mittlerweile in eine Art See verwandelt und in meinen Augen stand bestimmt die pure Panik. Irgendwie musste ich es trotzdem hinbekommen gleich nicht in Tränen auszubrechen und mich auf den Boden zu werfen.

Eine kleine Gruppe an Menschen verließ das Gebäude, als ich eintreten wollte. Sie bemerkten nicht einmal, dass ich danebenstand und die Tür aufhielt. Drei Leute hingen sich jaulend in den Armen und zwei weitere kicherten wie wild. Einen Moment schaute ich dem Grüppchen hinterher, das so glücklich und sorglos schien. Wie gern würde ich auch so lachen können.

Der Kloß in meinem Hals nahm noch mal um gute fünf Zentimeter zu und ich beschloss, dass es keinen Sinn hatte, hier zu stehen und dem tollen Leben anderer nachzutrauern. Eine Sekunde schloss ich die Augen und versuchte mich zu beruhigen, doch mein Herz hatte sich dem Takt einer Stepptanzgruppe angeglichen und ignorierte jede meiner Anweisungen.

Das Licht im Treppenhaus war noch an und flackerte leicht. Die grauen Fliesen waren an manchen Stellen zersprungen und ich wunderte mich, dass die hellen Wände nicht beschmiert waren. Das Metallgeländer schien relativ neu zu sein und glänzte noch sanft im Licht der Lampe.

Mit einem Klacken fiel die Tür hinter mir ins Schloss und ich zuckte kurz zusammen. Für ein paar Sekunden haftete mein Blick darauf, ehe ich die Treppen hochstieg und in jeder Etage Halt machte, um auf das Namensschild zu schauen. Ich ließ mir mehr Zeit, als ich gebraucht hätte, doch mein Magen rebellierte jedes Mal, wenn meine Augen die Namen auf dem Klingelschild streiften. Daher fand ich es völlig legitim, ihm nach jedem Schock eine Verschnaufpause zu gewähren, um nicht direkt in den Flur zu kotzen.

Und dann, als ich die oberste Etage erreichte, schon beinah die Hoffnung aufgeben wollte, sah ich es.

Moore.

Jemand hatte es mit einem Kuli auf ein dünnes Blatt Papier geschmiegt. Daneben stand ein weiterer Name, doch diesem konnte ich keinerlei Beachtung schenken. Mein Herz war gerade unter meine Schuhsohle gekrochen, während mein Magen vom Trecker überrollt wurde. Ich versuchte den Kloß in meinem Hals, der mittlerweile die Ausmaße eines großen Findlings angenommen hatte, herunterzuschlucken und betete, dass mein Bauch das überlebte.

Da war ich.

Vor der Tür.

Ich musste nur noch klingeln.

Verflucht.

Ich schloss kurz die Augen, zwang mich, das letzte bisschen Mut und Stolz, das ich besaß, zusammenzukratzen, und stellte mich gerade hin. Meine Beine zitterten leicht, ebenso wie meine Finger, die über der Klingel schwebten.

Der Drang, umzudrehen und wegzurennen, wuchs ins Unermessliche, doch es war völlig bescheuert. Schließlich war das hier schon meine Zuflucht. Es gab keinen anderen Ort, an den ich fliehen könnte. Zumindest nicht in den nächsten Tagen, außer auf die besagte Parkbank. Und auch wenn diese sich bestimmt sehr über meine Anwesenheit freuen würde, wollte ich dort nicht hin.

Also drückte ich mit dem ausgestreckten Zeigefinger auf den kleinen Knopf und hoffte, dass jemand da war. Mit jeder Sekunde, in der sich nichts regte, wuchs das Unbehagen in mir und Zweifel breiteten sich aus.

Es war bereits nach Mitternacht. Vielleicht war niemand zuhause? Oder gar wer anders wohnte hier mit demselben Namen? Was sollte ich tun, wenn ich wirklich auf die Parkbank musste? Ob ich irgendwie die neue Adresse herausbekommen konnte?

Mit einem Mal wurde die Tür aufgerissen und schallendes Gelächter hallte durch das leere Treppenhaus.

Das Gesicht vor mir war von Lachfalten geprägt und das Vertraute ließ den Ballon in meinem Magen platzen. Er war hier. Ein schmales Lächeln huschte über meine Lippen. In den graublauen Augen, die meinen so ähnlich sahen, stand der Schalk und das schiefe Grinsen, das auf seinen Lippen lag, trieb mir beinah die Tränen in die Augen.

Aber nur beinah.

Denn in dem Moment, als er sich umdrehte und mich ansah, erkannte, wer ich war, verschwand alles. Seine Augen weiteten sich einen Wimpernschlag lang vor Überraschung, ehe eine starre Maske sich über sein Gesicht legte. Er betrachtete meine Nikes, die zerrissene Jeans, den zerschlissenen Lederrucksack und schließlich das schwarze T-Shirt und die Lederjacke, in der ich steckte. Als er meine platinblonden Haare sah, die zu einem Dutt geknotet waren, rümpfte er kaum merklich die Nase.

Und dann bemerkte er sie.

Die blöde Sporttasche, die ich in der Hand hielt. Abschätzig wanderte sein Blick zwischen meinem Gesicht und der Tasche hin und her.

»Was willst du hier?« Seine Stimme triefte vor Gleichgültigkeit und ich konnte spüren, wie die Temperatur um zehn Grad sank.

Hatte ich eben noch gedacht, dass ich losheulen würde, so war nun genau das Gegenteil der Fall. Nichts in mir wollte weinen, nachdem ich seine Stimme und seinen Blick bemerkt hatte. Stattdessen hätte ich ihm am liebsten eine reingewürgt, aber das wäre gerade nicht zu meinem Vorteil gewesen.

Ich biss die Zähne zusammen, erwiderte den abfälligen Blick und reckte das Kinn in die Höhe.

»Ich brauche eine Bleibe, bis ich eine Wohnung gefunden habe«, ließ ich ihn wissen. Es hatte keinen Zweck, das hier langsam anzugehen und zu versuchen eine innige Beziehung aufzubauen. Das würde wahrscheinlich nie wieder funktionieren, warum sollte ich also um den heißen Brei reden?

»Ich dachte, du hast eine *hübsche* Wohnung.« Seine Nase kräuselte sich bei dem Satz. Ich holte tief Luft und versuchte die aufkochende Wut zu unterdrücken.

»Kann ich ein paar Tage bleiben, oder nicht?«, fragte ich, anstatt auf seine Provokation einzugehen. Sein Kiefer verspannte sich, ehe er die Tür ein Stück weiter öffnete und zur Seite trat.

Ich schluckte schwer, trat mit Tasche und aufrechtem Gang ein und fand mich in einem schmalen Flur wieder. An der Garderobe hingen ein paar Jacken und Schuhe waren unordentlich daruntergestellt worden.

»Ethan, wie lange dauert das mit der blöden Pizza?«, rief jemand. Die Tür wurde hinter mir geschlossen, dann drängte sich Ethan an mir vorbei und deutete im Gehen auf eine Tür.

»Hier ist das Badezimmer. Sofa steht im Wohnzimmer.« Er würdigte mich keines Blickes und es kostete mich Mühe, mich nicht noch beschissener zu fühlen. Mein Selbstvertrauen klebte bestimmt an irgendeinem Kaugummi, auf das ich auf dem Hinweg getreten war. »Kommt, wir gehen«, hörte ich ihn sagen und ein seltsames Gemurmel machte die Runde.

Sie würden mich gleich alle sehen. Jeder von ihnen. Also war es egal, ob ich mich im Badezimmer zu verstecken versuchte oder hinter ihm herstolzierte und die abwertenden und urteilenden Blicke über mich ergehen ließ.

War für mich schließlich nichts Neues.

»Was…?«, hatte jemand angesetzt, als ich den Raum betrat. Doch es wurde augenblicklich still, was wahrscheinlich daran lag, dass Ethan aussah, als wollte er jeden erschlagen, der auch nur ein falsches Wort von sich gab.

»Darf ich vorstellen«, er machte eine abfällige Handbewegung und ein höhnisches Lächeln huschte über seine Lippen. »Meine bezaubernde, kleine Schwester *Scarlett.*«

Ich wollte nicht, dass es so wehtat. Immerhin hatte ich damit gerechnet, dass er nicht erfreut sein würde mich zu sehen. Doch die Art, wie er meinen Namen aussprach, versetzte mir einen ziemlich unangenehmen Stich mitten ins Herz. Der Wunsch, heulend in eine Ecke zu verschwinden, kam in mir auf, doch ich ließ meine Maske nicht fallen. Anstelle der Option *Zusammenbrechen* entschied ich mich für *Miststück.*

Ich verdrehte genervt die Augen und schenkte ihm ein falsches Lächeln.

»Vielen Dank für die nette Vorstellung, *Ethan*«, erwiderte ich und ließ meine Tasche auf den Boden knallen. »Freut mich auch dich wiederzusehen. Ist ja schon eine Weile her.«

»Leider nicht lang genug«, murrte er und schnappte sich ein Bier vom Tisch. »Wir gehen.« Es war keine Frage, die er in die Runde geschleudert hatte. Die Leute im Raum warfen einander fragende Blicke zu, doch keiner von ihnen sagte etwas. Jeder griff nach seinem Getränk und dann huschten alle hinaus. Nur einer blieb einen Moment länger sitzen und starrte Ethan eindringlich an.

»Beweg dich, Zac«, zischte mein Bruder.

Ich nahm den Unbekannten, der scheinbar an Streit mit meinem Bruder interessiert war, in Augenschein. Sein hellbraunes Haar war an den Seiten kurzgeschoren und auf dem Kopf etwas länger. Es lag unordentlich und stand teilweise etwas ab. Über seinen Oberkörper spannte sich ein schwarzes T-Shirt, das einen Blick auf die trainierten Arme freigab, wie man sie auf dem Bau oder einer Farm bekam. Seine Augen wanderten zu mir, blieben an meinem harten Gesichtsausdruck hängen. Ich presste die Lippen noch etwas fester zusammen und hielt seinen bohrenden Blick aus.

Dann stand er auf, griff dabei nach seinem Bier und leerte es. Mein Bruder gab einen genervten Laut von sich, während der Typ die Flasche abstellte und langsam auf uns zuschlenderte. Er steckte die Hände in die Taschen seiner dunkelblauen Jeans, und gerade als ich erleichtert ausatmen wollte, dass der Letzte sich verpisste, blieb er stehen.

Zwischen mir und meinem Bruder.

Langsam wandte ich mich ihm zu. Er fixierte mich und schien über irgendetwas nachzudenken. Die Luft war zum Zerreißen gespannt, und so rot wie Ethans Kopf war, drohte er jeden Moment zu explodieren.

Er hatte braune Augen, die mit kleinen grünen Tupfen gesprenkelt waren. Sogar das konnte ich erkennen, weil er so nah war. Ich presste die Lippen zusammen und betrachtete den Idioten missbilligend.

Es fühlte sich an, als würden wir dort Stunden stehen, dabei waren es wahrscheinlich nur Sekunden. Dann, ohne Vorwarnung, riss er den Blick los und schlenderte aus der Wohnung, dicht gefolgt von meinem Bruder, der wortlos, aber geräuschvoll die Tür zuzog. Bei dem Knall zuckte ich zusammen.

Dann war es still.

So mucksmäuschenstill wie ich es nie im Leben erwartet hätte. Nur das Summen der Lampen und mein Atem schienen gegenwärtig zu sein. Ich ballte die Hände zu Fäusten und holte tief Luft.

Ich war hier.

Auch wenn die Begrüßung nicht herzlich ausgefallen war, war es besser als erwartet. Meine Lungen setzten aus, als mir bewusst wurde, was in den letzten Stunden geschehen war. Ich hatte meine Zelte abgebrochen, wahrscheinlich meine glorreiche Zukunft in den Sand gesetzt, meine Freunde verloren, wusste nicht wirklich weiter und war blank. Und doch war da ein kleines Gefühl, das sich an die Oberfläche kämpfte, neben dem Schock und der Angst präsent wurde.

Erleichterung.

Ich hatte es wirklich getan. Mich wirklich getraut.

Da schmeckte ich es. Eine salzige Träne, die sich in meinen Mundwinkel verfangen hatte. Ein leises Schluchzen entrang sich meiner Kehle und dann gaben meine Beine nach. Ich sackte zu Boden, versuchte mir zu verbieten zu weinen, doch die Tränen kamen einfach. Sie liefen erbarmungslos über meine Wangen und der Raum wurde von meinem Keuchen erfüllt, das jedes weitere Geräusch übertönte. Unter anderem die Tür, die jemand aufschloss, und auch die Schritte. Erst als ich durch den Tränenschleier Schuhe sah und ein leises *Oh Shit* hörte, wusste ich, dass jemand vor mir stand. Dieser Jemand sagte jedoch nichts weiter. Er legte mir eine Decke um die Schultern und drückte mir Taschentücher in die Hand.

»Oh Gott. Ich muss dem echt den Arsch aufreißen«, vernahm ich eine leise Frauenstimme und sie tätschelte mir unbeholfen den Rücken, ehe sie aufstand und mit schnellen Schritten verschwand.

Ein weiteres Mal hörte ich, wie die Tür ins Schloss fiel, und blieb zurück. Das Smartphone in meiner Jackentasche vibrierte und mit zittrigen Händen zog ich es heraus.

Chad.

Ich starrte den Namen an, lauschte dem Klingelton, bis es aufhörte. Dann schaltete ich das Internet und das GPS aus, löschte alle Apps, die noch auf dem doofen Ding waren, fing an, Namen aus meinem Telefonbuch zu schmeißen. Bei jedem einzelnen versiegten meine Tränen etwas mehr, als würde ich die schlechten Gedanken gleichzeitig löschen.

Am Ende blieb genau einer übrig, von dem ich nicht wusste, ob die Nummer noch stimmte.

Ethan.

Und selbst der konnte mich nicht anschauen.

2. Scarlett

Das Meer war am frühen Morgen unfassbar schön. Die Wellen wogten sacht mit dem Wind und das Rauschen der Gischt glich einem zärtlichen Flüstern. Am Himmel stand eine schmale Mondsichel und kein Mensch hatte sich hierher verirrt. Vom Pier drangen hin und wieder Gelächter und Stimmen, doch die verschwanden mit dem Wind, als würde er sie von mir fernhalten wollen.

Der Sand knirschte zwischen meinen Zehen und ich zog die Beine noch etwas enger an meine Brust. Drei Stunden hatte ich schlafen können. Dann hatten die Sorgen mich überfallen und nicht mehr losgelassen. Ich hatte meine Schuhe angezogen, meinen kleinen Rucksack geschnappt und war losgelaufen. Quer durch die Stadt an Straßen und Bars vorbei. Rastlos hatten meine Gedanken mich umhergetrieben, bis ich das Rauschen des Meeres gehört hatte.

In meinem Kopf war ein heilloses Durcheinander gewesen. Erst als ich mich gesetzt hatte, war es ruhiger geworden und ich hatte durchatmen können.

Ich brauchte Lösungen für einen Haufen Probleme.

Zum einen war da meine ungewisse Zukunft, wofür ich allerdings schon vor zwei Wochen eine potentielle Lösung gefunden hatte, die sich in Form einer klitzekleinen Visitenkarte äußerte. Ich starrte auf den Namen *Carol Miller,* neben dem eine Telefonnummer stand. Oben drüber prangte *New School of Architecture and Design* und ich biss mir auf die Unterlippe. Sie hatte es mir angeboten. Vor Monaten. Und Chad hatte die Augen verdreht und gesagt, ich solle das blöde Ding wegschmeißen. Heimlich war es in meinem Portemonnaie gelandet und nun schien es ein kleiner Rettungsanker zu sein, der die Aussicht auf den kommenden Tag nicht komplett schwarz färbte. Es handelte sich jetzt nur noch um ein sehr, sehr dunkles Grau.

Punkt zwei auf meiner Liste war Geld. Ich brauchte – sollte alles klappen – ganz dringend einen Job. Irgendwie musste ich das Studium schließlich finanzieren und die Wohnung oder das Zimmer auch.

Damit waren wir beim dritten Punkt angelangt.

Die Wohnung.

Es war kurz vor Semesterbeginn und ein halbwegs vernünftiges Zimmer in einer WG war nur sehr schwer zu bekommen. Mal abgesehen davon, dass manche komplett überteuert waren, musste ich erst mal einen Job kriegen, was den viel größeren Haken an meinem Plan ausmachte.

Ich hatte absolut keine Erfahrung. Jeder bescheuerte Student konnte kellnern, an der Kasse sitzen oder Zeitung austeilen. Ich hatte nicht eines dieser Dinge jemals gemacht, weil es nie in Frage gekommen und nie nötig gewesen war. Nur war es ohne Erfahrung nicht besonders leicht einen Job zu bekommen.

Ich legte den Kopf in die Hände und atmete tief durch.

Mein Leben war ein einziger Scherbenhaufen und ich hatte das Gefühl zu fallen. Auch wenn ich mir einen Notfallplan nach dem anderen bastelte, so sollte mein Leben nicht aus Notfällen bestehen.

Ich wollte etwas tun, das mir Spaß machte, und vor allem wollte ich Freunde. Und wenn es nur einer gewesen wäre, der mir zuhörte. Alles wäre mir recht gewesen. Nur wollte ich nicht mehr dieses erdrückende Gefühl von Einsamkeit auf meiner Brust spüren, das mich jedes Mal auffraß, sobald eine Truppe lachender Leute an mir vorbeilief.

Der Zwang, nach dem Telefon zu greifen, Fremden mitzuteilen, was in meinem Kopf vorging, hatte in der Sekunde nachgelassen, als ich die Apps gelöscht hatte. Auf dem Weg durch die Stadt war ich an einigen Pommesbuden vorbeigekommen und mir war klargeworden, dass ich essen konnte, was ich wollte. Niemand, der mich kontrollierte, mir böse Blicke zuwarf oder einen Kalorienwettstreit anzettelte.

Ein erster Sonnenstrahl bahnte sich den Weg über den Horizont, tauchte den schwarzen Himmel in einen rosa schimmernden Farbtopf. Ich holte tief Luft, starrte auf das Lichtspiel, während um mich herum die Stadt zum Leben erwachte, als hätte es diese Nacht nie gegeben.

Alles ging einfach weiter.

Ich war nervös und hatte gigantische Ringe unter den Augen. Um ehrlich zu sein, sah ich absolut beschissen aus. Zu groß war die Angst gewesen, wieder in die Wohnung zu gehen, eventuell mit Fragen bombardiert zu werden, auf die ich noch keine Antwort hatte. So hatte ich bis halb sieben am Strand gesessen, ein wenig gefroren und war direkt zur Uni gefahren. Zwei Stunden hatte ich gewartet, bis ich reinkonnte, und weitere anderthalb, bis eine Mitarbeiterin kam, die mich in das Büro von Carol Miller brachte. Genau diese beschissene Nacht und Warterei sah man mir an.

Ich ließ den Blick über ein paar Modelle und Bücher schweifen. Eigentlich hätte ich die Titel lesen können, doch meine Augen suchten so schnell den Raum ab, dass sie nichts wirklich zu fassen bekamen. Mit den Händen umklammerte ich die Armlehne, die aus dünnem Metall bestand.

Das hier war meine große Chance und vielleicht auch die einzige, die ich hatte.

»Es war eine ziemliche Überraschung, als meine Mitarbeiterin mir gesagt hat, dass du hier auf mich wartest, Scarlett.« Ich wirbelte verdutzt herum und entdeckte eine große, schlanke Frau, die eine Holztür hinter sich schloss. Ihr herzliches Lächeln strahlte mir entgegen und ich versuchte es so gut und ehrlich zu erwidern, wie ich konnte.

Nicht den gekünstelten Mist, den ich gewohnt war, aufzusetzen.

Mit zwei großen Schritten kam sie auf mich zu und ich erhob mich eilig, schüttelte schon fast energisch ihre Hand. »Es freut mich riesig, dass Sie überhaupt Zeit für mich finden«, sagte ich mit einem etwas schüchternen Lächeln, versuchte den Blickkontakt zu halten, obwohl es mir Angst machte.

»Mich freut es dich zu sehen. Also setz dich doch«, wies sie mich mit einer kleinen Handbewegung an. Ich nickte hastig und glitt wieder auf den Stuhl, während Carol Miller um den Schreibtisch ging und Platz nahm. Der schwarze, kurze Bob erinnerte mich an eine Lehrerin. Die knallroten Lippen änderten nichts an der Autorität, die plötzlich von ihr ausging. Das Gefühl, im Büro des Schuldirektors zu sitzen, der über meine Zukunft bestimmte, überfiel mich. Ironischerweise war es so ähnlich. Nur dass es sich hier nicht um einen Direktor, sondern um die Dekanin des Fachbereiches Architektur an der Universität handelte, an der ich studieren wollte.

»Also, was treibt dich so früh morgens in mein Büro?« Sie schlug die Beine übereinander und legte den Kopf leicht schief. In ihren Augen konnte ich erkennen, dass sie es bereits wusste. Dennoch schien sie sehen zu wollen, dass ich die Eier in der Hose hatte, ihr das mittzuteilen.

Ich knetete die Hände unter dem Tisch, bemerkte die Sonne, die sich in den Bildern in ihrem Büro spiegelte und tanzende Lichtpunkte auf die Wand warf.

»Sie hatten mir damals angeboten zu vermitteln, wenn ich mich doch entscheiden würde Architektur zu studieren«, sagte ich langsam, rutschte ein Stück auf dem Stuhl nach vorne. »Ich weiß, dass das Semester bereits in zwei Wochen beginnt, aber ich hatte wirklich gehofft, dass Sie mir helfen könnten.«

»Woher kommt der Sinneswandel? Chad hatte mir damals deutlich gemacht, dass du nicht interessiert bist?«, erklärte sie nüchtern, stützte sich auf ihren Ellenbogen ab und legte den Kopf leicht schief.

Ich holte tief Luft, dachte an das Gespräch, das mein wundervoller Exfreund sich unter den Nagel gerissen hatte.

»Richtig. Chad hat das damals gesagt«, gab ich zu. »Das war nicht ich. *Ich* sitze hier und bitte um einen Einstellungstest oder irgendetwas in der Art.« Ich setzte mich gerade hin. »Ich bitte Sie nur um eine Chance.« Der flehende Unterton hatte nicht in meiner Stimme sein sollen, doch er war einfach aufgetaucht.

Noch erbärmlicher ging es fast nicht.

Carol Millers Lippen verzogen sich ein Stück und ein mitleidiger Ausdruck trat in ihre Augen. Sie strich sich mit dem Zeigefinger über das Kinn, betrachtete mich eingehend. Es ging mir unter die Haut und es kostete mich enorme Kraft, das freundliche Gesicht beizubehalten.

»Ich nehme an, du hast deine Zeugnisse dabei?«, durchbrach sie irgendwann die Stille und kramte etwas aus einer Schublade. Erleichtert sackte ich etwas in mich zusammen und nickte eifrig. »Wir haben heute Nachmittag eine Sitzung und ich werde mal schauen, ob ich was regeln kann. Voraussetzung ist natürlich, dass deine Zeugnisse gut sind, aber davon gehe ich ehrlich gesagt aus.« Viel zu umständlich riss ich die Zettel aus dem zerschlissenen Lederrucksack, den ich bei mir hatte.

»Ich wäre Ihnen unendlich dankbar«, murmelte ich und schob ihr die Mappe mit Skizzen und Zeugnissen herüber.

»Könntest du meiner Mitarbeiterin deine Daten geben, damit ich dich erreichen kann?«, bat sie mich und reichte mir den Zettel, den sie soeben rausgesucht hatte.

»Natürlich.« Ich stand mit ihr zusammen auf und streckte ihr erneut die Hand hin. Meine Augen mussten vor Dankbarkeit nur so triefen und vielleicht war dieser Ausdruck auch der Grund für das Lächeln.

»Bis bald, Scarlett. Es war schön dich wiederzusehen.« Ich glaubte ihr. Bestimmt ratterte sie diese Phrase tausende Male am Tag runter. Aber das Lächeln, das ihre Augen erreichte, ließ mich glauben, dass sie es wirklich ernst meinte. Sie drehte sich um und mir fiel ein kleiner Stein vom Herzen.

Na ja.

Fast.

»Oh, Mrs. Miller?« Die Frau, die ganz in Schwarz gekleidet war, machte an der Tür Halt und blickte mich fragend an. Ich biss mir kurz auf die Lippe, überlegte, ob es eine gute Idee war, und entschloss mich bei ihrem Anblick für ein klares Ja. »Sollte Chad Sie anrufen«, setzte ich an, wartete ihre Reaktion ab, doch nichts geschah, »es wäre nett, wenn Sie ihm nichts hiervon erzählen würden.«

Und da war es plötzlich. Ein Lächeln, so breit und wissend, dass es mich irgendwie aus der Bahn warf.

»Das werde ich garantiert nicht.«

Mit diesen Worten ließ sie mich zurück. Und ich? Ja, von meinen Schultern lösten sich das erste Mal seit Wochen Gewichte, die ungebremst auf den Boden knallten und zerbrachen. Selbst wenn es nicht klappen würde, ich hatte es versucht.

Es war das erste Mal seit Jahren, dass ich etwas alleine geschafft hatte – zumindest hatte ich den Weg und das Gespräch alleine getätigt –, und das löste wirklich so etwas wie ein Glücksgefühl in mir aus. Wenn auch nur ein kleines. Es war immerhin der erste Schritt in die richtige Richtung.

Die Stufen, die mich gestern enorm Kraft gekostet hatten, konnte ich nun mit Leichtigkeit nehmen. Selbst die Tatsache, dass dort oben mein Bruder mit grimmigem Blick wartete, konnte das Glücksgefühl nicht vertreiben. Ein kleiner Funken Hoffnung regte sich in meiner Brust, dass er sich für mich freuen würde. Und mit freuen meinte ich ein stummes Nicken.

Mehr konnte ich nach dem, was alles passiert war, nicht erwarten.

Die schnellen Schritte hallten an den Wänden des Treppenhauses wider. Sonnenstrahlen fielen durch die schmalen Fensterschlitze, trafen auf das metallene Geländer, das an manchen Stellen anfing zu funkeln. Ich nahm scharf eine Kurve und geriet ins Schlittern. Das Profil meiner Schuhe war abgenutzt und ich unterdrückte ein erschrockenes Fiepen, klammerte mich an der Metallstange neben mir fest.

»Nicht so stürmisch«, erklang eine lachende Stimme, die mir sehr bekannt vorkam. Ich hob den Blick und fand eine junge Frau vor. Ihre dunkelbraunen Locken fielen sanft über ihre Schulter und ein erfreutes Lächeln umspielte ihre Lippen.

Diese Stimme…

Sie hatte mich gestern gesehen.

Meine Wangen nahmen einen rötlichen Stich an und ich schaute auf meine Schuhspitzen.

»Ich habe ihnen nichts erzählt.« Ich blinzelte einige Male, bis ihre Worte zu mir durchdrangen.

»Nicht?«, hörte ich mich krächzen, woraufhin sie den Kopf schüttelte. Ihre dunklen Locken wippten dabei auf und ab.

»Ich gebe zu, dass ich ihm erst die Hammelbeine langziehen wollte, aber irgendwie wirktest du nicht so aus, als sollte dich jemand sehen.«

Ich starrte in ihre goldbraunen Augen, die mich an einen treuen Labrador erinnerten, und eine plötzliche Welle der Dankbarkeit überkam mich.

»Es ist übrigens keiner von ihnen da. Also hättest du die Möglichkeit, hier vor der Tür im Hausflur zu sitzen«, erklärte sie mit einer lustlosen Handbewegung, »oder du begleitest mich und ich zeige dir, wo sie sich verstecken.«

Ich schaute auf die alten Fliesen, die nicht sehr einladend aussahen, und runzelte die Stirn. Sollte das mit dem Studienplatz klappen, sollte ich mich hier auskennen, und auch wenn die zahlreichen Besichtigungen nicht besonders vielversprechend verlaufen waren, glaubte ich, dass ich etwas finden würde. Außerdem war da dieser kleine Funken in meiner Brust, der Ethan unbedingt vom eventuellen Studienplatz erzählen wollte.

»Ich denke, ich würde das mit dem Begleiten mal testen«, stimmte ich zu, was ihr Strahlen noch breiter werden ließ.

»Wahnsinn. Dann habe ich tatsächlich ganze fünf Minuten Zeit, um die kleine Schwester von Ethan auszuquetschen!« Sie schloss die Tür ab, vor der sie stand. Langsam drehte sie sich um, musterte mich einen Moment, was mich unbehaglich von dem einen auf den anderen Fuß treten ließ. »Ich bin übrigens Kayla.« Sie reichte mir ihre Hand, die ich kurz nahm.

»Scarlett, aber das weißt du wahrscheinlich.«

»Ja, das habe ich gestern mitbekommen«, antwortete sie und schnitt eine Grimasse. »War nicht besonders nett von ihm, dich so stehen zu lassen.«

Ich biss mir schmerzhaft auf die Unterlippe. Nett war es nicht gewesen, aber durchaus verdient.

Wir setzten uns in Bewegung und ich hielt mich an dem kühlen Geländer fest. Aus dem Augenwinkel betrachtete ich Kayla, die in aller Ruhe die Treppenstufen hinabstieg. Etwas an ihr gab mir das Gefühl, dass sie sehr hartnäckig sein konnte. Und wenn das der Fall war, dann brachte es wahrscheinlich nichts, zu lügen. Außerdem hatte gestern sowieso jeder gespürt, dass das Verhältnis zwischen Ethan und mir dezent angeschlagen war.

Und ich brauchte dringend jemanden, mit dem ich reden konnte.

Wenigstens ein paar Worte.

»Ehrlich gesagt, hätte ich mich gar nicht erst reingelassen.« Überrascht drehte sie sich um und hielt mir die Haustür auf. Ich schenkte ihr ein halbes Lächeln. »Verrat ihm nicht, dass ich das gesagt habe.«

Wir traten in den Sonnenuntergang und man konnte den Staub, der durch die Luft wirbelte, im Licht tanzen sehen. Fahrradfahrer sausten über den trockenen Asphalt und das Geräusch eines Rasensprengers drang an meine Ohren.

»Ich nehme an, dass zwischen euch etwas vorgefallen ist, über das du nicht reden willst?«, hakte sie vorsichtig nach.

»Nicht wirklich.«

Einen Moment lief ich schweigend neben Kayla her und hatte schon Angst, dass ich sie nervte, als sie sich zu Wort meldete.

»Was hat dich eigentlich nach San Diego in die Arme deines grimmigen Bruders verschlagen?«

»Würde es dir reichen, wenn ich dir sage, dass ich eine Art Erleuchtung hatte?«, wollte ich wissen, warf ihr einen knappen Blick von der Seite zu. Nachdenklich runzelte sie die Stirn, ehe sie langsam nickte.

»Wäre ein Anfang. Was machst du denn hier? Also Studium oder arbeiten?« Ich spürte den fragenden Blick von der Seite, verschränkte etwas unbeholfen die Hände vor dem Bauch.

»Ich würde gerne Architektur studieren, habe aber leider noch keine Ahnung, ob das klappt. Und du?«

Etwas lag ihr auf der Zunge. Ich konnte sehen, wie sich ihre Stirn kräuselte und sie den Gedanken verwarf, der ihr durch den Kopf gesaust war.

»Ich studiere Kommunikationswissenschaften an der *San Diego University*. Da habe ich deinen Bruder auch kennengelernt«, erklärte sie. »Später möchte ich eigentlich ins Marketing oder in den Journalismus.«

»Klingt nach einem Plan«, stellte ich fest, schaute mit schlechtem Gewissen auf den Boden.

»Ehrlich gesagt, habe ich keinen Schimmer, ob das alles hinhaut«, erklärte sie amüsiert und legte den Kopf in den Nacken, um in den Himmel zu schauen. »Und wenn nicht, geht irgendwo eine andere Tür auf«, sagte sie achselzuckend und bog in eine kleine Gasse ein, an der ich vorbeigelaufen wäre. »Darf ich vorstellen? Rooster.« Sie machte eine ausfallende Handbewegung und deutete auf ein Schild, das über einer alten Tür prangte. Darauf zu sehen waren der Name und ein rennender Hahn.

Irgendwo hatte ich diesen Namen schon einmal gehört.

Nur konnte ich mich nicht dran erinnern, wo.

»Arbeitest du hier?«, wollte ich wissen.

»Ja, ich habe schon mit neunzehn hier angefangen. Ich weiß, eigentlich nicht erlaubt, aber dank eines gefälschten Ausweises und einer guten Beziehung zum Chef war das alles kein Problem.« Sie drehte sich beim Eintreten um. »Bist du noch keine einundzwanzig?«

Ich blieb stehen und schüttelte zaghaft den Kopf. »Wahrscheinlich ist es dann besser, wenn ich draußen bleibe. Nicht, dass…«

»Ach, Schwachsinn. Dem macht das nichts aus, glaub mir.«

»Bist du dir sicher? Nicht, dass dein Chef Zicken macht.« Doch statt einer Antwort ging Kayla einfach rein und ließ mir keine andere Wahl als ihr zu folgen.

Ich fand mich in einem weiten Raum wieder, in dem eine Menge Tische standen. Von außen hätte man diese Größe nie vermutet und auch nicht, dass der Schuppen ziemlich modern eingerichtet war. Der Geruch nach Holz hing in der Luft, mischte sich mit einer Note Bourbon. Durch die schmalen Fenster fiel grelles Licht auf den abgenutzten Holzboden, der Spuren von vergangenen Tagen trug.

»Schaut mal, wen ich vor eurer Treppe abgefangen habe«, hörte ich sie laut rumtönen und riss meinen Blick von den Möbeln los.

Ich entdeckte meinen Bruder, der gerade eine Flasche einräumte, mir über die Schulter einen Blick zuwarf und sich dann wieder wegdrehte. Ein kleiner blöder Stich durchzog meinen Magen, doch ich reckte das Kinn erneut in die Höhe und ging zu Kayla. Die warf wie selbstverständlich ihre Jacke über den Tresen und nahm auf dem Barhocker Platz. Ein wenig unschlüssig blieb ich neben ihr stehen, sah Ethan dabei zu, wie er einen Pappkarton zerlegte.

»Ich dachte, du wärst weg.«

Natürlich. Was hätte er auch sonst sagen sollen.

»Tut mir leid, aber so schnell geht das mit einer Wohnung, einem Job und dem Studienplatz nicht«, gab ich bissig zurück, spürte einen unerträglichen Schmerz aufsteigen.

Doch anstatt zu schnauben oder einen grimmigen Laut von sich zu geben, hob er den Kopf und in seinen Augen blitzte Verwunderung auf.

»Studieren?«

Er regte sich nicht, starrte mich an, als würde er mich nicht erkennen. Ich schluckte den Stein in meinem Hals herunter und hielt seinem Blick stand.

»Ja, ich war heute bei der *New School of Architecture and Design* und habe mit der Dekanin des Architekturbereichs gesprochen«, erklärte ich und presste die Lippen zusammen.

»Du kennst die Dekanin?« Es war eine Stimme, die ich zuvor nicht gehört hatte. Ich wandte mich langsam um und da stand dieser Typ von gestern. Er hatte eine Kiste Bier auf den Schultern und lief an mir vorbei. Das dunkelgraue Muskelshirt gab noch mehr Haut und Muskeln frei, als ich gestern bereits erahnen konnte. Eine schwarze Jeans hing tief auf seinen Hüften, sodass die enge Boxershorts ein Stück rausschaute.

»Ich habe sie mal getroffen und sie…«

»Sie hat dem kleinen Instagram-Sternchen bestimmt ihre Hilfe angeboten, um ein paar mehr Likes zu bekommen.«

Seine Worte trafen mich wie eine Orkanböe und rissen mir den Boden unter den Füßen weg. Mein Herz setzte aus, ich schaute zu Ethan, der enttäuscht den Kopf schüttelte und sich wegdrehte. Kayla runzelte ihre Stirn, sagte nichts, während mein Hals trocken wurde wie die Sahara. Die Zunge schwoll an, als wäre sie von Wespen zerstochen worden.

Braune Augen starrten mich abfällig an, als wäre ich nichts weiter wert. Aus dem Augenwinkel sah ich Ethan verschwinden. Kayla folgte ihm mit schnellen Schritten und ich fiel. In ein schwarzes Loch, so tief und unergründlich, dass es mir den Atem raubte.

Seine Enttäuschung hatte er nicht verbergen können. Vielleicht wollte er dies auch gar nicht.

Ich schaute zu dem Typen vor mir, dessen Anblick sofort ein Feuer in mir entfachte. Das Blut in meinen Adern begann zu kochen, schoss durch meinen Körper und benetzte jede Zelle mit der aufkommenden Wut.

Woher nahm er sich das Recht, sich einzumischen?!

»Hör zu, *Scarlett*, ich werde nicht zulassen, dass Ethan sich von seiner kleinen Schwester um den Finger wickeln lässt, nur um ein paar Tage später wieder zu verschwinden, weil sie das High-Society-Leben vermisst.« Seine Stimme war ein wütendes Zischen, doch das bedrohliche Funkeln in seinen Augen erreichte mich nicht.

»Du hast absolut keinen Schimmer, wovon du redest.« Ich knirschte mit den Zähnen, machte einen Schritt auf ihn zu, sodass ich seinen heißen Atem auf meiner Haut spüren konnte.

»Habe ich nicht?«, wollte er bissig wissen.

»Du kennst mich nicht, also halt dich gefälligst aus der Sache raus. Das geht nur Ethan und mich was an.« Ich ballte die Hände zu Fäusten, zwang mich, ihm nicht an die Gurgel zu gehen.

»Falls es dir nicht bewusst ist. Du hast dein gesamtes Leben mit der Welt geteilt. Wie viele Posts mit dem schmierigen Lächeln hast du am Tag hochgeladen? Zehn? Oder eher zwanzig?« Meine Hände begannen zu kribbeln bei dem verächtlichen Blick. Seine Worte setzten sich in meinem Kopf fest, blieben hängen und wiederholten sich immer und immer wieder. »Und wenn wir schon dabei sind: Du hast dein Leben mit allen geteilt, aber hast du dich auch nur einmal bei deinem Bruder gemeldet? Hast du ihn einmal gefragt, wie es ihm geht?«

Ich wich einen Schritt zurück, spürte jede Anschuldigung wie einen schweren Stein auf der Brust, der mir den Atem nahm.

»Natürlich hast du nicht gefragt. Warum solltest du auch? Schließlich dreht sich alles nur um die gute *Scarlett Moore*.« Er spuckte meinen Namen angewidert aus. »Meiner Meinung nach solltest du, so schnell es geht, deine Sachen packen und wieder in dein kleines Märchenschloss verschwinden. Ethan ist zu gut für so eine oberflächliche Schwester, die nur an sich denkt.«

Ich verblutete. Ganz langsam. Es fühlte sich an, als hätte der Kerl meinen Körper langsam aufgeschlitzt, nur um zu sehen, wie ich in meinem eigenen Blut ertrank. Meine Beine gaben beinah unter mir nach. Ich hielt mich an einem Tisch fest, um nicht zu fallen, und dann rannte ich.

Fort von allem, was mich verfolgte.

Fort von den Anschuldigungen.

Fort von diesem vernichtenden Blick, der mich ausgeweidet hatte.

Und ich hatte keine Ahnung, wohin.

3. Zac

Am liebsten hätte ich diese verwöhnte Göre in ein Taxi gesetzt und zurück in die Hölle geschickt. Sollte sie doch in ihrem bescheuerten Glamourleben verrecken. Wahrscheinlich war sie nur hier, weil ihr ein beschissener Fingernagel abgebrochen oder ihr Lieblingskleid eingelaufen war.

Was sie mit Architektur wollte, konnte ich überhaupt nicht verstehen. Außerdem hatte ich keinen Bock, sie fast jeden Tag zu sehen und am Ende meinen besten Freund zusammenzupuzzeln, der gestern schon mit allen Nerven am Ende gewesen war.

Ein Schnauben entwich mir und ich legte die Finger an die Nasenwurzel. Ich musste jetzt tief durchatmen und zu Ethan. Auch wenn Kayla ihn wahrscheinlich schon wieder aufgebaut hatte, wollte ich ihn nicht alleinlassen. Ich hoffte nur, dass er nicht direkt zu irgendeiner Flasche gegriffen hatte, um seine Enttäuschung zu ertränken.

Ich drehte mich um und lief durch die kleine Holztür, die in einen schmalen Flur führte, der nur spärlich beleuchtet war. Stimmen kamen aus dem Büro, das einen Spalt offenstand.

»Ethan, ich würde…«

»Ich werde mir ihren Mist nicht anhören.« Etwas wurde auf den Schreibtisch geknallt. Vorsichtig betrat ich den Raum, betrachtete Ethan, wie er mit starrer Miene in einem Ordner blätterte.

»Irgendwas stimmt da nicht«, setzte Kayla an, strich sich eine Locke hinter die Ohren.

»Ja, ihr ist ein Nagel abgefallen oder sie hat drei Kalorien zu viel zu sich genommen«, mischte ich mich ein und verdrehte die Augen. Kayla verspannte sich, wandte sich um und warf mir einen wütenden Blick zu.

Eigentlich konnten wir ziemlich gut miteinander, aber sie schien was für die Kleine übrigzuhaben. Für mich völlig unverständlich.

»Oh, Zac. Sei ruhig, sonst verpasse ich dir gleich eine.«

»Ich bitte dich, Kayla. Wir wissen alle, dass die Kleine egoistisch ist und sich verdrückt, sobald ihr Liebster wieder auftaucht und ihr eine Rose hinhält.« Wir lieferten uns ein Blickduell und ich sah, dass sie die Zähne zusammenpresste.

»Du solltest dich da lieber gar nicht einmischen und…«, sie hielt mitten im Satz inne und runzelte die Stirn. »Wo ist sie hin?«

»Keine Ahnung. Hat sich umgedreht und ist gegangen«, antwortete ich achselzuckend und lehnte mich gegen den hölzernen Türrahmen.

»So wie du drauf bist, habt ihr euch wahrscheinlich nicht besonders nett unterhalten?« Die Wut, die in ihrer Stimme mitschwang, war nicht zu überhören, doch ihr was Falsches zu sagen, wäre Schwachsinn.

»Ich habe ihr nur klargemacht, dass es besser für alle wäre, wenn sie ihren Instagram-Arsch nach Hause bewegen würde.«

»Bist du eigentlich von allen guten Geistern verlassen oder hast du an einen Arsch gedacht, der das Blut aus deinem Kopf zwischen deine Beine transportiert hat?«, fuhr sie mich an.

»Er hat recht.« Ethan schlug den Ordner zu. »Es ist besser, wenn sie wieder verschwindet. Ich kenne sie ja nicht einmal.«

»Was ist eigentlich falsch mit euch beiden?!«, wollte Kayla aufgebracht wissen und ihre Stimme überschlug sich beinah. »Ist euch eigentlich klar, dass die *Kleine* sich gestern Abend die Augen ausgeheult hat, nachdem wir weg waren? Und sie hat sich mit mir auf dem Hinweg ziemlich normal unterhalten. Da war nichts von den Starallüren, die *du*«, sie deutete anklagend mit dem ausgestreckten Finger auf mich, »ihr vorwirfst.

Sie wirkte einfach nur verzweifelt.« Sie ließ die Arme sinken. »Und verflucht alleine.«

»Dann soll sie sich zu ihren tollen Instagram-Freunden verpissen«, gab ich mürrisch zurück und verschränkte die Arme vor der Brust. Das seltsame Stechen, das sich plötzlich ausgebreitet hatte, als Kayla gesagt hatte, dass die Kleine geweint hatte, verschwand dennoch nicht.

»Gott. Ihr steht echt beide dreimal auf'm Schlauch«, Kayla schlug die Hände über dem Kopf zusammen. »Denkt ihr echt, dass es ihr leicht gefallen ist hier aufzutauchen?« Ethan gab ein seltsames Knurren von sich und ließ sich auf den Schreibtischstuhl sinken. »Ethan, da stimmt irgendetwas nicht«, wiederholte sie.

Dann wurde es still.

Man konnte das Ticken der Uhr hören und unseren Atem. Ethan hatte den Kopf in die Hände gestützt, und obwohl es mir gegen den Strich ging, hallten Kaylas Worte in meinem Kopf nach.

»Sie hat geweint?« Ethans Frage war ein leises Flüstern, das langsam durch den Raum schwappte. Kayla holte tief Luft und nickte.

»Weinen ist kein Ausdruck. Sie ist fast zusammengebrochen.«

Ich schluckte hart.

»Warum hast du nichts gesagt?«, wollte er wissen, hob den Kopf und schaute Kayla verwirrt an.

»Wenn sie gewollt hätte, dass es wer mitbekommt, wäre sie direkt vor dir in Tränen ausgebrochen. Aber nach deiner Begrüßung hätte ich es ehrlich gesagt auch unterdrückt.«

Wieder wurde es ruhig. So still, dass man die Anklage, die in ihren Worten mitschwang, noch hören konnte. Ich biss die Zähne zusammen und betrachtete Ethan, der einen inneren Kampf auszutragen schien.

»Scheiße. Ich muss sie suchen.« Abrupt erhob sich mein bester Freund und riss die Jacke vom Stuhl. Kayla warf mir einen auffordernden Blick zu und mir entwich ein Seufzen.

»Ich komme mit.« Ethan hielt inne und schüttelte den Kopf. »Schon gut, du musst nicht.«

Bevor er an mir vorbeilaufen konnte, packte ich ihn an der Schulter. »Mir ist klar, dass ich nicht muss. Ich will aber.« Ich konnte das zufriedene Grinsen sehen, dass auf Kaylas Lippen trat. »Das heißt aber nicht, dass ich es für eine gute Idee halte, und leiden kann ich sie auch nicht«, gab ich ruppig zurück und schenkte ihr einen mahnenden Blick.

»Schon gut, König Eisblock.« Abwehrend hob sie ihre Hände, doch die Belustigung konnte sie nicht verstecken.

»Ich bringe dich irgendwann noch mal um, Kayla.«

»Versuchen kannst du es ja«, erwiderte sie und stolzierte an uns vorbei, um den kleinen Suchtrupp zu leiten.

Ich wischte mir den Schweiß von der Stirn und nahm einen großen Schluck Wasser, während Ethan unruhig durch das Zimmer lief. Wir waren drei Stunden durch die Stadt gewandert, doch sie war nicht aufzuspüren gewesen. Keine Bar, kein Klamottenladen und auch kein Restaurant hatten wir gefühlt ausgelassen. Natürlich hatte keiner von uns eine Handynummer von ihr, was die Suche noch erschwert hatte, und schließlich waren wir wieder zur Wohnung gegangen, in der Hoffnung, dass sie kommen würde, um ihre Tasche zu holen.

Bisher war das noch nicht geschehen und man konnte Ethan das schlechte Gewissen ansehen, das ihn quälte. Er wirkte, als würde er seit Stunden über spitze Nägel laufen, die sich tief in die Haut bohrten.

»Sie taucht bestimmt auf«, versuchte ich ihn zu ermutigen, obwohl mir der Gedanke gefiel, dass sie einfach abgehauen war.

Die Unruhe wurde durch ein Telefonklingeln durchbrochen. Hektisch riss Ethan das Handy aus der Tasche und nahm ab. Der hoffnungsvolle Ausdruck verschwand in dem Moment, als er zu erkennen schien, wer am anderen Ende der Leitung war. Seine Miene verwandelte sich in eine zornige Maske. So hatte ich ihn nur einmal erlebt.

»Mutter.« Ein einfaches Wort, das vor Abneigung nur so triefte. Ich hatte ihn gerade fragend angucken wollen, als es klingelte. Ethan schien woanders zu sein, also stand ich auf und schlenderte zur Tür, mit der Erwartung, Kayla anzutreffen.

Doch statt brauner Augen starrte ich in ein dunkles Graublau, das mich eine Sekunde aus der Bahn brachte. Ihre Haltung versteifte sich, die Mundwinkel, die traurig nach unten hingen, änderten sich innerhalb eines Wimpernschlages zu einer schmalen Linie.

»Ich bin nur hier, um meine Tasche zu holen«, fauchte sie, schob sich mit einer schnellen Bewegung an mir vorbei. Hastig schloss ich die Tür, lief ebenfalls ins Wohnzimmer und sah der Kleinen dabei zu, wie sie die Tasche aus der Ecke zog. Ich wagte einen Blick auf Ethan, der hektisch den Kopf schüttelte, als wollte er sie von etwas abhalten.

»Dann bis gleich, *Mutter*«, sagte er lauter als nötig in die Richtung seiner Schwester.

Sie erstarrte.

Er nahm das Handy vom Ohr.

»Was meinst du mit ›bis gleich‹?«, fragte ich vorsichtig nach.

»Sie ist jede Sekunde hier.«

Scarlett regte sich nicht. Sie wurde blass.

»Weiß sie, dass du hier bist, Scarlett?« Seine Stimme war sanfter geworden. Er durchquerte den Raum, fasste sie an den Schultern und zwang sie ihn anzuschauen. »Weiß sie, dass du hier bist?«, wiederholte er drängender.

Dann schüttelte sie langsam ihren Kopf.

Und in diesem Moment klingelte es.

Die Panik, die plötzlich in ihrem Gesicht erschien, überraschte mich. War sie nicht Mutters Liebling?

»Ich pack die Tasche weg«, murmelte Ethan leise.

»Ich kümmere mich um sie.« Ohne zu zögern, griff ich nach ihrer Hand, die zart und warm war. Ich blinzelte kurz verwirrt, zog sie hinter mir durch die Wohnung in das Badezimmer und verdrängte die Erkenntnis. Eilig schloss ich die Tür hinter mir, während ich hörte, wie Ethan im Flur den Summer betätigte. Ich stellte das Wasser an und zog mein Shirt aus.

»Was tust du da?« Die Angst, die in ihren Augen stand, brachte mich kurz aus dem Konzept.

»Dir den Arsch vor was auch immer retten, und jetzt geh in die Dusche«, wies ich sie an, während ich mir die Hose aufknöpfte. Verständnislos blieb sie stehen. »Mit Klamotten. Jetzt«, sagte ich nachdrücklich und warf die Hose in die Ecke. Das schien sie aus der Trance zu holen, und ohne weiter nachzudenken, stieg sie unter den Wasserstrahl. Ich entledigte mich meiner restlichen Klamotten und verwünschte meinen besten Freund. Das hier tat ich nur für ihn und mit einer dämlichen Pizza würde er das hier nicht wiedergutmachen.

Ich hörte die Haustür, die sich öffnete, und stieg unter die Dusche.

»Was…?!«, flüsterte Scarlett mit weit aufgerissenen Augen und wandte mir den Rücken zu, als hätte sie etwas Schreckliches gesehen. Dabei fand ich mich durchaus annehmbar und ein paar Damen waren derselben Meinung.

»Glaub mir. Das hier ist auch für mich eine Premiere, und jetzt mach dich klein.« Ich fasste ihre Schultern, drückte sie nach unten und in die hinterste Ecke der Badewanne. Möglichst leise zog in den Vorhang zu und griff hastig nach dem Duschgel.

Aus dem Flur ertönten aufgebrachte Stimmen. Sie kamen näher, wurden lauter und ich wagte einen Blick auf Scarlett, die mit angewinkelten Knien in der Ecke saß und leicht zitterte, obwohl das Wasser keineswegs kalt war. Die Kleidung klebte an ihrer Haut und die feinen Härchen in ihrem Nacken stellten sich auf.

Hastig wandte ich den Blick ab.

Definitiv ein falscher Moment, ein falscher Gedanke und die falsche Person.

Plötzlich wurde die Badezimmertür aufgerissen und meine Gedanken wurden unterbrochen.

4. Scarlett

»Wo ist sie?« Die Stimme meiner Mutter jagte mir einen kalten Schauer über den Rücken und ich kniff die Augen zusammen wie ein kleines Kind. Wenn ich sie nicht sah, würde sie mich vielleicht auch nicht sehen.

»Verdammt, ich habe doch gesagt, dass sie nicht hier ist!«, knurrte Ethan, während ich mich fragte, warum der Typ die Tür nicht abgeschlossen hatte. War er denn des Wahnsinns?!

Jemand riss den Duschvorhang beiseite und ich hörte meine Mutter japsen.

»Was zum Teufel ist hier los?! Ich will verdammt noch mal duschen. In Ruhe!« Ich spürte den kühlen Luftzug an meinem Rücken, flehte innerlich, dass sie mich nicht sah.

»Sie…«, stotterte meine Mutter langsam, was mich etwas verwunderte.

»Ich bin nackt, ja. Die meisten Menschen gehen nackt duschen und jetzt raus hier!« Die Stimme des Typen hatte einen bedrohlichen Unterton angenommen, der sogar mir diesmal die Nackenhaare zu Berge stehen ließ. Das Stimmengewirr zog sich weiter zurück und ich krallte mich an meiner nassen Jeans fest. Eine Tür fiel ins Schloss, doch ich konnte die Stimmen noch hören, spürte den Zorn meiner Mutter in jeder Faser meines Körpers.

Ich durfte nicht drüber nachdenken. Es musste etwas anderes geben, worauf ich mich konzentrieren musste. Einzelne Wasserspritzer trafen auf meine Wange. Die Flüssigkeit sammelte sich in der Luft und eine unerträgliche Hitze breitete sich in dem kleinen Badezimmer aus. Laute Stimmen ertönten im Flur, dann knallte eine Tür.

Alles schien stehen zu bleiben. Nur das Rauschen des Wassers durchbrach die Ruhe, die so plötzlich kam wie der vorhergegangene Sturm. Ich schnappte nach Luft, versuchte die Scherben, die sich in meiner Brust befanden, irgendwie zusammenzuhalten.

Die Dusche wurde abgestellt, doch ich war nicht in der Lage, mich zu bewegen. Zu groß war die Angst, dass sie wiederkommen würde und nicht alleine war.

»Sie ist weg.« Ich zuckte zusammen, als die Stimme ertönte, und schluckte schwer. Nachgeben war jetzt keine Option. Langsam löste ich mich aus meiner Starre, versuchte die Muskeln, die sich versteift hatten, irgendwie zu entspannen. Ich stützte mich am Badewannenrand ab und erhob mich mit bebenden Knien. Schwer keuchend blieb ich stehen, als die Badezimmertür erneut geöffnet wurde. Erschrocken fuhr ich herum, doch ich blickte nur in das vertraute Gesicht meines Bruders.

»Wir müssen reden.« Mehr sagte er nicht und ich brachte nichts weiter zustande als ein zittriges Nicken.

»Ich zieh mich an und laufe zu Kayla. Die beiden müssten ja ungefähr die gleiche Größe haben und es sieht ja nicht so aus, als würde sie nur über das Wochenende bleiben.« Er stieg mit dem Handtuch aus der Dusche und ließ mich ohne einen weiteren Blick mit meinem Bruder zurück. Ethan hatte sich keinen Zentimeter bewegt, stand einfach dort und starrte mich in meinen triefenden Klamotten an.

»Geht es dir gut?«

In diesem Moment hasste ich ihn. Einfach weil er genau wusste, dass das nicht der Fall war. So hatte er mich immer zum Reden gebracht, und ehe ich etwas sagen konnte, kullerten heiße Tränen über meine Wange.

Er verließ nicht den Raum. Vorsichtig schloss er die Tür hinter sich und nahm mich aus der Badewanne. Ich zitterte und schluchzte bitter, krallte mich an seinem Hemd fest. Ethan ignorierte meine nasse Kleidung und schloss mich in den Arm.

Dass er das tat, beförderte meine Tränen auf eine neue Rekordanzahl und ich hatte keinen Schimmer, wie ich jemals wieder aufhören sollte.

Ich klammerte mich an der heißen Schokolade fest, die ich in meinen Händen hielt, und versuchte meinen Bruder zu ignorieren, der neben mir saß und mich anstarrte. Die Tränen schienen jedes Gefühl, das ich besaß, fortgespült zu haben. Zurück blieb eine seltsame Ruhe.

»Du willst nicht wirklich drüber reden, oder?«

Ich zeichnete mit den Fingern ein Muster auf die warme Tasse.

»Nicht jetzt«, gab ich leise zurück und holte tief Luft. »Es ist nicht so, dass ich nicht will, aber…« Die Worte blieben mir im Hals stecken.

»Du kannst nicht«, beendete Ethan den Satz für mich, neigte seinen Oberkörper ein Stück nach vorne. »Gut, Scarlett. Aber du musst mir sagen, ob das mit Wohnung, Job und Studium dein Ernst war.«

»Du warst meine letzte Option«, erklärte ich. »Ich weiß, dass es verrückt und blöd klingt, aber ich wusste nicht, wohin.«

»Du hättest anrufen können.« Er ballte die Hände zu Fäusten, nur um sie erneut zu lösen.

Meine Lippen verzogen sich zu einem schiefen Grinsen, das gleich darauf wieder verblasste. »Wir wissen beide, dass du direkt aufgelegt hättest.«

Schweigen.

Ich raffte die Decke, die er mir umgehängt hatte, etwas enger an mich und riskierte einen Blick auf meinen Bruder, dessen Lippen zu einem schmalen Strich verzogen waren.

»Ich will, dass du es mir irgendwann erzählst.« Ethan schaute mir fest in die Augen. »Ich werde dir Zeit geben, Scarlett, aber ich will, dass du mir die Wahrheit sagst. Nicht jetzt, nicht morgen und vielleicht auch nicht in einem Monat. Aber irgendwann will ich es wissen, und«, er hielt inne, als würde er noch mal über seine Worte nachdenken müssen, »versprich mir, dass das dein Ernst ist und du nicht morgen deine Sachen packst und verschwindest.«

»Glaub mir eins: Ich habe nicht vor, jemals einen von diesen Menschen wiederzusehen, geschweige denn, dort zu leben.«

Es zu denken, war eine Sache gewesen. Doch nun die Worte über meine eigenen Lippen zu bringen, meine eigene Stimme zu hören, war etwas völlig anderes. Es war realer.

Ein grimmiges Lächeln umspielte seinen Mund, doch die Zufriedenheit, die darin lag, war eindeutig zu erkennen.

Das Klacken des Schlosses der Wohnungstür war bis ins Wohnzimmer zu hören. Kurz darauf vernahm ich Kaylas Stimme, wie sie aufgeregt mit jemandem am Diskutieren war. Dann erschien sie mit dem Typen aus der Dusche, der einen Karton Klamotten auf dem Arm hatte und ein genervtes Schnauben von sich gab. Geräuschvoll stellte er ihn auf das Sofa.

»Bitte sag mir, dass ihr fertig seid und ich keine weitere Minute mit ihr verbringen muss«, knurrte der Typ und warf einen bösen Blick zu Ethan, dessen Mundwinkel zuckten.

»Also Scarlett. Das Lockenmonster da hinten ist Kayla. Ich habe sie an der Uni kennengelernt. Wir arbeiten zusammen in der Bar.« Er machte eine Handbewegung zu der jungen Frau, die ich bereits kennengelernt hatte. Ich konnte sehen, dass sie eine Sekunde die Stirn runzelte, ehe sie mir freundlich winkte. »Und der Volltrottel, der dich unter die Dusche gestellt hat, ist Zac. Er nervt mich, seit ich ihn vor drei Jahren bei einer Schlägerei kennengelernt habe.«

Doch im Gegensatz zu Kayla wirkte Zac nicht ansatzweise erfreut. Sein Blick blieb distanziert und er schien jedes Mal, wenn er meine Anwesenheit bemerkte, in einen anderen Modus zu schalten.

»Hör auf mit der sinnlosen Vorstellungsrunde. Mich kennt sowieso jeder«, plauderte Kayla selbstbewusst und begann in dem Karton zu wühlen, der auf dem braunen Ledersofa stand. Sie zog zwei Teile hervor. »Und Zac ist völlig unwichtig«, winkte sie ab, als dieser die Augenbrauen eine Sekunde nach oben zog. »Viel wichtiger ist es, dich in ein paar hübsche, bequeme Klamotten zu bekommen.« Mit strahlenden Augen hielt sie mir die Hand hin. Mein Bruder zuckte nur hilflos mit den Schultern. Also stellte ich die Tasse ab und erhob mich.

»Ich weiß schon genau, was dir stehen müsste«, setzte Kayla an und zog mich in das Zimmer, das wahrscheinlich meinem Bruder gehörte. Ich warf einen letzten Blick zurück und fand Ethan lächelnd vor, was meine Mundwinkel nach oben wandern ließ.

Doch der Blick von Zac, der ging mir unter die Haut.

So sehr, dass ich rasch den Kopf wegdrehte und versuchte mich auf Kayla zu konzentrieren, die voll in ihrem Element zu sein schien.

5. Zac

»Ich halte das für eine beschissene Idee«, verkündete ich und drehte mich zu Ethan um. »Die hat das doch bestimmt noch nie gemacht.«

»Das kann man lernen«, widersprach er und räumte zwei Gläser weg.

»Du glaubst doch nicht wirklich, dass sie ihr schönes Bilderbuchleben weggibt für ein Studium, einen einfachen Job und ein kleines WG-Zimmer.« Ich lehnte mich gegen den Tresen, beobachtete Ethan, wie er sich langsam aufrichtete und mit der Hand nachdenklich durch seine Haare fuhr.

»Ich weiß es nicht. Vielleicht geht sie wirklich morgen, aber mein Gefühl…«

»Dein beschissenes Gefühl hat dir vor drei Jahren auch gesagt, dass sie anrufen würde«, warf ich genervt ein und griff nach dem Lappen, der auf der Spüle lag. »Und ich war derjenige, der dich vom Boden kratzen durfte.« Wütend presste ich jeden überschüssigen Tropfen Wasser aus dem Tuch. »Und noch mal habe ich darauf, ehrlich gesagt, keinen Bock«, knurrte ich.

»Das ist meine kleine Schwester«, warf er betrübt ein. Erneut wandte ich mich um, sah den breiten Kerl mit hängenden Schultern und verzweifeltem Gesichtsausdruck vor mir stehen. Wenn er nicht mein bester Freund gewesen wäre, hätte ich ihm gesagt, dass er sich nicht so anstellen sollte. Aber diese Hilflosigkeit, die ich nur vor drei Jahren bei ihm gesehen hatte, ließ meine Sturheit langsam bröckeln.

»Sie bekommt keine Sonderbehandlung. Und du kannst nicht von mir verlangen, dass ich freundlich zu ihr bin«, sagte ich mit mahnendem Unterton. »Sonst petze ich es ihr.«

Ethan öffnete den Mund, schloss ihn jedoch wieder und nickte langsam. Ein bedrücktes Lächeln zierte sein Gesicht und ich verfluchte mich jetzt schon für diese beschissene Zustimmung.

Im selben Moment ging die Tür der Bar auf.

»Hey Zac«, hörte ich Ethan murmeln, während ich mich zum Eingang drehte, um die Gäste willkommen zu heißen.

»Ja?«

»Sei nicht zu hart zu ihr.«

»Mal sehen«, brummte ich und beobachtete Kayla, die lachend eintrat, dicht gefolgt von Scarlett, deren Mundwinkel leicht nach oben gebogen waren. Sie trug eine dunkelgraue zerrissene Jeans, schwarze Boots und ein gedecktes Top, das ziemlich tief ausgeschnitten war. Darüber eine grob gestrickte dunkle Jacke. Ihre Hände steckten in den Hosentaschen und die Haare hatte sie zu einem unordentlichen Zopf gebunden.

Ich runzelte die Stirn, als Kayla breit grinsend vor uns Halt machte und Scarlett nach vorne schubste. »Sag schon«, wurde sie von der Brünetten aufgefordert, deren Grinsen über das ganze Gesicht ging.

Mit geröteten Wangen räusperte sie sich.

Sekunde.

Gerötet?

Ich betrachtete sie genauer, bemerkte die kleinen Grübchen, die sich auf ihrer linken Wange bildeten. Auf den Instagram-Bildern, die Ethan mir immer im Suff gezeigt hatte, hatte sie ganz anders ausgesehen und das Lächeln war nicht im Ansatz so gewesen wie hier. Natürlich hatte es gut ausgesehen, aber das hier war echt und sah auf eine ganz andere Art und Weise gut aus. Eine, die wirklich nicht gut für mich war.

»Ich habe den Studienplatz«, sagte sie vorsichtig, verschränkte die Hände vor dem Bauch.

»Nicht dein Ernst?!« Ethan stand die Fassungslosigkeit ins Gesicht geschrieben.

»Doch. Ich fange in zwei Wochen an.« Ihr Lächeln wurde breiter, erreichte ihre graublauen Augen. Ehe ich mich versah, war Ethan um den Tresen gestürmt und hatte seine kleine Schwester in den Arm geschlossen.

»Einkaufen kann sich jeder«, warf ich trocken ein und wandte mich ab. Ich öffnete mir ein Bier und nahm einen großen Schluck.

»Sei nicht so ein Arschloch, Zac!«, protestierte Kayla. »Außerdem sind wir mit den guten Nachrichten noch nicht fertig.«

Ich wusste, was kam, bevor sie es aussprach.

»Und das wäre?«, hörte ich Ethan fragen, während ich die Zähne zusammenbiss und mich wieder umdrehte.

»Sie wird bei mir einziehen!«

Und damit war der Schlamassel komplett.

Ich würde nicht nur meinen besten Freund auffangen dürfen, nein, auch noch das gebrochene Herz einer liebevollen Kayla zusammensetzen. Scarlett ging mir gewaltig gegen den Strich. Sie war gestern erst aufgetaucht und brachte jetzt schon alles durcheinander.

»Wenn wir schon dabei sind«, mischte ich mich in das freudige Geknuddel ein und lehnte mich über den Tresen. »Herzlichen Glückwunsch zum neuen Job.«

Verwirrt blickte Scarlett zu mir.

»Ich bin keine einundzwanzig«, murmelte sie, warf einen Blick zu Ethan.

»Da dein Geburtstag nicht mehr lange hin ist, ist das alles geregelt. Ein Danke wäre übrigens angebracht«, fuhr ich fort. »Hat mir einige Mühe gekostet den Chef zu überreden, also versau's nicht.« Kayla hatte bereits den Mund geöffnet, um zu protestieren, doch da warf Ethan ihr schon einen warnenden Blick zu.

»Ich werde…«, setzte Kayla an, die der guten Scarlett den Arsch retten wollte, aber da hatte sie die Rechnung ohne mich gemacht.

»Wirst du nicht«, widersprach ich. »Auf Wunsch des *Chefs* werde ich sie einarbeiten.«

Ich schenkte Scarlett ein falsches Lächeln und nippte an meinem Bier, ohne sie aus den Augen zu lassen. Das breite Grinsen sackte um einiges tiefer und sie schien schon jetzt zu wissen, was ihr blühte.

»Wo ist denn der *Chef*?«, hakte sie nach. Die war wirklich komplett bescheuert.

»Im Urlaub«, warf Ethan ein. »Und bis er wieder da ist…«

»Habe ich das Kommando«, unterbrach ich ihn, wusste, dass er nichts dagegen tun konnte.

Scarletts Lippen verzogen sich zu einer schmalen Linie. Angst flackerte in den Augen auf, was mich durchaus amüsierte.

Sie bemerkte das Blickgefecht nicht, das Kayla und Ethan austrugen. Ich hingegen fing schon jetzt an zu überlegen, wie ich dem hübschen Püppchen den ein oder anderen reinwürgen konnte. Irgendwie musste ich ihr ja heimzahlen, dass ich das Chaos hinter ihr wegräumen durfte, sobald sie wieder verschwand.

Und zu sehen, wie sie an den einfachsten Aufgaben verzweifelte, würde mich durchaus ein wenig entschädigen.

»Ich nehme an, du hattest es dir einfacher vorgestellt?«

Kayla sollte der Mund gestopft werden. Am besten mit dem dreckigen Lappen, mit dem Scarlett schon wieder durch den Raum lief und die schmutzigen Tische abwischte.

»Ich habe keinen Schimmer, wovon du sprichst«, gab ich grimmig zurück, beobachtete Scarlett, wie sie eine Vielzahl von Gläsern mit einem freundlichen Lächeln vom Tisch aufsammelte und die Typen, die dort saßen, noch zum Lachen brachte.

»Du hast die gute Scarlett und ihren Ehrgeiz ziemlich unterschätzt.« Kayla tätschelte mir sacht den Rücken und ich konnte das Grinsen in ihrer Stimme hören.

»Sie stellt sich ganz passabel an«, erwiderte ich zähneknirschend. Kayla legte mir ihren Zettel mit den Bestellungen auf den Tisch, die ich nur halb beachtete. Scarlett drängte sich an mir vorbei hinter den Tresen, stellte die dreckigen Gläser ab und begann zu spülen.

Ich kniff die Augen zusammen und schlenderte langsam zu ihr rüber, nahm drei Bier aus dem Kühlschrank und öffnete sie. Aus dem Augenwinkel betrachtete ich die Gläser, die dort standen. Kayla kam mit ihrem Tablett und ich reichte ihr die Flaschen. Ihr Blick glitt zu Scarlett, die uns gar nicht beachtete. Ich fischte einen Notizblock aus dem Regal und einen Stift.

Das, was ich vorhatte, war nicht besonders nett.

Dennoch schrieb ich *Nicht sauber genug* auf den Klebezettel und peckte ihn an die Gläser, als Scarlett sich umdrehte und verschwand. Dabei waren die Gläser blitzeblank und sie stellte sich echt gut an für den ersten Tag. Nur würde ich ihr das garantiert nicht unter die Nase reiben, und da weder Kayla noch Ethan was sagen würden, genoss ich das hier ganz besonders.

Ich schnappte mir ebenfalls ein Tablett und stellte die Cocktails drauf. Scarlett stürmte an mir vorbei, während ich zu einem Tisch lief und mit einem Lächeln, das diesmal echt war, den Gästen ihre Drinks servierte.

Ich sah, wie sie den Zettel las und ihre Stirn sich in Falten legte. Suchend glitt ihr Blick umher, bis sie mich fand. Ich zuckte mit den Schultern und schenkte ihr ein mitleidiges Lächeln, während ihre Augen sich zu schmalen Schlitzen verzogen.

Sie zerknüllte den Zettel für mich sichtbar in ihrer Hand, warf ihn in den Müll und fing an, die sauberen Gläser erneut zu spülen. Dabei feuerte sie immer wieder böse Blicke auf mich ab, was mir hingegen ein zufriedenes Lächeln auf die Lippen trieb.

Das Spiel war hiermit offiziell eröffnet.

6. Scarlett

Ich hasste ihn. Und mit jedem weiteren dämlichen Zettel, den ich fand, wurde der Drang, den Kerl zu erwürgen, größer. Am liebsten hätte ich ihm eine Bierflasche über den Schädel gezogen, aber leider hatte ich keine andere Wahl, als den Mist zu ertragen. Kaylas mitleidige Blicke halfen mir da auch nicht weiter und auch Ethan meinte, dass er nichts ausrichten könnte. Und sosehr mir dieser blöde Sack auf die Nerven ging, so froh war ich trotzdem über den Job.

Ein weiterer kleiner gelber Zettel schaute unter dem Tablett hervor. Ich gab ein leises Schnauben von mir und fragte mich, was ich schon wieder falsch gemacht hatte. Nach dem siebzehnten Zettel innerhalb einer Stunde hatte ich aufgehört zu zählen.

Mehr lächeln

Ich hob den Kopf, konnte sehen, dass er mich beobachtete, und verzog meine Lippen zu einem hässlichen Grinsen.

Oh, er würde noch tausend Tode sterben. Keine Ahnung, wann ich ihn hatte nett oder attraktiv finden können. Er war einfach nur ein Depp.

»Du kannst ihn nachher mit meiner Hilfe umbringen«, vernahm ich Kayla leise neben mir.

»Dazu brauche ich keine Hilfe«, knurrte ich. »Das erledige ich alleine mit bloßen Händen in irgendeiner Ecke.«

»Ich schaffe das nicht«, jammerte ich, blieb vor den Stufen stehen und schaute nach oben. »Meine Beine fallen jetzt schon ab.«

»So schlimm ist es nicht«, hielt Kayla lachend dagegen und griff nach meiner Hand.

»Lass mich einfach hier liegen.«

»Stell dich nicht so an.«

»Hat Zac dich oder mich dreizehnmal in den Keller rennen lassen und den ganzen Abend durch die Gegend gescheucht?«, wollte ich mürrisch wissen. Augenblicklich erlosch ihr Lachen und sie kniff die Lippen zusammen.

»Er war echt nicht nett heute Abend.« Sie hakte sich bei mir unter und ich zwang meine Füße sich ein letztes Mal für heute zu heben.

»Nicht nett? Er war das reinste Arschloch.« Allein bei dem Gedanken an ihn kochte die Wut in mir hoch.

»Eigentlich ist er voll in Ordnung«, meldete Kayla sich kleinlaut.

»Ja, wahrscheinlich, wenn er eine ins Bett kriegen will.« Ich verschränkte die Arme vor der Brust, während Kayla die Tür öffnete.

»Vergiss Zac und sag Hallo zu deinem neuen Zuhause.«

Kayla packte mich am Arm und zog mich in die Wohnung. Ich stolperte etwas verdattert herein und blieb inmitten des Flurs stehen, dessen Wände mit Postkarten vollgehängt waren. Die Schuhe lagen auf einem unordentlichen Haufen und ein paar Jacken lagen auf dem Stuhl, der neben der Garderobe stand, weil diese überfüllt war.

»Der Flur ist ziemlich unspektakulär«, meinte Kayla und führte mich weiter. »Hier ist das Bad. Es ist klein, reicht aber definitiv aus.« Sie stieß eine Tür auf und schaltete das Licht an. Eine Vielzahl an Nagellack in den unterschiedlichsten Farben zierte fast das gesamte Regal. Nur zwei Schachteln mit Schminke und ein paar Handtücher waren ansonsten vorzufinden. Erstaunt betrachtete ich das Badezimmer, das so viel lebendiger wirkte als alle Badezimmer, die mir bisher untergekommen waren. »Tut mir leid, ich kann ein paar von den Nagellacken wegräumen und auch die Jacken.« Sie kniff die Lippen zusammen und senkte ein wenig enttäuscht den Blick.

»Nein«, widersprach ich und konnte ein Lächeln nicht verhindern, »das hier ist fantastisch.«

Ich konnte sehen, wie sich ihre Anspannung verflüchtigte und sie erleichtert ausatmete.

»Gut, dann hoffe ich, dass du dich jetzt als Teetrinkerin outest, weil es hier keine Kaffeemaschine gibt.« Die Tür schräg gegenüber dem Badezimmer wurde aufgestoßen und zum Vorschein kam eine Küche, die mit Pflanzen überfüllt war. Blumentöpfe in allen Formen und Farben standen und hingen rum. »Ich liebe Kräuter und kann meiner Grandma nie Nein sagen, wenn sie mir mal wieder eine Pflanze andreht«, murmelte Kayla, während ich fasziniert das Durcheinander betrachtete. So etwas hatte ich in meinem Leben noch nie zuvor gesehen.

»Das ist der Wahnsinn.«

»Seit letztem Jahr gibt es sogar eine Spülmaschine. Du ziehst also in ein voll luxuriöses Studentenapartment, das alles, was du bisher gesehen hast, toppen wird.«

Sie wusste nicht, wie recht sie hatte. Und obwohl ich hundemüde war, mir die Augen jeden Moment zuzufallen drohten, strahlte ich übers ganze Gesicht. Das hier war wirklich besser als mein gesamtes bisheriges Leben.

»Das Wohnzimmer ist ganz hinten«, erklärte sie und führte mich weiter, obwohl ich genauso gut in der Küche hätte bleiben können. Ich konnte mich nur schwer losreißen, weil das alles irgendwie an einen Garten erinnerte.

Und dann kam ich in das Wohnzimmer, wo zwei Sofas standen und ein Sessel, die überhaupt nicht zusammenpassten. Sie befanden sich auf einem Juteteppich und an der einen Wand hatte jemand eine dieser Putze angebracht, auf denen man mit Kreide schreiben konnte. Und jeder, der hier gewesen war in den letzten Wochen, schien sich an der Wand verewigt zu haben. Zumindest so lange, bis man sie abwischte.

»Hier haben wir einen Fernseher, und wenn du magst, können wir zusammen eine Serie anfangen.«

Serie?

»Du meinst auf Netflix oder so?«

»Ja. Also nur, wenn du willst. Sonst kann ich auch alleine gucken.«

»Ich fände das fantastisch«, stimmte ich zu und strahlte Kayla an, die sich eine lange Locke hinter die Ohren strich.

»Gut, dann kommen wir mal zu deinem Zimmer, in dem immerhin noch ein alter Schreibtisch, ein Kleiderschrank, der fast zerfällt, und ein Bett stehen, auf dem ich nichts Ungewöhnliches probieren würde« Sie warf mir von der Seite einen vielsagenden Blick zu.

»Ob du's glaubst oder nicht, aber vorerst ist mein Bedarf an Kerlen gedeckt«, winkte ich eilig ab.

»Wenn mir ein Typ, mit dem nichts läuft, so auf den Senkel gehen würde wie Zac, würde ich wahrscheinlich dasselbe sagen.« Und während sie sprach, öffnete sie die Tür zu meinem kleinen Reich. Einem einfachen Zimmer mit einem Fenster und Möbeln, die wirklich abgenutzt aussahen, aber das war in jener Sekunde völlig egal, denn ich musste mit nicht einem einzigen Menschen diesen Raum teilen. Geschweige denn was ich aß, tat oder trug.

»Ich habe dir schon Bettwäsche hingelegt und für eine Nacht sollte die Matratze noch reichen. Ich würde mal mit…«

»Es ist alles super, Kayla«, unterbrach ich sie, ehe sie begann sich zu rechtfertigen oder für irgendetwas zu entschuldigen. Sie blinzelte einige Male und ihre Wangen bekamen rote Flecken. »Das hier ist wirklich der Wahnsinn. Tausend Dank, dass ich hierbleiben kann.«

Und dann zog ich sie einfach in eine Umarmung, weil ich keine weiteren Worte für das hier hatte. Sie gab erst einen überraschten Laut von sich, dann erwiderte sie die Umarmung und das erste Mal seit sehr langer Zeit hatte ich das Gefühl, dass ich einem Menschen vertrauen konnte.

In den darauffolgenden anderthalb Wochen bestand mein Tagesablauf aus Arbeiten und Schlafen. Zwischendurch schaute ich bei der Uni vorbei und reichte letzte Unterlagen ein oder musste etwas unterschreiben. In den Pausen und auf dem Rückweg plante ich mit Kayla, was wir mit meinem Zimmer anstellen könnten, wenn ich Geld und Zeit hätte.

Mein Smartphone hatte ich ausgeschaltet und in den Tiefen meiner Tasche vergraben. Stattdessen hatte ich mir ein altes Klapphandy zugelegt, woraufhin mich alle angestarrt hatten, als wäre ich eine Wahnsinnige. Alle bis auf Zac hatten sich einen Kommentar verkneifen können und natürlich hörte seine Zettelfolter nicht auf.

Er schien mich an den Rand des Wahnsinns treiben zu wollen und ich hielt mit aller Macht dagegen. Allerdings war die Folge dieses Wettstreits, dass ich jeden Abend ins Bett fiel wie ein Stein und meine Muskeln schmerzten, weil er angefangen hatte, mich Bierkisten schleppen zu lassen. Und ausgerechnet heute musste Ethan noch eine Party schmeißen. Das würde ich garantiert nicht lange überleben.

Mit einem leisen Seufzen schloss ich die Wohnungstür auf und streifte mir die Boots, die Kayla gehörten, von den Füßen. Sie hatte sie mir großzügigerweise überlassen, weil sie ihr zu klein waren, und ich hatte sie dankbar angenommen.

Mit einem Gähnen zog ich die Jacke aus und trottete in das Badezimmer. Morgen würde das neue Semester beginnen und ich hoffte, dass ich nicht komplett versagen würde. Das Schlimmste war jedoch, dass mich absolut keiner kannte, außer…

Ich blieb vor dem Spiegel stehen und starrte mein Spiegelbild an. Die langen wasserstoffblonden Haare gingen mir bis kurz über die Brust und fühlten sich mit einem Mal schrecklich falsch an. Ich sah aus, als würde ich eine grässliche Perücke tragen. Meine Hände begannen zu zittern.

Du siehst entsetzlich aus mit deiner Naturhaarfarbe und kurz steht dir auch nicht.

Das Atmen fiel mir schwer, als die Worte sich in mein Bewusstsein drängten. Ich hatte die Haare nur wegen *ihm* so getragen. Es war niemals meine eigene Entscheidung gewesen. Rastlos strich ich mit meinen Händen durchs Haar in der Hoffnung, dass ich das schlechte Gefühl abstreifen könnte, doch das Gegenteil war der Fall.

Die Tür wurde geöffnet und eine verschlafene und leicht verdutzte Kayla starrte mich mit einer zerzausten Lockenpracht an. Ich schnappte nach Luft, während sie die Stirn runzelte.

»Du siehst aus, als hättest du ein Gespenst gesehen«, murmelte sie zögerlich.

Ich schluckte den Kloß im Hals herunter.

»Kannst du mir helfen?« Ein flehender Unterton schwang in meiner Stimme mit. Einen langen Moment schaute sie mich an.

»Welche Farbe und welche Länge?«

»Hör auf so hibbelig zu sein. Du machst mich ja noch wahnsinnig«, murmelte Kayla und schenkte mir einen strafenden Blick über den Spiegel, während ich mich ein weiteres Mal betrachtete. Ich trug eine graue Skinny Jeans, die an den Knien aufgeschnitten war. Dazu ein schwarzes Oberteil, das einen tiefen Rückenausschnitt hatte, und Stiefelletten mit Absatz und Schnallen an den Seiten.

»Du siehst so gut aus, dass ich mich schlecht fühle«, murrte sie und zog einen weiteren perfekten Lidstrich, für den ich sie beneidete. Ich fuhr mir durch das hellblonde Haar, das mir nur noch zu den Schultern reichte und von Kayla leicht gestuft worden war.

Ehrlich gesagt erkannte ich mich im Spiegel fast nicht wieder.

Mein Blick huschte zu Kayla, die in einem schwarzen, engen Kleid steckte. Dazu trug sie ein Paar dicker Boots und hatte ihre Lockenmähne offen gelassen.

»Neben dir wirke ich komplett underdressed«, kommentierte ich ihren Look. Ich konnte das Lächeln sehen, das über ihre Lippen huschte.

»Vielen Dank.« Sie betrachtete sich von allen Seiten im Spiegel, nickte anschließend zufrieden und schnappte sich die kleine Umhängetasche. »Bist du bereit dich der Welt zu stellen?« Kayla stieß den Arm in die Luft und schaute mich mit festem Blick an. Als sie meine zweifelnde Miene sah, ließ sie den Arm sinken. »Echt jetzt? Ein wenig mehr Selbstvertrauen, wenn ich bitten darf«, forderte sie mich auf und ich versuchte ein Lächeln zustande zu bringen, was kläglich scheiterte. »Gut, vergessen wir das.«, winkte sie hastig ab und nahm mich am Arm. »Lass uns lieber mal drüber reden, auf was für Typen du stehst. Irgendwer muss uns schließlich die Drinks heute Abend bezahlen, wenn wir feiern gehen.«

»Ich weiß nicht, ob das so eine super Idee ist«, gab ich zu und ließ mich von ihr aus der Wohnung schieben.

»Na ja, wenn du meinst, dass du diese Party ohne mich erträgst, und von notgeilen Säcken angemacht werden willst«, sagte sie achselzuckend und ich ahnte Schlimmes. Doch sie ließ mir keine Zeit zu antworten, stieg vor mir die Treppen hoch. Ein tiefer Seufzer entfuhr mir, als ich hinter ihr herging.

»Keine blonden Kerle«, murmelte ich. »Und bitte keine Bodybuilder oder so was in der Art.«

»Das sind schon mal zwei Punkte, mit denen ich etwas anfangen kann«, freute sie sich und drückte im selben Moment die Klingel.

Es war Ethan, der die Tür öffnete. Ich krallte mich in meiner Jeans fest, als ich sah, wie das Grinsen verschwand und er einige Male blinzelte. Beinah erwartete ich schon, dass er die Tür einfach wieder schloss, mir mitteilte, dass ich komplett bescheuert aussah.

»Du siehst aus wie früher.«

Mehr sagte er nicht und es reichte, dass ich anfing zu strahlen, denn für mich war es das größte Kompliment, das ich seit Jahren gehört hatte.

»Na, das sieht doch mal nach vernünftigem Selbstvertrauen aus«, vernahm ich Kayla lachend neben mir, ehe ich in die Wohnung geschubst wurde.

»Wann habt ihr das gemacht?«, wollte Ethan wissen und lief vor mir her in die Küche. Wir drängelten uns an einigen Leuten vorbei, die sich im Flur verteilt hatten. Aus dem Wohnzimmer schallte Musik zu uns, zu der einige im Takt nickten.

»Vor einer Stunde«, kam Kayla mir zuvor, während Ethan die Küche betrat.

»Was war vor einer Stunde?«, meldete sich eine vertraute Stimme, die ich am liebsten erstickt hätte.

Ich biss mir auf die Lippe, als Zac sich mit einer Flasche in der Hand umdrehte und mich regungslos musterte. Er würde gleich einen Kommentar ablassen, der mich diesmal sogar ziemlich treffen würde. Innerlich zog ich die erste Mauer hoch.

Er ist nur ein Idiot, sagte ich zu mir selber und reckte das Kinn in die Höhe, bereit mich ihm zu stellen.

Doch es geschah nichts. Zac lehnte an der Arbeitsplatte und beäugte mich in Ruhe von oben bis unten. Meine Nackenhaare stellten sich auf und ich knabberte ein wenig nervös auf meiner Lippe. Dabei hatte ich keinen Grund, nervös zu sein. Schließlich war das nur Zac, der Trottel. Und dem war ich sowieso egal.

»Wie lange hast du für dieses Wunder gebraucht?«

Wie bitte?

Ich blinzelte verwirrt.

»Zwei Stunden mit Einwirkzeit«, verkündete Kayla stolz.

»Tja, Scar. Dann hast du deine gute Fee scheinbar gefunden«, meinte er und dann bemerkte ich es das erste Mal.

Seine Lippen verzogen sich zu einem schiefen Grinsen, das seine Augen erreichte. Ich konnte sehen, wie die grünen Sprenkel auf dem Braun funkelten, als er sich langsam von der Arbeitsplatte abstieß und sich an mir vorbeischob.

Verdattert wirbelte ich herum, starrte Zac nach, wie er zwischen den Menschen im Flur verschwand.

»Hat er mir gerade…«, setzte ich an.

»Jap«, bestätigte Kayla.

»Ist er…«

»Keine Ahnung.«

»Das ist Ryan.« Ethan zog mich zu einem großen Typen mit schwarzen Haaren. Er trug eine Jeansjacke und hielt einen Becher in der Hand. Ein weißes T-Shirt spannte sich über seine Brust und die helle Jeans war an einigen Stellen löchrig. »Er arbeitet auch im Rooster«, erklärte mir Ethan.

»Du musst die berühmte Scarlett sein.« Ein freundliches Lächeln legte sich auf sein kantiges Gesicht. »Dann haben wir bald mal das Vergnügen, zusammen zu arbeiten, und können dich ein wenig aus Zacs Klauen befreien«, lachte er.

»Sekunde. Du kannst mich aus seinen Klauen befreien? Wo warst du vorher?«, wollte ich empört wissen.

»Sorry, ich war einen Monat zuhause. Sonst wäre ich natürlich längst aufgetaucht und hätte dich befreit.«

»Ich erwarte dich bei unserer ersten Schicht in weißer Ritterrüstung«, sagte ich mit einem Augenzwinkern. Und gerade als Ryan antwortete, mischte Ethan sich ein.

»Vergiss es, Ryan. Sie ist Sperrgebiet.« Ryan, den ich durchaus sympathisch fand, verdrehte grinsend die Augen und ich wurde von Ethan weitergezogen. Ihm entkam ein grimmiger Laut und wir drängelten uns an einem Pärchen vorbei, das den Flur in Beschlag nahm.

»Was meinst du eigentlich mit ›Sperrgebiet‹?«, fragte ich vorsichtig, woraufhin Ethan ein weiterer seltsamer Laut entwich.

»Ernsthaft, Scarlett, nächstes Mal beteilige ich mich an deiner Kleiderwahl. Dann muss ich mir wenigstens keine Sorgen machen, dass du an den nächsten Idioten gerätst.« Er schüttelte den Kopf und öffnete den Kühlschrank.

»Über den Punkt, an dem du mir meine Klamotten raussuchen konntest, sind wir seit Langem hinweg, Ethan«, erklärte ich grinsend. Er griff nach einem Bier und drehte sich schnaubend zu mir um.

»Ich glaube, das werde ich nie wirklich akzeptieren können.« Er machte einen Schritt auf mich zu und zerzauste mir kräftig die Haare.

»Oh, Ethan!«, fluchte ich, doch das Einzige, das ich erntete, war ein kehliges Lachen.

»Hey!«, tönte es aus einer anderen Ecke und schon hob mein Bruder die Hand und ließ mich stehen.

»Oh, Scarlett«, sagte er im Gehen, drehte sich um, »keinen Alkohol.« Er hob mahnend den Zeigefinger, was mich die Augen verdrehen ließ.

Und dann war ich alleine.

Kayla war vor einiger Zeit bei irgendwelchen Leuten hängen geblieben und Ethan hatte sich nun auch verdünnisiert. Ich schlang die Arme um die Brust und ließ meinen Blick über die vielen Menschen wandern, von denen ich nie geahnt hätte, dass sie in diese Wohnung passten.

Mit einem Mal wurde alles zu viel.

Ich schnappte nach Luft, versuchte die Erinnerungen an die Partys und *den* Abend zu verdrängen, doch mein Kopf wollte keine Ruhe geben. Irgendjemand fragte mich etwas, zwei Leute warfen mir abschätzige Blicke zu und irgendein Typ in der Ecke betrachtete mich von oben bis unten. Ich hatte das Gefühl, dass er mich in Gedanken schon ausgezogen hatte, und verzog angewidert das Gesicht.

Meine Handflächen wurden schwitzig und meine Lungen schienen mit jedem Atemzug zu schrumpfen.

Meine Beine bewegten sich wie von selbst, trugen mich an den Menschen vorbei, die gegen mich stießen, und ich stürzte beinahe zweimal. Vor der Eingangstür hatte sich eine Masse gesammelt, die in schallendes Gelächter ausbrach. Eine Gänsehaut jagte über meinen Körper und ich schob die Tür neben mir auf, fiel beinahe in den Raum und knallte die Tür hinter mir zu.

»Vor wem flüchtest du denn?«

7. Scarlett

Erschrocken zuckte ich zusammen und wirbelte herum. Mein Herzschlag stoppte und ich stieß mit dem Rücken gegen die Badezimmertür. Die Klinke bohrte sich schmerzhaft in meinen Rücken und ich stieß einen lauten Fluch aus.

»So was sagt man aber nicht«, kam es wieder aus der Badewanne. Diesmal unterdrückte ich eine Reihe von Flüchen, atmete stattdessen tief durch und runzelte die Stirn.

Verwirrt betrachtete ich Zac, der in der leeren Badewanne lag. Der Duschvorhang hing leicht davor und sein Arm lag lässig über den Rand. Die Haare sahen aus, als wäre er gerade erst mit der Hand hindurchgefahren, und er musterte mich neugierig.

Konnte das überhaupt bequem sein?

»Was machst du hier?«, wollte ich zögerlich wissen, legte die Stirn in Falten und ließ ihn nicht aus den Augen.

»Die Frage ist wohl eher, was dich hierhin getrieben hat.« Er nippte entspannt an seinem Bier, während ich die Lippen aufeinanderpresste.

»War mir zu voll.« Unruhig trat ich von dem einen auf das andere Bein.

»Tja, Scar, dann hast du jetzt genau zwei Möglichkeiten.« Innerlich fing ich schon jetzt an, Mordpläne zu schmieden, unterdrückte ein genervtes Stöhnen. »Entweder du verlässt den Raum wieder oder du steigst zu mir in die Wanne und wir trinken was.« Er griff neben sich und holte eine Flasche mit einer klaren Flüssigkeit hervor. Ein paarmal schwenkte er sie hin und her, zog die Augenbrauen hoch und grinste mich schief an.

Das war wohl eine dieser Situationen, in denen man die Wahl zwischen Pest und Cholera hatte.

Ich betrachtete das kahle Bad und den unfreundlichen Typen, der in der Wanne saß. Eindeutiger Vorteil vom Bleiben waren der Alkohol und die Ruhe, die hier herrschte. Denn trotz des Lärms vernahm man hier nur ein paar Stimmen und leise Musik, aber es war nicht zu vergleichen mit dem, was vor der Tür los war.

Außerdem waren vor der Tür eine Menge Menschen, die mich alle angestarrt hatten, als wäre ich eine Wahnsinnige.

Nachteil war jedoch Zac, der mich garantiert nur wieder in die Pfanne hauen wollte. Anders konnte ich mir sein Grinsen nicht erklären. Ich betrachtete die Flasche, die er in der Hand hielt, eine Sekunde.

»Und den Alkohol teilst du auch mit mir?«, hakte ich vorsichtig nach.

»Bist du denn schon einundzwanzig?«, wollte er wissen, legte den Kopf schief, obwohl er die Antwort genau kannte.

Ich verdrehte die Augen, kapitulierte und lief zu der Badewanne. Sein Blick verfolgte jeden meiner Schritte, die an den Wänden widerhallten. Zac rutschte ein Stück zurück, um mir etwas Platz zu machen. Die Wanne war nicht gerade groß, sodass sein ausgestrecktes Bein neben mir lag, während er das andere angewinkelt hatte. Ich ließ meine über den Badewannenrand baumeln und angelte mir die Flasche mit der klaren Flüssigkeit.

»Ist dir eigentlich bewusst, dass du gerade eine Straftat begehst?«

»Dasselbe gilt für dich. Schließlich könntest du es verhindern«, konterte ich und schraubte den Verschluss ab. Ein stechender Geruch kam mir entgegen und ich zog die Nase kraus. »Was Ekligeres hast du auch nicht auftreiben können, oder?« Auf eine Antwort wartete ich nicht, nahm stattdessen einen Schluck, um die Gedanken, die durch meinen Kopf wirbelten, wenigstens für eine Sekunde zu vertreiben. Der Alkohol brannte in meiner Kehle und ich verzog angewidert das Gesicht.

»Verzeihung, dass mein Gesöff deinen Champagneransprüchen nicht gerecht wird«, entgegnete Zac mit bissigem Unterton.

»Oh, Champagner schmeckt auch nicht besonders.« Ich nahm rasch zwei weitere Schlucke und versuchte das, was er gesagt hatte, weitestgehend zu verdrängen.

Es war eine bescheuerte Idee gewesen mitzukommen. Das hier konnte ich einfach noch nicht ertragen, und sollte Kayla mich in den Club kriegen wollen, müsste sie mich umbringen und meinen kalten, erstarrten Körper reinschleifen.

»Ich weiß wirklich nicht, was ich davon halten soll.«

Ich sog scharf die Luft ein und schaute zu Zac, dessen Augen mich zu durchbohren schienen.

»Ich auch nicht. Ehrlich gesagt, warte ich gerade darauf, dass du mir wieder einen dämlichen Zettel zukommen lässt oder so was«, sagte ich anklagend.

Entgegen meinen Erwartungen fing er an zu grinsen.

Was war denn plötzlich los mit ihm?

»Das meinte ich zwar nicht, aber gut zu wissen, dass du langsam Angst vor den gelben Zetteln bekommst.«

»Ich habe keine Angst vor deinen dummen Zetteln. Die nerven einfach nur tierisch«, ließ ich ihn wissen und meine Stirn legte sich in Falten.

»Ist das so?«

Das war der Moment, als ich ihn das erste Mal genauestens betrachtete. Neben den schwarzen Sneakern trug er eine dunkle Jeans und ein schwarzes T-Shirt. Es war wahrscheinlich eines von denen, die er sonst auch bei der Arbeit anhatte, und wie auch dort, spannte es sich straff über seine Brust. Er stützte sich auf seinen Arm, sodass die Muskeln deutlich hervortraten, und knapp über dem Hosenbund war es nach oben gerutscht, gab ein Stück Haut frei, das mir schon von Weitem klarmachte, dass er einen flachen Bauch hatte. Und während ich ihn genauer betrachtete, fiel mir auf, dass sich ganz leicht ein Sixpack unter dem Shirt abzeichnete.

Ein fragender Ausdruck lag auf seinem kantigen Gesicht. Die Haare standen immer noch wild ab, sahen aus, als wäre er gerade aus dem Bett gekommen. Eine kleine Kuhle bildete sich auf seiner Wange, als seine Lippen sich verzogen und eine Reihe gerader, weißer Zähne freigaben.

»Du checkst mich gerade ab.« Ich wusste, dass es keine Frage sein sollte, und mit Mühe konnte ich verhindern, dass meine Wangen sich verfärbten. Ich schnalzte mit der Zunge und schüttelte den Kopf.

»Nein, ich habe mich nur gefragt, was ich getan habe, dass ich mit dir gestraft werde«, knurrte ich und nahm schnell einen weiteren Schluck in der Hoffnung, dass der Alkohol wirkte und ich alles mit einem blöden Spruch abtun konnte.

»Du bist eine miserable Lügnerin.« Das bescheuerte Grinsen auf seinem Gesicht wurde noch breiter und ich wünschte, dass ich gegangen wäre, anstatt zu bleiben.

»Oh Gott. Ich gehe, das halte ich ja nicht aus«, zischte ich wütend, doch ehe ich mich wirklich aufrichten konnte, hatte Zac nach meinem Arm gegriffen.

Verwirrt schaute ich ihn an und nichts in seinen Augen wirkte mehr fröhlich. Einen Sekundenbruchteil hielt er den Blickkontakt, dann wandte er den Kopf ab und ich konnte sehen, wie er schwer schluckte.

»Bitte bleib.« Seine Stimme war nur ein leises Murmeln und er sprach eher zu der Wand als zu mir, doch es ließ mich innehalten. »Ich habe keine Lust alleine hier zu hocken«, fügte er hinzu. »Macht mehr Spaß zu zweit und ich verspreche dir auch, dass ich versuche mich zu benehmen.«

Wenn ich schon eine schlechte Lügnerin war, was war er denn dann?

Langsam ließ ich mich zurückgleiten und Zac zog seine Hand weg, die eine seltsam heiße Spur auf meiner Haut hinterließ. Vorsichtig fuhr ich mit den Fingern drüber, behielt ihn im Auge.

»Warum bist du heute so nett zu mir?«, fragte ich misstrauisch, war bereit, eine zynische Antwort zu erhalten.

»Vielleicht glaube ich mittlerweile, dass du es wirklich ernst meinst und diesmal das Herz deines Bruders nicht in tausend Stücke reißt.«

Danke.

Das war der nächste schmerzhafte Messerstich.

Ich verschränkte die Finger und senkte den Kopf. Neben mir griff Zac nach der großen Flasche.

»Ich habe ihn nie absichtlich verletzt«, flüsterte ich, versuchte das schlechte Gewissen, das sich in jenem Moment über mich hermachte, zu verdrängen.

»Mittlerweile glaube ich dir das sogar, kleine Scar.«

Ich hob den Kopf, starrte Zac mit leicht geöffneten Lippen an, unschlüssig worauf ich reagieren sollte. Auf die Tatsache, dass er mir zutraute, meinem Bruder absichtlich und gerne einen Dolchstich zu versetzen, oder auf diesen blöden Spitznamen, den er immer häufiger benutzte.

Er erwiderte meinen Blick, schien auf eine sarkastische Antwort zu warten, doch ich konnte mich nicht regen. Mein Körper fing plötzlich an zu prickeln und sein Bein, das an meinen Rücken stieß, wurde mir unfassbar deutlich bewusst. Ebenso wie die trainierten Arme und die Tatsache, dass er ein ziemlich sexy Grinsen besaß, das schlagartig alle möglichen bösen Gedanken verdrängte und durch welche ersetzte, die nicht jugendfrei waren.

»Hey Zac, hast du…« Ethan riss die Badezimmertür auf und blieb irritiert neben der Wanne stehen.

Ich riss mich von seinen Augen los, die mich durchbohrt hatten, versuchte dieses ungewohnte Prickeln zu verdrängen und nutzte das erste Mal, seit ich hier war, das künstliche Lächeln, das ich so gut beherrschte.

»Ja, Ethan?«, forderte ich ihn auf fortzufahren, doch er schaute nur abwechselnd zwischen uns hin und her, unschlüssig, wie er reagieren sollte. »Keine Angst, ich habe drauf aufgepasst, dass Scar keine kleinen süßen Löwenbabys tötet«, erklärte Zac im normalen Tonfall und stieg ein wenig umständlich aus der Wanne.

»Habt ihr getrunken?«, vernahm ich Ethans Stimme, konnte meinen Blick nur leider nicht sofort von Zacs Hintern lösen, der sich direkt vor meiner Nase befand. Und Himmel, sah der gut aus in dieser Hose.

Oh Gott. Was war los mit mir?!

»Nicht genug, um euch zu ertragen«, antwortete Zac, drehte meinem Bruder den Rücken zu und hielt mir die Hand hin. Eine Sekunde war ich unentschlossen, konnte aber schlecht in der Gegenwart meines Bruders die Hilfe von Zac verweigern. Also reichte ich ihm meine Hand, die augenblicklich Feuer fing. Er zog mich mühelos hoch und ich taumelte einen Schritt nach vorne, prallte gegen seine Brust und schaute in diese miesen Augen, die sich verdunkelten. Mein Blick fand seine Lippen, die von dem widerlichen Getränk leicht feucht waren und ein seltsames Ziehen in mir auslösten.

Nicht mal ein blödes Stück Papier hätte mehr zwischen uns gepasst, und doch machte er keine Anstalten, sich groß zu bewegen.

Das lag am Alkohol. Mehr war hier nicht.

»Kommt schon, wir wollen los«, vernahm ich Ethans Stimme, was Zac dazu bewegte sich von mir zu lösen. Ein letztes Mal ließ er den Blick über mein Gesicht gleiten, verweilte einen Moment zu lange an meinen Lippen, als dass ich es als Zufall hätte abtun können.

Dann drehte er sich um und lief zu Ethan, als wäre nichts gewesen.

Aber hier war ja auch nichts.

Rein gar nichts.

Nur leider wollte mein Herz, das einen seltsamen Takt angenommen hatte, mir das nicht ganz glauben.

»Nein.« Meine Beine verankerten sich in den Betonplatten unter mir und jede Faser meines Körpers erstarrte. Ich fühlte mich wie ein Klotz, den man nicht mehr bewegen konnte, und darüber war ich sehr froh.

»Komm schon, stell dich nicht so an.« Kayla zog an meinem Arm und ich stemmte mich energisch dagegen.

»Vergiss es. Ich gehe nach Hause«, protestiere ich mit aufgerissenen Augen und lehnte mich nach hinten. Kayla stemmte die Füße fest gegen den Boden und zerrte mit aller Kraft an mir. In ihrem Gesicht bildeten sich rote Flecken, während meines wahrscheinlich kalkweiß war.

Der Name des Clubs wurde mit knallgelben Neonröhren angezeigt, die seltsam surrten. An der Fassade der alten Industriehalle hatten sich einige Risse gebildet und die Schlange war nicht gerade kurz. In einigen Gesichtern stand pure Vorfreude, während andere nicht einmal mehr geradeaus gucken konnten.

»Ich bin noch nicht einundzwanzig, also komme ich eh nicht rein«, versuchte ich eine weitere Ausrede, bemerkte, dass Kayla eine angestrengte Grimasse zog und den Kopf schüttelte.

»Hier kommst du rein, keine Angst«, sagte sie atemlos und obwohl sie aussah, als würde sie jede Sekunde umfallen, gab sie nicht auf.

Die ersten Leute in der Schlange schienen auf uns aufmerksam geworden zu sein und immer mehr Köpfe wandten sich neugierig zu uns.

Was hätte ich nicht alles für einen Netflix-Abend mit Eis und Chips gegeben!

»Was macht ihr da?« Ein eisiger Schauer jagte über meinen Rücken und ich versuchte Zac nicht zu beachten, der hinter Kayla stand und unseren Kampf stirnrunzelnd betrachtete.

»Sie. Will. Nicht. Mit«, stieß Kayla atemlos hervor.

»Du hast ja keine Ahnung, wie wenig ich will«, antwortete ich keuchend, wollte unter keinen Umständen diesen Kampf verlieren.

Und seit Zac hier war, wurde der Fluchtinstinkt nur noch schlimmer.

»Versucht ihr euch gegenseitig die Arme auszureißen?«

Ethan.

Na super.

Das konnte für mich ja nur in einem Desaster enden.

»Ich habe mein Portemonnaie zuhause vergessen«, murmelte ich in der Hoffnung, dass irgendjemand meine blöden Ausreden schluckte.

»Klar und die Unterwäsche hast du auch weggelassen.« Zac schlenderte zusammen mit Ethan zu mir. Hastig blickte ich zwischen beiden hin und her, doch ich konnte mich auf nichts anderes konzentrieren als die Tatsache, dass Zac sich gedanklich mit meiner Unterwäsche beschäftigte.

Herrgott. Jetzt wars aber langsam gut!

Plötzlich lagen zwei starke Arme an meinem Rücken und an meinen Armen. Ich stemmte die Füße gegen den Boden, doch weder Ethan noch Zac ließen sich davon beeindrucken.

»Das wagt ihr nicht«, versuchte ich hoffnungslos zu protestieren. Keiner der beiden machte Anstalten innezuhalten. Wir liefen geradewegs an den Leuten in der Schlange vorbei, die uns lachend nachschauten. Sogar der Türsteher konnte sich ein Grinsen nicht verkneifen.

Türsteher!

»Hey, ich bin keine einundzwanzig! Ich darf noch gar nicht hier rein!«, rief ich ihm zu, doch der fing nur noch lauter an zu lachen, machte einen Schritt zur Seite.

»Interessant, dass du die Frauen neuerdings gegen deinen Willen mitziehst«, hörte ich die tiefe Stimme des Fremden.

»Die kratzbürstigen sind halt die besten«, vernahm ich Zacs Worte dicht neben mir. Sein heißer Atem strich über meine Wange und ich schluckte schwer. Ein kehliges Lachen drang tief aus seinem Hals und auch Ethan konnte sich seine Belustigung nicht verkneifen.

Ich würde sie umbringen.

Alle beide.

8. Zac

Ich stellte eine Flasche auf den schmierigen Tisch, direkt vor Scarletts Nase. Immer noch hatte sie die Arme verschränkt, warf mir wütende Blicke zu, die ich nicht wirklich ernst nehmen konnte. Wahrscheinlich lag das an dem Alkohol, der meine Sinne benebelte und heute Abend ziemlich seltsame Dinge mit meinem Kopf anstellte.

Oder besser gesagt: Der Alkohol sorgte dafür, dass ich in meinem Kopf seltsame Dinge mit Scarlett anstellte.

Und das war absolut kontraproduktiv.

»Ein Danke für den Drink wäre übrigens angemessen«, sagte ich zu ihr, lehnte mich nach vorne, damit sie mich verstand. Dabei streifte mein Arm ihren und der Kontakt nackter Haut ließ erneut seltsame Bilder in meinem Kopf aufblitzen.

»Ihr habt mich in den Club geschleift. Sei froh, dass ich dir den Drink nicht über den Kopf schütte.« Ein leises Schnauben entwich ihr.

Wie ihr Stöhnen wohl klang?

Über mich selbst verärgert, lehnte ich mich von ihr weg und nahm einen großen Schluck aus der Flasche, die ich in der Hand hielt. Bunte Lichtpunkte flackerten durch den Raum und ein wilder Bass pulsierte in meiner Brust. Verschwitzte Körper rieben sich auf der Tanzfläche aneinander und ich entdeckte Kayla, die gerade mit Getränken zu uns kam.

Aus dem Augenwinkel betrachtete ich Scarlett, die mir den Rücken zugewandt hatte, um sich mit Ethan zu unterhalten.

Verdammt.

Dieser Ausschnitt.

Ich stieß einen leisen Fluch aus, als ich spürte, dass sich in meiner Hose etwas regte. Das konnte doch wohl nur ein schlechter Scherz sein. So gut sah die Kleine doch gar nicht aus, und dass sie Ethans Schwester war, sollte mich auch weitaus mehr abschrecken, als es aktuell der Fall war.

Ich presste die Lippen zusammen und ließ den Blick über die Tanzfläche schweifen.

Vielleicht hatte ich einfach zu lange keinen Sex mehr gehabt? Mein letztes Mal war bestimmt über einen Monat her. Das war mit Sicherheit der Grund für die unangebrachten Gedanken.

Meine Augen fanden eine Brünette in kurzem schwarzem Rock und mit tiefem Ausschnitt. Sie war das absolute Gegenteil von Scarlett und das war wahrscheinlich das, was ich jetzt brauchte.

Ich leerte das Bier in einem Schluck, ließ das Mädel nicht aus den Augen. Zischend atmete ich aus, knallte die Flasche auf den Tisch, woraufhin sich alle zu mir umdrehten.

»So, Jungs, ich bin dann mal weg«, sagte ich zu Ethan und Ryan, die mich mit hochgezogenen Augenbrauen musterten.

»Liebe Frauen, passt auf euch auf. Zac ist mal wieder auf der Jagd«, vernahm ich Ryans lachende Stimme, konnte Scarletts missbilligendes Gesicht im Augenwinkel sehen.

»Bist du immer noch auf diesem Tiefpunkt deiner Existenz?«, meldete Kayla sich augenverdrehend zu Wort, doch statt zu antworten, hob ich zum Abschied die Hand und steuerte geradewegs auf meine Erlösung zu.

Danach wären alle bescheuerten Gedanken bestimmt verschwunden.

Ich stolperte durch die Tür in die Bar und konnte ein leises Stöhnen nicht unterdrücken. Mein Kopf pochte immer noch schmerzhaft, und da die Schönheit, mit der ich die Nacht verbracht hatte, nicht akzeptieren wollte, dass das nur eine einmalige Sache gewesen war, hatte ich zwei Furien gehabt, die mich aus ihrer Wohnung gejagt hatten. Das hatte den Kopfschmerzen nicht gerade weitergeholfen.

»Sorry, hatte mit zwei wildgewordenen Bestien zu kämpfen«, erklärte ich der Truppe, die am Tresen stand und mich neugierig beäugte.

»Gleich zwei? Ich dachte, du wärst nur mit einer abgehauen?« Ryan zog fragend die Augenbrauen nach oben und grinste mich amüsiert an.

»Bin ich, aber die Mitbewohnerin hat heute Morgen Terror gemacht, als ich der Guten gesagt habe, dass es nur eine einmalige Sache war«, erklärte ich und holte einen Barhocker ran.

»Es ist ja auch nicht besonders nett«, meldete sich Scarlett kühl zu Wort.

Ich schaute sie an, wartete auf eine ungewöhnliche Regung, doch nichts geschah.

Erleichtert grinste ich.

»Tja, gestern Nacht hat sie mich aber wirklich *unglaublich* nett gefunden«, gab ich langsam zurück und betonte jedes Wort.

»Oh Zac, bitte hör auf!«, schaltete Kayla sich ein, während Scarlett angewidert das Gesicht verzog.

»Ganz ihre Worte«, stimmte ich zu, was Ethan und Ryan zum Lachen brachte. Nur die Frauen in der Runde verdrehten die Augen.

Und ich?

Ich war ziemlich froh, dass gestern vorbei war und ich zum Alltag übergehen konnte: Scarlett ein wenig foltern.

Ethan und ich saßen im Büro und besprachen die Bestellungen, die er machen musste. Konzentriert betrachtete er die Listen und vertat sich trotzdem immer wieder. Irgendwas schien ihm ziemlich zuzusetzen, und nachdem ich das fünfte Mal wiederholte, dass der Whiskey alle war, reichte es mir.

Mit einem Seufzen knallte ich meinen Stapel Zettel auf den Tisch und fixierte Ethan, der mich verwundert musterte.

»Was ist los?«, fragte ich ihn.

»Nichts«, murmelte er und seine Stirn legte sich in Falten.

»Verdammt, Ethan. Wir kennen uns lange genug, dass ich weiß, dass du lügst. Und ich ertrage dieses Durcheinander nicht den ganzen Abend, also sag mir gefälligst, was los ist.« Eindringlich starrte ich meinen besten Freund an, in der Hoffnung, dass er einknicken würde - so wie fast jedes Mal.

»Ach Mist«, er pfefferte den Kugelschreiber auf den Schreibtisch und lehnte sich zurück. »Scarlett fragt dauernd, wo denn ihr Boss ist, und ich habe keine Ahnung, was ich noch sagen soll.«

»Er kann schlecht für immer im Urlaub bleiben«, gab ich locker zurück. »Und irgendwann wird irgendwem bestimmt herausplatzen, dass der hübsche Schuppen dir gehört«, antwortete ich schulterzuckend.

»Sie hält mich doch für wahnsinnig, wenn ich ihr das sage.« Ratlos warf er die Arme in die Luft und stand auf.

»Bist du das nicht auch?« Er hielt inne und warf mir einen kurzen mahnenden Blick zu. »Bin schon still, Boss«, gab ich zurück und hob abwehrend die Hände.

»Wenn ich bloß wüsste, was sie damals mit dem Brief gemacht hat. Vielleicht hat sie's vergessen?«

»Ich würde behaupten, sie hat ihn, wenn, zerrissen. So was vergisst man nicht so schnell.« Ethans Schultern sackten ein kleines Stück tiefer und ich konnte nicht verhindern, dass ein wenig Wut in meinem Bauch aufflammte.

»Wahrscheinlich«, murmelte er leise, konnte den Schmerz in der Stimme nicht verbergen.

Ein Klopfen unterbrach uns und Ryan trat ein. Langsam schloss er die Tür hinter sich, schien zu überlegen wie er seine Worte formulieren sollte und ob sie überhaupt angebracht waren.

»Ja?«, versuchte ich ihm auf die Sprünge zu helfen. Er biss sich ein letztes Mal auf die Lippen, dann schaute er zu Ethan, der sich sein dunkelblondes Haar aus dem Gesicht strich.

»Kann es sein, dass Scarlett nicht weiß, dass der Laden dir gehört?«

Ethan entwich ein Seufzer und ich presste die Lippen aufeinander.

Das kleine Biest würde garantiert nie Ruhe geben.

Die Nacht von Sonntag auf Montag war kurz, weil ich bis zwei Uhr gearbeitet hatte und um acht schon wieder in der Uni sein musste. Da heute die Kurse wieder anfingen und ich als Tutor arbeitete, gab es zusätzlich noch Besprechungen, an denen ich teilnehmen musste.

Ich hätte nie gedacht, dass ich gut genug war, um beim *Freien Zeichnen* zu unterstützen, aber seit zwei Semestern gehörte ich dazu und quälte die Erstsemester.

Natürlich hätte ich Scarlett mitteilen können, dass ich ebenfalls an der *New School of Architecture and Design* studierte und sie nun auch außerhalb der Arbeit regelmäßig zu Gesicht bekam. Doch viel hatten wir nie miteinander gesprochen und auch kein anderer schien auf die Idee gekommen zu sein, es ihr mitzuteilen.

Gähnend schloss ich die Tür zum Büro auf, aus dem ich Aquarell und Pinsel holen sollte. Es würde der letzte Kurs am heutigen Tag sein und ich freute mich jetzt schon auf das Ende. Der Gedanke, dass ich nur noch ein paar Stunden arbeiten musste, ehe ich ins Bett fallen konnte, gab mir ungemein Kraft, mich die letzten Stunden zusammenzureißen.

Gerade als ich die Tür einen Spalt weit geöffnet hatte, hörte ich schnelle Schritte. Suchend glitt mein Blick zum Ende des Ganges und ein vertrautes Gesicht stürmte mir entgegen.

Erst wollte ich fragen, was los war, doch als ich die weit aufgerissenen Augen entdeckte und das aschfahle Gesicht, öffnete ich die Tür ein Stück weiter und Scarlett verstand ohne Worte. Sie kam schlitternd zum Stehen, presste sich durch den schmalen Spalt und hastig schloss ich hinter ihr die Tür und drehte den Schlüssel einige Male.

Weitere schnelle Schritte ertönten und dann kam mir jemand entgegen, den ich nur von Bildern kannte.

Ich zwang mich so zu tun, als wüsste ich nichts, und lief entspannt auf ihn zu, während er versuchte jede Tür, an der er vorbeikam, zu öffnen. Mit jedem Schritt, den ich ihm näherkam, bemerkte ich sein wütendes Gesicht.

»Hey!« Ich drehte mich zu ihm um, musterte den Typen einmal von oben bis unten. Er steckte in irgendwelchen engen Jeans und trug eines dieser T-Shirts, die mich an einen Schlafanzug erinnerten. Seine dunklen Haare waren nur einige Millimeter lang und die gebleichten Zähne standen im Kontrast zu seiner Solariumbräune. »Hast du hier jemanden langrennen sehen? So eine kleine Blondine mit dunkler Lederjacke?«

»Deine Freundin?«, wollte ich wissen und er kratzte sich den Kopf.

»Ja, wir hatten einen kleinen Streit und ich wollte mich bei ihr entschuldigen.«

Ich runzelte die Stirn und deutete den Flur entlang.

»Sie ist den Gang runter und dann die erste Abzweigung links«, erklärte ich.

»Danke, Alter.« Der Typ gab mir einen Klaps auf die Schulter und rannte los. Ich blieb stehen und schaute ihm nach. Seine Schritte hallten durch die Korridore und als er um die Ecke gebogen war, lief ich zum Büro zurück und schloss schnell auf.

Scarlett stand gegen den Schreibtisch gelehnt und holte japsend Luft.

»Zwei Sachen«, sagte ich mit erhobener Hand, ehe sie etwas sagen konnte. »Wie in Gottes Namen konntest du auf so einen hässlichen Kerl stehen?«, fragte ich und zog eine Grimasse bei dem Gedanken an die braune Haut und diese Zähne. »Und zweitens: Warum ist er auf der Suche nach seiner Freundin, mit der er einen *kleinen Streit* hatte?«

Ich konnte regelrecht sehen, wie Scarlett langsam schrumpfte, als hätte ich ein ungezogenes Kind bei etwas ertappt. Ihre Finger verknoteten sich nervös und ein unsicherer Gesichtsausdruck kam zum Vorschein.

»Vielleicht habe ich nie wirklich mit ihm Schluss gemacht?«, gab sie zögernd zu.

9. Scarlett

»Wie bitte?!« Schockiert schauten mich braune Augen an.

»Na ja«, murmelte ich und wich seinem bohrenden Blick aus. »Ich habe halt meine Sachen gepackt und bin verschwunden.«

»Du«, setzte Zac an, kam jedoch nicht weiter. Er schüttelte den Kopf, fuhr sich mit der Hand durch das hellbraune Haar. »Okay, darüber reden wir nachher. Damit muss ich erst mal fertigwerden und wir müssen zum Kurs«, erklärte er nüchtern, nahm den Karton vom Tisch, den er eben getragen hatte, und drückte ihn mir in die Arme.

»Wir?«, wollte ich vorsichtig wissen, spürte immer noch das schwere Pochen meines Herzens in der Brust.

»Ja, wir haben jetzt *Freies Zeichnen* zusammen.« Mein Herz sackte ein paar Etagen tiefer.

»Du studierst auch hier«, fiel ganz langsam der Groschen bei mir und ich betrachtete den Schlüssel, den Zac wie selbstverständlich in seine Hosentasche steckte. »Sag mir, dass du nicht der Tutor bist.«

Doch er fing nur an zu grinsen und griff nach einem weiteren Karton.

»Ich freue mich jetzt schon dich verzweifeln zu sehen«, neckte er mich und hielt die Tür für mich auf.

Dieser Tag konnte nicht viel schlimmer werden.

Das hatte ich zumindest gedacht, bis ich beim *Freien Zeichnen* saß und der Prof uns mitteilte, dass wir ein Gebäude skizzieren sollten. Ich outete mich direkt als kompletter Idiot, was zeichnen anging, und jedes Mal, wenn Zac an mir vorbeiging, erntete ich einen blöden Spruch, den er nur so laut sagte, dass ich ihn hörte.

Seufzend zog ich eine weitere Linie, die nicht im Ansatz gerade wurde.

»Bist du Scarlett Moore?« Ich schaute von meiner völlig misslungenen Zeichnung auf zu den beiden Mädels, die direkt neben mir saßen und mich von oben bis unten musterten. Sie hatten schon die ganze Zeit getuschelt und ich hatte angenommen, dass es an Zac lag oder sie über den Prof lästerten, der in Schlappen hier rumlief und Hosenträger trug.

Nun musste ich zu meinem Bedauern feststellen, dass es sich um mich gedreht hatte, und plötzlich fühlte ich mich ziemlich unwohl, rutschte unruhig auf der Stelle hin und her.

Hatte es einen Sinn, meinen Namen zu leugnen? Schließlich würden sie ihn so oder so irgendwann erfahren, also nickte ich langsam.

»Warum hast du deinen Account überall deaktiviert?«, wollte die andere neugierig wissen, ließ ihren Blick zu meinem Kopf wandern. »Und was hast du mit deinen Haaren angestellt? Die sahen vorher eindeutig besser aus.«

Da war er. Einer dieser Messerstiche, die ich schon kannte.

Doch es war ein Unterschied, ob irgendjemand ein dämliches Bild kommentierte oder mir völlig unverfroren gegenübersaß und mir das eiskalt ins Gesicht sagte.

Ich fühlte mich so schwach und hilflos wie schon seit Wochen nicht mehr. Mein Mund blieb offen stehen und ich konnte die beiden nur verzweifelt anstarren, die mich verächtlich musterten.

»Ihr sollt zeichnen und nicht reden.« Zac war aus dem Nichts aufgetaucht und betrachtete die Bilder der beiden, die ertappt zusammenzuckten. »Vor allem, wenn eure Bilder *so* aussehen, solltet ihr die Energie lieber darauf verwenden, dass ihr besser werdet.«

Beide liefen knallrot an. Ich konnte nicht sagen, ob es Wut oder Scham war, doch sie hielten den Mund und ich konnte nicht anders, als Zac ein schmales Lächeln zuzuwerfen.

Doch ab diesem Moment hatte sich der Stein in meinem Magen festgesetzt und schien mit jedem Blick der beiden schwerer zu werden.

Ich knallte meine Tasche auf den Tresen, ließ mich auf den Barhocker sinken und vergrub das Gesicht in den Händen. Die Ellenbogen stützte ich auf der Tischplatte ab und ein tiefer Seufzer entfuhr mir.

Das einzig Gute am heutigen Tag war, dass Chad mir nicht ein weiteres Mal über den Weg gelaufen war.

Das Klirren von Glas ertönte und zwischen den Fingern konnte ich sehen, dass Zac irgendeine Flasche aus dem Regal nahm und sie vor sich stellte. Härter als nötig packte er zwei weitere Gläser daneben und fing an den Verschluss zu öffnen.

»Habe ich irgendetwas verpasst?« Ethans Stimme ließ mich noch mehr zusammensacken und ein Stöhnen, das dem schlechten Gewissen geschuldet war, entwich mir.

»Ja, Scarlett«, meldete sich Zac, der die Gläser vor unserer Nase mit einer honiggelben Flüssigkeit füllte. »Was hat der gute Ethan verpasst.« Der ironische Unterton in seiner Stimme ließ mich den Kopf heben. Er legte die Arme auf den Tresen mir gegenüber und betrachtete mich, während er einen großen Schluck aus dem Glas nahm.

Ich beobachtete, wie die Flüssigkeit aus dem Glas zwischen seinen Lippen verschwand, und biss mir auf die Zunge.

Er wollte mich tatsächlich zwingen es Ethan zu sagen.

»Alles okay, Scarlett?«, kam nun auch Kayla dazu, dicht gefolgt von Ryan, dessen Augen neugierig zwischen Zac und mir hin und her schwankten. Ich konzentrierte mich darauf, Zac mit Blicken zu töten, ihn zu warnen, dass er gefälligst nichts sagte, was er im Nachhinein bereuen würde.

»Gut, wenn du nicht willst«, meinte er und brach den Augenkontakt ab, stellte das Glas auf den Tresen.

»Zac«, ermahnte ich ihn mit einem bösen Unterton.

»Die liebe Scarlett hat ihrem Liebsten nicht mitgeteilt, dass Schluss zwischen den beiden ist.«

Ich ließ meinen Kopf auf den Tresen knallen und unterdrückte das Bedürfnis, mir die Ohren zuzuhalten und im Erdboden zu versinken.

»Was? Wie meinst du das?« Ethans Stimme klang schrill und ich verzog das Gesicht bei dem Gedanken, den Anwesenden erklären zu müssen, was los war. Aber vielleicht war Zac ja so freundlich und würde das übernehmen. Schließlich schien er diese Situation so auch schon zu genießen.

»Los, Scar. Erklär uns doch mal, wie man mit seinem Freund Schluss macht, ohne es ihm mittzuteilen.« Der Ton in Zacs Stimme war bissig geworden und ich ballte die Hände zu Fäusten.

Eigentlich ging ihn das Ganze nichts an. Was erlaubte der Vollidiot sich hier? Es war ja freundlich gewesen, dass er mich in den Raum gelassen hatte, doch gerade wünschte ich, dass er es nicht getan hätte. Wäre ich einmal anders abgebogen, wüsste keiner von dem Chaos, das ich zurückgelassen hatte und das mich nun langsam einzuholen schien.

Ich hob den Kopf und funkelte Zac zornig an, der mich mit schmalen Lippen fixierte.

»Ich habe meine Sachen gepackt und bin verschwunden, okay?«, zischte ich lauter als nötig und es ging eher an mein Gegenüber als an die anderen Anwesenden.

»Du bist einfach abgehauen?«, vernahm ich Kayla von der Seite. Wenigstens schien sie mich nicht anzuklagen.

»Ja, ich habe geschlagene drei Wochen nachgedacht, wie ich das anstelle, und gewartet, bis er geflogen ist, dann bin ich in die Wohnung, habe das Nötigste geschnappt, mich in den Bus gesetzt und bin hergekommen.«

»Und du bist nicht auf die Idee gekommen ihm eine Notiz zu hinterlassen, auf der so was steht wie: ›Du, sorry, aber ich mache Schluss‹?«, warf Zac ein und schnaubte. Ich presste die Lippen zusammen, versuchte ruhig zu atmen. »Siehst du, Ethan, das war das, was ich meinte. Sie hält sich einfach noch ein paar Optionen offen, falls sie merkt, dass es vorher doch schöner war in dem großen Apartment und ohne Arbeit.« Der Zorn, der mir entgegenschlug, ließ mich aufspringen.

Woher nahm er sich das Recht, über mich zu urteilen?!

Und ich hatte ihm im Kurs gegenüber wirklich noch Dankbarkeit empfunden für seine Hilfe. Mir hätte klar sein müssen, dass das die Ruhe vor dem Sturm gewesen war.

»Du hast keine Ahnung, was los war, also halt dich da gefälligst raus und hör auf über mich zu urteilen!«, fuhr ich ihn an und sprang vom Barhocker auf, sodass dieser laut auf den Boden knallte.

»Die letzten Jahre hat es dich doch auch nicht gestört, dass Tausende über dich geurteilt haben. Also woher kommt dieser plötzliche Sinneswandel? Oder hast du nur zu lange in der Sonne gelegen?« Seine Stimme war lauter geworden.

Alle Augen waren auf mich gerichtet. Ich spürte sie allmählich aufsteigen. Die Tränen, die jede Sekunde drohten überzulaufen. Etwas Kaltes legte sich um meine Kehle, drohte mich zu ersticken. Meine Muskeln fingen Feuer und der gesamte Raum fing an, sich zu drehen. Langsam wich ich vor Zac zurück, der mich anstarrte, als wäre ihm etwas so Widerwärtiges noch nie untergekommen.

Ich schüttelte träge den Kopf, dann drehte ich mich um und legte den nächsten Sprint am heutigen Tag hin. Sie riefen meinen Namen, doch eine gute Sache hatte dieser Instagram-Wahn gehabt. Ich hatte lange trainieren müssen, damit man keine Speckfalte sah, und das hatte zur Folge, dass ich gut rennen konnte.

Und an Tagen wie heute hätte ich mir nichts Besseres wünschen können.

Meine Beine trugen mich durch die überfüllten Straßen, vorbei an Menschen, die sicher ihr Ziel zu kennen schienen. Einigen konnte ich nicht schnell genug ausweichen, bekam einige Schimpfwörter an den Kopf geworfen, die in meinem Keuchen untergingen. Die glücklichen Gesichter blendete ich aus, ebenso die, die mir verachtend nachstarrten.

Das Herz schlug wild in meiner Brust, pumpte das Blut schwallartig durch meinen Körper und ich blieb erst stehen, als das Stechen in meiner Seite ins Unerträgliche gestiegen war. Schwer atmend hielt ich an, legte die Hand an meine Hüfte und beugte den Oberkörper nach vorne.

Ich wünschte, dass es nur diese blöden Schmerzen wären, die mich wahnsinnig machten. Leider war das, was in meiner Brust saß, weitaus grauenvoller. Es drohte mich zu verschlingen, langsam auseinanderzureißen.

Mein Blick glitt zu der Bar, neben der ich angehalten hatte. Selbstständig setzte mein Körper sich in Bewegung, einen Fuß vor den anderen. Er trug mich an den Leuten vorbei, die davor standen und rauchten.

Schweißperlen liefen von meiner Stirn und ich biss die Zähne zusammen, versuchte die Nadelspitzen, die sich bei jedem Atemzug in meine Lunge bohrten, zu ignorieren. Ich schleppte mich zu der beinah leeren Bar und ließ mich auf einen freien Sitz in der Ecke gleiten.

Ich konnte die Blicke des Barkeepers spüren, und ohne dass ich ein Wort sagen musste oder er nach meinem Ausweis fragte, stellte er ein Glas vor mir ab.

»Sieht aus, als hättest du das nötig.«

Er hatte ja keine Ahnung, wie recht er hatte.

Das Glas schwappte über bei jeder Bewegung. Ich nickte wild mit dem Kopf zum Takt, blendete das Johlen aus, das von allen Seiten zu mir vordrang. Meine Beine wippten mit der Musik und von unten reichte mir jemand einen Tequila, den ich ohne Umschweife nahm und ausleerte. Weiteres Grölen bahnte sich zu mir durch und die Herde Typen, die sich um den Tisch gesammelt hatte, wippte mit. Ich drehte mich um meine eigene Achse, warf den Kopf in den Nacken und ließ mich von der Musik führen.

Mein Kopf war leer, und auch wenn der Raum sich langsam drehte und ich das Gefühl hatte, auf einem Schiff bei Sturm unterwegs zu sein, dachte ich keine Sekunde ans Aufhören. Ich hatte in den letzten Wochen ganz vergessen, wie gut sich das Abschalten anfühlen konnte, wenn alles zu viel war.

»Scarlett!« Mein Name ließ mich die Augen öffnen und ich taumelte einen Schritt zur Seite. Suchend glitt mein Blick umher, entdeckte den ungebetenen Gast zu meinen Füßen.

»Verpiss dich!«, schrie ich Zac über die Musik an.

»Beweg deinen Arsch hier runter!« Sein Kiefer war angespannt und das wütende Funkeln in den Augen galt mir alleine. Doch ich hatte wirklich und wahrhaftig keine Lust, auf den Idioten zu hören. Ich beugte mich zu ihm herunter und er schien sich etwas zu beruhigen, weil er dachte, dass ich auf ihn hören würde.

»Fick. Dich«, sagte ich leise und dann leerte ich das Glas in meiner Hand über seinen Kopf aus. Er schloss die Augen, während der Cocktail langsam über seine Haare lief und sich anschließend über seine Wangen den Weg zum Kinn bahnte.

Das tat so verdammt gut.

Ich konnte sehen, dass er mit den Zähnen knirschte, aber es war mir komplett egal.

Jeder konnte mich mal.

Ich hatte keine Lust mehr es jedem Sesselfurzer recht zu machen.

»Jetzt reicht's«, knurrte Zac und packte mich am Arm. Ich versuchte zurückzuweichen, doch er war eindeutig stärker als ich. Keine Ahnung, wie er es geschafft hatte, doch plötzlich hing ich über seiner Schulter und er trug mich durch die Menge, die angefangen hatte zu buhen, weil Zac meine Show vorzeitig beendet hatte.

»Lass mich runter!« Mit aller Kraft, die ich aufwenden konnte, trommelte ich auf seinen Rücken, versuchte mich irgendwie aus seinem festen Griff zu wenden.

»Sei still, sonst drehe ich dir gleich den Hals um«, zischte er.

»Du kannst es gerne versuchen«, keifte ich und wand mich weiter. Schlagartig umfing mich eine kühle Nachtluft, die mir den Atem raubte. Meine Muskeln begannen umgehend zu zittern und ich krallte mich an seinem grauen T-Shirt fest.

Die Musik der Bar wurde mit jedem Schritt, den wir machten, leiser und erst jetzt wurde mir klar, dass draußen bereits die Straßenlaternen an waren. Wie spät war es wohl?

Wir bogen um eine Ecke und blieben an einer Bushaltestelle stehen. Kaugummis klebten an dem Mülleimer, der sich neben uns befand, und die Lampe, die dort stand, schien leicht defekt zu sein. Natürlich könnte das Flackern auch am Alkohol liegen, der mich ein wenig durcheinanderbrachte.

Ich spürte, dass sein Griff sich lockerte, und dann trafen meine wackeligen Füße auf harten Untergrund. Er ließ meinen Arm los und da meine Gleichgewichtsorgane nicht darauf vorbereitet waren mich zu halten, schwankte ich leicht nach hinten.

Meine Hände wirbelten durch die Luft, aber ehe ich fallen konnte, hatte seine warme Hand meinen Arm erreicht und zog mich etwas näher zu sich. Verwirrt suchte ich nach seinem Kopf und fand braune Augen, die mich böse anstarrten.

Ein Kribbeln breitete sich schlagartig in mir aus. Aber das war falsch. Völlig falsch.

Ich entriss Zac meinen Arm, taumelte zwei Schritte von ihm weg.

»Wie zum Teufel hast du mich gefunden?«, knurrte ich, versuchte an einer Stelle stehen zu bleiben, was sich jedoch als weitaus schwieriger erwies, als ich dachte.

»Barkeeper kennen sich untereinander«, sagte er nüchtern, machte einen Schritt auf mich zu.

»Wag es ja nicht näherzukommen«, drohte ich, wich ein weiteres Stück zurück.

»Was denn? Willst du dich abfüllen lassen um am Ende vergewaltigt in einer Gasse liegen gelassen zu werden?«

Seine Worte sackten langsam zu mir durch und ich wich dem stechenden Blick aus, schlang die Arme um meine Brust und wandte ihm meine Seite zu. Ein sanfter Windhauch zog durch die Straßen und augenblicklich wanderte eine Gänsehaut über meinen Körper.

Ich biss die Zähne zusammen, betrachtete die Häuser, die im Dunkeln lagen, und versuchte den Schmerz zu verdrängen, der allmählich in mir aufflackerte. Die Worte der beiden Mädchen aus dem Kurs kamen mir plötzlich wieder in den Sinn, streiften durch meine Gedanken. Ebenso wie ihre anklagenden Blicke.

Als hätten sie irgendein Recht, so etwas zu sagen.

»Warum urteilst du über mich?« Die Frage war einfach über meine Lippen gekommen, durchbrach die Stille, die hier herrschte. »Warum erlaubt sich eigentlich jeder mich zu verurteilen?«, rief ich aufgebracht, versuchte meine Atmung unter Kontrolle zu bekommen, doch sie wurde immer hektischer. »Habe ich irgendjemandem etwas getan? Habe ich *dir*«, ich wirbelte zu Zac herum, der mit durchnässtem, grauem Shirt neben der Laterne stand und mich mit neutralem Blick anstarrte, »jemals was getan?!«

Er sah aus, als wäre es ihm völlig egal.

Immer noch tropften die Reste meines Cocktails aus seinen Haaren.

»Sag schon!«, forderte ich ihn energisch auf, überbrückte die Entfernung zwischen uns und rammte meine flachen Hände gegen seine Brust. Er stolperte überrascht einen Schritt nach hinten, konnte sich jedoch sofort wieder abfangen. »Du hast doch keine Ahnung, wo ich durchmusste!«, schrie ich und holte aus, um ihm eine Ohrfeige zu verpassen. Allerdings hatte der Alkohol meine Reaktion ziemlich eingeschränkt, sodass es ein Leichtes für ihn war, mein Handgelenk festzuhalten.

Ich konnte seinen heißen Atem auf meiner Haut spüren, bemerkte, dass er nach einer Mischung aus Salz und Kaffee roch. Er bewegte sich nicht einen Zentimeter, schien auch nicht dran zu denken loszulassen. Seine Augen hatten mich fest im Griff, ließen keine Flucht zu.

»Wo musstest du durch, Scarlett?« Seine Stimme war ein leiser Hauch und die Worte strichen über meinen Körper, fanden den Weg in meinen Kopf. Ich wollte die Augen zusammenkneifen, doch ich konnte ihm nicht entfliehen.

»Einmal. Es ist nur einmal passiert«, versuchte ich mich zu rechtfertigen. Meine Atmung beschleunigte sich und hätte er mich nicht so angestarrt, wären die Bilder vor meinen Augen aufgetaucht.

»Was ist nur einmal passiert?« Der Ton in seiner Stimme hatte sich geändert. Die pure Wut war abgeschwächt und ich fing an, den Kopf zu schütteln.

»Wirklich. Nur das eine Mal, danach bin ich gegangen«, wiederholte ich, begann hin und her zu wippen, mich zu bewegen in der Hoffnung, dass es mich nicht überfallen würde.

»Was ist passiert, Scarlett?«, fragte er mit Nachdruck, löste den Druck an meinem Handgelenk etwas.

Ich wollte nicht zusammenbrechen. Wollte nicht schwach sein und schon gar nicht sollte er das von mir denken, doch da hatten sich bereits die ersten Tränen aus meinen Augenwinkeln gelöst.

»Er hat mich nur einmal geschlagen.«

10. Scarlett

Jede Wut, die bis dahin noch sein Gesicht in Beschlag genommen hatte, fiel, als ich es aussprach.

»Ich bin nicht schwach«, flüsterte ich, schmeckte die salzigen Tränen in meinem Mund. Zac schien völlig überrumpelt und nun war er derjenige, der erstarrt war. Sein Griff lockerte sich und dann schlang er seine Arme um mich, zog mich gegen seine Brust, die noch nach dem ekeligen Cocktail roch.

»Natürlich bist du nicht schwach«, murmelte er. Ich krallte mich an seinem Shirt fest, ließ die Tränen laufen, die aus dem tiefsten Punkt meiner Brust kamen. Seine Hand fuhr langsam meinen Rücken rauf und runter, was mich nur noch mehr weinen ließ. Damals hatte keiner mich in den Arm genommen. Sowieso war das, was Zac hier gerade tat, etwas, das ich seit Jahren nicht kannte.

Und obwohl wir uns dauernd in die Haare bekamen, stand er nun plötzlich vor mir und hielt mich, als wäre es selbstverständlich.

Als wären wir Freunde.

»Es wird alles gut«, hörte ich seine Stimme nah an meinem Ohr und seine Arme zogen mich noch ein Stück näher an ihn.

Er fing an mich sanft hin und her zu wiegen, sprach mit mir und ich verstand kein Wort, doch es beruhigte mich. Irgendwann hielt ein Wagen neben uns und mir wurde etwas um die Schultern gelegt. Ich hielt die Augen geschlossen, vernahm vertraute Stimmen, die besorgt miteinander sprachen. Dann griff jemand um meine Beine und ich krallte mich noch etwas mehr an ihm fest, wollte nichts sehen und nichts fühlen. Einfach nur stehen und warten, bis der Schmerz vorbei war.

»Ganz ruhig. Wir bringen dich jetzt nach Hause«, erklärte er und strich mir eine Strähne aus dem Gesicht, brachte mich dazu, die Augen für einen Moment zu öffnen. Ich nickte schwach, schlang dann die Arme um seinen Hals, hielt mich fest, als könnte ich jede Sekunde ertrinken.

In einer Bewegung hatte er mich hochgehoben und dann saßen wir in einem Auto oder etwas in der Art. Ich hörte die Straßen, die Stimmen und sah die Lichtblitze vor meinen Augen.

Meine Lider wurden immer schwerer und irgendwann gab ich der Schwärze nach, die mich mit offenen Armen empfing.

Das schmerzhafte Pochen in meinem Kopf nahm ich als Erstes wahr. Ich rollte mich zur Seite, gab ein leises Stöhnen von mir. Jede Faser meines Körpers schrie auf, als ich mich bewegte. Ein greller Sonnenstrahl traf auf meine Lider und ich verzog das Gesicht.

»Musst du kotzen?«

Ich fuhr hoch, riss die Augen auf und fand Zac, der auf einem Stuhl vor dem Schreibtisch saß. Er hatte sich nach vorne gelehnt und beobachtete mich. Ein Stechen jagte durch meinen Kopf und ich massierte mir die Schläfen.

»Was machst du hier?«, wollte ich wissen, statt auf seine Frage zu reagieren, und schloss die Augen.

Das Licht hier war viel zu hell.

»So betrunken, wie du warst, wollte ich dich nicht alleinlassen.«

Nur langsam sickerten seine Worte zu mir durch.

»Du bist hiergeblieben?«, platzte es aus mir raus und verwirrt starrte ich ihn an. Doch er antwortete nicht, schien auf etwas von mir zu warten. Nur auf was? Meine Gehirnzellen kamen nur schwer in Gang, hatten eindeutig zu viel Tequila mitbekommen.

Ich rieb mir die Stirn, versuchte das, was in seinen Augen lag, zu deuten. Bruchstücke von gestern tauchten auf. Wie ich auf dem Tisch tanzte. Der Cocktail über seinem Kopf und…

Meine Muskeln versteiften sich und ich presste die Lippen zusammen. Die Schmerzen schienen wie weggeblasen zu sein.

Nein.

Das hatte ich nicht getan.

»Ich hab's noch niemandem erzählt.«

Langsam schloss ich die Augen, versuchte die Scham, die aus dem Nichts kam, zu kontrollieren. Doch ich konnte fühlen, dass das Blut in meine Wangen stieg.

Und natürlich hatte ich es ihm erzählen müssen. Nicht Kayla oder Ethan. Nein, dem Typen, der mich nur noch abfälliger betrachten würde. Als wäre ich ein Feigling. Ein Schwächling.

»Soll ich es jemandem erzählen?«

»Nein!«, schrie ich fast und riss den Kopf hoch. Meine Lippe zitterte und ich hielt mich an der Decke fest. »Ich…« Die Worte blieben mir im Hals stecken. Ein Kloß machte sich breit und ich wich seinem Blick aus. Zu groß war die Angst, Belustigung oder etwas anderes in seinem Blick zu finden, das mir noch mehr das Gefühl gab, dass ich versagt hatte.

Es wurde still im Raum. Nur das Zwitschern von Vögeln und das Geräusch von Autos, die über den Asphalt rasten, drangen herein.

»Ist das eigentlich alles, was du besitzt?«

Der plötzliche Themenwechsel brachte mich etwas aus dem Konzept.

»Was?«, fragte ich verdutzt, schaute durch den Raum, in dem wirklich nur eine kleine Reisetasche stand. Und auf genau die deutete er.

»Ist das alles?«, wiederholte er mit hochgezogenen Augenbrauen.

»Mehr hat nicht in die Tasche gepasst«, sagte ich leise und schaute auf die Bettdecke. Erst jetzt fiel mir auf, dass ich nicht mehr das von gestern Abend trug. »Sag mal, wer hat mich umgezogen?«

»Und deine restlichen Sachen?«, überging er meine Frage und ich entdeckte meine Klamotten, die über dem Stuhl hingen, auf dem er saß.

»Hast du mich umgezogen?« Er holte tief Luft, rieb sich die Schläfe und erst jetzt wurden mir die dunklen Ringe unter seinen Augen bewusst. Ich biss mir auf die Zunge und schrumpfte einige Zentimeter. »Die restlichen Sachen sind noch bei ihm«, gab ich kleinlaut zu, woraufhin er scharf die Luft einsog.

»Das nächste Mal, wenn er mir über den Weg läuft, kriegt der aber so was von einen über den Deckel gezogen.« Er erhob sich mit einer grimmigen Miene und fuhr sich rastlos durch das Haar. Seine Augen huschten zu mir. »Zieh dich an. Wir müssen in die Bar. Die anderen warten schon und machen sich Riesensorgen um dich.«

Und dann ging er einfach.

Als wäre nichts gewesen.

Absolut gar nichts.

Irgendwie hatte ich es geschafft trotz des pochendes Kopfes und des Gedankenstrudels in meinem Hirn eine Jeans und ein Shirt anzuziehen. Im Flur hatte Zac mich mit einer Tablette und einem Glas Wasser empfangen. Stumm hatte ich es zu mir genommen, war dann weiter ins Bad gegangen und hatte versucht mein Gesicht halbwegs in Form zu bekommen. Bei den Haaren hatte ich direkt kapituliert und sie einfach zu einem hohen Zopf gebunden.

Den Weg zur Bar liefen wir schweigend, was ziemlich ungewöhnlich war. Normalerweise hatte ich von Zac immer irgendwelche nervtötenden Kommentare ertragen müssen, doch heute schienen wir beide in unseren Gedanken versunken zu sein.

Hin und wieder spürte ich jedoch seinen Blick von der Seite, konnte sehen, wie sich seine Stirn in Falten legte und er am Grübeln war. Die ganze Zeit über fragte ich mich, was er wohl über mich dachte und wie die anderen reagieren würden, sollte ich es ihnen jemals erzählen. Vor allem überlegte ich, ob mir gleich jeder den Kopf abreißen würde. Meine Aktion gestern war schließlich keine meiner besten gewesen.

»Wenn du dich das nächste Mal betrinken musst, dann bitte mit mir!« Ich hatte keine Zeit zu reagieren oder überhaupt wahrzunehmen, dass wir bereits in der Bar standen, da war mir Kayla bereits um den Hals gefallen. Ihre Locken kitzelten an meinem Gesicht, als sie mich beinah zerquetschte. »Ernsthaft. Alleine abschießen ist eine beschissene Idee«, knurrte sie, doch die Umarmung, die sie mir schenkte, passte nicht zu der wütenden Stimme.

Meine Augen fielen zu und ich klammerte mich an Kayla fest, die ein böses Schnauben von sich gab. Womit hatte ich das hier verdient? Es dauerte eine ganze Weile, bis sie sich langsam von mir löste. Sie hauchte mir noch einen Kuss auf die Wange und trat einen Schritt zur Seite.

Meine Kehle wurde trocken.

Ethan stand mit verschränkten Armen vor mir und der enttäuschte Ausdruck in seinen Augen ließ mich den Kopf senken.

»Nie wieder«, sagte er in strengem Tonfall. »Von mir aus schlag Zac k.o., aber renn nie wieder weg.« Von der Seite kam ein protestierender Laut, der von Kaylas Zischen sofort erstickt wurde.

»Aber du darfst mich erst von ihm wegreißen, wenn er k.o. ist«, murmelte ich, versuchte die Luft, die zum Zerreißen gespannt war, etwas aufzulockern. Ethan entfuhr ein Laut, der eine Mischung aus einem Lachen und einem Schnauben war.

»Verflucht, ich reiche dir sogar den Knüppel, mit dem du ihn umhaust«, knurrte er und dann wurde ich nach vorne gerissen, hing an der starken Brust meines Bruders.

»Warum verbündet ihr euch alle gerade gegen mich«, hörte ich Zac fassungslos fragen.

»Weil du manchmal einfach ein Arsch bist«, belehrte ihn Kayla und ich lächelte vor mich hin.

Da hatte sie absolut recht.

Niemand sprach mich in den folgenden Tagen auf Chad oder meinen Ausrutscher an. Es war, als hätten alle eine stille Übereinkunft getroffen, dass ich Zeit brauchte, um mit allem klarzukommen, was auch wirklich der Fall war. Kayla strengte sich an, mich jede freie Minute zum Lachen zu bringen, indem sie mir seltsame Kleidungsstücke zeigte, die sie in ihrem Schrank gefunden hatte, oder mir Witze erzählte, die sie gegoogelt hatte.

Ethan schaute vorbei, bevor er zur Uni ging und wenn er wiederkam. Meistens hatte er einen Muffin oder eine Tafel Schokolade dabei, die er mir heimlich und schnell zusteckte. Er schien nicht genau zu wissen, wie er mit mir umgehen sollte, doch er machte das fantastisch.

Ryan sah ich nur einmal im Hausflur, doch auch er versuchte mich aufzuheitern, indem er seine peinlichsten Erlebnisse schilderte, die Kayla und mich so zum Lachen brachten, dass wir Bauchschmerzen bekamen.

Und dann war da noch Zac. Zac, den ich nur in der Uni sah, weil ich die Woche nicht arbeiten musste. Er schaute öfter als nötig bei mir auf die Zeichnung und war bei den Lästerschwestern kritischer als bei allen anderen. Aber er sagte nichts. Nicht ein Wort wechselten wir in der Woche. Wenn ich mit Kayla unterwegs war und er uns begegnete, murmelte er ein Hallo und verschwand hastig.

Mir war es, ehrlich gesagt, ganz recht. Denn so konnte ich das Chaos in meinem Kopf langsam ordnen und begriff, was in den letzten Wochen überhaupt geschehen war. Mein ganzes Leben hatte sich von heute auf morgen verändert. Ich war in eine neue Stadt gezogen und hatte angefangen zu studieren. Eine Sache, die mir bis vor Kurzem völlig unmöglich erschienen war. Und auch wenn die Geister der Vergangenheit mich heimsuchten, in meinen Träumen auftauchten und ich Angst hatte, ihnen auf der Straße zu begegnen, so spürte ich doch die Freiheit aufkommen.

Ich aß, wann, wo und was ich wollte. Laufen ging ich nur, wenn ich Lust hatte, und ich verbrachte keine Stunden vorm Kleiderschrank oder Spiegel. Anstatt am Strand die perfekte Selfie-Pose zu suchen, rannte ich mit Kayla in das kühle Nass, das von den Sommermonaten noch aufgeheizt war.

Seit Langem hatte ich wieder das Gefühl wirklich zu leben.

Auch wenn einige mich noch auf meine Social-Media-Accounts angesprochen hatten, die nicht mehr existierten, und Ethan dauernd Anrufe von meiner Mutter bekam, interessierte es mich immer weniger, was die Leute über mich sagten und dachten.

Und genau das war auch der Grund, weshalb ich mit Kayla lachend in einem Secondhandladen stand und zwischen den Klamotten wühlte. Ich zog ein rotes Kleid mit gigantisches Puffärmeln und Rüschen hervor, hielt es demonstrativ vor meinen Körper und wackelte mit den Augenbrauen.

»Was meinst du? Besser als Versace und Co., oder?« Ich drehte mich um die eigene Achse und konnte aus dem Augenwinkel sehen, dass Kayla ihr Smartphone gezückt hatte und ein Bild schoss. »Was machst du da?« Ich ließ die Schultern hängen und starrte sie mit leicht geöffnetem Mund an.

»Ich schicke das deinem Bruder«, informierte sie mich, ohne den Blick vom Display zu wenden.

»Lass das, Kayla!«, sagte ich empört und trat einen Schritt nach vorne, um ihr das Handy aus der Hand zu reißen, doch sie zog es aus meiner Reichweite und schenkte mir ein triumphierendes Lächeln.

»Zu spät.«

»Dafür suche ich dir die hässlichsten Klamotten raus, die ich finden kann«, drohte ich. Sie legte den Kopf schief und stützte sich an der Kleiderstange neben sich ab.

»Herausforderung angenommen.«

Es roch nach alter Oma in den kleinen Umkleiden, deren Wände mit einer seltsam karierten Tapete in einem Rotbraun geschmückt waren. Dunkelbraune, schwere Vorhänge schützten vor den neugierigen Blicken der anderen Besucher. Meine Kleidung hatte ich auf den kleinen Metallhocker gelegt, der an einigen Stellen bereits rostete.

Eine Ecke des Spiegels war abgebrochen und das Licht der kleinen Lampe über mir spiegelte sich in dem silbernen Glitzer-Top, das ich trug. Die Lederhose, die viel zu locker auf meinen Hüften saß, hatte scheußliche Fransen an den Knöcheln und die roten Schuhe, die aus dem Mittelalter hätten stammen können, zierte eine gigantische goldene Schnalle.

Es sah grauenvoll aus.

Der riesige gelbe Strohhut auf meinem Kopf besserte den Eindruck auch nicht.

»Oh Gott. Ich glaube, die Runde geht an dich«, lachte ich und riss schwungvoll den Vorhang beiseite, um mich Kayla zu präsentieren. Doch neben ihrem Augenpaar starrten mich drei weitere an.

»Bitte lächeln.« Ein Blitz blendete mich und ich kam gar nicht mehr dazu, den Mund zu schließen oder irgendwie zu reagieren. Die Arme hingen schlaff neben mir und ein völlig verstörter Ausdruck zierte mein Gesicht.

»Was macht ihr hier?«, platzte es aus mir raus.

»Kannst du dich bitte einmal drehen?«, bat Ethan mich und konnte sein Lachen nicht länger unterdrücken.

»Das sieht echt schrecklich aus«, bestätigte Ryan und ließ sich breit grinsend auf den alten grünen Sessel fallen, der vor den Umkleiden stand.

»Ich finde, das Oberteil ist der Wahnsinn. Damit stichst du jede Discokugel aus.« Zac vergrub schief grinsend die Hände in den Taschen seiner Lederjacke und kam etwas näher. Langsam umrundete er mich und ich konnte seine Augen auf mir spüren. Es schien, als würde er jeden Zentimeter meines Körpers scannen, und Hitze stieg mir in die Wangen. Die Nackenhaare stellten sich nach und nach auf und ich kniff die Lippen zusammen.

»Was macht ihr hier?«, wollte ich von Zac wissen, der den Blick nicht hob, sondern nun die Schuhe interessiert musterte.

»Wir waren in der Nähe und wollten eure wunderbare Modenschau unter keinen Umständen verpassen.« Seine Hand streifte meine Schulter, als er nach dem Hut griff und ihn mir vom Kopf nahm. Ein Kribbeln blieb an der Stelle zurück und ich unterdrückte den Drang, mit der Hand darüberzufahren.

»Ich finde, ihr zeigt uns die Schmuckstücke, die ihr ausgegraben habt, und wir halten jedes davon fest, um am Ende einen Gewinner zu ermitteln.« Ethan zog das Smartphone aus seiner hinteren Hosentasche und ließ sich auf einen lilanen Sessel neben Ryan fallen.

Zac drehte den Hut langsam in seinen Händen, ehe er ihn aufsetzte und mich mit schelmisch funkelnden Augen anschaute. »Und das Ganze feiern wir heute Abend im *Goonie* mit den neuen hübschen Teilen, die ihr erworben habt.«

»Ich werde garantiert nicht *so* feiern gehen, Zac«, mischte Kayla sich ein, deutete auf das rosa Rüschenkleid, das sie trug.

»Ihr probiert einfach was an«, er drehte den Hut auf dem Kopf, schlenderte zu dem abgenutzten Holzhocker, der vor Ethan stand, »und wir entscheiden, was akzeptabel ist.«

Das war die beschissenste Idee, die ich seit Langem gehört hatte. Doch als ich in die Augen der Anwesenden sah, wusste ich, dass ich absolut keine Wahl hatte.

11. Zac

»Vergiss es!«, rief Ethan und warf Ryan einen bitterbösen Blick zu, der ein sehr kurzes, sehr enges und sehr freizügiges Kleid hoch hielt und es Scar andrehen wollte. »Lass das Blut wieder in dein Hirn wandern, du Holzkopf! Das ist immer noch meine kleine Schwester!«

Ryan hob schützend die Hände und verschwand hastig wieder hinter den Kleiderständern.

Die Sonne stand bereits tief, fiel durch die großen Fenster und ließ den Staub, der durch den Raum wirbelte, zum Vorschein kommen. Die Kleiderstangen, die sich verteilt im Raum befanden, waren mit bunten Klamotten bestückt, die kurz oder lang waren. Selbst ein Brautkleid hatten wir schon gefunden. Da der Laden etwas abseits der Einkaufsstraße lag, war nur hin und wieder das Klingeln zu hören, wenn ein Kunde hereinkam. Und das Lachen von Kayla und Scar, die der Bude damit richtig Leben einhauchten.

»Wie kommt er nur auf so eine geschmacklose Idee?«, knurrte mein bester Freund und wandte sich erneut dem Kleiderständer zu, schob einen Bügel nach dem anderen beiseite und runzelte hin und wieder die Stirn. Ich warf einen Blick zu den Umkleiden, vor denen die beiden neuen Freundinnen lachend standen.

»Also wenn Kayla die Kandidatin für das hübsche Kleidchen gewesen wäre, hättest du bestimmt nicht abgelehnt.«

Mein bester Freund erstarrte und ich zog ein blaues Kleid hervor, das ich in Ruhe betrachtete, als wäre nichts weiter gewesen.

»Wie meinst du das?«, vernahm ich seine leise zischende Stimme, sah, wie er einen nervösen Blick über die Schulter warf, ob die Frauen außer Reichweite waren.

»Als wäre es ein großes Geheimnis, dass du auf Kayla abfährst«, murmelte ich und hängte das blaue Stück zurück an seinem Platz.

»Ich…«, setzte Ethan an, doch die Worte blieben ihm im Hals stecken.

»Willst du sie nur ins Bett kriegen, oder…?«

»Verflucht, nein!« Er ließ von dem Kleiderständer ab und wandte sich mir mit angespanntem Gesicht zu. »So eine ist sie nicht.« Seine Augen schweiften kurz zu Kayla, deren Lockenmähne wild durch die Gegend wirbelte, weil sie gerade mit Scar irgendeinen Tanz hinlegte, den ich nicht einordnen konnte.

Dieser beschissene verliebte Blick ließ mich beinahe würgen.

»Woher weißt du das?«, wollte er leise wissen und betrachtete mich mit schmalen Lippen, als hätte er Angst vor meiner Reaktion.

»Mal abgesehen davon, dass ich dein bester Freund bin, war nun wirklich nicht zu übersehen, wie du sie dauernd anstarrst und berührst, wenn du denkst, dass keiner hinschaut«, erklärte ich schulterzuckend und lehnte mich gegen die Säule, neben der ich stand.

Ein Seufzen kam über Ethans Lippen und er fuhr sich ratlos durch das dunkelblonde Haar.

»Entspann dich und sag mir, wie ich dir bei deinem Liebesproblemchen helfen kann.«

»Du«, Ethan schaute mich stutzig an, ehe er anfing zu grinsen. »Du hast doch keine Ahnung davon. Mal abgesehen von deinen kurzlebigen Abenteuern hast du doch keinen Schimmer, wie man mit einer Frau umgeht«, flüsterte er und warf einen weiteren kurzen Blick über die Schulter. »Schon gar nicht mit so einer.«

Na vielen Dank auch.

»Hey Ethan, was sagst du dazu? Das würde an deiner Schwester bestimmt wahnsinnig gut aussehen!«, wurde unsere Unterhaltung von Ryan unterbrochen, der ein knappes schwarzes, durchsichtiges Kleid hochhielt.

»Jetzt reicht's!«, fluchte mein bester Freund und drängte sich an mir vorbei, während Ryan schnellstmöglich zwischen den Kleiderstangen verschwand. Lautes Fluchen und Lachen hallten durch den Raum, während ich hastig zu der Stelle lief, an der Ryan eben gestanden hatte. Zügig wühlte ich mich durch die Klamotten, bis ich schließlich das schwarze Teil fand, das dem guten Ethan fiel zu knapp für seine Schwester war.

Mit einem breiten Grinsen schnappte ich es mir und lief eilig zu den Kabinen. Kayla und Scar standen vor dem großen Spiegel und vollführten lachend seltsame Posen.

»Hey Scar«, rief ich aus dem Gang, woraufhin sie den Kopf hob. »Probier das hier an!« Ich warf ihr das Kleid zu, das sie verwundert auffing.

»Scarlett, das lässt du sein!«, vernahm ich hinter mir eine böse Stimme, ehe ich eine Kopfnuss abbekam. »Das ist viel zu freizügig!«

Ich hatte den Mund schon offen, schaute Scar an, die verwundert die Stirn runzelte, als Kayla sich lachend einmischte.

»Oh, Ethan, du alter Spießer. Hör auf, den vernünftigen großen Bruder zu spielen. Wir wissen alle, dass du das Wort ›Vernunft‹ nicht einmal buchstabieren kannst.« Ich nehme an, es war ihr Lachen, das den guten Ethan verstummen ließ. »Und jetzt zieh das Kleid an, Scarlett.«

Ihre Augen wanderten zu ihrem Bruder, der mahnend den Kopf schüttelte.

»Ich finde, ein bisschen Rebellion gegen deinen Bruder würde dir ganz guttun«, warf ich ein, kassierte gleich dafür einen Hieb gegen die Schulter. Dennoch musste ich grinsen, und gerade als Ethan zu seiner Schwester stürmen wollte, verschwand diese in der Umkleide. Geräuschvoll wurde der Vorhang zugezogen und er blieb ratlos davor stehen.

»Lass das sein, Scarlett!«, befahl er seiner Schwester, von der nur ein Lachen aus der Kabine kam.

»Entspann dich mal.« Kayla legte ihre Hand auf seinen Rücken und ich konnte beobachten, wie er sich ein wenig versteifte. Zwar nur minimal, aber mir entging es nicht. »Sie ist alt genug, um zu wissen, was sie anzieht.«

»Sie ist meine kleine Schwester«, protestierte er leise, warf mir und Ryan einen bitterbösen Blick zu.

»Sie ist seine verflucht heiße Schwester«, flüsterte Ryan, sodass nur ich ihn hörte.

»Na ja, so verflucht …« Ich konnte meinen Gedanken nicht aussprechen, denn in diesem Moment wurde der Vorhang beiseitegezogen und Scar präsentierte sich mit einer professionellen Drehung und zerzaustem Haar, das wirkte, als wäre sie gerade aus dem Bett gekommen.

Ich hatte es abstreiten wollen, sie als das kleine unwissende Schwesterchen meines besten Freundes darstellen wollen. Doch leider sah sie ganz und gar nicht danach aus. Das schwarze Kleid endete knapp über ihren Knien, und weil es so eng war, konnte man deutlich ihre Brüste erkennen, die sich nahezu perfekt an den Ausschnitt anpassten. Der Rücken war weiter ausgeschnitten und ich musste schwer schlucken.

Keiner sagte ein Wort. Das Lächeln verschwand von ihren Lippen und sie ließ die Schultern hängen. »Sieht es so grauenvoll aus?«, murmelte sie verzweifelt und wandte uns den Rücken zu, um sich im Spiegel zu betrachten.

Ich ließ den Blick über ihre zarten Schultern, die schmale Taille bis zu dem unfassbar hübschen Hintern wandern.

Das war mein Todesstoß.

Ich konnte nichts gegen die Bilder tun, die in meinem Kopf auftauchten und absolut nicht den kleinen süßen Schwester-Faktor hatten. Das hatte eher was mit dreckigem Sex auf dem Tresen zu tun und warf mich wirklich aus der Bahn.

»Verdammt, Scarlett. Du siehst alles andere als grauenvoll aus«, meldete Ryan sich zu Wort.

»Das ist megaheiß«, fand Kayla ihre Stimme wieder und betrachtete begeistert ihre Freundin von oben bis unten.

»Nein, das wirst du nicht kaufen«, mischte Ethan sich ein, woraufhin die gute Kayla die Hände in die Hüften stemmte und sich umdrehte, um mit ihm einen kleinen Streit anzufangen. Ryan lauschte den beiden und konnte das Lachen nicht unterdrücken, während ich die Augen nicht von Scar losreißen konnte, die sich eingeschüchtert auf die Zunge biss.

Himmel, sah das scharf aus.

»Was sagst du dazu, Zac? Soll sie es kaufen oder nicht?« Kaylas laute Stimme riss mich aus den Gedanken, doch ich löste den Blick nicht von Scar, die die Arme vor der Brust verschränkte und die Nase kräuselte.

Ich spürte die Augen, die auf mir ruhten, tat, als müsste ich mir die Entscheidung noch gut überlegen, dabei war es schon längst klar.

»Na ja. Was Besseres haben wir bisher nicht gefunden«, antwortete ich schulterzuckend. »Also würde ich sagen, dass du es kaufst, damit wir endlich anfangen können zu feiern.«

Und vor allem, damit ich diese Bilder wegtrinken konnte.

Ethan wollte mich umbringen. Wahrscheinlich hatte er sich bereits zwanzig unterschiedliche Möglichkeiten überlegt, um meine Überreste verschwinden zu lassen. Über seine zahlreichen Mordpläne wollte ich mir lieber keine Gedanken machen. Die Blicke, die ich im Rücken spürte, reichten mir vollkommen aus.

Wir waren irgendwie im *Rooster* gelandet. Ich hatte keine Ahnung, wie das passiert war, zu sehr war ich mit Ethans vorwurfsvollen Blicken und dem engen Kleid von der kleinen Scar beschäftigt gewesen. Schließlich hatte ich mich in der Sitzecke gefunden, mit einem kalten Bier auf dem Tisch, und beobachtete zusammen mit Ryan Kayla und Scarlett, die sich nicht für ein Getränk entscheiden konnten, und Ethan, der immer noch versuchte den großen Bruder zu mimen.

»Hör auf, so böse zu gucken!«, lachte Kayla und schlug Ethan gegen die Schulter, der gerade das Bier der beiden wegnehmen wollte.

»Sie ist noch keine einundzwanzig!«, protestierte er und ich konnte gar nicht so schnell gucken, wie die beiden wieder in einer hitzigen Diskussion gefangen waren. Ein bisschen erinnerten sie mich an Eltern, die sich um ihre Tochter kümmerten.

Sie gaben ein ganz hübsches Paar ab und keiner der beiden schien zu checken, wie sehr zwischen ihnen die Funken sprühten. Vielleicht sollte ich ihnen einen Schubser geben, damit sie nicht weiterhin so unbeholfen auf der Stelle traten?

Immerhin lief das Ganze schon seit Monaten so. Wenigstens schien Ethan kapiert zu haben, dass da mehr war.

Schallendes, glockenhelles Lachen lenkte mich von dem streitenden Pärchen ab und mein Blick wanderte zu Scar, die daneben stand und sich vor Lachen den Bauch hielt. Ich hatte damals in der Dusche schon schnell kapiert, dass sie einen hübschen Körper hatte, aber das, was dieses Kleid freilegte, ließ jede Fantasie verblassen.

Eins meiner größten gegenwärtigen Probleme.

»Sag mir bitte, dass ich nicht der Einzige bin, der in der guten Scar nicht die kleine Schwester sieht.« Ryan nahm einen großen Schluck von seinem Bier und ich konnte mir vorstellen, dass er genauso mit seinem Kopf zu kämpfen hatte wie ich.

»Ich habe, ehrlich gesagt, keinen Schimmer, wie die verwandt sein können«, gab ich zu. Meine Augen huschten kurz zu Ryan und ich versuchte ihn mir mit Scar vorzustellen. Doch das verschlimmerte das dumpfe Gefühl nur, das sich in meinem Magen ausbreitete. Also nahm auch ich hastig einen Schluck und versuchte meine Verwirrung zu überspielen.

»Wäre sie nicht seine kleine Schwester, hätte ich mit ihr schon längst schmutzige Dinge angestellt.« Er gab ein enttäuschtes Schnauben von sich, sackte etwas tiefer neben mir. »Und die gute Kayla hätte ich auch direkt mitgenommen.«

»Übernimm dich nicht, Romeo«, warnte ich ihn, konnte mir ein schiefes Grinsen nicht verkneifen.

»Du hast keine Ahnung, wie egal es mir gerade ist, wenn ich danach völlig geschafft auf'm Boden in einer Gasse liege und mich nicht mehr bewegen kann.«

»Oh, bitte. Das sind Bilder, die ich nicht brauche«, antwortete ich angewidert und sah Scarlett dabei zu, wie sie an der Musikanlage rumspielte. Kayla hatte Ethan mittlerweile hinter den Tresen verbannt, während sie sich mitten in den Raum stellte.

»Mach schon an!«, rief sie Scarlett zu und dann schallten wilde Töne durch den Raum.

»Die wollen uns umbringen«, murmelte Ryan und schlug die Hand vor den Kopf. Eine Sekunde wunderte ich mich, was er meinte, bis ich die Melodie von dem Burlesquc-Abend wiedererkannte, den wir einmal veranstaltet hatten. Und noch ehe ich es mitbekommen hatte, fingen beide Frauen an zu tanzen, als wäre keiner von uns Typen hier. Sie schwangen die Hüften im Takt, drehten sich lachend im Kreis, schüttelten die Köpfe im Takt und sangen mit.

Das erinnerte mich stark an jenen Abend, als ich Scar aus der Bar gefischt hatte. Da war es mir schon schwergefallen, in ihr die kleine Schwester zu sehen. Jetzt, mit diesem Outfit, blieb mir nichts anderes übrig als die reine Kapitulation.

»Wenn die so weitermachen, muss ich aufs Klo verschwinden«, seufzte der Typ mit den schwarzen kurzen Haaren.

»Reiß dich zusammen oder du machst heute noch Bekanntschaft mit dem großen Bruder«, merkte ich an, als meine Augen eine Sekunde Ethan streiften, dessen finstere Miene auf den Tanzenden ruhte.

Vielleicht war es genau das, was uns alle ablenkte. Keiner bemerkte die Gäste, die plötzlich im Raum standen und mit weit aufgerissenen Augen Kayla und Scarlett anstarrten. Sie wären mir auch nicht aufgefallen, wäre Scarlett nicht erstarrt und weiß angelaufen.

Verwirrt folgte ich ihrem Blick und die Musik stoppte in jenem Moment.

»Was tust du da?«, wollte eine der beiden Besucherinnen wissen, die aussahen, als wären sie einem Modemagazin entsprungen.

12. Scarlett

Meine Stimme war weg. Bis eben hatte ich noch laut mitgesungen, doch der Anblick der vertrauten Gesichter schien jedes Wort in meinem Kopf verschwinden zu lassen. Ich konnte nur dastehen und sie anstarren, mich fragen, wie sie mich gefunden hatten und was sie wollten.

»Oh Mann. Was hast du mit deinen Haaren angestellt?« Ihr Mund blieb geschockt ein Stück offen stehen. »Und was zum Teufel hast du da eigentlich an?«, wollte Hailey wissen und zog angewidert die Augenbrauen hoch, während ihr Blick über das schwarze Kleid glitt, das ich trug. »Hast du das etwa vom Flohmarkt?« Hailey warf die graublauen Haare nach hinten und zog die Lippen kraus. Das nagende Gefühl, dass ich nicht gut genug war, bahnte sich den Weg durch meine Knochen. Zu genau kannte ich seine Wirkung. Früher hatte ich noch ungläubig lachen und zustimmen können, aber jetzt herrschten andere Regeln. Wir befanden uns in einem anderen Leben.

Dennoch schienen sie eine unfassbare Macht auf mich auszuüben.

»Wir müssen dringend reden«, mischte sich nun Madison ein und legte den Kopf leicht schief, sodass ihr eine lockige Strähne ins Gesicht fiel. Auch sie musterte mich mit angewiderter Miene und mit jeder Sekunde, die ich hier stand, fühlte ich mich unwohler in dem Kleid, das mir bis eben noch so gefallen hatte.

»Und wenn ich mal ehrlich sein darf«, sagte Hailey und spitzte die Lippen. »Du siehst aus wie eine billige Nutte.«

»Sag mal, aus welchen Billigkatalog seid ihr entsprungen oder seid ihr der Abfall, den keiner wollte?«, vernahm ich Kaylas verärgerte Stimme.

»Was bist du, bitte? Ein Oversize-Model für MC Donalds?«, gab Madison mit einem falschen Lächeln zurück.

War sie schon immer so ein Miststück gewesen?

»Bewegt eure dürren Hintern hier raus«, meldete sich eine weitere Stimme zu Wort und ich sah, dass Zac von seinem Sitzplatz aus die Frauen beobachtete, die mich unter Beschuss nahmen. Hailey musterte ihn interessiert, doch Zac verzog nicht eine Miene, blieb ruhig sitzen.

»Werd einfach wieder vernünftig, Scarlett. Pack deine Sachen, zieh dich um und komm mit uns nach Hause, solange du noch nicht alles zerstört hast.«

Madisons Worte rissen mir fast den Boden unter den Füßen weg.

Ich sollte schuld sein an allem?

Unglauben und Angst in meiner Brust verwandelten sich in hitzige Wut.

»Willst du mich verarschen?«, knurrte ich. »Ihr beide solltet doch wissen, dass nicht ich diejenige war, die alles zerstört hat.«

»Ich kann mich nicht erinnern, dass Chad einfach abgehauen ist«, gab Madison bissig zurück, verschränkte ihre knochigen Arme vor der Brust.

»Komm schon, Scarlett. Wir sind doch Freundinnen. Wir regeln das alles zusammen.« Hailey machte einen kleinen Schritt auf mich zu, doch als ich wütend schnaubte, blieb sie stehen.

»*Freundinnen* machen aber nicht das, was ihr getan habt«, zischte ich.

»Wir hatten keine Wahl und mir wäre es lieb, wenn wir das woanders ausdiskutieren könnten.« Hailey warf einen Blick auf die Anwesenden, deren Augen auf uns ruhten.

Ich wusste, wovor sie Angst hatte.

Sie wollte nicht, dass jemand das aufnahm und postete. Schließlich könnte sie Follower verlieren.

»Wir werden nichts ausdiskutieren.« Ich streckte die Schultern durch und unterdrückte die Panik, die in mir hochkam. »Nehmt eure Sachen und geht.«

Eine Sekunde musste ich noch überstehen.

Ich biss die Zähne zusammen, hielt die salzigen Tränen in Schach, während mein Herz einen unruhigen Rhythmus annahm. Ihre Blicke hafteten an mir und ich wusste, dass sie überlegten, ob sie gehen oder noch ein Bild machen sollten, um meinen Absturz zu verbreiten.

»Ich hoffe, dir ist klar, dass du dich nicht ewig verstecken kannst.« Mit diesen Worten drehte Madison sich um. Hailey warf einen letzten interessierten Blick zu Zac, ehe sie ihr folgte. Die Tür schlug schwer hinter den beiden zu. Mit zusammengekniffenen Lippen stolperte ich zum Tresen und krallte mich daran fest. Irgendwie schaffte ich es auf den Barhocker, konnte das Gemurmel um mich herum nicht wahrnehmen. Ich tat einen letzten Atemzug, ehe ich den Tränen und den Erinnerungen nachgab…

Meine Knie zitterten. Obwohl eine Vielzahl an Gefühlen durch meinen Körper jagen musste, spürte ich nichts. Jede Faser in mir schien verstummt zu sein. Ich spürte eine Hand, hörte leise aufgewühlte Stimmen. An mir wurde gezogen, jemand anderes gab mir einen kleinen Schubser, damit ich mich in Bewegung setzte.

Hatte ich mir das nur eingebildet?

»Seht zu, dass sie wieder zur Vernunft kommt«, zischte die vertraute Stimme meiner Mutter, die mir einen eisigen Schauer über den Rücken jagte.

Ich nahm ihre Silhouette wahr und wollte etwas sagen, doch meine Zunge klebte am Gaumen. Meine Muskeln schienen von selbst zu arbeiten, ließen sich von der Person vor mir steuern. Eine Tür ging auf und das Gemurmel, das um mich herum gewesen war, verstummte, als sie wieder zufiel.

Jemand drückte meine Schultern nach unten, ich gab der Last nach und sackte auf einen Sessel.

»Hast du Concealer dabei?«, vernahm ich Madisons Stimme.

»Ja, aber wir müssen dein Puder nehmen, das passt besser zu ihrem Hautton.« Hailey wühlte in irgendetwas herum. Ich hörte das Rauschen des Wasserhahns und wie beide diskutierten. Ich legte den Kopf schief, starrte meine besten Freundinnen an, die gerade über Lippenstift sprachen.

Warum interessierten sie sich jetzt dafür?

»Oh, Scarlett. Reiß dich jetzt endlich zusammen. Wenn du so guckst, kriegen wir dein Gesicht nie wieder in den Griff.« Hailey verdrehte genervt die Augen, nahm ein Handtuch und hielt es unter das Wasser.

War ich verrückt geworden?

Langsam hob ich die zitternden Finger und legte sie auf meine Wange.

Ein stechender Schmerz zog sich über mein Gesicht.

Hastig nahm ich die Hand weg und streifte meine Lippe. Etwas Feuchtes blieb daran zurück. Und als ich das scharlachrote Blut sah, das an meiner Fingerspitze klebte, wusste ich, dass das alles kein Traum gewesen war.

Aber warum fragte mich keiner, wie es mir ging?

»Scarlett! Was ist los?« Jemand schüttelte mich, hatte die Hände fest um meine Schultern gelegt. »Ich mache mir Sorgen, du musst mir jetzt endlich sagen, was los ist!« Ethans Stimme drang durch einen seltsamen Schleier zu mir durch. Die Tränen und das schummrige Licht erschwerten mir die Sicht und es dauerte etwas, bis ich erkannte, dass er mit Kayla vor mir stand.

Die Augen hatte er aufgerissen und er wirkte angespannt. Fast wütend, als würde er am liebsten jedem den Hals umdrehen.

»Ethan, lass sie«, flüsterte Kayla und löste den festen Griff meines Bruders. »Du machst es so nicht besser.«

»Ich kann es auch erst besser machen, wenn ich weiß, was los ist!«, fuhr er Kayla an, die seine Aussage mit einem strengen Blick strafte.

»Sie wird schon mit dir reden«, erklärte sie.

Reden.

Ja, irgendwann würde ich das.

Aber in jenem Moment fiel mir sogar das Atmen schwer. Über den Klotz, den man als meine Zunge bezeichnete, wollte ich nicht nachdenken. Vielleicht hatte ich meine Stimme nun endgültig verloren?

Plötzlich schallte leise Musik durch den Raum, die sich mit den Stimmen von Kayla und Ethan mischte. Es war unfassbar anstrengend ihnen zuzuhören, zu wissen, dass ich ihnen eigentlich eine Erklärung schuldete. Aber wie sollte ich ihnen klarmachen, worum es hier eigentlich ging?

»Tanz mit mir.«

Ich drehte den Kopf und entdeckte eine ausgestreckte Hand. Einige Male blinzelte ich verwirrt, doch Zac bewegte sich keinen Millimeter, schenkte mir ein ermutigendes Lächeln, als wüsste er, dass das hier gerade die reinste Folter für mich und meinen Kopf war.

»Komm schon, Scar. Ich werde dich auch nicht von der Klippe werfen.«

Ich konnte nicht sagen, ob es das schiefe Grinsen war oder der sanfte Ausdruck in seinen Augen. Vielleicht lag es auch an der beruhigenden Stimme oder dem Duft, der von ihm ausging. Irgendetwas an ihm ließ mich nach seiner Hand greifen.

Ich glitt von dem Barhocker, spürte, wie seine warmen Finger sich um meine legten und er mich, ohne die Augen abzuwenden, auf die Tanzfläche führte. Meine Knie waren noch weich und der gesamte Raum schien sich zu drehen.

Dabei wollte ich nur eine Sekunde Ruhe vor dem Chaos, das mich verfolgte.

»Mach die Augen zu«, sagte er leise.

Normalerweise hätte ich ihm eine verpasst, doch der Schmerz, der durch meinen Körper glitt, sich nicht einkriegen wollte, ließ mich gehorchen. Ich hatte Angst, dass die Erinnerungen zurückkehrten. Doch es geschah nicht. Lediglich die Klänge des Klaviers hallten durch den Raum und erfassten meine müden Glieder.

Ich versuchte mich nur auf die Melodie zu konzentrieren und den Geruch von Alkohol und Holz, der in der Luft hing. Aus einer Ecke kam der Geruch nach Tabak und ich spürte die Wärme der Lampen über mir.

Und dann war da noch etwas anderes, das meine Sinne schärfte.

Er kam näher.

So nah, dass ich ihn riechen konnte. Diese seltsame Mischung aus Salz und Kaffee. Seine Hand hob sich ein wenig, sodass sich unsere Unterarme berührten. An der Stelle, wo sich unsere Haut streifte, breitete sich ein Kribbeln aus. Ich sog scharf die Luft ein, als seine andere Hand sich an meine Hüfte legte. Sein heißer Atem glitt über meine Wange, ließ mich schwer schlucken.

»Hör einfach nur auf die Musik«, befahl er, als er meine Anspannung bemerkte und meine Hüfte etwas näher zu sich zog.

Ich kniff die Lippen zusammen, war eine Sekunde unschlüssig, ob ich das wirklich tun sollte. Aber dann spürte ich diese Ruhe, die von ihm ausging. Zögerlich machte ich einen kleinen Schritt, bemerkte unter meiner Hand seine Brust und ein rhythmisches Klopfen.

So wie es aussah, hatte er wirklich ein Herz.

Meine Lippen verzogen sich zu einem leichten Lächeln.

»Lachst du, weil du an meinen Tanzkünsten zweifelst?« Er sprach so leise, dass nur ich ihn verstehen konnte. Seine Worte waren ein Atemzug, der über meine Haut glitt, und ein zartes Prickeln blieb zurück, das ganz langsam abklang. Und doch konnte ich das Lächeln in seiner Stimme hören, das mich dazu brachte, das letzte Stück zwischen uns zu überwinden. Vorsichtig ließ ich die Hand hochwandern und legte sie auf seine Schulter. Ich konnte jede Faser seiner Muskeln spüren. Das Gefühl, sicher zu sein, hüllte sich wie ein Tuch um mich, sodass ich den Kopf gegen seine Brust sinken ließ.

Wir bewegten uns langsam im Takt und die Stimmen verstummten. Sein Herzschlag mischte sich mit dem Gesang von Elton John und eine ungewöhnliche Ruhe erfüllte mich. Ich atmete tief durch, konnte sein Shampoo riechen und die Hitze spüren, die durch seine Klamotten drang. Seine Hand lag schwer auf meiner Hüfte und es fühlte sich ziemlich gut an.

Eigentlich so gut, wie es sich nicht anfühlen sollte.

Doch das war in jener Sekunde egal.

Ich genoss das Kribbeln, diese Ruhe und das Gefühl, nicht alleine zu sein.

Wie lange ich mich gegen Zac lehnte, versuchte, alles zu vergessen, konnte ich nicht sagen. Es hätten Sekunden, aber auch Stunden sein können.

Erst ein Windzug, der durch den Raum fegte, ließ mich ahnen, dass das hier gleich enden würde. Ein letztes Mal atmete ich tief ein, versuchte mir dieses Gefühl einzuprägen, das in mir aufkam.

»Wer hat Hunger?«, wurde die Stille von Ryan durchbrochen.

»Bitte sag mir, dass du einen Cheeseburger dabeihast«, stöhnte Kayla hinter mir und das Geraschel von Tüten erfüllte den Raum. Ethan mischte sich ein, es gab leises Gelächter und ich spürte, dass der Moment vorbei war.

Langsam löste ich mich von Zac, nahm die Hand von seiner Schulter und konnte fühlen, wie die Wärme verflog, die mich bis eben so zart umgeben hatte. Meine Lider flatterten auf und ich schaute in braune Augen mit hübschen grünen Sprenkeln.

Irgendetwas musste ich sagen.

Doch ich konnte nur in diese Augen starren, die mich in eine unergründliche Tiefe zogen. Es war, als würde ich darin ertrinken, und ich konnte nicht einmal erklären, woher das kam.

»Was ist mit euch beiden?« Zac schaute auf, sodass ich einen Moment hatte, um mich von diesen Augen zu befreien.

»Ich nehme alles, was du dahast«, sagte Zac schief grinsend und eine hellbraune Haarsträhne fiel ihm in die Stirn. Ich schluckte schwer, versuchte die Nervosität in meinem Bauch zu verdrängen. Sein Blick wanderte zu mir. »Willst du auch was essen?«

Ich öffnete den Mund, nur um ihn gleich darauf wieder zu schließen. Stattdessen nickte ich zögerlich, versuchte zu verstehen, wieso er das getan hatte. Aber war das Warum nicht egal? Ging es nicht eigentlich nur darum, dass er es getan hatte?

»Danke«, hörte ich mich flüstern.

Zac schien einen Moment irritiert zu sein, als hätte er sich verhört. Er runzelte die Stirn, dann trat ein schelmisches Grinsen auf sein Gesicht.

»Tja, ich bin der Einzige, der dir auf die Nerven gehen darf, und das funktioniert halt nicht, wenn du so niedergeschlagen bist.«

Und Zack.

Da war er wieder.

Der Vollidiot Zac.

Es war still, während wir um den Tisch saßen und aßen. Ich konnte nicht sagen, was Ryan für eine Vorstellung von Essen für fünf Personen hatte, aber meiner Meinung nach war es viel zu viel. Zumindest dachte ich das, bis ich sah, wie die drei Typen alles verdrückten. Und sie schienen nicht aufhören zu wollen. Während alle anderen mit dem Essen beschäftigt waren, hatte Zac das Handy gezückt und schien sehr konzentriert nach etwas zu suchen.

Mein Blick huschte über seine Lippen, die er fest aufeinanderpresste, und ich biss mir auf die Lippe, ehe ich wegschaute.

Falsche Blickrichtung und falsche Gedanken.

Ich war bestimmt nur zu aufgewühlt.

»Oh Mann. Ich hab voll vergessen, dass Mc Donalds gut schmecken kann, wenn man Hunger hat«, verkündete Kayla und gab einen genießerischen Laut von sich, als sie in den Cheeseburger biss.

»Ich dachte, du bist als Oversize-Model für die tätig?« Ethans Worte durchbrachen die Stille. Er mampfte genüsslich seinen Burger, während ich ihn mit weit aufgerissenen Augen anstarrte. Ryan räusperte sich deutlich hörbar und man konnte förmlich sehen, wie sich die kleinen Rädchen im Hirn meines Bruder zu drehen anfingen.

Er ließ den Burger sinken, starrte Kayla schockiert an, die keine Miene verzog.

»Also… Du… So«, stotterte mein sonst so selbstbewusster Bruder, dass es mich zum Grinsen brachte.

»Selbst bei Mc Donalds wird man als Oversize-Model zu Salat verdonnert. Einfach schrecklich, diese Gesellschaft«, erwiderte der Lockenkopf schmunzelnd und biss vom Burger ab.

»Dabei hat der Salat da mehr Kalorien als der Burger«, kam es mir ruhig über die Lippen, obwohl ich bis eben der festen Überzeugung gewesen war, dass meine Stimme nur noch ein grässliches Krächzen war.

Vier Augenpaare starrten mich an, als würden sie jede Sekunde vom Zug überfahren werden. Vielleicht dachten alle, dass ich mich ab jetzt in eine Ecke setzen und nie mehr sprechen würde?

»Echt?« Kayla war die Erste, die sich fing. Sie zerknüllte das Papier, an dem Mayonnaise klebte, und warf es in eine Tüte.

»Ein Cesar Salad hat vierhundert Kalorien und ein Cheeseburger dreihundert.«

»Warum esst ihr Frauen dann Salat?«, meldete Ryan sich zu Wort, doch ich konnte meinen Blick nicht von Kayla lösen, die sich lachend zurücklehnte. Zu groß war das Schuldgefühl in meiner Brust.

»Tut mir leid, dass sie so was zu dir gesagt hat«, brachte ich mit hängenden Schultern raus und wich ihren Augen aus.

»Dir muss es nicht leidtun. Schließlich hast du es nicht rausgehauen.«

Ein kleiner Stich durchzog meine Brust, als mich eine bittere Erkenntnis traf.

»Es hätte aber von mir kommen können.«

Erneut wurde es ruhig in der Runde. Der Appetit war mir vergangen und ich schob lustlos eine Pommes zur Seite.

Ich war genauso schlecht gewesen wie sie. So abartig oberflächlich, dass es mich selber anwiderte. Wie war ich da überhaupt hingekommen? Wann hatte ich begonnen so zu werden wie sie und wo war der Punkt, an dem ich sagen konnte, dass ich nun anders war?

»Es kam aber nicht von dir.« Zac stand auf und schnappte sich seine Jacke. »Und wenn jetzt alle fertig sind, können wir ja los.« Er schenkte unserer Runde ein schiefes Grinsen, das nichts Gutes erahnen ließ.

»Wo willst du denn noch hin?«, wollte Ethan wissen.

»Nicht ich. Wir«, erklärte er und kramte einen Autoschlüssel aus seiner Hosentasche.

»Gut«, vernahm ich Ryan zögernd. »Wo wollen *wir* noch hin?«

Ein triumphierendes Lächeln legte sich auf seine Lippen, sodass sich Falten auf Ethans Stirn bildeten. Das war eindeutig kein gutes Zeichen.

»Wir werden jetzt nach Los Angeles fahren und Scarletts Sachen holen.«

Jetzt war er endgültig wahnsinnig geworden.

13. Zac

»Bist du völlig durchgeknallt?«

Ehrlich gesagt hätte ich drauf wetten können, dass Ethan diese Worte von sich gab, doch ehe sein Hirn schalten konnte, war Kayla empört aufgesprungen.

»Also, dass du einen gewissen Hang zum Wahnsinn hast, ist nichts Neues, aber das ist echt nicht durchdacht«, mischte Ryan sich ein, verschränkte die Arme vor der Brust.

»Hast du nicht gesehen, wie meine Schwester gerade fast zusammengeklappt ist, du Holzkopf?!« Wutentbrannt sprang Ethan auf, als hätte ich für den Vorfall gesorgt.

Mein Blick huschte zu Scar, die bei seinen Worten kaum merklich zusammenzuckte. Sie schlang die Arme um sich, starrte stur auf ihre restlichen Pommes. Ich konnte nicht ansatzweise erkennen, was in ihrem Kopf vorging. Ob sie kurz davor war loszuheulen oder plante, mich zu erschlagen?

»Scar?« Ich hatte ihren Namen vorsichtig ausgesprochen, rechnete mit bösen Beschimpfungen. Doch sie hob lediglich den Kopf und schaute mich mit großen graublauen Augen an. »Zuerst möchte ich im Gegensatz zu den anderen hier«, ich schoss mahnende Blicke auf meine Freunde ab, die nur ratlos den Kopf schüttelten, »betonen, dass es allein deine Entscheidung ist, aber ich würde dir gerne erklären, warum ich denke, dass es eine gute Idee ist.« Ich machte eine Pause, konnte sehen, dass meine Worte zu ihr durchdrangen. Eigentlich hatte ich sofortigen Protest ihrerseits erwartet, aber sie blieb ruhig, schaute mich einfach nur an.

Das war dann wohl ein Okay.

»Weißt du, deine Mutter, dein Exfreund – der noch gar nicht weiß, dass er das ist – und auch deine Freundinnen haben noch nicht kapiert, dass das alles für dich Geschichte ist. Jeder hat dich nur aufgefordert, mit deiner blöden Rebellion aufzuhören und zurückzukommen. Wenn du deine Sachen nimmst, die, die an denen dir etwas liegt, und dann gehst, dann wird es vielleicht deutlicher.« Ich stockte, schaute in diese hübschen Augen, die mich fixierten. »Und ich glaube ein klarer Schnitt wäre das Beste für dich. Dann könntest du endlich anfangen, alles zu verarbeiten.«

»Die Frage ist ja, was es überhaupt zu verarbeiten gibt«, murrte Ethan neben mir, doch ich ignorierte ihn.

»Halt einfach deine Klappe, du Trottel«, zischte Kayla ihn böse an.

Kurz huschten ihre Augen zu Ethan und ich konnte ihr das schlechte Gewissen ansehen.

Aber wenn sie es nicht erzählen wollte, war es so. Schließlich hatte ich es lediglich durch Zufall erfahren, und auch nur einen Bruchteil von dem, was vorgefallen war. Immer wieder brannte mir die Frage nach der ganzen Geschichte auf der Zunge, aber ich schluckte sie herunter.

Das war allein ihre Entscheidung.

Scarlett biss sich auf die Lippe, kleine Falten bildeten sich auf ihrer Stirn. Sie trug einen inneren Kampf aus und hielt mich fest im Blick. Ich musste nur zusehen, dass ich mit den Augen nicht tiefer wanderte, Richtung Lippen oder Ausschnitt. Das war mir bereits einmal zu oft passiert und hier mit allen anderen war definitiv nicht der Ort, um sie in Ruhe abzuchecken.

Generell gab es keinen Ort und keine passende Zeit dafür.

Es handelte sich um Ethans kleine Schwester.

Sperrgebiet.

»Wir fahren.«

Meine Augenbrauen schossen überrascht in die Höhe. Scar erhob sich hastig, ballte die Hände zu Fäusten und schaute mich entschlossen an. Ihre Wangen färbten sich vor Aufregung rot und ich konnte die Angst in ihrem Gesicht sehen.

»Scarlett, das…«, versuchte Ethan seine Schwester von dummen Gedanken abzubringen.

»So ungern ich es auch zugebe, aber Zac hat recht. Es bringt nichts, wenn ich herumdruckse. Nur…«, ihr zweifelnder Blick glitt zu mir, »ich will nicht…«

»Chad ist mit deiner Mutter auf einer Party und die beiden Furien von eben sind an einer Strandbar. Die haben eben alle was bei Instagram gepostet«, antwortete ich auf ihre unausgesprochene Frage. Erleichtert sackten ihre Schultern ein Stück nach unten und die Mundwinkel wanderten ein Stück nach oben.

»Gut. Dann beeilen wir uns, ehe die Party vorbei ist.«

»Ganz deiner Meinung«, stimmte ich grinsend zu, während Ethan ein leises Stöhnen von sich gab.

»Ich hole den Wagen«, erklärte mein bester Freund, warf mir von der Seite einen bösen Blick zu.

»Gut, wer fährt wo mit?«, fragte ich in die Runde, sah Ethan und Kayla dabei zu, wie sie wortlos im Büro verschwanden, und Ryan, der seine Jacke stumm vom Tresen holte. War er jetzt wirklich so wütend auf mich?

»Ich würde gerne bei dir mitfahren. Also, wenn es dir nichts ausmacht.« Verwirrt starrte ich Scarlett an, die unruhig die Hände verschränkte. »Schließlich weißt du wenigstens ansatzweise, was passiert ist«, murmelte sie mit einem Blick auf Ryan, der auf seinem Smartphone herumtippte.

Hatte sie das gerade wirklich gesagt?

Ein seltsames Taubheitsgefühl breitete sich in meinen Fingerspitzen aus, brachte mich aus dem Konzept.

»Klar, deine Entscheidung«, antwortete ich ruhig, obwohl Nervosität plötzlich Besitz von mir ergriff.

Ihre Lippen formten sich zu dem schönsten Lächeln, das ich jemals bei ihr gesehen hatte. Es war ansteckend. Dieses Glück und die Freude, die sie ausstrahlte. Ich konnte gar nicht anders, als es zu erwidern.

»Scarlett? Willst du eine Jacke mitnehmen?«, kam es von Kayla, die ihren Kopf aus der Tür steckte.

»Ja, warte«, antwortete die Kleine vor mir und eilte zu ihrer Freundin. Sie verschwanden in dem winzigem Flur und ich hatte einen Moment, um durchzuatmen, diese Gefühle, die mich übermannt hatten, abzuschütteln.

Ich lehnte mich gegen den Tisch und schloss kurz die Augen, massierte mir die Nasenwurzel.

Das musste dringend aufhören.

»Hey.« Überrascht schaute ich auf und fand Ethan vor, der etwas zu überlegen schien. Gerade als ich fragen wollte, ob alles in Ordnung war, hatte er mich in eine Umarmung gezogen. Es war keine dieser männlichen, bei denen man sich kurz auf den Rücken klopfte. Die hier war echt. Wie bei Geschwistern.

»Keine Ahnung, was du weißt und warum ich nicht derjenige bin, mit dem sie spricht, aber bitte hör nicht damit auf«, murmelte er, woraufhin ich meine Arme um ihn legte. »Danke, dass du für sie der große Bruder bist, der ich gerade nicht sein kann. Weswegen auch immer.«

Ich schluckte hart.

»Kein Problem«, sagte ich leise mit trockener Kehle, woraufhin er mir noch mal kräftig auf den Rücken schlug.

»Dann hat sie eben zwei große Brüder. Einen bösen und einen guten. Die Frage ist nur, wer wer ist«, lachte Ethan, als er sich von mir löste. Ich zwang mich zu einem Grinsen.

Wie sollte ich den großen Bruder mimen, wenn in meinem Kopf dauernd Szenen mit Scar abliefen, die nicht jugendfrei waren?

Ich lehnte an dem alten Truck, den ich von meinem Großvater geerbt hatte, und schaute in den Himmel, der bereits dunkel war. Ein paar Sterne konnten sich gegen das Licht der Großstadt durchsetzen. Doch der Anblick konnte nicht mit dem mithalten, was ich von zuhause gewohnt war.

»Das ist deiner?« Ich senkte den Kopf und entdeckte Scarlett, die neugierig den Wagen musterte, der mir so am Herzen lag. Sie hatte die hohen Schuhe durch ein Paar Vans getauscht, die eigentlich nicht zu dem Stil des engen Kleides passten. Auch die Lederjacke, die ihr zu groß war, passte nicht. Aber irgendwie sah es verflucht sexy aus, wie sie die Hände in den Taschen vergrub und ihre Haare in einem unordentlichen Zopf steckten.

Cool bleiben, Zac.

Das ist nur die kleine Scar.

»Ja, hab ihn mit meinem Dad zusammengebaut«, erklärte ich und lief um den Wagen herum. Den Stich, der mir bei den Worten durch die Brust sauste, ignorierte ich.

»Du kamst mir irgendwie mehr wie der Jaguar-Typ vor.« Scar stieg in den Wagen, wobei ihr Kleid ein Stück weiter hochrutschte und noch mehr Haut freigab.

Irgendwer da oben wollte mich foltern.

Und das machte er verdammt gut.

»Jaguar?«, wiederholte ich und startete den Motor.

»Ja, irgendwas Schnelles. So ein Spaßauto eben«, erklärte Scar.

»Glaub mir, der Wagen kann auch enorm Spaß machen. Und er ist bei Weitem nicht so teuer.«

»Ich nehme an, du sprichst von den zahlreichen Reparaturen?« Die Provokation schwang in ihrer Stimme mit. Meine Mundwinkel zuckten und ich warf einen Blick auf meine Mitfahrerin, die mich von der Seite musterte.

»Der Wagen braucht weitaus weniger Reparaturen als die neuen Dinger, in denen nur noch Elektronik steckt«, erklärte ich. »Und am besten läuft er, wenn er merkt, dass man ihn liebt.«

»Du kannst lieben?«, fragte sie, schlug die Beine übereinander, sodass wieder mehr Haut zum Vorschein kam. Ich umklammerte das Lenkrad etwas fester.

Der Straßenverkehr.

Daran musste ich jetzt denken.

»Frauen und Autos kann jeder Mann lieben. Und wenn es nur für eine Nacht ist.« Ich warf ihr ein anzügliches Grinsen von der Seite zu, was sie die Augen verdrehen ließ.

»Gut, solche Gesprächsthemen halte ich keine anderthalb Stunden aus«, kapitulierte sie und lehnte sich vor, um das Radio einzuschalten.

Wie gut, dass sie nicht wusste, dass ich sie gerade gerne auf jede erdenkliche Art und Weise *geliebt* hätte.

In den unterschiedlichsten Stellungen.

An jedem verdammten Ort.

Die gesamte Fahrt über schwieg sie. Ich hatte ein wenig Sorge, dass sie bereute zugestimmt zu haben. Oder dass sie doch lieber mit Ethan und Kayla gefahren wäre. Andererseits war es mir recht, dass wir nur der Musik lauschten. So hatte ich keinen Grund, dauernd zu ihr hinüberzuschauen und mir vorzustellen, wie sie in der Unterwäsche aussah, die sie trug.

Auch wenn es bestimmt eine wunderbare Fantasie wäre, wäre es bei Autofahren doch eher ungünstig gewesen.

»Da vorne links«, vernahm ich Scars nervöse Stimme. Ich warf einen Blick auf sie, wollte mich vergewissern, dass sie nicht kurz vorm Durchdrehen war. Sie rutschte unruhig auf ihrem Sitz hin und her, verknotete ihre Finger.

»Alles okay?«, wollte ich wissen, runzelte die Stirn bei ihrem Anblick.

»Alles prima.«

Natürlich. Als würde eine Scarlett Moore durchdrehen.

Ich konnte Ethans Wagen sehen, der am Straßenrand parkte, und stellte mich dahinter. Die Scheinwerfer strahlten Kayla an, die ausstieg und ihre Haare zu einem Zopf band. Ich schaltete den Motor ab und warf einen Blick aus dem Fenster.

Wir waren in Downtown, beinahe der einzige Stadtteil in Los Angeles, wo es Wolkenkratzer gab. Vor uns erstreckte sich ein älteres Gebäude, bei dem man scheinbar penibelst darauf achtete, dass es instand gehalten wurde. Die Fenster glänzten und nicht ein Staubkorn schien an deren weißen Rahmen zu hängen.

Ein Schild wies auf eine Tiefgarage hin, die nur für die Eigentümer und Mieter vorgesehen war. Der Eingang war verglast und die Blumen und Sträucher, die sich davor befanden, blühten in vollster Pracht.

Um es mal anders auszudrücken: Das ganze Ding sah verflucht teuer aus.

»Hier hast du gewohnt?«, fragte ich leise.

»Zweiundzwanzigster Stock.«

»Wir müssen deine Sachen zweiundzwanzig Stockwerke runterschleppen?!« Ungläubig starrte ich Scarlett an, die die Augen nicht von dem Gebäude wandte.

»Es gibt einen Fahrstuhl«, beruhigte sie mich und holte zittrig Luft.

Sollte ich ihr irgendwas Ermutigendes sagen? Ihr auf den Rücken klopfen und Hals- und Beinbruch wünschen?

Ich tippte mit den Fingern unruhig gegen das Lenkrad und betrachtete meine Beifahrerin, die gerade immer weiter in sich zusammensackte. Je länger wir hier im Auto saßen, umso größer wurde die Wahrscheinlichkeit, dass Scar sich nicht traute auszusteigen oder wir direkt wieder fuhren.

»Bist du bereit?« Ich stieß die Wagentür auf und stieg aus, ohne auf eine Antwort zu warten. Vielleicht hätte sie dort schon die Chance ergriffen abzuhauen. Und das wollte ich unter allen Umständen vermeiden.

Trockene, heiße Luft zog durch die Straße und Autos rasten an uns vorbei. Es war später Abend unter der Woche, doch die

Zahl der Menschen, die noch unterwegs waren, erinnerte eher an ein Wochenendevent.

»Ich konnte den Klotz noch nie leiden«, sagte Ethan, als ich neben ihn trat und noch einen Blick auf das Gebäude warf, in das wir gleich gehen würden.

»Leider musst sogar du zugeben, dass der echt schick aussieht.« Der Blick, den mein bester Freund mir zuwarf, war alles andere als freundlich. Es war bestimmt das dreißigste Mal heute Abend, dass er mich umbringen wollte.

»Schick siehts aus, ja.« Ich war so abgelenkt gewesen von der Umgebung, dem Treiben und dem Gebäude, dass ich gar nicht mitbekommen hatte, wie Scarlett ausgestiegen und zu uns gekommen war. »Aber das war's auch schon.«

In ihrer Hand klimperte etwas und ich erkannte einen kleinen Schlüsselbund, den sie hin- und herdrehte.

»Gut, dann lasst uns gehen«, schlug ich vor.

Ich hatte damit gerechnet, dass Scar sich wehren würde wie damals vor der Disco. Doch es brauchte lediglich einen leichten Stupser von Kayla, damit sie losging und uns in ihr Leben führte.

Angst stieg in mir auf, als wir durch die große Eingangstür in ein Foyer kamen, das mit hübschen Sesseln geschmückt war. Eine riesige Designerlampe hing inmitten der Halle und ich fragte mich, ob hier tagsüber auch Butler rumliefen und Chauffeure.

Wir waren alle still, als wir in den Fahrstuhl stiegen, der dem Foyer ähnelte. Jeder schien beeindruckt zu sein von dem Glanz, der hier herrschte, und sogar ich fragte mich, ob Scar das alles wirklich aufgeben wollte.

Ich öffnete den Mund, schaute zu Scar und schloss ihn wieder.

Während alle anderen damit beschäftigt waren den Fahrstuhl zu bewundern, stand sie in einer Ecke und hatte die Arme um die Brust geschlungen. Ihre Augen, die das Potenzial hatten jeden Kerl um den Finger zu wickeln, waren leer. Die Schultern hingen herunter und sogar ihr Haar wirkte in diesem schönen Licht glanzlos.

Es war, als würde der Ort ihre Kraft absaugen.

Das Bedürfnis, sie in den Arm zu nehmen, kam in mir auf.

Aber das würde nur Fragen aufwerfen und ich hatte schon bei dem Tanz damit gerechnet, dass Ethan mich zerhacken würde. Ein Wunder, dass er der Auffassung war, dass ich für sie nur geschwisterliche Gefühle empfand, die absolut nichts mit stärkerer Zuneigung zu tun hatten. Dabei war sogar Ryan aufgefallen, dass ich sie durchaus attraktiv fand.

Es ertönte ein leises Klingeln, als wir die Etage erreichten und ich aus den Gedanken gerissen wurde. Die Fahrstuhltür glitt geräuschlos auf und wir fanden uns in einem schmalen Flur mit wenigen Türen wieder. Zielstrebig steuerte Scarlett die letzte an und zückte den Schlüssel.

Es wirkte, als würde sie es einfach nur hinter sich bringen wollen, und ehe ich mich versah, betrat ich das Reich der Scarlett Moore.

Es war riesig. Unsere Wohnung hätte hier dreimal reingepasst und der Ausblick über Los Angeles war beeindruckend. Ich blieb am Eingang stehen, betrachtete die weißen Fliesen und die wenigen Designermöbel, die im Raum standen. Kein Staubkorn lag herum und ich bezweifelte, dass es hier irgendwo so aussah wie bei Kayla in der Küche.

Mehr Kontrast an Farben, Größen und Einrichtungsgegenständen konnte es fast nicht mehr geben.

Kayla war erstaunt zu dem gigantischen Panoramafenster gelaufen, während Ethan vorsichtig durch die offene Küche tappte. Ryan stand vor der Treppe und schaute nach oben, während Scar neben mir verharrte und sich keinen Zentimeter bewegte.

»Das ist schon krass«, hörte ich Kayla sagen.

»Ich muss leider zugeben, dass die Bude echt der Hammer ist«, stimmte auch Ryan zu. Neben mir schluckte Scar schwer und ich konnte sehen, dass sich Tränen in ihren Augen sammelten.

War es, weil alle sich blenden ließen?

»Es ist kalt«, kam es leise über meine Lippen. »Einfach eiskalt.« Ich drehte mich zu ihr und schüttelte irritiert den Kopf. »Wie hast du es hier so lange ausgehalten? Vor allem in den dünnen Klamotten, die du auf deinen Fotos immer anhattest?«

»Meine Fotos?«

Super, Zac.

Dass du deine verfluchte Klappe manchmal auch nicht halten kannst.

Doch ehe ich etwas erwidern konnte, um mich aus der Situation zu befreien, ging das Licht an und Schritte ertönten.

»Scarlett?«, kam es fragend von oben und jeder von uns erstarrte.

14. Scarlett

Es war das erste Mal, seit wir losgefahren waren, dass ich erleichtert ausatmete. Ich schaute hoch und entdeckte eine ältere Frau, die ihren Kopf über das Geländer hielt und nach unten spähte. Auf ihrem runden Gesicht, dessen Farbe mich an Karamell erinnerte, breitete sich ein strahlendes Lächeln aus. Winzige Falten erschienen darin, die mir ein Gefühl von Geborgenheit vermittelten.

»Scarlett!«, rief sie erfreut und mit schnellen Schritten rannte sie die Treppe herunter. Ryan machte gerade noch rechtzeitig Platz und dann erschien sie mir in bekannter schwarzer Jeans und T-Shirt. Ehe ich sie in Ruhe betrachten und mich fragen konnte, ob sich etwas verändert hatte, lag ich in ihren Armen.

»Oh, wie schön zu sehen, dass es dir gutgeht«, murmelte sie und drückte mir die Luft aus den Lungen.

»Ich hab dich auch vermisst, Dora«, flüsterte ich und erwiderte die Umarmung.

»Wo warst du die letzten Wochen?« Sie drückte mich ein Stück von sich weg, musterte mich von der Sohle bis zum Haaransatz. »Immerhin bist du nicht noch dünner geworden und…«, Doras Lächeln wurde noch strahlender, als sie meine Haare sah, »du meine Güte. Deine Haare.« Sanft fuhr sie mit ihrer faltigen Hand über meinen Kopf. Ich schloss einen Moment die Augen, genoss diese Vertrautheit. »Das sieht endlich mal nach dir selbst aus.«

Diese Worte waren Balsam für meine Seele.

Ein lautes Räuspern rief mir ins Gedächtnis, dass wir nicht alleine waren. Vier Leute hatten sich um uns versammelt, schauten mich fragend an. Ich kaute kurz auf der Unterlippe, dann drehte ich mich demonstrativ zu meinen Freunden, die abzuwarten schienen.

»Darf ich vorstellen: Dora. Meine Ersatzmutter«, erklärte ich wahrheitsgemäß nach meinen Empfindungen.

»Oh Scarlett«, lachte sie und ihre Wangen verfärbten sich. »Ich bin lediglich das Hausmädchen für Scarlett und Mr. Gear.«

»Mr. Gear?« Ethan runzelte die Stirn und schaute zwischen uns hin und her.

»Mr. Gear, Ihnen wahrscheinlich bekannt als Chad, möchte bei seinem Nachnamen genannt werden«, erklärte sie ruhig, als wäre es das Normalste der Welt.

»Gott, was ist das für ein Idiot?«, schnaubte Kayla. »Wie gut, dass du den los bist.«

Ich hatte es ihr anders mitteilen wollen. Irgendwie hatte ich es persönlicher machen wollen und alleine ihr herzlicher Empfang zerriss mich innerlich. Schwer schluckend und mit einem gequälten Gesichtsausdruck wandte ich mich Dora zu.

»Sie sind einfach gegangen.« Es war eine Feststellung. Ihre warme Hand streichelte mir vorsichtig über den Rücken.

»Er hat es nicht erzählt?«

»Zuerst hat er gesagt, dass du auf einer Reise seist, dann war es ein Streit und schließlich sagte er, dass ihr beide ein bisschen Zeit für euch braucht, du aber bald zurückkommen würdest.«

Ein wütendes Schnauben entfuhr mir, als mir bewusst wurde, was für Lügen er in die Welt gesetzt hatte. Nur um sein dämliches Image zu wahren.

»Ich war mir sicher, dass du gegangen bist wegen…« Dora sprach es nicht aus und dafür liebte ich sie. Kurz huschte ihr Blick zu Kayla, die uns stirnrunzelnd betrachtete, danach wieder zu mir. Ich schüttelte kaum merklich den Kopf und sie verstand. Ein wehleidiges Lächeln löste das Strahlen ab, das mich empfangen hatte.

»Du bist gekommen, um deine Sachen zu holen?«

Ein Nicken war mir lange nicht so schwergefallen. Und in jener Sekunde spürte ich, dass ich eine Sache zurückgelassen hatte, die ich nicht zurücklassen wollte.

»Das ist gut. Dann bist du ihn endlich los. Du hast alles richtiggemacht, meine mutige Scarlett.« Sie legte ihre Hand auf meine Wange und betrachtete mich mit großen braunen Augen.

»Es tut mir leid und eigentlich…«

»Schon gut. Wir werden garantiert noch mal die Gelegenheit haben zu sprechen. Spätestens, wenn ich dich besuche, aber jetzt sollten wir uns etwas beeilen. Die Veranstaltung, auf der sie heute sind, dauert nur noch zwei Stunden.«

Es war seltsam in meinem begehbaren Kleiderschrank zu stehen und die Klamotten zu sehen, die sich über die Jahre angesammelt hatten. Manche der Stücke hatte ich nur einmal getragen, weil sie schon ein paar Tage später wieder fast aus der Mode waren.

Früher hatte ich Stunden in diesem Raum verbracht, hatte alle möglichen Variationen ausprobiert, nur um dann noch mal so lange vor der Kamera zu stehen. Jetzt griff ich nach all den Kleidungsstücken, die mir am besten gefielen. Was gerade angesagt war, interessierte mich keine Bohne mehr.

Ich stopfte ein letztes Paar Schuhe in die Tasche, die nun randvoll war, und konnte ein Seufzen nicht unterdrücken. Ein paar Stimmen schallten durch die Wohnung und ich hörte, dass Dora Anweisungen erteilte, Sachen suchte, die im Bad oder sonst wo verstaut waren. Wahrscheinlich hätte ich eine Menge Gegenstände vergessen, wenn sie nicht wäre. Eigentlich hatte ich gehofft, sie nicht anzutreffen, um ihr alles in Ruhe erklären zu können.

Aber hätte ich jemals den Mut aufgebracht, sie einfach anzurufen und zu enttäuschen?

Wahrscheinlich eher nicht.

»Ist das die Letzte?« Ryan trat ein und deutete fragend auf die Tasche, die neben mir stand.

»Ich denke schon«, murmelte ich, während er danach griff und das Zimmer verließ. Mit langsamen Schritten folgte ich ihm. Meine Augen streiften ein letztes Mal über die glitzernden Kleider. Dann zog ich die Tür zu und drehte mich um.

Ein seltsames Gefühl breitete sich in meiner Brust aus, als mir klar wurde, dass ich dieses Zimmer niemals mehr betreten würde. Ich würde gerne behaupten, dass dort nur Glück vorhanden war. Aber ein winziger Teil vermisste die Abende mit Dora und irgendwie auch meine ehemaligen Freundinnen. Zumindest die Versionen von ihnen, denen ich vertraut hatte.

Bis zu jenem Abend.

»Sind wir fertig?« Der barsche Ton, mit dem Ethan mich anfuhr, als er in das Zimmer kam, ließ mich zusammenzucken. Ich musste einige Male verwirrt blinzeln, bevor ich antworten konnte.

»Ich denke schon, aber…«

»Gut, wir fahren dann schon«, knurrte er und machte auf dem Absatz kehrt.

Er ließ mich alleine zurück, hatte nicht einmal meinen Einwand abgewartet. Seine schnellen Schritte hallten durch das Haus und dann hörte ich, dass die Tür zuschlug.

Lag es an mir?

Hatte ich ihm unrecht getan?

Mein Hals schwoll an und ich kniff die Lippen zusammen, versuchte die Unsicherheit herunterzuschlucken. Dann folgte ich meinem verärgerten Bruder. Verließ das Schlafzimmer, ohne es noch einmal in Augenschein zu nehmen. Ich genehmigte mir lediglich einen Blick von der Empore zu dem großen Fenster im Wohnzimmer, um ein letztes Mal diese Aussicht zu haben und zu akzeptieren, dass es vorbei war.

Meine Beine trugen mich die altbekannten Stufen hinab. Meine Finger umschlossen das metallene Geländer und die Vertrautheit, die damit einherging, verunsicherte mich.

In den Büchern und Filmen, die ich gelesen und gesehen hatte, war es den Protagonisten immer so leicht gefallen Abschied zu nehmen von dem alten Leben. Natürlich hatten sie Angst gehabt, doch keiner hatte von dem Gefühl der Vertrautheit berichtet.

Ich hatte mir es einfacher vorgestellt, war nicht auf diesen Abschiedsschmerz vorbereitet.

»Du sahst glücklich aus.«

Ich zuckte zusammen, als ich Zac vor der Bilderwand bemerkte, die ich mit Chad vor langer Zeit angelegt hatte. Die besten Fotos hatten wir dort aufgehängt und immer stolz unseren Besuchern präsentiert.

Ich stellte mich neben Zac, betrachtete mein eigenes Gesicht, das auf den meisten Bildern am Strahlen war. Doch je länger ich es betrachtete, desto mehr fing ich an zu zweifeln.

»Vielleicht war ich damals glücklich«, flüsterte ich, schaute zu dem einen Foto, auf dem ich in Chads Armen lag und ihn verliebt anhimmelte, während er in die Kamera grinste.

»Vielleicht?« Zac schaute mich mit hochgezogenen Augenbrauen an. Ein trauriges Lächeln legte sich auf meine Lippen.

»Ich weiß nicht mal, ob ich ihn jemals geliebt habe«, sprach ich das erste Mal das aus, was mich seit Wochen quälte. »Kann auch sein, dass es nur die Vorstellung von uns war, die mich so fasziniert hat.«

»Willst du das herausfinden?« Seine Stimme war leise, als hätte er Angst, mich in meinen Gedanken zu stören.

»Wenn ich jemals jemanden wirklich lieben werde, werde ich es wohl oder übel herausfinden, oder?« Ich wandte den Kopf und schaute in sein Gesicht. Die Mundwinkel hatten sich ein Stück gehoben. Er wollte es nicht zeigen, doch der mitleidige Ausdruck in seinen Augen entging mir nicht.

»Ja, wahrscheinlich schon«, stimmte er mit rauer Stimme zu. In seinen Pupillen spiegelte sich das Licht. Das erste Mal, seit ich ihn kannte, fiel mir der Bartschatten auf, der seine Wangen zierte.

Ohne nachzudenken, hob ich die Hand und fuhr mit den Fingerspitzen darüber. Kleine Stromschläge jagten durch meine Haut, als ich die kratzigen Stoppeln berührte. Überrascht weiteten sich seine Augen, doch er bewegte sich nicht einen Zentimeter.

»Du hast dich nicht rasiert«, stellte ich fest, konnte meine Blicke nicht von den kleinen Härchen abwenden.

»Ich hatte keine Zeit«, erwiderte er und leckte sich flüchtig über die Lippen. Eingehend musterte ich die gerade Nase, die hohen Wangenknochen und die fein geschwungenen Lippen. Das Gefühl, auf einem Speedboot zu sitzen, erfasste mich.

Und ich hatte eine böse Vorahnung, woher das kommen könnte.

Zu schnell zog ich die Hand zurück, bemerkte erst jetzt, dass wir ziemlich nah beieinanderstanden.

»Solltest du so lassen. Das steht dir«, plapperte ich drauflos und wich noch einen kleinen Schritt zurück. Am liebsten hätte ich mir direkt die Zunge abgebissen.

War ich denn nun von allen guten Geistern verlassen?!

Zacs Augenbrauen wanderten nach oben und ganz langsam breitete sich ein schiefes Grinsen auf seinem Gesicht aus. Seine Pupillen funkelten mich schelmisch an, während ich die Lippen zusammenpresste.

»Du stehst auf meinen Bart?«

Die Arroganz, die in seinen Worten mitschwang, ließ mich die Augen verdrehen.

»Ich stehe nicht auf deinen Bart, ich sagte, er steht dir, was so viel heißt wie: Du siehst nicht aus wie ein dreizehnjähriger Bubi«, versuchte ich mich zu retten.

»Hatten wir nicht bereits festgestellt, dass du eine furchtbare Lügnerin bist?«

Warum fiel jetzt nicht ein blödes Klavier vom Himmel und erschlug mich?

»Scarlett?«

Allerdings war eine fröhliche Dora die bessere Rettung. Ich fuhr herum und sah meine Ersatzmutter mit einer kleinen Kiste auf uns zugehen.

»Das habe ich noch zusammengepackt. Schließlich gehört es dir und nicht Mr. Gear«, erklärte sie und überreichte mir die Schatulle. Ich öffnete sie und eine Kette kam zum Vorschein, die ich noch nie zuvor in meinem Leben gesehen hatte.

»Die gehört mir nicht«, murmelte ich.

»Doch. Sie ist von deinem Bruder.«

»Was?!« Mein Mund blieb offen stehen und ich starrte das feine Silber an.

»Der gehört dazu.« Dora überreichte mir einen Briefumschlag, auf dem in einer Ecke ein Datum stand.

»Du hast es nie erhalten.« Fassungslos starrte Zac das Paket in meiner Hand an. Doch ich hatte keinen Nerv, darauf einzugehen, konnte lediglich auf das Datum schauen.

»Der ist drei Jahre alt«, stellte ich fest. »Wo war er die ganze Zeit?« Meine Stimme brach bei dem letzten Wort und die Luft wurde mir abgeschnürt. Eine grauenvolle Vorahnung ereilte mich.

»Mr. Gear und deine Mutter haben das Paket abgefangen und mir verboten, dir auch nur ein Sterbenswörtchen darüber zu erzählen.« Diesmal war jede Fröhlichkeit aus Doras Stimme gewichen. Und das Gesicht, das sonst so jung wirkte, erinnerte durch die Sorgenfalten an das einer alten Frau. »Ich nehme an, sie wussten beide, dass du gegangen wärst, hättest du ihn gelesen.«

Vorsichtig drehte ich den Umschlag. Jemand hatte ihn an einer Stelle unsanft aufgerissen und sich keine Mühe gegeben, es zu vertuschen. Es schien, als hätte man es eilig gehabt.

»Warum haben sie ihn nicht zerstört?«, hörte ich mich fragen.

»Ich nehme an, dass es einfach vergessen wurde. Immerhin habe ich ihn gut versteckt.«

»Du hättest ihn mir geben können«, fauchte ich das erste Mal in meinem Leben Dora an, die erschrocken zusammenfuhr. »Nein, du hättest ihn mir geben *müssen*!«

»Scar, lass gut sein.« Zacs Hand legte sich schwer auf meine Schulter, doch ich warf sie mit einer einzigen Bewegung ab.

»Nichts ist gut! Was auch immer in diesem Brief drinsteht, es hätte vielleicht alles ändern können!«

»Sie haben gedroht mir zu kündigen und du weißt doch, dass meine Kinder…« Ihre Worte gingen in einem Schluchzen unter. Das schlechte Gewissen umklammerte mein Herz, zerquetschte es beinahe.

Natürlich.

Ihr Mann war verstorben und sich um drei Kinder zu kümmern war nicht leicht. Schon gar nicht, wenn zwei davon in nächster Zeit aufs College wollten.

Was war ich bloß für eine dämliche Kuh.

Außerdem hatte nicht sie das Paket abgefangen.

»Tut mir leid, Dora. Du kannst da ja nichts für.« Ich schnellte nach vorne und schlang die Arme um sie. Ihre Schluchzer schüttelten sie, was mein Herz brach.

»Schon gut, Scarlett. Ihr müsst jetzt los. Die Veranstaltung ist gleich zu Ende«, ließ sie uns wissen und löste sich von mir. Mit dem Handrücken strich sie die Tränen weg und holte zittrig Luft.

»Ich…«, setzte ich an, stockte jedoch, als ich die Trauer sah, die mir aus ihren Augen entgegensprang.

»Es ist alles gut, Scarlett. Versprich mir nur, dass du dich bei mir meldest.« Das Lächeln mischte sich mit den Tränen und mir wurde schwer ums Herz. »Und erzähl mir, was in diesem Brief steht. Ich hoffe, es ist etwas Wundervolles.«

Ich wollte ihr so gerne sagen, wie sehr ich sie vermisste. Wie dankbar ich ihr war, doch da hatte Zac schon nach meinem Arm gegriffen. Sein Mund bewegte sich, Dora nickte mir ermutigend zu. Meine Füße setzten sich in Bewegung, ich stolperte fast, hielt mich am Türrahmen fest und warf einen letzten Blick zurück.

Schlechte und wenige gute Erinnerungen trafen in meinem Kopf aufeinander. Ich wandte mich zu dem Spiegel um, der neben mir hing.

Mein Spiegelbild sah müde aus, doch die Mundwinkel bogen sich nicht nach unten. Plötzlich hatte ich das Gefühl, dass ich mein altes Ich zurückließ. Dass das, was jetzt ging, nicht die Scarlett Moore war, die bekannt war.

Ich musste einen alten Teil von mir gehen lassen.

Eine Träne rann über meine Wange, als mir klar wurde, dass ich nicht vor dem Ort so viel Angst gehabt hatte.

Die Tatsache, mich selbst loszulassen, war viel schwerer. Es fühlte sich an, als würde ich mich von einer alten Freundin verabschieden und sie ihrer Wege ziehen lassen.

Hier war es.

Das Ende.

»Alles klar?«, vernahm ich Zacs fragende Stimme, konnte die zwei Tränen, die sich lösten, nicht zurückhalten. Ein breites Lächeln trat auf mein Gesicht und wahrscheinlich sah ich aus wie eine Wahnsinnige. Doch das war egal.

»Ich habe mich nur verabschiedet«, erklärte ich leise und zog die Tür hinter mir zu.

»Du weißt, was in dem Brief steht, oder?« Meine Stimme wurde beinah vom Dröhnen des Motors übertönt. Seit über einer Stunde saß ich in diesem Wagen, starrte den Umschlag an und die Kette, an der ein winziger Anhänger war, der die Form eines Vogels hatte.

»Nicht direkt«, gab Zac zu. Er klammerte sich so fest an das Lenkrad, dass seine Knöchel weiß hervortraten. »Aber ich glaube, dass du dringend mit ihm reden wollen wirst, sobald du ihn gelesen hast.«

»Er ist drei Jahre alt. Da hat sich eine Menge geändert«, gab ich leise zu bedenken.

Was, wenn die Worte mich in Stücke reißen würden?

Was, wenn sich alles ändern würde, wegen eines dämlichen Briefes?

»So viel hat sich meines Erachtens gar nicht verändert.« Ich konnte seinen Blick spüren, woraufhin sich meine Nackenhaare aufstellten. »Lies ihn einfach. Vom Anstarren wird es auch nicht besser.«

Ich wusste, dass er recht hatte. Meine Handflächen waren feucht und mein Atem ging flach, als ich den Brief aus dem Umschlag zog. Die unordentliche Handschrift meines Bruders fiel mir ins Auge. Er war bereits leicht vergilbt, als ich ihn auseinanderfaltete und zu lesen begann.

Liebe Scarlett,

leider habe ich keine andere Möglichkeit, dich zu kontaktieren, da du mich überall blockiert hast. Außerdem lässt Mama mich nicht mit dir reden, geschweige denn Chad.

Ich möchte, dass du weißt, dass mir leidtut, wie wir auseinandergegangen sind. Doch ich habe es ernst gemeint, als ich sagte, dass Chad nicht gut für dich ist. Du hast dich stark verändert in den letzten Monaten und ich bin mir sicher, dass das an diesen ganzen Blogs liegt, mit denen du dich beschäftigst. Ich habe einfach das Gefühl, dass dich das alles auseinandernimmt, ohne dass du es merkst. Es ist schrecklich, das mit anzusehen. Dennoch hätte ich das ruhig mit dir besprechen müssen und natürlich hätte ich es am nächsten Tag tun sollen und nicht erst jetzt, sechs Monate später.

Aber ich habe nur so lange gewartet, damit ich dir eine Alternative zu dem Leben, das du gerade führst, geben kann.

Ich habe eine Überraschung für dich, die du zu sehen bekommst, sobald du mich mal besuchst. Als kleiner Tipp: Es hat mit deinem alten Kuscheltier Rooster *zu tun.*

Was Geld angeht, brauchst du dir keine Sorgen zu machen. Ich habe zwei Jobs, mit denen ich uns beide finanzieren kann. Du müsstest also nicht mehr nach Mamas Pfeife tanzen und wir könnten normal zusammenleben. Ich bin gerade auf der Suche nach einer passenden Wohnung, und solltest du dich entscheiden zu kommen, könnten wir das zusammen übernehmen.

Damit keiner was davon mitbekommt, könnten wir uns nächste Woche Sonntag um achtzehn Uhr an dem Steg beim Mission Bay Park treffen und sprechen. Selbst wenn du nicht zu mir ziehen möchtest, wäre es in Ordnung. Ich möchte nur gerne wieder mit meiner kleinen Schwester sprechen.

Ich vermisse dich, Scarlett.

In Liebe
Ethan

PS.: Alles Gute nachträglich. Ich hoffe, die Kette gefällt dir.

15. Scarlett

Ganz langsam sickerte die Bedeutung der Worte durch mein Gehirn. Ich konnte nicht aufhören diesen Brief zu lesen, und obwohl wir bereits seit zehn Minuten vor der Wohnung standen, regte ich mich nicht. Immer und immer wieder fing ich von vorne an, versuchte zu begreifen, was da genau stand. Alles schien sich zu drehen und die Sätze verschwammen in meinem Kopf zu einem seltsamen Gedankensalat.

»Ihm gehört die Bar.« Die Worte strichen über meine Lippen, als würde es mir helfen, es laut auszusprechen.

Daher war mir ihr Name so bekannt vorgekommen. Wie blöd hatte ich eigentlich sein können?!

Dann riss ich die Autotür auf. Zac rief mir irgendetwas zu, doch da hatte ich bereits angefangen den Schlüssel aus der Tasche zu zerren. Ich musste mit ihm sprechen. Sofort und am besten hätte ich es vor Wochen getan. Mit meinem Körpergewicht drückte ich die Tür hastig auf und stolperte die ersten paar Schritte in den Hausflur, ehe ich zwei Stufen auf einmal nahm. Ich krallte mich am Geländer fest, versuchte nicht in jeder Kurve auszurutschen.

Mein Kleid war bedrohlich weit hochgerutscht, doch das war nebensächlich.

Ein einziger Gedanke jagte durch meinen Kopf.

Alles hätte anders sein können.

Ich blieb an der letzten Treppenstufe hängen und fiel fast. Mit einer Hand konnte ich mich abfangen, nur um gleich darauf durch die offen stehende Wohnungstür zu stürmen. Ryan kam gerade aus der Küche, als ich ihn mit der Seite anrempelte, sodass er einen lauten Fluch ausstieß. Das Papier in meiner Hand loderte wie Feuer.

Und dann stand er da.

Einfach so, als wäre es das Normalste der Welt.

Ich erstarrte, konnte keinen Atemzug mehr tun, ohne dass meine Lungen sich schmerzhaft zusammenzogen.

»Scarlett?«, vernahm ich Kaylas Stimme, doch ich schenkte ihr keinerlei Beachtung.

»Verdammt, ist die schnell«, keuchte Zac, der mir scheinbar gefolgt war.

Dann drehte er sich um.

Ein fragender Ausdruck stand in seinen graublauen Augen. Das kantige Gesicht wirkte im spärlichen Licht sanft und die Lippen waren zu einem schmalen Lächeln verzogen.

»Ich hab es nie bekommen«, platzte es aus mir heraus.

Verwirrt runzelte Ethan die Stirn, öffnete den Mund, als wollte er etwas fragen, doch dann fiel sein Blick auf meine Hand. Und auf den Brief.

Seine Lippen blieben leicht geöffnet und ich konnte sehen, wie er meine Worte langsam verarbeitete.

Hatte ich auch so ausgesehen, als ich den Brief gelesen hatte?

Ein bitteres Lächeln kroch über seine Lippen.

»Und ich dachte, du hättest den Tipp nicht verstanden, ihn vergessen, den Brief zerrissen oder einfach nicht gelesen.«

»Natürlich hätte ich diesen blöden Tipp verstanden. Du warst ja noch nie der Kreative von uns beiden«, schniefte ich und ballte die Hände zu Fäusten. Ethan breitete seine Arme ein Stück aus, und ehe ich mich versah, fand ich mich an seiner breiten Brust wieder.

Tränen tränkten sein Hemd und es dauerte eine Weile, bis ich die Tropfen bemerkte, die an meinem Schlüsselbein landeten.

Ich konnte nur nicht sagen, ob mein großer Bruder vor Glück oder vor Traurigkeit weinte.

»Wenn irgendeiner von euch erzählt, dass ich geheult habe wie ein kleines Baby, bringe ich euch alle um.« Ethan schaute böse in die Runde, während er meine Hand umklammerte. Ich hatte mich gegen seine Schulter gelehnt und sah Zac dabei zu, wie er zwei Gläser Wasser vor uns abstellte.

»Ich halte meinen Mund, wenn wir das Geheule so langsam mal einstellen könnten.«

»Meine Güte. Nur weil du so ein Eisklotz bist, heißt das nicht, dass kein Kerl mal weint«, fuhr Kayla Zac an, der genervt die Augen verdrehte.

»Also ich habe auch noch nie geheult«, warf Ryan ein und lehnte sich in dem Sessel zurück.

»Von wegen«, ging Kayla dazwischen, »du hast in Star Wars geheult, als Obi-Wan Kenobi abgekratzt ist.«

»Das zählt nicht. Da war ich betrunken und dann sind Empfindungen viel stärker!«

»Natürlich zählt das! Und es ist nur der Beweis«, sie wandte sich mit einem besserwisserischen Gesichtsausdruck zu Zac, der sich auf den nächsten freien Sessel fallen ließ, »dass jeder mal weint.«

»Tja. Schade, dass ich nicht dazugehöre.« Er streckte seine Arme, sodass sein Shirt ein Stück hochrutschte und den Bund seiner Boxershorts freigab. Rasch griff ich nach dem Wasserglas, um das seltsame Hämmern in meinem Magen zu beruhigen.

»Als ich dich damals verprügelt habe, hast du geweint wie ein kleines Mädchen«, hörte ich Ethan lachen.

Sekunde.

Was?

»Ihr habt euch mal geprügelt?«, fragte ich fassungslos. »Also nicht, dass ich mir nicht vorstellen kann, dass man dir gerne mal eine verpassen würde, aber…«, mein Blick wanderte zwischen beiden hin und her, »seid ihr nicht beste Freunde oder so was?«

»Schön zu wissen, dass du dir brutale Sachen mit mir vorstellst, aber ich stehe nicht so auf Shades of Grey«, antwortete Zac süffisant. »Und um ehrlich zu sein, durch diese dämliche Schlägerei haben wir uns erst kennengelernt.« Er lehnte sich ein Stück nach vorne, sodass eine hellbraune längere Haarsträhne in seine Stirn fiel.

»Das ist doch wohl ein Scherz.«

»Nein«, widersprach Ethan und gab mir einen Kuss auf die Stirn. »Du warst übrigens der Grund dafür.«

Jetzt war ich raus.

»Nachdem du nicht an dem Steg aufgetaucht bist, war ich unfassbar enttäuscht«, erzählte Ethan und fuhr sich mit der Hand durch die Haare. »Ich habe vier Stunden gewartet, bis ich akzeptiert habe, dass ich…«, seine Augen wanderten zu mir, »dass ich dich verloren hatte«, beendete er den Satz. »Du kannst dir nicht vorstellen, was das für ein schreckliches Gefühl war zu kapieren, dass du nichts mehr von mir wissen wolltest.«

»Also ist der Trottel natürlich in die Bar gegangen, in der ich saß. Und auch ich war nicht gut drauf an dem Abend«, fuhr Zac fort.

»Nicht gut drauf? Du sahst aus, als würdest du die ganze Stadt zerlegen wollen«, warf Ethan spöttisch ein.

»Am Ende wollte ich nur dich zerlegen.«

»Aber nur, weil du mir mein Bier weggenommen hast.«

»Ich bin immer noch der festen Überzeugung, dass es meins war«, protestierte Zac und stützte sich mit den Ellenbogen auf seinen Oberschenkeln ab.

»Himmel. Es ist doch egal. Ihr wart beide betrunken und wahrscheinlich gehörte es einem armen Kerl, den ihr dann übern Haufen gerannt habt bei eurem Gerangel«, mischte sich Kayla grinsend ein.

»Jedenfalls hat dein lieber Bruder mein Bier genommen und wir haben uns irgendwie in die Haare gekriegt«, fuhr Zac fort.

»Und dann hat er gesagt, dass ich meine Schwester vögeln soll, statt ihn zu nerven. Da sind meine Glühbirnen dann durchgebrannt.«

»Ich konnte ja nicht ahnen, dass er so auf meinen dämlichen Spruch reagieren würde«, erwiderte Zac, als er meinen fassungslosen Blick sah.

»Die haben echt alles übern Haufen gemöllert«, seufzte Kayla und schüttelte den Kopf. »Und eine halbe Stunde später saßen beide heulend nebeneinander aufm Bürgersteig mit einem Kühlpad auf der Wange, das ich ihnen besorgt hatte.«

»Sekunde.« Ich runzelte die Stirn. »Kanntest du sie schon?«

»Ethan vom Sehen aus der Uni. Aber mehr nicht.«

Begeistert strahlten mich Zac und Ethan an, als wäre es die beste Geschichte der Welt.

»Ich weiß«, meldete Kayla sich zu Wort. »Die sind beide verrückt.«

»Also, ich finde uns wahnsinnig geil«, lachte Zac und schlug mit meinem Bruder ein.

Doch eine Frage jagte mir durch den Kopf: Warum hatte Zac damals wohl geweint?

Bis zwei Uhr hatten wir oben gesessen und gelacht. Ryan war derjenige, der zuerst aufgestanden war und uns alle daran erinnerte, dass wir kein Wochenende hatten. Ich wusste nicht mehr, wie ich es überhaupt aus Ethans Armen geschafft hatte, aber nun lag ich in meinem Bett und starrte in die Dunkelheit.

Keine Ahnung, wie ich in dieser Nacht auch nur ein Auge zubekommen sollte.

Der heutige Tag erschien mir unfassbar lang und es war zu viel passiert, als dass ich es einfach beiseiteschieben konnte.

Stöhnend rollte ich mich auf den Rücken und starrte an die Decke. Das Licht der Straßenlaternen bahnte sich den Weg durch die Nacht bis in mein Zimmer. Ein weiches Schattenspiel entstand an der Wand.

Ich starrte die Lichter an, versuchte mich nur darauf zu konzentrieren, doch meine Gedanken wollten sich nicht einmal bei dem angenehmen Anblick beruhigen. Ein unbekanntes Summen durchbrach die Stille und es dauerte einen Moment, bis ich herausfand, dass es von meinem Handy kam.

Zögernd griff ich danach und klappte es auf.

Unbekannt: Dein Bruder schnarcht wirklich laut.

Nur ein einziger Mensch kam für so eine Nachricht in Frage. Ein Teil von mir wollte sich ärgern, doch der andere sorgte dafür, dass meine Lippen sich ein Stück verzogen. Nur minimal. Aber sie verzogen sich.

Einen Moment überlegte ich, was ich antworten sollte, entschied mich am Ende für das Offensichtlichste. Meine Finger glitten über die Tasten und es dauerte etwas, bis ich mich an das alte System ohne Touch gewöhnt hatte.

Scarlett: Woher hast du meine Nummer, Zac?

Ich drückte auf *Senden* und biss mir auf die Unterlippe.

Unbekannt: Im Ernst, Scarlett. Wie hast du das ausgehalten? Der schläft zwei Zimmer weiter und ich habe das Gefühl, dass er direkt neben mir liegt.

Er überging die Frage einfach. Trotzdem wanderten meine Mundwinkel nach oben und ich musste mir auf die Lippe beißen, um nicht zu lachen.

Scarlett: Ich bin irgendwann zu ihm rüber und hab angefangen auf ihm rumzuspringen.
Unbekannt: Ich glaube, dann bin ich morgen früh tot.

Scarlett: Ich weiß nicht, ob das von Nachteil für diese Welt wäre.
Unbekannt: Autsch. Jetzt hast du mir doch wirklich einen Dolch in den Rücken gestochen. War's das dann mit Bosheit für heute?
Scarlett: Ich habe gerade erst angefangen.
Unbekannt: Sicher, dass du mit dem Echo leben kannst?
Scarlett: So kleine Möchtegernlöwen wie dich erledige ich vorm Frühstück.
Unbekannt: Ich sehe, du akzeptierst deinen Namen.
Scarlett: Du würdest sowieso nie damit aufhören.
Unbekannt: Korrekt.

Ich starrte auf die letzte SMS und kaute nervös auf meiner Unterlippe. Mein Herz schlug unruhig in meiner Brust und ich versuchte den Drang, etwas zu antworten, zu unterdrücken. Warum wollte ich das überhaupt? Und was war das für eine bescheuerte Unterhaltung?

Unbekannt: Leg dich zu Kayla, wenn du nicht schlafen kannst. Du musst morgen fit sein für die Uni.
Scarlett: Zu Kayla?

Nachdenklich starrte ich auf das Handy, während ich mich aufsetzte.

Unbekannt: Klar, die kann sowieso nicht schlafen, weil sie sich einen Kopf um dich macht.
Scarlett: Woher weißt du das?
Unbekannt: Weil sie es mir eben geschrieben hat.

Ich konnte nichts tun gegen die Ernüchterung, die mich plötzlich überfiel. Es war, als hätte jemand einen kalten Eimer

Wasser über mich geleert, dabei konnte ich nicht einmal sagen, warum das so war.

Scarlett: Das erklärt, warum du geschrieben hast. Ich geh dann zu ihr. Nacht.

Bevor er antworten konnte, schaltete ich das Handy aus und warf es rücksichtslos ans Fußende des Bettes. Warum hätte er mir auch sonst schreiben sollen? Weil es ihn interessierte? Er war schließlich der beste Freund meines Bruders. Bestimmt fühlte er sich deswegen einfach nur verpflichtet sich um mich zu kümmern. Das war wahrscheinlich die Erklärung für sein Verhalten am gesamten heutigen Tag.

Und ich Idiotin hatte gedacht, dass er mich wirklich leiden konnte.

So normal.

Nicht mit Kribbeln oder so einem Wahnsinn.

Mit einem Seufzen schlug ich die Decke zur Seite und stand auf. Meine Augen waren noch an das helle Display gewöhnt, sodass ich mich mit ausgestreckten Armen durch das Zimmer tastete. Irgendwie schaffte ich es zur Tür, stolperte über keine der Taschen, die hier standen, und schlich in den Flur. Bei jedem meiner Schritte knarrte der Fußboden verdächtig. Ein schwacher Windzug fegte durch den Gang, als ich die Tür zu Kaylas Zimmer öffnete.

»Kayla? Bist du wach?«, hauchte ich leise.

»Scarlett!« Ich zuckte bei der Lautstärke zusammen. »Oh, Gott sei Dank. Ich hatte schon Angst, dass du alleine weinend in deinem Zimmer liegst.« Ihr Bett knarzte, als sie darauf zur Seite rückte. Rascheln ertönte und in der Dunkelheit konnte ich erkennen, wie sie die Decke beiseiteschlug, um Platz zu machen.

Ich überbrückte das letzte Stück und kletterte zu ihr. Es war ein schmales Bett und ich hatte den Eindruck, ihre Nasenspitze zu berühren. Doch es fühlte sich nicht fremd an. Das hier hatte etwas von Geborgenheit.

»Schön zu sehen, dass du nicht weinst«, durchbrach sie die Stille.

Der Satz von Zac schoss mir durch den Kopf, obwohl ich es gerne vermieden hätte.

»Zac hatte leider recht. Ich habe genug geweint in letzter Zeit«, gab ich zähneknirschend zu.

»Dann sorgen wir halt dafür, dass ab jetzt alles nur noch geil wird.«

»Das klingt nach einem guten Plan.« Ich lächelte in die Dunkelheit hinein.

»Was hältst du davon, wenn wir morgen mit einem fantastischen Frühstück anfangen? Wir ignorieren die Tatsache, dass Uni ist. Und dann gehen wir shoppen oder schwimmen. Von mir aus können wir auch einen Spontantrip nach New York machen. Oder wir schmeißen eine riesen Hausparty«, plauderte Kayla aufgeregt.

Ich konnte ihre Lockenmähne in der Schwärze erkennen. Eine gigantische Zuneigung überkam mich, während ich dort lag und ihren Worten lauschte. Das hier fühlte sich so anders an als alles, was ich bisher erlebt hatte. Das hier schien echter zu sein.

»Kayla?«, unterbrach ich sie. Ein wenig verdattert stockte sie. »Warum hast du eigentlich keine beste Freundin? Oder hast du eine und ich habe sie noch nicht kennengelernt?«

Kurz wurde es still.

»Ich glaube, ich bin vielen einfach zu anstrengend.«

Ein leises Lachen entfuhr mir.

»Ich finde dich toll, so wie du bist.«

»Danke. Ich mag mich auch.« Sie strich sich eine Locke aus dem Gesicht, hielt jedoch mitten in der Bewegung inne. »Und dich natürlich auch!«, fügte sie hastig hinzu, als sie bemerkte, was sie vergessen hatte.

Das Grinsen wollte nicht von meinen Lippen verschwinden.

»Kayla?«

»Ja, Scarlett?«

»Das klingt jetzt vielleicht ein wenig doof…«, murmelte ich, konnte spüren, wie meine Wangen sich erhitzten.

»Schieß los.«

»Wollen wir beste Freundinnen sein?«

Ich kam mir so vor, als wäre ich fünf Jahre alt und auf einem Spielplatz. Neben mir ein kleines Mädchen mit einer Lockenmähne, das mich mit einer Zahnlücke angrinste. Trotzdem fühlte sich das hier absolut richtig an.

Das, was mich verunsicherte, war, dass sie ruhig blieb.

»Kayla?«, wiederholte ich ihren Namen leise, war bereit aus dem Zimmer verbannt zu werden. Doch statt einem Lachen erntete ich ein Stöhnen.

»Natürlich möchte ich deine beste Freundin sein, aber…«, sie gab einen undefinierbaren Laut von sich, der mich nervös werden ließ.

»Was aber?«

»Du hast die Beste-Freundin-Karte gespielt?«

»Und das heißt?«, wollte ich nachdenklich wissen.

»Dass wir uns alles erzählen.«

»Oh.«

»Scarlett?« Kayla wand sich unruhig hin und her.

»Ja?«, bestätigte ich zögerlich.

»Ich stehe total auf deinen Bruder. Und zwar so richtig.«

16. Zac

Scarlett: Das erklärt, warum du geschrieben hast. Ich geh dann zu ihr. Nacht.

Ich starrte die Nachricht zum hundertsten Mal seit gestern Nacht an und hätte mir am liebsten selbst eine verpasst.

Viel härter hätte ich es wirklich nicht verkacken können.

Genervt von mir selber fuhr ich mir durch das Haar und schnaubte. Kurz huschte mein Blick nach vorne, wo der Professor irgendetwas über Rom erzählte, was mir beinah den letzten Nerv raubte.

Warum hatte ich den beschissenen Kurs so weit nach hinten geschoben?

Das Smartphone vor mir blinkte auf. Doch statt des Namens, auf den ich gehofft hatte, stand dort *Ryan*.

Enttäuschung breitete sich in mir aus. Seit gestern Nacht plagte mich nun dieses Gefühl, komplett versagt zu haben, obwohl nichts Großartiges geschehen war. Scarlett schien lediglich ein wenig angepisst gewesen zu sein, dass ich Kayla als Begründung abgeliefert hatte. Dabei hatte sie mir wirklich besorgt geschrieben. Nur war die Gute nicht auf den Gedanken gekommen einfach aufzustehen und nachzuschauen. Also hatte ich den Trottel gemimt, um Kayla einen Gefallen zu tun.

Zumindest versuchte ich mir das einzureden. Und zu neunundneunzig Prozent entsprach das auch der kompletten Wahrheit. Lediglich das eine Prozent, das übrigblieb, machte mir etwas Sorgen.

Denn ich hatte auch nicht schlafen können, hatte dauernd an Scar denken müssen. Nicht nur, wie sie geweint hatte oder ob es ihr gutging. Viel mehr dachte ich an diesen seltsamen Moment vor dieser bescheuerten Bilderwand, als sie mir über die Wange gestrichen hatte.

Hätte ich mir in jenem Moment nicht selbst gesagt, dass es Ethans Schwester war, wir gerade dort standen, wo sie vielleicht geschlagen worden war, dann hätte ich sie geküsst und was weiß ich noch alles angestellt.

Himmel, war das deprimierend.

Es konnte doch nicht sein, dass sie so eine Wirkung auf mich hatte.

Immerhin war sie das Einzige, das ich nicht haben konnte. Mal abgesehen von Kayla, die definitiv Ethan gehörte.

Ich sollte dringend zusehen, dass ich wieder mit Frauen ausging. Völlig egal, mit welcher. Hauptsache, sie ließen diese Gedanken verschwinden, die durch meinen Kopf jagten.

Der Professor hatte gerade irgendwelche Schemata angezeichnet, sprach eher mit der Wand als mit den anwesenden Studenten, von denen die meisten schliefen. So öffnete ich mein Telefonbuch und scrollte durch die Namen. Bestimmt würde ich irgendwen finden, der mit mir ausging.

Irgendwen.

Das Handy fing an zu vibrieren.

Ich zuckte geschockt zusammen, sah, dass Ryan versuchte mich anzurufen. Ich stieß einen leisen Fluch aus und ein paar Studenten drehten sich um. Hastig nahm ich das Gespräch an und machte mich klein.

»Ich sitze in einer Vorlesung«, knurrte ich und behielt den Professor im Blick. Aus dem Hörsaal wollte ich nun wirklich nicht mehr geschmissen werden.

»Dann beweg deinen Hintern danach am besten sofort in die Bar. Ich glaube, Ethan hat sich den Fuß gebrochen oder so was.«

»Oder so was?«, fragte ich zweifelnd nach, begann die Sachen in meine Tasche zu werfen.

»Mann, ich bin kein Arzt«, fluchte Ryan. »Komm einfach her. Ich weiß nicht, was ich machen soll.«

»Bin gleich da«, seufzte ich und legte auf.

Ich stand auf und verließ die Stuhlreihe. Glücklicherweise hatte sich niemand neben mich gesetzt, sodass ich niemanden wecken musste. Die träge Stimme des Professors schallte durch den Hörsaal, mischte sich mit meinen Schritten. Ich spürte, dass sich die Ersten interessiert zu mir umdrehten. Ein Raunen ging durch die Reihen, während ich die Treppen hinunterstieg.

»Finden Sie das alte Rom so uninteressant, Mr. Wright?«

Da hatten wir den ersten Nachteil, wenn man Tutor war. Die meisten Professoren kannten einen mit Namen.

»Ist einfach nicht meine Zeit, Professor Klein«, erklärte ich achselzuckend und lief weiter.

»Ach. Und was ist dann Ihre Zeit?«, wollte er mit hochgezogenen Augenbrauen wissen.

»Ich würde sagen, zwischen ein und fünf Uhr morgens. Da läuft überall immer die beste Musik«, erklärte ich schief grinsend.

»Sehen Sie zu, dass Sie das hier nacharbeiten«, mahnte er und klopfte mit dem Stück Kreide gegen die Tafel.

»Natürlich.« Ich salutierte, erntete vereinzelte Lacher. Eine junge Frau, die ich noch nie zuvor gesehen hatte, schenkte mir ein hübsches Grinsen. Vielleicht wäre das eine Möglichkeit zur Ablenkung?

Doch bevor ich weiter darüber nachdenken konnte, verließ ich den Raum. Die Tür fiel schwer hinter mir zu und ich landete in einem leeren Gang. Mit der Hand fischte ich meine Autoschlüssel aus der Tasche.

»Zac?« Ich blieb stehen, drehte mich um und entdeckte Xavier Brown. Der Professor, für den ich arbeitete. Mit schnellen Schritten näherte er sich. Ich warf einen Blick auf das Handy, hoffte, dass diese Unterhaltung nicht allzu lange dauern würde. »Wie gut, dass ich dich noch erwische.« Schwer atmend blieb er stehen, strahlte mich an. »Wir haben in ein paar Wochen wieder Tag der offenen Tür und ich wollte dich fragen, ob du ein paar Skizzen anfertigen würdest, die wir ausstellen könnten.«

»Klar, ich habe…«

»Oh, nein, nicht das, was wir normalerweise zeichnen«, winkte er ab. »Wir wollen das Spektrum zeigen, über welches wir verfügen, und ich finde, du bist ausgesprochen gut im Darstellen von Gefühlen.«

Gefühle.

Das wurde ja immer besser.

»Also, könntest du eine kleine Reihe an Werken machen? So fünf bis zehn Stück? Muss auch nicht komplett ausgearbeitet sein.«

Ich biss mir auf die Zunge, um eine blöde Antwort zu vermeiden.

»Klar, kann ich machen«, stimmte ich zu.

»Fantastisch«, freute er sich und warf einen Blick auf seine Armbanduhr. »Ich muss weiter zum nächsten Kurs. Bis später«, verabschiedete er sich und rannte in seinen Hausschuhen davon. Ein kleines Seufzen kroch über meine Lippen.

Warum bekam ich immer solche miesen Themen?

Gedankenverloren lief ich rückwärts los, schüttelte den Kopf. Gerade als ich mich umdrehte, ertönten laute Schritte, und bevor ich es hätte kommen sehen können, knallte jemand gegen mich. Ich taumelte etwas zurück, prallte mit dem Kopf gegen die Wand. Sterne wirbelten durch mein Blickfeld und verschwommen nahm ich lange Haare wahr und einen Rock. Einen hübschen, kurzen Rock.

»Also, wenn du meine Nummer willst, kannst du einfach fragen. Hübsche Ladys kriegen die kostenlos«, sagte ich grinsend, während mein Blick sich langsam klärte. Die junge Frau musterte mich mit Falten auf der Stirn. Ich setzte mein bestes Lächeln auf, doch sie verdrehte nur genervt die Augen.

Blaugraue Augen.

Ich versteifte mich, meine Mundwinkel sackten nach unten.

»Oh«, murmelte ich. »Du bist's.«

»Ja, tut mir leid, dass es keine Hübsche ist, die hinter deiner Nummer her ist«, zischte sie und kniete sich hin, um die Zettel, die hier verteilt waren, wieder aufzuheben.

Fettnäpfchen hatte ich derzeit wirklich im Sonderangebot.

Ich presste die Lippen aufeinander und hockte mich ebenfalls hin. Ohne mich eines Blickes zu würdigen, sammelte sie alles in ihrer Reichweite ein. Mein Blick wanderte zu dem Top, das eng anlag und den Ansatz ihrer Brust freigab.

Falsche Blickrichtung!, ermahnte mich eine innere Stimme.

»Dein Bruder…«, setzte ich an.

»Hat sich den Fuß gebrochen oder so etwas, ich weiß. Ich bin gerade auf dem Weg in die Bar«, unterbrach sie mich wirsch. Ich schluckte den aufkommenden Ärger herunter.

»Ich bin mit dem Auto da, soll ich dich mitnehmen?«

Ich schaute hoch und unsere Blicke trafen sich. Ihre Lippen waren zu einer schmalen Linie verzogen und keine Lachfalte zierte das Gesicht. Nach den hübschen Grübchen suchte ich vergeblich. Stattdessen sah sie aus, als hätte sie die Wahl zwischen Pest und Cholera.

»Ja, danke.«

Und das war das Letzte, was sie sagte.

»Das ist doch wohl ein Scherz?«, wollte ich wissen, starrte meinen besten Kumpel an, der ein dickes Kühlpad auf seinen geschwollenen Knöchel presste.

»Nein, ich hab die Flaschen eingeräumt, hab eine übersehen, die auf dem Boden lag, und bin drüber gestolpert«, erklärte Ethan und verzog das Gesicht, als Scar versuchte den Fuß zu bewegen. »Das tut wirklich schweineweh!«, fauchte er Scarlett an, die mit erhobenen Händen zurückwich.

»Verzeihung, ich wollte nur schauen, ob es was Ernstes ist«, knurrte seine Schwester ihn an und stand auf.

Gute Laune hatte sie heute definitiv nicht.

»Wir sollten ihn lieber ins Krankenhaus bringen. Kann sein, dass es geröntgt werden muss. Nur zur Sicherheit.« Nervös kaute Kayla auf ihrer Unterlippe. Ich gab ein Seufzen von mir und schaute zu Ethan, der auf den Lockenkopf fixiert war.

Kurz blickte ich zu Kayla, deren Wangen einen dunklen Rotton annahmen. Ich zog die Augenbrauen ein Stück nach oben und betrachtete meinen besten Kumpel, der rasch den Kopf senkte, als er bemerkte, dass ich die beiden beobachtete.

Doch die Röte auf seinen Wangen entging mir ebenfalls nicht.

»Scarlett, Kayla?», wandte ich mich an die Damen. »Könntet ihr mal nach Krankenhäusern googeln, die darauf spezialisiert sind, und Ryan, du kannst Ethans Wagen nach Hause fahren.« Ich warf ihm den Schlüssel zu, den er mühelos fing. Wortlos verschwand er, ebenso wie Kayla und Scarlett.

Neugierig betrachtete ich den Lockenkopf, der einen letzten schmachtenden Blick zu Ethan warf, ehe sie hinter der Tür verschwand. Ich wartete, bis sie ins Schloss fiel, und öffnete den Mund.

»Ich habe sie geküsst«, kam Ethan mir zuvor. »So richtig gut geküsst.«

17. Scarlett

»Du hast *was*?«, entfuhr es mir ungläubig.

»Es ist einfach passiert.« Kayla raufte sich die Haare und starrte mich mit weit aufgerissenen Augen an.

»Okay, warte. Du hast mir gestern erst offenbart, dass du auf meinen Bruder stehst – was ich echt erst mal verarbeiten muss –, und sagst noch, dass da wahrscheinlich eh nichts passieren wird, und keine zwölf Stunden später erzählst du mir *das*?!« Ich blähte die Wangen auf und schüttelte den Kopf. Ob ich das jemals richtig verarbeiten könnte?

»Ich weiß, Scarlett. Und ich habe echt keinen Schimmer, was das war. Vielleicht hat mich das Gerede von gestern ermutigt?« Nervös trat sie von dem einen auf das andere Bein, während ich mich gegen die Tür lehnte. »Ich wollte nur eine Flasche aus dem Regal holen und dann war er plötzlich neben mir. Ich weiß nicht einmal mehr, wie er dahin gekommen ist. Aber er war so nah und ich hab kaum Luft gekriegt und dann«, statt den Satz zu beenden, klatschte sie die Hände zusammen und warf mir einen entschuldigenden Blick zu.

»Es hat aber nicht wirklich«, setzte ich an und klatschte auch einmal laut die Hände zusammen.

»Nein!«, fiel Kayla sofort dazwischen und schüttelte energisch den Kopf. »Es war eher ein«, sie führte die Hände sanft aneinander.

»Oh, warte. Das ist zu viel für meine Vorstellungskraft.« Ich rümpfte die Nase und verdrängte die Bilder von Kayla und meinem Bruder. Besser gesagt, von ihren Lippen, die aufeinanderprallten. Nicht, dass ich etwas dagegen hatte, dass einer der beiden was mit wem am Laufen hatte. Doch dass ausgerechnet meine – seit gestern gekrönte – beste Freundin mit meinem Bruder rumknutschte, verlangte doch einen gewissen Grad an Nerven.

Die hatte ich gestern schon gebraucht, als sie mir ihre Fantasien und Träumereien geschildert hatte, die leider bei Weitem nicht alle jugendfrei waren. Dennoch hatte ich es ertragen, ihr gesagt, dass ich es akzeptieren konnte.

Das würde ich auch.

Nur war es doch irgendwie ekelig, was vielleicht auch daran lag, dass ich mir nicht im Traum ausmalen konnte, dass man auf meinen nervigen Bruder stand. Gut, er sah nicht ganz schlecht aus und er konnte sich benehmen und lieb sein, wenn er wollte, aber der Rest?

»Es tut mir leid!« Kayla schlang ihre Arme um meinen Hals, was mich ein wenig aus dem Konzept brachte. Hatte ich einen Gefühlsausbruch verpasst oder ein wichtiges Detail nicht mitbekommen?

»Was tut dir leid?«, wollte ich wissen und schob den Lockenkopf von mir weg.

»Dass ich deinen Bruder geküsst habe! Im Besten–Freundinnen-Kodex steht, dass…«

»Wovon sprichst du? Ich dachte, ich hätte dir gestern erklärt, dass es mir nichts ausmacht?«

»Dein Gesichtsausdruck sagt mir aber was anderes«, murmelte sie gequält.

»Ich finde lediglich die Vorstellung, dass mein Bruder und du irgendwelchen«, ich wirbelte mit den Händen durch die Luft, versuchte einen Begriff zu finden, der passte, »*Kontakt* habt, einen gewöhnungsbedürftigen Gedanken«, erläuterte ich. »Dagegen habe ich nichts. Ist ja eure Sache.«

Eine Sekunde strahlte Kayla, doch dann sackte alles in sich zusammen und sie erinnerte mich an ein Häufchen Elend. »Was mache ich denn jetzt?«, fragte sie verzweifelt.

»Also, ich denke, wegrennen, verstecken oder rot anlaufen und anfangen zu stottern, wenn du ihn siehst, ist der falsche Weg.«

»Hab ich das gemacht?« Schockiert schlug sie die Hände überm Kopf zusammen.

»Nicht ganz. Aber du solltest definitiv etwas mehr Selbstvertrauen haben«, versuchte ich sie zu beruhigen. »Und bevor du jetzt umkippst oder so, werde ich dir was zu trinken organisieren.«

Tranceartig nickte Kayla, rührte sich zu meinem Glück keinen Millimeter und machte auch keinen Anstalten zu protestieren. Vorsichtig verließ ich das Zimmer, versuchte keine hektischen Bewegungen zu machen, um bei dem verschreckten Huhn keinen Herzinfarkt hervorzurufen, und zog sanft die Tür zu.

Sie brauchte dringend etwas zu trinken. Wasser oder doch lieber etwas mit Zucker? Würde mir das mit Zac passieren, dann…

Was?!

Energisch schüttelte ich den Kopf.

Was ging in meinem Kopf bloß ab in letzter Zeit? Lag das am Wetter? Am Studium oder meinen Arbeitszeiten? Vielleicht war es auch einfach nur der Stress von gestern.

Ich blieb im Flur stehen und schaute zu der Tür, die zur Bar führte. Vielleicht wäre es eine schlechte Idee dort aufzulaufen. Schließlich könnten die beiden gerade ein Männergespräch führen oder so was. Außerdem hatte ich das ungute Gefühl, dass ich meinen Mund sowieso nicht halten konnte, wenn ich dort reinschneien würde. Irgendeine blöde Frage würde mir rausrutschen und am Ende würde ich mir am liebsten das Ohr abbeißen.

Seufzend drehte ich mich um und steuerte den Lagerraum an, der am anderen Ende lag. Ich öffnete die Tür, die ein leises Quietschen von sich gab, und schaltete das Licht ein. Ein unruhiges Summen ertönte und der Holzboden gab leicht nach unter meinen Schritten. Ich lief an den Regalen vorbei und fragte mich, was Ethan wohl über den Kuss dachte.

Kayla war mehr als über beide Ohren in ihn verknallt und ich würde meinem Bruder den Kopf abreißen, sollte er ihr das Herz brechen oder nur mit ihr spielen. Auch Geschwisterliebe hatte ihre Grenzen.

Und gegen Spielchen hatte ich wirklich was einzuwenden.

»Was suchst du denn bei den harten Sachen?« Eine tiefe Stimme riss mich aus meinen Gedanken und ich wirbelte herum. In einem dunklen engen T-Shirt und mit verwaschener Jeans stand Zac an der Tür und zog sie hinter sich zu.

Konnte er sich keine Shirts kaufen, die seiner Größe entsprachen? Oder wenigstens ein bisschen größer waren, damit man nicht jeden seiner Muskeln sehen konnte?

»Ich überlege, was für Kayla gerade das Beste ist«, antwortete ich gedankenverloren. Als mir bewusst wurde, was ich gerade preisgegeben hatte, kniff ich die Augen zusammen und biss mir auf die Lippe.

Als ich sie wieder öffnete, betrachtete Zac grinsend die Getränke. Und es sah wirklich sexy aus, wenn er versuchte seine Belustigung zum Teil zu verstecken. Das hatte was Verruchtes an sich. Ich betrachtete die gerade Nase und unterdrückte ein Stöhnen.

So sollte ich nun wirklich nicht über Zac denken.

»Was ist so lustig?«, fragte ich stattdessen. Er wandte mir den Kopf zu und sein stechender Blick traf mich unvorbereitet. Die Lippen zu einem schelmischen Grinsen verzogen, schaute er mich an, als wäre ich ein kleines unwissendes Ding.

»Ist das dein Ernst, Scar?«

»Was soll mein Ernst sein?«, fuhr ich ihn leicht genervt an. Er stellte eine Flasche zurück in das Regal und kam ein paar Schritte auf mich zu.

»Dir ist echt noch nicht aufgefallen, dass die beiden seit Jahren aufeinander stehen?«

»Ethan hat dir erzählt, dass sie…« Ich klatschte unbeholfen in die Hände, wie Kayla es zuvor getan hatte, versuchte das seltsame Bild aus meinem Kopf zu bekommen.

»Was war das denn?«, lachte Zac, ohne auf meine Frage einzugehen, und klatschte auch so in die Hände. »Ist das das neue Zeichen für wildes Herumknutschen und Sich-fast-die-Klamotten-vom–Leib-Reißen?«

»Ich…*was*?« Perplex starrte ich Zac an. »Kayla hat gesagt, es war ein harmloser Kuss.«

»So harmlos war er nicht, wenn man Ethans Erzählungen Glauben schenken darf«, erwiderte er schulterzuckend.

»Können wir das bitte einfach vergessen? Ich brauche solche Szenen wirklich nicht detailgetreu in meinem Kopf.« Ich massierte mir die Schläfen und versuchte weitere Kopfkinoepisoden zu vermeiden, die mit wenig Klamotten, Kayla und meinem Bruder zu tun hatten.

»Sei nicht so prüde, Scar. Ist doch völlig normal, dass sich zwei Menschen mal um den Hals fallen. Bei den beiden war es sowieso vom ersten Moment an vorprogrammiert.«

»Wie meinst du das denn?«

»Wenn du gesehen hättest, wie Ethan Kayla die ersten Male angestarrt hat, als er sie gesehen hat, wär's dir klar gewesen. Ich meine, die letzten Wochen hat das sogar ein Blinder gesehen, aber ein Gespür dafür hat halt nicht jeder«, erzählte er und der Schalk funkelte in seinen Augen.

»Ich habe sehr wohl ein Gespür für so was«, protestierte ich, »nur muss so was nicht immer vom ersten Treffen her bestimmt sein.«

»Natürlich. Man merkt doch direkt, bei wem die Chemie stimmt und bei wem nicht«, hielt Zac dagegen.

»So eine Chemie kann sich auch entwickeln oder eben auch verfliegen.«

»Völliger Blödsinn. Wenn die Anziehungskraft da ist, ist sie da.«

»Oh, du hast doch einen an der Macke. Wie viele verlieben sich in Menschen, die sie schon Jahre kennen?!«

»Ach komm schon, das hat nur Jahre gedauert, weil keiner von beiden es auf die Reihe bekommen hat den ersten Schritt zu machen.«

»Manchmal entdeckt man den Charakter eines Menschen erst nach Jahren«, gab ich spitz zurück.

»Dann kannst du mir bestimmt einen Kerl nennen, in den du erst verknallt warst, nachdem du seinen *Charakter* entdeckt hast.«

»Ehrlich gesagt, gab es bisher nur einen Typen.« Die Worte waren über meine Lippen gekommen, ehe ich drüber nachdenken konnte. Ich erstarrte und konnte die Verwirrung in Zacs Gesicht sehen. Seine Augen weiteten sich ein Stück, als er sie wirklich verstanden hatte.

»Willst du mir sagen, dass du bisher nur mit dem Volltrottel zusammen gewesen bist?«, wollte er fassungslos wissen.

»Ich…« In meinem Kopf versuchte ich irgendeine Rechtfertigung zu finden, doch das war zum einen aussichtslos und zum anderen völlig zwecklos. »Ja.«

»Verarsch mich doch nicht. Du hast doch wenigstens schon mal mit wem rumgemacht oder Händchen gehalten.«

»Tut mir leid, nein, ich war immer treu.« Ich verschränkte die Arme vor der Brust und presste die Lippen zusammen.

»Ein Date?«, versuchte Zac einen zweiten Versuch, doch mein Blick verriet ihm, dass auch dieser nicht von Erfolg gekrönt sein würde. »Oh, Scar. Das kann doch nicht dein Ernst sein.«

»Was ist denn so schlimm daran, wenn man eine vernünftige, erwachsene Beziehung führt?«, fuhr ich ihn an. »Nicht jeder muss sich durch die Weltgeschichte vögeln.«

»Erwachsen? Was war an der Beziehung erwachsen?« Seine Worte trafen mich wie ein Eimer eiskaltes Wasser. Ein Prickeln jagte durch meinen Körper, das Wut mit sich brachte. »Der Kerl war nicht nett zu dir, hat dir gesagt, was du tun und lassen sollst, und das mit dem Schlussmachen solltest du auch noch mal nachlesen.«

»Vielen Dank für die netten Infos. Ich melde mich, wenn ich einen Beziehungsratgeber brauche«, zischte ich und ballte die Hände zu Fäusten.

»Dann sag mir wenigstens, dass der Sex der Wahnsinn war. Und mit Wahnsinn meine ich mindestens sieben Orgasmen hintereinander, denn langsam geht mir echt jedes Argument aus, warum du mit so einem Vollpfosten zusammen gewesen bist.«

Da war er.

Der unvorhersehbare, schmerzhafte Seitenhieb.

Ich schluckte schwer, wandte mein Gesicht ab und biss die Zähne zusammen. Sein Blick ruhte auf mir. Nachdenklich legte seine Stirn sich in Falten, während meine Kehle immer trockener wurde.

»Scarlett?« Der drängende Unterton in seiner Stimme ließ mich ganz kurz aufschauen. Er kam einen Schritt auf mich zu, neigte den Kopf zur Seite, als würde er versuchen ein kniffliges Rätsel zu knacken. Dabei war das hier gar nicht so schwer. »Wie schlimm war der Sex? Ist noch irgendwas passiert? Hat er dich zu etwas gedrängt, dass du nicht wolltest oder…«

»Ich hatte nie einen Orgasmus mit ihm, okay?!«, fuhr ich dazwischen und schlug mir gedanklich direkt selber auf den Hinterkopf.

»Wie bitte?«

Es war das erste Mal, dass ich ihn so überrumpelt sah. Sonst trug er immer diese selbstgefällige Maske und zog eine Menge Dinge ins Lächerliche. Aber in diesem Moment starrte er mich fassungslos an.

»Du willst mir nicht ernsthaft erzählen, dass der Kerl es in drei Jahren nicht ein einziges Mal geschafft hat, es dir zu besorgen?« Seine Augen durchbohrten mich. Er suchte nach etwas, das meine Aussage als Lüge enttarnte. Doch die Röte, die meine Wangen annahmen, zeugte vom Gegenteil.

»Es ist halt einfach nie dazu gekommen«, murmelte ich und kaute auf der Unterlippe.

»Nicht dazu gekommen? Scar, der Typ hat es einfach nicht draufgehabt.«

»Er war gut und es war schön. Ich hab's halt nicht hinbekommen. Da konnte er nichts für.«

»Gibst du dir gerade die Schuld dafür?«, wollte Zac wissen und starrte mich ungläubig an.

»Natürlich lag es irgendwie an mir.«

»Den Mist schlägst du dir bitte sofort wieder aus dem Kopf.« Seine Stimme war ernst. Nichts daran erinnerte mich an den lustigen Typen, der mir dauernd auf die Nerven ging oder mich in den Wahnsinn trieb. »Kein Scherz, Scar. Das ist völliger Schwachsinn. Wenn du nicht gekommen bist, dann liegt das eher daran, dass du keinen Spaß hattest und er sich nicht um dich gekümmert hat.«

Warum sprach ich eigentlich mit Zac über mein nicht mehr vorhandenes Sexleben?

»Aber alleine…«

»Ja, Zac, alleine geht das!«, fuhr ich dazwischen und vergrub das Gesicht in den Händen. Wie dermaßen peinlich war das hier denn bitte?!

»Ich dachte nur. Nicht jede kann…«

»Zac!« Entrüstet warf ich die Arme in die Luft und schoss ihm einen ungläubigen Blick zu. »Ich bin gerade wirklich nicht in der Stimmung, *das* mit dir zu besprechen. Sollte ich jemals deinen Rat in dieser Sache brauchen – was ich wirklich anzweifle –, dann werde ich mich umgehend bei dir melden.«

Zac raufte sich die Haare und ich konnte sehen, dass er noch etwas erwidern wollte, doch da steckte Ryan bereits den Kopf durch die Tür.

»Leute? Was machen wir nun?«, hörte ich ihn fragen.

Es dauerte allerdings keine zehn Sekunden, da hatte Zac sich schon gefangen.

»Du fährst Ethan und Kayla ins Krankenhaus und kommst danach wieder. Bis dahin schmeiße ich mit Scarlett den Laden und ich würde sagen, dass wir heute um eins zumachen.«

Obwohl Ryan nach zwei Stunden noch aufgetaucht war und geholfen hatte, war ich komplett am Ende. Man merkte, dass das Semester begonnen hatte, denn immer mehr Studenten waren gekommen und Zac schien sie alle zu kennen. Oder sie kannten Zac. Mir war auch nicht entgangen, wie ihn viele der Mädels angestarrt hatten, als sie den Raum betreten hatten. Er hatte auch nicht gerade dezent mit ihnen geflirtet und so langsam fragte ich mich, ob der beste Freund meines Bruders nicht ein mieser Aufreißer war.

Natürlich hatte ich das eine Mal schon mitbekommen, wie er nach einem One-Night-Stand in die Bar gekommen war, aber das geschah vielen ja hin und wieder mal. Nur schien es heute so, als wüsste er haargenau, welche Wirkung es hatte, wenn er lächelte und sich durch die Haare fuhr.

Mich machte es, um ehrlich zu sein, wahnsinnig.

Ich hatte nämlich absolut keinen Bock mehr die Telefonnummern weiterzuleiten, die ich zugesteckt bekam. Nur weil die eine oder andere sich nicht traute, sie ihm persönlich zu geben. Und der Idiot hatte sie mit einem selbstgefälligen Grinsen in die Hosentasche gesteckt.

Der einzige Vorteil an diesem Stress war, dass wir nicht noch einmal an dieses schreckliche Gespräch angeknüpft hatten, und ich hoffte aus tiefstem Herzen, dass Zac alles vergessen hatte.

Ich streifte meine Schuhe von den Füßen und gab ein genervtes Schnauben von mir, während ich die Tasche in die Ecke fallen ließ. Ein Blick auf die Uhr verriet mir, dass es Mitternacht war. Ryan hatte sich bereit erklärt die letzte Stunde alleine zu machen, weil unter der Woche nicht so viel los war.

An Schlaf war gerade nicht zu denken, was auch daran lag, dass sich Ethan und Kayla noch nicht gemeldet hatten. Wahrscheinlich warteten sie also immer noch im Krankenhaus und mit dieser Ungewissheit konnte ich wirklich kein Auge zukriegen.

Ein lautes Klopfen riss mich aus meinen Gedanken. Ich schlenderte zur Tür, fragte mich, ob es schon Kayla war oder Ethan, die mir mitteilen wollten, was nun Sache war. Gähnend schloss ich auf und starrte in ein Gesicht, mit dem ich heute nicht mehr gerechnet hatte.

»Ich bitte um Asyl für heute Nacht«, erklärte Zac mit grimmiger Miene.

18. Zac

»Was?«

Große graublaue Augen starrten mich misstrauisch an.

»Ich bin gerade hochgegangen und habe Dinge gesehen, die ich nicht sehen wollte«, gab ich zu und drängte mich einfach an Scar vorbei, die perplex stehen blieb.

»Geister und Monster gibt es nicht, also kneif deine Arschbacken zusammen und geh wieder hoch.«

»Aber es gibt Ethan und Kayla, die halbnackt auf dem Sofa am Rumknutschen sind«, erklärte ich und versuchte diese Geräusche, die sie von sich gegeben hatten, zu verdrängen. Das war sogar für mich zu viel gewesen. Nicht, dass ich prüde war, aber zwei meiner besten Freunde so zu erleben, war dann doch ein anderes Level.

»Das hast du mir jetzt nicht gerade gesagt«, stöhnte Scar hinter mir auf.

»Ich nehme an, dass Kayla erst morgen früh runterkommen wird. Also werde ich auf der Couch nächtigen«, überging ich ihre Aussage und schlenderte in das Wohnzimmer.

Ich ließ mich auf das braune Ledersofa fallen, das zum Schlafen durchaus akzeptabel war, und holte tief Luft. Mein Blick wanderte zu der grünen Kreidewand, an der immer noch Zitate und Kritzeleien von mir geschrieben standen, als es zu Beginn der Semesterferien eines Abends ausgeartet war.

»Und was ist, wenn ich nicht will, dass du hier schläfst?« Mit verschränkten Armen stand Scar im Türrahmen und fixierte mich.

»Tja, die gute Kayla hat mir ein lebenslanges Sofaschlafrecht erteilt, aber wenn du mir nicht glaubst, kannst du gerne nach oben gehen und das mit ihr diskutieren«, erwiderte ich gelangweilt und warf einen Blick zum Fernseher, der Netflix anzeigte. Ich vernahm das Schnauben und konnte aus dem Augenwinkel sehen, wie sie sich langsam in Bewegung setzte. Wortlos lief sie zu dem Laptop, der neben dem Fernseher stand, und beugte sich nach vorne.

Ich presste die Zähne zusammen, versuchte den Blick von dem hübschen Hintern zu nehmen, der sich mir da gerade in hautenger Jeans präsentierte. Doch ich konnte nicht. Er sah einfach zu gut aus.

Auf dem Bildschirm flackerte etwas auf und Musik durchbrach die Stille. Verwirrt blinzelte ich.

»Was wird das?«, wollte ich von Scar wissen und sah zwei Frauen über den Bildschirm laufen.

»Ich werde heute meinen *Gilmore-Girls*-Abend starten und mir den nicht von unangemeldetem Besuch versauen lassen.«

Das war nicht ihr Ernst.

Ein leises Stöhnen kroch über meine Lippen und ich ließ mich gegen das Rückenpolster fallen.

»Können wir nicht irgendetwas anderes gucken? Wie wär's mit *Breaking Bad* oder *Walking Dead*?«

Sie schaute entsetzt über die Schulter.

»Du lässt mir die Wahl zwischen einem Chemielehrer, der mit einem Junkie Meth kocht, und einer Zombie-Apokalypse?«

»Ich könnte dir noch *Better Call Saul* anbieten.«

»Nein, danke. Ich würde gerne etwas schauen, das halbwegs an das normale Leben erinnert«, schnaubte sie und stand auf.

»Das ist doch kein normales Leben!«, protestierte ich.

»Ach. Du hast die Serie also schon gesehen?«, wollte sie spitz wissen, als sie an mir vorbeilief und sich auf das andere Sofa setzte.

»Nicht direkt«, gab ich zu, konnte das triumphierende Lächeln auf ihren Lippen erkennen.

»Also setz dich hin und sei still«, befahl sie und lehnte sich zurück.

»Tu mir das bitte nicht an, Scar. Ernsthaft.«

»Antrag abgelehnt.«

»Was ist mit einem Einspruch?« Sie warf mir einen bösen Blick von der Seite zu.

»Egal was du probierst, ich werde diese Serie jetzt schauen. Du kannst ja schlafen oder mir Popcorn machen.«

»Ich soll dir Popcorn machen?«

»Wenn ich den Abend schon mit dir verbringen muss, dann kannst du dich wenigstens nützlich machen«, erklärte sie und wandte den Kopf wieder dem Bildschirm zu, wo eine heftige Diskussion zwischen zwei älteren Frauen lief.

»Dir ist klar, dass die meisten Frauen alles tun würden, damit ich mit ihnen den Abend verbringe?«, warf ich ein.

»Ich bin aber nicht alle«, gab sie kompromisslos zurück.

Da hatte sie leider recht.

Sie gab nämlich wirklich einen Scheiß auf meine Anwesenheit. Na ja. Das tat sie die meiste Zeit. Hin und wieder hatte ich zwar das Gefühl, dass sie ganz froh war, dass ich existierte, aber schlau wurde ich aus ihr trotzdem nicht.

»Gut, dann organisiere ich jetzt Popcorn«, seufzte ich, konnte sehen, wie ihre Mundwinkel zuckten, weil sie ganz genau wusste, dass die Runde an sie ging.

»Okay, das verstehe ich nicht«, murmelte ich.

»Was?«, wollte Scar wissen, ohne den Blick vom Fernseher zu nehmen.

»Warum erzählt Rory ihrer coolen Mum nicht einfach von der schlechten Note? Ich meine, wäre das so eine alte Schreckschraube, dann könnte ich es nachvollziehen, aber Lorelei?« Ich nahm eine Hand Popcorn und schüttelte den Kopf, während ich die Serie weiterverfolgte. Aus dem Augenwinkel konnte ich sehen, dass Scar die Augen verdrehte und ihr T-Shirt etwas tiefer rutschte, als sie sich aufsetzte. Die Spitze des weißen BHs blitzte durch den dünnen Stoff und ich biss mir auf die Zunge.

Da sollte ich wirklich nicht hinschauen und in meiner Hose sollte bei so einem harmlosen Blitzer auch nichts zucken.

Und ganz und überhaupt und vor allem sollte ich nicht so eine beschissene Weiberserie mit der Kleinen schauen.

Nichtsdestotrotz saß ich hier und verfolgte diesen Schmarrn. Und alles nur, weil Ethan sich ausgerechnet jetzt an Kayla ranmachen musste. Das hier war die einzige Fluchtmöglichkeit und die stellte meine Männlichkeit und Selbstbeherrschung ziemlich auf die Probe. Nicht, dass ich das jemals wen wissen lassen würde – schon gar nicht Scarlett –, aber leider war es die knallharte Realität.

»Echt mal. Warum überhaupt diese ganzen Geheimnisse? Das bringt einen nicht weiter«, murmelte ich und zwang mich, den Blick von der feinen Spitze zu nehmen, die herausschaute. Warum konnte sie nicht einen dieser Abturner tragen? Diese Shape-Unterwäsche würde jeden zweideutigen Gedanken sofort vertreiben.

Nur hatte Scarlett so eine Unterwäsche wahrscheinlich nicht nötig.

»Also hast du nicht ein einziges Geheimnis?«, durchbrach sie meinen Gedanken und ich traf auf ihren fragenden Blick.

»Jeder hat Geheimnisse. Zwar nicht solche wie du, aber das ein oder andere…«, ließ ich die Worte in der Luft schweben und brach nicht den Blickkontakt ab. Ich konnte sehen, wie sich kleine Fältchen auf ihrer Stirn bildeten und sie nachdenklich auf die Lippe biss.

»Was genau möchtest du mir damit sagen?« Ihre Stimme hatte einen scharfen Unterton angenommen.

»Na ja«, zögerte ich, versuchte das, was in ihren Augen lag, zu deuten. »Deine Geheimnisse sind schon etwas krasser.

Nicht jeder kann von sich behaupten, so lange mit einem Typen zusammen gewesen zu sein und…«

»Du wirst nicht darüber reden, Zac«, kam sie mir kopfschüttelnd zuvor.

»Nicht?« Ich setzte mich auf, nahm die Beine vom Sofa und stützte die Ellenbogen auf meinen Knien ab. Die Szenen, die über den Bildschirm jagten, waren völlig nebensächlich. Das hier lief in eine Richtung, die weitaus spannender war. »Und du willst mir verbieten darüber zu reden?« Ich konnte mir das überhebliche Grinsen nicht verkneifen, als mir klar wurde, dass Scarlett wirklich versuchte mir etwas zu verbieten.

Nun setzte sie sich auch auf, verließ die entspannte Haltung. Ihre Schultern versteiften sich, der Ausdruck auf ihrem Gesicht wurde feindselig.

»Du wirst so lange nicht darüber reden, bis ich mindestens etwas genauso Mieses über dich weiß«, erklärte sie und fixierte mich. »Als Versicherung, dass du mit meinen Geheimnissen keinen Unfug treibst.«

Ich starrte sie an, biss mir auf die Lippe.

Das hier war die Chance auf Antworten und vielleicht die einzige Möglichkeit, hinter ihre Maske zu blicken.

»Gut, dann machen wir doch einen Deal«, schlug ich vor und zog einen alten, abgenutzten Penny aus meiner Hosentasche. »Geheimnis gegen Geheimnis. Was sagst du dazu?«

19. Scarlett

»Was willst du mit einem abgenutzten Penny?«, wollte ich zweifelnd wissen, versuchte nichts von dem aufgeregten Kribbeln zu zeigen, das durch meinen Körper schoss.

»Ich bin am Zug mit den Geheimnissen, also habe ich den Penny«, erklärte Zac und drehte die kleine Münze zwischen den Fingern.

»Du hast doch eben gesagt, dass die meisten nicht solche Geheimnisse haben wie ich. Also wäre es unfair, wenn du mir erzählen würdest, dass du einen Apfel geklaut hast. Das würde sich ja nicht ausgleichen«, erklärte ich und fuhr mit der Zunge kurz über die trockenen Lippen. Seine Augen huschten zu meinem Mund, verstärkten das Brennen in meiner Brust.

»Ich habe aber nie behauptet, dass ich zu den meisten gehöre«, sagte er und seine Lippen verzogen sich zu einem süffisanten Grinsen. »Also, bist du dabei oder nicht?«

Meine Handflächen wurden heiß und ich spürte, dass mein Herzschlag sich beschleunigte, dabei konnte ich nicht einmal sagen, woran das lag. Nervös biss ich mir auf die Innenseite der Wange, versuchte aus dem Typen vor mir schlau zu werden. Ich gab dem Drang nicht nach, unruhig hin und her zu rutschen, versuchte das Pokerface beizubehalten, das ich aufgesetzte hatte.

So ungern ich es zugab, aber es reizte mich, mehr über Zac und seine Geheimnisse zu erfahren.

»Du behältst den Penny so lange, bis ich denke, dass wir mit den Geheimnissen auf dem gleichen Niveau sind«, erklärte ich, schluckte die Unruhe herunter, die mich überfiel. »Und da müssen Sachen bei sein, die keiner weiß. Sonst bin ich raus.«

»Einverstanden«, stimmte er, ohne zu zögern, zu. Meine Muskeln wurden von einem heißen Schauer durchzogen, als er sich noch etwas weiter vorlehnte. »Also, um den gleichen Ausgangspunkt zu haben«, sagte er, behielt mich fest im Blick, »du hattest in drei Jahren Beziehung nicht einen Orgasmus beim Sex und dein Ex hat dich einmal geschlagen.«

Ich spürte einen kleinen Stich in der Brust, presste die Lippen zusammen und zwang mich zu einem Nicken. Hitze stieg in mir auf und ich spürte, wie ich rot wurde.

»Komm schon, Scar. Deswegen musst du nicht gleich rot werden«, lachte er, was natürlich dazu führte, dass ich mich noch mehr schämte.

»Sprich einfach nicht weiter drüber, okay?«, forderte ich und versuchte nicht ganz verzweifelt zu klingen.

»Es ist doch nur Sex.«

»Zac, bitte, das ist mir echt peinlich«, murrte ich und vergrub das Gesicht in meinen Händen.

Was hatte ich mir dabei bloß gedacht? Und wie zum Teufel war ich in diese verrückte Situation geraten?

»Hast du jemals mit wem darüber gesprochen? Also über Sex?«, wollte er wissen und ich konnte die Belustigung in seinen Worten hören.

»Jein«, murmelte ich in meine Hand und spürte seinen Blick auf mir, der eine Gänsehaut auslöste.

»Jein? Was denn nun? Ja oder nein?«

»Wir haben halt nicht über Details gesprochen, und wenn, dann habe ich eben gesagt, dass alles super ist«, gab ich leise zu.

»Ich dachte, ihr Frauen redet über alles, was das angeht.«

»Tut mir leid, dass ich dein Weltbild diesbezüglich zerstöre, aber nein, ich habe bei Weitem nicht über jedes Detail berichtet.« Er runzelte die Stirn, fuhr sich durch das hellbraune, bereits zerzauste Haar.

»Das heißt, ich bin der Erste, mit dem du darüber sprichst?«

Ich wünschte, dem wäre nicht so.

»Ja«, gab ich zu.

»Verflucht. Dann habe ich jetzt ja die Aufgabe, dich über Bienchen und Blümchen aufzuklären«, scherzte er und legte den Kopf schief.

»Keine Angst, über Bienchen und Blümchen bin ich bestens informiert«, zischte ich und spürte Ärger aufsteigen. Warum musste er sich so arg über mich amüsieren?

»Ist ja gut, Scar.« Zac biss sich auf die Lippe, doch ich konnte die Lachfalten erkennen, die seine Augen erreichten. Na super.

»Einmal hat er nicht gewollt.« Ich blinzelte verwirrt, während er sich zurücklehnte.

Was hat er gerade gesagt?

Er schien meine Irritation zu bemerken und grinste amüsiert.

»Ich war neunzehn und habe mich mit ein paar Leuten abgeschossen. Und da war wirklich dieses eine Mädel, das wahnsinnig heiß war. Also nicht nur dieses ›sie ist ganz hübsch‹, sondern das Hübsch, das bei Kerlen feuchte Träume auslöst. Irgendwie habe ich es geschafft, sie klarzumachen, und als wir dann bei ihr waren«, Zac stockte und zuckte mit den Schultern, »da hat er einfach nicht funktioniert. Er hat einfach schlappgemacht und bis heute denkt jeder, dass wir die Nacht durchgevögelt haben.«

Mein Mund blieb offen stehen.

»Er hat…« Meine Stimme versagte, während ich einen Blick auf seinen Schritt warf.

»Er hat komplett versagt«, seufzte er und schüttelte traurig den Kopf. »Aber es war das einzige Mal. In jeder anderen Situation, als ich ihn brauchte, hat er beste Dienste geleistet. Da kannst du auch gerne die Frauen fragen, die ich beglückt habe.«

Selbstsicher strahlte er mich an.

»Und das hast du niemandem erzählt?«

»Keiner Menschenseele.«

»Ich bin die Erste?«

»Jap.« Er betrachtete mich, während die Worte langsam durchsickerten. »Und? Ist das deinem Sexdebakel ebenbürtig?«

Als wäre es das Normalste der Welt, lehnte er sich zurück und wartete auf meine Antwort. Ich versuchte zu verstehen, ob das Ganze ein mieser Witz sein sollte und er sich nur über mich lustig machte. Doch dieser erwartungsvolle Blick vertrieb Stück für Stück jeden Zweifel.

Lässig saß er in schwarzer Jeans und dunkelgrauem T-Shirt auf dem Sofa. Die Ärmel spannten sich um den Bizeps und ich konnte die schwarze Boxershorts sehen, die unter der Hose hervorblitzte, weil diese ein Stück verrutscht war.

Gott. Warum musste ich immer auf seine Unterwäsche achten? Er war nur der blöde Kumpel meines Bruders.

»Also?«, hakte er nach und seine Augenbrauen hoben sich. Ich verschränkte die Hände ineinander, versuchte diese Ruhe zu deuten, die er an den Tag legte.

Er meinte es ernst.

»Ich werde es gegen dich verwenden, wenn du mir auf den Senkel gehst«, warnte ich und verschränkte die Arme vor der Brust. Meine Augen huschten zu der kleinen Münze in seiner Hand.

Er würde es nicht toppen können.

»Gut, dann kommen wir zu dem zweiten Punkt«, sagte er langsam, betrachtete mich eingehend. Mir wurde heiß und kalt zugleich und jede Faser meines Körpers fing an zu kribbeln. Ich versuchte ruhig zu bleiben und spannte den Kiefer an.

Es war nur Zac.

Und wir plauderten um drei Uhr morgens nur über Sex und irgendwelche Geheimnisse. Nichts Besonderes also.

»Ich habe einen ziemlich üblen Unfall verursacht.«

»Was?«, kam es prompt über meine Lippen. »Wann und…«

»Vergiss es, Scar«, unterbrach er mich mit einem selbstsicheren Grinsen und warf die Münze zu mir rüber, die ich mit beiden Händen gerade so auffing. »Du hast mir auch nicht mehr gesagt, also bist du an der Reihe.«

Verdattert schaute ich zu dem kleinen Penny in meiner Hand, der sich anfühlte, als würde er Tonnen wiegen.

»Oh und natürlich musst du jetzt nicht dein nächstes Geheimnis erzählen, aber«, ich hob den Kopf, wurde von seinen Augen in Beschlag genommen, »was auch immer es ist. Es ist vorbei. Du brauchst also keine Angst mehr davor zu haben.«

Ich wollte diesem Blick ausweichen, der mir durch Mark und Bein ging. Allerdings verweigerte jeder Muskel, jede Zelle in mir die Befehle, die mein Hirn sendete. Irgendetwas schrie, dass ich wahnsinnig, dass das eine Falle war. Meine Stimmbänder schienen ausgeleiert zu sein und ich wusste, dass ich jetzt kein Wort herausbringen könnte.

»Oh, verflucht!«, rief Zac plötzlich, als sein Blick zum Fernseher schweifte. »Wann ist das denn passiert?«, wollte er wissen und sprang auf. Mit schnellen Schritten stürmte er zum Bildschirm, doch mein Kopf konnte nicht die Handlung erfassen, die sich darauf abspielte.

Seine Worte hingen wie Nebel in meinen Gedanken, sorgten dafür, dass ich nichts mehr in meinem Kopf ordnen konnte.

Was für einen Unfall hatte er verursacht? Und war das sein Ernst? Oder spielte er hier nur ein wirres Spiel mit mir? Machte er sich darüber lustig und würde er es weitererzählen? Gehörte es zu der *Ärger-Scarlett-Aufgabe*?

Ich schaute auf seinen Hinterkopf, betrachtete das zerzauste Haare und sah, dass er zurückspulte, versuchte, die Stelle zu finden, an der wir von der Serie abgeschweift waren. Ich spürte das kalte Metall zwischen meinen Fingern.

Hatte er recht? War es vorbei und ich brauchte keine Angst mehr zu haben?

»Da ist es!«, riss er mich aus meinen unruhigen Gedanken, setzte sich auf das Sofa und griff nach dem Popcorn, das er sich genüsslich in den Mund stopfte. Zufrieden hatte er den Blick auf das Geschehen gerichtet, das ihm die Serie offenbarte, während ich mich langsam aus der Starre löste und zurücklehnte.

Verzweifelt versuchte ich mich ebenfalls darauf zu konzentrieren, doch ich hatte keine Chance.

Dieser Penny war einfach zu viel für mich.

Ein Knall. Dann ein Fluch. Meine Lider flatterten. Helles Licht ließ mich die Hand heben. Ein leichter Schmerz schoss durch meinen Arm und ein Stöhnen kroch über meine Lippen. Ich erkannte den Fernseher, auf dem irgendetwas flackerte, doch meine Augen konnten die Bilder noch nicht aufnehmen.

Mein Nacken schmerzte, als ich mich aufsetzte und begriff, dass ich im Wohnzimmer war. Auf dem Sofa. Ich schaute auf die Uhr, die im Raum hing und halb acht anzeigte. Dann nahm ich eine Bewegung neben mir wahr und fand Zac, der auf dem anderen Sofa lag und schlief.

Ich schluckte schwer.

Sein Shirt war hochgerutscht und es war das erste Mal, dass ich meine Vermutungen bestätigten, dass sich unter dem Shirt ein flacher Bauch mit Sixpack befand. Seine Haut war leicht gebräunt und glatt.

Ob er sich rasierte?

Bei dem Gedanken wanderten meine Augen zu seinem Gesicht, das so friedlich wirkte. Ich bemerkte, dass er nichts gegen die Bartstoppeln unternommen hatte. Ein Kribbeln schoss durch meine Hand, als ich mich daran erinnerte, wie sie sich unter meinen Fingern angefühlt hatten.

War er immer noch so kratzig?

Sein Mund stand leicht offen und ich konnte diese schmalen Lippen mustern. Seine Unterlippe war etwas größer und fein geschwungen. Wahrscheinlich war er ein fantastischer Küsser. Jedenfalls soweit ich das von den Frauen aufschnappen konnte, die über ihre Abenteuer mit ihm berichtet hatten, während ich ihnen Drinks servierte.

Und damit war ich wieder auf dem Boden der Tatsachen.

Zac war der beste Freund meines Bruders und ein Aufreißer. Ein wirklich heißer Aufreißer und süßer bester Freund meines Bruders, aber trotzdem tabu. Außerdem würde ich mir bestimmt nur selber wehtun, wenn ich mich auf ihn einließe. Immerhin hatte ich keinen Schimmer, wie etwas anderes außer einer Beziehung ablief.

Ich biss mir auf die Zunge. Warum dachte ich überhaupt über solche Möglichkeiten nach? Hatten mein Bruder und nicht sogar Zac selber oft genug klargemacht, dass ich eine kleine Schwester war? Da waren nur brüderliche Gefühle und im Gegensatz zu Ryan hatte ihn auch das schwarze Kleid komplett kaltgelassen.

Ein weiterer Knall ertönte und ich ließ von den wirren Gedanken ab. Schimpfwörter drangen durch den Flur, ehe ein ziemlich zerzauster Lockenkopf mit dunklen Ringen unter den Augen ins Wohnzimmer lugte. Der eine Träger ihres Tops war verrutscht und die kurze Hose hing seltsam unförmig auf ihren Hüften. Die Schuhe hatte sie gar nicht erst wieder angezogen.

»Na? Gut geschlafen?«, wollte ich wissen und meine Augenbrauen wanderten ein Stück nach oben. Ihre Pupillen weiteten sich, dann sausten ihre Blicke nervös durch den Raum, als würde sie nach einer Erklärung suchen.

»Scheiße, habt ihr etwa die ganze Nacht gevögelt?«, meldete sich seine kratzige verschlafene Stimme zu Wort.

Zac setzte sich langsam auf, fuhr sich mit der Hand durch das Haar, das in alle Richtungen abstand. Ich verknotete die Finger umständlich miteinander, versuchte diesen plötzlichen Drang, sie in seinem dunkelbraunen Schopf zu vergraben, zu unterdrücken.

»Ich…Wir…«, stotterte meine beste Freundin und lief knallrot an.

»Okay, vergiss es. Ich erfahre es sowieso gleich von Ethan. Außerdem gibt es oben vernünftigen Kaffee und ansonsten überlebe ich den heutigen Tag nicht«, sagte er und erhob sich langsam. Er streckte die Arme aus, reckte sich, wobei seine Klamotten noch ein wenig mehr verrutschten. Obwohl ich nicht hinsehen wollte, warf ich einen Blick auf die schwarzen engen Boxershorts und den Bauch, der sich ungeniert vor mir präsentierte.

Hätte mich jemand nach dem perfekten Adonis-Körper gefragt, wäre mein ausgestreckter Finger einfach zu Zac gewandert und ich hätte absolut nichts dagegen tun können. Dabei wollte ich nicht so denken und eigentlich war er nicht mein Typ. Wenn man noch den Charakter mit berücksichtigte, war sowieso jede Chance auf Attraktivität abgegessen.

Na ja.

Fast.

»Sorry, ich wollte euch nicht den Abend versauen«, murmelte Kayla beschämt.

»So schlimm war er nicht.« Zac schenkte ihr ein aufmunterndes Grinsen.

»Was habt ihr denn gemacht?« Neugierig schaute Kayla auf den Bildschirm, der mittlerweile schwarz geworden war, und betrachtete das Popcorn, das auf dem kleinen Tisch stand.

»Gilmore Girls geschaut und Popcorn gegessen«, erklärte ich und stand ebenfalls auf, legte die Hände in den steifen Nacken und stöhnte leicht auf.

Mann, tat das weh.

»Und zusätzlich schuldet Scarlett mir einen Penny.« Meine Augen sausten zu Zac, der lässig eine Hand in seiner Jeans vergrub und mich mit seinen Blicken durchbohrte. Ein selbstgefälliges Grinsen lag auf seinen Lippen, als mir die Unterhaltung von gestern wieder einfiel. Hitze stieg mir in die Wangen und ich schluckte schwer. Kayla musste wirklich nichts davon erfahren.

»Einen Penny?«, vernahm ich die Stimme des Lockenkopfes.

»Ja, genau einen einzigen Penny, von dem ich erwarte, dass ich ihn irgendwann zurückbekomme.« Ich schluckte schwer, spürte, dass mein Pulsschlag sich erhöhte.

Aber ich durfte hier nicht klein beigeben.

»Keine Angst, den bekommst du noch zurück«, erwiderte ich und wich seinem Blick nicht aus.

»Dann freue ich mich schon auf die Rückzahlung.« Sein Grinsen wurde noch etwas breiter und er drängte sich ohne ein weiteres Wort an Kayla vorbei, die ihm verwirrt nachschaute. Ich versuchte ruhig zu atmen, wischte meine seltsam feuchten Handflächen an der Hose ab.

»Wovon spricht er?«, wandte sie sich an mich, schien völlig irritiert zu sein.

»Unwichtig«, winkte ich ab, machte einen Schritt auf sie zu. »Erzähl du mir lieber, was gestern passiert ist und was für eine Verletzung mein Bruder hat.«

Ertappt kniff sie die Lippen zusammen.

»Willst du echt alles wissen?«, hakte sie vorsichtig nach.

»Ja, aber dafür brauche ich einen Tee«, gab ich zu, lief an ihr vorbei in die Küche. Kayla folgte mir mit schnellen Schritten, ließ die Schuhe unachtsam auf den Boden knallen. »Und wäre es möglich, dass wir einen Codenamen nutzen?«

»Einen Codenamen?« Kayla ließ sich auf den Küchenstuhl sinken, während ich zwei Tassen aus dem Schrank nahm und auf den Tisch stellte.

»Können wir ihn einfach Steve oder Fred nennen, anstatt Ethan? Dann habe ich nicht diese seltsamen Bilder von meinem Bruder im Kopf«, erklärte ich und griff nach einer kleinen Metalldose, in der wir unsere Teebeutel aufbewahrten.

»Ich kenne aber einen Steve, der ziemlich widerlich ist. Und der eine Fred ist vier. Also beides etwas abartig für mich.« Kayla nahm mir die Dose ab und fing an zwischen dem Tee zu wühlen, während ich das heiße Wasser aufsetzte.

»Mir ist auch irgendein anderer Name recht«, seufzte ich, lehnte mich gegen die Arbeitsplatte und strich mir eine Strähne hinters Ohr.

»Wie wär's mit William.«

»Da muss ich an den englischen Prinzen mit Halbglatze denken«, gab ich zu.

»Stimmt.« Kayla kräuselte leicht angewidert die Nase.

»Wie wär's mit Ed? Ist wenigstens kurz und knapp.«

»Ja, das sollte klappen«, stimmte sie nach kurzem Überlegen zu.

20. Zac

»Nächstes Mal hängst du eine verdammte Socke an die Türklinke oder schließt von innen ab.«

Ethan hielt mir stumm eine große Tasse Kaffee hin, die ich mit einem mahnenden Blick entgegennahm.

»Sorry«, murmelte mein bester Freund und trottete hinter mir her wie ein Hund. Ich ließ mich auf das Sofa plumpsen und musterte Ethan, der die Lippen zusammenpresste und schwer schluckte. Ich nahm einen Schluck aus der Tasse und holte tief Luft, während er nervös die Hände ineinander verknotete.

»Los. Erzähl«, seufzte ich und verdrehte die Augen.

»Es war der Wahnsinn«, platzte es aus ihm heraus und ich konnte sehen, wie seine Schultern erleichtert ein Stück nach unten sackten. »Ich meine, nichts gegen die Frauen, die ich bisher hatte, aber das mit Kayla war…«, seine Hände wirbelten rastlos durch die Luft, »das war einfach eine ganz andere Welt.«

Ein verträumtes schiefes Grinsen legte sich auf seine Lippen.

Himmel.

Der war ja mehr als nur über beide Ohren verschossen.

»Eine andere Welt?«, fragte ich mit hochgezogenen Augenbrauen und lehnte mich entspannt zurück.

»Das war wie eine Sternenexplosion. Ein Sommergewitter mit Regenbogen. Völlig verrückt und wahnsinnig.«

»So was von dir zu hören, ist wirklich Wahnsinn«, gab ich zu, betrachtete Ethan genau. Sein dunkelblondes Haar stand in alle Richtungen ab, deutliche Ringe lagen unter seinen Augen, die leuchteten.

Die graublauen Augen, die mich an jemanden erinnerten, an den ich nicht denken sollte.

Ich biss mir auf die Zunge, schob den Gedanken an den blöden Penny beiseite.

»Scheiße, ich habe so was echt nicht nie gefühlt, wenn ich mit einer geschlafen habe«, erklärte er, raufte sich die Haare, als würde es ihm helfen zu verstehen, was hier vor sich ging. Dabei hätte es gar nicht offensichtlicher sein können.

»Na ja. Ich nehme an, dass das daran liegt, dass du Kayla nicht aus einer Bar mitgenommen hast, sondern *Gefühle* für sie hast.« Mein Blick wanderte zu dem Fuß, der in einer Schiene steckte. »Und bevor du mir ausführlich schilderst, was gestern passiert ist, wüsste ich gerne, was damit ist.«

Seine Augen folgten meinem Finger, der auf seinen Fuß gerichtet war.

»Nur überdehnt.«

»Wie lange fällst du aus?«

»Ich solls ein paar Tage etwas schonen, aber das war's«, erklärte er schulterzuckend.

»Gut. Also ein paar Extraschichten für mich und Ryan.«

»Scarlett und Kayla sind auch noch da«, warf er ein.

»Irgendwer muss sich ja um dich kümmern.« Er runzelte die Stirn, starrte auf seine Kaffeetasse.

»Mir würde Kayla reichen«, murmelte er.

»Warum hatte ich mit so einer Antwort gerechnet?« Seufzend schüttelte ich den Kopf und konnte das Lächeln nicht verstecken, das sich beim Anblick meines besten Freundes auf meine Lippen legte.

Die Fröhlichkeit, die seine Verliebtheit mit sich brachte, schien ansteckend zu sein. Und ich musste zugeben, dass es mir besser gefiel als der miesgelaunte Ethan, den ich nach Scars Ankunft hatte ertragen dürfen.

»Und? Was ist passiert, nachdem Ryan dich und Kayla ins Krankenhaus gebracht hat?«

»Wir haben uns erst ne ziemlich lange Zeit angeschwiegen«, gestand er und lehnte sich zurück. »Ich meine, wir saßen einfach in diesem blöden Warteraum und haben kein Wort gesprochen. Weder in diesen Wartezimmern noch als mir die Schiene umgelegt wurde. Das hat mich echt verrückt gemacht. Ich meine, da küsse ich diese Hammerfrau und dann spricht sie nicht mehr mit mir?« Er stieß hart Luft aus und schüttelte verwirrt den Kopf. »Irgendwann sind wir dann raus und haben uns ein Taxi genommen. Ich habe mich natürlich die ganze Zeit gefragt, was ich falsch gemacht habe oder ob ich da irgendetwas missverstanden habe. Diese ganze unendlich lange Taxifahrt habe ich versucht ein beschissenes Wort über meine Lippen zu kriegen. Aber da war einfach nichts. Nur mein kleiner Freund«, Ethan deutete anklagend auf seinen Schritt, »hat einfach nicht stillgehalten. Der ist quasi voll am Abdrehen gewesen. Und du kannst dir nicht vorstellen, wie viel Kraft es mich gekostet hat, Kayla nicht zu küssen, als sie mir aus'm Auto geholfen hat und ich nach vorne gestolpert bin. Wir waren nur wenige Zentimeter voneinander entfernt«, erklärte er.

Leider wusste ich viel zu gut, wie viel Kraft so was kosten konnte…

»Irgendwie sind wir dann zusammen hochgestolpert. Ich weiß nicht mal, woher sie überhaupt die Kraft genommen hat mich zu halten. Dann waren wir drinnen und hatten natürlich immer noch kein Wort miteinander gesprochen. Gedanklich hatte ich mich schon voll drauf eingestellt, dass sie mir bald mitteilen würde, dass ich nur ihr Kumpel wäre. Also bin ich ziemlich mies gelaunt in die Küche gehumpelt. Aber ich wollte kein arschiger Kumpel sein und unsere Freundschaft nicht riskieren, also habe ich gefragt, ob sie einen Kakao haben möchte oder diesen Ingwer-Orangen-Tee, den sie so abgöttisch liebt.«

»Wir haben Tee in diesem Haushalt?«, fragte ich naserümpfend.

»Ja, den habe ich vor ein paar Wochen gekauft, weil Kayla mal gesagt hat, dass sie den so gerne mag«, erklärte Ethan augenrollend, als wäre es das Selbstverständlichste der Welt, Tee für ein Mädchen parat zu haben. »Jedenfalls stehe ich da, in der Küche, halte Kakao und diese blöde Teepackung hoch und plötzlich schreit Kayla: ›Ich mag dich!‹«

»Warte? Sie hat das geschrien?«

»Ja, wie so eine Irre. Und der Blick war auch etwas verstörend, aber ich sah in dem Moment wahrscheinlich auch nicht besser aus.« Ein verliebtes Grinsen zierte sein Gesicht, während sich vor meinem inneren Auge diese skurrile Situation abspielte. »Und dann ist sie mir um den Hals gefallen und ich kann dir, ehrlich gesagt, keinen Ort in dieser Wohnung nennen, an…«

»Danke! Das genügt an Informationen!«, unterbrach ich meinen besten Freund und sprang auf. »Hast du Hunger oder so?«

»Ich… Ja, schon. Keine Ahnung. Mein Magen fühlt sich seltsam an«, stotterte er rum.

Jetzt hatte er auch noch das Schmetterlingssyndrom.

Viel schlimmer konnte es fast nicht mehr werden.

»Ich mache einfach ein paar Spiegeleier.«

Ich lief zum Herd, bekam keine Zustimmung oder Ablehnung. Während ich die Pfanne auf die Kochplatte stellte und die Eier rausnahm, schaute ich immer wieder zu Ethan, der so glücklich und entspannt wirkte, dass es mich anzog. Denn etwas in seinem Gesicht war nicht so wie sonst, doch ich konnte es nicht genau einordnen.

War es das, was mein Professor wollte? Sollte ich solche Gefühle versuchen einzufangen?

Ohne von Ethan beachtet zu werden, holte ich mein Skizzenbuch aus meinem Zimmer, stellte den Herd aus und setzte mich Ethan gegenüber hin.

»Was machst du da?«, wollte er wissen.

»Das weiß ich, ehrlich gesagt, auch noch nicht genau, aber jetzt halt still«, befahl ich.

Ich brauchte ihn nicht aufzufordern, dass er lächeln sollte. Seine Mimik schien ein Eigenleben entwickelt zu haben und jede Faser seines Körpers vor Glück nur so zu strahlen.

Und ich fragte mich, ob ich jemals so glücklich ausgesehen hatte nach einer Nacht mit einer Frau.

Einfallen wollte mir keine.

Ich lehnte mich gegen den Tresen, schenkte der Brünetten vor mir ein schiefes Grinsen. Langsam rührte sie mit dem Strohhalm den Cocktail um, der zwischen uns stand. Sie biss sich auf die Lippe, rückte ein Stück nach vorne, sodass ihr Ausschnitt deutlich besser zur Geltung kam.

»Ich stehe echt auf so süßes Zeug«, erklärte sie und biss sich auf die Lippe.

»Ja, ich habe auch eine Schwäche für Süßes.«

Ein breites Grinsen legte sich um ihren Mund und ihre Wangen färbten sich rot. Bei der Kleinen musste ich mich nicht groß anstrengen. Ein Lächeln reichte und sie war mir verfallen.

»Und du studierst Architektur?«, fragte sie nach und schlürfte an dem Strohhalm.

»Ja, ich…«

»Verflucht!«, wurde ich unterbrochen und schaute zu Scarlett, die seit einer Stunde mit ihrem Skizzenbuch in einer Ecke saß. Schnaubend griff sie nach dem Radiergummi und fing an ihre Zeichnung auszulöschen.

Eine lange Strähne hing ihr ins Gesicht und sie biss sich auf die Lippe.

Wie sollte ich mich auf meine Eroberung und Ablenkung konzentrieren, wenn Scar hier war und ich sie auch noch dauernd wahrnahm?

»Entschuldige«, wandte ich mich an die Fremde und stieß mich vom Tresen ab. Ich schlenderte an den Stühlen vorbei, spürte den Blick der Brünetten im Rücken. Scarlett saß auf einem Stuhl in der Ecke und versuchte die Theke und den umliegenden Raum zu zeichnen, soweit ich das sehen konnte.

Das blonde Haar hing über ihre Schultern und die grauen Augen waren wenigstens auf das Papier gerichtet, sodass ich ein bisschen Zeit hatte mich auf diese Konversation vorzubereiten. Ich stellte mich direkt vor sie, sodass sie keine Chance hatte, mich zu ignorieren.

»Scar?«

Sie hielt inne, hob den Kopf leicht, und obwohl ich auf diesen Blick gedanklich vorbereitet war, traf er mich wie ein Donnerschlag. Ich schluckte schwer, versuchte mir nichts anmerken zu lassen.

»Es wäre nett, wenn du etwas ruhiger wärst, damit ich *meine Dinge* erledigen kann«, sagte ich leise und machte eine kaum merkliche Nickbewegung Richtung Tresen. Sie schaute mich ausdruckslos an, ehe ihr Kopf ein Stück zur Seite wanderte, damit sie zur Bar schauen konnte. Ihre Augenbrauen wanderten etwas nach oben, sie setzte sich gerade auf, sah mich einen weiteren unendlich langen Moment an.

Ich biss mir auf die Zunge, um zu vermeiden, an ihre Lippen zu denken oder diesen Augen völlig zu verfallen, und erinnerte mich an die wichtigste aller Tatsachen: Sie war Ethans Schwester.

»Außerdem macht es mich wahnsinnig zu sehen, wie brutal du dauernd dein Skizzenbuch mit dem Radiergummi malträtierst.«

»Das klappt einfach nicht«, seufzte sie und ließ die Schultern hängen.

Ich warf einen Blick zu meiner potenziellen Ablenkung, die mich immer noch neugierig musterte. Wenn ich heute Abend wirklich an was anderes als Scar denken wollte, musste ich es jetzt hinbekommen, dass mein *Problem* ruhig in der Ecke saß und zeichnete.

»Deine Fluchtpunkte sind falsch«, erklärte ich und zog einen Stuhl heran. Die Beine kratzten laut über den Boden und übertönten fast die Musik, die im Hintergrund spielte.

»Meine Fluchtpunkte?«

»Gib mir deinen Bleistift«, forderte ich sie auf und zu meinem Glück reichte sie ihn mir tonlos.

Ich konnte ihr Parfüm riechen und ihr Haar kitzelte an meiner Wange. Meine Schulter traf ihre und ich lehnte mich etwas rüber, damit ich das Ende des großen Buches erreichen konnte.

»Schau genau hin«, erklärte ich, hielt den Stift mit ausgestrecktem Arm hin und drehte ihn so, dass er an die Deckenkante passte. Dann legte ich ihn auf das Blatt, wo sie bereits die Decke gezeichnet hatte, die allerdings viel zu gerade war.

»Das kann doch nicht passen«, protestierte sie kopfschüttelnd.

»Hör auf, drüber nachzudenken, und zeichne genau das, was du siehst.«

»Das sagst du so leicht«, murrte sie und griff nach dem Bleistift. Unsere Finger berührten sich und ein seltsamer Stromschlag zuckte durch meine Hand. Mein Kopf schnellte hoch und ich schaute in diese tödlichen graublauen Augen.

»Vertrau mir«, sagte ich mit trockener Kehle, konnte nicht verhindern, dass meine Blicke ihre Lippen streiften.

Küss sie, schoss es mir durch den Kopf.

Sie regte sich nicht und machte keine Anstalten, den Bleistift loszulassen. Meine Haut fing Feuer und mein Herz hämmerte erbarmungslos gegen meine Brust. Zu gern hätte ich mich vorgelehnt, wollte nur ein einziges Mal wissen, wie sie schmeckte.

»Dir vertrauen? Nie im Leben, Zac.« Ruckartig zog sie den Stift weg und lehnte sich nach hinten, brachte Abstand zwischen uns.

War es ihr unangenehm mir so nah zu sein?

Ein fieses Zwicken durchschoss meine Brust und ich runzelte die Stirn. Aber ich durfte hier nicht die Fassung verlieren.

»Nie im Leben? Denk an den Penny, kleine Scar«, erinnerte ich die Gute.

»Das ist etwas ganz anderes.«

In ihren Augen stand ein böses Funkeln, doch ich konnte es nicht ernstnehmen, fing stattdessen an zu lächeln. Dabei wollte ich das gar nicht.

»Hör auf zu grinsen und geh *deine Dinge* erledigen«, holte sie mich schlagartig in die Realität zurück, in der wir nicht alleine waren, sondern mitten in der Bar.

»Keine Angst, *meine Dinge* bekomme ich erledigt.«

»Oh Gott. Es klingt echt widerlich, wie du das sagst.« Scarlett rümpfte die Nase und schüttelte leicht den Kopf, als müsste sie irgendwelche seltsamen Gedanken verdrängen.

»*Meine Dinge erledigen*«, wiederholte ich langsam und versuchte so viel Zweideutigkeit in die Worte zu legen, wie es nur möglich war.

»Lass das, das ist nämlich echt abartig«, meinte Scar angewidert und umklammerte fest ihren Bleistift.

»Lass Scarlett arbeiten und hilf mir lieber!«, ertönte eine laute Stimme, die ich nur zu gut kannte.

»Die Frau des Chefs ruft. Ich würde drauf hören«, murmelte Scar und widmete sich mit zuckendem Mundwinkel wieder ihrer Zeichnung.

»Pass auf, dass du an dieser Schadenfreude nicht erstickst«, flüsterte ich und drehte mich um, um Kayla zu folgen, die in den schmalen Flur verschwand.

Ich schloss die Flurtür hinter mir, hörte ein Klirren aus dem Lagerraum, in dem ich ziemlich interessante Sachen über Scarlett erfahren hatte. Über die ich definitiv weniger nachdenken sollte, aber das war eine ganz andere Sache.

»Wobei kann ich dir helfen?«, wandte ich mich an Kayla, die darauf bestanden hatte, heute zu arbeiten, weil Ryan keine Zeit hatte.

»Beim Einsortieren. Sonst sitze ich hier noch bis morgen«, seufzte Kayla, als ich eintrat und vor einem Stapel Kartons Halt machen musste. »Außerdem komme ich wieder nicht an die obersten Regale.«

»Du hättest mehr essen müssen als Kind. Oder deine Eltern hätten dir Dünger in die Schuhe packen sollen.«

»Danke, aber ich bin voll zufrieden mit meiner aktuellen Präsenz.« Mit einem zufriedenen Lächeln, das wahrscheinlich wie bei Ethan der Verliebtheit geschuldet war, drückte sie mir zwei Flaschen in die Hand. Die bernsteinfarbene Flüssigkeit schwappte darin hin und her, während sich Kayla summend dem nächsten Karton widmete.

Damit war das mit der Brünetten wohl gegessen.

Ich stieß hart Luft aus, ehe ich mich zu dem Lockenkopf gesellte und ihr half, alles einzuräumen. Die Stille wurde nur durch die fröhlichen Töne unterbrochen, die sie trällerte. Selbst die Kühle, die einem nach einiger Zeit die Beine hochkroch, war scheinbar durch Kaylas Hochglücksgefühl verschwunden. Das Licht der Lampen erschien mir bei Weitem nicht mehr so grell und nach einiger Zeit ließ ich mich von der guten Laune anstecken. Ein schmales Lächeln legte sich auf meine Lippen und ich ertappte mich dabei, wie ich leise in Kaylas Gesumme einstimmte.

Ob den beiden bewusst war, wie sie drauf waren? Und ob sie mitbekamen, wie viel Glück sie ausstrahlten?

»Wie läuft's zwischen dir und Ethan?«, kam es mir über die Lippen. Aus dem Augenwinkel sah ich, wie Kayla herumwirbelte und ihr zartes Lächeln sich in ein Strahlen verwandelte.

»Er ist einfach perfekt«, erklärte sie und lehnte sich gegen das gefüllte Regal hinter sich. »Ich hätte nie gedacht, dass der Abend so enden würde.«

»Nach deiner Anschreiaktion hätte jeder andere Kerl wahrscheinlich auch Reißaus genommen. Keine Ahnung, wie Ethan da nicht widerstehen konnte.« Ich presste die Lippen zusammen, unterdrückte den Drang, in Gelächter auszubrechen. Kayla fiel alles aus dem Gesicht. Die braunen Augen weiteten sich schockiert und es sah aus, als würden ihre Haare sich ein wenig mehr locken.

»Er hat es dir erzählt?«, fragte sie mit halb offenem Mund.

»Er ist mein bester Freund. Wenn er's mir nicht erzählt, wem dann? Du hast es doch bestimmt auch nicht vor Scar geheim halten können, oder?«

»Nein, schon, aber…«, sie stockte, fummelte nervös an ihren Fingern herum, während ich den nächsten Karton öffnete. Kayla biss sich auf die Lippe, blieb regungslos stehen und musterte mich eingehend.

»Was ist?«, wollte ich wissen und faltete einen leeren Karton zusammen.

»Sag mal, Zac«, hörte ich sie langsam fragen, während ich nach zwei weiteren Flaschen griff und mich streckte, um ans oberste Regal zu kommen.

»Was willst du von Scarlett?«

Verwirrt blinzelte ich einige Male, versuchte das Gefühl, ertappt worden zu sein, abzuschütteln, indem ich einfach weitermachte, als wäre nichts gewesen.

»Wie meinst du das?«, zwang ich mich ruhig zu fragen und schaute ihr in die Augen, als ich Pappe zur Seite warf.

»Du kannst mir nicht erzählen, dass sie nicht dein Typ ist«, erklärte Kayla, zog die Augenbrauen dabei leicht in die Höhe.

»Sie ist blond, hübsch, intelligent und sogar ich habe bemerkt, dass sie Grübchen hat, auf die du so stehst.«

Ich schluckte schwer.

»Na und? Sie ist Ethans Schwester«, versuchte ich so desinteressiert wie möglich zu antworten. »Und das ist, ehrlich gesagt, ein ziemlicher Abturner.«

»Als würde dich das stören«, stöhnte Kayla auf und verdrehte die Augen.

»Doch, um ehrlich zu sein, stört mich das.«

Aber nur, weil ich gefühlt an nichts anderes mehr denken konnte als daran, sie zu küssen.

»Und warum schaust du dann mit ihr Gilmore Girls und was soll diese Penny-Aktion?«

Ein Schnauben entfuhr mir.

»Weil du und Ethan beschlossen habt, euch um den Hals zu fallen, und ich irgendwo schlafen musste. Ich konnte ja nicht ahnen, dass mir ein Gilmore-Girls-Marathon bevorstehen würde. Sonst wäre ich direkt zu Ryan geflüchtet«, knurrte ich und rückte die Flaschen mit mehr Kraft als nötig zurecht, sodass ein bedrohliches Klirren an den Wänden widerhallte.

»Und was ist das mit dem Penny?«

Ich blieb stehen, atmete tief durch und versuchte nicht völlig wahnsinnig zu werden. Hatte ich mich bis eben nicht noch über ihr Glück gefreut?

»Hör zu, Kayla, du brauchst dir wirklich keine Sorgen zu machen, dass jemals was passieren würde zwischen mir und Scarlett. Sie ist für mich wie eine kleine Schwester und das Letzte, woran ich denke, ist, sie flachzulegen«, erklärte ich und fixierte sie. »Aber was das Penny-Ding angeht: Das ist eine Sache zwischen ihr und mir und das wird es auch bleiben, es sei denn, sie entscheidet anders.«

Unsere Blicke hafteten aneinander. Kayla suchte nach etwas in meiner Miene, das eine Lüge enttarnen würde, aber das würde nicht geschehen. Kein Muskel in meinem Gesicht bewegte sich. Ich hielt ihrer Prüfung stand, versuchte unter allen Umständen zu vermeiden, dass sie auch nur ahnen konnte, dass ich doch anders über die kleine Scar dachte.

»Versprich mir, dass du ihr nicht das Herz brichst.«

»Ich verspreche dir sogar, dass niemals etwas passieren wird«, schnaubte ich und wandte mich ab.

Immerhin hatte ich eindeutig an Chad erkennen können, auf was für Typen Scarlett stand. Chancen brauchte ich mir also nicht auszumalen und so, wie sie auf mich reagierte, sprach alles dafür, dass ich ihr großer Bruder war.

Leider wollte mein Kopf davon nichts wissen und spann sich seine eigenen Szenarien zusammen. Solche, die ich definitiv mit ins Grab nehmen würde.

Ein lautes Poltern riss mich aus meinen Gedanken. Auch Kayla runzelte die Stirn, als plötzlich die Tür aufgerissen wurde. Scarlett stolperte mit weit aufgerissenen Augen herein, schlug die Tür hinter sich mit aller Kraft zu und lehnte sich dagegen.

Sie war kalkweiß und erinnerte mich mit den gigantischen graublauen Augen an ein Gespenst. Ihr Blick huschte zwischen mir und Kayla hin und her, der Mund stand offen, als würde sie etwas sagen wollen. Doch da ertönte bereits das nächste Poltern und dann klopfte es heftig an der Tür.

»Scarlett? Ich weiß, dass du da drin bist. Komm raus und lass uns reden!«, schallte eine unverkennbare Stimme durch das Holz.

Chad.

Er war hier.

21. Scarlett

Nein. Nein. Nein.

Das konnte nicht wahr sein.

Es war eine Sache gewesen, ihn von Weitem in der Uni zu sehen, um dann sofort wegzurennen. Aber das hier war ein ganz anderes Gefühl. Er war viel zu nah.

»Scarlett, bitte!«, hörte ich die vertraute Stimme und versuchte Luft zu holen.

Kayla starrte die Tür an, regte sich nicht, während Zac mich mit verblüfftem Gesichtsausdruck betrachtete. Das Holz an meinem Rücken vibrierte, als Chad erneut dagegen schlug. Meine Knie zitterten und ich hatte Angst, dass sie gleich nachgeben würden.

Ein Schmerz schoss durch meinen Kiefer, als mir bewusst wurde, dass mich genau diese Kraft damals zu Boden gebracht hatte.

Ich kniff die Augen zusammen, konnte das hier nicht ertragen.

Das war ein blöder Traum. Ein ganz mieser Traum, aus dem ich gleich aufwachen würde.

Das laute Klopfen verstummte, als hätte jemand meine Gedanken gelesen. Es wurde beunruhigend still und ich schnappte nach Luft, um diese Enge in meiner Brust zu vertreiben.

»Ich vermisse dich, Scarlett. Bitte, lass uns reden«, drang es leise durch die Tür und eine Gänsehaut jagte über meinen Körper. Ich hatte das Gefühl, in Eiswasser gesprungen zu sein, ballte die Hände so fest zu Fäusten, dass sich meine Nägel in die Haut bohrten.

Eine Mischung aus Angst, Zuneigung und Wut überfiel mich, stieß mich in einen Abgrund.

»Das ist alles irgendwie mies gelaufen«, fuhr er fort, während ich die Tränen zurückzuhalten versuchte. »Wir hätten das anders regeln sollen, aber abhauen ist auch keine Lösung.«

Anders regeln sollen?

Eine Träne löste sich aus meinem Augenwinkel, rann mir über die Wange. Meine Hände gruben sich in mein Haar und ein angenehmer Schmerz breitete sich aus. Ich zog etwas fester, in der Hoffnung, dass es dieses seltsame Gefühlschaos überdecken würde, das sich in mir breitmachte.

Warum war er hier? Und wie hatte er mich gefunden? Hatten Madison und Hailey es ihm verraten? Oder war er nur durch Zufall in die Bar gekommen? Allerdings sprach der Blumenstrauß, den er bei sich hatte, gegen die Zufallstheorie und eben jener war es, weswegen ich davongestürmt war.

Denn es waren meine Lieblingsblumen, die mich bisher immer besänftigt hatten.

»Die Wohnung ist so leer ohne dich.«

Er sollte aufhören. Einfach verstummen und in einem schwarzen Loch versinken.

Ich krallte mich noch etwas fester an meinen Haaren fest, widerstand dem Drang, mich in einer Ecke zusammenzurollen und meinen Gefühlen zu überlassen. Plötzlich legte sich eine warme Hand um mein Handgelenk, woraufhin meine Finger sich wie von selber lockerten. Ich schluckte schwer, meine Lider flatterten auf und ich verfiel braunen Augen, deren grüne Punkte am Funkeln waren.

»Hör auf damit«, flüsterte Zac, war nur wenige Zentimeter von meinem Gesicht entfernt. Ich spürte die Hitze, die von seinem Körper ausging, und sein Atem streifte über meine Haut, setzte noch einen auf das Gefühlschaos oben drauf. Als wäre es nicht schon genug.

»Scarlett, du weißt genauso gut wie ich, dass du hier nicht hingehörst und schon gar nicht reinpasst. Keiner von denen hier kommt an *uns* ran.«

Innerhalb eines Wimpernschlages änderten sich Zacs sanfte Gesichtszüge. Sein Kiefer verspannte sich und die Ader an seinem Hals pochte bedrohlich. Der sorgenvolle Ausdruck in seinen Augen wich Wut.

»Jetzt reicht's«, knurrte er, packte mich an der Hüfte und schob mich bestimmt ein Stück zur Seite.

»Was hast du vor?«, meldete Kayla sich aus ihrer Starre, während ich mich wie eine Ertrinkende an das Regal klammerte, das neben mir stand.

Doch Zac reagierte nicht auf die Worte meiner besten Freundin. Stattdessen wurde die Tür aufgerissen und ich konnte die Irritation in Chads vertrauten Augen sehen, ehe die Faust von Zac sein Kinn traf.

Ein schockierter Schrei drang aus Kaylas Kehle, während mein Exfreund zur Seite taumelte und sich an der Wand abstützte. Die sonst so perfekte Frisur hatte direkt einen mitbekommen und seine Lippe war am Bluten.

»Sieh zu, dass du verschwindest, bevor ich wirklich sauer werde«, zischte Zac und baute sich vor Chad auf, der seinen Gegner verwirrt anstarrte. Dann fanden seine Augen mich und ich konnte die Wut in ihnen erkennen. Genau die, die mich an jenem einen Abend knallhart getroffen hatte.

»Ist das dein Neuer?«, schrie er, was mich zusammenzucken ließ. »Fickst du ihn?!«

Und dann, ganz ohne Vorwarnung, während ich noch seine Worte verarbeitete, sprang Chad auf und ging auf Zac los. Kayla sprintete an mir vorbei und ich wollte etwas tun, nicht dabei zusehen, wie sich die beiden an die Gurgel gingen. Nur mein Körper spielte nicht mit. Ich konnte das Zittern meiner Knie spüren, versuchte meinen Herzschlag zu beruhigen und die Atmung zu kontrollieren, die völlig aus dem Rhythmus geraten war. Meine Hände glitten von dem Metall, an das ich mich klammerte, weil sie so schwitzig waren.

»Hört auf!«, rief Kayla und zerrte an Zacs Shirt, doch genauso gut hätte es wahrscheinlich ein Chihuahua probieren können.

Angst flackerte in meinem Magen auf, als ich Blut auf Zacs Gesicht erkannte. Die beiden mussten sofort aufhören. Also tat ich das Einzige, was mir in diesem Moment einfiel und zu dem ich in der Lage war.

Ich schrie.

So laut, dass ich das Gefühl hatte mein Trommelfell würde reißen.

Kayla sprang geschockt ein Stück zurück und die beiden Kampfhähne hielten inne. Von meiner komischen Reaktion überrumpelt, schien keiner zu begreifen, was hier geschehen war. Das war also meine Chance.

Ich stolperte nach vorne, direkt auf Chad zu und verdrängte den Fluchtinstinkt, der mit jedem weiteren Schritt aufkochte. Stattdessen rammte ich meine Handflächen gegen seine Brust, und obwohl er weitaus stärker war als ich, geriet er ins Schwanken, wich mit weit aufgerissenen Augen einige Schritte zurück.

»Verschwinde!«, schrie ich, sah, wie er den Mund zum Protest öffnete. Ehe er etwas sagen konnte, hatte ich den blöden Blumenstrauß aufgehoben, der jeglichen Glanz verloren hatte, und schleuderte ihn ihm entgegen. »Hau gefälligst ab und nimm die dämlichen Blumen mit!« Ich schritt weiterhin auf ihn zu, ignorierte das Taubheitsgefühl in meinen Händen.

»Scarlett…«, setzte er an, doch jetzt, in dieser Sekunde würde ich nicht wegrennen.

»Ich schwöre dir, dass ich die Polizei rufe, wenn du nicht innerhalb der nächsten zehn Sekunden aus dieser Bar verschwindest«, fauchte ich, hielt jedes bisschen Verunsicherung in meinem Bauch zurück.

»Können wir…«

»Verpiss dich!«

Wir waren irgendwie an den Tresen gekommen und die Brünette, die bis eben noch so entspannt ausgesehen hatte, beobachtete das Spektakel neugierig. Doch ich hatte keine Aufmerksamkeit für sie übrig, konnte nur einen unbegreiflichen Zorn spüren, der in meinem Körper pulsierte.

Ich hatte es nicht tun wollen und es war auch nicht meine Art, doch ich griff nach der Flasche, die auf dem Tresen stand. Eigentlich hatte ich damit einen Drink zubereiten wollen, doch nun funktionierte ich den Gegenstand in ein Wurfgeschoss um.

»Raus!«, befahl ich, unterstrich meine Worte durch die Flasche, die ich mit aller Kraft auf meinen Exfreund abfeuerte, der sich schockiert zur Seite bückte. Das Glas zerschmetterte laut klirrend neben der Tür. Die Flüssigkeit schlängelte sich an der Wand hinab und Licht spiegelte sich in den tausend Scherben, die den Boden zierten. Chads Lippen waren zu einem schmalen Strich gezogen und immer noch stand Wut in seinen Augen, doch es war nicht zu vergleichen mit dem Zorn, den ich empfand.

Die Muskeln in meinem Körper waren zum Zerreißen gespannt und ich war darauf vorbereitet, dass er gleich auf mich losgehen würde. Innerlich stellte ich mich auf einen brutalen Schlag ein, aber selbst wenn er kommen würde, würde ich diesmal nicht stillhalten.

Ich ballte die Hände zu Fäusten, sammelte die Kraft, die ich hatte, und stellte mich auf einen Kinnhacken ein. Seine kalten blauen Augen, die ich einst so toll gefunden hatte, musterten mich eindringlich. Blutspuren zierten sein Gesicht und Schwellungen traten langsam hervor.

Fragte er sich, ob er es wagen sollte?

Und dann, ehe meine Gedanken abdriften konnten, drehte er sich um und ging.

Die Tür fiel schwer hinter ihm zu und nur ein kühler Windzug strich über meine Haut. So schnell wie er gekommen war,

war er wieder verschwunden und ein ungutes Gefühl machte sich in meinem Magen breit.

Ich spürte, dass meine Lungen nach Sauerstoff lechzten, bemerkte, dass sich alles drehte, und hielt mich kurz an dem Stuhl fest, der neben mir stand. Mein Kopf pochte unangenehm, das Gefühl mischte sich mit den Schritten, die langsam durch den Raum hallten.

»Verdammt, es ist alles in Ordnung«, hörte ich Zac murmeln und wirbelte eilig herum, konnte nur an dieses schreckliche Bild denken, als Chad ihm eine verpasst hatte.

Doch er sah nicht so schlimm aus, wie ich es erwartet hatte. Erleichtert atmete ich aus, betrachtete die aufgeplatzte Lippe und das geschwollene Kinn. Mein Herz raste, als ich auf Zac zulief, und Schuldgefühle krochen unangenehm meine Brust hinauf.

»Oh, Gott. Es tut mir so leid«, krächzte ich und blieb neben Kayla stehen, die Zacs Gesicht genauestens unter die Lupe nahm.

»Kayla, es ist alles in Ordnung«, murmelte er und nahm ihre Hände bestimmend von seinem Gesicht.

»Du solltest das kühlen«, ignorierte sie seine Worte und legte die Stirn in Falten.

»Ist wirklich alles okay? Nicht, dass du dir…«

»Scarlett«, wurde ich unterbrochen und sein scharfer Blick ließ mich zusammenzucken. Als er meine Reaktion bemerkte, sah, wie ich die Hände verknotete und nur mit aller Kraft verhindern konnte zu weinen, wurde sein Blick sanft. »Sieh zu, dass du nach Hause kommst und ein heißes Bad nimmst. Danach bestellt ihr euch eine Pizza und geht schlafen, verstanden?«

»Nein, wir…«

»Kayla, das war kein Vorschlag.«

»Aber du bist derjenige, der verletzt ist!«, widersprach ich, als er näherkam und nach meiner Hand griff.

»Wenn jemand verletzt ist, dann wohl du.«

»Was? Mir geht's gut«, protestierte ich verwirrt.

»Und warum zitterst du dann so?« Ich folgte seinem Blick, fand meine bebenden Hände, die aussahen, als hätte ich Parkinson oder wäre auf kaltem Entzug. »Ich mache das hier schon, Scar.«

»Himmel. Das sieht echt nicht gut aus«, meldete Kayla sich zu Wort, betrachtete mich eingehend von der Seite, doch ich konnte mich nicht von diesen Augen lösen, wollte ihn reden hören, weil seine Stimme mich beruhigte.

»Bring sie nach Hause und pass auf sie auf«, wies er Kayla an, ohne seinen Blick abzuwenden. Ich spürte noch, wie ich zur Seite gezogen wurde und irgendwie aus der Bar taumelte. Doch meine Augen fingen an verrückt zu spielen, ließen Umrisse nur schemenhaft erkennen, bis die schwarzen Schatten immer größer wurden und alles in Beschlag nahmen.

Meine Lider flatterten langsam auf. Dunkelheit empfing mich und ich spürte die frische Nachtluft durch das Fenster hereinziehen. Vorsichtig setzte ich mich auf, sah das Flackern der Straßenlaternen an der Wand.

Doch in San Diego war es stiller, als ich es je erlebt hatte.

Kein Gelächter, keine Autos, keine Vögel, keine Sirenen.

Die Stadt schien sich in einem Schockzustand zu befinden und mir war es nur recht.

Bilder flackerten vor meinen Augen auf. Erinnerungen an zerbrochene Flaschen, Blut und eine Menge Zorn überfielen mich. Schwer schluckend krallte ich mich an meiner Bettdecke fest und versuchte Chads Stimme aus dem Kopf zu bekommen. Die Stimme, die mir sagte, dass ich endlich nach Hause kommen sollte und doch eigentlich nichts passiert war.

Ein Brodeln jagte durch meinen Körper, erfasste mich völlig unvorbereitet.

Der Zorn lag bitter auf meiner Zunge, ließ jede Ader in mir brutal pulsieren.

Dabei wollte ich das gar nicht. Es kostete eine enorme Kraft, diese Wut in sich zu tragen.

Sollte das hier also schon alles sein? Hatte ich keine andere Möglichkeit, um das zu beenden? Eigentlich wollte ich nur eine Antwort auf die Frage, ob es meine Schuld war, denn obwohl ich es abstritt, haftete das Gefühl klebrig an mir. Egal was ich versuchte, nichts ließ es verschwinden.

Ich raufte die Haare und ließ mich rücklings wieder in das Kissen fallen. Ein dumpfes Geräusch schallte an den Wänden wider, begleitet von einem Knarren. Meine Klamotten fielen vom Bett und ein leises Klirren ertönte, das mich verwirrt blinzeln ließ.

Ich suchte in der Finsternis nach dem Schalter meiner Nachttischlampe und wurde schließlich von hellem Licht geblendet. Meine Augen schmerzten einen Moment, ehe sie sich an die Helligkeit gewöhnt hatten.

Suchend glitt mein Blick über den Boden und dann fand ich den Verursacher des Klirrens. Er lag dicht neben meiner Jeans, genau vor der Tasche, in der ich ihn zuletzt verstaut hatte.

Der kleine Penny.

Wie oft hatte ich ihn in der Hand gehalten, betrachtet und mich gefragt, ob ich es erzählen sollte. Doch am meisten fragte ich mich, ob er der Richtige dafür war. Immerhin konnte ich es noch Ethan oder Kayla erzählen. Nur waren die zum einen selbst beschäftigt mit sich und zum anderen hatte ich Angst, dass Ethan eine Dummheit anstellen würde, die Zacs kleine Schlägerei heute bei Weitem in den Schatten stellte.

Zac.

Wie es ihm wohl ging?

Ich schlüpfte unter der Bettdecke hervor und lief so leise wie möglich zu dem Penny, der ganz unschuldig auf dem Boden lag, und blieb stehen. Ein seltsames Gefühl, beinah ein

Sog, brachte mich dazu ihn aufzuheben. Was würde wohl passieren, wenn ich es ihm erzählen würde?

Wahrscheinlich gab es nur genau zwei Möglichkeiten. Entweder ich würde einen Nervenzusammenbruch bekommen, weil ich es noch mal durchleben müsste, oder der Schmerz, die Fragen und die Angst könnten sich vielleicht verflüchtigen, wenn ich es einfach erzählte. Mir von der Seele redete.

Das mit dem Schreiben hatte ich immerhin schon versucht und es war kläglich gescheitert. Also, würde das hier zu einem anderen Ergebnis führen als Bitterkeit und Verzweiflung?

Gedankenverloren setzte ich mich auf die Bettkante und griff mit der freien Hand nach dem Handy, konnte die Augen nicht von dem Penny loslösen. Meine Finger suchten nach einer unbekannten Nummer und ich fand das letzte und einzige Gespräch, das jemals auf diese Art und Weise zwischen uns stattgefunden hatte.

Unbekannt war mittlerweile jedoch eindeutig die falsche Bezeichnung. Das war es damals schon gewesen, doch jetzt wurde mir erst bewusst, wie unpassend es war. Ohne zu zögern, speicherte ich die Nummer unter *Zac*. Einen kurzen Moment hingen meine Finger in der Luft, dann tippte ich hastig.

Scarlett: Bist du noch wach?

Nervös wippten meine Beine umher, während ich auf das Display starrte und darauf wartete, dass die Nachricht verschickt wurde. Mein Herz klopfte wie wild und innerlich stellte ich mich drauf ein, dass das hier sowieso nichts werden würde. Doch keine dreißig Sekunden später vibrierte das Handy in meiner Hand, ließ mich überrascht zusammenzucken.

Zac: Kannst du nicht schlafen?

Wieder einmal überging er meine Frage, so wie er es meistens tat. Doch es reichte mir als Antwort.

Scarlett: Ich würde dir gerne den Penny zurückgeben.

Mit zitternden Händen drückte ich auf Senden. Mein Magen machte eine Achterbahnfahrt durch und ich spielte ungeduldig mit dem Saum des T-Shirts, das ich trug. Diesmal dauerte es länger, bis die Antwort kam. Und die ließ mein Herz ein neues Höchsttempo erreichen.

Zac: Treffen in zehn Minuten vor der Haustür. Ich kenne einen Ort, an dem wir ungestört sind.

22. *Scarlett*

»Ein Schwimmbad?«, war das Erste, was ich zu Zac sagte, nachdem wir durch halb San Diego gelaufen waren.

»Ja, ein großes, hübsches Schwimmbad mit einem großen Springturm«, erklärte er und fummelte an einer Ecke des Zauns herum, während ich misstrauisch die weite Fläche und das stille Wasser beäugte.

»Ist das keine Straftat?«

»Bisher hat mich niemand erwischt.« Er warf mir einen Blick über die Schultern zu, konnte den Schalk, der in seinen Augen aufblitzte, nicht verbergen.

»Bisher?«, wollte ich mit hochgezogenen Brauen wissen und ignorierte das Brennen, das durch den Penny in meiner Hand ausgelöst wurde. »Wie oft bist du denn schon hier gewesen?«

»Keine Ahnung«, erwiderte er achselzuckend. »Irgendwann habe ich aufgehört zu zählen.«

»Und das hältst du für einen passenden Ort zum Reden?« Ich schluckte schwer, war darauf gefasst einen Wachmann um die Ecke kommen zu sehen. Wahrscheinlich wäre ich nicht in der Lage wegzulaufen und würde einfach im Knast landen.

»Nicht hier unten, aber da oben ist der passende Ort.« Mit einem Kopfnicken wies er in Richtung des Zehnmeterturms.

Ich hatte es schon von Anfang an gewusst: Der Typ war verrückt.

»Wenn ich bitten darf.« Zac hielt das Stück Zaun hoch, sodass ein kleines Loch entstand, durch das man hindurchkriechen konnte.

»Wenn ich erwischt werde, kannst du das Ethan erklären«, murmelte ich und ging auf alle Viere, um durch das Loch zu krabbeln.

»Keine Angst, der war auch oft genug hier und wird das verstehen«, versuchte er mich zu beruhigen, während ich mich aufrichtete und mir kurz die Knie meiner Jeans abklopfte.

»Ich bin allerdings seine kleine Schwester und glaube nicht, dass er es gut findet, wenn ich mit seinem besten Freund illegale Dinge tue.«

»Dann sollte das hier wohl besser unser kleines Geheimnis bleiben.«

Entspannt lief er an mir vorbei, warf mir einen kurzen Blick zu und schenkte mir ein schiefes Grinsen. Die Art, wie er es sagte, jagte einen Schauer über meinen Rücken, der sich gleich darauf in meinen Magen einnistete.

Ohne mich weiter zu beachten – was mir in diesem Augenblick wirklich recht war –, kletterte Zac unter der Absperrleine her und stieg die Stufen zu dem hohen Turm hinauf.

Nur ein Freund, rief ich mir ins Gedächtnis, ehe ich ihm folgte und das Brummen in meinem Magen zu unterdrücken versuchte.

So ungern ich es auch zugab, aber mich beschlich immer mehr das Gefühl, dass Zac an jedem dämlichen Herzrasen schuld war und dass es nicht daran lag, dass ich auf Liebesentzug war.

Langsam schritt ich die Stufen hinter ihm hoch, betrachtete die athletische Statur, obwohl ich ihn noch nie hatte Sport machen sehen. Geschmeidig bewegte er sich nach oben, hatte die Hände in der Jeanstasche versteckt, die tief auf seinen Hüften saß und nicht verbarg, dass er wieder eine schwarze enge Boxershorts trug.

Warum konnte er sich nicht vernünftig anziehen?

Hastig schaute ich zu Boden, versuchte das schiefe Grinsen aus dem Kopf zu bekommen und das Prickeln zu ignorieren.

Verdammt, das war doch nur Zac!

»Also? Was sagst du?«, wurde ich aus meinen Gedanken gerissen und erkannte, dass wir bereits ganz oben angekommen waren.

Ich hatte nicht damit gerechnet, dass der Ausblick von einem gewöhnlichen Zehnmeterbrett so beeindruckend sein konnte. Man konnte in der Ferne vereinzelte Autos und Menschen erkennen, doch nicht ein Geräusch drang bis hier oben. Über uns war der schwarze Himmel und nur ein paar Lichter erhellten das Schwimmbad. Die Fenster der Häuser waren fast alle verdunkelt. Ein paar wenige hingegen schienen schillernd in die Nacht und man konnte Silhouetten wahrnehmen, die an den Scheiben vorbeihuschten.

Es erinnerte mich an eine kleine Seifenblase.

»Und?« Zac setzte sich im Schneidersitz mir gegenüber hin.

»Es ist wirklich schön«, gab ich zu, ließ den Blick über das stille Wasser schweifen, das im Becken stand.

»Der perfekte Ort, um uns mit dem Penny zu beschäftigen, wie ich finde.«

Er wurde heiß in meiner Hosentasche. Das Metall schien sich durch den Stoff zu brennen und es kostete mich Überwindung, die Münze aus der Tasche zu ziehen und mich ebenfalls in den Schneidersitz zu setzen. Vorsichtig legte ich den Penny zwischen uns und starrte in die braunen Augen, die mich festhielten.

Kannst du mich retten?, schoss es mir durch den Kopf und ich biss mir auf die Unterlippe. Unruhig verknoteten sich meine Finger und die Stille hier oben bekam etwas Erdrückendes.

»Weißt du noch, was ich dir damals gesagt habe?«

Als würde ich jemals diesen Abend und auch nur eines seiner Worte vergessen.

»Du hast gesagt, dass es vorbei ist und ich keine Angst davor zu haben brauche«, murmelte ich leise und fixierte die kleine Geldmünze zwischen uns.

»Sehr gut«, erwiderte er und ich sah im Augenwinkel, wie er sich nach hinten lehnte und auf den Händen abstützte. »Bist du bereit?«

»Keine Ahnung«, gab ich zurück, schluckte den dicken Stein in meinem Hals herunter. »Aber falls ich dann hier runterspringe…«

»Dann springen wir zusammen.«

Ein letztes Mal schaute ich in diese Augen, dann holte ich tief Luft und fing an von dem Abend zu erzählen. Dem Abend, der mich verändert hatte…

Es war voll in dem Restaurant, in dem die Geburtstagsfeier von Marie, Chads Mutter, stattfand. Ich kannte so ziemlich jeden in diesem Raum. Die Luft war getränkt mit Parfüm und das helle Licht, das sich an den Kristallen fing, strahlte in jede Ecke des Raumes.

Mit meinem weißen, knielangen, engen Kleid, das an den Armen mit Spitze versehen war, fühlte ich mich wie eine Prinzessin. Ich konnte nicht anders, als mich in jedem Spiegel, an dem ich vorbeilief, zu betrachten. Heute fühlte ich mich fantastisch.

»Dieser eine Kellner geht mir ja so was von auf die Nerven«, beschwerte Hailey sich und rümpfte die Nase, als ein schlaksiger Typ mit einem schüchternen Grinsen auf uns zukam. »Der hat stotternd nach meiner Nummer gefragt«, erzählte sie, wandte ihm demonstrativ den Rücken zu.

»Also ich habe dem guten Clark meine Nummer zugesteckt«, meldete Madison sich zu Wort und strich elegant eine Strähne aus ihrem Gesicht.

»Hat der gute Clark einen reichen Bruder, dem ich meine Nummer geben kann?« Hailey zog fragend die Augenbrauen hoch.

»Ihr seid beide unmöglich.« Kopfschüttelnd und doch mit einem Grinsen auf dem Gesicht betrachtete ich meine Freundinnen.

»Du hast gut reden.« Hailey nippte an dem Sekt in ihrer Hand.

»Nicht jeder von uns hat einen reichen, gutaussehenden Kerl an der Angel, der ihr bestimmt in nicht allzu ferner Zukunft einen Antrag machen wird«, fügte Madison augenverdrehend hinzu.

»Einen Antrag? Ihr spinnt doch«, widersprach ich, kam aber nicht umhin, einen Blick zu Chad zu werfen, der bei Geschäftskollegen seines Vaters stand und sie gerade wahrscheinlich mit einem guten Witz zum Lachen brachte.

»Tja. Warte noch ein paar Monate und dann hast du bestimmt ein kleines teures Ding am Finger sitzen.«

»Scarlett?«, wurden wir von meiner Mutter unterbrochen, die mir strahlend auf ihren hohen Schuhen entgegenkam und einen Kuss auf die Wange hauchte. »Das Kleid steht dir fantastisch.«

Ich wurde von oben bis unten gemustert, drehte mich einmal, damit sie das gute Stück genauestens begutachten konnte. Ein stolzes Lächeln zierte das Gesicht meiner Mutter.

»Chad hat es mir geschenkt«, erklärte ich.

»Der Mann hat einfach Geschmack.«

»Welcher Mann?«, wollte eine vertraute Stimme freundlich wissen. Meine Mutter wirbelte auf dem Absatz herum und betrachtete meinen Freund in seinem perfekt sitzenden Anzug.

»Na, du. Wer sonst«, gab sie zu und lachte kurz auf.

»Danke für das Kompliment«, antwortete er charmant und kam auf mich zu. Seine Arme legte er um meine Hüften, zog

mich ein Stück enger an sich. »Aber das Kleid steht eben nur besonders hübschen Frauen.«

»Vielen Dank.« Ich drückte ihm vorsichtig einen Kuss auf die Lippen, wusste, dass er es hasste, wenn Lippenstift daran hängen blieb.

»Wo gehst du nächstes Jahr studieren?«, meldete Madison sich zu Wort.

»Ich werde in Los Angeles bleiben, damit ich bei meinem Vater arbeiten kann. Irgendwann muss ich das Geschäft ja übernehmen, und je früher ich drin bin, desto besser.«

»Also werden wir uns alle in Los Angeles auf der Uni begegnen«, verkündete Hailey und nippte ein weiteres Mal am Glas.

»Oh, Scarlett wird nicht studieren«, erklärte Chad in die Runde.

Ein seltsames Stechen machte sich in meinem Magen breit.

»Irgendwer muss sich ja um das Image kümmern, und wenn irgendwann Kinder kommen, ist es eh besser, dass sie nicht arbeitet.«

Ich presste kurz die Lippen zusammen und schenkte Chad ein strahlendes Lächeln, das nicht meine Augen erreichte.

»Außerdem hat sie es bei dir ja sowieso nicht nötig arbeiten zu gehen«, stimmte Madison schulterzuckend zu.

»Tja. Ich werde da sein und mich nur um meinen erfolgreichen Freund kümmern«, bestätigte ich, obwohl ein ungutes Gefühl über meinen Rücken kroch, sich in jeder Pore meines Körpers festsetzte.

»Also? Wollen wir was essen?«, schlug Chad vor, wartete keine Reaktion von mir ab, sondern dirigierte mich an den Leuten vorbei zum kalten Buffet, das man aufgebaut hatte. Er griff nach einem Teller, füllte diesen mit allen möglichen lecker aussehenden Speisen, während ich daneben stand und Madison und Hailey betrachtete.

»Sag mal, Chad«, setzte ich an, biss mir auf die Zunge und nahm den Mut zusammen, den ich in den letzten zwei Wochen nicht hatte aufbringen können. »Meinst du nicht, dass es ganz gut wäre, wenn ich doch etwas studieren würde? Also nur einen Bachelor oder so?«

Ich konnte sehen, wie seine Schultern sich verspannten und die Wut in ihm hochkochte.

»Das Thema hatten wir doch schon, Scarlett«, versuchte er die anstehende Unterhaltung zu beenden und die Kälte in seiner Stimme jagte mir eine Gänsehaut über die Arme.

»Ich habe ein wenig nachgeforscht und viele der angesehenen Frauen haben studiert. Nur fürs Image.«

»Zum einen haben die etwas Vernünftiges studiert und nicht so eine brotlose Kunst wie Architektur«, antwortete er scharf und drehte sich zu mir, »und zum anderen bist du nicht eine von denen.«

Ich schluckte schwer, versuchte den Stolz zu retten, den er gerade zunichtemachte, indem er meinen Kindheitstraum schlechtredete.

»Es ist keine brotlose Kunst und es wäre gut für unser Auftreten«, widersprach ich und griff nach der Mousse au Chocolat, die in einem kleinen Becher hübsch hergerichtet war.

»Scarlett, es reicht. Ich habe wirklich Wichtigeres um die Ohren, als mit meiner Freundin über das Studium zu sprechen, das eh nicht stattfinden wird«, zischte er. Wut flackerte in seinen Augen auf, die kurz darauf das kleine Dessert in meiner Hand entdeckten. »Und du hast deine Kalorien für heute doch schon erreicht, also stell das wieder weg.«

Energisch griff er danach, doch ich zog es reflexartig zurück. Immer wenn ich aufgewühlt war, brauchte ich etwas Süßes, und das war jetzt definitiv der Fall.

»Ich möchte das …«

Ich kam nicht weiter.

Etwas Hartes traf mich unerwartet und mit voller Wucht am Kinn. Mein Gleichgewichtssinn kapitulierte, mein Körper konnte die Kraft nicht aushalten und ich fiel. Meine Hände versuchten etwas zu fassen zu bekommen, griffen nach der Tischdecke. Doch es machte keinen Unterschied, denn ich knallte auf den Boden, hörte Glas und Porzellan zerschellen.

Es war still.

Totenstill.

Ein seltsames Pochen breitete sich auf meiner Wange aus und mein Blick wanderte zu Chad, der sich vor mir aufgebaut hatte, mit wutverzerrtem Gesicht auf mich herabstarrte. Ich versuchte zu begreifen, was gerade passiert war, stand langsam wieder auf.

Meine Knie zitterten. Obwohl eine Vielzahl an Gefühlen durch meinen Körper jagen musste, spürte ich nichts. Jede Faser in mir schien verstummt zu sein. Ich spürte eine Hand, hörte leise aufgewühlte Stimmen. An mir wurde gezogen, jemand anderes gab mir einen kleinen Schubser, damit ich mich in Bewegung setzte.

Hatte ich mir das nur eingebildet?

»Seht zu, dass sie wieder zur Vernunft kommt«, zischte die vertraute Stimme meiner Mutter, die mir einen eisigen Schauer über den Rücken jagte.

Ich nahm ihre Silhouette wahr und wollte etwas sagen, doch meine Zunge klebte am Gaumen. Meine Muskeln schienen von selbst zu arbeiten, ließen sich von der Person vor mir steuern. Eine Tür ging auf und das Gemurmel, das um mich herum gewesen war, verstummte, als sie wieder zufiel.

Jemand drückte meine Schultern nach unten, ich gab der Last nach und sackte auf einen Sessel.

»Hast du Concealer dabei?«, vernahm ich Madisons Stimme.

»Ja, aber wir müssen dein Puder nehmen, das passt besser zu ihrem Hautton.« Hailey wühlte in irgendetwas herum. Ich

hörte das Rauschen des Wasserhahns und wie beide diskutierten. Ich legte den Kopf schief, starrte meine besten Freundinnen an, die gerade über Lippenstift sprachen.

Warum interessierten sie sich jetzt dafür?

»Oh, Scarlett. Reiß dich jetzt endlich zusammen. Wenn du so guckst, kriegen wir dein Gesicht nie wieder in den Griff.« Hailey verdrehte genervt die Augen, nahm ein Handtuch und hielt es unter das Wasser.

War ich verrückt geworden?

Langsam hob ich die zitternden Finger und legte sie auf meine Wange.

Ein stechender Schmerz zog sich über mein Gesicht.

Hastig nahm ich die Hand weg und streifte meine Lippe. Etwas Feuchtes blieb daran zurück. Und als ich das scharlachrote Blut sah, das an meiner Fingerspitze klebte, wusste ich, dass das alles kein Traum gewesen war.

Aber warum fragte mich keiner, wie es mir ging?

»Mach mal die Lippen spitz«, wurde ich aufgefordert, mein Kinn wurde nach oben gedrückt und ich konnte nicht verhindern, dass ich vor Schmerz aufstöhnte. Die gleichgültige Maske von Madison stach mir entgegen. »Stell dich nicht so an, Scarlett. Das ist alles halb so wild«, knurrte sie und strich sich eine Strähne aus dem Gesicht, ehe sich Hailey zu ihr gesellte, bewaffnet mit einer Vielzahl an Kosmetika.

Was zur Hölle taten sie da?

Doch es war völlig überflüssig, dass ich mir die Frage stellte, denn es war offensichtlich. Sie schminkten mich, versuchten mein entstelltes Gesicht wieder so herzurichten, dass es der Öffentlichkeit nicht auffiel.

»Instagram und Co. kannst du die nächsten Tage streichen«, murmelte Hailey, als Madison mir Rouge auf die Wangen puderte.

»Ich würde sagen, dass du einfach mit einer Grippe im Bett liegst.« Sie beugte sich ein Stück zurück, betrachtete ihr Werk

eingehend. »Dann kannst du den blauen Fleck auch einfach unter einer Decke verstecken.«

Ich wünschte, ich hätte in jenem Moment meine Zunge zum Sprechen bewegen können. Doch ich war zu schockiert über das, was hier geschah, konnte es gar nicht begreifen. Sie waren meine Freundinnen. Sollten sie sich nicht um mich kümmern und mich beschützen? War das hier nicht genau einer dieser Momente, wenn Schutz vonnöten war?

Ich wusste nicht, wie lange ich dort saß, die beiden an mir herumpfuschten und ich den Schmerz unterdrückte, der bei jeder Berührung durch mich fuhr. Es hätten Sekunden, aber auch Stunden sein können.

»Wie sieht sie aus?«

Ich hatte gehofft, etwas wie Sorge in ihren Stimmen zu hören. Doch ihre Worte waren nur getränkt von Bitterkeit und Enttäuschung, die mir erbarmungslos entgegenschlugen.

»Könnte besser sein, aber das wird schon gehen«, seufzte Hailey und sammelte ihre Utensilien wieder ein.

»Das habt ihr wirklich gut gerettet«, lobte meine Mutter meine Freundinnen, während ich wie erstarrt das Schauspiel beobachtete. Das war doch bestimmt die versteckte Kamera.

»Könntet ihr beide bitte schon rausgehen. Ich muss noch kurz mit meiner Tochter sprechen.«

Ich bekam noch zwei mahnende Blicke zugeworfen, ehe sich Hailey und Madison verabschiedeten. Ich schaute den hübschen Kleidern hinterher, die mir auf einmal weitaus weniger glanzvoll erschienen als noch zu Beginn des Abends.

»Was sollte das, Scarlett?«, wurde ich angefaucht. »Du hast doch wirklich alles, was man sich wünschen kann, also warum versuchst du das mit so einer dämlichen Aktion zu zerstören?! Chad und seine Familie sind absolut perfekt! Ich dachte, du hättest begriffen, dass du den Rest deines Lebens deine Füße hochlegen kannst, wenn du nur das tust, was die Gears wollen.« Ein Stöhnen entfuhr ihr, sie wandte sich dem Spiegel zu,

betrachtete ihr Gesicht von allen Seiten. »Ich hoffe, es war dir eine Lehre und du hältst dich jetzt zurück.«

Ich starrte in die vertrauten Augen, die in dieser Sekunde jegliche Geborgenheit verloren. Es war, als würde sich eine Schlucht zwischen uns auftun, und immer noch gelähmt von dem Ganzen konnte ich nicht mal schreien.

»Und jetzt komm. Lächle so hübsch wie immer und geh zu deinem Freund«, befahl sie, griff nach meiner Hand und zog mich hoch.

Ich wusste, dass ich keine Chance hatte hier wegzukommen, wenn ich nicht das tat, was sie wollte. Also hoben sich meine Mundwinkel, doch nie zuvor hatte es sich so falsch angefühlt.

»Na geht doch«, vorsichtig strich sie mir übers Haar, doch diese Geste wurde dieses Mal von Abneigung begleitet, die sich eisig um mein Herz schloss. Sie griff nach meiner Hand, führte mich raus aus dem kleinen Raum, und ehe ich mich versah, legte Chad seine Arme um meine Hüften, dirigierte mich zurück zu dem großen Saal, in dem die Party stieg. Begleitet von meiner Mutter und meinen Freundinnen durchschritten wir die Halle, die gefüllt war mit lachenden Menschen.

»So gefällst du mir besser«, flüsterte er mir ins Ohr, als wir an einer Ecke stehen blieben. Doch das, was ich sonst als so sanft und liebevoll empfunden hatte, klang nun wie eine Drohung in meinen Ohren. Ein unangenehmes Kribbeln schoss über meinen Rücken, doch er bemerkte es nicht, begann ein amüsiertes Gespräch mit den Geschäftsleuten, die sich zu uns gesellten.

Mein Blick wanderte zu Hailey und Madison, die genau wie meine Mutter über irgendetwas lachten, das Chad gesagt hatte. Ich fühlte seine Hand schwer an meiner Hüfte und das Gefühl, dass sie mich in den Abgrund zog, haftete plötzlich an dieser Berührung.

Und dann sah ich mein Spiegelbild im Fenster.

Die Haare wirkten matt, die Augen groß und leblos. Mein Gesicht zeigte jetzt schon Anzeichen eines gigantischen blauen Flecks, den nicht einmal die Masse an Schminke überdecken konnte, die meine Freundinnen aufgetragen hatten. Aber wie hätte man auch eine so große Schwellung verbergen sollen?

Wer war das im Spiegel?

Und plötzlich musste ich an Ethan denken.

Ethan, der gesagt hatte, dass es mich kaputtmachen würde, mich veränderte.

Ethan, der mich nicht wiedererkennen würde.

Ethan, der das nie mit angesehen hätte.

Mein Blick schweifte über die Menge, die mir plötzlich wie ein Haufen Grausamkeit erschien. Eine gigantische Kluft hatte sich aufgetan, das Bild war zerbrochen. Ein Riss zog sich über die hübsche Maske und ich bemerkte die Kleinigkeiten, die mir nie zuvor aufgefallen waren.

Eine schmale weiße Spur an der Nase eines Mannes.

Wie ein anderer der besten Freundin seiner Frau an den Hintern fasste.

Die langen Ärmel eines Kleides, die nicht komplett die Hämatome überdeckten.

Das Mädchen, das nach dem Essen auf der Toilette verschwand.

Den festen Griff von Chad.

Es war die Realität, die über mich hereinbrach. Und eine Sache wurde mir in dieser Sekunde bewusst.

Ich musste hier weg.

23. Zac

»Ich hätte ihn windelweich prügeln sollen«, schoss es aus mir heraus und ich spürte die Wut, die in meinem Körper unterschwellig pulsierte, darauf wartete, dass der Typ jetzt hier auftauchte und ich ihn schlagen konnte.

Nicht dass ich ein Freund von Schlägereien war, aber nach Scarletts Geschichte konnte ich nicht anders, als daran zu denken ihn zu vermöbeln.

»Nein, der hätte dich am Ende nur in den Knast gebracht und das ist es nicht wert.«

Ihre Stimme war leise und ich konnte sehen, dass sie in der Dunkelheit immer noch am Zittern war. Kein Wunder, dass sie sich die ganzen Male so mies gefühlt hatte. Ein Vertrauensbruch dieses Ausmaßes würde jeden mitnehmen.

»Also, nicht, dass er es nicht verdient hätte und ich ihm das nicht gönnen würde, aber einen Menschen dafür in den Knast zu schicken, der mir wichtig ist, ist es mir dann doch nicht wert.«

War ihr bewusst, was sie gerade gesagt hatte?

Mein Herz machte einen seltsamen Sprung, den es schon bei ihrer SMS gemacht hatte.

»Ich bin also nicht mehr das Arschloch von einst?«, hakte ich nach, versuchte dieses ungewohnte Gefühl abzuschütteln, das über meine Haut jagte.

»Ich bin doch auch nicht mehr die blöde Ziege von einst, oder?«

Ein kleines Grübchen tauchte kurz auf, das dunkelblonde Haar fiel ihr leicht ins Gesicht und sie mied meinen Blick, starrte auf das ruhige Wasser. Der Pullover hing locker über die ihre Schulter und ich konnte sehen, wie sie sich auf die Lippe biss.

War sie so nervös wegen meiner Antwort?

»Weißt du, es macht einen Unterschied, ob man einen Menschen von Bildern und Geschichten kennt oder ob er einem plötzlich gegenübersteht«, gab ich langsam zu.

»Wirkte ich so eingebildet?«

»Du sahst aus wie eine hochnäsige Schnepfe«, erwiderte ich ehrlich und bemerkte, dass sich ihre Nase krauszog. »Ethan hat sich dauernd deine Fotos angeschaut.«

Ihr Kopf hob sich und ein fragender Ausdruck trat in die hübschen Augen. Selbst in der Dunkelheit der Nacht konnte ich diese einzigartige Farbe erkennen und ich hoffte, dass sie meinen Herzschlag nicht hören konnte. Vielleicht wurde er gerade noch so von dem leisen Plätschern der Filteranlage überdeckt.

»Ich glaube, er hat jeden Abend deine Seite aufgerufen«, seufzte ich. »Und jedes Mal hat er mir irgendetwas von dir erzählt und es hat ihn ziemlich mitgenommen. Also habe ich irgendwann angefangen alles Schlechte an dir aufzuzählen. Als eine Art Selbstschutz, verstehst du?«

Das Lächeln, das auf ihren sanft geschwungenen Lippen lag, strotzte nur so vor Bitterkeit und Schuldgefühle legten sich um mein Herz.

»Es war nicht gegen dich, Scarlett. Das war es nie. Es war einfach nur, damit er nicht wahnsinnig wird.«

Sie verschränkte die Hände, zog den Kopf zurück und ich betete, dass sie nicht in Tränen ausbrechen würde. Wahrscheinlich wäre ich dann so überfordert wie die letzten Male.

»Glaub mir, ich würde nicht hier mit dir sitzen, wenn du die blöde Schnepfe von den Fotos wärst.«

Ihre Mundwinkel zuckten, mein Herz machte einen Satz.

Verflucht.

»Dann habe ich ja noch mal Glück gehabt«, sagte sie und konnte den Hauch Ironie nicht verbergen.

»Weißt du, wie viele Frauen alles dafür tun würden, um mitten in der Nacht mit mir im Schwimmbad einzubrechen, auf den Sprungturm zu steigen und ein Spiel zu spielen?«

»Was für Spiele du mit denen spielst, will ich echt nicht wissen«, winkte Scar ab, verzog angeekelt das Gesicht und schaute zu dem Penny. »Aber du bist jetzt an der Reihe.«

Ich griff nach der kleinen Münze, die zwischen uns lag, und drehte sie in den Fingern hin und her.

»Gut, dann kriegst du jetzt mein Geheimnis zu hören«, sagte ich leise, konnte in ihren Augen die Neugierde sehen.

Ein Windzug glitt über uns hinweg, als ich aufstand und ihr die Hand hinhielt. Einen Augenblick starrte sie verwirrt auf die Hand, ehe sie ihre in meine legte. Hitze schoss durch meinen Körper und ich versuchte den Atem ruhig zu halten.

»Was wird das?«, wollte Scarlett wissen, als ich mit ihr ein paar Schritte nach vorne lief.

»Tja. Ich bin noch nie von hier oben runtergesprungen und das werden wir jetzt ändern«, erklärte ich, spürte, dass sich ihre Finger verkrampften.

»*Du* bist doch noch nie hier runtergesprungen. Warum muss *ich* dann mit?«, fragte sie verdattert, versuchte ihre Hand aus meiner zu lösen.

»Bist du schon von einem Zehnmeterturm gesprungen?«, wollte ich wissen und trat einen weiteren Schritt näher an den Abgrund, konnte das schwarze Wasser unter uns erkennen.

»Nein, aber ich hatte auch wirklich nicht vor, das zu ändern.«

Angst und Aufregung schwangen in ihrer Stimme mit, während sie versuchte ihre Hand meiner zu entziehen, doch das würde ich nicht zulassen. Zum einen, weil ich wollte, dass sie auch sprang, und zum anderen war das Gefühl viel zu schön.

Schön.

So tief war ich bereits gesunken.

»Komm schon, Scar. Was soll denn jetzt noch schiefgehen? Das, wovor du am meisten Angst hattest, hast du doch gerade gemacht«, beruhigte ich sie.

Und es schien zu wirken. Sie blieb stehen und unsere Blicke trafen sich. Mein Mund wurde trocken und der Wunsch, meine Lippen auf ihre zu pressen, kochte auf. Mein Blick huschte zu dem Shirt, das immer noch ihre Schulter freigab und mich einen schwarzen BH vermuten ließ.

Gott, wie gerne hätte ich sie ausgezogen.

»Was ist mit unseren Klamotten?«

»Ich würde sie anlassen. Wenn der Wächter kommen sollte, müssen wir wenigstens nicht halbnackt wegrennen.«

Und es würde meinen kleinen Freund nicht zum Leben erwecken.

»Springen wir«, forderte ich sie auf. Ihre Augen huschten zu dem dunklen Wasser, das direkt unter uns war.

Sie presste die Lippen zusammen, umfasste meine Hand schon beinah brutal.

»Ich bringe dich um, wenn du meine Hand loslässt«, flüsterte sie heiser.

»Auf drei?«, wollte ich wissen, als Scarlett einen Schritt näherkam und vorsichtig nickte.

»Eins«, sagte ich, spürte ein Kribbeln, das meine Füße emporstieg.

»Zwei«, hauchte Scarlett mit zittriger Stimme.

Ganz unbewusst drehte ich den Kopf, wollte wissen, ob es für sie wirklich okay war. Unsere Blicke trafen sich erneut. Viel zu oft für diesen Abend, ließen mein Herz noch schneller das Blut durch meinen Körper pumpen.

»Drei«, riefen wir gleichzeitig und sprangen.

Die Luft zischte zwischen uns hindurch und ein Sausen ertönte in meinen Ohren. Scarletts Schrei mischte sich mit meinem und ich spürte ihre Hand, die sie eilig wegzog. Ich spannte mich an, fühlte das Adrenalin, das alles in eine Zeitlupe versetzte. Das Wasser kam langsam näher und die Lichter der Stadt verschwanden hinter den Mauern. Ich hielt die Luft an und dann tauchten meine Füße in kaltes Wasser.

Ich versank, spürte den Druck und die Geschwindigkeit. Blasen strichen über meine Haut und das Gefühl der Lebendigkeit pochte in meiner Brust. In dem kühlen Nass verzogen meine Mundwinkel sich zu einem Lächeln und ich schwamm der Oberfläche entgegen.

Das Leben kam mir so leicht vor in diesem Moment und ich fragte mich, warum ich Scarlett noch nicht geküsst hatte.

Welche Hürden gab es denn schon?

Ich stieß an die Oberfläche, holte tief Luft und strich mir das Wasser und die Haare aus dem Gesicht.

»Du hast meine Hand losgelassen!« Von der Seite spritzte Scarlett mit Wasser.

»Du hast zuerst losgelassen!«, protestierte ich lachend.

»Das ist irrelevant!«

»Irrelevant? Was hätte ich denn machen sollen?«, wollte ich wissen, spürte, wie eins ihrer Beine gegen meins stieß und wir in den Bereich schwammen, in dem man stehen konnte.

»Du hättest sie einfach festhalten müssen.«

»Deine kleine Hand?« Mit schnalzender Zunge griff ich nach Scarletts Fingern, zwang sie dazu, ein Stück näherzukommen, und hielt unsere Hände hoch, damit sie den Unterschied sehen konnte. »Erklär mir, wie ich das kleine, zarte Ding festhalten soll«, forderte ich sie auf, konnte die gute Laune, die in meiner Brust schwang, nicht verbergen.

»So winzig ist sie nicht«, nuschelte sie, als ich in ihre Augen schaute und mir klar wurde, dass unsere Hüften sich berührten.

Ich schluckte schwer, versuchte die Hitze, die durch meinen Körper schoss, zu ignorieren. Haarsträhnen klebten an ihrer Wange und an ihren langen dunklen Wimpern hingen Wassertropfen. Die Wangen glühten, während ihr Atem unruhig über ihre Lippen glitt.

»Sie sind klein«, hauchte ich, machte einen kurzen Schritt nach vorne und verschränkte meine Hände mit ihren, konnte ihren hektischen Atem auf meinem Gesicht fühlen.

»Lüge«, protestierte Scarlett halbherzig, zog meinen Blick von diesen himmlischen Augen zu den Lippen, die mich um den Verstand brachten.

Ich hörte das Wasser, das gegen den Beckenrand schwappte, und in der Ferne heulte eine Sirene auf. Ein Windhauch zog durch die Straßen, ließ die Bäume sachte tuscheln und eine Gänsehaut breitete sich auf ihren Armen aus.

»Ist dir kalt?«, wollte ich leise wissen, legte die Hand an ihren Hals und strich vorsichtig über die Haut bis zur Schulter.

Mit leicht geöffnetem Mund schüttelte sie den Kopf.

Fühlte sie sich gerade so benebelt wie ich mich?

Ich hielt ihre Lippen fest im Blick, konnte an nichts anderes mehr denken.

Ich muss sie küssen, schoss es mir durch den Kopf und ich wusste, dass ich mich diesmal nicht zurückhalten konnte.

24. Scarlett

Zac beugte sich einfach nach vorne, überbrückte die letzten Zentimeter zwischen uns und stieß mich damit in einen ungeahnten Abgrund. Er presste seine Lippen fest gegen meine, während eine Gänsehaut über meinen Rücken jagte und ein Taubheitsgefühl sich in meinen Fingerspitzen breitmachte. Meine Lippen begannen seltsam zu kribbeln, als sein heißer Atem darüberstrich und mich nach Luft schnappen ließ. Das kalte Wasser schwappte leicht gegen meine Hüfte, als er seine Hand in meinen Nacken legte und mich zu sich zog.

In meinem Magen brach ein Tornado aus, der durch meinen unkontrollierten Herzschlag angefeuert wurde. Ich spürte seine heiße Haut auf meiner, versuchte nicht den Verstand zu verlieren, als seine Finger sich in meinem nassen Haar vergruben.

Ich öffnete den Mund, wollte Sauerstoff bekommen, um nicht durchzudrehen, dieses aufkochende Verlangen zu bändigen. Doch Zac ließ mir keine Gelegenheit, schob seine Zunge sanft nach vorne und raubte mir das letzte Fünkchen Vernunft, das in meinem Kopf herumschwirrte.

Ein leises Seufzen entfuhr mir und ich gab nach.

Seine Hand glitt langsam meinen Rücken hinab und legte sich auf meinen Hintern, presste mich noch näher an ihn. Trotz der Kälte, die über mich herfiel, breitete sich eine seltsame Hitze zwischen meinen Beinen aus und ich krallte mich an seinem T-Shirt fest, zog ihn näher.

Dabei konnte er jetzt gerade gar nicht nah genug sein.

Ich wollte so viel mehr haben.

Eine ungewohnte Gier überkam mich und meine Hände fanden von selbst den Weg unter sein T-Shirt. Ich fuhr über seine glatte Brust, konnte die Muskeln unter meinen Fingern spüren, was das Ziehen zwischen meinen Beinen deutlich verstärkte. Sanft biss er mir auf die Lippe, und hätte er mich nicht festgehalten, wäre ich zusammengesackt. Mein Gehirn hatte ausgesetzt und ich spürte nur noch dieses wahnsinnige Verlangen.

Mit zittrigen Händen griff ich nach dem Saum seines Shirts, genoss das Kribbeln, das jede Faser meines Körpers erfasste.

Das hier war verrückt.

Seine Zunge glitt über meine Unterlippe und ich unterdrückte ein Stöhnen, während ich das Shirt langsam nach oben zog. Mit der Hand in meinem Nacken presste er seine Lippen energisch gegen meine und ein Seufzer entfuhr ihm. Ich würde verrückt werden, mich in dem Moment verlieren.

Doch Zac hatte nicht vor, das zuzulassen.

Plötzlich spürte ich, dass er sich verkrampfte, und so überstürzt, wie das begonnen hatte, endete es wieder. Seine Hände zuckten vor meinem Körper zurück, als hätte er sich verbrannt, ich spürte, wie das Wasser leichte Wellen schlug, als er nach hinten taumelte und eine ungewohnte Kühle mich umgab.

Verwirrt stolperte ich fast, wich ebenfalls einen Schritt zurück und starrte zu Zac, dessen T-Shirt hochgerutscht war. Seine hellbraunen Haare standen seltsam in alle möglichen Richtungen ab und ich wusste ganz genau, dass ich meine Hände zwischendurch dort gehabt hatte. Schwer atmend starrte er mich an und mit jedem Atemzug kam wieder Sauerstoff in mein Gehirn.

Meine Wangen glühten, während mein Verstand wieder einsetzte und die letzten Sekunden Revue passieren ließ.

Ich hatte gerade Zac geküsst.

Oder er mich.

Oh Himmel!

Ich presste die Lippen zusammen und Panik stieg in meiner Brust auf, vertrieb dieses unerklärliche Pochen, das sich mit einem Hochgefühl gemischt hatte. Zac stand regungslos da, starrte mich genauso schockiert an wie ich ihn.

Ich musste hier sofort weg.

Mit zusammengepressten Lippen riss ich den Blick von dem Typen vor mir los und drehte mich um, um in Richtung Beckenrand zu stampfen. Das Wasser war schwer um meine Beine und es wäre mir lieber gewesen, wenn ich einfach hätte rennen können. Doch leider war mir das heute nicht vergönnt.

»Scarlett?«, hörte ich ihn meinen Namen fragend rufen, während ich die letzten Meter überbrückte und mich am Beckenrand hochdrückte. »Scarlett!«, rief er etwas energischer, doch ich wagte es nicht, auch nur einen Moment in seine Richtung zu schauen.

Am Ende würde ich ihm nämlich wieder nur um den Hals fallen und ich war mir nicht sicher, ob das so eine gute Idee war.

»Scarlett, bleib stehen!«

Ich hatte mich bereits umgedreht und rannte zu dem Loch im Zaun, konnte hören, wie Zac sich ebenfalls durch die Wassermassen kämpfte. Seine Flüche drangen bis zu mir durch und ein ungewohnter Stich traf meinen Magen, als ich durch das Loch geklettert war und einfach nur noch rannte.

Das grelle Licht der Neonröhre spiegelte sich in dem schmutzigen Spiegel, der mit Wasserflecken gesprenkelt war. Meine hellblonden schulterlangen Haare klebten mir im Nacken und die getränkte Kleidung hing schwer auf meiner Haut. Meine Wimperntusche hatte sich verabschiedet und sammelte sich als schwarzer Schatten unter meinen Augen. Die Lippen zitterten leicht, doch ich wusste nicht, ob es vor Aufregung oder Kälte war.

Die Lippen, die Zac geküsst hatte.

Ein Seufzer entfuhr mir und ich stemmte die Arme gegen das Waschbecken. Die Lüftung der Uni-Toilette hallte leise durch den Raum, mischte sich mit dem Pochen in meiner Brust und den vereinzelten Schluchzern.

Die heißen Tränen rannen über meine Wange und ich hatte keinen Schimmer, wieso. Schließlich war es nur ein dämlicher Kuss gewesen. Nur leider hatte eben jener meine Gefühlswelt ein wenig aus dem Takt gebracht.

Warum war ich nicht einfach schnell zwei Schritte zurückgegangen, als ich merkte, wie sich diese dämliche Situation entwickelte? Ich hätte es tun können, aber ich wollte es nicht. Oh Gott. Ich konnte gar nicht beschreiben, wie sehr ich mir diesen Kuss gewünscht und genossen hatte.

Und er war so ganz anders als der von Chad.

So anders, dass es mich aus der Bahn warf und ich mir wünschte, wieder mit Zac im Wasser zu stehen. Dabei war das völliger Wahnsinn. Er war der beste Freund meines Bruders und trotzdem konnte ich mir nicht länger einreden, dass ich ihn unattraktiv fand. Ganz im Gegenteil, ich verstand voll und ganz, wieso so viele Frauen mit ihm flirteten. Wahrscheinlich hätte ich mich auch dazu herabgelassen, wenn mein Leben ansatzweise normal verlaufen wäre.

Nur war genau das bisher leider nicht der Fall gewesen.

Stattdessen schlug ich mich mit einem dämlichen Ex rum, versuchte mit der Eigenständigkeit klarzukommen und schien den besten Freund meines Bruders – der mich zu Beginn nicht hatte ausstehen können – so heiß zu finden, dass ich ihm um den Hals fiel. Von der Uni wollte ich gar nicht erst anfangen, denn was auch immer Chad in den sozialen Netzwerken verbreitete, mich mied jeder.

Und trotzdem war ich auf dem blöden Uniklo. Vielleicht, weil ich keine Ahnung hatte, was Kayla von diesem Kuss halten würde und ich nicht wusste, wo ich hinsollte.

»Scarlett?«

Erschrocken wirbelte ich herum, stieß mit der Hüfte gegen das Waschbecken und starrte in das vertraute Gesicht der

Dekanin Carol Miller. Neugierig musterte sie meine Augen, die von den Tränen leicht gerötet waren, und meine triefende Kleidung. Hastig fuhr ich mit dem Ärmel über das Gesicht, um die Spuren zu verwischen, und räusperte mich.

»Guten Abend«, versuchte ich normal zu antworten, doch jegliche Kraft war aus meiner Stimme gewichen. Ihre Augenbrauen wanderten ein Stück nach oben, dann nickte sie langsam und verschwand, ohne mich zu beachten, auf der Toilette.

Die Kabinentür schlug zu und ich ballte die Hände zu Fäusten, versank vor Scham im Boden und schlich zum Ausgang. Ich musste hier weg, ehe diese Nacht mich noch umbringen würde.

»Würden Sie auf mich warten, Scarlett?«, schallte es fröhlich durch den Raum, als ich die Klinke herunterdrückte. Ich öffnete den Mund, wollte etwas antworten. Vielleicht wäre es aber auch besser einfach zu verschwinden?

Doch ehe ich meinen Gedanken nachkommen konnte, ertönte die Spülung und Carol trat vor den Spiegel. Sie wusch sich die Hände, warf mir einen prüfenden Blick zu, der mir einen Schauer über den Rücken jagte und die Röte auf meine Wangen trieb.

»Finden Sie es nicht ein wenig früh für einen Duschgang?«

Ich schluckte den Kloß im Hals herunter, starrte auf meine Sneakers. Das war ja wohl der Gipfel der Peinlichkeit.

»Ein Mann?«, hakte sie nach, als sie sich umdrehte und ihre Hände trocknete.

Ich wusste nicht, ob ich antworten sollte und wollte. Ihr eindringlicher Blick ließ mir jedoch keine Wahl. Ich verschränkte die Finger und biss mir auf die Lippe.

»Irgendwie alles«, gab ich zu.

Es blieb still. Ich war so angespannt und auf eine Flucht vorbereitet, dass ich hörte, wie das Wasser von meiner Kleidung auf die Fliesen tropfte. Keine Ahnung, ob ich gehen sollte oder sie reden wollte. Nur langsam wurde das echt unangenehm. Und da ich mich eh nicht auf dem Höhepunkt meines Gefühlslebens befand, war das hier um einiges schlimmer, als es normalerweise gewesen wäre.

Carol Miller lief auf die Tür zu und ich machte einen Schritt zur Seite, wagte es nicht ihr in die Augen zu schauen. Vielleicht würde sie ja nicht bemerken, dass ich da war, und das hier alles vergessen.

»Worauf warten Sie noch?«, wurde ich gefragt und erblickte eine Carol Miller, die mir die Tür aufhielt. »Wenn Sie eine Lungenentzündung haben wollen, können Sie natürlich hier stehen bleiben.«

Als hätte ich einen Stromschlag bekommen, machte ich einen Satz nach vorne und folgte der Frau, die ich hier nicht um halb vier morgens erwartet hätte. Die Notausgangsschilder leuchteten in die dunklen Gänge und ich konnte nicht anders, als etwas beeindruckt zu sein von diesen leeren, dunklen Hallen.

Am Ende des Gangs stand eine Tür offen, durch die Licht schien. Und dann betraten wir das Büro, in das ich an meinem ersten Tag geflüchtet war. Bis auf ein Bild an der Wand hatte sich hier drin nichts verändert.

Während ich unschlüssig im Raum stehen blieb, steuerte Carol Miller den Schrank an und öffnete ein Fach, hinter dem ein Wäschestapel zum Vorschein kam. Sie wühlte einen Augenblick darin, schaute auf Etiketten und schüttelte einige Male den Kopf, ehe sie die Schublade wieder schloss und mir etwas reichte.

»Das müsste Ihnen passen. Ziehen Sie sich hier ruhig gerade um, ich hole noch was.«

Mit diesen Worten zog sie die Tür hinter sich zu. Ein wenig verdattert starrte ich auf die trockenen Sachen in meiner Hand und in jenem Moment spürte ich die Kälte, die mir in den Knochen saß. Ich lief in die Ecke des Raumes und schlüpfte aus meinen Klamotten, was sich als äußerst schwierig erwies.

Doch als ich es geschafft hatte, atmete ich erleichtert aus und sammelte meine nasse Kleidung zusammen. Suchend glitt mein Blick durch den Raum, doch ich konnte keine Plastiktüte finden.

»Mein Augenmaß ist wirklich gut«, vernahm ich die vertraute Stimme und hörte, wie die Tür geschlossen wurde. In ihren Händen hatte sie zwei Gläser und eine Flasche mit einer klaren Flüssigkeit. »Legen Sie die nassen Sachen einfach über die Heizung und dann setzen Sie sich.«

Der Ton, der in ihrer Stimme mitschwang, ließ keinen Widerspruch zu. Also befolgte ich ihre Anweisung und setzte mich anschließend auf den Stuhl, beobachtete Carol Miller dabei, wie sie die Gläser füllte und mir eins reichte, ehe sie selber Platz nahm.

»Ich bin noch keine einundzwanzig«, murmelte ich, als mir bewusst wurde, dass ich da etwas Hochprozentiges in der Hand hielt.

»Wann haben Sie denn Geburtstag?«

Ich räusperte mich, wusste nicht, ob ich sie lieber anlügen sollte. Nur leider beschlich mich das Gefühl, dass sie das sofort merken würde.

»Morgen.«

»So wie Sie aussehen, sollten Sie nicht bis morgen mit dem Trinken warten und ich werde Sie oder mich nicht verpetzen.« Ihre Lippen verzogen sich zu einem kurzen Lächeln, dann nahm sie einen Schluck. Ich beobachtete die Dekanin, die dunkle Ringe unter den Augen hatte und blasser wirkte als sonst.

»Also, wollen Sie mir erklären, wieso Sie um halb vier morgens im Uniklo stehen, oder muss ich raten?«, wollte sie mit einem provozierenden Unterton wissen, der mir nicht entging.

»Nur wenn Sie mir sagen, was Sie um die Uhrzeit hier machen«, konterte ich, versuchte mich nicht von ihr einschüchtern zu lassen und nahm nach meinem mutigen Vorstoß hastig einen großen Schluck. Der Alkohol brannte in meiner Kehle und ich verzog angewidert das Gesicht, konnte noch erkennen, dass sie amüsiert lächelte.

»Gut, das scheint mir fair«, sagte sie langsam und lehnte sich zurück. »Ich hatte eine klitzekleine Auseinandersetzung mit meinem Ehemann und bin dann einfach in die Uni gefahren, weil ich keine Lust mehr auf sinnlose Diskussionen hatte.« Sie nippte ein weiteres Mal an dem Glas.

»Ich weiß gar nicht, wo ich anfangen soll«, flüsterte ich, beobachtete die klare Flüssigkeit, wie sie hin und her schwappte.

»Mit den Männern. Meistens hängt nämlich alles mit denen und diesen dämlichen Gefühlen zusammen«, erklärte sie und ihre Mundwinkel zuckten.

Ich knetete die Hände, presste die Lippen zusammen und versuchte den Abend auf die Reihe zu bekommen. Ab welchem Punkt war eigentlich alles außer Kontrolle geraten?

»Chad hat mir heute einen Besuch abgestattet«, begann ich, konnte sehen, wie ihre Miene sich verhärtete. »Er hat versucht mich zurückzuholen mit einem Strauß Blumen und einer Menge dämlicher Dinge, die er gesagt hat. Irgendwie habe ich ihn vertreiben können, aber das Ganze hat mich ziemlich aufgewühlt. Also habe ich nachts dem besten Freund meines Bruders geschrieben, weil…« Ich stockte.

»Weil Sie ihm gesagt haben, dass Chad Sie geschlagen hat?« Mein Kopf schoss hoch. »Wenn Sie denken, dass die Leute nicht reden, irren Sie sich gewaltig«, sagte Carol Miller, während ich einen Schluck aus dem Glas nahm.

»Sie wussten es die ganze Zeit?«, hakte ich nach, fühlte mich unfassbar schwach.

»Ja«, sagte sie leise. »Und ich schwöre Ihnen, dass ich den guten Chad verhauen hätte, wenn ich auf der Feier gewesen wäre.«

»Dann haben Sie mich nur aus Mitleid aufgenommen?«

Ein eisiger Schock übermannte mich.

»Mitleid? Nein, ich habe Sie aufgenommen, weil Sie die Stärke hatten und von diesem Arschloch – entschuldigen Sie meine vulgäre Sprache – losgekommen sind.«

Ich starrte in ihr Gesicht, das jede Strenge verloren hatte. Log sie?

»Ich finde mich nicht stark«, gab ich zu und spürte eine plötzliche Welle der Traurigkeit.

»Warum nicht?«

»Mal abgesehen davon, dass ich Chad und dem ganzen Rest damals die Meinung hätte geigen sollen, bin ich heute weggerannt, nachdem der beste Freund meines Bruders mich geküsst hat. Wie ein kleines Kind.«

»Und die nassen…«

»Wir sind in ein Schwimmbad eingebrochen und vom Zehnmeterturm gesprungen«, seufzte ich und leerte das ganze Glas in einem Zug.

»Und wann hat er sie geküsst?«

»Nachdem wir gesprungen sind«, erklärte ich, konnte die Röte in meinen Wangen nicht unterdrücken.

»War der Kuss so grauenvoll?«, wollte sie wissen, schlug das Bein über das Knie.

»Nein«, gab ich zu. »Der Kuss war echt gut.«

»Auf einer Skala von eins bis zehn?«

»Eine Elf.«

Ich vergrub das Gesicht in den Händen und verdrängte die Frage, warum ich mit der Dekanin darüber sprach.

»Dann verstehe ich noch nicht so ganz, warum Sie weggerannt sind.«

»Ich weiß es selber nicht«, gestand ich. »Plötzlich habe ich Panik bekommen, weil ich eben nur Chad kannte und das mit ihm so ganz anders war. Und außerdem ist er der beste Freund meines Bruders und ich glaube, dass ich für ihn nur sowas wie eine Schwester bin. Also eigentlich. Ich nehme an, dass das auch nur passiert ist, weil er zu lange keine mehr hatte oder wir zu viel Adrenalin im Blut hatten.«

»Glauben Sie einer alten Frau eines, Scarlett: Ein Kerl küsst eine Frau nicht, wenn sie wie eine kleine Schwester für ihn ist. Er küsst sie nur, wenn er sie attraktiv findet. So attraktiv, dass er sie gerne nackt unter oder über sich hätte.«

Und obwohl es nicht sollte, machte mein Herz einen Satz bei dem Gedanken, dass er mich gut finden könnte.

Die Frage war nur, ob Carol Miller recht hatte und er gerade genau in so einem Wirrwarr steckte wie ich.

Dabei konnte ich mir nicht vorstellen, dass Zac so am Durchdrehen war wie ich.

Wo er wohl war?

25. Zac

Laut schallte die Musik durch den Vorgarten, wo sich ein paar Leute befanden und lachten. Ich konnte ihre Blicke spüren, als ich mit meinen triefenden Klamotten die Stufen hinaufstampfte. An jedem anderen Tag hätte ich der Meute einen dämlichen Spruch geliefert, aber nicht heute. Gerade interessierten mich diese Idioten einen Dreck.

Die Haustür stand offen und auch hier begegneten mir verwunderte Blicke, als ich geradewegs die Küche ansteuerte, irgendwelche Fragen und Rufe ignorierte. Das Licht schien mir viel zu grell zu sein für die Tageszeit und ich wunderte mich, dass überhaupt noch so viele Leute hier anwesend waren. Vielleicht lag es auch einfach daran, dass die Footballer der SDSU eine ihrer Partys schmissen. Seltsamerweise zogen diese Kerle immer noch eine Menge Weiber an und waren hoch angesehen. Ich konnte einige davon wirklich gut leiden und Ryan gehörte ebenfalls zum Team, doch manchmal hatte ich das Gefühl, dass das Klischee zu sehr bestätigt wurde. Eine Sache war jedoch die pure Wahrheit: Die Herren waren hervorragend im Alkoholvernichten.

Und aus diesem Grund war ich gerade hier.

Wortlos schob ich eine Blondine beiseite, die vor dem Kühlschrank stand und mich angeekelt betrachtete. Ich nahm die Wodkaflasche, einen Trinkbecher und füllte ihn über die Hälfte.

»Zac?« Eine bekannte Stimme drang durch den Bass zu mir durch und ich warf Ryan automatisch einen Blick zu, der mich mit hochgezogenen Augenbrauen musterte. »Warum bist du klitschnass?«, wollte er wissen, während ich ein wenig Energy auf den Wodka goss.

Das würde mich zwar nicht beruhigen, aber ich hatte sowieso das Gefühl, dass ich kein Auge zubekommen würde. Warum sollte ich also über so eine Kleinigkeit nachdenken.

»Das willst du nicht wissen«, knurrte ich und nahm einen großen Schluck. Der Alkohol ätzte sich durch meine Speiseröhre und ich hoffte, dass er jede Erinnerung an heute auslöschen würde.

»Alter, du kreuzt um vier Uhr morgens bei mir auf, in nassen Klamotten und denkst, dass ich keine Erklärung will?«

»Ist unwichtig«, murmelte ich, konnte nicht verhindern, dass Scarletts Stöhnen in meinen Ohren klingelte, obwohl die Musik fast meine Stimme übertönte.

Gott. Ich musste an was anderes denken.

In einem Zug leerte ich den Becher, versuchte das Gefühl ihrer heißen Haut abzuschütteln.

»Meine Fresse«, brummte Ryan, als ich begann den zweiten Becher zu füllen. »Scheint ein beschissener Abend gewesen zu sein.«

»Du hast ja keine Ahnung«, stimmte ich zu, versuchte dieses seltsame Stechen zu ignorieren, das in meiner Brust erbarmungslos pochte.

»Los, du ziehst dir erst mal was Trockenes an. Ethan ist schon leicht lädiert, da kannst du nicht auch noch krankmachen.«

Obwohl es mir komplett egal war, was am nächsten Tag sein würde, wusste ich, dass ich weder Ryan noch Ethan hängen lassen konnte.

Immerhin hätte ich beinah seine kleine Schwester flachgelegt und ich konnte nur hoffen, dass sie nicht geradewegs zu ihm gerannt war und es ihm brühwarm erzählte. Andernfalls würde ich morgen nicht überleben.

Ryan drängelte sich an den Leuten vorbei, klatschte zwischendurch mit irgendwem ab, während ich jede Möglichkeit nutzte, um Scarlett aus meinem Kopf zu kriegen.

Nur leider hatte ich keine Ahnung, ob das überhaupt funktionierte. Denn irgendwie konnte ich mir nicht vorstellen, dass Alkohol diesen wahnsinnigen Kuss ausradieren würde. Aber einen Versuch war es definitiv wert.

Wir stiegen die Treppe hoch und ich entdeckte ein Pärchen, das sich die Kleider fast vom Leib riss.

Das war nun wirklich nicht hilfreich.

Ich setzte erneut an, nahm einen Schluck.

»Entspann dich, Zac. Es ist noch genug Alkohol da«, kommentierte Ryan meinen Konsum, als wir in sein Zimmer traten und er die Tür hinter uns schloss.

»Das glaube ich nicht«, antwortete ich bitter, stellte den Becher nur wider meinen Willen ab und nahm die Jeans und das T-Shirt von Ryan entgegen.

»Also, was ist dir denn Schreckliches passiert, dass du dich heute ins Nirwana schießen willst?« Ryan lehnte sich gegen den Türrahmen, während ich das trockene T-Shirt anzog und versuchte meine Gedanken zu ordnen. Zum Glück blieb er stumm, während ich mich umzog und kein Wort sagte.

Ich wusste ja nicht mal, ob ich überhaupt etwas sagen sollte.

Mit einem Seufzen setzte ich mich auf die Bettkante, massierte mir die Nasenwurzel.

»Sie ist weggerannt nach dem Kuss.«

»Warte.« Ich konnte den belustigten Ausdruck in Ryans Gesicht sehen. Und wahrscheinlich hätte ich es auch amüsant gefunden, würde es hier nicht um Ethans Schwester gehen. »Du hast eine geküsst und sie hat Reißaus genommen? Hast du vorher Knoblauch gegessen oder hast du das Knutschen verlernt?«

Wäre es nicht Ryan, hätte ich ihm die Augen ausgekratzt.

»Der Kuss war der Wahnsinn«, gab ich zu und presste die Lippen zusammen.

»Was ist dann das Problem gewesen?« Ryan runzelte die Stirn, verschränkte die Arme vor der Brust und wartete auf meine Antwort. Eine, die ich eigentlich nicht geben sollte, aber es würde mich auffressen, wenn ich mit niemandem darüber sprach.

»Es war Scarlett.«

Langsam wich der Ausdruck der Schadenfreude aus seinem Gesicht und ich glaubte, er fiel in eine Art Schockstarre, die ich viel zu gut nachvollziehen konnte. So war es mir direkt nach dem Kuss gegangen, und als sie plötzlich weggerannt war.

»Ach. Du. Meine. Scheiße.«

Mein Reden.

»Okay«, Ryan massierte sich nachdenklich die Stirn, während das Gefühl durchzudrehen immer mehr Oberhand gewann, »was zum Teufel ist passiert? *Wie* ist *das* passiert?«

»Wenn ich das wüsste», stöhnte ich auf. »Ihr Ex ist im *Rooster* aufgetaucht und hat Stress gemacht. Dann habe ich sie nach Hause geschickt, weil sie nervlich am Ende war, und dann hat sie mir heute Nacht geschrieben, dass sie den Penny zurückgeben möchte.« Verwirrt hob Ryan die Augenbrauen. »Frag nicht, das ist eine andere lange Geschichte«, winkte ich ab, knetete nervös die Hände. »Jedenfalls haben wir uns dann draußen getroffen, und da sie reden wollte, sind wir ins Freibad auf den Zehner und haben uns einfach nur unterhalten. Danach sind wir runtergesprungen und…«

»Ihr seid vom Zehner gesprungen? Mitten in der Nacht?«

»Ja, und ich sollte ihre Hand halten, weil sie so Schiss hatte, aber die hat sie beim Springen weggezogen, und als wir dann wieder aufgetaucht sind, hat sie sich beschwert, dass ich losgelassen habe. Ich weiß nicht mal mehr, warum ich ihre Hand überhaupt genommen habe, aber plötzlich war sie so nah und sah so unfassbar scharf aus.«

»So wie in dem schwarzen Kleid?«

»Besser. Viel besser.«

Ryan sog scharf Luft ein und verzog das Gesicht, als würde er mitfühlen.

»Gut, das hätte jeden Kerl auf die Probe gestellt. Und was ist dann passiert?«

»Wir haben uns einfach geküsst. Aber das war völlig anders und so verdammt heiß, dass ich kurz davor, war ihr die Klamotten auszuziehen, und dann habe ich die Reißleine gezogen.«

»Du hast sie aber nicht weggeschubst, oder?«

»Nein, ich bin so schnell es geht zurückgegangen und habe versucht meinen Verstand wieder einzuschalten. Aber ehe der wieder am Laufen war, hat Scarlett sich plötzlich umgedreht und ist weggerannt.«

»Sie ist echt einfach weggerannt?«

»Verschwunden in der Nacht.«

»War das nur aus der Situation heraus, oder könnte das noch mal passieren?«

»Glaubst du echt, ich würde mich betrinken, wenn ich's einfach so aus'm Kopf kriegen könnte?«

»Okay«, sagte Ryan langsam, griff nach dem Becher und reichte ihn mir. »Wenn du mir dein Handy gibst, sehe ich zu, dass du keine Scheiße schreibst und dich heute Abend volllaufen lassen kannst.«

Ich reichte ihm mein Handy, wagte es nicht, auf den Bildschirm zu schauen, und nahm dafür den Becher entgegen.

»Aber sieh zu, dass du das geklärt bekommst. Wie, ist mir egal, nur habe ich keine Lust, dich am Ende regelmäßig hier sitzen zu haben, weil du deine Hände nicht bei dir behalten kannst«, wurde ich ermahnt.

»Ich bin nicht interessiert das hier noch mal durchzumachen«, murrte ich und nahm einen Schluck.

Doch der Wunsch, sie noch einmal zu küssen, hatte sich längst in meinem Kopf verankert.

Alles drehte sich. Ich klammerte mich an Ryan fest, während die ersten Leute sich wieder auf den Weg zur Arbeit oder zur Uni machten. Mir hingegen war der Gedanke fern, in den nächsten Stunden irgendetwas Produktives zu veranstalten. Schon jetzt wollte ich nicht dran denken, wie ich mich morgen fühlen würde.

»Es wäre nett, wenn du dich nicht so hängen lassen würdest«, seufzte Ryan, der mich gerade wie einen nassen Sack nach Hause dirigierte.

»Sorry«, murmelte ich, versuchte mehr Gewicht auf meine Beine zu verlagern und geriet sogleich ins Taumeln.

Vielleicht war das mit dem Betrinken keine so gute Idee gewesen. Zumal ich noch mehr an sie dachte als vorher.

Ihre Haare, die Lippen und dieser Wahnsinnskörper, der meinen kleinen Freund in Aufruhr versetzte. Dabei sollte es nicht der Fall sein, aber je betrunkener ich wurde, desto mehr Details von diesem Kuss flackerten auf. Ebenso ihre Hände, die über meinen Bauch geglitten waren und die Alarmglocken ausgelöst hatten.

»Ich will sie küssen«, seufzte ich, als wir in die Straße einbogen.

»Schlag dir das aus dem Sinn. Ich bin nicht an einem Drama interessiert«, erklärte Ryan kopfschüttelnd.

»Aber…«

»An deiner Stelle würde ich jetzt die Klappe halten.« Verwundert über seine Aussage runzelte ich die Stirn, bemerkte, dass wir direkt vor dem Haus standen. Wir standen. Warum gingen wir nicht rein?

Ich folgte Ryans Augen und erstarrte.

Mein Herz setzte aus. Der Magen überschlug sich einige Male, ehe jeder Muskel in meinem Körper sich verspannte und die Aufregung ein Kribbeln über meinen Nacken jagte. Und dann spürte ich, dass meine Zunge wie ein altes Kaugummi an meinem Gaumen klebte.

»So früh noch unterwegs?«, fragte Ryan Scarlett, die sich nervös auf die Lippen biss und mich mit weit aufgerissenen Augen anstarrte.

»Ähm. Ja«, war ihre Antwort und ich konnte sehen, dass ihr das sichtlich unangenehm war.

Lag es an mir? War ich schuld?

»Ist er betrunken?«, wollte sie von Ryan wissen.

»Sturzbesoffen trifft es eher.«

Dann blieb es still und ich schaffte es nicht, meinen Blick von Scarlett zu wenden, die irgendwelche Klamotten trug, die ich nicht kannte. Wo war sie gewesen? War sie zu einem anderen Kerl gerannt?

Bei dem Gedanken stach etwas in meinen Magen und ich presste die Lippen zusammen, senkte den Blick.

Das war nicht richtig. So sollte ich nicht denken.

»Okay, ich werde ihn dann mal ins Bett bringen«, erklärte Ryan und ich versuchte verzweifelt irgendwie das Kaugummi loszuwerden, um ihr etwas sagen zu können, aber es wollte nicht gelingen. Und dann wurde die Haustür geöffnet und dieser Moment erreichte eine neue Ebene ungünstiger Konstellationen.

»Was macht ihr denn alle hier?«, wollte Kayla wissen und schaute verwirrt zwischen uns hin und her, während Ethan mich skeptisch betrachtete.

»Bist du betrunken?«, wollte mein bester Freund wissen, dessen kleine Schwester ich geküsst hatte.

Er würde mich umbringen.

Ich öffnete den Mund, schloss ihn jedoch gleich wieder. Wie sollte ich mit ihm sprechen können?

»War die Kleine, die du gevögelt hast, mal wieder so grottig oder hast du auf Ryans Party keine gefunden, weil du alle, die anwesend waren, schon hattest?«

Ich wollte es nicht, aber mein Blick huschte zu Scarlett, deren Lippen eine schmale Linie bildeten.

»Ersteres«, erklärte Ryan. Am liebsten hätte ich protestiert, aber das würde nur Fragen aufwerfen, also blieb ich einfach stehen, versuchte zu atmen und nicht am Rad zu drehen. »Sie sah wahnsinnig gut aus, aber hat ihm wohl fast sein bestes Stück abgebissen«, erzählte Ryan fröhlich und normalerweise interessierte es mich nicht, wer das mitbekam. Nur war es anders bei Scarlett. Ich wollte nicht, dass sie so über mich dachte.

»Autsch«, hörte ich Ethan sagen. »Dann sieh zu, dass du bis heute Abend wieder fit bist. Immerhin feiern wir dann groß die Volljährigkeit meiner kleinen Schwester.«

Nein.

Das war jetzt doch ein Scherz.

Ich schaute zu Scar, deren Lippen sich zu einem zaghaften Lächeln verzogen, und diese verfluchten Grübchen tauchten auf. Oh Gott. Ich musste hier sofort weg. Ohne ein Wort zu sagen, steuerte ich die Haustür an.

»Und wo warst du, Scarlett?«

Ich blieb stehen, hatte die Klinke in der Hand und konnte mich keinen Schritt weiterbewegen.

»Bei einem Freund«, erklärte sie und räusperte sich.

Mein Herz stand still und ich hatte das Gefühl, auf harten Beton zu knallen.

»Was für ein Freund?«, wollte Ethan skeptisch wissen und ich drehte mich um, starrte Scar an.

»Ein guter Freund eben und alles Weitere geht euch nichts an«, zischte sie und drängte sich dann an mir vorbei. Ein Blitz jagte durch jede Zelle meines Körpers, als sie mich berührte.

»Scarlett, was für ein Freund?«, wiederholte Ethan ein wenig aufgewühlter, drängte sich ebenfalls an mir vorbei.

»Ich sagte, dass es dich nichts angeht, Ethan«, rief Scarlett und lief die Treppen hinauf, gefolgt von ihrem Bruder. Kayla hatte ebenfalls die Verfolgung aufgenommen, während ich unten stehen blieb und mit einer ungewohnten Enttäuschung im Bauch zu ihr schaute.

»Tja. Damit hat sich das wohl erledigt«, stellte Ryan fest, während in meinem Kopf seltsame Bilder von fremden Kerlen auftauchten, bei denen Scarlett halbnackt war.

»Scheint so«, murmelte ich.

Und ein kleines, dämliches Ding stach auf seltsame Art und Weise auf meine Brust ein.

Vielleicht würde mir das Zeichnen ja helfen. Zumindest, um auf andere Gedanken zu kommen und nicht mehr an diesen unfassbaren Kuss denken zu müssen, der wirklich filmreif gewesen war. Und dann musste ich ihr heute Abend auch noch gegenübertreten, und das am besten nüchtern. Ansonsten würde ich mich bestimmt verplappern und ein Geschenk hatte ich natürlich auch nicht.

Verflucht.

Wie sollte ich das jemals hinkriegen?!

26. Scarlett

»Ich weiß, dass du es willst«, hauchte er in mein Ohr und sofort jagte ein Schauer über meinen Rücken. Seine eine Hand fuhr unter mein Shirt, während er sich mit der anderen an der Wand abstützte, an der ich lehnte. Meine Knie waren weich und ein Seufzen entfuhr mir, als er seine Hüfte gegen meine presste.

»Komm schon, Scar«, raunte er, strich mit seinen Lippen über meinen Hals, ehe er mich mit seinen braungrünen Augen anschaute.

»Was ist, wenn Ethan vorbeikommt?«, hauchte ich, versuchte einen klaren Gedanken zu fassen, während ein schiefes Grinsen sich auf seine Lippen legte.

»Dann sieht er halt, wie ich seine kleine Schwester vögele«, erwiderte Zac und Schalk blitzte in seinen Augen auf, während er meine Hose aufknöpfte. Ich spürte eine unsägliche Hitze zwischen meinen Beinen, unterdrückte ein Keuchen, als seine Hand in meiner Hose verschwand und mich an der empfindlichsten Stelle traf.

»Lass es einfach zu, Scar«, flüsterte er, kam ganz langsam näher. Ein Stück noch und seine Lippen würden meine berühren. Gleich. Gleich würde ich ihn wieder fühlen…

Ich schlug die Augen auf. Mein Herz pochte unruhig in meiner Brust, während ich die weiße Decke betrachtete und versuchte meine Atmung zu kontrollieren.

Jetzt hatte dieser Idiot es wirklich schon geschafft sich in meine Träume zu schleichen. Hätte es nicht wenigstens einer sein können, in dem ich ihn umgebracht hätte? Nachdem ich nämlich mitbekommen hatte, dass er direkt mit einer anderen ins Bett gehüpft war, fand ich diesen Gedanken weitaus verlockender. Aber nein, mein Unterbewusstsein wollte mir deutlich mitteilen, dass ich unbedingt Sex mit dem Kerl haben sollte.

Als hätte ich noch nicht genug Probleme.

Ein Seufzen entfuhr mir und ich setzte mich auf, versuchte die hellen Sonnenstrahlen zu ignorieren, die mich blendeten. Mein Blick fiel auf die Uhr, die bereits halb zwei anzeigte und mich daran erinnerte, dass das meine letzten Stunden als Zwanzigjährige waren.

Lust, meinen Geburtstag zu feiern, hatte ich wirklich nicht. Dabei war genau das etwas, was ich in den letzten Monaten mit Chad exakt durchgeplant hatte. Und Madison und Hailey hatten dabei natürlich berücksichtigt, dass Chad mir bestimmt einen Heiratsantrag gemacht haben würde. Statt dem Heiratsantrages und einer gigantischen Fete mit Wahnsinnskleidern hatte ich einen Tag vorher Zac geküsst, mit Carol Miller getrunken und ihr mein Herz ausgeschüttet, um diesen dämlichen Moment zu verdrängen, was mir scheinbar nicht gelungen war.

Ich brauchte dringend einen Tee. Ansonsten würde ich langsam durchdrehen.

In Shorts und T-Shirt verließ ich das Zimmer und schlenderte in die verlassene Küche. Ich nahm mir meinen Lieblingstee und zog eine Tasse aus dem Schrank. Gähnend setzte ich Wasser auf und schaute aus dem Fenster, genoss die alltägliche Geräuschkulisse von San Diego. Es war wesentlich ruhiger und angenehmer, als meinen wirren Gedanken Gehör zu schenken. Die würden am Ende wahrscheinlich nur dafür sorgen, dass ich in einer Anstalt landete.

»Natürlich hat sie Hunger«, hörte ich eine vertraute Stimme durch den Flur hallen, als die Wohnungstür geöffnet wurde. »Bring die Sachen einfach rein. Wir holen gerade den Rest.«

Und dann kam er in die Küche, blieb mit zwei dicken Tüten direkt im Türrahmen stehen, als wäre er vom Blitz getroffen worden, und starrte mich an.

Ich hatte gedacht, dass er komplett fertig aussehen würde, aber natürlich sah Zac super aus in der dunklen Jeans und dem weißen, engen T-Shirt. Die letzte Nacht schien keine Spuren hinterlassen zu haben. Nein, ich fand sogar, dass er heute noch besser aussah als sonst.

Und ich?

Ich stand mit einem Vogelnest auf dem Kopf, einer grauen, alten Shorts und einem überdimensionierten T-Shirt – ohne BH – in der Küche und hatte den Ausdruck eines verschlafenen Yetis auf dem Gesicht.

War ja klar, dass ich der Kandidat für solche Momente war.

Leider änderte weder mein Aussehen noch und die Tatsache, dass ich noch nicht wach war, nichts daran, dass mein Magen sich in den freien Fall begab.

Und schuld daran war alleine dieser Idiot, der sich durch die Gegend vögelte.

Herzlichen Glückwunsch, Scar. Dein Männergeschmack hat sich wirklich nicht gebessert.

»Guten Morgen«, fing sich Zac als Erster, blieb dennoch ein wenig überfordert stehen. Seine Augen glitten über meinen Körper, der heute Morgen wahrlich nicht in Topform war, also verschränkte ich schnell die Arme vor der Brust und hoffte, dass er nicht mitbekommen hatte, dass ich fast nackt war. Na ja. Quasi.

»Morgen«, nuschelte ich und sandte Gebete aus, dass dieses dämliche Wasser endlich kochen würde. Und dann entstand eine seltsame Stille, die jede Nervenzelle meines Körpers aufs Härteste spannte. Ich wandte mich dem Wasserkocher zu, lauschte dem Geräusch und hoffte, dass Zac einfach nur die Tüten abstellen und dann verschwinden würde.

»Ethan und Kayla haben für ein Vor-Geburtstagsfrühstück eingekauft«, meldete er sich und seine raue Stimme, die mir nie so bewusst war wie jetzt, ließ tausende Ameisen über meine Arme krabbeln.

»Vor-Geburtstagsfrühstück?«, zwang ich mich nachzufragen.

»Ich würd's auch eher als Mittagessen bezeichnen, aber da sind die beiden ja eigen.«

Aus dem Augenwinkel sah ich, wie er die Einkaufstüten auf den kleinen Esstisch stellte. Hatten sich seine Oberarmmuskeln schon immer so sexy angespannt, wenn er etwas hochhob?

Nein! Falscher Gedanke!

Hastig wandte ich den Blick ab und konzentrierte mich auf den Tee, der langsam das Wasser färbte.

»Hast du gut geschlafen?«, wollte er wissen.

War das wirklich sein Ernst? Wir führten Smalltalk nach gestern?

Ich biss mir auf die Zunge.

Was sollte ich ihm denn jetzt antworten? Och, an sich war der Traum, in dem wir fast Sex hatten, ganz nett?

»Du bist ja schon wach!«, rief Kayla überrascht, stürmte in die Küche und rettete mir somit das Leben. »Also, du wirst jetzt ganz entspannt duschen gehen, dich anziehen und wir bereiten ein geniales Vor-Geburtstagsfrühstück zu! Und danach machen wir uns hübsch für die Feier!« Gut gelaunt strahlte Kayla mich an, doch meine Mundwinkel wollten sich so gar nicht heben.

»Ich habe, ehrlich gesagt, keinen Hunger«, gestand ich leise.

»Man kann aber immer etwas essen«, widersprach Ethan mir und stellte weitere Einkäufe auf einen Stuhl.

»Da hat er recht«, stimmte Zac zu, lehnte sich entspannt gegen die Arbeitsplatte neben mich und schaute in den Tee.

»Meine Güte. Wenn mir nicht nach essen ist, ist mir einfach nicht danach, okay?!«, fauchte ich. Mit klopfendem Herzen pfefferte ich den Teebeutel in die Spüle und verließ, ohne einen Blick zurückzuwerfen, die Küche. Bevor ich meine Zimmertür zuzog, hörte ich Ethan fragen: »Liebeskummer?«

»Vielleicht«, antwortete Kayla.

Die beiden hatten ja keine Ahnung, dass der Grund für mein Gefühlschaos neben ihnen in der Küche stand.

Ich kannte es nicht. Einfach auf dem Bett liegen und Löcher in die Wände starren war immer nur eine Umschreibung für mich gewesen. Doch jetzt saß ich hier und verstand, was daran so beruhigend war, wenn der Kopf zu explodieren drohte.

Und er war wirklich kurz vorm Hochgehen. Seit fast einer ganzen Stunde - und Besserung war nicht in Sicht.

Mit einem Stöhnen lehnte ich mich an die Wand und zog die Knie an.

»Werde ich umgebracht, wenn ich jetzt reinkomme, oder hat die Zeit gereicht, um die Mordgedanken beiseitezuschieben?«, hörte ich die vertraute Stimme von Ethan durch die Tür. Meine Mundwinkel zuckten, obwohl ich es nicht wollte.

Immerhin war ich gerade genervt und sauer. Wie ein kleiner Teenager. Gott, viel tiefer konnte ich auch nicht mehr sinken.

»Natürlich werde ich dich nicht umbringen«, erwiderte ich und hörte, wie die Zimmertür vorsichtig aufging.

»Beruhigend«, murmelte Ethan, der ganz langsam hereinkam, die Tür hinter sich schloss und sich neben mich auf das Bett setzte. Ein Wunder, dass der Riese da überhaupt hinpasste. »Also, muss ich fragen oder sagst du mir, was mit dem mysteriösen guten Freund gelaufen ist, dass du jetzt so am Ausrasten bist?«

Meine Mundwinkel zuckten und ich warf einen kurzen Blick zu Ethan, der mich mit todernstem Gesicht fixierte.

»Du willst jetzt nicht wirklich, dass ich dir was über mein Liebesleben erzähle, oder?«

»Liebesleben? Dann lag ich mit meiner Vermutung ja gar nicht so falsch«, brummte er, doch die leichte Panik in seinen Augen blieb mir nicht verborgen.

»Ich korrigiere: Falls es etwas zum Thema Liebesleben geben würde, würdest du dir das wirklich anhören wollen?«

»Gibt es denn etwas dazu zu sagen?«, hakte er vorsichtig nach.

»Nein, es gibt absolut nichts zu dem Thema und der gute Freund ist wirklich nur ein guter Freund«, versicherte ich. »Du kannst das Thema Aufklärung also wieder einpacken.«

»Ich wollte nicht…«, setzte Ethan empört an.

»Du wolltest mich nur vor den großen bösen Kerlen da draußen warnen und sagen, was alles passieren kann. Ja, das kannst du lassen, weil ich das eh schon weiß und gerade kein großer, böser Kerl aktuell ist.«

Nur der heiße Kerl, der dein bester Freund ist.

Allerdings war das vielleicht nicht der optimale Moment, um ihm das zu verklickern. Wenn ich ihm das überhaupt jemals mitteilen würde. Wahrscheinlich allerdings nicht, weil da sowieso nichts war. Wieso also Stress machen?

»Ich mache mir doch nur Sorgen um dich«, seufzte er und fasste nach der kleinen Kette, die um meinen Hals hing. »Immerhin habe ich's schon einmal versaut…«

»Schultern noch ein Stück nach hinten«, wies Mum mich an, machte sich noch etwas kleiner und drückte auf den Auslöser. Ich hörte das leise Klicken des Smartphones und das Lächeln auf meinen Lippen wurde noch ein Stück breiter.

»Sieht super aus«, lobte sie mich, begutachtete stolz die Bilder nacheinander, während ich mich zu dem Spiegel wandte und das rote Kleid betrachtete, das Chad mir geschenkt hatte. Es war eng und schlicht, hatte einen fantastischen Ausschnitt

und ich hatte mir größte Mühe gegeben, damit meine Haare und mein Make-up dem Kleidungsstück gerecht wurden.

Er hatte es mir einfach so geschenkt. Weil er dachte, dass es mir besser stehen würde als der hässlichen Schaufensterpuppe.

Mein Herz machte erneut einen Satz. Ich dachte an sein hübsches Lächeln, die Wärme, die er ausstrahlte, und diese fantastischen Haare, die so weich waren, dass das auf meine Knie abfärbte.

»Chad werden die Augen ausfallen«, wurde ich aus den Gedanken gerissen und Mum hielt mir das Handy hin. Ich hatte den Hintern ein wenig rausgestreckt und den Bauch eingezogen, um die kleine Speckrolle zu verstecken, gegen die ich dringend etwas unternehmen musste.

»Die sind wirklich ganz gut geworden«, stimmte ich glücklich zu, schaute mir die dreißig Bilder an, die Mum aus allen möglichen Winkeln geknipst hatte.

»Das solltest du deinen Followern zeigen. Und mit dem Kleid kommen bestimmt noch welche dazu.«

»Wovon redet ihr?«

Mein Kopf flog hoch und ich entdeckte jemanden, mit dem ich vor meinem Geburtstag nicht mehr gerechnet hatte. Immerhin hatte die Uni Ethan voll im Griff und er steckte seine ganze Energie da rein.

»Was machst du denn hier?!«, rief ich und fiel mit dem Handy meinem Bruder um den Hals, der mich lachend auffing und herumwirbelte, als würde ich nichts wissen.

»Ich musste dich doch mal in Real Life sehen. Nicht nur auf den ganzen seltsamen Bildern, die du hochlädst.« Behutsam setzte er mich ab und ich spürte, wie sich meine Wangen vor Aufregung rot färbten.

»Mum hat mir gerade geholfen ein neues Bild zu machen, weil Chad mir gestern ein Kleid geschenkt hat und das wahn-

sinnig schön aussieht«, erklärte ich eifrig und hielt Ethan das Smartphone hin.

Doch da geschah wieder das, was bei ihm immer häufiger geschehen war, wenn wir uns in den letzten Monaten getroffen hatten. Statt Begeisterung und Stolz blitzte Missmut in seinen Augen auf, die meinen unfassbar ähnlich sahen.

Und das Gefühl, ihn enttäuscht zu haben, erfasste mich.

»Gefällt es dir nicht?«, hörte ich mich leise fragen, sah, wie sich seine Miene verhärtete.

»Du verkaufst dich wie ein Stück billiges Fleisch, Scarlett.«

Es war ein Hieb in die Magengegend, der mich zu Eis erstarren ließ.

»Ethan!«, fuhr Mum ihn an. »Sag mal, spinnst du? Scarlett sieht super aus auf dem Bild!«

»Ja, sie sieht super billig aus«, erklärte er naserümpfend und hielt meiner Mum das Handy hin.

»Oh, ich bitte dich, du bist doch nur sauer, dass sie so glücklich und erfolgreich mit Chad ist.«

»Nein, mir missfällt es nur, dass du sie so an ihn verkaufst und akzeptierst, dass er so einen miserablen Einfluss auf sie hat«, knurrte Ethan und verschränkte die Arme vor der Brust.

»Er ist gut zu mir!«, widersprach ich, befreite mich aus der Trance.

»Gut? Du nennst es gut, dass der Typ dir Klamotten schenkt, damit du davon freizügige Bilder postest?«

»Er hat mir das Kleid geschenkt, weil er der Meinung war, dass es mir stehen würde«, zischte ich, spürte eine unbändige Wut in mir aufsteigen.

»Oh, bitte sei nicht so naiv, Scarlett. Irgendwelche von seinen Designerfreunden brauchen Geld und es gibt nichts Einfacheres, als Werbung mit einem hübschen Mädchen zu machen«, seufzte Ethan, doch der Zorn stand ihm ins Gesicht geschrieben. Die Frage war nur, wem dieser galt.

»Er nutzt mich nicht aus, falls du das meinst«, gab ich zurück und verschränkte die Arme ebenfalls vor der Brust.

»Merkst du nicht, wie er dich verändert? Wie schlecht er für dich ist?«

»Du kennst ihn doch gar nicht richtig!«

»Ich habe aber im Gegensatz zu anderen Leuten Hirn und zwei Augen im Kopf!«

»Ethan«, kam es eiskalt von meiner Mutter, »wenn du hier bist, um zu streiten, kannst du direkt wieder fahren.«

»Ich bin hier, um euch klarzumachen, was das für ein Schmarrn ist, den ihr mit Instagram und Co. anstellt«, antwortete er bissig, ehe sein Blick mich fand. »Hat er dir neulich nicht schon das Studium auszureden versucht? Und die blonden Haare: Wolltest du das oder hat er das verlangt?«

»Ich denke, du gehst jetzt besser«, mischte meine Mutter sich ein.

»Mach endlich die Augen auf, Scarlett.«

»Hör auf mich herumzukommandieren!«, schrie ich Ethan an, spürte, wie die schwarzen Gedanken langsam Besitz von mir ergriffen. Dabei war alles so perfekt. Warum versuchte er das zu zerstören?

»Du machst dich gerade selber kaputt und du«, er deutete anklagend auf meine Mutter, »ermutigst sie auch noch dazu!«

»Im Gegensatz zu dir ist sie auch für mich da!«, versetzte ich ihm einen Schlag unter die Gürtellinie. Er zuckte zusammen und ich konnte den Schmerz in seinem Gesicht sehen.

»Bitte«, zischte er mich böse an, »dann bleib bei deinem perfekten *Leben. Aber tauch ja nicht vor meiner Haustür auf, wenn du merkst, dass dich das alles nicht glücklich macht.«*

»Verschwinde, Ethan!«, knurrte meine Mutter und deutete auf den Flur, durch den er hereingekommen war.

Ich bekam einen letzten enttäuschten Blick ab, ehe er sich umdrehte und verschwand. Die Tränen bemerkte ich erst, als meine Mutter mich in den Arm nahm und tröstete.

Wochen später spürte ich noch das Loch und die Gedanken, die sich wie eine Krebszelle in meinem Kopf verankert hatten.

Das Bild mit dem roten Kleid postete ich nie.

»Ich hätte einfach auf dich hören müssen«, sagte ich langsam, lehnte den Kopf gegen Ethans Schultern.

»Wenn ich es netter verpackt oder dich alleine gesprochen hätte, hättest du vielleicht zugehört, aber jetzt ist eh zu spät«, murmelte er und drückte mir einen Kuss auf die Stirn. »Ich habe eben wirklich nur Angst, dass ich dich an dem nächsten Vollidioten verliere.«

»Wirst du schon nicht.« Ich schaute ihm ins Gesicht und schenkte ihm das schönste und ehrlichste Lächeln, das ich in dem Moment hervorbringen konnte. Doch seine Augen verharrten nur eine Sekunde auf meinem strahlenden Gesicht. Dann glitten sie zu meinem Hals.

»Du trägst sie«, flüsterte er und konnte die Freude darüber nicht verstecken.

»Hat ja auch lange genug gedauert, bis ich sie bekommen habe.«

Vorsichtig griff er nach dem kleinen Anhänger, betrachtete das Schmuckstück eingehend.

»Das sieht aus, als wäre die kleine Scarlett wieder ansprechbar«, kam es aus dem Nichts und ich zuckte zusammen, als ich Kayla entdeckte, die mich breit grinsend durch einen schmalen Türspalt anstarrte. »Das heißt allerdings auch, dass du deinen Hintern jetzt hier rausschiebst, damit ich mit dir anstoßen und danach losziehen kann«, erklärte der Lockenkopf und zog meinen Bruder am Arm aus dem Zimmer.

Er hatte nicht einmal eine Chance zu protestieren. Die Tür wurde zugezogen und Kayla stand mit einer Flasche Sekt und zwei Gläsern vor mir.

»Erzählst du mir so, wer der geheimnisvolle Freund war, oder möchtest du mir dieselbe langweilige Geschichte verkaufen wie deinem Bruder?«

»Du hast gelauscht«, stellte ich fest, schüttelte leicht den Kopf.

»Das deute ich als Nein, du erzählst es mir nicht«, überging sie meine Feststellung und öffnete den Sekt. »Gut, dann halt nicht. Aber ich schwöre dir, dass ich eines Tages herausfinden werde, welcher Kerl in deinem hübschen Köpfchen herumschwirrt.«

Bloß nicht!

27. Zac

»Ich weiß nicht«, murmelte Xavier Brown und kaute auf dem Ende seines Kugelschreibers herum, während er meine Skizzen betrachtete. »Sie sehen gut aus, keine Frage, und sollten reichen, aber mir fehlt da was.«

Na super. Meine Skizzen, die ich in der Bar hingeklatscht hatte, waren also nicht gut genug. Was für ein Wunder, nachdem ihm das Bild von Ethan schon nicht zugesagt hatte. Aber reichte das nicht für einen dämlichen Tag der offenen Tür?!

»Soll ich Farbe reinbringen?«, fragte ich und zog mein Skizzenbuch aus der Tasche, in dem sich eine Menge loser Blätter befanden. Inklusive Farbproben.

»Ja, vielleicht. Was wäre dein Vorschlag?«

Ich öffnete das Buch, woraufhin ein paar Blätter herausglitten und sich über den Boden verteilten. Sofort sprang der Professor auf, während ich alle Kraft und Geduld zusammennehmen musste, um nicht einen lauten Fluch auszustoßen. Es war zwar nur eine Kleinigkeit, aber mein Tagesbedarf an blöden Missgeschicken und schlechten Gefühlen war wirklich gedeckt.

»Wow. Wer ist das denn?«

Verwundert griff ich nach dem nächsten Blatt, während Xavier Brown irgendein abgerissenes Stück Skizzenpapier in der Hand hielt und es neugierig musterte.

»Wie bitte?«, fragte ich nach, klaubte weitere Zettel zusammen.

»Na diese junge Frau.« Professor Brown drehte die Zeichnung, sodass ich sie sehen konnte.

Scarlett.

Es war klar, dass sie mich verfolgen würde.

Ich biss die Lippen zusammen und versuchte nicht genervt aufzustöhnen. Das konnte doch nicht wahr sein. Von all den miserablen Dingen und blöden Skizzen, die ich in diesem Buch hatte, musste er sich natürlich die mit Scarlett raussuchen.

Und leider hatte er schon bemerkt, dass das nicht das einzige Bild von ihr war.

»Das sind wahnsinnig intensive Bilder«, staunte er und breitete sie vor sich auf dem Boden aus.

Bitte nicht!

»Die sind perfekt für eine Ausstellung. Hast du noch mehr davon?«

Natürlich. Viel schlimmer konnte es auch nicht mehr werden. Mal abgesehen davon, dass ich mich nicht weiter mit Gedanken an Scarlett herumschlagen wollte, hatte sie wahrscheinlich auch keine Lust, ein Ausstellungsobjekt zu sein.

»Das sind die einzigen.« Ich räusperte mich, hoffte, dass das Thema damit begraben war. Doch der gute Brown wäre nicht Brown, wenn er es mir so einfach machen würde.

»Du musst mehr Bilder von ihr zeichnen. Die Veränderungen, die man ihr ansieht, sind unglaublich«, erklärte er und betrachtete verfluchte sechs Bilder.

Sechs.

Ich hätte sie wirklich nicht zeichnen dürfen, um einen klaren Kopf zu bekommen.

»Ich weiß nicht«, murmelte ich, doch die Begeisterung konnte ich ihm nicht mehr nehmen.

»Ist sie deine Freundin?«, wollte er wissen.

»Nein«, winkte ich eilig ab, »sie ist die kleine Schwester meines besten Freundes. Sie hat einiges durchgemacht. Ich nehme an, das sind die Veränderungen«, erklärte ich und hoffte, dass man an dem Zeichenstil nicht sah, dass ich sie mittlerweile auch mit anderen Augen betrachtete.

»Dann sollte es kein Problem sein noch ein paar hübsche Skizzen anzufertigen. Uns fehlt dann nur ein Titel«, verkündete er freudestrahlend.

Dass ich darauf wirklich keine Lust hatte, schien er einfach auszublenden.

Ich schleppte mich mit schweren Beinen die Stufen hinauf. Musik schallte durch die Holztür und ich konnte dem Farbgeruch nicht entweichen, der sich durch den kleinen Türspalt bis in das Treppenhaus zwängte.

Seufzend drückte ich auf die Klingel, auf der der Name *Moore* stand, und versuchte nicht daran zu denken, dass ich mehrere Stunden neben Ethan würde stehen müssen, ohne ein Wort zu sagen oder durchzudrehen.

Keine leichten Aufgaben in meinem aktuellen Zustand.

»Wo zur Hölle warst du?«, wurde ich kopfschüttelnd von Ryan gefragt, der bereits weiße und graue Farbkleckse auf dem T-Shirt hatte.

»Ging leider nicht schneller. Brown konnte sich mal wieder nicht entscheiden«, erklärte ich und drängte mich an ihm vorbei.

»Immerhin bist du jetzt da und kannst die große Katastrophe verhindern. Ich glaube nämlich, dass Ethan das mit dem Dekorieren und so wirklich gar nicht draufhat. Der bekommt es ja nicht einmal hin, eine Wand weiß zu lassen, wenn er drei Meter daneben in Grau streicht«, stöhnte Ryan.

Und als ich in das Zimmer kam, konnte ich ihn tatsächlich verstehen.

Ethan war ein Chaot, der gerade völlig überfordert war, die Kanten der Wand zu streichen. Ich wollte mir gar nicht erst vorstellen, was passieren würde, wenn er die Möbel und Dekoration übernehmen würde.

»Ich weiß, dass ich dich hin und wieder aufziehe, wenn du was von Inneneinrichtung und Design im Suff erzählst: Aber bitte tu irgendetwas, das uns vor Schlimmerem bewahrt!«

»Da bist du ja!«, strahlte Ethan, als er sich umdrehte und Ryan und ich eilig ein freudiges Lächeln aufsetzten. »Wir haben schon mal angefangen.«

Meine Blicke glitten über die Farbe, die an allen möglichen Orten verteilt war, über die Folie, die man nicht richtig ausgelegt hatte, und die Farbrollen, die wild herumlagen. Ein wenig erinnerte mich das an einen Kindergartentisch, an dem sich die Kleinen austoben konnten. Nur war Ethan wahrlich kein Kind mehr. Er hatte lediglich absolut kein Händchen fürs Handwerken.

»Das sehe ich«, stimmte ich zu, nickte langsam. »Was hältst du davon, wenn du uns was zu essen besorgst und Ryan und ich weitermachen?«

»Aber ich bin gerade so gut drin.« Ethan kratzte sich am Kopf.

»Du siehst allerdings ziemlich fertig aus und dein Fuß ist auch noch etwas angeschlagen. Eine kurze Pause tut dir gut. Danach kannst du viel besser durchstarten«, kam Ryan mir zuvor.

Ethan runzelte die Stirn, ehe sein Kopf eine leichte Nickbewegung machte. »Ja, ich glaube, ihr habt recht.«

Ehe ich mich versah, landete der Pinsel im Farbeimer und mein bester Freund schälte sich aus dem Overall. Wartend beobachteten wir, wie er mit sich selber sprach.

Lag es an Scarletts Geburtstag? Oder war er so aufgeregt wegen des ominösen Freundes?

»Fangen wir an, ehe er es sich anders überlegt oder wiederkommt«, flüsterte Ryan neben mir und schnappte sich die Folie, die auf dem Boden lag, um sie zu richten. Ich fackelte nicht lange, schaltete, so gut es ging, meinen Kopf auf stumm und half ihm dabei das Chaos zu entschärfen.

Wir kamen gut voran. Ryan war einer dieser Menschen, mit denen man zusammenarbeiten konnte, ohne dass die Stille erdrückend wurde. Hin und wieder scherzten wir, und noch ehe Ethan wieder da war, hatten wir das Zimmer gestrichen. Wir sammelten die Malerutensilien ein und reinigten sie. Wir liefen gemeinsam nach oben, um uns aus den dreckigen Klamotten zu schälen. Immerhin sollten die neuen Möbel und Dekorationsartikel sauber bleiben – ja, ich hatte darauf bestanden, weil ich Scarlett nicht in so ein trostloses Zimmerchen stecken wollte, wie es bisher in ihrem alten Leben der Fall gewesen war. Hier sollte sie sich wohlfühlen und etwas von ihrem farbenfrohen Lebensstil behalten.

Ich knüllte das Shirt zusammen, an dem sich einige Farbe gesammelt hatte, und warf es auf den Haufen mit den schmutzigen Klamotten. Neben mir schlüpfte Ryan bereits in eine Jeans.

»Hast du mit ihr gesprochen?«, durchbrach er schließlich die Stille.

Natürlich musste er irgendwann noch mal mit diesem Thema kommen. Dabei hatte ich schon tief in meinem Inneren gehofft, er würde es ignorieren.

»Nein«, antwortete ich knapp und griff nach einem frischen T-Shirt.

Eine Weile sagte er nichts, doch ich spürte seinen stechenden Blick in meinem Rücken. Ein Anzeichen, dass das Thema für ihn bei Weitem noch nicht vom Tisch war und mir wahrscheinlich ein nettes Kreuzverhör bevorstand.

Warum konnte Ethan jetzt nicht dazwischenkommen?

»Weiß sie, dass sie sich keine großen Hoffnungen machen soll?«

»Ich nehme an, dass sie nicht davon ausgeht, dass wir morgen heiraten und Kinder kriegen«, gab ich kühl zurück.

»Du weißt, was ich meine, Zac. Immerhin warst du derjenige, der diesen Zimmerumbau vorangetrieben hat. Also, ich habe das bisher für keine gemacht, mit der ich bloß ein wenig gefummelt habe«, erwiderte er schulterzuckend.

»Ich kann mir auch nicht vorstellen, dass du mit der Schwester deines besten Freundes rumgeknutscht und ihre Geheimnisse…« Ich stockte mitten im Satz.

»Sie hat dir echt ihre Geheimnisse erzählt?«

Erst denken, dann reden, Zac!

»So einfach ist das nicht«, murmelte ich.

»Hat das was mit diesem seltsamen Penny zu tun? Kayla hat mich schon gefragt, ob ich wüsste, was das ist.«

Oh, dieses nervige Biest.

Warum konnten sich nicht alle mal aus allem raushalten? Ich würde das mit Scarlett schon auf die Reihe bekommen. Gut, vielleicht hatte ich ein wenig Herzklopfen, aber was hieß das schon? Manche Teenager hatten das, wenn sie einen Star im Fernsehen sahen. Also alles kein Thema. Nur sollte ich Ryan von dem komischen Gefühl in der Magengegend besser nichts erzählen.

»Das ist eine Sache zwischen ihr und mir«, erklärte ich, »Und keine Angst, ich werde noch mit ihr reden und klarstellen, dass da absolut nichts ist. Es war ein verfluchter Ausrutscher, okay? Ich war notgeil und sie sieht scharf aus.«

»Von wem redet ihr?«, kam es von der Tür. Fragend hob Kayla die Augenbrauen, während die Lippen ihrer besten Freundin sich zu einem schmalen Strich verzogen.

»Das wüsste ich auch gern«, stimmte Scar zu, die in einem viel zu kurzen Jeansrock und einem viel zu weit ausgeschnittenen Top danebenstand.

Wo war Ethan, wenn man ihn mal brauchte?

28. Scarlett

»Von der Kleinen, die Zac gestern abgeschleppt hat«, sagte Ryan.

Ich wünschte, ich hätte es ihm glauben können. Doch als ich sah, wie er nervös schluckte und den Kopf abwandte, wusste ich, dass er nicht von ihr sprach.

Und das hieß im Umkehrschluss, dass Ryan Bescheid wusste.

»Die hat nicht sofort kapiert, dass du nur Spaß haben wolltest?«, hörte ich Kayla neben mir skeptisch fragen.

Mein Magen zog sich schmerzhaft zusammen, ich versuchte mir nichts anmerken zu lassen und presste die Lippen zusammen.

»Können wir *das* Thema bitte lassen?!«, fuhr Zac Kayla an, die abwehrend die Arme hob.

»Schon gut. Wusste ja nicht, dass dir das so unter die Haut geht.«

Ein wütendes Funkeln stand in seinen Augen, mit denen er mich musterte. Seine Brauen zogen sich zusammen, die Lippen wurden schmal und sein Kiefer spannte sich sichtlich an.

Ich wünschte, es würde nicht so verflucht sexy aussehen und mich weniger aus der Fassung bringen.

»Erklärt mir lieber, warum ihr so ausschaut?« Obwohl die Frage auch an Kayla gerichtet war, hielt er mich fest im Blick. Fast so, als wäre er sauer auf mich. Dabei war ich diejenige, die einen Grund hatte, um dem Idioten eine reinzuhauen.

»Sie feiert ihren einundzwanzigsten Geburtstag, Zac. Denkst du, ich schicke sie mit Jogginghose und Pulli in diese Nacht?«, wollte Kayla wissen. »Außerdem sieht sie wahnsinnig geil aus in den Klamotten.«

Kayla schenkte mir von der Seite ein stolzes Grinsen und Ryan nickte vorsichtig, während Zac den Eindruck machte, als würde er gleich implodieren.

»Es sieht billig aus«, kam es aus dem Nichts.

Wie bitte?

Billig?

Verflucht. Heute sah ich wahnsinnig gut aus. Und ich würde mir dieses Gefühl von einem eingeschnappten Kerl nicht ruinieren lassen.

»Ich sehe fantastisch aus, du Trottel«, zischte ich, ballte die Hände zu Fäusten und spürte eine bedrohliche Hitze in meinen Fingern.

»Fantastisch? Dir ist schon klar, dass man den Ansatz deines BHs erkennen kann?« Er schnalzte mit der Zunge und ein bitteres Lächeln kroch über seine Lippen.

»Und dir ist schon klar, dass ich das genau so will?«, hielt ich dagegen, wäre dem Idioten am liebsten an die Gurgel gesprungen.

»Und warum? Damit du im Club von allen Seiten betatscht wirst wie ein Stück Fleisch?!«

»Oh ja. Nur werde ich mir heute das Fleisch aussuchen, das mich vögeln darf«, knurrte ich, konnte sehen, wie er überrascht blinzelte. »Außerdem fühle ich mich in den Klamotten gut und es ist mir wirklich scheißegal, was so ein arroganter Arsch wie du davon hält.«

»Arroganter Arsch?! Ist das dein…«

»Es reicht«, ging Ryan dazwischen, hatte die Hand behutsam auf Zacs Schulter gelegt. »Wäre wirklich cool, wenn ihr euch heute nicht umbringen könntet.«

Ich presste die Zähne zusammen, wandte den Blick ab und wünschte diesem Trottel irgendeine Geschlechtskrankheit, die er von dieser dämlichen Kuh bekommen hatte. Und ich hatte trotz allem noch den Wunsch gehabt, dass ihm mein Outfit gefiel und er derjenige war, der es mir ausziehen würde.

»Heilige Scheiße. Wie seht ihr denn aus?!« Verwundert fuhr ich herum, entdeckte Ethan, der mit gepackten Tüten in der Tür stand und erst Kayla ziemlich anerkennend musterte. Ihre Mundwinkel zuckten, und das bestimmt nur, weil sie wusste, dass der Typ, den sie toll fand, gerade fast anfing zu sabbern.

Tja. Schade, dass der Kerl, den ich gerade wollte, mich billig fand.

Leider glitten Ethans Augen dann zu mir und jegliche Anerkennung und Bewunderung verschwand völlig.

»Das ziehst du wieder aus«, sagte er bestimmend, was mich nur die Augen verdrehen ließ.

»Ich habe auch gesagt, dass es billig aussieht«, mischte Zac sich von hinten ein und der Wunsch, ihn zu ermorden, flackerte in meinem Hinterkopf auf.

»Ich werde es nicht ausziehen«, widersprach ich meinem großen Bruder.

»Scarlett, das kann nicht dein Ernst sein.«

»Ich werde einundzwanzig, Ethan. Finde dich damit ab, dass ich das mache, was ich will.«

»Damit habe ich auch kein Problem, nur sieht man deinen BH«, versuchte Ethan mich etwas freundlicher zum Kleiderwechsel zu bewegen.

»Man soll ihn sehen«, erklärte ich, verschränkte demonstrativ die Arme vor dem Oberkörper um meine Brüste ein wenig zu pushen.

»Ich finde das etwas freizügig.« Nachdenklich kratzte Ethan sich am Kopf.

»Dann kannst du dich gerne zu Zac stellen, der sieht das genauso, aber wisst ihr, was das Lustige daran ist? Wenn irgendeine andere in so was rumlaufen würde, würdet ihr sie allesamt flachlegen wollen und nicht davon reden, dass sie billig aussieht.«

»Flachlegen? Warum sind wir jetzt beim Sex?«, verzweifelt suchte Ethan Kaylas Blick, die kaum merklich den Kopf schüttelte und ihm mitzuteilen versuchte, dass er den Mund halten sollte.

»Na ja, weil Scarlett heute Nacht flachgelegt werden will«, erklärte Zac mit bissigem Unterton. Ich wirbelte herum, starrte in diese verfluchten Augen, die mein Herz zu einem neuen Sprint aufforderten.

»Oh, ich schwöre dir, wenn du nicht deine Klappe hältst, dann…«

»Dann was?« Herausfordernd lehnte er sich gegen den Schreibtisch und mir schoss so viel durch den Kopf, dass er zu zerspringen drohte. Doch keines dieser Dinge konnte ich aussprechen. Vielleicht hätte ich es vor Ryan gesagt, aber Kayla und Ethan wollte ich wirklich nicht noch in dieses Drama hineinziehen.

Warum musste Zac eigentlich schon wieder so gut aussehen?

»Bevor das hier noch weiter hochkocht, würde ich vorschlagen, dass du mit Kayla schon in eine Bar abzischst und ihr ein wenig vortrinkt. Zum einen kann ich mit dem Inhaber reden, der dich dann bestimmt reinlässt, und zum anderen kenne ich eine, in der ein paar echt coole Typen rumhängen und wirklich gut feiern können«, schlug Ryan vor.

»Und was das Thema Klamotten angeht, muss ich Scarlett recht geben. Ihr beide würdet nichts dagegen haben, wenn es eine andere wäre. Außerdem wird sie einundzwanzig und kann tun und lassen, was sie will. Und das werdet ihr beiden Sturköpfe begreifen müssen.«

In dem Moment hätte ich Ryan die Füße küssen können.

»Ich wusste wirklich nicht, dass so was Hübsches mit Ethan verwandt ist«, lachte der Typ neben mir und schob mir einen bunten Cocktail rüber. Alex legte seinen Arm auf die Lehne hinter mich und strahlte mich freundlich mit seinen blauen Augen an.

»Du solltest nicht so viel schleimen, sonst rutsche ich auf der Schleimspur aus«, gab ich locker zurück, versuchte mich von diesen Flirtversuchen nicht aus der Bahn werfen zu lassen.

»Ouh, das war ein Korb«, lachte unser Gegenüber namens Dean, dessen Augen mich ein wenig an Zac erinnerten. Normalerweise müsste ich ihn dafür hassen, aber er war wirklich ein lustiger Kerl.

»Das war kein Korb!«, protestierte der breite Typ, warf mir einen skeptischen Blick von der Seite zu. »Oder etwa doch?«

»Ich habe keine Ahnung, ob das schon einer war«, gab ich zu.

»Aber das musst du doch wissen!« Dean schaute mich verwundert an und nahm einen Schluck von seinem Bier. »Wenn du Alex nicht heiß findest, war das ein Korb.«

Ich betrachtete Alex, der sich durch das dunkelblonde Haar fuhr und mich schief angrinste. Er war einer aus Ryans Footballteam, erinnerte mich aber irgendwie an meinen Bruder. Und das war wirklich unattraktiv.

»Du erinnerst mich an meinen Bruder«, meinte ich, nippte an dem Cocktail.

Alex tat so, als hätte man ihm ein Messer in die Brust gerammt, gab ein lautes Stöhnen von sich und sackte in sich zusammen.

»Ignorier den einfach, der hat schon oft genug eine Abfuhr bekommen«, erklärte Dean, betrachtete den großen Kerl kopfschüttelnd. »Er versucht den Frauen so ein schlechtes Gewissen einzureden, damit er am Ende doch noch eine Nummer kriegt.«

»Hörst du bitte auf, meine Masche auszuquatschen?«, meldete sich der halbtote Kerl neben mir und erwachte urplötzlich wieder zum Leben. »Es kann halt nicht jeder bloß ein wenig mit der Frauenwelt tanzen und dann direkt welche kassieren.«

»Du musst einfach an deiner Tanztechnik arbeiten«, erklärte Dean achselzuckend, während ich mich fragte, ob Flirten immer so ablief.

»Scarlett?«, wurde ich plötzlich von der Seite angesprochen und entdeckte Kayla. »Kommst du mit auf Toilette?«

»Also, wenn sie nicht muss, komme ich mit«, meldete Alex sich sofort, woraufhin meine beste Freundin die Augen verdrehte.

»Nur Frauen.«

»Wir geben uns auch mit Zuschauen zufrieden«, sagte Dean und schenkte uns beiden sein Herzensbrecherlächeln, auf das ich heute Abend nicht reinfallen würde. Das ähnelte dem von Zac nämlich viel zu sehr und noch mal brauchte ich so was nicht.

»Tut mir wirklich leid, Jungs. Exklusiver Zutritt«, erklärte ich entschuldigend und stand auf.

»Als Entschädigung trinken wir gleich einen Tequila zusammen«, rief Alex, während ich mich mit Kayla an den Menschen vorbeidrängte.

Ich spürte den Alkohol, der langsam meinen Kopf durcheinanderbrachte und dafür sorgte, dass ich noch mehr an Zac denken musste. Früher hatte ich es wirklich gut hinbekommen, mit dem Alkohol alles Unangenehme zu verdrängen. Nur schienen meine Gedanken an Zac dagegen immun zu sein.

Die Tür schlug hinter uns zu und ich fand mich in einem kleinen Raum mit zwei WC-Kabinen und einem abgenutzten Spiegel wieder, der zum Teil mit Aufklebern verdeckt war. Ein kleines Fenster stand offen, durch das die kühle Abendluft hereinkam. Meine Mundwinkel hatten sich trotz der Gedanken an Zac und Ethan etwas gehoben, denn Alex und Dean waren wirklich gut im Aufmuntern.

»Was willst du eigentlich machen, wenn Zac und Ethan nachher kommen?«, unterbrach Kayla meine Gedanken, machte keine Anstalten, auf die Toilette zu gehen.

»Was?«, fragte ich verwirrt.

»Das Gespräch, das ihr geführt habt, war ja nicht sonderlich… vernünftig.« Sie verschränkte die Arme vor der Brust. »Ich frage mich nur, ob du die beiden deswegen heute Abend ignorieren willst?«

»Ich bin derzeit nicht darauf aus, mit denen groß zu feiern, nur um mir wieder anhören zu dürfen, was ich ihres Erachtens falsch mache«, erklärte ich.

»Willst du nicht versuchen einfach über dem Mist zu stehen und das zu vergessen?«, bat sie.

»Zu vergessen, dass der eine mich als billig bezeichnet hat und der andere mich rumkommandieren will? Nein, ich glaube, da will ich nicht drüberstehen.«

»Das ist keine besonders erwachsene Einstellung«, murmelte Kayla und schenkte mir einen mitleidigen Blick, den ich wahrlich nicht nötig hatte.

»Ich habe gerade auch keine Lust, mich erwachsen zu verhalten«, gab ich trocken zurück.

»Du wirst in ein paar Stunden einundzwanzig, Scarlett«, versuchte Kayla mich sanft zu ermahnen, doch ich spürte die Wut in mir aufkochen.

Ethan hatte ihr gesagt, dass sie mit mir reden sollte. Dafür brauchte ich nicht einmal auf das Handy zu schauen, das in ihrer Tasche blinkte.

»Und? Nur weil ich einundzwanzig bin, muss ich mir alles gefallen lassen?!«

»Du führst dich gerade wie eine pubertierende, rebellierende Zicke auf«, antwortete Kayla nun weitaus unsanfter.

»Weißt du, Kayla, vielleicht ist es genau das, was Ethan und Zac brauchen, um zu kapieren, dass ich kein kleines Mädchen mehr bin. Das kannst du denen von mir aus auch direkt mitteilen«, zischte ich mit einem Blick auf ihre Tasche.

»Echt mal…«

»Lass gut sein«, winkte ich ab. »Hab schon verstanden, auf wessen Seite du gerade stehst«, würgte ich ihren Protest kopfschüttelnd ab und ließ meine beste Freundin auf der Toilette zurück.

Ich lehnte an der kühlen Hauswand, lauschte der Musik, die durch die dünnen Fensterscheiben drang. Die Straßenlaternen erhellten den Bürgersteig vor der vollen Bar, in der auch Kayla saß, mit der ich bereits seit einer Stunde nicht gesprochen hatte. Ich war sofort nach draußen geflüchtet und versuchte das Chaos um mich herum zu ignorieren.

Ein Schnauben entfuhr mir.

Meinen Geburtstag hatte ich mir wirklich ganz anders vorgestellt. Ein wenig mehr Spaß würde mir schon reichen. Stattdessen stand ich in der kühlen Abendluft alleine auf der Straße und bekam den blöden Gedanken nicht weg, dass ich billig war.

»Fändest du feiern nicht angebrachter?«

Ich zuckte überrascht zusammen, entdeckte Ryan, der lächelnd auf mich zukam, während Zac und Ethan mit missmutiger Miene in der Bar verschwanden. Sie würdigten mich alle beide keines Blickes. Vielleicht hatten sie mich auch wirklich nur nicht gesehen. Im Grunde war es sowieso egal, oder?

»Mir ist, ehrlich gesagt, der Spaß vergangen«, murmelte ich, spürte den Kloß im Hals, der sich dort schon seit dem Gespräch mit Kayla befand.

»Wegen den beiden Idioten?«

»Unter anderem«, gestand ich, als Ryan sich neben mich an die Hauswand lehnte.

»Noch andere Gründe?«

»Kayla hat mich eben belehrt, wie sich eine Erwachsene verhält.«

»Ah«, Ryan fing an zu grinsen, »das hat sie bei mir auch schon versucht.«

»Nicht besonders unterhaltsam«, knurrte ich und verschränkte die Hände.

»Ich glaube, das versucht sie bei jedem und bei dir fühlt sie sich zusätzlich noch verantwortlich. Also wegen diesem Beste-Freundinnen-Ding und deinem Bruder.«

»Ja, super. Jetzt habe ich ganze drei Aufpasser«, zischte ich. »Vielleicht haben die dich ja auch hergeschickt, um auf mich aufzupassen.«

»Garantiert nicht«, lachte Ryan. »Eigentlich wollte ich vorschlagen, dass wir beide uns jetzt in ein Taxi setzen und verschwinden.«

»Wir beide?«

»Nur wir beide ohne Aufpasser«, bestätigte Ryan.

Ich hatte den Mund schon geöffnet, um abzulehnen. Doch in der Bar warteten nur drei Leute auf mich, die mehr oder weniger genervt von mir waren.

Warum sollte ich es also nicht tun?

»Okay«, stimmte ich zu, »nur wir beide ohne Aufpasser.«

29. Scarlett

»Dann sollten wir uns beeilen, ehe einer von denen auf die Idee kommt, nach uns zu suchen«, erklärte Ryan und nickte in Richtung der Taxis, die auf der anderen Straßenseite standen.

»Meine Tasche ist drinnen«, erklärte ich und biss mir auf die Unterlippe, warf einen Blick auf die Tür, die langsam zufiel.

»Keine Angst. Heute Abend brauchst du kein Geld«, winkte er ab und lächelte mich wissend an, woraufhin ich die Augenbrauen hochzog.

»Nicht?«

»Nein, ich habe nämlich ein paar Kontakte.«

»Und du glaubst, dass deine Kontakte…«

»Traust du mir denn gar nichts zu?«, lachte Ryan und hielt seine Hand hin. »Wenn du schon so viel Vertrauen in Zac und Kayla legst, kannst du mir ruhig ein wenig davon abgeben.« Seine blauen Augen funkelten mich herausfordernd an.

»Enttäusch mich nicht.«

»Das wird nicht passieren.«

Eine Sekunde zögerte ich. War es in Ordnung an meinem Geburtstag einfach so zu verschwinden? Immerhin hatten die drei da drinnen eine Menge für mich getan. Auch wenn wir gerade nicht besonders gut miteinander klarkamen. Allerdings war es mein Geburtstag. Und mein Leben.

Warum sollte ich also nicht versuchen an diesem Abend Spaß zu haben? Die Aussicht auf einen Abend mit Ryan erschien weitaus besser als mit mürrisch dreinschauenden Freunden in einer Bar zu sitzen.

Vielleicht war Ryan also genau der Geburtstagsengel, den ich heute gebrauchen konnte.

»Gut, dann lass uns los«, stimmte ich zu und legte meine Hand in seine.

»Musik in meinen Ohren«, murmelte er und zog mich über die Straße. Ein paar Leute pfiffen, weil sie wahrscheinlich dachten, dass er mich abschleppte.

Sekunde.

Machte er das gerade?

Ryan öffnete die Tür des Taxis und ließ mich einsteigen. Die Tür schlug zu, während seltsame Gedanken durch meinen Kopf sausten, von denen einige mir Angst einjagten. War ich nur eine Eroberung? Aber das würde er doch nicht tun, oder?

Ryan lief um das Taxi und stieg auf der anderen Seite ein, schenkte mir ein schiefes Grinsen, das dem von Zac verflucht ähnlichsah, wenn er eine ins Bett kriegen wollte.

»Zum *Rich*«, wies er den Fahrer an, der einen kurzen Blick in den Rückspiegel warf, ehe er losfuhr.

Das seltsame Gefühl in meiner Magengegend ließ mich auf die Zunge beißen. Ich musste das irgendwie mit Ryan klären. Am Ende verstanden wir beide etwas falsch und es würde auf ein Desaster hinauslaufen. Und noch schlimmer musste dieser Abend wirklich nicht werden.

»Ryan?«, durchbrach ich die Stille. In dem schummrigen Licht des Wagens konnte ich erkennen, dass er den Kopf zur Seite drehte und mich fragend anschaute. »Zwischen uns…«, murmelte ich.

Doch wie zum Teufel sollte ich das formulieren?

»Ja?«, fragte er nach, verunsicherte mich dabei noch mehr.

»Also, du versuchst mich nicht irgendwie klarzumachen, oder?«, zwang ich mich zu sagen, spürte die Hitze in meine Wangen schießen.

»Ich bin doch nicht so lebensmüde wie Zac«, lachte er.

Und da war er. Der Beweis, dass Zac ihm alles gesteckt hatte. Was ein Idiot.

»Er hat es dir also wirklich erzählt«, stellte ich nüchtern fest, ließ mich zurück in den Sitz sinken und verschränkte die Arme vor der Brust.

»Bei irgendwem musste er das doch loswerden und dein lieber Bruder kam nicht wirklich in Frage«, erklärte Ryan ruhiger. »Und du hast es doch bestimmt auch irgendwem erzählt. Zum Beispiel diesem mysteriösen Freund, den keiner kennt. Und vielleicht glaubt der Rest, dass du einen Lover hast, aber ich denke, dass es einen anderen Grund gab, die Nacht wach zu bleiben, und Zac hatte ja einen ähnlichen.«

»Wenn wir den gleichen Grund hatten, muss ich ja wohl auch schlechten Sex gehabt und mich danach betrunken haben«, knurrte ich und spürte kochende Wut, als ich daran dachte, dass er einfach mit einer ins Bett gesprungen war, nachdem wir uns geküsst hatten.

Dabei hatte ich absolut kein Recht dazu.

»Ich werde keinen meiner Freunde in den Rücken fallen. Weder dir noch ihm. Das ist eine seltsame Sache zwischen euch und die müsst ihr alleine klären.«

Ich blinzelte einige Male, versuchte zu verstehen, was er da gerade gesagt hatte.

»Du hast mich gerade als Freundin bezeichnet.«

»Ja«, antwortete er schulterzuckend, »Und du hättest sogar das Potential, meine beste Freundin zu werden. So wie Kayla und Zac, denke ich.«

Plötzlich verspürte ich eine ungewohnte Zuneigung für Ryan, der mich immer noch schief angrinste. Ich hatte nicht so viel mit ihm zu tun gehabt und nun sagte er so was einfach ganz beiläufig?

Ich holte tief Luft, wusste nicht, ob ich es ihm erzählen sollte, doch plötzlich wog alles schwer in meiner Brust, drohte mich auf den Meeresgrund zu ziehen. Jetzt brauchte ich wen zum Reden. Keinen völlig Außenstehenden wie Carol Miller. Ich brauchte wen, der Zac und meinen Bruder kannte.

»Ich war nicht bei einem Freund«, gestand ich.

»Habe ich mir bereits gedacht.«

»Ich war in der Uni, habe die Dekanin getroffen und ihr alles erzählt. Um vier Uhr morgens oder so«, kam es mir über die Lippen.

»Was?!«, hörte ich Ryan ungläubig fragen.

»Na ja, ich konnte nicht zu Kayla, weil die es Ethan gesteckt hätte, und der wäre bestimmt ausgerastet, so wie er aktuell den großen Bruder spielt. Und ich habe sonst keinen zum Reden, weil die an der Uni mich nicht besonders leiden können, weil die meisten glauben, dass mein Studium bloß PR ist oder so was. Ich bin aber dahin, weil ich mich da auskannte und es wärmer war als draußen. Und als ich dann auf'm Klo war, kam plötzlich Carol Miller rein und irgendwie sind wir dann in ihr Büro, sie hat mir trockene Klamotten gegeben, wir haben was getrunken und ich habe ihr alles erzählt.«

Mit leicht geöffnetem Mund starrte Ryan mich an.

»Warte«, er schloss den Mund und ich konnte sehen, wie er meine Worte verarbeitete. »Du warst echt bei der Dekanin?«

Ich nickte schwach und presste die Lippen aufeinander, spürte die Scham in meiner Brust aufsteigen. Denn wer rannte schon zur Uni, wenn er Kummer hatte?

»Du überraschst mich immer wieder, Scarlett«, murmelte er, als das Taxi hielt. Seine Mundwinkel zuckten, als er nach seinem Portemonnaie griff und dem Fahrer wortlos einen Schein reichte.

»Immer wieder?« Stirnrunzelnd betrachtete ich Ryan, der sich mit der Hand durch das schwarze Haar fuhr.

»Na ja, ich habe auch nicht damit gerechnet, dass du mit Zac rummachst. In einem Schwimmbad. Mitten in der Nacht«, erklärte er und stieg aus.

Oh, ich würde Zac wahrscheinlich den Kopf abreißen.

Hastig öffnete ich ebenfalls die Tür und beeilte mich Ryan zu folgen, der bereits auf dem Weg zum Türsteher war. Eine lange Schlange wartete vor dem Club, betrachtete Ryan missbilligend. Ich zupfte meinen Rock zurecht, versuchte mit den Schuhen nicht umzuknicken und ignorierte die Blicke, die ich von der Seite spürte.

»Was…«, setzte ich an, als ich ihn erreicht hatte, doch da zog Ryan mich bereits zu sich und legte seinen Arm um meine Schulter.

»Das hübsche Ding hier ist Scarlett und sie wird heute einundzwanzig«, plauderte er munter drauflos. »Sie hat ein bisschen Stress gehabt mit ein paar Leuten und ich bin gerade dabei ihren Geburtstag zu retten.«

»Vergiss es, Ryan«, winkte der breit gebaute Kerl ab.

»Komm schon, John. Du kannst so einer Hübschen doch wohl nicht den Geburtstag versauen.« Die Augen des riesigen Kerls wanderten zu mir und ich spürte ein Zwicken am Arm. Verwirrt schaute ich zu Ryan, der auffordernd in Richtung des Typens nickte. Es dauerte einen Moment, bis ich verstand, was er wollte.

Hierfür musste ich meine alten und eingerosteten Künste auspacken.

Theatralisch fuhr ich mir durch das offene Haar und strich es zurück. Mit leicht geöffnetem Mund und einem schmalen Lächeln auf den Lippen blickte ich hoch. Langsam glitt sein Blick über mein Gesicht bis zu meinem Ausschnitt und verweilte dort einen Moment.

»Es war wirklich eine absolut schreckliche Woche«, erklärte ich, verzog das Gesicht und schnappte hektisch nach Luft. »Erst habe ich mich mit meiner besten Freundin gestritten, dann mit meinem Bruder und dann«, schniefte ich, blinzelte heftig und konnte Panik in den Augen des Kerls erkennen.

»Nicht heulen«, befahl er schockiert und zückte irgendwelche Karten, die er Ryan in die Hand drückte. »Sieh zu, dass du reinkommst, und ich schwöre dir, dass ich was bei dir guthabe«, knurrte er, als wir uns an ihm vorbeidrängten.

»Ich lade dich nach dem Training am Montag auf einen Burger ein«, rief er, während wir unter einigen Protestrufen durch die Absperrung liefen.

»Training?«

»Ja, der gute John ist bei mir im Team. Linebacker«, erklärte Ryan und führte mich durch einen bunt beleuchteten Gang. Der Bass vibrierte in meiner Brust, Menschen bewegten sich im Takt, während wir uns zur Bar durchkämpften. Glasscherben blieben unter meinen Schuhen hängen und ich hielt mich an Ryans Hand fest, die er mir irgendwann gereicht haben musste.

»Was willst du trinken?«, fragte er laut und lehnte sich zu mir herüber, als wir den Tresen erreichten.

»Irgendwas nicht so Starkes.« Kopfschüttelnd wich er ein Stück zurück, ehe seine Mundwinkel ein Stück nach oben wanderten.

»Wir müssen für heute Abend zwei Regeln aufstellen«, fing er an, stützte sich mit dem Ellenbogen auf dem Tresen ab, »Erstens wird zwischen uns nichts laufen. Unter keinen Umständen.«

»Sehe ich so schlimm aus?«, kam es mir prompt über die Lippen, wofür ich mir selber hätte eine verpassen können. Ich konnte sein Lachen durch die Musik hören.

»Nein, Scarlett, du siehst sogar wahnsinnig heiß aus, aber ich habe schon gesagt, dass ich nicht lebensmüde bin. Der Gedanke, von zwei meiner Freunde in Stücke gehackt zu werden, missfällt mir doch etwas.«

»Von beiden?«

»Zweite Regel«, überging er meine Frage, was mich die Augen verdrehen ließ. »Du wirst heute Abend mal dein hübsches Köpfchen ausmachen und wir werden einfach Spaß haben. Ohne Zwang und dämliche Sprüche.«

»Aber…«

»Nicht denken!«, unterbrach mich Ryan augenblicklich und im gleichen Moment wurden zwei Shots vor unsere Nase gestellt. Er reichte mir einen und hielt ihn hoch. »Du brauchst aber keine Angst zu haben, dass dich jemand groß anbaggert. Das hier ist ein Gayclub.«

»Du nimmst mich an meinem Geburtstag mit in einen Gayclub?!«, fragte ich ein wenig fassungslos.

»Ethan und Ryan würden mich umbringen, wenn ich dich in dem Aufzug in einen Club mit Heterokerlen geschleppt hätte. Und wie bereits gesagt, ich hänge ziemlich an meinem Leben.«

»Du bist also doch ein Aufpasser«, stellte ich kopfschüttelnd fest.

»Na ja. Wenn du schon Mist baust, dann wenigstens mit jemandem, der darin Erfahrung hat«, grinste er und stieß mit mir an.

Ryan trank das kleine Glas aus und ich tat es ihm gleich. Der Alkohol brannte in meiner Kehle und ich wünschte, wir hätten Tequila bestellt, statt dieses seltsamen Zeugs.

»Also Scarlett«, zog Ryan meine Aufmerksamkeit auf sich, »kennst du *Wenn ich du wäre*?«

Es war ein peinliches Spiel. Eins der Sorte, die man nur spielen konnte, wenn man Alkohol hatte. Zumindest ging mir das so. Die Bilanz meines bisherigen Abends?

Ich habe ein Pärchen, das beinah auf der Tanzfläche gevögelt hat, gefragt, ob ich mitmachen kann. Den Macarena auf dem Tresen getanzt und einem fremden Kerl meinen Finger ins Ohr gesteckt.

Und Letzteres war wirklich ekelig.

Ich leerte den Rest aus meinem Glas und verzog leicht angewidert das Gesicht. Der letzte Schluck war immer der schlimmste. Meine Beine schlug ich übereinander, während ich das Getränk zu dem Barkeeper schob, der es wegräumte, ohne mich weiter zu beachten.

Der Raum hatte mittlerweile angefangen zu schaukeln und ein Glücksgefühl hatte sich in jeder Faser meines Körpers breitgemacht, ließ mich schon fast meine Probleme vergessen. Ich wippte im Takt mit, hatte die Augen geschlossen und genoss den starken Bass, der den Tresen zum Vibrieren brachte.

Ich musste mir irgendeine Aufgabe für Ryan ausdenken. Leider waren meine Aufgaben bei Weitem nicht so ekelig wie seine, und wenn er etwas nicht machen wollte, trank er einfach einen Kurzen. Im Gegensatz zu ihm war ich allerdings nicht so trinkfest und wollte gar nicht darüber nachdenken, dass ich vielleicht die anderen Sachen hätte machen müssen, die er vorgeschlagen hatte.

Ryan hatte einfach kein Schamgefühl. Anders konnte ich mir das nicht erklären.

»Ohne einen Drink an der Bar?«, wurde ich aus meinen Gedanken gerissen und schaute nach links in verflucht hinreißende Augen. »Ich schließe mal aus, dass du auf einen Typen wartest, weil du dafür zu gut gelaunt bist. Das lässt nur die Schlussfolgerung zu, dass du die Kerle für dich zahlen lässt oder – was in dem Club viel wahrscheinlicher ist – einfach Spaß haben willst.«

Okay.

Ich konnte nicht anders, als zuzugeben, dass der Typ wirklich gut aussah. So gut, dass er Zac Konkurrenz machte. Braune Haare fielen bis in seinen Nacken und luden wirklich dazu ein hindurchzufahren. Verflucht, die wirkten sogar besser und gepflegter als meine. Und diese Augen! Dunkelbraun mit einem Stich Grün. Ein wenig erinnerten sie mich an die von Zac, woraufhin ich mir auf die Zunge biss.

»Das lässt mir gerade genau zwei Optionen: Entweder ich gebe dir was aus und du bist danach weg oder wir zwei trinken was und schauen mal, was für Spaß der Abend noch bringt«, erklärte er und ein schiefes Grinsen lag auf seinen Lippen, das eindeutig dazu in der Lage war, Herzen zu brechen.

»Na ja«, setzte ich an, verdrängte das Bild von Zac, das in meinem Kopf auftauchte, und schenkte dem hübschen Fremden ein freundliches Lächeln. »Du kannst ja das Risiko eingehen und einfach probieren, was passiert«, schlug ich vor.

»Und was, wenn ich dir mitteile, dass ich ungern Risiken eingehe?«

»Dann wirst du dich wohl umdrehen und gehen müssen«, gab ich zurück und erwiderte die Herausforderung, die in seiner Stimme mitschwang.

»Dann müsste ich dich allerdings zurücklassen und meine Mutter hat mir beigebracht, dass man eine Frau niemals alleine an einer Bar sitzen lässt.«

Okay. Der Typ war heiß und charmant.

Und trotzdem jagten diese braunen Augen mit den grünen Punkten durch meinen Kopf.

Danke, Zac. Es wäre gerade wirklich passend, wenn du verschwinden würdest!

Ich versuchte das Lächeln beizubehalten und wandte mich dem Typen etwas mehr zu.

»Du könntest eine Ausnahme machen«, schlug ich schulterzuckend vor und musste an diesen dämlichen Kuss denken.

Warum? Warum sagte ich so einen Schwachsinn? Er sah gut aus und ich versuchte gerade ernsthaft ihn zum Gehen zu bewegen?!

Irgendetwas war in meinem Kopf doch wohl nicht mehr ganz richtig.

»Gentleman bleibt Gentleman. Da gibt es keine Ausnahme«, erklärte er und bestellte, ohne hinzuschauen, etwas beim Barkeeper. Ich hatte keine Ahnung, wie das funktionierte, weil ich immer Stunden warten musste, aber für ihn schien das absolut normal zu sein. Auch die Tatsache, mich ungeniert von oben bis unten abzuchecken, war scheinbar nichts Ungewöhnliches.

»Ich hoffe, *Sex on the beach* ist in Ordnung«, sagte er und ich konnte die versteckte Bedeutung in seiner Stimme hören.

»Leider ist nicht jeder so gut, wie er aussieht«, antwortete ich mutig, als er ein Stück näherkam.

»Da hilft wohl nur probieren.«

Hatte der Kerl mir gerade wirklich Sex angeboten?

Ich starrte in die Augen, die mich wissend betrachteten. Mein Mund wurde trocken, weil mein Hirn es tatsächlich schaffte mich an einen Strand mit Zac zu katapultieren. Und mal wieder waren die Gedanken und Bilder nicht jugendfrei.

Dabei flirtete hier gerade wirklich ein heißer Kerl mit mir! Warum hatte ich dann immer noch diesen Schwachmaten im Kopf?!

»Logan?«, meldete sich eine vertraute Stimme von der Seite und ich entdeckte Ryan, den ich bis eben völlig ausgeblendet hatte.

»Was machst du denn hier?«, fragte der Unbekannte mit hochgezogenen Augenbrauen und einem schiefen Grinsen.

»Ihr kennt euch?«, mischte ich mich ein und schaute zu Ryan, der einen Blick auf die Drinks warf, die gerade serviert wurden.

»Logan, das ist Ethans kleine Schwester, Scarlett. Scarlett, das ist Logan, der große Bruder von Zac.«

Oh heiliges Kanonenrohr. Daher die Ähnlichkeit.

30. Zac

Sie war weg.

Seit zwei verfluchten Stunden hatten Kayla, Ethan und ich weder Ryan noch Scarlett gesehen. Und ein kleines Teufelchen auf meiner Schulter sagte mir, dass es kein gutes Zeichen war, dass die beiden zusammen verschwunden waren. Dafür kannte ich Ryan und seine Geschichten einfach zu gut.

Der Engel hingegen erzählte irgendetwas von Freundschaft, und dass er mir so etwas nicht antun würde.

Ich hatte keine Ahnung, wem ich glauben sollte.

»Er geht nicht ans Handy«, vernahm ich Kaylas Stimme.

Natürlich ging er nicht ran. Würde ich auch nicht, wenn ich Scarlett nackt vor mir stehen hätte.

Hastig schüttelte ich den Kopf und griff nach dem Bier vor mir. Musik schallte durch den Raum, mischte sich mit dem Lachen der Menschen. Ein bitteres Lächeln kroch über meine Lippen.

So viel Spaß hätte ich mir für heute Abend auch gewünscht. Und nun saß ich hier und dachte darüber nach, ob einer meiner Freunde das Mädchen vögelte, auf das ich stand. Vielleicht war das Ganze auch eine Aktion des Karmas. Immerhin hatte ich schon genug Damen das Herz gebrochen, obwohl ich meine Absichten klargemacht hatte. Nur spürte ich jetzt zum ersten Mal am eigenen Leib, dass man nicht absolut alles im Griff hatte.

Und das war wirklich der größte Bullshit, der mir bisher untergekommen war.

»Die sind doch bestimmt irgendwo feiern«, meldete Ethan sich mit einem hoffnungsvollen Unterton.

Ich hatte nicht den Mumm, ihm die wahrscheinlichste Variante zu offenbaren. Aber ich konnte sehen, dass er sie in Betracht zog. Er traute sich lediglich nicht, es laut auszusprechen.

»Ich bringe die um – alle beide«, knurrte Kayla, während ich die Flasche vor mir leerte. »Und Zac, es macht mich wahnsinnig, dass du nur dasitzt und kein Wort sagst.« Wütend funkelten die dunkelbraunen Augen mich über den Tisch hinweg an.

»Was soll ich deiner Meinung nach denn sagen?«

Ich stützte mich auf die Arme, spielte mit dem Bierdeckel vor mir.

»Na was du denkst, wo die beiden sind! Von mir aus kannst du auch vorschlagen, was wir tun sollen, aber so ruhig dazusitzen ist nicht deine Art«, fuhr sie mich aufgebracht an.

»Wir wissen doch alle, was die beiden gerade machen.«

Ethans Blick wanderte zu mir, verdunkelte sich.

»Das würde er nicht wagen«, murmelte mein bester Freund.

»Akzeptier endlich, dass deine Schwester heiß ist und eine Menge Kerle sie flachlegen wollen.«

Mich eingeschlossen.

»Das ist Ryan. Der ist loyal.«

»Er hat einen Schwanz! Und der reagiert nun mal auf hübsche Frauen. Völlig egal, ob es deine Schwester ist.«

»Ich schwöre dir, dass ich jeden Typen umbringen werde, der sie anfasst«, knurrte er und das schlechte Gewissen kroch meine Beine hoch, um sich in meinem Bauch festzusetzen.

Dann konnte er direkt bei seinem besten Freund anfangen.

»Entspann dich, Ethan.« Kayla legte ihre Hand in seinen Nacken und sofort lockerte sein Körper sich.

»Ich brauche mal frische Luft«, sagte ich zu den beiden, die mich nicht weiter beachteten. Mit zwei Frischverliebten unterwegs zu sein, wenn man selber in einer Zwickmühle steckte, war wirklich zum Kotzen.

Ich drängte mich durch die tanzenden Menschen, vorbei am Tresen, der proppenvoll war. Bier klebte unter meinen Schuhen und Qualm drang in meine Lungen, als ich an den Rauchern vorbeiging, die am Eingang standen. Ich ignorierte die neugierigen Blicke der Frauen, die dort warteten, und entfernte mich etwas.

Ich war wirklich nicht in der Stimmung, um mit irgendwem ein bisschen Smalltalk zu führen.

Ich schlenderte zu der Stelle, wo ich sie das letzte Mal gesehen hatte, und lehnte mich an die Ziegelwand. Tief holte ich Luft, schaute in den Nachthimmel und wurde sofort zurückgeschleudert zu dem Kuss.

Ich hätte nicht so mies zu ihr sein dürfen heute Nachmittag.

Verflucht. Ich hätte auf die Anwesenheit der anderen scheißen und ihr sagen sollen, dass sie wahnsinnig gut aussah. So gut, dass ich Angst hatte, dass sie jemand anderes entdecken und Interesse bekommen könnte. Letztendlich war nun leider genau das geschehen. Und ausgerechnet Ryan war der Idiot, der sie klarmachte.

Es ist bestimmt nichts passiert. Immerhin ist er dein Freund, säuselte eine Stimme in meinem Kopf.

Leider hatte ich schon oft genug lernen müssen, dass immer die schlimmste Befürchtung eintrat. Und diesmal konnte ich mir nicht vorstellen, dass es anders sein sollte.

Das Handy in meiner Hosentasche vibrierte plötzlich, und als ich es hervorzog, prangte ein vertrauter Name auf dem Display. Etwas in meinem Magen fing an zu brodeln. Sonst war das bisher nie der Fall gewesen, wenn es um eine Frau ging.

»Brauchst du noch ein Gummi oder was verschafft mir die Ehre?«, knurrte ich und versuchte nicht die Wut und Enttäuschung zu verbergen.

»Wovon zum Teufel redest du?!«, meldete Ryan sich verdutzt und im Hintergrund konnte ich Musik erkennen.

»Na du legst Scarlett doch gerade flach und ich wollte wissen, was ich Gutes für dich tun kann, damit es auch richtig glatt für dich läuft.« Bitterkeit schwang in meiner Stimme mit, und hätte der Trottel vor mir gestanden, hätte ich für nichts garantieren können.

»Alter«, lachte Ryan ins Telefon, was mich noch mehr zur Weißglut trieb. »Du bist ja mal so was von in die Kleine verschossen!«

Ich würde ihn wirklich töten.

»Schön, dass das alles so witzig für dich ist.«

»Entspann dich, Zac. Zwischen ihr und mir ist absolut nichts gelaufen. Ich habe sie nur mit ins *Rich* genommen, weil ich mir gedacht habe, dass sie ihren Einundzwanzigsten nicht mit drei Miesepetern verbringen möchte.«

»Was?«, kam es mir verwirrt über die Lippen.

»Ich wollte warten, bis sie und ihr euch etwas beruhigt habt, und euch dann anrufen, damit wir zusammen reinfeiern können. Allerdings hat sich gerade ein neues Problem ergeben…«, erklärte Ryan und klang ein wenig unglücklich.

»Wenn du mir jetzt sagst, dass ein Kerl sie abgeschleppt hat…«

»Dein Bruder ist hier«, unterbrach er mich. »Und der baggert sie ziemlich hemmungslos an.«

Ich erstarrte.

»Das ist ein Scherz«, murmelte ich tonlos ins Telefon.

»Leider nein, also sieh zu, dass du herkommst und ihn unter Kontrolle bekommst. «

»Sind schon unterwegs«, murmelte ich und legte auf.

Der Abend wurde auch immer beschissener.

»Ich werde ihm den Lohn kürzen«, schnaubte Ethan, als wir aus dem Taxi stiegen.

»Dafür hast du leider keinen Grund«, antwortete Kayla und griff nach seiner Hand.

»Er hat meine Schwester an ihrem Geburtstag entführt.«

»Ich denke nicht, dass das gegen ihren Willen war«, mischte ich mich ein und grüßte John, der uns sofort Platz machte.

»Sie sind an der Bar«, erklärte der große Kerl. Ryan hatte ihn also schon informiert, dass wir kommen würden. Ich murmelte ein Danke im Vorbeigehen und drängte mich an zwei Frauen vorbei, die im Weg standen. Sie gaben einen leisen Fluch von sich, den ich nicht beachtete.

Musik hallte laut durch den Gang und hinter mir hörte ich Kayla etwas rufen, doch es interessierte mich nicht. Das Einzige, das ich wollte, war, meinen dämlichen Bruder von Scarlett fernzuhalten. Ich warf einen Blick über die Tanzfläche zur Bar und mein Herz setzte aus.

Sie lachte.

Dieses unfassbar süße Lachen, das mich sofort grinsen ließ. Egal wie genervt oder sauer ich war. Nur wirkte es diesmal nicht so, denn ich konnte den großen Typen sehen, der ziemlich nah bei ihr stand.

Viel zu nah.

Wenn er sie angefasst hatte, würde ich ihn umlegen.

Meine Beine setzten sich in Bewegung und ich ließ sie nicht aus dem Auge. Seine Hand fuhr über ihre Schulter, er strich ihr das Haar hinters Ohr. Mein Puls schoss in die Höhe und der Bass mischte sich mit dem Rauschen in meinen Adern.

Schnaubend blieb ich zwei Meter hinter ihm stehen.

Wenn er nicht mein dämlicher Bruder wäre…

»Zac?«, hörte ich es leise durch die Musik und bemerkte Scarlett, die mich überrascht anstarrte. Eine Sekunde zuckten ihre Mundwinkel, doch dann wurde ihr Gesichtsausdruck alles andere als freundlich.

Ich wünschte, ich hätte behaupten können, dass es dafür keinen Grund gab, aber das wäre gelogen gewesen.

Der Kopf meines Bruders sauste herum und dann glotze er mich verdattert an.

»Zac!«, rief er freudig aus und ließ von Scarlett ab. Er überbrückte die wenigen Meter zwischen uns und zog mich in eine kurze Umarmung. »Verfluchte Scheiße, was machst du hier und warum hast du mir nicht erzählt, dass Ethan so ein Schmuckstück als Schwester hat?«, zischte er an meinem Ohr.

»Dasselbe könnte ich dich fragen und du lässt besser die Finger von ihr«, gab ich wütend zurück.

»Wa...?«, setzte er an, hob jedoch sogleich den Kopf. »Ethan, Kayla!«, rief Logan erfreut, doch ich konnte sehen, dass es ihm definitiv nicht so zusagte, die beiden hier zu treffen. »Was macht ihr alle hier?«

Auf das Warum musste ich jetzt scheinbar nicht mehr antworten. Mein Bruder fiel den zweien um den Hals, während mein Blick zu Scarlett schweifte, deren Lippen fest zusammengepresst waren. Selbst mit dem wütenden Ausdruck sah sie wahnsinnig heiß aus.

Ich sollte wirklich nicht so von ihr denken.

»Da bist du ja endlich«, kam es von der Seite und ich fand Ryan, der einen prüfenden Blick auf Logan warf. »Hättest du zehn Minuten länger gebraucht, hätte er seine Zunge in ihren Hals geschoben.«

»Dann hättest du es irgendwie verhindern müssen«, fauchte ich und wandte mich Logan zu, der sich mit der Hand durch das braune Haar fuhr.

»Also, Bruderherz«, säuselte er und griff nach den beiden Bierflaschen, die auf dem Tresen standen. »Was hältst du davon, wenn wir eine kurze Unterhaltung führen, während die ihren Mist klären?« Mit dem Kopf nickte er in die Richtung von Ethan und Kayla, die sich zu Scarlett gestellt hatten und in eine kleine Diskussion vertieft waren.

Zum einen wäre ich ihr gerne zur Seite gesprungen und hätte sie verteidigt. Aber der andere Teil in mir hätte sie am liebsten gefragt, warum sie überhaupt mit so einem dämlichen Aufreißer wie meinem Bruder sprach. Allerdings war es sowieso völlig egal, was ich wollte. Sie würde mir jetzt ohnehin nicht zuhören.

»Ja, bin ich für«, stimmte ich meinem Bruder zu, der sich umdrehte und durch die Massen drängte. Wir liefen an Toiletten und Betrunkenen vorbei, bis wir schließlich eine kleine Terrasse erreichten, auf der es nicht sehr voll war.

Ich presste die Lippen zusammen.

»Was machst du hier?«, wollte er wissen und blieb stehen.

»Dasselbe könnte ich dich fragen. Ich wohne immerhin in der Stadt«, gab ich bissig zurück, schob das Bild von ihm und Scarlett beiseite. Das würde meinen derzeitigen Gemütszustand kein Stück aufbessern.

»Ich besuche Freunde und wollte am Freitag zu Mum und Dad fahren. Dich wollte ich eigentlich morgen überraschen, aber das kann ich jetzt ja vergessen.« Logan nippte an seinem Bier, ignorierte die Blicke der zwei Blondinen neben sich.

»Seit wann gehst du ins *Rich*? Ich dachte immer, dass der Laden nichts für dich ist und hier nur hässliche Schrullen rumlaufen«, wiederholte ich seine Worte, die er vor nicht allzu langer Zeit rumposaunt hatte.

»Tja, ich habe feststellen müssen, dass im Rich die Frauen sind, die wirklich Spaß haben wollen. So wie die kleine, hübsche Scarlett.«

Bring ihn um!, fauchte das Teufelchen auf meiner Schulter.

»Warst du schon bei ihr dran? Wenn's grottig war, sag's mir lieber jetzt, damit ich keine bösen Überraschungen erlebe«, scherzte er.

Grottig? Es war alles andere als schlecht. Nur würde ich ihm sowas garantiert nicht auf die Nase binden.

»Vergiss die Kleine«, erklärte ich. »Die hat einen Haufen Probleme und du willst nicht, dass Ethan wütend auf dich wird.«

»Warum sollte er?«

»Du hast ja keine Ahnung, wie ausgeprägt sein Beschützerinstinkt ist«, murmelte ich und nippte an dem Bier, während meine Gedanken zu jener Umkleide in dem Laden sausten, als er ihr verbieten wollte, das Kleid zu kaufen. Ein wenig erinnerte es mich an heute Nachmittag.

»Also stehen die Chancen schlecht, dass ich mit ihr im Bett lande?« Kopfschüttelnd lehnte er sich gegen das Geländer. »Was für eine Verschwendung.«

»Keine Angst, du findest eine andere.« Meine Blicke fixierten die zwei blonden Frauen, die immer näher kamen. Ich konnte nur nicht sagen, ob sie ein Auge auf ihn oder mich geworfen hatten.

»Ich hätte sie trotzdem gerne gevögelt«, seufzte mein Bruder.

Der Drang, ihm einen Kinnhaken zu verpassen, bahnte sich den Weg in meinen Kopf, doch ich ballte die Hände zu Fäusten und holte tief Luft. Das würde nur Fragen aufwerfen.

»Du hast noch nichts dazu gesagt«, riss Logan mich aus den Gedanken.

»Wozu?«

»Dass ich am Freitag Mum und Dad besuche.«

Ein Ziehen presste die Luft aus meinen Lungen und ich senkte den Blick auf den schmutzigen Boden.

»Sie vermissen dich«, seufzte mein Bruder und drehte sich zu mir. »Wann warst du das letzte Mal da? Letztes Jahr zu Weihnachten?«

Ich biss die Zähne zusammen, klammerte mich an dem Geländer fest und verdrängte die Schuldgefühle, die sich in meinem Kopf festsetzten.

»Lass uns zusammen hinfahren. Mit Ethan und dem Rest der Truppe. Sie würden sich freuen. Und du weißt, dass…«

»Kommt ihr rein?«, wurde Logan unterbrochen und ihre Stimme ließ mein Herz einen Moment lang höher schlagen.

Was stellte sie bloß mit mir an?!

»Ist ja schon fast Mitternacht«, stellte Logan fest und setzte sein perfektes Grinsen auf, während ich in der Position verharrte. »Wir reden morgen Abend noch mal.« Mein Bruder gab mir einen Klaps auf die Schulter, ehe er sich zu Scarlett aufmachte.

Wahrscheinlich würden die beiden doch im Bett landen. Ich konnte mir nicht vorstellen, dass er ablehnen würde. Und sie wirkte tatsächlich nicht uninteressiert.

»Du willst mir also nicht gratulieren?«

Mein Herz setzte aus, als ich sah, wer neben mir am Geländer lehnte. Ich wagte es nicht sie anzuschauen. Keine Ahnung, ob ich meine seltsamen besitzergreifenden Beschützerinstinkte dann noch unter Kontrolle gehabt hätte.

»Ich hatte nicht das Gefühl, dass du mich heute Abend um dich haben möchtest«, gab ich kühl zurück und hätte mir am liebsten die Zunge rausgerissen. Warum sagte ich ihr nicht einfach, dass ich genau das wollte?

»Vielleicht lag es daran, dass du dich wie ein Arschloch aufgeführt hast?« Ihre Stimme war eisig, bohrte einen merkwürdigen Keil in mein Herz.

»Nur weil du dich angezogen hast wie ein billiges Flittchen«, knurrte ich und wirbelte herum, starrte in diese verfluchten Augen und mein Atem stockte. Doch leider schimmerten die Augen bedrohlich und ich schluckte schwer. »Das war…«

»Halt einfach deine Fresse«, zischte sie und stürmte davon.

Jackpot, Zac.

Das hast du mal wieder super auf die Reihe bekommen.

Warum hatte mir keiner mit einer Pfanne eins überziehen können? Dann würde ich endlich mal aufhören zu reden, ohne zu denken!

Sie tanzte mit ihm. Den ganzen Abend schon. Und ich? Ja, ich saß wie ein begossener Pudel an der Bar, nippte an einem dämlichen Bier, das mittlerweile lauwarm war, und ließ eine Frau nach der anderen abblitzen.

Es wäre vielleicht die beste Ablenkung gewesen, aber dann hätte ich sie aus dem Auge lassen müssen und das würde heute Abend garantiert nicht mehr passieren. Ich gab zu, dass ich mich aufführte wie ein kranker Stalker, der ihr sogar heimlich bis vor die Toiletten folgte und dem Barkeeper genauestens auf die Finger schaute, wenn er einen Drink für sie machte. Zu groß war die Angst, dass ihr jemand was ins Glas tat.

Und der zweite Punkt war, dass ich keine andere wollte.

Ziemlich dämlich, weil da ja das Großer-Bruder-Problem bestand und sie sichtlich wütend auf mich war, aber ich hatte es auch verdient.

Keine Ahnung, was mit mir los war. Ich wusste nur, dass es ein gigantischer Fehler gewesen war, ihr so einen Schwachsinn an den Kopf zu werfen. Und ich bereute es zutiefst.

Sie würdigte mich nicht eines Blickes und hatte mir den Rücken zugewandt, als ich ihr gratulieren wollte. Stumm war ich Scarletts Botschaft gefolgt, hatte mich wie ein erbärmliches Häuflein gesetzt und machte keine Anstalten, ihr näherzukommen, obwohl ich das wirklich gewollt hätte.

Diesmal hätte ich dafür aber bestimmt einen Kinnhaken kassiert und nicht nur eine Ohrfeige. Ich hätte es ohne Weiteres hingenommen und keinen Versuch gestartet sie davon abzuhalten.

»Zac!«, hörte ich meinen Namen über die Musik hinweg und fand Ryan vor, der gerade leere Gläser zurückbrachte. »Wir wollen fahren. Kommst du mit?«

Mein Blick sauste zu Scarlett, die hastig ihren Kopf abwandte, doch ich hatte es gesehen. Sie hatte mich einen Moment angestarrt und jetzt wurden ihre Wangen rot. Ich schluckte schwer, konnte das Glücksgefühl jedoch nicht unterdrücken, das sich in meinem Magen ausbreitete.

Und wie ich mitkommen würde. Ich würde sie bis vor die Wohnungstür bringen und davor Wache halten, bis sie eingeschlafen war.

Stumm nickte ich, ließ das widerliche Bier stehen und folgte Ryan, der sich durch die Masse drängte. Ich schaute zu Scarlett, die bereits etwas Vorsprung hatte, sah die Hand meines Bruders auf ihrem Rücken. Allerdings in einer Höhe, die vermuten ließ, dass er nichts Anzügliches im Sinne hatte. Ethan beäugte das dennoch misstrauisch, was mich beruhigte.

Kühle Luft drang in meine Lunge, als wir nach draußen kamen. Straßenlaternen leuchteten auf die gelben Taxis hinab und ich erkannte die kleine Truppe, die davor wartete.

»Kayla und ich fahren noch… woanders hin«, erklärte Ethan und räusperte sich, als wir uns dazustellten. Die Wangen meines besten Freundes färbten sich ein wenig rot, als er nach der Hand des Lockenkopfes griff, der etwas überrascht zu sein schien.

»Viel Spaß beim Woanderssein«, verabschiedete Logan die beiden, die hastig zu dem ersten Taxi liefen. »Ich gehe von hier aus zu Fuß«, sagte mein Bruder und wandte sich zu mir. »Wir sehen uns morgen, Kleiner, und schlaf gut, Scarlett.«

Logan beugte sich nach vorne und drückte ihr einen Kuss auf die Wange.

Er ist mein Bruder, erinnerte ich mich, presste die Lippen zusammen, um keinen gewaltigeren Schaden anzurichten, als ich es bisher schon geschafft hatte. Er schenkte uns noch ein freundliches Grinsen, ehe er die Hände in den Jackentaschen vergrub und loslief.

»Sind wir nur noch zu dritt«, stellte Ryan fest und schaute zwischen uns hin und her. »Ich denke, ich laufe heute Abend auch mal.«

»Nein!«, rief Scarlett geschockt.

»Was?!«, kam es gleichzeitig von mir und ich konnte sehen, dass seine Lippen sich zu einem Lächeln verzogen, während er den Kopf schüttelte.

»Ihr habt eine Menge zu klären. Seht zu, dass das bis morgen erledigt ist. Ich habe nämlich keine Lust, mit zwei Streithähnen zu arbeiten.«

Und dann ging er, ließ mich alleine mit Scarlett vor dem Taxi zurück.

31. Scarlett

Ryans Silhouette verschwand langsam zwischen den Lichtern der Autos und Straßenlaternen, bis ihn letztendlich die Nacht verschluckte. Ein Windhauch glitt durch die Stadt, erinnerte mich daran, dass wir uns im Herbst befanden und es wesentlich kälter geworden war in den letzten Tagen.

Ich schlang die Arme um die Brust, auf denen sich inzwischen eine Gänsehaut ausbreitete. Im Augenwinkel erkannte ich Zac, der seine Jacke auszog. Mein Herz machte einen unbeabsichtigten Hüpfer, als ich bemerkte, wie er sie mir sanft um die Schultern legte. Ich starrte konzentriert auf den Boden, krallte mich in der Haut meiner Arme fest und ignorierte seinen Duft, der mir in die Nase stieg.

»Wir sollten jetzt fahren«, sagte er leise und viel zu nah neben mir. Meine Haut fing an zu kribbeln, als seine Hände vorsichtig über meinen Rücken glitten und er losließ. Dann drehte er mir den Rücken zu und ich erlaubte mir einen Blick.

Einen Blick, der Wut, Traurigkeit und einen Tsunami in meiner Brust auslöste.

Er öffnete die Tür des Taxis und warf mir einen scheuen Blick zu, den ich von ihm gar nicht gewohnt war.

Warum musste er sich jetzt auch noch wie ein perfekter Gentleman verhalten? Hätte er sich nicht weiterhin wie ein Arsch aufführen können? Dann hätte ich ihn anschreien können, ohne ein schlechtes Gewissen haben zu müssen! Aber nein, Zac musste den Traumprinzen spielen und meinen Herzschlag auf den eines Kolibris beschleunigen.

Super.

Ich schluckte den Kloß in meinem Hals herunter und reckte das Kinn in die Luft, ehe ich die letzten Meter überwand und mich so elegant wie möglich in das Taxi gleiten ließ. Beim Einsteigen warf ich ihm noch einen bösen Blick zu.

Immerhin sollte er nicht denken, dass es mit einer blöden Jacke und einem Mal Türaufhalten getan war. Auch wenn das gerade leider der Fall war und ich mich fragte, warum ich noch nicht um seinen Hals hing.

Hinter mir schlug er die Tür zu, schlenderte um das Taxi und ich folgte jedem seiner Schritte. War er schon immer so geschmeidig gelaufen? Und saßen seine Jeans alle so verdammt gut an seinen Hüften? Er öffnete die Tür neben mir und hastig starrte ich auf meine Hände, die ich in meinem Schoß verknotet hatte.

Wie war ich eigentlich in diese dämliche Situation geraten?! Mit dem besten Freund meines Bruders alleine im Taxi und ich stand auch noch auf den Kerl. Eigentlich hatte ich gedacht, dass mein Leben einfacher werden würde, aber irgendwie schienen die Hürden nur gewachsen zu sein.

»Ryan hat recht«, wurden meine Gedanken unterbrochen.

Ah ja. Der Grund für die gegenwärtige Situation war der geniale Ryan, dem ich das eines Tages bitter heimzahlen würde.

»Wir müssen reden«, fuhr Zac fort und ich spürte seinen Blick auf mir, der die Gänsehaut nur verstärkte.

»Worüber willst du denn reden? Das Wetter? Die Bar? Einrichtungen? Architektur?«, schlug ich vor, versuchte das Zittern meiner Stimme zu verbergen.

»Du weißt, worüber wir reden müssen.«

Natürlich wusste ich das. Nur bestand in diesem Taxi keine Fluchtmöglichkeit und das waren keine beruhigenden Aussichten. Immerhin hatte ich selber keinen Schimmer, was zwischen uns und mit mir passierte.

»Und wenn ich nicht will?«, fuhr ich Zac an und zwang mich in seine hübschen Augen zu schauen, die mein Herz wie Schokolade im Sommer schmelzen ließen.

»Entschuldigen Sie«, wurden wir plötzlich von vorne unterbrochen und mein Blick schweifte zum Taxifahrer, der uns ein wenig verängstigt anschaute. »Wo wollen Sie hin?«

Ich senkte den Kopf und presste die Lippen zusammen, während Zac ihm die Adresse nannte und der Wagen sich in Bewegung setzte. Ich blickte aus dem Fenster, doch die Umgebung interessierte mich nicht. Ich war viel mehr auf Zacs Spiegelbild fokussiert, der mich nicht aus den Augen ließ.

So wie es schon den ganzen Abend war.

Ein angenehmer Schauer jagte über meinen Rücken und mein Magen zog sich zusammen, wie er es schon getan hatte, als ich das von der Tanzfläche aus bemerkt hatte.

»Du gehst mir aus dem Weg.«

»Ich würde es als Ignorieren bezeichnen«, antwortete ich kühl, starrte weiterhin aus dem Fenster, als würde er mich nicht interessieren. Und ja, ich war irgendwo im Inneren noch wütend, aber wie sollte ich diesen Augen standhalten, wenn sie mich so schuldbewusst betrachteten?

»Bitte, dann ignorierst du mich halt«, gab er ruhig zurück.

»Weißt du, was das Lustige am Ignorieren ist?« Ich wandte mich Zac zu, der die Lippen zusammenpresste. »Man redet nicht mit der Person und tut so, als würde sie nicht existieren«, erklärte ich, konnte in seinen Augen den Ärger aufblitzen sehen.

»Tja, leider spiele ich dein kleines Spiel nicht mit«, gab er bissig zurück. »Wir werden jetzt darüber reden, was passiert ist.«

Warum mussten seine Armmuskeln sich so sexy anspannen, wenn er sich über etwas aufregte?

»Denkst du wirklich, ich will darüber reden, dass du mich als Flittchen bezeichnet hast? Und mir vorschreiben wolltest, was ich anziehen darf und was nicht? Das hat mich nämlich viel zu sehr an Chad erinnert«, knurrte ich, vergrub die Hände in meinem Rock.

»Das war nur…«

»Was war das nur?!«, fuhr ich dazwischen. »Verdammt, das ist mein einundzwanzigster Geburtstag und du setzt echt alles daran, um ihn zu einem beschissenen Abend zu machen.« Das Taxi hielt, als ich die Tränen spürte, die sich ihren Weg bahnten, und Zac mich überrumpelt anstarrte. »Du bist echt so ein Idiot. Schade, dass du nicht ein wenig mehr von deinem Bruder hast. Der hat mich heute nämlich wenigstens zum Lachen gebracht und nicht zum Weinen«, zischte ich, als die erste Träne über meine Wange rollte.

Ich durfte nicht vor ihm weinen!

Hastig riss ich die Tür des Taxis auf, stolperte fast mit den hohen Schuhen, weil die Tränen meine Umwelt verschwimmen ließen. Ich hielt das Schniefen zurück, rannte, so schnell es ging, zur Haustür und kramte auf dem Weg meinen Schlüssel heraus. Hinter mir hörte ich, dass Zac ebenfalls ausstieg.

»Verflucht, warte doch!«, rief er, aber da hatte ich den Eingang bereits geöffnet und stürmte die Treppen hoch. »Scarlett!«, hörte ich ihn meinen Namen sagen, als ich die Wohnungstür erreichte. Reflexartig wirbelte ich herum, nahm seine dämliche Jacke von den Schultern und schmiss sie mit voller Wucht in seine Richtung.

»Hau ab!«, befahl ich aufgelöst, ehe ich mit zittrigen Händen den Schlüssel in das Schloss steckte und drehte.

»Ich werde garantiert nicht gehen«, warf er ein, als ich die Tür hinter mir zu schließen versuchte und er sie mühelos aufdrückte.

»Bitte, dann schlaf halt auf dem Sofa!«

»Warum bist du weggerannt?«, überging er meine Antwort, während ich die Schuhe von den Füßen streifte. »Und erzähl mir nicht, dass dieser Kuss dir nicht gefallen hat. Wir wissen beide, dass das gelogen wäre!«

»Vielleicht hatte ich einfach keine Lust mehr, mit einem arroganten Idioten zu knutschen, der jede Nacht eine andere hat«, gab ich pampig zurück.

»Ach? Aber mit meinem Bruder hättest du dann kein Problem gehabt?«

»Der war im Gegensatz zu dir wenigstens nett zu mir!«

»Du hast mir doch keine Chance gegeben!«

»Du hast aber auch keinen Versuch gestartet! Du bist erst einfach mit einer anderen ins Bett gestiegen, hast mich dann als Flittchen bezeichnet und dann dafür gesorgt, dass ich an meinem einundzwanzigsten Geburtstag weine!«, fuhr ich ihn an, ehe ich ihm den Rücken zudrehte, um in mein Zimmer zu kommen. Ich wischte die Tränen von meiner Wange, riss die Tür auf, schaltete das Licht ein und erstarrte.

Das hier war nicht mein Zimmer. Die kahlen weißen Wände waren in einem sanften Grauton gestrichen und die alten Möbel waren verschwunden. Stattdessen stand ein neues, größeres Holzbett mit auffälligen Kissen dort und ein Kleiderschrank. Jemand hatte aus einem alten Koffer ein Nachttischchen gebaut und eine Holzplatte an der Wand befestigt, auf der Zeichenutensilien und Skizzenpapier lagen. Ein Sessel stand in einer Ecke und an den Wänden hingen ein paar hübsche Bilder, die jemand sehr ordentlich angebracht hatte. Und auf dem Boden lag einer dieser fantastischen Kuschelteppiche, die Chad nie haben wollte.

»Alles Gute zum Geburtstag«, vernahm ich Zacs leise Stimme.

Mein Herz setzte aus, als ich meinen Kopf langsam zu ihm drehte.

Die Rädchen in meinem Gehirn begannen sich in Bewegung zu setzen.

»Ich dachte, du könntest das besser gebrauchen als eine Tasse oder so was«, murmelte er und vergrub die Hände in den Hosentaschen.

»Ist das dein Ernst?«, kam es mir tonlos über die Lippen, während die Tränen auf meiner Haut trockneten.

»Gefällt's dir nicht?« Ich konnte die Enttäuschung in seinen Augen aufblitzen sehen, die mich auf die nächste Gefühlsachterbahn schickte.

Was zum Teufel wollte der Kerl von mir?

»Was soll der Scheiß!?«, keifte ich und ging langsam auf ihn zu.

»Was…?«, murmelte Zac verwundert, als würde er nicht wissen, was mein Problem war.

»Im einen Moment erzählst du mir irgendwelche Geheimnisse, tanzt mit mir und küsst mich. Gibst mir das Gefühl, nicht das hässlichste und dümmste Ding auf der großen weiten Welt zu sein, und im nächsten Moment steigst du mit einer anderen ins Bett, kackst mich an und meckerst an meinem Outfit rum!« Ich versetzte ihm einen Stoß gegen die Brust, den er einsteckte, als wäre es nichts.

»Scarlett«, versuchte er mich zu unterbrechen.

»Nichts Scarlett! Du machst mich wahnsinnig mit deiner dämlichen Art!« Ich holte aus und wollte mit der Faust gegen seine Brust schlagen, doch er packte meine Handgelenke, hielt sie fest. »Im einen Moment sagst du das und im nächsten das Gegenteil. Kannst du dich nicht entscheiden?!«, schrie ich ihn an, hoffte, dass sein Trommelfell in tausend Stücke zeriss.

Doch er rührte sich nicht. Starrte mich mit ruhigem Gesicht an, was mich noch wütender machte.

»Was ist dein verkacktes Problem!?«

Und ehe ich mich versah, spürte ich seine Lippen. Hart presste er seinen Mund auf meinen, als müssten wir einen Kampf ausfechten, dabei war das nicht nötig. Überrascht schnappte ich nach Luft, was er nutzte, um mir einen Moment auf die Lippe zu beißen, ehe er sich von mir löste.

Schwer atmend stand er vor mir. Verlangen war in seinen Augen zu lesen und ein zufriedenes Lächeln kroch über seine Lippen.

»Du bist mein Problem, Scarlett«, sagte er leise. »Die Geschichte mit dem Mädel war gelogen. Ich bin nur zu Ryan und hab mich betrunken, weil ich gehofft habe, dass ich dann nicht mehr an diesen Kuss denken muss. Und dein Outfit ist nicht billig. Es ist der Wahnsinn, wo wir bei dem Grund wären, warum ich dich nicht damit losziehen lassen wollte.« Ein bitteres Lächeln kroch über seine Lippen und er senkte leicht beschämt den Blick. »Der Gedanke, dass dich ein anderer so sieht, hat mich wahnsinnig gemacht. Genau wie die Tatsache, dass du ausgerechnet von meinem Bruder angebaggert worden bist.«

Mein Magen setzte zu einem Fallschirmsprung an und mein Herz begab sich auf einen Sprint.

»Ich hab's verbockt. Das ist mir klar. Ich hätte dir einfach sagen sollen, dass ich den Kuss nicht vergessen kann und du wunderschön aussiehst heute Abend. Tut mir leid«, murmelte er, warf mir einen entschuldigenden Blick zu, der mich um den Verstand brachte.

Gott.

War das sein verfluchter Ernst?

»Du bist so ein Vollidiot.«

»Ich weiß«, hauchte er, ehe er seinen Mund auf meinen legte.

Seine Hände vergruben sich in meinem Haar und er fuhr mit der Zunge über meine Lippen. Ein Seufzer entglitt mir, meine Knie wurden weich und ich krallte mich an seinem Shirt fest. Gierig drängte er seine Zunge in meinen Mund, ließ seine Hände zu meiner Hüfte wandern.

»Gott, wie sehr habe ich mir das gewünscht«, brummte er zwischen zwei Küssen, presste meine Hüfte gegen seine, was mich überrascht nach Luft schnappen ließ.

Ein Ziehen breitete sich zwischen meinen Beinen aus und meine zittrigen Hände huschten unter sein T-Shirt. Ein wohliges Brummen kam aus seiner Kehle, als meine Finger über seine Brust fuhren.

Und dann klingelte es.

»Nein«, hauchte Zac an meinen Lippen. »Lass es uns einfach ignorieren.« Seine Hände wanderten meinen Rücken hoch.

»Was, wenn es Kayla oder Ethan ist?«, wollte ich wissen und unterbrach den Kuss, obwohl mir wirklich nicht danach war. Atemlos stand Zac vor mir, lehnte seine Stirn gegen meine.

»Ist mir gerade wirklich egal.« Ein weiteres Mal drang das schrille Klingeln durch den Flur. »Wer auch immer das ist, ich hasse ihn für sein miserables Timing«, knurrte er und drückte mir einen Kuss auf die Stirn. Dann richtete er mein Oberteil und betrachtete mich ungeniert von oben bis unten. An meinem Ausschnitt blieben seine Augen jedoch eindeutig etwas länger hängen.

»Ich weiß wirklich nicht, ob ich das Oberteil liebe oder hasse.«

»Warum?«, fragte ich mit einem wilden Pochen in der Brust, während Zac mit den Fingern mein Haar in Form brachte.

»Zum einen sieht es wirklich scharf aus, aber leider sehe nicht nur ich dich so«, erklärte er mit einem schelmischen Grinsen, als ein weiteres Klingeln ertönte. »Da ist jemand aber ungeduldig.«

»Ich geh schon.«

Dann würde mein Kopf wenigstens wieder etwas Sauerstoff bekommen und vielleicht kapieren, was da gerade passiert war.

Ich drängte mich an ihm vorbei und Milliarden Stromschläge schossen bei jeder Berührung durch meinen Körper.

Das war doch verrückt!

Ich holte tief Luft, versuchte Zac zu ignorieren, dessen Blick ich im Rücken spürte. Das half leider meinem Herzen nicht dabei, sich zu beruhigen, und auch mein Magen dachte nicht daran zur Landung anzusetzen. Der freie Fall schien ihm eindeutig besser zu gefallen.

Aber wenn es Ethan oder Kayla war, durfte ich nicht aussehen, als hätten Zac und ich mehr gemacht als uns zu streiten.

Ehe es ein weiteres Mal klingelte, öffnete ich die Tür.

Und schlagartig wurde ich von der Wolke gerissen, auf der ich bis eben so schön gesessen hatte.

»Madison?!«, entfuhr es mir überrascht, als ich das vertraute Gesicht sah, das ein blaues Auge und eine aufgeplatzte Lippe hatte.

32. Scarlett

Sie sah nicht aus wie früher.

Alles an ihr hatte sich verändert und ich konnte weder die gute Freundin noch die Unbekannte aus der Bar in ihr erkennen. Das blonde, lockige Haar hatte jeden Glanz verloren, wirkte nicht so leicht wie früher. In den hübschen Augen, die dauernd von Lachfalten umrandet waren, tauchte kein Funkeln auf. Mir begegnete lediglich ein leerer Blick. Auch ihre Haut wirkte grau und nichts von dem gewohnten Selbstvertrauen war mehr in ihrer Haltung zu erkennen. Nicht mal die Designer-Klamotten konnten von ihrem Zustand ablenken, was vielleicht auch daran lag, dass die Kombination schrecklich aussah.

Nein, das hier war nicht Madison. Das war nur ein Schatten der Person, die ich einst kannte.

»Ist das Madison?«, riss Zac mich aus den Gedanken und ein Schauer jagte über meinen Nacken, obwohl es wirklich nicht angebracht war.

Ich schaffte es nicht ein Wort zu sagen, denn ganz langsam fing mein Kopf an zu arbeiten. Es gab nur eine logische Erklärung für ihren Zustand und ihr Auftauchen.

»Chad…?«, kam es mir tonlos über die Lippen.

Und dieses eine Wort reichte, um Madison in einen Abgrund zu stürzen. Sie vergrub das Gesicht in den Händen und geriet ins Taumeln, während ein heftiger Weinkrampf sie überfiel. Mein Herz sackte einige Etagen tiefer und in dieser Sekunde, als ich sah, wie sie zusammenbrach, war mir egal, was geschehen war.

Sie war hier und sie war einst meine beste Freundin gewesen.

»Was…?«, murmelte Zac, als ich einen Schritt nach vorne machte und sie in meine Arme schloss. Beruhigend streichelte ich ihr den Rücken, wiegte sie wie ein kleines Kind hin und her, doch kein Wort kam über meine Lippen.

Ich wusste einfach nicht, was ich sagen sollte.

»I-I-I-Ich w-w-w-w-wu-wu-wusste ni-cht, w-w-wo-hi-hin«, stotterte sie zwischen den Schluchzern, krallte sich an meinem Shirt fest.

Ich schloss die Augen, spürte ein Ziehen in meiner Wange, wie an jenem Abend.

»Komm rein«, murmelte ich, sah Zac die Stirn runzeln, als ich mich umdrehte und Madison stützte.

Zac schloss die Tür hinter uns und ich führte Madison in das Wohnzimmer, half ihr aus der Jacke. Sie zitterte am ganzen Körper, sodass ich nach einer Decke griff und ihr diese um die Schultern hängte. Vorsichtig half ich ihr beim Hinsetzen.

»Ich hole dir Wasser«, flüsterte ich und strich ihr eine Locke aus dem Gesicht, die die geschwollene Wange bis eben verborgen hatte. Mitten in der Bewegung hielt ich Inne, biss mir auf die Zunge und schluckte die Wut herunter. »Und was zum Kühlen«, fügte ich hinzu, ohne eine Reaktion von ihr zu bekommen.

Leise lief ich in die Küche, zog die Tür hinter mir zu und schloss die Augen.

Das konnte, verdammt noch mal, nicht wahr sein.

Ich ballte die Hände zu Fäusten, blinzelte einige Male und untersagte mir das Weinen.

»Sahst du auch so aus?«

Ich wirbelte herum und entdeckte Zac, der an der Arbeitsplatte lehnte, die Arme vor der Brust verschränkt hatte und mich mit vor Zorn funkelnden Augen anstarrte. Seine Stimme triefte vor Wut und er mahlte mit dem Kiefer. Seine Muskeln waren zum Zerreißen gespannt und nur noch seine zerzausten

Haare erinnerten mich an das, was vor wenigen Minuten geschehen war.

»Ja oder nein, Scarlett?«, forderte er mich zu einer Antwort auf, durchbohrte mich mit den braungrünen Augen.

Hastig senkte ich den Kopf, lief stumm zu dem Wasserkocher und stellte ihn an, ehe ich nach einem Glas griff und versuchte die Frage zu ignorieren. Nur war Zac nicht daran interessiert es zu ignorieren

Seine Hand legte sich unter mein Kinn. Bestimmend drehte er meinen Kopf, sodass ich ihm in die Augen schauen musste. Ich wagte es nicht zu atmen. Sein Gesicht war nur wenige Zentimeter von meinem entfernt und er scannte jede meiner Regungen.

»Ja oder nein«, wiederholte er langsam seine Worte.

Ich hielt es nicht aus und schloss die Augen.

Er zog scharf Luft ein, während eine Träne sich aus meinem Augenwinkel löste. Sie bahnte sich den Weg über meine Wange, wurde dann von einem Finger abgefangen, der sich auf meine Haut legte.

»Nicht weinen«, hauchte er sanft und schloss mich in seine Arme. Mein Kopf fand sich an seiner trainierten Brust wieder und es kostete mich einige Mühe, nicht komplett zusammenzubrechen. »Du wolltest doch nicht mehr so viel weinen«, erinnerte er mich, strich mir behutsam über das Haar.

»Du hast recht. Ich muss aufhören«, versuchte ich mit fester Stimme hervorzubringen und löste mich aus seiner Umarmung. »Madison braucht mich jetzt und da hilft das sowieso nicht.« Eilig wischte ich mit dem Handrücken über meine Wangen und versuchte ruhig zu atmen.

»Geh wieder zu ihr. Ich mache den Kakao.« Zac drückte mir das Wasser und Gläser in die Hand und ein Kühlpad, das in den unendlichen Tiefen der Kühltruhe gelegen haben musste.

Ein wenig überrumpelt blieb ich stehen. Schaute zu ihm und versuchte zu begreifen, was hier gerade passierte. Das Herz schlug unruhig in meiner Brust, während ich ihn dabei beobachtete, wie er den Kakao aus dem Schrank nahm.

»Du bleibst?«, kam es mir über die Lippen, weswegen er innehielt. Verwundert schaute er zu mir und seine Mundwinkel zuckten.

»Natürlich bleibe ich, Scar«, sagte er, als wäre es das Normalste auf der Welt. »Wenn du denkst, dass ich nach *eben* einfach verschwinde, hast du dich geschnitten. So schnell wirst du mich nicht los.«

Mein Herz.

Es implodierte.

Einfach so.

Obwohl ich es nicht wollte und eigentlich ganz andere Probleme hatte.

Scheiße.

Mein Körper übernahm die Kontrolle, ließ sich von meinem Bauchgefühl leiten und ich lief zu ihm, drückte meine Lippen kurz auf seine Wange. Ich konnte das Grinsen auf seinem hübschen Gesicht sehen, als ich mich umdrehte und aus der Küche verschwand.

Und das sorgte nicht dafür, dass irgendetwas in mir zu Ruhe kam.

Mit dem Wasser und den Gläsern kam ich ins Wohnzimmer, hoffte, dass ich nicht so zittrig und verwirrt aussah, wie ich mich fühlte. Ich warf einen Blick auf Madison, die wie betäubt auf den Tisch starrte, während ich ihr das Getränk eingoss.

»Trink«, forderte ich sie auf und hielt ihr das Glas hin. Überrascht zuckte sie zusammen, griff dann vorsichtig danach. In einem Zug leerte sie den Inhalt und ich fragte mich, wie lange sie schon unterwegs war.

Und was ich sagen sollte.

Schweigend saßen wir nebeneinander und ich versuchte irgendeinen Anfang für ein Gespräch zu finden, während Zac sich wie ein Geist in meinen Kopf einnistete, was meine Konzentration und Aufnahmefähigkeit wirklich beeinträchtigte.

Wahrscheinlich war es nicht besonders hilfreich, dass er in der Küche war und dort wartete.

»Hailey hat gesagt, ich soll mich nicht so aufführen«, durchbrach Madison die Stille. »Ich bin zu ihr gleich nach…«, sie stockte, senkte beschämt den Blick. »Ich dachte, sie würde es verstehen, aber sie hat mich auf den Stuhl gesetzt und wollte mich schminken, damit es nicht so auffällt.«

Ein bitteres Lächeln legte sich auf meine Lippen, doch es blieb nur einen Wimpernschlag. Zu vertraut war die Situation und zu nah der Schmerz der Erinnerung.

»Ich habe ihr gesagt, dass ich dich verstehe, aber davon wollte sie nichts hören.«

»Warum hat er es getan?«, fragte ich leise, legte meine Hand in ihre, die sie gleich darauf fest umklammerte.

»Ich habe gesagt, dass ich bei dem Essen mit seinen Eltern nicht kann, weil Grandma da ihren Neunzigsten feiert«, erklärte sie und Tränen rollten ihr über die Wangen. »Ich schwöre dir, dass ich mich nicht an ihn ranmachen wollte. Ich wollte ihn nur trösten, weil du weg warst, und dann kam eins zum anderen«, weinte sie und vergrub erneut das Gesicht in den Händen, während meine kalten Finger in meinem Nacken landeten.

Das war garantiert nicht einfach so passiert.

Er hatte es geplant. Chad ließ nichts einfach passieren. Dafür war er zu verschlagen. Und ausgerechnet Madison war sein nächstes Opfer geworden.

»Schon gut«, murmelte ich und zog sie in meine Arme. »Er ist nicht hier und ich verspreche dir, dass der Kerl dir nie wieder was tun wird.«

Ich wiegte sie in den Armen, ließ ihre Tränen in mein Shirt sickern. Ihr kleiner Körper wurde von Schluchzern durchgerüttelt, das Weinen hallte an den Wänden wider, als wäre es ein stummer Fluch. Ich versuchte mich mit aller Kraft auf etwas anderes zu konzentrieren als die Erinnerungen, die über mich hereinbrachen. Starr fixierte ich einen Punkt an der Wand, untersagte mir auch nur eine Träne zu vergießen.

Heute wollte ich nicht schwach sein. Das war ich zu lange gewesen.

Ich konnte nicht sagen, wie lange wir dort saßen. Irgendwann wurde es leiser und Madisons Atemzüge regelmäßiger. Sie glitt in einen unruhigen Schlaf, den ich nur zu gut nachvollziehen konnte.

Vorsichtig entzog ich mich ihrer Umarmung, ließ ihren Kopf auf ein Kissen gleiten und richtete die Decke, damit ihr nicht kalt war. Mit schwerem Herzen strich ich ihr eine Strähne aus dem Gesicht, das von widerlicher Gewalt zeugte.

Er würde es büßen. Irgendwann würde das Karma hoffentlich dafür sorgen, dass er alles zurückbekam.

Möglichst leise schlich ich aus dem Wohnzimmer, schloss die Tür hinter mir. Vielleicht würde Madison dann wenigstens etwas zur Ruhe kommen. Das wünschte ich ihr.

»Schläft sie?«

Mein Blick schnellte zu Zac, der im Türrahmen lehnte. Ich nickte langsam, versuchte nicht zu sehr daran zu denken, wie wahnsinnig heiß er gerade aussah. Ob diese dämliche Erkenntnis an dem Restalkohol in meinem Blut lag?

»Wollen wir beide dann den Kakao trinken? Wäre zu schade zum Wegschütten«, schlug er schief lächelnd vor, brachte mein Herz zum Schmelzen.

Mit einem dicken Kloß im Hals und einem Flattern in der Magengegend folgte ich Zac, der mich vorbeiließ und hinter uns die Tür schloss. Ich biss mir auf die Lippe und wusste plötzlich nicht wohin mit meinen Händen. Immerhin konnte ich sie nicht direkt in seine Haare legen. Das wäre doch etwas seltsam gewesen.

»Hier«, vernahm ich Zac, der mir den Kakao hinhielt, während ich eigenartige Verrenkungen mit meinen Händen anstellte. Ich schluckte schwer, fummelte meine Finger auseinander und spürte, wie Hitze in meine Wangen schoss, während er mich beobachtete. Eilig griff ich nach der Tasse und setzte zum Trinken an, damit keine komischen Wörter oder Sätze aus meinem Mund kamen.

»Rot steht dir.«

Über den Rand der Tasse schaute ich zu ihm, der entspannt an der Arbeitsplatte lehnte und mich nicht aus den Augen ließ. Und natürlich wusste ich, was er damit meinte. Das verriet sein Lächeln. Natürlich hatte mein Körper nichts Besseres zu tun, als noch mehr Blut in meinen Kopf zu jagen.

»Oh Gott«, murmelte ich und drehte Zac den Rücken zu.

Warum war das denn jetzt so peinlich?! Und warum wurde ich rot?! Ich war doch keine zwölf mehr!

»Also, ich habe wirklich nichts gegen deine Rückansicht«, hörte ich seine raue Stimme plötzlich an meinem Ohr und spürte seine Hand an meinem Arm. »Aber deine Augen gefallen mir weitaus besser.«

Vorsichtig zog er an mir, sodass ich mich wieder zu ihm drehte. Kaum hob ich den Blick und schaute in seine fantastischen Augen, begab mein Herz sich auf einen Tauchgang. Ich hielt die Luft an, versuchte irgendeinen klaren Gedanken zu fassen, aber da war nichts außer Zac.

»Außerdem kann ich dich jetzt endlich mal in Ruhe betrachten«, hauchte er und legte seine Hand auf meine Wange.

»Endlich mal in Ruhe?«, piepte ich atemlos, als sein Daumen über meine Lippen fuhr.

Himmel.

»Du bist manchmal sehr unaufmerksam, Scar.«

Ich kam nicht dazu einzuatmen oder zu einer Antwort anzusetzen. Nein, denn Zac hatte ganz andere Dinge im Kopf. An erster Stelle stand scheinbar mich zu küssen und mir dabei den letzten Funken Verstand zu rauben, den ich noch besaß. Falls der nicht schon längst dem Herzklopfen zum Opfer gefallen war.

Seine Lippen lagen vorsichtig auf meinen, als hätte er Angst, etwas zu zerbrechen. Als er seine andere Hand in meinen Nacken legte, entwich mir ein Stöhnen und ich ließ die Arme sinken, spürte nur das Kribbeln auf der Haut und das Ziehen in der Brust.

Na ja.

Und dann war da irgendetwas Heißes, Feuchtes an meinen Füßen.

»Scheiße, ist das heiß!« Ruckartig riss Zac sich von mir los und ich taumelte einen Schritt nach hinten. Es dauerte einen Moment, bis ich begriff, dass er sich gerade sein Shirt auszog, weil ich meinen Kakao darüber verteilt hatte.

Mit leicht geöffnetem Mund und der Tasse in der Hand starrte ich Zac an, dessen Oberkörper einfach der Wahnsinn war. Man konnte erkennen, dass die Muskeln nicht durch irgendwelche Shakes und Fitnessstudios zustande gekommen waren. Es sah aus, als hätte einfache, harte Arbeit diesen Körper geschaffen, der gerade meine Knie weich werden ließ.

»Sorry«, kam es mir über die Lippen, als ich beobachtete, wie er sein Shirt ausspülte. Mein Blick fiel auf die Kakaolache auf dem Boden.

Ging‘s eigentlich noch peinlicher?

»Ich habe wirklich nichts dagegen, wenn du so vertieft in den Kuss bist, dass du nichts mehr mitbekommst, aber nächstes Mal stellen wir erst den Kakao weg, oder was auch immer du dann in der Hand hast«, sagte Zac schelmisch grinsend.

Warum tat sich genau jetzt nicht ein Loch im Boden auf?

»Können wir das bitt…«

»Wehe, du sprichst diesen Satz zu Ende«, unterbrach Zac mich mit fester Stimme. Überrascht zuckte ich zusammen und schaute zu dem Typen, der mich fassungslos anstarrte. »Ich habe zu lange drauf gewartet, um es jetzt schon wieder zu vergessen.«

Das Herz sprang mir aus der Brust.

»Außerdem ist es mal eine angenehme Abwechslung, wenn ich dich aus dem Konzept bringe.«

»Nette Abwechslung?«, fragte ich verwirrt, stellte mit leicht zittrigen Händen den Kakao ab, während Zac sein Shirt über den Stuhl hängte und nach einem Lappen griff.

»Na ja. Sonst hast du mich immer durcheinandergebracht. Tut ganz gut zu sehen, dass ich bei dir eine ähnliche Wirkung habe«, erklärte er grinsend.

Natürlich wurde ich wieder rot. Nicht dieser sanfte Pfirsichton, nein, ich wurde tomatenmarkrot. Herrlich.

Und Zac betrachtete mich dabei noch ungeniert, während ich versuchte irgendeine Möglichkeit zu finden, um zu verschwinden.

»Du bist so verdammt hübsch«, murmelte er und stand einfach nur da.

Was passierte hier bloß?!

»Scarlett? Zac?«, vernahm ich plötzlich vertraute Stimmen, kurz darauf wurde die Küchentür aufgerissen und zwei bekannte Gesichter tauchten auf. »Was ist denn hier passiert?«, fragte Ethan, als er Zac mit dem Lappen in der Hand sah. Wir tauschten einen schnellen Blick und ich versuchte nicht durchzudrehen.

»Scar ist mit ihrem dämlichen Kakao gegen mich gelaufen«, schnaubte Zac, woraufhin ich die Augen verdrehte.

»Wenn du im Weg stehst«, gab ich plump zurück, sah seine Mundwinkel zucken.

»Ähm, Scar? Die, die im Wohnzimmer liegt, ist das nicht…«

»Können wir das morgen bereden?«, ging ich dazwischen. »Ich bin wirklich müde und es ist ein wenig komplizierter zu erklären.« Ich unterdrückte ein Gähnen und drängte mich an

Kayla und Ethan vorbei. »Schlaft gut«, sagte ich im Vorübergehen, spürte Zacs Blick im Rücken und das Flattern im Magen wurde sofort wieder aktiv.

Eilig schloss ich die Zimmertür hinter mir und schaltete das Licht an. Ich hatte es noch gar nicht bemerkt. Dieses Zimmer war wahnsinnig schön geworden und ich wusste nicht, wie ich Zac dafür danken konnte.

Plötzlich piepte das alte Handy in meiner Handtasche, die neben der Tür lag. Verwundert griff ich danach, nur um einen Herzstillstand zu erleiden und gleich danach wiederbelebt zu werden.

Zac: Das war garantiert nicht das letzte Mal.

Das war keine Frage, sondern eine einfache Feststellung, die keine Widerworte zuließ. Und um ehrlich zu sein, wollte ich das auch gar nicht.

Ich lief einen langen Korridor entlang. Schritte hallten an den schwarzen Wänden wider und ich konnte Chad erkennen, der immer näher kam. Mein Herz setzte aus und ich entdeckte eine Tür nicht weit von mir. Keuchend riss ich sie auf und schlug sie gleich wieder zu.

Die Schritte verstummten.

Erleichtert atmete ich aus, drehte mich um und entdeckte Madison, die nicht weit von mir entfernt stand. Ihre Kleidung war zerrissen, das Gesicht von Platzwunden und blauen Flecken übersät.

»Du hättest es verhindern können«, sagte sie plötzlich, und aus dem Nichts erschienen Hailey und meine Mutter, die ebenfalls aussahen, als wären sie verprügelt worden.

»Es ist deine Schuld«, ertönte es im Chor, während Kayla und Carol Miller sich dazugesellten und näherkamen.

»Deine Schuld!«, schrien sie im Chor und ich fiel in ein schwarzes Nichts….

Ich schlug die Augen auf, spürte den kalten Schweiß auf der Stirn und starrte an die dunkle Decke. Das Herz pochte erbarmungslos in meiner Brust und Schuldgefühle krochen meine Beine hoch, umklammerten langsam meinen Körper. Eine ungewohnte Kälte machte sich breit, während ein Gedanke immer klarer wurde:

Hätte ich den Mut gehabt, Chad aufzuhalten, wäre Madison das nicht passiert.

33. Zac

Mein Kopf spielte verrückt. Der Kuss und diese blöde Unterhaltung in der Küche hatten mein Gefühlschaos auf eine neue Ebene gehoben, von der ich nicht wusste, dass sie überhaupt vorhanden war. Ich konnte mir auch nicht vorstellen, dass das gesund war. Immerhin war ein gleichmäßiger Rhythmus für mein Herz nicht mehr vorhanden. Sobald ich Scar sah, war das am Ausrasten. Und ich hatte keine Ahnung, wieso.

Gut.

Die hatte ich schon. Aber der Gedanke daran war absurd. Immerhin war das die kleine Scar und die Vorstellung, darüber auch nur ein Wort mit Ethan zu wechseln, versetzte mich doch etwas in Angst.

Ich rückte die Schreibtischlampe ein wenig zur Seite, sodass ich auf das Bild schauen konnte, das ich in der letzten Stunde gezeichnet hatte. Die Linien waren viel feiner als die des letzten Portraits von Scarlett.

Ein Seufzer entfuhr mir, als ich es vorsichtig in mein Skizzenbuch legte, zu den anderen Zeichnungen von ihr. Ich hoffte nur, dass weder Ethan noch Scarlett dort jemals hineinschauen würden. Ansonsten würde ich wirklich in Erklärungsnot geraten. So langsam kam ich mir selber wie ein kranker Stalker vor, also wollte ich gar nicht erst wissen, was andere von mir dachten. Die Vorstellung, dass das auch noch ausgestellt werden sollte, machte mir mittlerweile doch ein wenig Sorgen.

Zum einen hatte ich zu Beginn nicht damit gerechnet, dass da irgendwie mehr entstehen würde, und zum anderen wollte ich nicht, dass es jemand sah. Diese blöden Zeichnungen wurden von Mal zu Mal persönlicher und hatten sich zu einer Art

Therapie für mich entwickelt. Wer wollte schon jemand anderen so etwas sehen lassen?

Das Knallen der Haustür riss mich aus den Gedanken. Schnelle Schritte, die sehr vertraut klangen, hallten plötzlich durch die verlassene Straße. Mit gerunzelter Stirn rutschte ich mit dem Stuhl zurück und ging zum Fenster, um einen Blick nach draußen zu werfen.

Wahrscheinlich hatte ich mich sowieso nur verhört.

Kurz schweifte mein Blick über die Gasse, vorbei an den Laternen und Autos bis zur Bushaltestelle.

Ich hielt inne.

Was zur Hölle machte sie da?

Die Hände tief in den Jackentaschen vergraben, stand Scarlett vor dem Haltstellenschild und starrte auf ihre Schuhe. Reflexartig griff ich nach meinem Handy und suchte nach ihrer Nummer.

Zac: So spät noch unterwegs?

Kaum hatte ich die Nachricht abgeschickt, schaute ich wieder zu Scarlett, die ihr Handy hervorzog. Eine Sekunde blickte sie auf den Display, dann steckte sie es zurück, als wäre meine Nachricht nie angekommen.

Sie drehte sich nicht einmal um.

Irgendwas stimmte da nicht.

Ich schlüpfte in meine Sneaker und griff nach meiner Jacke, die ich mir eilig überzog. Möglichst leise schloss ich die Tür hinter mir und nahm zwei Stufen auf einmal. Immerhin hatte ich keinen Schimmer, wann der nächste Bus kam, und ich wurde das Gefühl nicht los, dass Scarlett nicht auf mich warten würde.

Hinter mir schlug die Haustür zu und sofort schnellte der Kopf der wartenden jungen Frau zu mir. Falten bildeten sich auf ihrer Stirn, während ich mich näherte. Sie machte allerdings keine Anstalten zu verschwinden. Nein, Scar blieb stur stehen und starrte auf ihre Schuhe. Demonstrativ stellte ich mich vor sie auf die Straße.

»Kann ich dir irgendwie behilflich sein?«, fragte ich und bemerkte, dass mein Herz wieder einen unregelmäßigen Rhythmus annahm.

»Geh wieder ins Bett, Zac«, sagte Scarlett, ohne mich eines Blickes zu würdigen.

Vielleicht zog ihre Kalte-Schulter-Masche woanders, aber ich hatte nicht vor, mich mit dieser Aussage zufriedenzugeben. Ich legte meine Finger unter ihr Kinn, spürte gleich darauf mehrere Stromschläge durch meinen Körper jagen.

Daran konnte echt nichts gesund sein!

Widerwillig hob sie den Kopf, sodass sich unsere Blicke trafen. Ich durfte mir nur nicht anmerken lassen, dass sie mich so aus der Fassung brachte. Am Ende würde sie das noch gegen mich verwenden. Ich zwang mich ruhig zu atmen und das Kribbeln in jeder Körperzelle zu ignorieren.

»Was hast du vor, Scarlett?«, fragte ich bestimmt in der Hoffnung, dass ich eine ehrliche Antwort bekam.

»Es geht dich nichts an.« Sie presste ihre hübschen Lippen zusammen und ich konnte nicht anders, als einen kurzen Blick darauf zu werfen. Leider wurden dadurch eine Menge Erinnerungen wach und ich spürte, dass sich etwas in meiner Hose bewegte.

Falscher Zeitpunkt.

Aber so was von falsch.

»Was machst du um halb vier morgens an einer Bushaltestelle? Und erzähl mir nicht, dass du Lust auf Sightseeing hast.«

»Vielleicht möchte ich mich an meinem Geburtstag einfach betrinken?«

Meine Mundwinkel zuckten.

»Du musst das wirklich noch mal üben mit dem Lügen«, seufzte ich und fuhr mir mit der Hand durch das Haar. »Also, wenn du nicht willst, dass Kayla und Ethan gleich hier auftauchen, solltest du mir jetzt sagen, was du vorhast.«

»Das würdest du nicht tun«, gab sie mit weit geöffneten Augen von sich.

»Willst du wetten?«

Sie starrte mich an. Ich konnte förmlich sehen, wie in ihrem hübschen Köpfchen jedes Rad in Bewegung kam und sie abwog, ob ich bluffte. Scheinbar konnte ich das besser als sie. Ein Windhauch zog durch die Straßen, wirbelte ihr Haar durcheinander, an dem ich sie am liebsten zu mir gezogen hätte, um sie zu küssen.

Allerdings war das hier nicht der passende Moment dafür.

»Ich will nach Los Angeles.«

Sekunde.

Was?!

»Das ist nicht dein Ernst, oder?«, fragte ich leicht schockiert nach.

»Ich muss das klären«, meinte sie mit zusammengebissenen Zähnen.

»Du willst alleine zu dem Schläger fahren? Bist du wahnsinnig?!«

»Siehst du, genau aus dem Grund wollte ich, dass keiner was davon mitbekommt!«

»Warum? Weil dir jeder sagen würde, dass es eine schwachsinnige Idee ist?!«, knurrte ich.

»Nein, weil keiner das verstehen würde!«, zischte Scar und wandte den Kopf zur Seite.

»Du hast recht. Ich verstehe nicht, warum du zu dem Kerl willst.«

»Und genau aus diesem Grund wirst du deinen verfluchten Arsch wieder reinbewegen«, befahl Scarlett mir, doch wenn sie dachte, dass ich sie alleine losfahren lassen würde, hatte sie sich gewaltig geschnitten.

Ich setzte gerade zu einer Antwort ein, als ich es sah.

Eine einzige Träne auf ihrer Wange.

Super, Zac.

Das wievielte Mal hatte ich es jetzt versemmelt?

Ich schluckte den Stein herunter, der in meinem Hals steckte, und biss mir auf die Lippe. Warum musste ich es immer versauen, wenn es um Scarlett ging? Bei anderen Frauen war ich bisher nie in so viele Fettnäpfchen getreten.

Vorsichtig fing ich die Träne mit dem Finger auf, strich ihr kurz über die Wange.

Die Kleine machte mich fertig.

»Einverstanden«, sagte ich und zog die Hand zurück, woraufhin sie mich verwirrt anschaute.

»Einverstanden?«

»Ich fahre dich hin, warte, bis du wieder draußen bist, und fahre dich nach Hause«, erklärte ich schulterzuckend und griff nach ihrer Hand.

»Aber…«, versuchte sie zu widersprechen, während ich sie hinter mir herzog.

»Kein Aber. Ich werde garantiert nicht in San Diego sitzen, während du auf dem Weg zu so einem Idioten bist. Also, entweder du akzeptierst, dass ich im Wagen warte und bereit bin, dem Typen jede Sekunde die Zähne auszuschlagen, oder wir beide gehen schön wieder zurück ins Haus.«

Ich zog den Autoschlüssel aus meiner Jackentasche, während Scarlett stumm neben mir stehen blieb.

»Danke«, hörte ich sie flüstern, als ich die Beifahrertür öffnete und sie ihr aufhielt. Überrascht, dass sie überhaupt ein Wort mit mir wechselte, schaute ich sie mit leicht geöffnetem Mund an. Ehrlich gesagt hatte ich gedacht, dass sie ein wenig sauer auf mich war. Immerhin kam schon wieder dieser Beschützerinstinkt durch, der mir schon einigen Krach mit ihr eingebracht hatte.

»Wofür?«, wollte ich wissen, konnte nicht verhindern, dass meine Lippen sich zu einem kleinen Lächeln verzogen.

Scarlett beugte sich vor und drückte ihre einen Wimpernschlag lang auf meine. Das reichte allerdings aus, um meinen Magen auf eine Achterbahnfahrt zu bringen. Mit großen graublauen Augen, die das Lächeln erreichte, blieb sie dicht vor mir stehen.

»Du weißt, wofür, Zac«, flüsterte sie und stieg ein.

Ich biss mir auf die Lippe.

Ethan würde mich umbringen. Und wenn er das nicht wegen der Fahrt nach Los Angeles tat, dann spätestens, wenn er mitbekam, dass ich nicht die Finger von seiner Schwester lassen konnte.

34. Scarlett

Wir hatten die Fahrt über nicht gesprochen. Zac hatte mir einige Male Blicke von der Seite zugeworfen, doch mehr war nicht geschehen. Vielleicht hatte er gemerkt, dass ich in meiner eigenen Welt war und mit mir selbst kämpfte. Gegen die Angst und irgendwie für die Gerechtigkeit, die ich endlich haben wollte.

Ich wollte einfach nur, dass Chad wusste, was zum Teufel er für ein Arschloch war. Und dass ich ihn kein weiteres Mal damit davonkommen lassen würde. Vielleicht würde ich Madison dazu bewegen können zur Polizei zu gehen und ihn anzuzeigen, und eventuell würde ich das nachträglich auch noch machen können.

Aber gerade ging es nicht darum.

Ich wollte, dass er wusste, dass ich vor ihm keine Angst hatte. Nicht mehr. Das hatte ich ihm bei unseren letzten Begegnungen nicht genügend klargemacht. Gut, da war ein Ausraster beigewesen, aber den schien er nicht ernst genommen zu haben.

Also würde ich es ihm diesmal klarmachen.

Auch wenn mein Herz beinah aus der Brust sprang, was neben der Angst auch an Zac lag, der unten im Auto saß, aus dem ich rasant geflüchtet war.

Der Aufzug hielt an und gab ein kurzes Pingen von sich. Meine Muskeln spannten sich an, während die Türen aufglitten und den Weg in den Flur freigaben. Ich holte tief Luft, straffte die Schultern und ignorierte die Nervosität, die jede Ader meines Körpers heimsuchte.

Ich würde diesem ganzen Chaos jetzt ein eindeutiges Ende setzen.

Selbstbewusst trat ich aus dem Flur, nur um direkt in eine kleine Menschenmenge zu rennen, die sich angeregt unterhielt. Ich wurde langsamer, runzelte die Stirn, als ich die edlen Kleider sah und bemerkte, dass laute Musik aus der offenen Wohnungstür schallte.

Was war hier los?

Chad schmiss zwar gerne Partys, aber um halb fünf morgens waren meistens nicht mehr so viele Leute da. Und es waren auch noch viel zu vertraute Gesichter, die sich eingefunden hatten.

»Scarlett!«, rief plötzlich jemand neben mir, woraufhin ich überrascht herumwirbelte. »Alles Gute zum Einundzwanzigsten, Schätzchen!« Eine brünette Frau um die dreißig beugte sich hastig nach vorne und gab mir zwei Küsschen auf die Wangen, während ich wie erstarrt vor ihr stand. Sie trat einen Schritt zurück, um mich von oben bis unten zu mustern.

»Ich hätte dich mit den neuen Klamotten fast nicht erkannt«, lachte sie, doch der Hohn in ihrem Blick entging mir nicht.

»Wo ist Chad?«, ignorierte ich ihre Aussage, obwohl ich früher oft auf Feiern mit ihr gesprochen hatte. Aber das hier war jetzt nicht mehr meine Welt und ich hatte ein ganz anderes Ziel, als mich über alte Bekannte zu ärgern.

»Oh, der ist im Büro. Ich nehme an, er packt noch dein Geburtstagsgeschenk ein«, kicherte sie.

»Das bezweifle ich ganz stark«, erwiderte ich kühl und drehte mich um.

»Also, wenn er dir schon so eine Geburtstagsparty organisiert, glaube ich, dass sein Geschenk noch viel besser wird. Vielleicht macht er dir ja einen Antrag?«

Mein Herz stockte.

»Was?«, kam es mir über die Lippen, während mir alle Gesichtszüge entgleisten.

»Hat er dir etwa schon einen Antrag gemacht?!« Überrascht riss sie die Augen auf und sagte noch etwas, doch ich hatte mich bereits wieder abgewandt.

Geburtstagsparty?

Das hatte er nicht getan.

Ich beeilte mich in die Wohnung zu kommen, ignorierte die Menschen, die mich ansprachen und versuchten mich am Arm festzuhalten, um mit mir zu plaudern. Die Wut in meinem Bauch hatte gerade eine ganz neue Dimension angenommen und es gab eine einzige Person, die das abbekommen würde.

Ich nahm zwei Stufen auf einmal und rempelte einige Menschen an. Kommentare über meine Kleidung fielen, die mich früher in eine halbe Depression gestürzt hätten. Und sie ließen mich immer noch nicht so kalt, wie ich es gerne gehabt hätte, doch sie waren mir weitaus gleichgültiger als noch vor Wochen.

»Verzieht euch«, zischte ich zwei Freunde von Chad an, die mich festhalten wollten, als ich an ihnen vorbeilief. Sie wechselten verwirrte Blicke, während ich die Tür zu Chads Arbeitszimmer aufriss und hinter mir zuknallte.

Und plötzlich war es still.

Zwar drang Musik in den Raum, doch ich hatte vergessen, wie viel Schall diese blöde Tür schluckte. Zu vertraut waren die Umgebung, der edle Schreibtisch aus Glas und die ordentlichen Schränke mit Hochglanzfronten.

Es widerte mich an.

Genau wie die Person, die vor dem Fenster stand und nach draußen schaute. Er trug einen schwarzen Anzug und nur die kleine Lampe auf dem Schreibtisch erhellte den Raum. Ich hörte Eiswürfel, die gegen das Glas prallten, als Chad es hin und her bewegte.

»Du hast ziemlich lange gebraucht, um aufzutauchen, Scarlett«, begrüßte er mich und nahm einen Schluck aus dem Glas, als müsste er sich Mut antrinken. »Scheiße, ich schmeiß für dich eine wahnsinnige Fete und du kommst einfach zu spät«, murmelte er kopfschüttelnd und wandte sich um.

Fassungslos starrte ich meinen Exfreund an, der mich von oben bis unten musterte.

»Und zusätzlich siehst du aus wie der letzte Penner. Dein Bruder hat wirklich einen schlechten Einfluss auf dich«, erklärte er und nahm einen weiteren Schluck. »Ich werde Hailey und deiner Mutter sagen, dass sie dir was organisieren sollen, damit du gleich nicht wie der letzte Idiot aussiehst.«

Sprachlos starrte ich ihn an. Chad zückte sein Handy und begann etwas zu tippen.

»Was ist hier los, Chad?«, wollte ich misstrauisch wissen, während er genervt schnaubte.

»Eine Sache, die du dir in Zukunft abgewöhnen wirst, ist diese dämliche Fragerei. Das macht mich wahnsinnig.« Er schoss einen bösen Blick auf mich ab, griff erneut zu seinem Getränk.

»In Zukunft?«, kam es mir fassungslos über die Lippen.

»Ja, ich will, dass du einfach deine Klappe hältst und gut aussiehst. Das hast du nämlich weitaus besser drauf als die anderen und ich erwarte, dass das so bleibt, wenn ich dir schon eine zweite Chance gebe.«

»Du denkst, ich bin hier, um nach einer zweiten Chance zu fragen?«

»Oh Gott, Scarlett!«, fauchte er und seine Gesichtszüge verhärteten sich. »Ich sagte, du sollst keine Fragen stellen.«

Es war ein Befehl. Nur hatte ich den Teil von mir abgelegt, der ihm stumm gehorcht hatte. Auch wenn ich weitaus selbstbewusster klang, als ich mich fühlte.

»Du scheinst eine Sache falsch verstanden zu haben, *Chad*«, spuckte ich seinen Namen aus und straffte die Schultern. »Ich bin nicht hier, um dich um irgendwas zu bitten. Der einzige Grund, weswegen ich hier bin…«

»Ich habe sie geschlagen, damit du auftauchst«, ging er gelassen dazwischen und kam langsam auf mich zu. »Hör endlich auf zu denken, dass du intelligenter bist als ich. Wir wissen beide, dass du keine Chance hast. Gut, ich habe darauf gesetzt, dass sie bereits beim ersten Mal zu dir rennt. Leider musste ich ein paarmal zuschlagen und ein paar Leuten Geld geben, aber jetzt bist du hier. Ein wenig spät, aber mein Plan ist aufgegangen.«

Ich erstarrte, konnte meinen Blick nicht von diesem Menschen abwenden, der sich bedrohlich vor mir aufbaute.

»Ich habe dich in der Hand, Scarlett. Warum geht das nicht in dein hübsches Köpfchen rein? Das mit uns ist erst zu Ende, wenn ich es sage.«

»Du bist größenwahnsinnig«, zischte ich, spürte eine glühende Hitze, wo er mich einst geschlagen hatte.

»Nein, ich bin einfach gut. Und wenn du nicht willst, dass irgendjemandem von deinen Freunden oder dem Laden deines Bruders was passiert, wirst du dir jetzt was Hübsches anziehen und danach meinen Heiratsantrag annehmen.«

Er drohte mir.

Und das Einzige, das ich tun konnte, war lachen.

Kein Scherz.

Normalerweise wäre ich bei seiner Haltung und der Tonlage kurz vorm Heulen gewesen, aber in diesem Moment konnte ich nicht anders als zu lachen. Aus ganzem Herzen, weil er einfach zu doof war zu kapieren, dass mich nichts zurückbringen konnte. Nicht einmal eine Drohung gegenüber meinen Freunden.

»Da gibt es nichts zu lachen! Ich werde dein Leben zerstören!«, schrie er mich an, packte mich hart am Arm.

Und das war der Moment, in dem ich mit der Faust ausholte und ihm einen gewaltigen Kinnhaken verpasste. Zu meiner und seiner Überraschung ließ er ruckartig los und taumelte zwei Schritte zurück.

»Scheiße«, knurrte er und tastete vorsichtig nach seiner Lippe, die an einer Stelle scharlachrotes Blut preisgab. Mit pochendem Herzen starrte ich ihn an, konnte das Lächeln nicht vertreiben. Völlig egal, ob er mich angefasst hatte oder womit er drohte.

Ich schaffte es gerade, das nicht an mich ranzulassen.

Und das war ein unfassbar befreiendes Gefühl.

»Merk dir eins, Chad. Wenn du irgendjemandem von meinen Freunden oder meiner Familie etwas antust, wirst du das aufs Bitterste bereuen. Du denkst, du kannst mein Leben zerstören? Du hast ja keine Ahnung, was ich mit deinem Image anstellen kann, und wir wissen beide, dass es dir nur darum geht. Also überleg dir genau, was du tust und was nicht, denn das Echo wird dich zerstören. Dafür werde ich sorgen.«

Die Temperatur im Raum schien mit jedem Wort zu sinken. Geschockt starrte er mich an, während Blut auf die weißen Fliesen tropfte und ich ihn mit meinem Blick festhielt. So fest, dass ihm die Luft wegblieb.

Diesmal war ich es, die verachtend auf jemanden hinabschaute. Und niemals hätte ich gedacht, dass es Chad sein würde. Und es fühlte sich fantastisch an, sich der Angst zu stellen, die mich seit Monaten begleitet hatte.

Erste Sonnenstrahlen fielen durch das Fenster, leuchteten meinen Exfreund an, der am Schreibtisch lehnte und nicht verstand, was hier gerade geschah. Ich warf einen Blick auf den rosaroten Himmel, ehe ich mich mit einem Lächeln auf den Lippen umdrehte und den Raum verließ.

Meine Finger zitterten leicht, als die Tür des Arbeitszimmers hinter mir zufiel und die Musik meine Ohren beschallte. Ich konnte die Blicke der Leute spüren, die auf der Galerie standen und mich neugierig von oben bis unten musterten. Jedes Augenpaar, das über meinen Körper fuhr, fühlte sich auf meiner Haut wie klebriger Ahornsirup an.

Ich wollte nur noch hier weg und zurück zu Zac.

Zac.

Das Lächeln wurde breiter und mein Herzschlag nahm eine neue Geschwindigkeit an, obwohl ich das nicht wollte.

Ich steuerte die Treppe an, als die Schlafzimmertür links neben mir aufgerissen wurde und ein Gesicht zum Vorschein kam, das ich nicht hatte antreffen wollen. Natürlich war sie hier. Wo hätte meine Mutter auch sonst an meinem Geburtstag sein sollen? Und natürlich trug sie irgendein teures Kleid, das Chad ihr besorgt hatte, damit sie weiterhin auf seiner Seite stand.

»Wie siehst du aus?!«, hörte ich sie schockiert fragen.

»Wie eine ganz normale Studentin, Mum«, erklärte ich im Vorbeigehen.

»Scarlett!« Ihre zornige Stimme übertönte das Gerede und die Musik, doch es konnte nicht gegen das laute Pochen in meiner Brust ankommen. »Komm sofort zurück! Du führst dich auf wie ein Kleinkind!«

Ihre Stimme wurde hysterisch, und als ich mich umdrehte, sah ich, dass Chads Eltern neben ihr standen, mich angewidert betrachteten.

Und es war mir absolut recht.

»Also, ich finde, Sie verhalten sich weitaus erwachsener als eine Menge der hier Anwesenden«, hörte ich jemanden neben mir sagen, als ich die unterste Stufe erreichte. Überrascht wirbelte ich herum und entdeckte Carol Miller, die genüsslich an einem Cocktail nippte. Sie trug schwarze Handschuhe und ein Cocktailkleid, das ihr fantastisch stand. »Wenn Sie nichts dagegen haben, würde ich Sie gerne begleiten. Das Niveau dieser Party spricht mich nicht länger an.«

Als wäre es das Normalste der Welt, hakte sie sich bei mir unter und schenkte mir ein strahlendes Lächeln.

»Das Niveau der Party?«, zischte meine Mutter, polterte die Treppe hinunter und deutete anklagend mit dem Zeigefinger auf mich. »Sie haben doch keine Ahnung, worum es hier geht!« Meine Mutter baute sich vor Carol Miller auf, die jedoch gute zwanzig Zentimeter größer war und gleichgültig zu meiner Mutter hinabschaute.

»Oh, ich glaube, es geht darum, dass Scarlett eine junge selbstständige Frau ist, die nicht länger auf einen unhöflichen, arroganten Mann angewiesen ist. Und wenn Sie uns nun entschuldigen würden, wir haben noch eine etwas längere Heimfahrt vor uns.« Carol Miller drehte sich zu mir und zog fragend die Augenbrauen hoch. »Es sei denn, du möchtest noch etwas bleiben?«

Das hier passierte doch nicht gerade wirklich?

»Nein, ich denke, es ist der passende Zeitpunkt, um zu gehen«, stimmte ich zu.

Mittlerweile war es still geworden und irgendwer musste die Musik ausgeschaltet haben. Erste Sonnenstrahlen fielen durch die Fenster, funkelten die Menschen in ihren hübschen Kleidern an, die bei Tageslicht nicht mehr annähernd so schön erschienen. Zusammen liefen wir an den Leuten vorbei, die uns neugierig beobachteten, und ich wusste nicht, ob sie Platz machten, weil Carol Miller an meiner Seite war oder weil meine Mutter tödliche Blicke auf mich abfeuerte. Gemächlich traten wir zum Fahrstuhl, als sich leises Getuschel mit schnellen Schritten mischte.

»Wenn du jetzt gehst, brauchst du nie wiederzukommen!«, kreischte meine Mutter, als die Lifttür aufglitt.

Carol Miller warf mir einen kurzen Blick zu, ehe sie sich von mir löste und mit den Armen in den Fahrstuhl deutete. »Nach Ihnen«, sagte sie höflich, ließ die Blicke und Schimpfwörter eiskalt an sich abprallen.

»Danke«, erwiderte ich im gleichen Tonfall und betrat den Lift. Carol Miller gesellte sich zu mir, drückte den Knopf ins Erdgeschoss und winkte elegant meiner Mutter zu, die aussah, als würde sie jede Sekunde platzen.

»Sie widerliches Stück…«, keifte meine Mutter, als die Türen zuglitten und den Weg zu der Feier verschlossen. Jedes Geräusch verstummte und ich hielt die Luft an, starrte perplex auf das Metall.

»Das war wie in einem schlechten Film«, stellte ich schockiert fest.

»Oh meine Liebe, das ganze Leben ist ein schlechter Film«, erklärte Carol Miller neben mir und zog ihre Handschuhe aus.

»Meine Mutter hat mich gerade rausgeschmissen«, stellte ich fest, doch die Bedeutung hing schwer zu fassen in der Luft.

»Das ist der falsche Blickpunkt«, wurde ich unterbrochen, »du hast deine Mutter rausgeschmissen, finde ich passender. Und das auch noch auf eine sehr beeindruckende Art und Weise.«

Meine Hände waren schwitzig, als die Türen aufglitten und ich eine vertraute Silhouette erkannte. Braungrüne Augen nahmen mich in Beschlag und Erleichterung stand in seinem Gesicht, die sofort der Verwunderung wich, als er Carol Miller sah.

»Was…?«

Doch er kam nicht weiter. Ich verwarf jeden Gedanken daran, dass die Dekanin neben mir stand und fiel Zac um den Hals, der überrumpelt zwei Schritte nach hinten machte. Ich vergrub meine Nase an seinem Hals, atmete den vertrauten Geruch von Salz und Kaffee ein, während sich ein Stein in meinem Magen löste. Seine warmen Hände umfassten meine Hüfte, doch er versuchte nicht mich wegzuschieben.

Wahrscheinlich wäre das in dem Moment eh nicht möglich gewesen, weil ich mich an ihn klammerte wie ein kleiner Affe an seine Mutter. Vielleicht ein wenig erbärmlich, aber es tat unfassbar gut seine Wärme und Hände zu spüren.

»Scarlett hat ein paar Personen dort oben sehr deutlich gemacht, dass sie nicht mehr an Kontakt interessiert ist«, vernahm ich die Stimme der Dekanin hinter mir.

»Ist ihr was…?«

»Mir geht's fantastisch«, strahlte ich und löste meinen Griff, sodass er mir ins Gesicht schauen konnte. Sogleich versank ich in den Augen und diesen hinreißenden Lippen, die mich um den Verstand brachten.

Ach was. Es waren nicht nur die Lippen. Es war der ganze Typ an sich.

»Er hat nicht…?« Zac ließ die Frage im Raum stehen, nahm jeden Zentimeter meines Gesichts genau unter die Lippe, was ein heißes Prickeln auf meiner Haut auslöste.

»Ich habe ihm eine verpasst, als er mir gedroht hat.«

»Er hat dir gedroht?«

Seine Gesichtszüge verhärteten sich.

»Ja, und dann habe ich ihm eine Drohung zurückgeschickt«, verkündete ich selbstsicher und wusste nicht, ob dieser Mut und Stolz nur vom Adrenalin kam.

Erschien mir allerdings als die sinnvollste Erklärung. Denn so viel Arsch in der Hose hatte ich eigentlich nicht. Auch wenn ich versuchte mir das einzureden.

»Ich muss sagen, dass ich das gerne live erlebt hätte«, gestand Carol Miller lächelnd und setzte sich langsam in Bewegung.

»So spektakulär war das wirklich nicht«, murmelte ich, spürte eine leichte Röte auf meinen Wangen und ließ vom besten Freund meines Bruders ab.

»Erzähl nichts, Scar. Jeder deiner Auftritte ist spektakulär.« Zac schenkte mir einen Blick, der unter die Haut ging, und ich zwang mich, ihm nicht um den Hals zu fallen.

Also auf eine andere Art und Weise, als ich es gerade eben getan hatte. Mit mehr Haut und so.

»Ja, das denke ich auch. Ich bin bis heute von der Nacht fasziniert, als du klitschnass auf der Toilette in der Universität standest. Dass man jemanden weinend dort antrifft, ist nichts Neues. Aber komplett durchnässt in einer kühlen Septembernacht, das ist doch ungewöhnlich.«

Oh Shit.

»Klitschnass…?«, vernahm ich Zacs Frage und biss mir auf die Lippe.

Musste das ausgerechnet jetzt rauskommen?!

»Ach. Wo wir gerade dabei sind, was ist eigentlich mit dem Typen passiert?«

Erdboden, tu dich auf.

»Mit dem Typen?«, wollte Zac misstrauisch wissen.

»Na ja, der…« Carol Miller schaute zu mir, hatte den Mund bereits für eine Antwort geöffnet, als ihr Blick zwischen Zac und mir verweilte. Ich schüttelte kaum merklich den Kopf, als sie langsam zu verstehen schien, was ich von ihr wollte. »Mr. Wright, sind Sie wohl so freundlich und fahren mich nach Hause? Es müsste gleich auf dem Weg zu Ihnen liegen. Wenn das natürlich nicht machbar ist, dann würde ich mir ein Taxi nehmen«, wechselte sie rasch das Thema und blieb mit uns vor Zacs alten Truck stehen, während der mich nicht aus den Augen ließ.

Oh Himmel. Gerade würde ich es lieber noch einmal mit meiner Mutter und Chad aufnehmen, als Zac gegenüberzustehen.

»Natürlich, Mrs. Miller«, sagte er freundlich.

Viel zu freundlich.

Wie der perfekte Gentleman öffnete er die Tür hinter dem Beifahrer und hielt Carol Miller eine Hand hin, damit sie einsteigen konnte. Sie bedankte sich mit einem erfreuten Lächeln, doch ich konnte an seinen Gesichtszügen sehen, dass er begriffen hatte, was sie hatte sagen wollen. Und ich wurde das ungute Gefühl nicht los, dass ihm das ein wenig missfiel.

Er schlug die Tür hinter ihr zu und blieb zwei Schritte vor mir stehen.

»Du warst bei der *Dekanin*?«, flüsterte er und durchbohrte mich mit seinen Augen.

Oh. Oh.

»Zu meiner Verteidigung: Das war purer Zufall.« Ich zog den Kopf etwas ein und schenkte ihm ein entschuldigendes Lächeln.

»Du wirst mir genau sagen, was du ihr erzählt hast«, murrte er und fuhr sich mit der Hand durch das strubbelige Haar. Ein Seufzen glitt über seine Lippen, während er den Kopf schüttelte und die Beifahrertür nun für mich öffnete.

»Du machst mich wahnsinnig«, zischte er mir zu, als ich einstieg. Ich biss mir auf die Zunge und er schloss die Tür hinter mir. Ich beobachtete, wie er um den Wagen lief, und es sah aus, als würde er ein wenig mit sich selber reden.

Natürlich wirkte das bei Zac nicht albern. Nein, es war irgendwie heiß.

»Er war der Typ, oder?«, hörte ich die Dekanin von hinten fragen.

»Ja«, war das Einzige, das über meine Lippen kam.

»Oh Scheiße.«

Das konnte sie laut sagen.

35. Zac

Sie hatte es der Dekanin gesagt. Natürlich rannte so jemand wie Scarlett nicht zu Freunden oder in irgendeine Bar, um sich bei einem Barkeeper auszuheulen. Nein, die gute Scarlett schaffte es, sich bei der Frau über mich auszulassen – zumindest ging ich davon aus, dass in jener Nacht keine Lobeshymnen über mich gehalten worden waren –, bei der ich demnächst eine Prüfung hatte.

Da allgemein bekannt war, dass es in ihrer Ehe nicht allzu gut lief und ihr Ehemann ein Arschloch sein musste, hatte ich jetzt doch die Befürchtung, dass ihre Benotung von dem Punkt beeinflusst werden könnte. Keine guten Voraussetzungen, da ich sogar überlegt hatte, den Master bei ihr zu machen. Das dauerte zwar noch ein wenig, aber Frauen waren ja etwas nachtragender als Männer.

Ich unterdrückte ein Seufzen und warf einen flüchtigen Blick in den Rückspiegel. Carol Millers Augen begegneten meinen, woraufhin ich hastig wieder auf die Straße schaute. Doch das Zucken ihrer Lippen hatte ich noch wahrgenommen. Sie schien über die aktuelle Situation sichtlich amüsiert zu sein.

Ganz im Gegensatz zu mir.

»Sie können hier vorne halten«, sprach Carol Miller das erste Mal, seit wir aus Los Angeles losgefahren waren. Überhaupt war es das Erste, seit wir in den Wagen gestiegen waren. Und irgendwie wurde ich das Gefühl nicht los, dass es an der Unterhaltung lag, die die beiden Frauen ohne mich geführt hatten.

Die Zeitspanne war zwar sehr kurz gewesen, aber für das weibliche Geschlecht bestimmt ausreichend.

Ich fuhr den Wagen an den Straßenrand und umklammerte mit der linken Hand das Lenkrad.

»Würden Sie mich zur Haustür begleiten, Mr. Wright?« Es war eine Frage, und doch konnte ich hören, dass sie keinen Widerspruch zulassen würde. Außerdem hatte so eine Frau wie Carol Miller es nicht nötig, zur Haustür gebracht zu werden. Sie würde jeden Kerl, der ihr auf irgendeine Weise zu nahe käme, sofort auseinandernehmen.

»Natürlich, Ms. Miller«, antwortete ich höflich und stieg aus, ohne Scarlett anzuschauen. Wahrscheinlich würde meine Dekanin mich jetzt darüber belehren, wie ich mich als Mann zu verhalten habe, und das Ganze verdankte ich niemand anderem als dem hübschen, nervigen Mädchen in meinem Wagen.

Ich öffnete die Tür, um Carol Miller aussteigen zu lassen.

»...denken Sie daran, Scarlett. Und noch eine gute Heimfahrt«, hörte ich sie sagen, ehe sie nach meiner Hand griff und sich beim Aussteigen helfen ließ. Ich runzelte die Stirn, während Scarlett leicht geschockt die Augen aufriss und sich wieder nach vorne drehte.

Manchmal wünschte ich, ich könnte wirklich hören und verstehen, was Frauen dachten. Das war mir nämlich immer noch ein Rätsel.

Ich schlug die Tür zu, während Ms. Miller ihr Kleid richtete und dann auf ein großes Tor zulief. Ein Nachtwächter saß in einem Häuschen daneben und nickte der Dekanin zu, als sie ankam. Eine leichte Röte trat auf die Wangen des Nachtwächters und er öffnete mit einem ziemlich trotteligen Grinsen das Tor per Knopfdruck.

Sah ich auch immer so doof aus, wenn ich Scarlett anschaute? Von Ethan und Kayla kannte ich den Blick zwar schon, aber von mir? Mal abgesehen davon, dass es doch sehr verräterisch wäre, war ich nicht so krass in sie verliebt oder so einen Mist. Ich stand einfach nur auf sie.

So wie manche eben auf Schokoladenkuchen stehen.

»Sie ist die Frau auf den Skizzen, oder?«

»Wie bitte?«, riss ich mich von den wirren Gedanken los, während wir zu dem großen Gebäude liefen. Der Kies knirschte unter den Schuhen und nur das sanfte Rauschen der Büsche um uns herum war zu hören.

»Das Projekt für den Tag der offenen Tür bei Xavier Brown«, erklärte sie, »das ist Scarlett auf den Bildern, richtig?«

Die Frage glich eher einer Feststellung, woraufhin ich die Lippen zusammenpresste.

Verdammt.

Musste ich jetzt wirklich ein Gespräch über mein Liebesleben mit meiner Professorin und der Dekanin führen?

Liebesleben? Gott, was dachte ich eigentlich. Ich stand nur auf Scarlett. Mehr nicht.

»Sie ist ein hübsches Modell«, fuhr Ms. Miller unbeirrt fort, als wir die Tür erreichten und sie anfing, in ihrer Tasche nach dem Schlüssel zu suchen. »Allerdings frage ich mich, ob sie weiß, dass sie ein Modell für eine Ausstellung ist.«

Ein scharfer Blick traf mich und ich senkte rasch den Kopf. Bei der Frau fühlte ich mich wie ein Fünfjähriger, der beim Scheißebauen erwischt worden war.

»Vielleicht sollten Sie ihr das mitteilen. Und ihrem Bruder auch.«

»Ich kann Ethan nicht…«

Sekunde.

»Woher wissen Sie das mit ihrem Bruder?«, fragte ich nachdenklich und schaute Ms. Miller skeptisch an. Ein unschuldiges Lächeln lag auf ihren Lippen.

»Sehen Sie einfach zu, dass Sie ihr nicht das Herz brechen. Immerhin scheinen Sie ja derjenige gewesen zu sein, der es gerade wieder zusammengesetzt hat.« Carol Miller schloss die Haustür auf und warf mir einen letzten bohrenden Blick zu.

»Danke für die Begleitung und ich wünsche Ihnen noch eine schöne Heimfahrt«, waren ihre letzten Worte. Dann verschwand sie im Inneren der Villa und ließ mich ein wenig sprachlos zurück.

Was zur Hölle hatte Scarlett ihr erzählt?!

Ich machte auf dem Absatz kehrt und lief mit großen, schnellen Schritten zurück. Zum einen wollte ich unbedingt wissen, was Scarlett ihr mitgeteilt hatte, und zum anderen wollte ich bloß noch hier weg. Nicht, dass sie am Ende auf die Idee kam Scar zum Kaffeetrinken einzuladen, die beiden sich dann noch intensiv über mich unterhielten und ich am Ende als kompletter Idiot dastand.

Der Nachtwächter öffnete das Tor und ich eilte die letzten Meter zum Auto. Im Außenspiegel erkannte ich Scar, die nervös auf ihrer Lippe kaute und mich beobachtete. Als sie bemerkte, dass ich sie sah, färbten ihre Wangen sich leicht rot und sie drehte den Kopf weg.

Scheiße. Das war einfach viel zu süß, wenn sie sich ertappt fühlte.

Aber nein. Ich durfte ihr jetzt nicht sofort wieder verfallen. Zuerst musste ich wissen, was sie Carol Miller erzählt hatte und wie schlecht die Frau in Wirklichkeit über mich dachte.

Ich stieg in den Wagen und schlug die Tür hinter mir zu.

Einen Moment blieb ich sitzen, steckte den Schlüssel ein und lehnte mich zurück. Sie sagte kein Wort. Scar saß einfach auf dem Beifahrersitz und verschränkte die Finger ineinander, die ich so gerne mit meiner Hand halten würde. Aber gerade musste ich mich beherrschen, um nicht wie der komplette Depp auszusehen.

»Was hast du ihr erzählt?« Meine Stimme klang etwas schärfer als beabsichtigt und sie zuckte ein wenig zusammen, was mir sofort leidtat. Ein leiser Seufzer entfuhr mir, und obwohl ich mir geschworen hatte, sie nicht anzuschauen, um jeglicher Versuchung zu entgehen, wandte ich mich ihr zu.

»Scar, was hast du ihr in der Nacht erzählt?«

Ich sah, wie sie schluckte, und ihre graublauen Augen versuchten meinen standzuhalten. Doch Verunsicherung blitzte kurz in ihnen auf. Dabei hatte ich das gar nicht beabsichtigt. Ich wollte nur wissen, auf welche Kommentare ich mich in naher Zukunft gefasst machen konnte.

»Nicht viel?«

Gott, sie sah einfach zu hinreißend aus.

»Könntest du *nicht viel* bitte etwas weiter ausführen?«

»Ich habe ihr vielleicht gesagt, dass es da diesen besten Freund meines Bruders gibt und ich denke, dass es den Kuss nur gab, weil er notgeil war und ich für ihn aber eine kleine Schwester bin.«

Sie hatte mich als notgeil bezeichnet. Na super.

Und doch konnte ich diesem entschuldigenden Lächeln nicht widerstehen.

»Notgeil?«, stöhnte ich und fuhr mir mit dem Hand durchs Haar.

»Na ja, war die logische Erklärung«, meinte sie schulterzuckend.

»Logisch?«, wiederholte ich ungläubig. »Dir ist also nicht in den Sinn gekommen, dass du einfach wahnsinnig heiß aussahst im Wasser? Und es tut mir leid, dir das mitteilen zu müssen, aber du bist keine kleine Schwester für mich. Dafür hatte ich schon viel zu viele Gedankengänge, für die dein Bruder mich umbringen wurde«, murmelte ich genervt von mir selber.

»*Gedankengänge*?« Skeptisch hob sie die Augenbrauen und fixierte mich.

»Ja, Kleine, ich habe eine Menge schmutzige Sachen in meinem Kopf mit dir angestellt.« Ich beugte mich über die Mittelkonsole und konnte mir ein anzügliches Grinsen nicht verkneifen, als ich die Röte in ihrem Gesicht aufsteigen sah.

»Und du kannst mir nicht erzählen, dass du nicht auch an irgendetwas in der Richtung gedacht hast.«

»Habe ich nicht«, kam es prompt zurück, was mir ein heiseres Lachen entlockte.

»Du bist wirklich eine schreckliche Lügnerin«, stellte ich kopfschüttelnd fest.

»Schwachsinn.«

»Und warum wirst du dann rot?«

Erschrocken weiteten sich ihre Augen und sie verschränkte die Arme vor der Brust, als wollte sie mich fernhalten. Aber irgendwie hatte ich absolut keine Lust darauf. Nein, ich wollte Scar ganz nah bei mir haben.

Wie von selbst legte sich meine Hand an ihr Kinn und ich strich mit dem Daumen über diese hübschen Lippen, die mir in der ein oder anderen Nacht den Schlaf geraubt hatten.

»Ich muss zugeben, dass mir das ziemlich gefällt«, murmelte ich leicht abwesend und in meinem Kopf war Scar bereits nackt und auf mir.

»Ich werde nicht rot«, protestierte sie halbherzig, wobei ihr heißer Atem über meine Hand strich.

»Du bringst mich noch um, Scar«, flüsterte ich.

Dann biss sie sich auf die Lippe und es war um mich geschehen.

Obwohl ich ihr hatte Zeit geben wollen, legte ich meine Hand in ihren Nacken und zog sie zu mir. Sie schnappte überrascht nach Luft, doch ich ließ ihr keine andere Wahl. Vielleicht würde sie mir gleich eine verpassen, aber das wäre es mir wirklich wert.

Hart presste ich meine Lippen gegen ihre und ein zufriedener Seufzer entfuhr mir, als das angenehme Kribbeln durch meinen Körper rauschte. Sie öffnete ihren Mund und gewährte mir Einlass, während ihre Hände sich an mein Shirt krallten.

Ich liebte es.

Ich fuhr mit der Zunge über ihre Lippen, hörte ihr leises Stöhnen, das meine Hose enger werden ließ. Meine Hand vergrub sich in ihren Haaren und ich vergaß alles um mich herum. Sie schmeckte nach Orange, was mich noch ein wenig verrückter machte.

Meine Hose drohte zu platzen, während sie sich immer fester krallte. Ich hätte aufhören sollen, aber ich wollte und konnte nicht. Mein Kopf war in einen Offline-Modus versetzt worden und ich hatte keine Ahnung, wann er sich wieder einschalten würde.

Scar löste den Gurt, und ehe ich mich versah, kletterte sie auf meinen Schoß. Schon beinah schmerzhaft pochte es in meiner Hose, während sie mich mit feuchten, geschwollenen Lippen anstarrte. Ihre Augen waren glasig und die Brust hob sich unregelmäßig.

»Was hast du vor?«, presste ich irgendwie hervor, als sie sich nach vorne beugte und mit ihren Lippen über meinen Hals fuhr. Automatisch packte ich sie an der Hüfte, die sie gegen meine drückte.

»Ich will dich, Zac.«

Oh Gott. Wie sehr hatte ich diese Worte hören wollen?

Ein Stöhnen entkam mir, als sie mir in den Hals biss.

Ich war im Himmel.

Zum zweiten Mal in dieser Nacht, von der ich gedacht hatte, dass sie in einer Katastrophe enden würde.

Na ja.

Und zum zweiten Mal in dieser Nacht wurden wir unterbrochen.

Jemand hämmerte heftig gegen die Fensterscheibe, woraufhin Scarlett sich so erschreckte, dass sie von meinem Schoß über die Mittelkonsole auf den Beifahrersitz fiel und sich den Kopf am Fenster stieß.

»Autsch«, stöhnte sie, während ich zu der beschlagenen Fensterscheibe schaute, vor der ein etwas größerer Mann mit Schnäuzer stand.

»Alles in Ordnung?«, fragte ich, kurbelte das Fenster herunter. Scar nickte und setzte sich langsam auf. Mein Blick haftete auf dem Stück Haut, das ihr verrutschtes Shirt freigab, und ich unterdrückte ein gequältes Stöhnen. Fortuna meinte es wirklich nicht gut mit mir.

Ein lautes Räuspern ließ mich den Blick abwenden.

»Könnten Sie Ihre *Tätigkeit* bitte woanders weiterführen? Das sieht man ungerne in diesem Viertel«, erklärte der Nachtwächter mit finsterem Blick auf Scarlett, die zu meinem Leidwesen ihr Oberteil richtete.

»Schon gut, wir fahren«, murrte ich und kurbelte das Fenster wieder hoch, während er zurück zu seinem Häuschen stampfte. »Idiot«, knurrte ich und startete den Wagen. Aus dem Augenwinkel sah ich, wie sie sich an den Kopf fasste. Ich runzelte die Stirn. »Wirklich alles in Ordnung?«

Scarlett rieb sich über die Haare.

»Geht schon«, murmelte sie und legte den Gurt wieder an, während ich losfuhr.

»Du bist auch die Erste, die mir in diesem Wagen so majestätisch vom Schoß gefallen ist«, grinste ich.

»Danke, jetzt fühle ich mich besser.« Sie schnaubte leicht genervt auf und lehnte sich zurück. Dadurch, dass sie ihre Arme vor dem Oberkörper verschränkte, drückte sie ihre Brüste ein wenig enger zusammen und es entstand ein fabelhaftes Dekolleté. Eines, das mich zu sehr vom Fahren ablenkte.

»Du hast gerade mit einem heißen Typen rumgemacht. Besser kannst du dich doch nicht fühlen, oder?«

Mein Selbstbewusstsein war in die Höhe geschossen und ich schenkte ihr ein schelmisches Grinsen von der Seite.

»Also ich habe nie behauptet, dass du heiß bist«, gab sie locker zurück.

»Komisch. Ich dachte, so was wie *Ich will dich* sagt man nur Menschen, die man heiß findet.«

»Hat dir schon mal jemand mitgeteilt, dass du manchmal ein unausstehlicher Idiot bist mit viel zu viel Selbstvertrauen?«

»Nicht dass ich mich dran erinnern würde«, erklärte ich schulterzuckend. »Aber ich kann dir gerne ein wenig von dem Selbstvertrauen abgeben, wenn du magst.«

»Damit ich genauso nervig werde wie du? Nein, danke.«

Sie lächelte. Es war nur ein rasches Zucken ihrer Mundwinkel, aber ich hatte es gesehen. Mein Herz machte einen kleinen Hüpfer, während ich versuchte nicht daran zu denken, wie Scar eben über mir gesessen hatte.

»So schlimm findest du mich doch nicht«, konterte ich lässig und wollte das Lächeln verschwinden lassen, aber es klappte einfach nicht.

Das war ganz und gar dämlich. Ich sollte jetzt der coole abgebrühte Typ sein und nicht so strahlen wie ein Honigkuchenpferd. Immerhin war das nur ein kleiner dämlicher Kuss mit ein wenig Fummelei gewesen.

»Ich kann dich ganz gut leiden, wenn du still bist.«

»Ach Quatsch. Dann hast du immerhin keinen, mit dem du dich streiten kannst.«

»Klar, ich könnte mich mit jedem streiten.«

»Könntest du schon, aber ich bin der Einzige, der dir Versöhnungssex anbieten kann.«

Ein ungläubiges Lachen entfuhr ihr. Meine Mundwinkel zogen sich noch ein kleines Stück weiter Richtung Ohren und eine Stimme in meinem Kopf erinnerte mich daran, dass es eine furchtbar dumme Idee war, so ein Gespräch mit Ethans kleiner Schwester zu führen. Nur hatte jene Stimme keine Chance gegen das Klopfen in meiner Brust und das Kribbeln meiner Finger.

»Ich habe genug Typen, mit denen ich Versöhnungssex haben könnte«, erwiderte sie und fixierte mich mit schmalen

Augen, während ich den Wagen am Straßenrand abstellte. Kurz wanderte mein Blick zu dem Haus, wo Kayla und Ethan schliefen und hoffentlich keine Ahnung hatten, was hier gerade geschah.

Meine Augen fanden Scarlett, deren Blick nur so vor Herausforderung strotzte. Ich schnalzte mit der Zunge und zog den Schlüssel ab. »Tja, du hättest welche, wenn du wollen würdest«, erklärte ich und beugte mich ein kleines Stück näher zu ihr. »Aber du willst nicht.«

»Und welches Vögelchen hat dir das gesagt?«

»Intuition.«

»Dann schick deine männliche Intuition mal zum nächsten Lehrgang, weil du absolut danebenliegst.« Sie öffnete die Tür und stieg, ohne eine Antwort abzuwarten, aus.

Aber so leicht würde ich sie nicht davonkommen lassen.

Hastig folgte ich ihr, schloss den Truck ab, als sie zum Haus ging und den Schlüssel aus ihrer Jackentasche fischte. Mit schnellen Schritten überquerte ich die noch fast ausgestorbene Straße, während die Sonne immer höher stieg.

Ich schaffte es gerade noch den Fuß zwischen die Tür zu schieben, ehe sie zufiel. Ihre Schritte hallten durch das Treppenhaus, gepaart mit dem Klirren der Schlüssel. Wenn ich mich nicht beeilte, würde sie ohne ein weiteres Wort verschwinden. Das wollte ich nicht.

Verflucht.

Sie sollte mir jetzt sagen, dass ich derjenige war, den sie wollte.

Ich sprintete die Treppe hinauf und erreichte Scar kurz vor der Wohnungstür. Ich stemmte den Arm vor sie, sodass ihr der Weg versperrt wurde. Überrumpelt drehte sie sich zu mir, wich zurück, bis sie die Wand im Rücken spürte. Ich stemmte beide Hände neben ihren Kopf, schaute auf diese wunderhübschen blaugrauen Augen hinab. Mir war nie so bewusst gewesen, dass ich einen Kopf größer war als sie, wie in diesem Moment.

Und es war verdammt schön zu sehen, dass ich Scar ziemlich durcheinanderbrachte.

»Lass dir eins gesagt sein, Scar«, murmelte ich, senkte den Kopf so weit, dass meine Lippen sich neben ihrem Ohr befanden. Der Duft von Orange stieg mir erneut in die Nase und ich schloss für eine Sekunde die Augen. Immerhin konnte sie jetzt nicht sehen, wie sehr ich diese Nähe genoss.

»Ich werde dafür sorgen, dass du nur mich willst«, hauchte ich und bemerkte, wie sich ihre Nackenhaare aufstellten. Langsam entfernte ich mich von ihr, schenkte ihr einen Blick, bei dem ich das Verlangen nicht zügelte.

Sie sollte wissen, dass ich es auf sie abgesehen hatte. Und heute Nacht hatte sie mir indirekt die Freigabe erteilt, sie zu jagen.

»Gute Nacht, Scar«, flüsterte ich, drehte mich um und ging.

Ohne die Zustimmung ihres Bruders oder mit.

Ich wollte sie und ich würde sie kriegen.

36. Scarlett

Ich werde dafür sorgen, dass du nur mich willst.

Ein Schauer jagte mir über den Rücken, während ich mit dem Löffel gedankenverloren durch den Tee rührte. Zum hundertsten Mal an diesem späten Morgen – es war mittlerweile halb drei – fing mein Herz an zu rasen.

Ich hatte keinen Schimmer, was das gestern gewesen war. In meinem normalen geistigen Zustand hätte ich nie den Versuch gewagt, Zac zu verführen. Doch gestern Nacht - oder besser gesagt heute Morgen - war es passiert. Das hatte ich mehr als deutlich in seiner Hose gespürt und ich wünschte, dass es mich nicht so wahnsinnig machen würde.

Aber leider verlor das Gefühl nicht seine Wirkung.

»Scarlett?«

Ich biss mir auf die Lippe und versuchte nicht schon wieder an die Worte zu denken und diese hübschen Arme, die mich eingeengt hatten. Es hatte sich so verflucht gut angefühlt, ihm die Stirn zu bieten und nicht wie ein kleines verschüchtertes Mädchen zu kapitulieren.

Gott, ich wäre ihm am liebsten sofort wieder um den Hals gefallen.

»Scarlett?«

Aber dann wären wir entweder im Flur geblieben oder in einem der Betten gelandet und hätten es Kayla und Ethan erklären müssen. Mal ganz abgesehen davon, dass ich nicht wusste, wie ich es erklären sollte, wäre da das Problem mit *dem Morgen danach* aufgetreten.

Woher sollte ich wissen, wie so was funktionierte?

»Scarlett!«

Ich zuckte zusammen, als jemand mich an der Schulter packte, und schleuderte den Löffel aus Reflex durch die Küche, bis er klirrend auf dem Herd liegen blieb. Kayla stieß einen erschrockenen Laut aus, der sich mit meinem Kreischen mischte, und duckte sich ein Stück zur Seite.

»Herrgott!«, murmelte sie, »in welche Welt bist du denn abgedriftet?«

Ich spürte, wie Blut in meine Wangen schoss, aber das würde nur noch mehr Fragen aufwerfen. Stattdessen sprang ich auf und lief zum Herd, um den Löffel unter heißem Wasser abzuspülen. Dann müsste ich ihr wenigstens nicht in die Augen schauen.

»Ist das so eine Krankheit, die manche kriegen, wenn sie einundzwanzig werden, oder hast du einen Kater?«

»Ich bin nur müde«, zwang ich mich mit fester Stimme zu antworten, während das heiße Wasser über meine Hand lief.

»Konntest du etwa nicht schlafen?«

Doch und ich hatte sogar fantastische Dinge geträumt, die sich allesamt um Zac gedreht und in seinem Auto stattgefunden hatten. Allerdings würde ich das schön für mich behalten. Genau wie seine Worte, die garantiert nicht für Kayla oder Ethan bestimmt waren. Nur musste ich ihr wenigstens einen Teil der Wahrheit erzählen.

»Ich war gestern Nacht noch in Los Angeles bei Chad.«

»Du warst was?!«

Mein Blick glitt zur Tür, die einen Spalt offenstand. Madison hatte bis eben geschlafen und ich fragte mich, ob sie es nur gespielt hatte oder versuchte durchs Schlafen der brutalen Realität zu entfliehen. Was es auch war. Ich wollte nicht, dass sie nebenbei erfuhr, dass Chad sie ausgenutzt hatte, um mich anzulocken.

Vorsichtig drückte ich die Tür zu und musste sogleich an die Nacht zurückdenken, als Zac hinter mir gestanden hatte. Warum war er eigentlich überall? Das war vorher doch nicht so gewesen?

»Scarlett, warum warst du dort?«, zog Kayla meine Aufmerksamkeit auf sich.

»Ich wollte ihm klarmachen, dass es kein *Wir* mehr geben wird und er die Finger von Madison und Hailey lassen soll. Auch wenn wir keine besonders guten Freunde mehr sind.«

»Wolltest oder hast du?«

»Ich hoffe, er hat den Kinnhaken verstanden«, sagte ich mit einem kleinen Lächeln auf den Lippen und wagte es, Kayla anzuschauen.

»Du hast ihm einen Kinnhaken verpasst?!«

»Das war nicht geplant, aber ich konnte es irgendwann nicht mehr verhindern.« Ich zuckte mit den Schultern, während Kayla begeistert der Mund offen stehen blieb.

»Und wie bist du da hingekommen? Und wann? Ich meine, das hätte ich doch mitgekriegt«, fing sie an zu grübeln.

Tja. Da war er also. Der Punkt, den ich nicht vermasseln durfte.

»Zac hat mich gefahren«, gab ich zähneknirschend zu.

»Zac?«

»Er hat mich gesehen und darauf bestanden, dass ich nicht alleine fahre, nach dem was…« Ich hielt inne und presste die Lippen zusammen.

»Wir wissen, dass er dich geschlagen hat. Zumindest ist es das, was Ethan und ich uns gestern zusammengereimt haben, nachdem wir Madison gesehen haben.«

Meine Lungen versagten.

»Ich meine, vielleicht liegen wir falsch, dann korrigier mich, und Ethan würde dann vielleicht weniger wahnsinnig werden, aber nach alldem, was wir gesehen und gehört haben, ist es das Einzige, das Sinn ergibt.«

»Soweit ich weiß, wurde sie nur ein einziges Mal auf einer dämlichen Party geschlagen«, hörte ich eine leise Stimme hinter mir, ehe die Tür ein wenig weiter geöffnet wurde. »Ich glaube, wenn er es davor schon getan hätte, wäre die Nacht nicht der Grund gewesen, der dich zum Gehen bewegt hätte.«

Sie wirkte verloren.

Madison stand mit hängenden Schultern neben mir und klammerte sich mit ihren weißen schmalen Fingern an der Tür fest, während ein gequälter Ausdruck auf ihrem Gesicht lag.

»Und ich war so dämlich und habe noch versucht das zu überschminken.«

»Du hast was?«, entfuhr es Kayla ungläubig.

»Ich nehme an, das nennt man Karma«, murmelte Madison und senkte den Kopf beschämt.

»Nein, das war einfach ein Arschloch«, korrigierte ich meine ehemalige beste Freundin, deren Gesicht an der Stelle, wo seine Faust sie getroffen hatte, immer noch geschwollen war. Ein bitteres Lächeln kroch über die aufgeplatzte Lippe und es versetzte mir einen Stich.

»Es ist meine Schuld«, sagte ich leise, spürte, wie mir die Stimme bei dem letzten Wort brach.

»Was soll deine Schuld sein?« Überrascht blinzelte Kayla, während etwas an den Innenwänden meines Magens nagte.

Ein abartiges Gefühl.

»Er hat gestern eine Geburtstagsparty für mich geschmissen«, murmelte ich, verschränkte die Finger ineinander, »und meinte, dass er wusste, dass ich auftauche, wenn Madison zu mir rennt und sich bei mir ausheult.« Ich stockte. »Und dann hat er gesagt, dass ich ihn heiraten soll.«

Es blieb still.

Einen sehr langen Moment.

Ich konnte den Herzschlag hören, die Fußgänger draußen und einen unserer Nachbarn, der *Highway to hell* mitsang. Die Sonne strahlte die Pflanzentöpfe an und ließ den so schon bunten Raum noch farbenfroher und chaotischer wirken. Dabei passte das so gar nicht zur derzeitigen Situation.

»Ich nehme an, du hast abgelehnt?«, räusperte Kayla sich nach einiger Zeit. Ich spürte die Blicke der beiden Frauen auf mir, als würde der weitere Verlauf dieses Tages von mir abhängen.

»Was soll ich sagen«, murmelte ich achselzuckend, »der Klunker auf dem Ring war nicht groß genug.«

Madison entfuhr ein Glucksen und ich verzog genau wie Kayla die Lippen zu einem Lächeln.

»Kacke«, fluchte der Lockenkopf. »Männer sind solche Idioten.«

»Definitiv«, stimmte Madison zu.

»Kannst du laut sagen«, kam es auch mir über die Lippen, und statt an den Idioten Chad zu denken, glitten meine Gedanken zu dem Idioten Zac.

Was für ein verfluchter Morgen.

Ich konnte keinen klaren Gedanken fassen, seit wir von zuhause losgelaufen waren, um zur Bar zu kommen. Neben mir unterhielten sich Madison und Kayla angeregt und lachten immer wieder laut auf. Irgendwie kriegte ich es auf die Reihe, in den passenden Momenten die Mundwinkel zu verziehen oder einen kurzen Kommentar abzugeben, aber das war's auch schon.

Den Rest der Zeit hing mein Kopf bei Zac, mit dem ich gleich zusammenarbeiten würde. Bis heute Nacht um drei Uhr morgens. Gut, Ryan würde auch da sein und ich hatte keine Ahnung, was ich ihm antworten sollte, wenn er mich auf die Taxifahrt ansprechen würde.

Ehrlich gesagt, hatte ich absolut keine Ahnung, wie ich mich überhaupt verhalten sollte.

Kayla und Ethan sollte ich Zacs Aussage nicht unter die Nase reiben. Madison war wahrscheinlich selber mit anderen Sachen beschäftigt und Ryan würde, so wie ich ihn kannte, selber draufkommen.

Die Frage war nur, ob Zac vorhatte, vor allen mit mir zu flirten, oder es heimlich tun würde, um mich in den Wahnsinn zu treiben. Na ja. Dann war da natürlich noch Möglichkeit Nummer drei, die mir seit einigen Stunden immer wieder durch den Kopf jagte.

Was war, wenn das, was gestern Nacht passiert war, genau in dieser Nacht bleiben sollte? Was, wenn er es sich anders überlegte, weil er Ethans bester Freund war?

»Scarlett!«

Erschrocken zuckte ich zusammen und entdeckte Ryan auf der anderen Straßenseite. Er öffnete gerade den Kofferraum und winkte mich zu sich. Nur irgendetwas passte nicht ins Bild.

»Ich helfe ihm mal ausladen«, sagte ich gedankenverloren zu meinen Freundinnen, die so in ein Gespräch vertieft waren, dass sie gar nicht merkten, wie ich stehen blieb und zu Ryan lief.

Ryan, dessen Haarfarbe einen seltsamen Blaustich angenommen hatte.

»Hast du…?«, setzte ich an, als ich näherkam und mir das Blau immer mehr ins Auge fiel. Es leuchtete schon fast. Doch Ryan gab nur ein Schnauben von sich, ehe er in den Kofferraum griff.

»Nein, das war nicht meine Entscheidung«, grummelte er und reichte mir einen kleinen Karton. »Das waren die verfluchten Cheerleader.«

»Die Cheerleader?«, hakte ich verwundert nach, als er einen Karton auf den Boden stellte und die Kofferraumklappe zuschlug.

»Ja, die finden es aktuell sehr lustig, uns Streiche zu spielen.«

»Einfach so?« Meine Augenbrauen wanderten skeptisch ein Stück nach oben und ich konnte nicht verhindern, dass meine

Mundwinkel sich zu einem Grinsen verzogen. Blau stand ihm wirklich ausgezeichnet.

»*Eigentlich* ist es Tradition, dass wir uns hin und wieder Streiche spielen. Aber aktuell treiben sie es zu weit. Jeder von uns hat eine andere Haarfarbe. Wir sehen aus wie ein beschissener Regenbogen, wenn wir nebeneinanderstehen.«

»Dann sei du doch froh, dass du nur ein dunkles Blau abbekommen hast.« Er gab ein unzufriedenes Grunzen von sich und nahm den Karton hoch.

»Super, ausgerechnet die Farbe des Teams, gegen das wir nächste Woche spielen. Da hätte ich doch lieber das Lila von Alex.«

»Du wirst das bestimmt überleben. Und vielleicht denkst du drüber nach, die Farbe zu lassen«, neckte ich ihn, während wir die Straße überquerten.

»Sehr lustig«, gab er trocken zurück. »Erzähl mir lieber, ob alles geklärt ist.«

»Geklärt?«, wollte ich scheinheilig wissen, als er die Tür zur Bar öffnete.

»Du weißt ganz genau, wovon ich spreche, Scarlett.« Ich spürte den bohrenden Blick von der Seite, schenkte ihm jedoch keine Beachtung und schlängelte mich schnell durch den schmalen Türspalt, um in die Bar zu kommen.

Nur um festzustellen, dass mein Fluchtversuch vor Ryan zur Folge hatte, dass ich direkt in Zac lief.

Er gab ein dumpfes Stöhnen von sich, als ich ihm den Karton in den Magen rammte, während ich ins Taumeln geriet und Ryan mich auffangen musste, damit ich die Kartons nicht fallen ließ.

»Nicht so stürmisch, Scar«, murmelte Zac und rieb sich mit leicht schmerzverzerrtem Gesicht das Sixpack. Und doch schenkte er mir ein schelmisches Grinsen, was dafür sorgte, dass das Blut mal wieder in meine Wangen schoss.

»Sorry, das wollte ich nicht. Du bist einfach…«, stotterte ich verwirrt, während mein Bauch zu einem neuen Tiefflug ansetzte.

Langsam trat Ryan neben uns und ich spürte, wie sein Blick zwischen uns hin und her wanderte. Ich hätte irgendetwas tun müssen, aber ich konnte nur sprachlos dastehen und in Zacs Augen versinken.

»Fuck.«

Zac und ich schauten ruckartig zu Ryan.

»Ihr habt es auf eine ganz andere Weise geklärt, als ich gedacht hätte«, murmelte er kopfschüttelnd und ich schluckte schwer.

»Sag…«, setzte Zac an.

»Keine Angst, Scarlett zuliebe halte ich die Klappe«, murmelte Ryan und drehte sich um. Ein wenig verdutzt schaute Zac ihm nach, wie er gemächlich zu Ethan ging, der von Madison und Kayla belagert wurde.

»Was meint er mit *Scarlett zuliebe*? Hast du mit ihm rumgemacht oder so was?«, flüsterte Zac leise und fixierte mich mit schmalen Augen.

»Bist du bescheuert?!«, zischte ich. »Ich glaube, es reicht, wenn das mit einem von Ethans Freunden passiert ist.«

Seine Mundwinkel zuckten und ein Funkeln trat in seine Augen, das ein heißes Kribbeln in meinen Fingern erzeugte.

»Du meinst passiert. Denn gestern war garantiert nicht das letzte Mal.«

Seine Worte gingen mir unter die Haut. Ich versuchte den dicken Kloß im Hals herunterzuschlucken, obwohl mein Mund so trocken war wie die Sahara.

»Kommst du, Scarlett?«, rief Kayla von vorne, als Zac mit unschuldiger Miene nach dem Karton griff. Seine Finger strichen über meine Hand und ich konnte in seinem Gesicht sehen, dass das nicht unabsichtlich geschehen war. Ein Blitz jagte durch meine Finger und ich zog ruckartig die Hand weg.

»Ich bring das mal nach hinten«, erklärte Zac mit zuckendem Mundwinkel.

Es gefiel ihm, mich aus der Fassung zu bringen. Eigentlich müsste ich für so eine dämliche Provokation böse auf ihn sein, stattdessen spielte mein Körper verrückt und Adrenalin schoss durch meine Adern.

»Komme«, brachte ich es irgendwie über die Lippen und setzte mich mit wackeligen Knien in Bewegung.

»Alles in Ordnung? Du siehst ein wenig gestresst aus«, stellte Kayla fest. Neugierige Blicke streiften mich, was mich noch mehr ins Straucheln brachte. Antworten konnte ich gerade nicht, ohne zu stottern und mich am Ende zu verplappern.

Denn gestern war garantiert nicht das letzte Mal.

Mein Puls machte einen weiteren Sprung, während drei Augenpaare abwartend auf mir ruhten.

»Ich *hasse* Cheerleader!«

Die Köpfe wirbelten herum zu Ryan, der eine Flasche Cola auf den Tresen knallte.

»Was zum Teufel läuft falsch mit denen?! Warum können die nicht einfach Chili in unser Essen mischen?!«, regte er sich auf und nahm einen Schluck Cola.

»Was ist mit deinen Haaren?«, wollte Ethan verdutzt wissen, als ihm der Blaustich bewusst wurde.

»Und ich habe mich schon gewundert, was an dir anders ist!« Kayla klatschte in die Hände und starrte Ryan mit leicht geöffnetem Mund an. Dieser presste die Lippen zusammen, ehe er zum zehnten Mal an diesem Abend schnaubte.

»Cheerleader«, spuckte er aus und fing an eine lange Geschichte zu erzählen, bei der ich nicht zuhörte. Mir fiel nur der Blick auf, den er mir von der Seite zuwarf. Der Blick, der mir sagte, dass er das nur tat, um mich aus der Schusslinie zu bringen.

Also presste ich die Lippen zusammen und begann so leise wie möglich mit der Arbeit, in der Hoffnung, dass ich heute unsichtbar war für alle anderen.

»Danke für die Rückendeckung«, murmelte ich mit einem Blick auf Kayla, Ethan und Madison, die in einer Ecke saßen und sich lachend unterhielten.

»Das macht man so unter Freunden«, erklärte er schulterzuckend.

»Nein, nicht unbedingt.« Mein Augenmerk richtete sich auf Madison, die mich an alte Zeiten erinnerte.

»Gut, ich korrigiere mich. Das macht man als guter Freund so.« Er grinste mich schief von der Seite an.

»Tja, daran werde ich mich wohl noch gewöhnen müssen«, seufzte ich und stellte die fertigen Cocktails und Flaschen auf das Tablett.

»Nicht zu sehr dran gewöhnen. Am Ende muss ich dir noch auf Schritt und Tritt folgen«, lachte Ryan. »Wobei, nein, du hast ja schon einen anderen Wachhund.« Er schoss einen Blick in die Ecke, wo Zac gerade Bier verteilte.

»Schwachsinn«, protestierte ich augenblicklich und klammerte mich an dem Tablett fest.

»Ist das ein schlechter Versuch, dich selbst davon zu überzeugen, dass das nicht so ist? Denn seit wir beide uns unterhalten, hat er bestimmt schon sechsmal rübergeschaut«, erklärte Ryan beiläufig.

»Hat er nicht.« Ich linste zu Zac, der gerade über die Schulter zu uns schaute.

»Ich werde ihm noch mal sagen müssen, dass er sich keine Sorgen bezüglich Konkurrenz machen soll. Ich hänge nämlich immer noch an meinem Leben.«

»Also, für so eine Schönheit wie dich würde ich mein Leben geben«, sagte eine vertraute Stimme. Ich drehte mich um, nur um eine rote Rose zu erblicken, die mir ein Typ mit braunen Augen hinhielt.

»Ich habe doch gesagt, dass ich vorbeischaue«, erklärte Logan, als er Ryans verdutzten Blick sah und mir ein charmantes Lächeln schenkte.

37. Scarlett

»Ist die für mich?«, kam es mir über die Lippen, ehe Ryan etwas antworten konnte. Ich deutete mit ausgestrecktem Finger und leicht zweifelndem Blick auf die Rose in Logans Hand und versuchte nicht zu Zac zu schauen und um Hilfe zu bitten.

»Für Ryan habe ich sie nicht mitgebracht.« Schalk blitzte in seinen Augen auf, während Ryan neben mir schnaubte und zwei Flaschen Bier auf den Tresen knallte.

»Vielleicht hätte Ryan sich darüber sehr gefreut«, versuchte ich lässig zu kontern und belud das Tablett vor mir mit den Cocktails.

»Möchtest du jetzt die Rose von einem Gentleman ausschlagen?« Logans Augenbrauen wanderten fragend nach oben.

Was sollte ich denn darauf antworten?!

»Oh, wie nett von dir, Bruderherz. Das wäre aber nicht nötig gewesen«, kam mir jemand zuvor. Zac riss Logan die Blume aus der Hand.

»Was?«, murmelte dieser verdutzt, während Zac die Rose in den Mülleimer fallen ließ.

»Tut mir wirklich leid, dass ich nichts für dich habe, aber ich habe nicht damit gerechnet dich heute hier anzutreffen.«

»Ich sagte doch, dass ich vorbeikomme«, erwiderte Logan ein wenig missmutig und setzte sich gerade hin.

»Du hast dich nicht an viel gehalten, seit ich dich kenne.«

»Tja, da ich diesmal im Auftrag von Mum und Dad handle, habe ich keine andere Wahl, als dich zu nerven.«

Zac erstarrte. Ich konnte sehen, dass seine Rückenmuskulatur sich anspannte, die Hände ballte er zu Fäusten.

»Was meinst du damit?« Er wirbelte herum und ich konnte mitten in dem Zorn in seinen Augen einen unbekannten Schmerz aufblitzen sehen.

»Ich nehme an, dass die beiden von mir genug haben und zur Abwechslung mal ihren anderen Sohn sehen wollen«, erklärte Logan schulterzuckend, doch der scharfe Unterton entging mir nicht.

»Vielleicht solltet ihr das woanders klären«, mischte Ryan sich ein, während seine Augen über die Gäste schweiften, die die Szene neugierig beobachteten.

»Da gibt es nichts zu klären«, murrte Zac und knallte das Tablett auf den Tresen. »Ich schaue Weihnachten vorbei.«

Ohne einen weiteren Blick für seinen Bruder übrig zu haben, stampfte Zac davon. Hinter ihm schlug die Tür zum kleinen Flur laut zu und ein Luftzug strich über meine Haut. Weitere Köpfe drehten sich interessiert zu uns. Dazu gehörte nun auch Ethan, der den kleinen Tisch verließ, an dem er saß.

»So ein dämlicher Sturkopf«, knurrte er.

»Das liegt wohl in der Familie«, erwiderte Ryan, woraufhin Logan einen bitterbösen Blick auf ihn abfeuerte.

»Was ist hier los?«

»Kleiner Familienstreit«, murmelte Ryan und schnappte das Tablett, das ich gerade beladen hatte, um der Situation zu entkommen. Einen Moment war ich versucht ihn böse anzuzischen, doch er hatte mir heute schon den Hintern gerettet. Also würde ich jetzt schön meinen Mund halten und Gläser spülen.

»Worum ging's?«, fragte Ethan leise nach und man konnte sehen, wie seine Stirn sich in Falten legte. Scheinbar war er nicht besonders glücklich darüber, dass Logan hier aufgetaucht war.

»Unsere Eltern würden ihn gerne mal wieder zu Gesicht bekommen. Sie haben mich losgeschickt, um ihn mal wieder nach Hause zu bringen.«

»Und das konntest du nicht freundlicher verpacken?«

»Was sollte ich denn machen? Ihm Leckerlis mitbringen und den Kopf tätscheln, bis er mir nach Hause hinterherläuft?«, murrte Logan und stützte die Ellenbogen auf den Tresen.

»So wie du es angestellt hast, war's nicht besonders sinnvoll. Jetzt schließt er sich wieder im Lager ein und kommt vor morgen früh nicht raus.«

»Was?!«, entfuhr es mir, obwohl ich den Mund hatte halten wollen.

»Er stellt sich einfach an.«

»Er stellt sich nicht an und das weißt du«, widersprach mein Bruder und schnaubte.

»Sekunde«, unterbrach ich das Blickduell, »das war ein Scherz, oder? Er schließt sich jetzt nicht wirklich dort ein?«

»Geh ruhig nachschauen«, seufzte Ethan. »Er wird die nächsten Stunden mit keinem von uns sprechen und sturzbesoffen sein, wenn er rauskommt. Zumindest war es das letzte Mal so.«

»So langsam sollte er seine Komplexe wirklich in den Griff kriegen«, zischte Logan und griff nach dem Gin, der in seiner Nähe stand.

»Welche Komplexe?«

Zwei Augenpaare wanderten zu mir und jede Feindseligkeit zwischen den beiden verschwand, als sie einen kurzen Blick tauschten. Einen, der mich doch etwas beunruhigte.

»Tut mir leid, Scarlett. So hübsch du auch bist, aber es liegt an Zac, dir das zu erzählen.«

»Baggerst du meine Schwester an?«, fuhr Ethan dazwischen.

»Hin und wieder«, gab Logan zu und zwinkerte mir zu, doch mit den Gedanken war ich ganz woanders.

Was zum Teufel war mit Zac los?

Sie hatten recht. Er hatte sich eingeschlossen und kam nicht aus dem Lager. Wir hatten, kurz bevor wir schließen wollten, alle vor der Tür gestanden und versucht ihn rauszulocken, doch er hatte nicht geantwortet. Nicht mal das Klirren einer Glasflasche war zu hören gewesen. Und während der Rest kopfschüttelnd gegangen war, hatte ich mir Sorgen gemacht. Zwar schien es normal zu sein, dass er sich so verhielt, wenn sein Bruder und seine Familie zur Sprache kamen, aber mir erschien das nicht wirklich richtig.

Die Stimmung war gedämpft gewesen, als wir den Laden geschlossen hatten. Obwohl es drei Uhr morgens war, hatte sich keiner auf den Nachhauseweg begeben. Ich wusste nicht mehr, wer den Vorschlag machte noch Pizza essen zu gehen, aber irgendwie hatten alle leise murmelnd zugestimmt.

Jetzt saßen wir in einer kleinen Pizzeria, die von hungrigen Studenten überfüllt war. Kayla hatte ihren Kopf auf Ethans Schulter gelegt und ihre Augen fielen immer wieder zu. Madison schaute verloren aus dem Fenster und verdeckte ihr Auge mit den Haaren. Ryan schob lustlos ein Pizzastück von rechts nach links und Logan fixierte eine zurückgebliebene Peperoni auf seinem Teller.

Die Stimmung war am Boden.

Und das alles nur, weil Zac nicht hier war, sich in einem Raum einschloss und mit keinem sprach. War es so ähnlich gewesen, als ich abgehauen war? Hatten sich dort auch alle solche Sorgen gemacht? Selbst wenn es nur ansatzweise so gewesen wäre, würde es mich glücklich machen.

»Ich geh mal kurz raus«, meldete sich Logan plötzlich zu Wort und schob den Stuhl zurück. Es beachtete ihn keiner außer mir.

»Ich komme mit«, sagte ich leise, woraufhin Ryan eine Sekunde den Kopf hob. Logan musterte mich abschätzig, während er sich eine Jacke überzog. Ich griff nach meinem Handy, steckte es in die Hosentasche und verdrängte den Gedanken, dass ich Zac bestimmt schon zehn SMS geschrieben hatte – ohne eine Antwort zu bekommen.

Aber vielleicht würde sich das ja gleich ändern?

Wir drängten uns an der Schlange vorbei, die bis nach draußen reichte. Der Duft von Pizza mischte sich mit Alkohol und Marihuana. Klingeltöne gingen in der Musik und den Unterhaltungen unter. Vereinzelte Lacher folgten uns auf dem Weg in die kühle Nacht.

Vor mir holte Logan tief Luft und zog eine Zigarettenschachtel aus der Tasche. Er stellte sich neben eine Laterne, steckte sich eine in den Mund und hielt mir fragend die Packung hin.

»Ich rauche nicht«, lehnte ich ab, verschränkte die Hände vor der Brust, weil es doch weitaus frischer war, als ich gedacht hatte.

»So langsam verstehe ich, was Zac an dir findet«, murmelte Logan und schenkte mir ein schiefes Lächeln, während Rauch aus seinem Mund kam.

»Wir sind Freunde«, antwortete ich aus Reflex und hätte mir am liebsten direkt die Zunge abgebissen. Die Antwort war viel zu schnell gekommen.

»Natürlich seid ihr das«, grinste Logan und zog an der Zigarette, die orange aufglühte.

»Wir sind wirklich…«

»Freunde mit ein paar Extras, nehme ich an?«

»Nein«, versuchte ich zu protestieren, konnte jedoch nicht verhindern, dass meine Wangen sich verfärbten.

»Ich kenne meinen Bruder, Scar.«

Ich presste die Lippen zusammen und senkte den Kopf. Was sollte ich mit ihm eigentlich diskutieren. Wäre ich nicht mitgegangen, hätte es so eine dämliche Unterhaltung wahrscheinlich nie gegeben. Aber natürlich hatte mein Gehirn seine Fähigkeiten aktuell eingeschränkt und beschäftigte sich nur mit einem dämlichen Typen, der sich in ein Lager eingeschlossen hatte.

»Warum bist du eigentlich noch hier?«, wurde ich aus meinen Gedanken gerissen.

»Wie?«, hörte ich mich fragen, was Logan noch mehr zu belustigen schien. Er zog ein letztes Mal an seiner Zigarette, ehe er sie auf den Boden warf und mit der Schuhspitze ausdrückte. Dann zückte er sein Portemonnaie und hielt mir zehn Dollar hin.

»Früher mochte er seine Pizza am liebsten mit Schinken, Champignons und extra Käse.«

Mehr sagte Logan nicht. Er steckte seine Geldbörse wieder ein und vergrub die Hände in der Jackentasche. Dann lief er zu den Taxis, die nur wenige Meter von uns entfernt standen, und schenkte mir ein letztes schiefes Grinsen, ehe er einstieg.

Mich ließ er zurück.

Es fühlte sich an wie ein Wink mit dem Zaunpfahl. Dass ich den ausgerechnet von so einem Idioten kriegen musste, tat doppelt weh. Und doch konnte ich nicht anders, als ein wenig mehr Sympathie für Zacs Bruder zu empfinden. Auch wenn er sich zwischendurch als echter Schleimbeutel geoutet hatte. Ich konnte mir nicht vorstellen, dass das alles war.

Meine Augen wanderten zu dem Zehn-Dollar-Schein in meiner Hand.

Vielleicht war ich diesmal dran mit dem Dickschädel. Immerhin hatte Zac mich schon aus der ein oder anderen dämlichen Situation gerettet und aufgefangen. Ob ich ihm standhalten konnte? Im schlimmsten Fall würden wir uns streiten, was vielleicht – wenn ich seinen Worten traute – in Versöhnungssex endete. Zumindest hoffte ich, dass das die schlimmste Option war.

Doch irgendwie war es auch egal.

Ich hatte es mit seiner Hilfe hinbekommen mich Chad zu stellen, also würde er es vielleicht mit meiner hinbekommen sich dem zu stellen, was ihm Angst machte. Was auch immer das war.

Obwohl ich es gewöhnt war nachts vor der Bar rumzulaufen, war es doch etwas gruselig. Vielleicht lag es daran, dass eine Laterne flackerte und keine Menschenseele sich hierher verirrt hatte. Alles wirkte wie ausgestorben und das machte die schmale, dunkle Gasse nicht besser.

Das Klimpern des Schlüssels hallte an den Hauswänden wider. Kieselsteine knirschten unter meinen Füßen, die unruhig auf der Stelle hin und her rutschten. Nervös biss ich mir auf die Lippe.

Ehrlich gesagt hatte ich Schiss.

Diese *Ich-springe-gleich-vom-Zehnmeterbrett*-Angst. Es war ein seltsames Gefühl. Mein Nacken kribbelte, weil ich wusste, dass ich um halb vier Uhr morgens wieder alleine mit Zac sein würde und keine Ahnung hatte, was passieren würde. Letzteres war allerdings ein größeres Problem. Schließlich wusste ich nicht, wie er drauf war und ob er mir gleich überhaupt antworten würde. Und was das für eine Antwort wäre, war eine andere Frage, über die ich nicht nachdenken wollte.

Ich quetschte mich mit dem Pizzakarton durch die Tür und trat in den vertrauten Raum, der in dieser Nacht etwas Erdrückendes hatte. Doch ich würde mich davon nicht einschüchtern lassen. Die Hände zu Fäusten geballt, setzte ich mich in Bewegung. Die Schritte schallten durch den Raum und ich war mir sicher, dass er es hören konnte.

Ich schluckte schwer, als ich in den kleinen Flur trat und das Licht einschaltete. Es war genauso dämmrig wie beim ersten Mal. Leise lief ich zu der Tür und startete keinen Versuch, sie zu öffnen. Ich wollte, dass er von sich aus rauskam.

Stattdessen setzte ich mich davor und platzierte den Pizzakarton direkt neben mir. Ich verschränkte die Finger ineinander und kaute auf der Lippe.

Wie zum Teufel sollte ich ihn jetzt dazu bewegen herauszukommen?

Mit ihm über das Thema *Familie* zu sprechen war wahrscheinlich der falsche Weg, also würde ich etwas anderes machen. Etwas Normales, was ihm vielleicht auch schon aufgefallen war.

»Ich glaube, Kayla und Madison werden Freunde oder so was in der Art«, fing ich an und lehnte den Kopf gegen die Holztür. »Zwar habe ich keine Ahnung, was Madison für mich ist, aber ich denke, dass es gut ist, was da gerade passiert.« Ich zog die Knie an. »Und Ryan hat einen Haufen Kommentare wegen seinen Haaren bekommen. Ich persönlich fand das sehr unterhaltsam, aber er weniger. Ich habe irgendwann aufgehört die Drohung gegen die Cheerleader zu zählen, aber ich denke, dass wir uns der Sechsundvierzig genähert haben.« Die Lampe über mir summte leise, während ich die Augen schloss und meine Mundwinkel zuckten. »Ryan hat mir übrigens ziemlich den Arsch gerettet. Ethan, Kayla und Madison haben gefragt, was mit mir los war, nachdem wir zusammengestoßen sind, und ich hatte keine Antwort parat. Also ist er eingesprungen, was wirklich freundlich war«, erklärte ich und schob den Karton mit der Pizza ein Stück zur Seite. »Sogar dein Bruder war eben nett. Er hat mir zehn Dollar in die Hand gedrückt, damit ich für dich Pizza kaufe. Vielleicht wollte er, dass ich sie nur vor die Tür stelle, damit du nicht verhungerst, aber ich finde es viel besser, hier zu sitzen und wie eine Verrückte Selbstgespräche zu führen. Außerdem wäre das dann so was wie ausgleichende Gerechtigkeit. Du hast es mir schließlich auch nicht immer einfach gemacht und…«

Die Tür wurde geöffnet, wodurch ich das Gleichgewicht verlor und mit einem spitzen Schrei nach hinten kippte. Kein Ton kam über meine Lippen, als mich braungrüne Augen gefangen nahmen. Zac schaute mich mit zusammengepressten

Lippen an und ich bereitete mich auf einen doofen Spruch oder Streit vor, doch er stieß nur einen Seufzer aus.

»Ich kann mich nicht dran erinnern, dich jemals so genervt zu haben.«

Ich spürte den kalten Boden an meinen Armen, wagte es jedoch nicht mich zu bewegen. Was, wenn er die Tür wieder schließen würde, sobald ich weg war?

»Du kannst sehr nervig sein«, antwortete ich und schob die Pizza mit dem Fuß ein Stück weiter in den Flur. Seine Augen folgten meinem Fuß und dem scharrenden Geräusch.

»Was soll das werden?«

»Ich versuche dich aus dem Lager zu locken«, gab ich zu, woraufhin seine Mundwinkel zuckten.

Ein Blitz schoss durch meinen Magen.

»Was ist denn dein Lockmittel?«, wollte er wissen und verschränkte die Arme vor der Brust.

»Pizza mit Schinken, Champignons und extra Käse.«

Einen Moment nahmen seine Augen mich in Beschlag, woraufhin mein Körper sich elektrisch auflud. Ich spürte das Kribbeln auf der Haut, konnte nicht mehr richtig atmen und betete, dass er jetzt nicht wieder umdrehen würde.

»Es ist immer noch dieselbe Petze wie früher«, murmelte Zac und verließ das Lager, um nach dem Karton zu greifen. Hastig setzte ich mich auf und zog ein wenig umständlich die Tür zu, in der Hoffnung, dass er nicht an mir vorbeikam.

Natürlich war das Schwachsinn. Wenn er gewollt hätte, hätte ich wahrscheinlich keine Chance.

»Das würde ich nicht als petzen interpretieren.«

»Du interpretierst seine Anmachen auch nicht als flirten«, gab Zac scharf zurück und setzte sich mit dem Karton neben mich.

»Er ist einfach charmant und…«

»Und er will dir an die Wäsche«, beende er den Satz, während er ein Stück nahm und hineinbiss.

»Quatsch«, murmelte ich und griff ebenfalls nach einem Stück Pizza. Doch Zac verpasste mir einen kleinen Schlag auf die Finger, noch ehe ich in Reichweite des Kartons kam.

»Hey!«, entfuhr es mir empört.

»Also, erst mal kenne ich meinen Bruder. Glaub mir, er will, aber wir wissen beide, dass ich dafür sorgen werde, dass du nicht willst. Und zweitens: Das ist meine Pizza.«

»Die habe ich dir gebracht!«

»Ja, damit *ich* nicht verhungere«, gab er schief grinsend zurück. »Außerdem sollst du meine Aussagen nicht übergehen.«

»Ich habe nichts übergangen«, log ich, spürte einen Stein im Magen, als Zac mir einen langen Blick von der Seite zuwarf.

»Wie oft muss ich dir das noch sagen? Das mit dem Lügen hast du einfach nicht drauf.« Ich schnalzte mit der Zunge und lehnte mich wieder zurück, während Zac in der Stille die Pizza aß. Na ja. Er verschlang sie. Allerdings hätte ich das wahrscheinlich auch getan, wenn ich stundenlang nichts zwischen die Zähne bekommen hätte.

»Ist er wieder gefahren?«

Seine plötzliche Frage verwirrte mich etwas.

»Mein Bruder«, half er mir auf die Sprünge, als er meinen Blick sah.

»Er ist in ein Taxi gestiegen, aber mehr weiß ich nicht.«

Zac klappte den Karton zu und lehnte den Kopf gegen das Holz. Er zog die Beine an und schaute zu der Lampe, die an der Decke baumelte.

»Ich sollte zu meinen Eltern fahren, oder?«

»Wenn sie nicht der absolute Horror sind, solltest du es vielleicht versuchen«, sagte ich leise und spürte, wie seine Finger sich um meine Hand legten.

»Sie sind fantastisch«, seufzte er leise, während tausend Stromschläge durch meinen Arm jagten.

»Warum willst du dann nicht hin?«

»Weil ich mich dann wieder nicht ausstehen kann und…«, er stockte, verstärkte den Griff etwas, »und ich Angst habe, dass du mich dann auch nicht mehr leiden kannst.«

»Warum sollte ich dich nicht leiden können?«

Er presste die Lippen zusammen und ich konnte Scham in seinen Augen aufblitzen sehen, als er einen kleinen, vertrauten Penny aus der Hosentasche zog.

»Ich denke, ich bin dran«, flüsterte er und legte die Münze zwischen uns. Ein bitteres Lächeln kroch über seine Lippen. »Ich war nicht immer so wie jetzt, Scar«, erklärte er leise und schluckte schwer. »Es gibt diesen alten Zac. Ein ziemliches Arschloch.«. Nervös biss er sich auf die Lippe. »Ich habe meinen Vater in den Rollstuhl gebracht, Scar. Er ist wegen mir querschnittsgelähmt.«

38. Zac

»Was?«, war das Erste, das Scar über die Lippen kam. Ich konnte die Verwirrung in ihren Augen sehen und fühlte die bekannte Enge in der Brust, die mich bei diesem Thema heimsuchte.

»Du hast dich nicht verhört«, murmelte ich, wich den hübschen Augen aus. »Erinnerst du dich an den Unfall, von dem ich erzählt habe? Tja, der ist leider nicht ohne Folgen geblieben.«

Ich ballte die Hände zu Fäusten, verschränkte die Arme vor der Brust und legte den Kopf in den Nacken.

»Du musst nicht…«

»An dem Abend, als ich deinen Bruder kennengelernt habe, da kam die Nachricht, dass er keine Chancen mehr auf Heilung hat«, unterbrach ich die Schönheit neben mir, die schlagartig verstummte. »Das war auch der Grund, weshalb ich geheult habe. Bis zu diesem Telefonat hatte ich immer gehofft, dass alles wieder werden würde. Irgendwann.« Ich schluckte schwer und schloss die Augen.

»Es wäre nicht passiert, wenn ich mich unter Kontrolle gehabt hätte«, flüsterte ich, spürte ihre sanften Finger an meiner Hand.

Doch es konnte mich nicht davon abhalten in die Vergangenheit geschleudert zu werden.

»Zac!«, lallte Sean, während ich mich vornüberbeugte und mein Magen sich auf eine widerliche Art verkrampfte. Die Übelkeit nahm überhand und ich stützte mich irgendwie am Gartenzaun ab, während ich erbrach. »Alter«, ich spürte seine Hand auf meiner Schulter, als ich mich mit wackeligen Knien

aufrichtete und mir mit dem Ärmel über den Mund wischte.
»Das ist echt widerlich«, lachte Sean, der genauso wankte wie ich.

»Hättest du mir nicht so schreckliche Mischungen gemacht, müsstest du dir das nicht ansehen.« Ich versetzte ihm einen kleinen Schubser und es war ein Wunder, dass ich ihn überhaupt traf.

Die ganze verfluchte Welt schien sich in einen Kreisel verwandelt zu haben.

»Du verträgst einfach nichts.« Sean legte seinen Arm um meinen Hals, während aus dem Haus hinter uns schallende Musik drang. »Zieh einfach, danach geht's wieder.«

Mein bester Freund hielt mir den Joint hin, den er sich gedreht hatte, ehe ich aus dem Haus gegangen war.

»Du weißt, was hilft«, murmelte ich dankend und nahm einen tiefen Zug. Ich spürte ein angenehmes Kribbeln und schloss meine Augen, die mir zuzufallen drohten.

»Was macht ihr da für eine Scheiße!?«

»Weiberstress im Anmarsch«, lallte Sean. Ich entdeckte eine vertraute schmale Figur mit hübschen Brüsten, die ich oft genug angefasst hatte. Und ich müsste lügen, wenn ich es nicht wieder tun wollen würde.

»Ich habe doch gesagt, dass ihr den Scheiß lassen sollt«, fauchte Rachel und wollte mir den Joint aus der Hand schlagen, doch selbst in meinem benebelten Zustand war ich schneller als sie.

»Bist du meine Mutter?«, wollte Sean genervt wissen, was mir ein heiseres Lachen entlockte.

»Oh Gott. Ihr seid solche Arschlöcher«, erwiderte sie gelangweilt.

»Ich wäre viel lieber in deinem, als eins zu sein«, gab Sean zurück, woraufhin wir beide in schallendes Gelächter ausbrachen. Rachel verschränkte die Arme vor der Brust und schenkte uns einen abfälligen Blick.

»Ich habe deinen Dad angerufen, Zac. Er ist gleich hier, um dich abzuholen«, riss sie mich aus der Belustigung.

»Was? Warum?!«, entfuhr es mir böse.

»Weil du mal wieder nicht in der Lage bist alleine zu laufen, geschweige denn zu stehen, und ich keinen Bock habe, dass du mir in den Pool kotzt.«

»So schlimm ist's doch gar nicht«, protestierte Sean, an den ich mich klammerte.

»Klar, ist nichts Wildes.«

»Wenn du willst, zeige ich dir, wie standfest ich noch bin«, baggerte ich Rachel an und schenkte ihr ein schiefes Lächeln.

»Sorry, aber in deinem Zustand zieht so eine billige Anmache gar nicht.«

»Seltsam. Ich dachte, das hätte sie schon mehrmals«, murmelte ich verwirrt und machte einen wackeligen Schritt auf sie zu. Meine Knie gaben unter meinem Gewicht nach und ich landete der vollen Länge nach auf dem Rasen.

»Wow. Du übertriffst dich wirklich immer selber.«

»Das geht doch noch voll klar«, hörte ich Sean sagen.

Eine Sekunde später rollte ich mich zur Seite und kotzte erneut.

Obwohl ich mich an das Geländer der Veranda klammerte und auf meinem Arsch saß, drehte sich alles. Sean hockte neben mir, reichte mir immer wieder das Bier, das ich dankbar trank. Auch wenn mein Magen ein wenig rebellierte, kippte ich sogar den Schnaps herunter, mit dem er ankam.

Jetzt hatte ich schließlich schon gekotzt. Ein wenig mehr oder weniger war doch auch egal.

»Zac?!«

Ich konnte nicht anders, als die Augen zu verdrehen, als ich meinen Vater mit schnellen Schritten auf mich zukommen sah.

»Jetzt gibt's wieder eine unnötige Standpauke«, murmelte ich zu Sean, der ein Grinsen unterdrückte.

»Rachel hat mich angerufen und…«, er stockte und runzelte verwirrt die Stirn, als ich den Becher in meiner Hand in einem Zug leerte. »Ich dachte, dir geht es nicht gut?«

»Mir geht's prima, Dad«, lallte ich und zog mich am Geländer hoch. Als er bemerkte, wie wackelig ich stand, presste er die Lippen zusammen.

»Das sehe ich.« Mit starrer Miene kam er zu mir und fasste mich unter die Arme, damit ich nicht umfiel. Dabei hätte ich garantiert laufen können. »Wäre nett, wenn du ihm nächstes Mal Wasser geben würdest, Sean«, fuhr mein Vater meinen besten Freund an.

»Lass ihn in Ruhe, Dad«, fauchte ich und stolperte beinah über meine eigenen Füße, während wir uns in Bewegung setzten. Meinem Vater entfuhr ein Seufzer, der mir mal wieder einen widerlichen Stich zwischen die Rippen versetzte.

»Wir sehen uns morgen, Zac!«, rief mein bester Freund mir hinterher, doch ich bekam es nicht hin, die Hand zu heben. Die hing irgendwo an meinem Körper und verweigerte den Dienst.

Neugierige Blicke begleiteten uns auf dem Weg zum Auto. Ein paar Leute grüßten meinen Dad freundlich, was sie für mich ein Stückchen unsympathischer machte. Routiniert öffnete er die Beifahrertür und schob mich sanft in den Wagen, darauf bedacht, dass ich mir nicht den Kopf stieß. Er beugte sich über mich, schnallte mich an und schlug die Tür zu.

Genervt von ihm verschränkte ich die Arme vor der Brust und schaute stur geradeaus, ignorierte die Leute, die draußen standen. Da dürfte ich mir am Montag wieder einiges in der Schule anhören.

Und das nur, weil Rachel sich mal wieder einmischen musste.

»Ist dir schlecht?«, hörte ich ihn fragen, als er einstieg und den Motor startete.

»Keine Angst, ich kotze nicht in deinen Wagen«, knurrte ich.

»Hast du letztes Mal auch gesagt«, erinnerte er mich, was eine kleine Flamme in meinen Magen entfachte. Ich presste die Zähne zusammen und würdigte ihn keines Blickes.

Wir schwiegen eine lange Zeit, doch die Enttäuschung war ihm deutlich anzumerken. Und es machte mich wahnsinnig. Ich hasste es, wenn er mir immer wieder Blicke zuwarf und den Kopf schüttelte, als würde er mit sich selbst sprechen und dabei bestätigen, dass ich ein Nichtsnutz war.

»Das ist bereits das dritte Mal in einer Woche, dass ich dich abhole, Zac«, ermahnte er mich irgendwann von der Seite. Ich stieß ein genervtes Schnauben aus. »Wenn das so weitergeht, habe ich Rachel auf meiner Kurzwahl und du liegst im Krankenhaus.«

»Hör auf zu übertreiben«, knurrte ich.

»Merkst du nicht, was Sean für einen schlechten Einfluss auf dich hat?«

»Verflucht, Dad. Wir haben ein bisschen getrunken und geraucht!«

»Du bist neunzehn, Zac. Eigentlich darfst du das nicht. Trotzdem haben deine Mum und ich nie etwas gesagt, wenn du getrunken hast. Aber langsam nimmt es Ausmaße an, die mir Sorgen bereiten.«

»Erzähl doch keinen Scheiß.«

»Das ist kein Scheiß. Wir machen uns wirklich Sorgen. Und Logan auch.«

Logan.

Eine kochende Wut brodelte in meinem Magen über.

»Klar, der perfekte große Bruder macht sich Sorgen. Dass ich nicht lache!«, lallte ich aufgebracht. »Ihr wollt doch nur, dass ich genau so ein dämlicher Arschkriecher werde wie er!«

»Wir möchten, dass du vernünftig denkst!«, schimpfte er und klammerte sich an das Lenkrad. »Du verhältst dich wie ein kleiner dummer Junge und dazu haben wir dich nicht erzogen!«

»Jede Familie hat ein schwarzes Schaf. Schade, dass ich das bei uns bin«, zischte ich.

»Du bist nur durch Sean so geworden! Bevor du mit ihm zu tun hattest, warst du anders!«, schrie er mich an.

»Er ist mein bester Freund!«

»Beste Freunde passen auf einen auf und treten nicht noch nach, wenn man am Boden liegt!«

»Er passt auf mich auf!«

»Logan hat auf dich aufgepasst und Rachel tut es auch, aber nicht Sean!«

»Hörst du eigentlich, was für einen Bockmist du redest?!«, schrie ich zurück, spürte eine geballte Ladung an Wut, die durch meine Adern schoss.

»Bockmist!? Zac, du bist ein Wrack. Deine Noten sind unterirdisch und du ballerst dich jeden Tag wie ein dämlicher Idiot zu! Was willst du mit deinem Leben anfangen?! Kiffer werden und unter einer Brücke wohnen?!«

»Sag doch einfach, dass du wünschst, ich wäre so wie Logan!«

»DU HAST RECHT! MANCHMAL WÜNSCHE ICH MIR DAS!«

Das war der Satz, bei dem mein Kopf ausschaltete. Meine Faust flog nach vorne.

Erst einmal.

Dann noch mal.

Und noch mal.

Und während ich zuschlug, bemerkte ich nicht den LKW, der direkt auf uns zuraste.

Das Letzte, was ich sah, war der schockierte Blick meines Vaters.

»Zac«, hauchte er einen Wimpernschlag vor dem Aufprall mit blutiger Lippe.

Und dann war alles dunkel.

Meine Brust war zusammengekettet. Ich hatte das Gefühl, auf den Grund eines Sees zu sinken, während ich langsam in die Realität zurückdriftete. Warme Finger hatten sich sanft um meine Hand gelegt und ein paar elektrische Stromschläge jagten hindurch, sobald sie mit dem Daumen über meine Haut fuhr.

»Ich weiß nichts mehr vom Unfall«, flüsterte ich, öffnete langsam die Augen. »Der Fahrer des LKWs meinte, dass ich meinen Vater aus dem Wagen gezogen habe. Es ist wahrscheinlich, dass ich das Ganze mit der Aktion nur noch verschlimmert habe«, gestand ich, spürte eine böse Bitterkeit aufsteigen. »Dabei ist doch das Erste, was man lernt, dass man jemanden nicht bewegen sollte, weil es sein kann, dass er etwas an der Wirbelsäule hat.« Ich biss mir auf die Lippe und schluckte die Schuldgefühle herunter. »Wäre ich nicht mal wieder so abgestürzt und hätte mich zusammengerissen, wäre nichts von dem passiert.«

Ich schaute zu der hübschen Frau neben mir, die mit gerunzelter Stirn unsere Hände betrachtete.

»Es weiß keiner, dass ich auf ihn eingeschlagen habe. Er hat behauptet, dass er im Streit den Fahrer übersehen hat.«

»Was meinst du mit ›keiner‹?«, vernahm ich dich zuckersüße Stimme, die meinen Tod bedeuten würde.

»Dad hat es nie jemandem erzählt und ich auch nicht. Niemanden außer dir.«

»Ich dachte, Ethan und Logan…«

»Die denken alle, dass ich mir die Schuld gebe, weil wir uns gestritten haben. Aber die Wahrheit ist, dass er den LKW bei einem gewöhnlichen Streit wohl nicht übersehen hätte. Wenn allerdings jemand auf dich einprügelt, ist das nicht ganz so einfach mit dem Fahren.«

Ich senkte den Kopf und betrachtete ihr unschuldiges Gesicht. Zärtlich strich ich ihr eine dunkelblonde Strähne aus der Stirn, konnte hören, wie sie nach Luft schnappte. Ihr Atem mischte sich mit dem Rauschen der alten Lampe und ich konnte fühlen, wie mein Herz unregelmäßig umhersprang.

»Was machst du noch hier, Scar?«, fragte ich leise, fuhr mit dem Daumen über ihre Wange.

»Warum sollte ich nicht mehr hier sein?«, fragte sie irritiert nach, was den pochenden Schmerz in meinen Lungen verstärkte.

»Ich habe dir gerade erzählt, was ich getan habe, und du zuckst nicht einmal mit der Wimper?«

»Warst du nicht derjenige, der mir beigebracht hat, dass die Vergangenheit die Vergangenheit ist?«, fragte sie und schenkte mir ein wunderschönes Lächeln, das meine Atmung aus dem Rhythmus brachte. »Und es ist doch Vergangenheit. So wie die Sache mit Chad. Und ja, vielleicht war es deine Schuld, aber es bringt nichts, darüber zu rätseln und sich schlecht zu fühlen. Passiert ist passiert.«

Sie zuckte mit den Schultern, als wäre es das Normalste der Welt.

Verflucht.

Ich würde die Kleine heiraten müssen.

»Ich habe, ehrlich gesagt, gedacht, dass du mich jetzt nicht mehr ausstehen kannst«, gab ich leise zu, ließ mich von dem Grinsen anstecken.

»Und darauf verzichten, dass mein Bruder dich irgendwann auseinandernimmt?«

»Du willst also nur sehen, wie ich am Boden liege?«, fragte ich mit hochgezogenen Augenbrauen und sah den Schalk in ihren Gesicht aufblitzen. »Vielleicht sollte ich mich doch etwas mehr vor dir in Acht nehmen«, murmelte ich und konnte nicht verhindern, dass mein Blick auf die hübschen Lippen fiel.

»Das solltest du mittlerweile aber wissen«, antwortete sie gelassen.

»Keine Angst, ich weiß, was du für eine Gefahr bist«, erwiderte ich und beugte mich ein Stück weiter nach vorne.

Ich sah, wie sie schwer schluckte, und es kostete mich enorme Kraft, nicht die letzten zwei Zentimeter zwischen uns zu überbrücken. Aber ich wollte, dass sie den letzten Schritt machte. Sie sollte mich wollen.

Nur mich.

So wie ich gerade nur sie wollte.

»Wenn du denkst, dass ich dich jetzt küsse, muss ich dich enttäuschen«, hauchte sie.

»Ich *weiß*, dass du mich jetzt gleich küssen wirst.«

»Träum weiter.«

»Das mache ich schon jede Nacht.«

Ich brachte sie aus der Fassung.

Ihr sonst so klarer Blick und die sichere Miene begannen zu bröckeln. Und es war einfach fantastisch anzusehen. Ob es sie nun verunsicherte oder nicht, mein Selbstbewusstsein wurde davon enorm gepusht.

»Komm schon, Scar«, sagte ich leise und legte meine Hand in ihren Nacken. »Ich weiß, dass du es eigentlich willst.«

Nervös fuhr sie mit der Zunge über die Lippen und ich unterdrückte ein leises Stöhnen, als ich ihren verlangenden Blick sah.

Ja, sie wollte mich definitiv.

Warum konnte sie jetzt nicht einfach nachgeben? Hatte sie eine Ahnung davon, wie sehr es einen quälte, auf die Erlösung zu warten?

»Störe ich?«

Mein Herz setzte aus und brachte, so schnell es ging, so viel Abstand wie möglich zwischen uns. Ich schaute zur Tür, wo Ryan stand und uns abwartend anstarrte, während ich …

»Scheiße, Ryan!«, fluchte ich und versuchte erst gar nicht die Verärgerung über sein Auftauchen zu verbergen.

Fast hätte ich sie so weit gehabt.

Und dann tauchte ausgerechnet dieser Idiot hier auf.

»Sei froh, dass es nicht Ethan war«, antwortete er und unterdrückte ein Grinsen.

»Irgendwann werde ich dich umbringen«, knurrte ich und stand auf.

»Ich nehme an, dass Ethan dich vorher erledigt, aber…«

»Danke, Ryan. Ich denke, es ist angekommen«, mischte Scar sich mit einem mahnenden Blick ein, was mir innerlich einen kleinen Triumphschrei entlockte. Wenigstens war eine auf meiner Seite.

»Ich werde einfach so tun, als hätte ich nie etwas mitbekommen.« Abwehrend hob er die Hände und ergab sich Scar, die einen Seufzer von sich gab. Ich reichte ihr die Hand, an der sie sich hochzog. Theoretisch hätte ich einfach loslassen können, als sie aufgestanden war.

Doch mir war nicht danach. Obwohl Ryan bei uns stand, zog ich sie ein kleines Stück näher und verlor keinen Gedanken daran loszulassen. Mein Magen setzte zu einem Sturzflug an, als ihre hübschen Augen auf meine trafen, und Millionen Stromschläge entstanden an den Stellen, wo ich sie berührte.

»Das war keine Aufforderung, dass ihr jetzt übereinander herfallen sollt«, murrte Ryan ein wenig genervt.

»Ich *werde* ihn umbringen«, sagte ich leise zu Scar, deren Lächeln daraufhin etwas breiter wurde.

»Gott, ich muss mich gleich übergeben«, stöhnte er auf und schlug die Hand gegen die Stirn. »Könnten wir jetzt bitte einfach gehen, bevor der Rest reinkommt?«

Ich horchte auf.

»Was meinst du mit ›reinkommt‹?«

»Na ja, Kayla und Ethan warten draußen, ob ich mit dir rauskomme oder nicht. Und wenn ich mich nicht darauf bestanden hätte, dass ich selber reingehe, wäre es vermutlich Ethan gewesen, der in eure kleine Liebessession geplatzt wäre.«

Scheiße.

»Oh«, kam es leise von Scar, die ihre Hand aus meiner zog. Sie räusperte sich kaum hörbar und ich trat einen kleinen Schritt zurück, obwohl es mich unglücklich stimmte und das wahnsinnige Gefühl in meinem Magen beendete. »Grundsätzlich habe ich ja nichts dagegen zu sehen, wie Ethan dich auseinandernimmt, aber das kann von mir aus noch etwas warten«, flüsterte sie, machte einen Schritt nach vorne und drückte mir einen schnellen Kuss auf die Wange. Ohne auf mich oder Ryan zu warten, stürmte sie nach draußen und ließ mich wie einen Vollidioten stehen. Ich stieß einen Seufzer aus, als die Tür hinter ihr zuschlug, und fuhr mir mit der Hand durchs Haar.

»Dir ist klar, dass du mit dem Feuer spielst?«, fragte Ryan, als ich mich aus der Starre löste und zu ihm trat.

»Ja, und es ist ziemlich heiß.«

»Ich hoffe, nicht zu heiß für dich.«

Das hoffte ich auch. Nur an aufhören war nicht mehr zu denken.

39. Scarlett

Ich stolperte aus der Bar in die frische Luft. Mein Puls hatte eine Geschwindigkeit angenommen, über die ich nicht nachdenken wollte, und meine Haut kribbelte. Keine Ahnung, wie ich es geschafft hatte Zac nicht abzuknutschen, aber ich nahm an, dass es der Ehrgeiz war ihm zu zeigen, dass ich widerstehen konnte.

So schnell würde ich nicht nachgeben.

Auch wenn ich kurz davor war und er es mit seinen dämlichen Aussagen nicht besser gewesen war.

»Ist er draußen?«, war das Erste, das ich zu Ohren bekam. Verwirrt blinzelte ich und entdeckte einen besorgten Ethan.

»Ja«, brachte ich kurzatmig hervor und schluckte den Kloß im Hals unter den Augen von Kayla und Madison herunter.

»Gott sei Dank«, seufzte mein Bruder. »Und er hat diesmal keinen Alkohol angerührt?«

Ich schüttelte den Kopf, woraufhin er sich mit der Hand durchs Haar fuhr. Irgendwie schaffte ich es sein schmales Lächeln zu erwidern, doch die Adleraugen meiner beiden Freundinnen sorgten dafür, dass ich bald implodieren würde.

Ob auf meiner Stirn *Knutscht mit Zac* stand? Nur sichtbar für die beiden?

»Wie hast du ihn denn rausbekommen?«

Da war der Beweis.

Sie ahnten etwas.

Ich schluckte schwer, versuchte den unschuldigsten Gesichtsausdruck der Welt aufzusetzen, nur wollte mir keine wirkliche Erklärung einfallen, weil ich in meinem Kopf gerade auf Zac saß und weitaus weniger anhatte als jetzt.

»Sie hat mich zu Tode genervt«, half mir eine sehr vertraute Stimme aus. Mein Kopf wirbelte herum und ich entdeckte das vertraute Grinsen, das mir gerade die Luft raubte. »Und als wäre das nicht genug gewesen«, fuhr Zac fort und stellte sich vor Ethan, »hat Logan ihr meine verraten, welche meine Lieblingspizza ist. Und da du da immer noch keinen Kühlschrank mit Ofen eingebaut hast, blieb mir irgendwann nichts anderes übrig, als nachzugeben.«

»Deinem beschissenen Ofen-Kühlschrank-Wunsch werde ich auch niemals nachgeben«, murmelte mein Bruder und schloss die Arme um seinen besten Freund.

»Unser Zac ist einfach eine kleine Drama-Queen«, scherzte Ryan, der die Tür zur Bar abschloss und den beiden Jungs ein Grinsen zuwarf.

»Wenigstens erinnert meine Haarfarbe nicht an ein Einhorn.«

Eine kurze Weile stand Ryan da, presste die Lippen aufeinander und schien krampfhaft zu überlegen, ob es etwas Schlimmeres gab, das er seinen beiden Freunden an den Kopf werfen konnte. Nach wenigen Sekunden, in denen wir alle ihn aufmerksam betrachtet hatten, begann er den Kopf zu schütteln und zuckte hilflos mit den Armen.

»Tja, viel schlimmer geht's leider wirklich nicht.«

»Es ist einfach mal ein außergewöhnliches Statement«, versuchte Madison ihn aufzumuntern.

»Ja, wird ein super Statement, wenn ich bei einem Spiel die Farbe des gegnerischen Teams auf'm Kopf habe«, murrte er.

»Vielleicht solltest du dich an den Cheerleadern rächen?«, schlug Kayla vor, während wir uns langsam in Bewegung setzten.

»Dafür«, er deutete anklagend auf seinen eigenen Kopf, »wird es tausendprozentig Rache geben. Das einzige Problem ist, dass ich denke, dass unsere bisher harmlosen Cheerleader etwas Hilfe von außen bekommen. Früher waren die nicht so einfallsreich.«

»Du meinst, die haben so eine Art Streicheorganisator?«

»Darauf könnte ich wetten.«

»Und wenn die Idee einfach Zufall war?«, warf Madison ein.

»Nein, dazu haben die sich zu sehr gesteigert in kurzer Zeit.«

Ich schaute auf meine Füße, als ich spürte, dass etwas meine Hand berührte. Mein Blick wanderte hoch und traf auf braungrüne Augen, die meinen Magen in das nächste Flugzeug verfrachteten. Eine einzige Sekunde lang verschränkte er seine Finger mit meinen und schenkte mir einen Blick, an dem absolut nichts Freundschaftliches war.

Nur eine Sekunde.

Und sie reichte, um meinen ganzen Körper in einen Ausnahmezustand zu versetzen.

Ich presste die Lippen zusammen, als er seine Hand wieder wegzog und sich Ethan anschloss, der vor ihm herging.

Und ich?

Ich trottete mit klopfendem Herzen hinter der Herde her und konnte meine Augen nicht von dem Hinterkopf lösen, der sich direkt vor mir befand.

Was war bloß los mit mir?

Ich runzelte die Stirn, als ich Madisons musternden Blick spürte. Sie war stehen geblieben und ließ alle anderen passieren, sodass sie irgendwann neben mir lief.

Leider hatte ich eine ganz böse Vorahnung, was da gleich kommen würde.

Nur hatte ich darauf wirklich keine Lust und sollte zusehen, dass ich möglichst schnell an wen anderes geriet. Das könnte mir sonst das Genick brechen.

»Was habt ihr denn als Letztes gemacht?«, wandte ich mich an Ryan, der sich umdrehte, während ich schnell zu ihm aufschloss.

»Was meinst du?«, fragte er leicht verwirrt nach.

»Na welchen Streich ihr den Cheerleadern zuletzt gespielt habt«, erklärte ich lächelnd. Er begann zu erzählen, und obwohl mein Gehirn arbeitete, war ich auf Madison fixiert, der aufgefallen war, dass ich ihr aus dem Weg ging. Und dann war da noch Zac, dessen Blick sich in meinen Rücken bohrte.

Am liebsten wäre ich einfach im Erdboden versunken und hätte diese tausend Gefühle, die durch meine Adern schossen, ignoriert.

Ich war regelrecht ins Bett gestürmt. Während Kayla und Madison im Wohnzimmer verschwanden, hatte ich meine Zähne geputzt und ihnen im Vorbeigehen gute Nacht gewünscht. Ihre Blicke waren mir nicht entgangen und ich war mir sehr sicher, dass es früher oder später zu einem dieser Mädchengespräche kommen würde. Nur wusste ich nicht, was ich ihnen erzählen sollte. Immerhin hatte ich selber nicht mal eine Ahnung von dem, was passierte.

Mein Leben war gerade einfach mal wieder ein gigantisches Durcheinander.

Ich gab ein leises Seufzen von mir, als mein Handy aufblinkte.

Mein Herz setzte aus.

Es gab eigentlich nur eine Person, die mir schrieb.

Hastig griff ich nach dem kleinen alten Ding und warf einen Blick auf den Bildschirm.

Zac: Kannst du schlafen?

Einen Moment starrte ich auf das Display und biss mir auf die Lippe.

Scarlett: Nicht wirklich.
Zac: Ich würde dir ja einen Ausflug vorschlagen, aber Ryan und Ethan halten quasi Wache.
Scarlett: Madison und Kayla auch.

Dann blieb es still. Ich wusste nicht, was ich schreiben sollte oder ob er überhaupt irgendetwas hören wollte.

Zac: Schlaf gut, Scar.

Enttäuschung raste durch jede Zelle meines Körpers. Irgendwie war es nichts, das ich hatte hören wollen. Und dennoch nahm ich meinen Stolz und Mut zusammen, um ihm zu antworten. Immerhin musste ich ihm nicht ins Gesicht schauen und konnte so tun, als wäre alles in Ordnung.

Scarlett: Gute Nacht, Zac.

Frustriert pfefferte ich das Handy auf die Bettdecke. Es sollte mich nicht so stören, dass er nichts schrieb, und doch tat es das. Und das machte mich unfassbar wütend auf mich selber. Ich war einfach zu naiv und dumm.

Mit einem komischen Gefühl im Magen legte ich mich hin und starrte an die Decke. Aus dem Wohnzimmer drangen die leisen Stimmen von Kayla und Madison zu mir. Sie lachten und schienen noch einen Film zu schauen.

Natürlich lag ich stattdessen alleine in meinem Bett und hoffte auf etwas komplett Bescheuertes.

Warum saß ich nicht bei ihnen? Das mit Zac würde sich sowieso in eine Sackgasse führen. Also müsste ich ihnen eh nichts erzählen, was wahrscheinlich nicht länger als ein paar Wochen dauern würde.

Ein dämlicher Stich durchbohrte meine Brust bei dem Gedanken, doch ich schob es rasch zur Seite. Heutzutage war es doch normal, mal was mit einem Typen zu haben, ohne zu wissen, was es genau war, oder?

Also warum machte ich mir dann so einen Kopf deswegen?

Ich setzte mich auf, schmiss die Beine aus dem Bett und griff nach meinem Pulli, den ich mir eilig überzog.

Heute Abend würde ich nicht mit so einem blöden Gefühl im Bett liegen.

Und in dem Moment, als ich mir das dachte, blinkte mein Handy erneut auf.

Ich wollte nicht draufschauen. Wirklich. Es wäre viel besser gewesen, wenn ich einfach gegangen wäre, aber die Versuchung und dieser Funken Hoffnung, der in meinem Bauch saß, zwangen mich regelrecht dazu. Also griff ich nach dem Handy und öffnete die Nachricht von Zac.

Zac: Ich weiß, ich werde in die Hölle kommen, aber ich wünschte, Ryan wäre nicht aufgetaucht.

Ich ballte die Hände zu Fäusten und untersagte mir selber auch nur einen Gedanken an eine Antwort zu verschwenden. Doch Zac schien es egal zu sein, ob ich schrieb oder nicht. Mein Handy blinkte in einer Tour auf und mit jedem weiteren Mal wurde das Pochen meines Herzens schlimmer.

Zac: Ich wünschte, du hättest mich geküsst. Und wir wissen beide, dass das passiert wäre.
Zac: Ich muss die ganze Zeit daran denken, was passiert wäre, wenn man uns nicht unterbrochen hätte – schon wieder.
Zac: Verdammt. Du machst mich wahnsinnig, Scar.
Zac: Am liebsten hätte ich dich ins Büro gezerrt und auf dem Schreibtisch genommen.
Zac: Sorry. Vergiss die letzte Nachricht.
Zac: Nein, vergiss sie nicht. Das hätte ich getan. Ich will dich nur nicht verschrecken.

Zac: Super. Jetzt denke ich an das Schwimmbad, wo du mit deinen klitschnassen Sachen vor mir standest. Ist dir klar, dass du mir damit den Verstand raubst?
Zac: Super, jetzt bin ich scharf auf dich.
Zac: Dein Bruder wird mich umbringen, wenn er das hier liest.
Zac: Ich habe wirklich versucht sie in Ruhe zu lassen, Ethan. Aber das geht einfach nicht.
Zac: So, damit konnte ich ihn vielleicht etwas besänftigen.
Zac: Ich hätte dich gerade gerne neben mir im Bett. Von mir aus auch nackt. Oder auch nicht. Das wäre mir egal, solange du hier wärst.
Zac: Ich werde jetzt aufhören, ehe ich mich vor dir zum kompletten Trottel mache.
Zac: Ich hoffe, du träumst von mir, Scar.

Mit offenem Mund starrte ich die Nachrichten an. So was hatte mir bisher niemand geschrieben, geschweige denn gesagt. Und dass so was ein Pochen zwischen meinen Beinen auslösen konnte, war auch etwas komplett Neues für mich.

Ich las diesen Monolog bestimmt zehnmal und musste an der Stelle mit Ethan grinsen, obwohl es eigentlich unangebracht war. Immerhin war es etwas, was mich ziemlich einschüchterte. Und während ich alleine in meinem Zimmer stand, klopfte mein Herz unaufhörlich schneller.

Bis mich eine Erkenntnis traf, auf die ich hätte verzichten können:

Ich war bis über beide Ohren in Zac verliebt.

Und ich hatte die blöde Befürchtung, dass das nicht gut war für mich und mein Herz.

40. Scarlett

Die Woche verflog, ohne dass ich Zac wirklich sah. Neben der Uni hatte ich viel mit Madison und Kayla zu tun, die genau wie Logan dauernd in der Bar abhingen, was dazu führte, dass Zac und ich keine Sekunde unbeobachtet waren.

Ich hatte ihm nicht geantwortet.

Um ehrlich zu sein, wusste ich nicht einmal, was ich darauf antworten sollte. Vielleicht war ich einfach zu unerfahren und jede andere hätte genau gewusst, was man darauf sagte, aber ich konnte schlecht Madison oder Kayla fragen.

Das hatte natürlich zur Folge, dass ich mich in seiner Gegenwart sehr verunsichert fühlte. Zwar erwiderte ich seine Blicke und bemerkte die kurzen Berührungen, aber ihm konnte nicht entgehen, wie ich rot wurde oder sich eine Gänsehaut über meine Arme zog.

Er hatte mich mit diesen Worten völlig aus dem Konzept gebracht und ich konnte das Büro meines Bruders nicht mehr betreten, ohne an schmutzige Dinge mit Zac zu denken. Leider war die Folge dieser Gedanken, dass ich abwesend war, immer wieder ins Stottern geriet und ein paar Dinge durcheinanderwarf.

Zu allem Überfluss fiel es Madison auf. Ich spürte ihre neugierigen Blicke und versuchte stattdessen ihre Aufmerksamkeit auf einen Kommilitonen zu lenken, den ich hin und wieder in der Bar antraf. Er war nett, sah ganz süß aus und wir flirteten ein paarmal miteinander.

Ich versuchte das allerdings nur dann zu tun, wenn Zac nicht in der Nähe war. Denn *ich* bemerkte seine scharfen Blicke von der Seite ganz genau. Immerhin war er gerade der Dreh- und

Angelpunkt in meinem Kopf. Wie konnte ich es da nicht bemerken?

Zac hatte beschlossen zu seinen Eltern zu fahren. Nur nicht alleine. Er hatte mit Ethan gesprochen, der uns alle ins Boot geholt hatte und keinem eine Wahl ließ. Vielleicht lag es auch daran, dass Logan auf jeden, der die Stirn runzelte, wütende Blicke abfeuerte.

Also standen an dem Samstagmorgen unsere gepackten Koffer im Flur und zu sagen, dass ich nervös war, wäre noch untertrieben gewesen. Ich hatte keinen Schimmer, wie ich es zwei Stunden mit Kayla und Madison in einem Auto aushalten sollte. Zwar war Ryan auch dabei, doch ich hatte die starke Befürchtung, dass das ein Kreuzverhör nicht verhindern würde.

Ich zog meine Schuhe an und versuchte nicht komplett am Rad zu drehen, während Ethan unser Gepäck nach unten trug. Logan war um halb acht mit einem strahlenden Lächeln aufgetaucht und hatte uns allen Feuer unterm Hintern gemacht. Während mein Bruder und Kayla murrend durch die Wohnung schlurften, schien es Ryan nichts auszumachen, früh aufzustehen. Und das, obwohl er bis halb zwei noch in der Bar gearbeitet hatte.

»Schlecht gelaunt?«, fragte er mich, als ich neben ihm die Treppe hinunterstieg.

»Ich freue mich nicht auf die Autofahrt, falls du das meinst«, murmelte ich und warf einen Blick nach hinten zu Kayla, die um Ethans Hals hing und ihn anstrahlte.

»Keine Angst, ich halte dir schon den Rücken frei.«

»Ich denke nicht, dass das heute irgendwie helfen wird.« Ein leiser Seufzer kroch mir über die Lippen und ich zupfte am Zipfel meiner Jacke herum.

»Wir werden das schon irgendwie stemmen.«

Doch die Zuversicht, die Ryans Lächeln versprach, konnte ich leider nicht teilen. Vielleicht lag es daran, dass ich meine beiden Freundinnen zu gut kannte. Oder es war die Tatsache, dass ich keine Ahnung hatte, was ich auf ihre Fragen antworten sollte. Woher sollte ich denn wissen, was mit mir und Zac war, wenn wir seit Tagen nicht miteinander sprachen und seine letzten Nachrichten so wenig mit Freundschaft zu tun hatten?

»Was bist du so in Gedanken, Schwesterherz?« Ein schwerer Arm legte sich um meine Schulter, woraufhin ich leicht zusammenzuckte. Mit einem breiten Lächeln führte Ethan mich aus dem Haus und durchbohrte mich mit den Augen.

»Nur Unikrams«, winkte ich ab. Einen unendlich langen Moment fixierte er mich, was meine Handflächen feucht werden ließ.

»Wäre es für dich in Ordnung, wenn wir zusammen in einem Auto fahren? Also, dass du mit Logan tauscht? Ich würde mich nämlich gerne mal wieder mit meiner Schwester unterhalten.«

Er blieb stehen und schaute mich mit diesem vertrauten, liebevollen Bruderblick an, dem ich nichts abschlagen konnte. Und dann fingen meine Gehirnzellen an zu arbeiten, weil ihnen ein klitzekleines Detail auffiel.

»Dann wäre ich mit dir und Zac in einem Auto«, stellte ich fest.

»Er ist doch quasi dein zweiter großer Bruder. Das wird also ein kleiner Familientrip«, strahlte Ethan mich an.

Ja, wäre es, wenn da nicht die schmutzigen Gedanken wären.

»Familientrip«, wiederholte ich mit trockener Kehle und konnte aus dem Augenwinkel sehen, wie Zac meinen Koffer in den Wagen lud.

»Es wird bestimmt keinem was ausmachen, also liegt es an dir.«

Ein kleiner Stein bohrte sich auf den Grund meines Magens und ich zwang mich ein Lächeln aufzusetzen, das nicht aussah, als ob ich gerade vergammelte Eier essen müsste.

»Klar, warum nicht?«, erwiderte ich und wurde von meinem Bruder daraufhin fast zerdrückt.

Warum nicht?

Es gab eine Million verfluchte Gründe, warum wir drei nicht in einem Wagen fahren sollten, und doch hatte ich jetzt keine andere Wahl als mich diesem Übel zu stellen.

Mit festen Schritten steuerte ich den Wagen an, spürte die Hitze in meinen Wangen aufsteigen, als ich Zacs Rücken betrachtete. Keine Ahnung, wie ich diese Fahrt überstehen sollte. Ich riss den Blick los und versuchte mich auf irgendetwas anderes zu konzentrieren.

»Ich sitze vorne.«

Und da war der Versuch bereits gescheitert.

Ohne die Hand von der Tür zu nehmen, drehte ich mich zu Zac, der plötzlich ganz nah neben mir stand. Seine dämlichen Augen raubten mir den Atem und mein Kopf machte sich auf in den Betriebsurlaub.

»Das habe ich direkt heute Morgen verkündet«, fügte er hinzu, verschränkte die Arme lässig vor der Brust.

Und es machte mich wahnsinnig, dass seine Arme mich so aus dem Konzept brachten. Aber ich durfte jetzt nicht klein beigeben. Nicht, wenn alle anderen zuschauen konnten.

»Da war ich nicht dabei. Das war also eindeutig kein fairer Spielzug«, schaffte ich es ruhig zu erwidern.

»Du hättest eine SMS schreiben können.«

»Da wusste ich ja nicht, dass ich hier mitfahren würde.«

»Du wusstest aber, dass du in einem Auto fährst«, erklärte er und ich wurde das Gefühl nicht los, dass es hier um etwas anderes ging.

»Aber ich dachte, ich würde in einem anderen fahren.«

»Dann solltest du nächstes Mal auf Nummer sicher gehen und nachfragen. Das erspart einem seltsame Situationen.«

»So wie diese hier?«, platzte es aus mir heraus, woraufhin seine Mundwinkel zuckten, was meinem Herz einen kleinen Stromschlag versetzte.

»Ja, Scar. So wie diese hier und die der ganzen Woche«, flüsterte er und eine Gänsehaut jagte mir über den Rücken.

»Falls ihr darüber diskutiert, wer vorne sitzt: Zac hat sich den Platz heute Morgen gesichert«, kam Ethan plötzlich von der Seite.

»Aber…«, setzte ich zum Protest an, doch Ethan zuckte nur mit der Schulter und schenkte mir keine Aufmerksamkeit mehr. Genau wie Zac, den es nicht zu interessieren schien, dass ich anwesend war.

Also gab ich ein leises Schnauben von mir, stieg hinten ein und knallte ein wenig stärker als nötig die Tür zu.

Zwei verdammte Stunden mit zwei Idioten.

Und der eine ließ mein Herz auch noch höherschlagen, obwohl er sich seltsam verhielt.

Was für fantastische Aussichten.

Wir unterhielten uns wirklich. Seit fast einer Stunde fragte Ethan mich über mein Leben aus und plapperte so viel, wie er es nie zuvor getan hatte. Ich musste Fragen über meine Lieblingsfarbe, mein Lieblingsessen und alle anderen Lieblingsdinge über mich ergehen lassen und konnte nicht anders, als bei der ein oder anderen Frage laut loszulachen.

Ich meine, wer fragt schon nach der Lieblingsduftkerzensorte?

Aber es war schön sich mit ihm zu unterhalten und es half mir, mich auf etwas anderes als Zac zu konzentrieren, der sehr still auf seinem Platz saß und in Gedanken versunken zu sein schien.

Zumindest bis Ethan eine Frage stellte, die mein Herz aussetzen ließ.

»Sag mal, Scarlett, wie sieht es bei dir jetzt eigentlich mit Jungs aus, nachdem das mit Chad vorbei ist?« Er warf mir einen Blick über den Rückspiegel zu.

Meine Lungen zogen sich auf eine seltsame Art und Weise zusammen und ich konnte sehen, wie Zacs Arme sich anspannten.

»Keine Angst, Zac ist doch quasi dein Bruder und wird nichts anstellen oder erzählen«, lachte Ethan, der mich immer noch im Spiegel zu beobachten schien.

Taktisch gesehen war es also der ungünstigste Platz im Auto, um irgendwelchen Blicken zu entkommen. Mein Bruder hatte mir quasi den Fluchtweg abgeschnitten und ich wusste nicht, ob Zac mir in irgendeiner Weise zu Hilfe eilen würde.

Oder ob er die Fahrt überhaupt überlebte.

»Da ist nichts«, murmelte ich und schaute aus dem Fenster in der Hoffnung, dass das Thema damit beseitigt war.

»Quatsch«, protestierte Ethan lachend, »man hat immer jemanden, den man ganz gut findet. Gut, fast jeder. Außer Zac und Ryan, die sind für Beziehungen nicht gemacht.«

Ich wünschte, diese Aussage hätte mir nicht so einen Stich versetzt.

»Also, Schwesterchen, auf welchen Typen stehst du derzeit so?«

Ich zwang mich aus dem Auto zu schauen, obwohl ich an Zacs Augen sehen wollte, dass die Aussage von meinem Bruder Schwachsinn war. Doch die Tatsache, dass er nicht protestiert hatte, ließ ein widerliches Messer in meinen Magen fahren.

Ein Messer, das ich ihm unbedingt zurückgeben wollte.

»Du hast ihn ein paarmal gesehen«, erzählte ich schließlich und presste die Lippen aufeinander, »er ist ein Kommilitone von mir. Wir haben zwei Kurse zusammen.«

»Hast du ein Bild?«

»Ich habe nur ein paarmal mit ihm gesprochen«, versuchte ich das Gespräch abzuwürgen.

»Du fährst auf einen Typen ab, den du nicht mal kennst?«, machte Zac mir einen Strich durch die Rechnung.

»Bisher hat er sich mir gegenüber sehr nett verhalten«, gab ich ein wenig biestig zurück.

»Nett?«, kam es ungläubig von vorne, »also verzeih mir, Scar, aber da wird Ethan mir zustimmen: Nett ist eine bessere Abkürzung für Langweiler.«

»Da hat er leider recht.«

»Leider hatte ich noch keine Zeit, ihn kennenzulernen, aber sobald das der Fall ist, werde ich euch ein paar Adjektive zukommen lassen, die etwas aussagekräftiger sind«, erwiderte ich spitz.

»Bevor du ihn kennenlernst, werde ich ihn erst mal unter die Lupe nehmen.«

»Vergiss es«, widersprach ich meinem Bruder.

»Ich werde dich nicht noch mal an einen Vollidioten verlieren, der dir das Herz bricht. Das verspreche ich dir.«

»Ich bin erwachsen, Ethan«, murrte ich.

»Er hat recht. Man sollte den Typen abchecken«, stand Zac plötzlich auf der Seite meines Bruders.

Und das brachte das Blut in meinen Adern zum Kochen.

»Ihr beide werdet euch aus meinem Liebesleben heraushalten«, fauchte ich, konnte sehen, wie Zac sich versteifte. »Ich alleine entscheide, wann ich was mit wem mache.«

»*Was* machst du denn mit *wem*?«, wollte Ethan wissen.

»Oh, ich nehme mir ein Beispiel an meinem zweiten großen Bruder Zac und vögel mich wild durch die Gegend.«

»Tust du nicht«, kam es schockiert von Ethan, der einen panischen Blick in den Rückspiegel warf.

»Natürlich tut sie das nicht. Sie will uns nur eins auswischen«, seufzte Zac.

»Ach und woher willst du das wissen?«, provozierte ich ihn.

»Ich kenne dich, Scar.«

»Bist du dir da ganz sicher?«

»Ich glaube sogar, dass ich dich besser kenne als du dich selbst«, erwiderte Zac.

»Dir mangelt es wirklich nicht an Selbstbewusstsein. Dabei kann ich mir so gar nicht erklären, wo das herkommt«, gab ich genervt zurück.

»Ich nehme an, von den ganzen hübschen Frauen, die sich nach mir verzehren.«

»Na ja, ab einem bestimmten Alkoholpegel setzt der Verstand aus und man sieht schlechter.«

»Oh, die wenigsten…«

»Aufhören, ihr Streithähne!«, unterbrach Ethan unser Wortduell. »Ihr seid quasi so was wie Bruder und Schwester, aber auf die Zankerei kann ich dann doch verzichten«, sagte er kopfschüttelnd.

Ich biss mir auf die Lippe und schaute aus dem Fenster, um den genervten Blicken und dem miesen Gefühl zu entgehen, das sich bei seinen Worten in mein Herz geschlichen hatte. Merkte er nicht, dass es mich verletzte, oder versuchte er Ethan auf eine falsche Spur zu bringen? Aber warum klangen seine Worte dann so verflucht wahr?

»Wir müssen tanken«, wechselte Ethan das Thema und durchbrach nach kurzer Zeit das unangenehme Schweigen, das sich im Wagen ausgebreitet hatte.

»Da müsste gleich eine Tankstelle kommen«, murmelte Zac und etwas an seiner Stimme verriet mir, dass er keine besonders gute Laune hatte. Neben der schlechten Laune hatte sich das seltsame Bedürfnis, in Tränen auszubrechen, in meinem Kopf eingenistet, was irgendwie ziemlich erbärmlich war.

Immerhin gab es keinen Grund, wegen eines Kerls zu heulen, mit dem sowieso nie was wirklich laufen würde. Zumindest nichts Ernstes. Das hatte Ethan mir gerade noch mal mehr als deutlich gemacht.

Warum tat ich mir das hier gerade überhaupt an und fuhr mit zu Zacs Eltern? Es wäre so viel einfacher gewesen eine Ausrede zu erfinden und in dem ruhigen Haus zu bleiben, statt so tun zu müssen, als wäre nie etwas zwischen ihm und mir passiert.

Ich schien eine kleine masochistische Ader zu besitzen. Vielleicht hatte ich das von meinem Vater geerbt. Das wäre auch eine Erklärung, warum er sich überhaupt meine Mutter ausgesucht hatte.

»Ich ruf Kayla an und sag ihr, dass wir noch tanken sind«, sagte Ethan zu Zac, als dieser ausstieg, um zur Zapfsäule zu gehen.

Ich bemerkte den Blick, den er mir zuwarf, als er an meinem Fenster vorbeilief, doch ich machte keine Anstalten, darauf zu reagieren. Also senkte ich den Blick auf meine Hände und versuchte nicht loszuheulen.

Vor mir hörte ich Ethan, der mit einem Lächeln auf den Lippen am Handy hing, was meine Laune noch tiefer absacken ließ. Warum konnte ich nicht einfach auf irgendeinen Typen aus der Uni stehen? Einen normalen Kerl, der nett war und mich zum Lachen brachte? Warum war ich nicht wirklich in meinen Kommilitonen verliebt? Das würde mein Leben so viel einfacher machen und mich nicht von einem Nervenzusammenbruch zum nächsten schicken.

»Scar?«, riss Ethan mich aus meinen Gedanken. »Zac hat sein Portemonnaie vergessen. Kannst du es ihm bitte bringen?«

Nein, ich wollte es ihm nicht bringen.

Ich wollte verflucht noch mal nicht mehr in diesem Wagen sitzen.

»Klar«, murmelte ich und griff nach dem Geldbeutel, den er mir gedankenverloren hinhielt, während er sich wieder dem Handy zuwandte und mit Kayla sprach.

Konnten die ihre blöde Verliebtheit nicht wenigstens dann lassen, wenn ich schlecht drauf war?

Mit einem Schnauben schlug ich die Tür zu und stampfte missmutig über den Asphalt. Es war kühler als sonst, sodass ich die Arme um meine Brust schlang, um die Kälte fernzuhalten. Die Sonne schien hell und ließ die Bäume lange Schatten werfen. Vor mir glitten die Türen der Tankstelle auf und suchend wanderte mein Blick zu der Kasse, an der jedoch niemand stand.

Verwirrt runzelte ich die Stirn und wurde plötzlich zur Seite gezerrt. Ich stieß einen überraschten Schrei aus, als Zac mich hinter ein Regal zog. Hätte er mich nicht am Arm gepackt, hätte ich das gesamte Regal zu Boden gerissen.

Ich war fest entschlossen ihm zu sagen, dass er ein absolutes Arschloch war. Hatte gerade den Mund geöffnet, um zu protestieren, als er mich mit seinen beschissenen Augen anschaute, die mir die Sprache verschlugen. Eine Mischung aus Wut, Sehnsucht und Entschlossenheit lag in seinem Blick.

»Okay, du hast ungefähr dreißig Sekunden, um mir zu sagen, ob wir das, was zwischen uns passiert ist, vergessen sollen. Wenn es das ist, was du willst, und ich einen Schritt zu weit gegangen bin, tut es mir leid. Dann werden wir so tun, als wäre nie etwas passiert. Aber ich bräuchte langsam eine Antwort, denn das, was da im Wagen abgeht, verwirrt mich doch allmählich.«

»*Dich* verwirrt es?«, kam es mir über die Lippen, während in meinem Kopf seine Worte langsam von Abteilung zu Abteilung geschickt wurden, um sie sinnvoll zu verarbeiten.

»Du hast wirklich ein Talent, genau die Dinge rauszufiltern, die gerade nicht relevant sind«, murmelte er, hielt mich mit den Augen gefangen. »Noch fünfzehn Sekunden, Scar. Sonst wird Ethan misstrauisch.«

»Du kannst so was nicht von mir verlangen«, widersprach ich, spürte die Unruhe in meinem Magen aufflammen.

»Zehn.«

»Hör auf damit, Zac«, zischte ich.

»Ich will nur eine Antwort, Scar«, flüsterte er, bewegte sich keinen Zentimeter, während eine seltsame Panik sich in mir ausbreitete. »Fünf Sekunden.«

Was fiel ihm eigentlich ein?! Warum tat er das gerade hier und jetzt?!

Und neben der Wut, die in meinem Magen aufflammte, tauchten Schmetterlinge auf, die mich dazu veranlassten, einen Schritt nach vorne zu machen und den Abstand zwischen uns zu überbrücken.

Seine Geldbörse fiel auf den Boden, als ich meinen Mund hart auf seinen presste, versuchte ihm irgendwie klarzumachen, dass ich sauer war und er das eigentlich nicht verdiente. Ich krallte mich an seinem kurzen Haar fest und hoffte, dass es ihm wehtat. Doch ihm entwich nur ein leises Stöhnen, ehe er seine Arme um mich schlang und mich gegen sich presste.

Ich schnappte nach Luft, wollte nicht dieses unfassbar gute Kribbeln in jeder Zelle meines Körpers spüren. Seine Hände legten sich auf meinen Rücken, glitten in einer Schnelligkeit unter meinen Pullover, die ich nicht für möglich gehalten hätte. Ein leises Seufzen entfuhr mir, als seine kalten Finger über meine Wirbelsäule fuhren.

Doch so rasant wie der Kuss begonnen hatte, endete er auch. Ruckartig löste Zac sich von mir, brachte eine Armlänge Abstand zwischen uns und starrte mich schwer atmend an. Meine Finger zitterten und die Stellen meiner Oberarme, an denen er mich festhielt, schienen zu glühen.

»Auf so eine Antwort hatte ich gehofft«, murmelte er atemlos und ließ mich los. Mit der Hand fuhr er sich durch die

Haare, die ich ihm fast ausgerissen hatte, und hob sein Portemonnaie auf. »Du solltest wieder zurück zu Ethan gehen.« Er vergrub die Hände in der Hosentasche und biss sich auf die Lippen, die ich bis eben noch berührt hatte.

Meine Zunge klebte irgendwo an meinem Gaumen und ich brachte nur ein abgehacktes Nicken zustande. Überrumpelt von der Situation taumelte ich schon fast an Zac vorbei, der mir auswich, als wolle er mich ja nicht mehr berühren.

Und mir war das sogar ganz recht, denn ich wäre ihm bestimmt sofort wieder um den Hals gefallen wie ein notgeiler Groupie.

»Hey«, hörte ich ihn, als ich fast den Ausgang erreicht hatte. Langsam drehte ich mich um, versuchte das pochende Herz zu ignorieren, das mir aus der Brust sprang und zu Zac wollte. »Dieser Kommilitone ist doch nur eine Ausrede gewesen, oder?«

Ich wollte es nicht zugeben, doch ich konnte nicht anders als zu nicken. Ein kleines Teufelchen stocherte in meiner Magengegend herum und streute ein paar unangenehme Fragen in meinen Kopf.

»Wie viele sind es bei dir?«, platzte es aus mir heraus.

»Wie viele was?«

»Frauen, von denen du was willst?«, fragte ich leise, spürte die Röte in meine Wangen schießen. Ein vielsagendes Grinsen breitete sich auf seinem Gesicht aus, das meine Beine wackelig werden ließ.

»Nur eine«, erwiderte er, ohne mich aus den Augen zu lassen.

Und das war der Moment, in dem mir klar wurde, dass ich das mit Zac nicht einfach so abhaken könnte, sollte es jemals zu Ende gehen.

41. Zac

Ich hasste das Ankommen.

Während der Rest aus dem Auto stieg und meine Mutter lachend wie immer alle empfing, blieb ich sitzen, starrte auf das vertraute Haus. Ich wünschte, dass weniger negative Gedanken und Erinnerungen bei dem Anblick auftauchen würden. Doch wie immer zog sich alles in mir schmerzhaft zusammen.

Und das wurde durch das strahlende Lächeln meiner Mutter nicht besser.

In ihrer alten Jeans und einem lockeren Pulli kam die große, schlanke Frau auf mich zu. Kleine Lachfältchen umrandeten ihre grünen Augen, während das schwarze lange Haar in einem lockeren Pferdeschwanz steckte.

Im Vorbeigehen umarmte sie Ethan, als wäre er ihr eigener Sohn. Die Freude, die ihm anschließend ins Gesicht geschrieben stand, war oscarverdachtig. Sie klopfte ihm auf die Schultern, wechselte ein paar Worte, ehe sie auf das Haus deutete und den kurzen Weg zu mir fortsetzte. Ohne zu warten, riss sie die Autotür auf und musterte mich mit schiefgelegtem Kopf.

»Du hast nicht vor, wieder zu fahren, oder?«, wollte sie mit hochgezogenen Augenbrauen wissen. »Dann musste ich dich nämlich wieder einfangen, weil ich den ganzen Morgen in der Küche zugebracht habe, um was Fantastisches zu zaubern.«

»Das hättest du nicht tun müssen, Mum«, murmelte ich und löste den Gurt.

»Mit gutem Essen kriege ich dich aber ins Haus gelockt.«

Langsam stieg ich aus, holte tief Luft, ehe ich ihr in die Augen schaute.

Ich hatte es nicht verdient.

Dieser Blick mit so viel Liebe und Glück sollte jemand anderem gelten, aber garantiert nicht mir.

»Du hast uns ziemlich auf dich warten lassen«, ermahnte sie mich mit einem Lächeln, doch die Traurigkeit in ihren Worten entging mir nicht.

Sofort schoss ein stechender Schmerz durch meine Brust, drückte den Stein noch etwas mehr auf meine Lungen.

»Sorry«, war das Einzige, das ich über die Lippen brachte.

Und dann zog sie mich einfach in ihre Arme. Als wäre es das Normalste der Welt, hielt sie mich fest, strich mir über den Rücken und drückte meinen Kopf gegen ihre Schulter. Wie ein kleiner Junge klammerte ich mich an sie, schloss die Augen und genoss diese unverdiente Vertrautheit und Zuneigung, die ich bekam.

»Ich habe dich vermisst, mein Kleiner«, murmelte sie an meinem Ohr.

»Also, klein ist er nun wirklich nicht mehr«, mischte sich eine vertraute Stimme ein, woraufhin ich mich von meiner Mum löste.

»Logan«, ermahnte meine Mutter ihn von der Seite, während mein Bruder die Taschen aus dem Auto nahm.

»Ist doch wahr«, murrte er unter dem mahnenden Blick der großen Frau, die die Hände gegen die Hüften stemmte.

»Los, bring das Gepäck rein«, befahl sie Logan, der die Augen verdrehte und eine Grimasse schnitt. »Wenn du nicht ohne Essen ins Bett willst, solltest du so was unterlassen.«

»Schön, dass sich manche Dinge nicht ändern«, grinste ich, bekam deshalb einen sanften Fausthieb meiner Mum an die Schulter.

»Benehmt euch wie die Gentlemen, zu denen ich euch erzogen habe. Immerhin haben wir Besuch«, erklärte sie und warf einen Blick auf Scarlett, die gerade mit Madison sprach. »Und diesmal sehr viel weiblichen, wie ich finde.«

»Vergiss diese Gedanken, Mum.«

»Ich dachte nur, dass…«

»Nein«, unterbrach ich sie, als Scarlett mit Madison und Kayla auf uns zukam. »Darf ich vorstellen, das ist Scarlett, die kleine Schwester von Ethan, und Madison, eine gute Freundin von ihr.«

»So so, die kleine Schwester von Ethan«, sagte sie langsam und musterte sie von oben bis unten. »Dann bist du ab jetzt unser zweites Pflegekind?«

»Mum«, unterbrach ich sie mit einem scharfen Blick.

»Was denn? Ich muss doch wissen, für wen ich dauerhaft ein Zimmer einrichten muss«, protestierte sie, während Scarletts Wangen sich rot färbten. Einfach zum Küssen hübsch.

Und ich musste gerade wirklich mit meiner Mutter darüber diskutieren, dass sie kein weiteres Pflegekind war.

Irgendwie hatten Gefühle ein vollkommen miserables Timing.

»Sie ist nicht dein Pflegekind«, murrte ich leise.

»Dann hat sich deine Mutter wieder mit Ethan versöhnt?«, wandte sie sich direkt an Scar, die mir einen kurzen Blick zuwarf, ehe sie zaghaft mit dem Kopf schüttelte.

»Wie gut, dass ich schon immer eine große Familie haben wollte«, strahlte sie, während ich tief Luft holte und Scars schmale Lippen betrachtete.

»Du hast immer noch genauso ein Feingefühl wie ein Bauer«, seufzte ich kopfschüttelnd und drängte mich an ihr vorbei. »Komm, ich zeig dir das Haus.«

Ohne auf meine Mutter zu warten, die wahrscheinlich ein wenig überrumpelt war, führte ich Scarlett zum Haus und hielt ihr die Tür auf, damit sie eintreten konnte. Ich sah, wie Kayla und Madison mit meiner Mutter sprachen, deren fröhlicher Gesichtsausdruck einem ernsten gewichen war.

Manchmal hatte diese Frau wirklich keine Ahnung, wann welche Themen angebracht waren.

Ich trat hinter Scarlett in den vertrauten schmalen Flur und wurde sofort von dem Geruch meiner Kindheit umgeben. Obwohl mal wieder alles gestrichen und umgeräumt worden war, veränderte sich das nie.

»Dein Zimmer ist oben«, erklärte ich und deutete auf die Wendeltreppe neben uns. Es war ein Fehler, sie vorangehen zu lassen. In der Jeans sah ihr Hintern wirklich wahnsinnig gut aus – so wie eigentlich immer – und befand sich direkt auf Augenhöhe.

Absolut unvorteilhaft für mich.

Vor allem, weil Scarlett gerade ein wenig deprimiert wirkte.

»Dritte Tür links«, wies ich sie an, als wir oben ankamen. Sie warf mir einen kurzen Blick von der Seite zu, als sie die Tür öffnete und in das Gästezimmer meiner Eltern trat.

Ein großes Fenster wurde von schweren knallgelben Gardinen umrahmt und auf dem Bett befanden sich orange Kissen. Ein großer alter Kleiderschrank mit schnörkeligen Verzierungen stand an der Wand gegenüber dem Fenster und in jeder anderen Ecke gab es Pflanzen. Neben dem Bett stand Scars Tasche.

»Hat ein bisschen was von einem Dschungel, aber es könnte schlimmer sein«, murmelte ich und schloss die Tür hinter mir, während Scarlett neben dem kleinen Bett stehen blieb und hinausschaute.

Ihre Finger glitten über das Gestell des Bettes und irgendwie hatte es etwas Verträumtes, wie sie mit hängenden Schultern im Sonnenlicht stand. Ihre Haare waren leicht zerzaust und leuchteten schon fast unnatürlich.

Und obwohl es so märchenhaft wirkte, spürte ich, dass sie etwas bedrückte.

»Ich hoffe, du nimmst es meiner Mum nicht allzu übel. Sie redet manchmal, ohne viel zu denken«, erklärte ich, woraufhin sich die Schönheit mit einem viel zu traurigen Lächeln zu mir drehte.

»Schon gut«, winkte sie ab, »eigentlich ist es ganz schön zu wissen, dass ich eine Pflegefamilie habe, wenn meine eigene keine Lust mehr auf mich hat.«

»Ich weiß wirklich nicht, ob ich eine Schwester haben will«, sagte ich nachdenklich und konnte sehen, dass ihre Mundwinkel zuckten.

»Ich wäre ja wohl eine fantastische Schwester.«

»Wärst du bestimmt«, gab ich zu und kam ein paar Schritte näher, blieb dicht vor ihr stehen. »Allerdings glaube ich nicht, dass *unsere* Eltern es für angemessen hielten, wenn wir beide was am Laufen hätten.«

»Vielleicht müssten wir das dann einfach beenden.«

Ihre Halsschlagader pulsierte. Ich konnte ihren unruhigen Atem auf meinen Lippen spüren, roch diesen verführerischen Duft nach Orange, der mich viel zu sehr in Versuchung führte.

»Wir wissen beide, dass das nicht geht«, murmelte ich, vergrub die Hände in den Hosentaschen, um dem Drang, ihr über die Wangen zu streichen, nicht nachzugeben. »Und ich würde dich gerade wirklich gerne küssen und diese Unterhaltung von vorhin in der Tankstelle weiterführen, aber leider ist die Wahrscheinlichkeit zu hoch, dass in den nächsten zwei Minuten jemand durch diese Tür kommt.«

»Wie schade«, flüsterte sie heiser und biss sich auf die Lippe.

»Hör auf damit, Scar«, ermahnte ich sie, spürte, dass sich zwischen meinen Beinen etwas regte, was ich in den vergangenen Stunden wirklich gut unter Kontrolle gehabt hatte.

»Ich mach doch nichts«, widersprach sie lachend.

»Du beißt dir dauernd auf die Lippe, läufst in enger Jeans vor mir her und überfällst mich ahnungslosen Kerl in Tankstellen. Das würde ich nicht als nichts bezeichnen.«

»Also, den Überfall an der Tankstelle hast ja wohl du herausgefordert!«, protestierte sie und deutete anklagend auf mich.

Ich wusste, ich sollte es nicht tun, aber ich musste.

Bevor sie reagieren konnte, hatte ich ihr Handgelenk umfasst und zog sie zu mir. Sie schnappte erschrocken nach Luft, als ich meine Lippen auf ihre legte. Meine Hände fanden den Weg zu ihren schmalen Hüften und ich drückte sie an mich, ließ es zu, dass meine Hose eng wurde.

Ein Seufzen entfuhr mir, als ihr Körper ein wenig in sich zusammensackte und sich ihre Hände in mein Haar krallten. Vorsichtig biss ich ihr auf die Unterlippe, fuhr mit der Hand unter ihr dünnes T-Shirt bis zu ihrem BH, der viel zu viel Spitze an sich hatte, als gut für mich war.

Behutsam öffnete sie den Mund, drängte ihre Zunge gegen meine. Ein warmer Schauer lief mir über den Rücken, als ihre Hand sich von meinem Haar löste und mir über den Nacken strich.

Am liebsten hätte ich sie direkt aufs Bett gezerrt und niemals wieder aufgehört.

Doch diesmal waren meine Sinne halb im Flur, weswegen ich die Schritte vor der Tür hörte.

Ruckartig löste ich mich von ihr, brachte zwei Meter Abstand zwischen uns und taumelte gegen die Person, die gerade das Zimmer betrat. Logan gab ein dumpfes Stöhnen von sich, als mein Ellenbogen seine Magengrube traf, und ich fuhr herum.

»Den Anschlag petze ich Mum«, motzte mein großer Bruder und hielt sich den Bauch. Ich strich mir nervös durchs Haar, warf einen kurzen Blick zu Scar, die ihr Oberteil richtete.

»Du bist ja das gleiche Muttersöhnchen wie früher«, gab ich mit einem viel zu hektischen Lachen von mir. Langsam richtete er sich auf und betrachtete mich mit einem skeptischen Blick, der anschließend zu Scarlett wanderte, die unruhig die Hände verschränkte.

Ich wusste nicht, ob es ihre roten Wangen waren oder mein gekünsteltes Grinsen, das es ihm verriet. Aber ich konnte in seinen Augen lesen, dass er es begriff.

»Ich wollte gerade zu Dad«, überging er meine Aussage. »Kommst du mit?«

»Klar«, erwiderte ich, sah, dass seine Mundwinkel zuckten, und innerlich schlug ich mir einen Topf nach dem anderen um die Ohren. »Du kommst klar, Scar?«

»Ja«, gab sie mit einem schiefen Lächeln zurück und wandte sich ihrer Tasche zu.

In diesem Moment wünschte ich, ich müsste nicht mit Logan in den Flur und anschließend zur alten Scheune laufen, bei der Dad die meiste Zeit des Tages verbrachte. Lieber hätte ich Ethan das mit Scar gebeichtet und eine Reihe von Schlägen eingesteckt. Stattdessen wanderte Logan wortlos neben mir durch das Haus, vorbei an Ethan und Kayla, die lachend im Flur standen, raus auf die Terrasse in den Garten. Von Weitem konnte ich die Scheune sehen, die auf dem ehemaligen Bauernhof stand, den die Großeltern meiner Mutter einst betrieben hatten.

Zuerst wollten meine Eltern den Hof wieder aufbauen, doch nach dem Unfall mit meinem Dad hatte sich alles verändert. Wir besaßen ein Stück Land nicht weit von der Stadt mit eben jener alten Scheune, in der Logan und ich als Kinder sehr viel Zeit verbracht hatten.

Mittlerweile war sie zu einer Art Rückzugsort für Dad geworden. Er hatte draußen einen Basketballkorb angebracht und innen befand sich eine kleine Werkstatt, wo er seine Wagen reparierte und fast täglich das Motorrad polierte, mit dem er früher durch die Gegend gefahren war.

»Ich hätte es wissen müssen«, riss Logan mich aus meinen Gedanken. »Als du angefangen hast sie mir auszureden, hätte ich wissen müssen, dass du schon längst hinter der Kleinen her bist.«

»Ich bin nicht hinter ihr her«, widersprach ich und biss mir auf die Zunge, um nicht durchzudrehen.

»Nicht mehr. So wie's aussieht, hast du sie dir längst geschnappt«, grinste er mich von der Seite an. »Kriege ich sie nach dir?«

Manchmal hasste ich meinen Bruder.

»So eine ist sie nicht«, zischte ich wütend.

»Willst du das denken, oder…?«

»Okay, Logan«, knurrte ich und blieb stehen, »um uns beiden ein ziemlich nerviges Gespräch zu ersparen: Du wirst sie nie in deinem Leben anfassen, geschweige denn an sie denken, und nein, Ethan und Kayla wissen nichts davon und dabei soll es bleiben. Und nein, sie ist keine Nummer für zwischendurch, also werde ich dir kein verfluchtes Detail erzählen. Und solltest du in den nächsten Tagen auch nur eine Andeutung von dir geben, werde ich dir die Eingeweide rausreißen.«

Mein Bruder blinzelte einige Male, starrte mich überrascht an, während ich schwer atmend vor ihm stand und versuchte so einschüchternd zu wirken wie meine Mum.

»Verdammte Scheiße«, murmelte Logan, legte den Kopf leicht schief, »du bist ja voll verknallt.«

Ja, ich hätte es leugnen können. Aber das hätte bei einem Gegner wie Logan die Situation nur verschlimmert. Also senkte ich den Blick und presste die Lippen zusammen, um keine Dummheit von mir zu geben.

»Und Ethan und Kayla wissen's nicht?«

»Madison auch nicht.«

»Ryan?«

»Hat's wohl oder übel rausbekommen«, gab ich zu, vergrub die Hände in den Taschen.

»Ist das denn mehr oder…?« Er ließ den Rest der Frage in der Luft hängen.

»Keine Ahnung. Wir haben ja nicht wirklich Zeit, über so was zu reden. Das mit Dates ist nicht so einfach, wenn man eigentlich die Finger von der kleinen Schwester seines besten Freundes lassen sollte.«

Langsam nickte Logan und betrachtete mich, wie meine Schultern ein Stück tiefer sackten.

»Hast du mal drüber nachgedacht es ihm zu sagen?«

»Ja, nein, vielleicht.« Ich warf die Hände in die Luft. »Das Einzige, das ich weiß, ist, dass er mir den Kopf abreißen wird, wenn ich ihm das sagen würde. Und bevor du etwas anderes sagst: Es könnte der perfekte Schwager auftauchen, aber Ethan würde ihn trotzdem hassen, weil er ihm ja seine kleine Schwester wieder wegnehmen könnte.« Meine Arme sackten samt meinen Schultern ein Stück nach unten. »Außerdem hat Kayla mir damals auch sehr deutlich gemacht, was sie davon halten würde«, seufzte ich.

»Klingt nach einer beschissenen Zwickmühle«, fasste mein Bruder es treffend zusammen.

»Du hast ja keine Ahnung«, gab ich leise zu.

»Verdammt, jetzt fühl ich mich mies«, stöhnte er auf.

»Was?« Irritiert schaute ich auf.

»Ich habe sie angebaggert und ihr Blumen mitgebracht, obwohl du doch schon längst im Rennen warst. Und ich habe wirklich nicht gewusst, dass die Ausgangssituation so verdammt kompliziert ist. Ich dachte eher, dass ihr beide einfach zu doof seid das zu kapieren.« Logan schüttelte über sich selbst den Kopf. »Sorry, Alter.«

»Was hören meine alten Ohren da? Meine beiden Söhne führen ein Gespräch über die Liebe?«

Logan und ich wirbelten herum und entdeckten einen großen Mann, der mit seinem Rollstuhl langsam auf uns zukam. Die Ähnlichkeit zwischen uns war nie verflogen. Und während mich braune, warme Augen liebevoll anstarrten, schnürte meine Kehle sich zu.

»Hey Dad«, begrüßte ich den Mann im Rollstuhl und wandte hastig den Blick ab.

»Was denn? Da lässt du dich nach Monaten mal wieder blicken und dann werde ich nicht richtig begrüßt?«

Mein Herz zerbrach mal wieder in tausend Teile. Ich schluckte schwer, versuchte meine Sprache zu finden und schaute in das Gesicht meines Vaters, der mittlerweile direkt neben uns stand. Mit den schlimmsten Magenschmerzen meines Lebens beugte ich mich zu ihm herunter und spürte seine kräftigen Arme, die sich um meinen Hals legten. Die Ruhe, die mit dieser Geste einherging, ließ das schlechte Gewissen erneut aufflammen.

»Schön zu sehen, dass du nicht so abgemagert bist wie dein großer Bruder«, murmelte mein Dad, als ich mich langsam von ihm löste.

»Hey!«, protestierte Logan, doch mein Vater überging ihn, betrachtete mich mit einem warmen und interessierten Blick.

»Also. Was ist das für eine dämliche Zwickmühle, in der du steckst?«

Wäre ich nur nicht mitgefahren.

42. Zac

»Ich bin wirklich nicht daran interessiert weiter darüber zu sprechen«, wich ich meinem Dad aus, der mich nicht aus den Augen ließ.

»Denkst du nicht, dass ich ein wenig mehr Erfahrung beim Thema Liebe habe als dein großer Bruder?«, warf mein Dad grinsend ein, was mich zu einem lauten Seufzer verleitete.

»Was soll das denn heißen?«, wollte Logan verwirrt wissen, was meine Mundwinkel zucken ließ.

»Dass du keinen Schimmer von Gefühlen hast«, erklärte ich.

»Aber du?«

Ich biss mir auf die Zunge und senkte den Kopf. Nein, Ahnung hatte ich davon nicht, aber ich empfand sie. Wäre schön, wenn ich gewusst hätte, wie man mit so was umgeht.

»Und, Zac? Werde ich über deine Zwickmühle aufgeklärt?« Ich wandte mich zu meinem Dad, öffnete und schloss den Mund, während er bedächtig nickte und ein entschlossener Ausdruck auf seine Miene trat. »Gut, dann spielen wir eben drum.«

»Nei…«

»Bin dabei!«, kam Logan mir zuvor.

»Sollte ich das nicht entscheiden?«, murrte ich und schoss einen bösen Blick auf Logan ab, der sich bereits zu meinem Dad gesellt hatte.

»Für mich sieht das nach Mehrheit aus«, erklärte mein Dad schulterzuckend.

Warum rannte ich jetzt nicht einfach weg.

»Los, komm, Kleiner. Früher hast du mich doch auch geschlagen.« Mein Dad nickte in Richtung der Scheune, die sich hinter ihm befand. Von hier konnte ich den Basketballkorb erkennen, der eine seltsam bedrohliche Ausstrahlung hatte.

»Bitte«, stimmte ich missmutig zu, sah, wie die beiden sich triumphierend abklatschten.

»Wir spielen bis zehn. Für jeden Treffer musst du eine Sache auspacken.« Mein Dad rollte herum und steuerte den Basketballkorb an. Logan blieb stehen und wartete.

»Er ist gut geworden, oder?«, kam nach und nach die Erkenntnis, als ich sah, wie locker mein Dad sich den Ball angelte und in den Korb warf.

»Du hast absolut keine Chance gegen ihn«, vernahm ich Logan, dessen Gesicht vor Schadenfreude strahlte.

»Habe ich schon mal erwähnt, dass ich dich hasse?«

»Ich glaube, das muss so sein unter Brüdern«, lachte er und legte seinen Arm um mich.

Mein Dad zog mich ab.

Und zwar nicht auf die knappe oder lustige, sondern eine Art, bei der man wie ein absoluter Idiot danebenstand, weil man nicht hinterherkam. Wenn ich jemals gedacht hatte, dass es ein Vorteil war, ohne Rollstuhl zu spielen, so belehrte mein Vater mich heute eines Besseren. Logan stand lachend daneben und ich rechnete schon damit, dass er sein Handy zückte, um das Spektakel festzuhalten.

Denn ich stand wie ein Idiot da, wenn Dad wieder einmal irgendein verrücktes Manöver fuhr und gelassen den nächsten Korb warf.

Es stand neun zu null für ihn.

Wollte ich am liebsten jetzt schon in der Erde versinken?

Natürlich.

Ich stellte mich ein letztes Mal hin in der Hoffnung, dass ich wenigstens einen einzigen Punkt verhindern oder machen würde. Leider hatte mein Dad diesmal den Ball und das waren die schlechtesten Voraussetzungen, die ich gerade haben konnte.

Er grinste mich verschwörerisch an, zuckte einmal, woraufhin ich einen Satz zur Seite machte.

Und er?

Er blieb sitzen und warf den Ball lässig in den Korb. Aus acht Metern Entfernung.

Meine Schultern sackten nach unten, während Logan anfing zu applaudieren und lachend den Kopf in den Nacken warf.

»Das sind also zehn Fragen von mir, wenn ich mich nicht verzählt habe«, stellte mein Dad fest und fuhr sich durch das kurze Haar.

Ich presste die Lippen zusammen und stieß ein leises Schnauben aus. Mein Dad rollte zufrieden etwas näher. Logan holte die beiden Stühle herbei, die er eben aus der Werkstatt getragen hatte, und stellte mir einen hin, auf den ich mich mit verschränkten Armen fallen ließ.

»Also, Zac«, setzte mein Vater an und verschränkte gut gelaunt die Hände im Schoß. »Fangen wir mit einer leichten Frage an: Wer ist die Glückliche?«

Leicht?

Hätten wir das nicht bis zum Ende aufschieben können?

Und doch zwangen mich die Schuldgefühle zu einer Antwort.

»Ethans kleine Schwester, Scarlett.«

Das erfreute Lachen meines Dads erstarrte, ehe ein nüchterner Ausdruck auf sein Gesicht trat. Auf seiner Stirn bildeten sich Falten und Verwirrung schmückte seine Augen.

»Ethans kleine Schwester?«, wiederholte er langsam.

»Der Streit zwischen den beiden ist quasi beigelegt«, murmelte ich und verschränkte die Finger.

»So was in der Art hat deine Mutter schon mal erwähnt.«

»Mum hat das erwähnt?«, kam es überrascht von mir, woraufhin mein Blick zu Logan schoss, der sehr aufmerksam die Räder des Rollstuhls betrachtete.

»Logan«, zischte ich, der abwehrend die Arme hob.

»Sie hat angerufen und gefragt, wann ich dich sehe. Da habe ich ihr halt erzählt, dass ich euch im Club getroffen habe und dass Ethans Schwester ziemlich he…«, er hielt inne, als er meine düstere Miene bemerkte, »… sehr gut aussieht«, korrigierte er leise.

»Mal abgesehen davon, dass es die kleine Schwester deines besten Freundes ist: Was ist noch das Problem?«, unterbrach mein Dad unser Blickduell, das ich garantiert gewonnen hätte.

Mal abgesehen davon? Dass ich nicht lachte.

»Genau das ist das Problem.«

»Aber er ist dein bester Freund. Sollte er das nicht verstehen? Gefühle kann man meist eher schlecht planen.«

»Was Scarlett angeht, denkt er nicht besonders rational oder so.« Mir entfuhr ein leiser Seufzer.

Warum sprach ich eigentlich überhaupt darüber?

Ach ja.

Das schlechte Gewissen war schuld.

»Sind das denn Gefühle, die wieder verfliegen, oder geht das eher Richtung Liebe.«

Logan unterdrückte ein Grinsen, wofür ich ihm am liebsten eine verpasst hätte.

»Keine Ahnung«, gab ich leise zu. »Aber das mit dem Verfliegen gestaltet sich auch nicht so leicht, wenn man sie jeden Tag sieht.«

»Lief da denn schon was? Oder hast du keine Ahnung, ob sie Gefühle für dich hat«, fragte mein Dad nach.

»Ja, da gab's schon was«, murmelte ich, senkte den Blick auf die Schuhe. »Aber was genau da ist, kann ich nicht sagen. Wir haben nicht so viele Gelegenheiten, um ausschweifende

Gespräche über das führen zu können, was da ist oder vielleicht sein könnte.«

»Hast du sie mal nach einem Date gefragt?«

»Denkst du wirklich, Ethan würde so was dulden?« Ich hob die Augenbrauen, woraufhin mein Dad das Gesicht verzog.

»So ein schlimmer Beschützerinstinkt?«

»Beschützerwahn trifft es eher.«

»Schwierig«, stellte mein Dad fest. Mehr als ein Nicken brachte ich in diesem Fall nicht zustande. »Was hältst du denn davon, wenn du sie heute Abend einfach entführst und versuchst das alles ein wenig mehr zu klären.«

»Entführen?«, wiederholte ich verwundert.

»Na ja. Du hast doch den Boden auf der Scheune immer in Beschlag genommen und davon weiß keiner außer uns dreien was. Vielleicht wäre es ganz gut, wenn ihr dahin verschwindet. Logan und ich halten euch den Rücken frei, damit keine Fragen aufkommen.«

»Das wird nie im Leben funktionieren«, wiedersprach ich, obwohl der Gedanke, alleine mit Scar Zeit zu verbringen, sehr angenehm war und ein aufregendes Kribbeln in meinem Magen auslöste.

»Na ja. Einen Versuch wär's doch wert«, stimmte sogar Logan zu.

»Du bist auch nicht derjenige, der den Kopf verlieren könnte.«

»Ihr müsst euch doch nur durch den Wald herschleichen.« Logan zuckte mit den Schultern, als wäre es normal, so was zu tun.

»Deine Entscheidung, aber wir können mal schauen, ob was vor der Leiter steht«, sprach mein Dad mit sich selber und rollte zur Werkstatt, während ich mit klopfendem Herzen versuchte nicht an sie zu denken.

»Hey Kleiner«, sprach mein großer Bruder mich von der Seite an und hielt mir eine winzige Packung hin.

»Ich brauche keine Kondome«, zischte ich und warf einen schnellen Blick über die Schulter. Das musste mein Dad wirklich nicht mitbekommen.

»Nur zur Sicherheit.«

Eine Sekunde rang ich mit mir, spürte seinen drängenden Blick. Mit einem leisen Fluch schnappte ich mir die Packung und steckte sie mir eilig in die Hosentasche.

»Ich hoffe, die sind nicht abgelaufen«, murrte ich, als ich aufstand, um zu meinem Dad zu gehen, der in der Werkstatt war.

»Wir wissen beide, dass das nicht so lange bei mir hält«, lachte er, während sein Handy klingelte und er es aus der Jackentasche zog. Ich sparte mir weitere Beschimpfungen für seine folgenden Kommentare auf und betrat die Scheune, wo ein paar alte Wagen standen. Der Geruch von Öl und Benzin stieg mir in die Nase.

Ich folgte den Geräuschen, die aus einer Ecke drangen, und entdeckte meinen Vater, der einen Werkkasten in ein Regal schob. Mein Blick fiel auf seine Beine, die bewegungslos an seinem Körper hingen, und ich spürte die Selbstverachtung in mir aufsteigen.

Ich presste die Zähne zusammen und ließ die Betonklötze über mich zusammenbrechen.

Wenn ich nicht gewesen wäre, wäre jetzt alles anders.

»Zac?«, kam es plötzlich von meinem Dad, der sich mit einem mahnenden Blick umdrehte. Eilig schaute ich zu Boden, versuchte die schrecklichen Erinnerungen an das Krankenhaus zu verdrängen.

»Ja, Dad?«, brachte ich mit leicht zittriger Stimme hervor.

»Hör gefälligst auf mich so anzuschauen«, belehrte er mich.

Ich blinzelte einige Male.

»Wie schaue ich dich denn an?«

»Schuldbewusst.«

Ertappt.

Mein Magen sackte auf den Boden, der mit Ölresten und Dreck versehen war. Dort gehörte ich hin.

»Tut m…«

»Ich weiß«, unterbrach er mich, »aber tu dir selbst den Gefallen und hör auf dich davon zerfressen zu lassen. Es ist drei Jahre her und wir alle ertragen es nicht, dich deswegen nicht mehr zu Gesicht zu bekommen.«

»Ich werd's nie vergessen können«, gestand ich leise, spürte die Schuld, die sich wieder um meinen Hals legte.

»Dann werde ich dich eben jedes Mal daran erinnern, dass es nicht deine Schuld ist, und zwar so lange, bis du es begreifst.«

Womit hatte ich das verdient? Konnte er mich nicht einfach hassen? Damit wäre ich bestimmt besser klargekommen.

»Und jetzt komm her und hilf mir, damit du heute Abend endlich mal einen klaren Kopf kriegst«, wies er mich an.

Klaren Kopf? Im Zusammenhang mit Scar?

Unmöglich.

43. Scarlett

Es war nicht richtig.

Wirklich.

Ich sollte nicht in Zacs altem Kinderzimmer stehen und wie ein kranker Stalker Fotos und Spielzeug aus seiner Jugend begutachten. Langsam war das nicht mehr normal, und doch hatte ich nicht anders gekonnt, als Ryan mir gezeigt hatte, wo Zacs Zimmer war.

Neugierig betrachtete ich ein Bild, auf dem zwei Jungs – von denen einer definitiv Zac war – lachend nebeneinanderstanden. Sie wirkten ungezwungen und beide hatten denselben Schalk in den Augen. Etwas, das Zac bis heute behalten hatte und mein Herz mal wieder zum Klopfen brachte. Dabei war es nur ein dummes Bild.

Einfach erbärmlich.

Mein Blick schweifte über den leeren Schreibtisch zu den Wänden, die mit Postern von Bands und Footballern beklebt waren, weiter zu dem kleinen Bett, das frisch bezogen worden war. An der Wand hinter der Tür hingen Zeichnungen, die von Zac stammten und leicht verblichen waren. Doch man konnte seinen Zeichenstil schon auf diesen kleinen Zetteln und Bierdeckeln erkennen, die mit Tesafilm oder Nadeln an der Wand befestigt worden waren.

Ich wünschte, es würde sich nicht so verboten anfühlen hier zu stehen und in seiner Jugend herumzuschnüffeln. Zum einen konnte ich nicht genug davon bekommen und zum anderen hatte ich Angst, dass er mir am Ende den Hals umdrehen würde.

»Er hat es gehasst, wenn ich ihm gesagt habe, dass mir die Zeichnungen gefallen.« Ich wirbelte herum, hielt den Atem an und fand seine Mutter, die mit verschränkten Armen und einem friedlichen Lächeln auf den Lippen langsam in das Zimmer kam. »Er hat sich irgendwann angewöhnt, die Sachen zu verstecken, und ich weiß nicht, wie oft ich mit Logan geschimpft habe, weil er sich darüber lustig gemacht hat«, seufzte sie, driftete mit den Gedanken in die Vergangenheit ab, während ihre Augen an den Bildern hingen.

Ein unangenehmes Gefühl machte sich in mir breit. Ich wollte nicht anwesend sein bei einem Moment, der so vertraut und intim wirkte.

»Unsere Begrüßung verlief nicht ganz so optimal«, wandte sie sich zu mir um und strahlte mich an. »Ich hoffe, ich habe dich nicht zu sehr verletzt.« Ein entschuldigender Ausdruck huschte über ihr Gesicht.

»Nein, schon gut. Es ist ja leider die Wahrheit«, erwiderte ich achselzuckend.

»Ich bin übrigens Rose und ich muss zugeben, dass Logan diesmal wirklich recht hatte, als er gesagt hat, dass du ein hübsches Mädchen bist.«

Sekunde.

Mein Hirn fing an zu arbeiten.

»Logan hat über mich gesprochen?«

»Oh ja, als er erfahren hat, dass du die kleine Schwester von Ethan bist, hat er direkt angerufen und gesagt, dass du genetisch nicht seine Schwester sein kannst«, lachte Rose, wobei sich kleine Fältchen um ihre Augen bildeten, was sie in diesem Moment unfassbar sympathisch machte.

»Ich nehme das Kompliment mal kommentarlos an.«

»Das ist etwas, was du in diesem Haus dringend lernen solltest«, lachte sie, als ein Piepen aus dem Flur bis nach oben drang. »Oh Gott, der Auflauf!«

In einem rasanten Tempo machte Rose auf dem Absatz kehrt und stürmte aus der Tür. Ich hörte sie die Treppe hinunterpoltern und der Geruch nach Verbranntem stieg mir langsam in die Nase.

Ich biss mir auf die Lippe, ehe ich das Zimmer verließ, in dem mich besser keiner mehr sehen sollte, und folgte dem Geruch durch das Haus. Einen besseren Wegweiser zur Küche hätte man wirklich nicht erfinden können.

Die Tür stand offen und laute Flüche drangen an meine Ohren. Im Gehen erhaschte ich einen Blick auf die Bilder, die an der Flurwand hingen, und stieß beinah einen Blumentopf um, der auf einem kleinen Hocker stand. Ich stolperte weiter, schaute mich schnell um und vergewisserte mich, dass mich keiner gesehen hatte.

»Das wird mir wieder ewig nachhängen«, stöhnte Rose und wedelte mit einem Küchentuch den Qualm weg, der aus der Auflaufform aufstieg, die mit etwas Schwarzem gefüllt war. »Warum bin ich auch zu doof diese dämliche Uhr zu stellen?«, schimpfte sie mit sich, als ihr Blick zur Tür glitt. »Bitte erzähl es keinem. Sonst…«

»Was nicht erzählen?«

»Ach verflucht«, murrte Zacs Mutter, als neben mir Ryan und Ethan auftauchten. »Ihr zwei werdet jetzt nichts sagen, sonst schicke ich euch ohne Abendessen ins Bett!«, ermahnte sie die beiden mit erhobenem Zeigefinger. Sie unterdrückten, so gut es ging, ein Grinsen. »Ich warne euch…«

»Hat letztes Mal nicht die Gans Feuer gefangen?«

»Und ich glaube, das Mal davor ist dir das Chili in die Suppe gefallen«, ergänzte Ryan. Die beiden wechselten einen kurzen Blick, ehe sie in schallendes Gelächter ausbrachen.

Rose stand da, holte tief Luft, stemmte die Hände auf die Arbeitsplatte und warf mir einen verzweifelten Blick zu.

»Sieh zu, dass du in deinem späteren Leben genügend weibliche Unterstützung hast. Das macht es um einiges leichter.«

Es war eine kleine Idylle. Die große Wiese mit dem beschaulichem Garten und der Wald, den man in der Nähe sehen konnte. Keine Sirenen, keine laute Musik und kein Verkehrslärm waren hier zu hören, während wir auf der Terrasse saßen, Rose das Essen brachte und Ryan losgezogen war, um Zac, Logan und deren Vater zu holen. Ich hatte mich zurückgelehnt, schaute in den strahlend blauen Himmel und genoss das Zwitschern der Vögel, das dem Ganzen eine ordentliche Portion Kitsch verlieh.

Aber das störte mich nicht im Geringsten.

Es machte mir gerade auch nichts aus, dass Ethan und Kayla aneinanderklebten wie gebrauchtes Kaugummi und wie dämlich Verliebte kicherten. Nein, das machte mir gar nichts. Vielleicht auch deswegen, weil ich so in aller Ruhe an Zac denken konnte und das Kribbeln, das er in mir auslöste.

»Die beiden sind ekelig«, wurde ich aus meinen Grübeleien gerissen, als Stuhlbeine über den Boden kratzten und Madison sich neben mir niederließ.

»Du bist nur neidisch.«

»Ja, vielleicht ein wenig«, seufzte sie und warf einen Blick hinüber zu den Turteltauben. Hatte ich gehofft, dass sich das mit der Zeit etwas legen würde? Ja, aber es sah nicht so aus, als würde das in den nächsten Wochen geschehen.

»Wenn du nicht so gaffst, sind nur noch die Geräusche da und die gehen ganz gut im Vogelgesang unter.« Mit hochgezogenen Augenbrauen wandte Madison sich mir zu.

»Du sitzt hier schon länger, oder?«

»Man gewöhnt sich an das Geschlabber«, grinste ich sie an.

»Wir sind nicht taub!«, kam es prompt von der Seite und Kayla feuerte einen bösen Blick auf uns ab. Ehe wir jedoch reagieren konnten, wandte sie sich wieder Ethan zu, der seine Hand in ihren Nacken legte.

»Abartig«, murmelte Madison und griff nach einer Flasche Bier, die auf dem Tisch stand.

»Seit wann trinkst du Bier?«, wollte ich wissen, während sie es öffnete.

»Seitdem ich etwas viel Ekligeres gesehen habe.«

»Hey!«, protestierte Kayla erneut.

»Wir haben dich trotzdem lieb«, besänftigte ich sie mit einem freundlichen Lächeln. Sie gab ein Schnauben von sich und mein Bruder flüsterte ihr etwas ins Ohr, von dem ich gar nicht wissen wollte, was es war. Und ich betete, dass deren Zimmer am anderen Ende des Hauses lag, denn so wie die beiden aneinanderhingen, würde es keine stille Nacht werden.

»Noch kein Essen auf dem Tisch?«

Drei Männer näherten sich der Terrasse und die Ähnlichkeit zwischen Zac und seinem Vater war verblüffend. Ich hatte – nachdem ich wusste, dass Logan sein Bruder war – gemerkt, dass er Logan ähnlich war, doch Zac hätte eine jüngere Ausgabe seines Vaters sein können.

»Mum hat's nicht so mit dem Timing«, grinste Logan, während sein Vater die Rampe zur Terrasse hochrollte.

»Hat sie letztes Mal nicht…«, setzte Zac nachdenklich an, als ein großer Topf sehr laut auf dem Tisch abgestellt wurde.

»Ja, letztes Mal habe ich auch fantastisch gekocht«, unterbrach Rose ihren Sohn, der sich ertappt auf die Lippe biss.

»Ich denke, jeder hier weiß, dass du eine Naturgewalt in der Küche bist«, lachte der Mann im Rollstuhl und fuhr vor das Tischende, während Rose ihre Jungs mit einer einzigen Handbewegung in die Küche schickte, damit sie die restlichen Schüsseln holten. Die Augen ihres Mannes glitten über die Anwesenden am Tisch und blieben an mir hängen.

»Möchtest du mir nicht unsere Gäste vorstellen, Rose?«, sagte er freundlich, doch der wissende Ausdruck in seinen Augen ließ meine Handflächen feucht werden.

»Ach ja, unsere neusten Adoptivkinder kennst du noch nicht.« Rose schlug die Hand vor die Stirn und deutete der Reihe nach auf Kayla, Madison und schließlich mich.

Er schaute jede von uns an, doch immer wieder huschten seine Augen zu mir, als wüsste er etwas, und das machte mich verrückt. Unruhig rutschte ich auf dem Stuhl hin und her, wischte die Hände an der Jeans ab und biss mir auf die Zunge.

»… und das ist Scarlett, die kleine Schwester von Ethan.«

Sie schrie meinen Namen. Zumindest kam es mir so vor, und obwohl die anderen sich wieder unterhielten, hatte ich das Gefühl, tausend Scheinwerfer strahlten mich von allen Seiten an.

»Die berühmte Scarlett«, murmelte der Mann und schenkte mir ein höfliches Lächeln. »Ich bin Rick. Es ist schön euch kennenzulernen und in der Familie begrüßen zu dürfen.«

Er strahlte, als wären wir die wundervollsten Geschenke, die er seit Langem bekommen hatte.

»Dein Bruder hat übrigens schon sehr viel über dich erzählt, Scarlett.« Ich horchte auf, während Zac und Logan Töpfe auf den Tisch stellten und sich zu uns setzten.

»Ich hoffe, die Geschichten waren nicht allzu schlimm«, sagte ich leise, spürte die Hitze in meinen Wangen.

»Mach dir deswegen keine Sorgen«, beruhigte Zac mich, der neben mir Platz nahm, »dein Bruder hat viel zu viel ausgefressen. Wir hatten gar keine Chance, über deine Ausrutscher zu reden.«

Er schenkte mir ein Lächeln, das mein Herz implodieren ließ. Ich presste die Lippen zusammen und zwang mich nicht in seinen Augen zu versinken, auch wenn das wirklich angenehm gewesen wäre.

»Du redest Schwachsinn, Zac«, wehrte Ethan ab.

»Nein, redet er nicht.« Ryan griff nach seinem Teller und bediente sich an der Suppe. »Wir haben ziemlich oft über eure Ausrutscher geredet.«

»Stell dich nicht als Heiliger dar, Ryan«, ermahnte Logan ihn. »Du bist schlimmer als die beiden zusammen.«

»Blödsinn.« Kopfschüttelnd setzte Ryan sich und schenkte mir ein schiefes Grinsen. »Hör bloß nicht auf den Mist, den die hier über mich erzählen.«

»Den Mist? Wer hat denn bei den Cheerleadern Gänse in die Halle gesperrt?«

»Du hast *was*?!«, kam es mir über die Lippen.

»Das war doch nur ein kleiner Streich.«

»Und du beschwerst dich über die Haarfärbe-Aktion?«, fragte ich, während der Rest sich am Essen bediente.

»Es waren nur ein paar Gänse.«

»Ein paar?«, mischte sich Kayla ein, »das waren sechsundzwanzig und du hast auf jede den Namen einer Cheerleaderin geschrieben.«

»Das ist fies«, stellte ich empört fest.

»Frauen«, seufzte Ryan und machte sich über das Essen her, während Logan und Ethan anfingen über Gänse zu diskutieren.

Ich betrachtete die Menschen, die miteinander lachten und sich unterhielten, als würden sie sich schon seit Jahren kennen. Nichts wirkte erzwungen oder gestellt. Meine Augen fanden Ethan, der immer wieder verliebte Blicke von Kayla zugeworfen bekam.

Wie hatte ich früher bloß denken können, dass sein Leben miserabel war? Wenn ich ehrlich war, war es das Schönste, das ich mir vorstellen konnte. Meine Finger glitten zu der Kette, die um meinen Hals hing, und ich klammerte mich an dem zierlichen Anhänger fest.

Warum hatte ich so lange darauf verzichten müssen? Warum war ich so blind gewesen?

Ich konnte nichts dafür, doch plötzlich spürte ich Tränen aufsteigen. Dabei gab es keinen Grund zum Weinen! Ich wollte nicht, und doch schluckte ich schwer und stand so leise und so schnell es ging auf. Dabei murmelte ich irgendwas von wegen Toilette und spürte Blicke auf mir, doch bevor sie sehen konnten, was los war, hatte ich ihnen den Rücken zugedreht und verschwand mit schnellen Schritten im Haus.

Meine Beine trugen mich zur Treppe, doch ich schaffte nicht mehr als zwei Stufen. Erschöpft sackte ich zusammen, lehnte den Kopf gegen die Wand und spürte die heißen Tränen auf meinen Wangen. Doch kein Schluchzer entfuhr mir.

Ich weinte leise.

Nur für mich und die Zeit, die ich an ein Leben verschwendet hatte, das ich nicht hatte haben wollen.

Zu schade, dass es so lange gedauert hatte, das zu verstehen.

»Also, eine Sache solltest du über meine Mum wissen.« Vor mir tauchte Zac auf und ich konnte nicht anders, als zu lächeln. Wie hatte ich nur denken können, dass ihm etwas entgehen würde? Eilig wischte ich mir mit dem Handrücken über die Wange und senkte den Kopf, um nicht so armselig auszusehen. »Meine Mum merkt alles. Wirklich. Wahrscheinlich blieb ihr bei Logan und mir auch keine andere Wahl, aber das Gute ist, dass sie mir ein bisschen davon mitgegeben hat.« Er setzte sich auf die Stufe neben mir und hielt mir ein Taschentuch hin. »Wir hatten dieses Thema mit dem Weinen doch schon oft genug, oder?«

»Sorry«, murmelte ich, »war wirklich nicht geplant.«

Ich griff nach dem Taschentuch, achtete darauf, ihn nicht zu berühren, und wagte es nicht ihn anzuschauen. Wahrscheinlich hätte ich mich dann an ihm festgekrallt, und das würde nicht allzu gut bei Ethan ankommen.

»Alles okay, Scar?«, fragte er leise und strich mir eine Haarsträhne hinter das Ohr. Ich schloss die Augen, genoss diese Berührung und versuchte nicht zu hyperventilieren. Irgendwie schafften es meine Nervenzellen meinen Kopf zu einem Nicken zu bewegen. »Scar?«

»Mhm«, murmelte ich, kniff die Augen zusammen, so gut es ging.

»Warum machst du die Augen nicht auf?«

»Selbstschutz.«

»Selbstschutz?«

»Es ist gerade alles zu viel«, versuchte ich das zu erklären, was in meinem Kopf herumsauste.

»Könntest du mir *alles* etwas genauer definieren?«, wollte er wissen, ließ zum Glück die Hand sinken, die tausend Stromstöße durch meinen Körper geschickt hatte.

»Dieses Familiengefühl, das Verliebtsein von Kayla und Ethan, die Uni und du«, gab ich leise zu.

»Bin ich der negative Part oder warum komme ich am Ende?«

»Kann ich nicht genau sagen«, erklärte ich schulterzuckend und öffnete die Augen. Mein Gehirn geriet wieder in Sauerstoffnot, als ich sein Gesicht so nah bei meinem sah. Schwer schluckend rutschte ich ein kleines Stück weg, zwang mich auf meine Schuhe zu schauen.

»Meinst du, ich könnte das ein wenig beeinflussen?«

»Was?«

Ein kleines Lächeln huschte über seine Lippen und etwas in seinem Blick ließ mich nichts Gutes erahnen.

»Komm mit, wir gehen jetzt zeichnen.«

»Jetzt?«, wiederholte ich verwirrt, während Zac aufstand und mir die Hand reichte.

»Ja, damit du ein wenig auf andere Gedanken kommst.«

»Ich habe mein Skizzenbuch nicht dabei.«

»Ich hab's aber eingepackt.«

»Wann?«, wollte ich wissen, während ich gedankenverloren nach seiner Hand griff und er mich hochzog.

Ich stolperte dabei ein Stück nach vorne und blieb viel zu dicht vor ihm stehen. Sein heißer Atem strich über meine Lippen und seine Hand war irgendwie auf meiner Hüfte gelandet. Eine seltsame Hitze ging von ihm aus, die mein Herz in einen ungleichmäßigen Rhythmus versetzte.

Gott.

Der machte mich verrückt.

»Keine Ahnung«, flüsterte er, bewegte sich keinen Zentimeter, »irgendwann zwischen gestern Abend und heute Morgen.«

»Oh«, kam es mir heiser über die Lippen.

»Wir sollten jetzt besser gehen«, sagte er leise und machte einen Schritt zurück, während er mich mit seinen Augen verschlang. Ich brachte irgendwie ein Nicken zustande. »Ähm. Warte kurz hier, ich hole die Zeichenbücher.«

Mit diesen Worten stürmte er an mir vorbei die Treppe nach oben. Ich blieb wie angewurzelt stehen, starrte auf meine Schuhe und versuchte das Herzrasen – das die Tränen vertrieben hatte – zu kontrollieren.

Ich würde gleich mit Zac zeichnen gehen.

Mehr nicht.

Oder?

Hatte ich eigentlich hübsche Unterwäsche an?

Doch ehe ich diese Frage weiterbearbeiten und mir selber für solche schwachsinnigen Gedanken in den Hintern treten konnte, polterte Zac mit zwei Büchern und einer Federmappe die Treppe herunter.

»Gut, dann lass uns mal«, wies er mich an und deutete auf die Terrasse, obwohl ich es für keine gute Idee hielt dort entlangzugehen. Ich zögerte, als ich seine Hand auf meinem Rücken spürte.

»Vertrau mir einfach, Scar«, hauchte er mir ins Ohr.

Ja, es klang wie ein zweideutiges Versprechen.

Und ja, ich hatte keine Chance, Nein zu sagen.

Also setzte ich mich in Bewegung, folgte Zac wie ein kleiner Dackel, was ziemlich erbärmlich war. Warum hatte er mich so in der Hand? Ich war mittlerweile doch erwachsen und so was. Gab es da nicht irgendwas von wegen Unabhängigkeit? Oder galt das nur, solange man keine Gefühle hatte?

»Wir machen uns mal auf die Suche, ob wir was Passendes zum Zeichnen finden«, erklärte Zac, als wir die Terrasse passierten. Während Kayla und Ethan mir einen besorgten Blick zuwarfen, konnte ich sehen, dass Logans und Ryans Mundwinkel zuckten.

»Viel Spaß«, hörte ich Rose sagen und zwang mich, ihnen ein schmales Lächeln zuzuwerfen, während Zac mir das Skizzenbuch reichte, das ich hastig an mich drückte, als wäre es mein einziger Anker.

Wir standen vor einer alten Scheune. Zuerst hatten wir den Wald angesteuert, nur um uns am Rande bis zu der Scheune zu schleichen, die man von der Terrasse aus in der Ferne sehen konnte. Ich wusste nicht, ob es gut war, aber als Zac die Hintertür öffnete und mich wortlos hineinließ, war jeder Gedanke an etwas Zweideutiges verflogen.

»Eine Werkstatt«, stellte ich fest, konnte die Enttäuschung, die in meinem Magen auftauchte, nicht unterdrücken.

»Ja, die gehört meinem Dad. Hier schraubt er meistens rum«, erklärte Zac und zog die Tür hinter sich zu. »Hier haben wir auch zusammen meinen Truck aufgemöbelt.«

»Du möchtest also, dass ich eine Werkstatt zeichne?«, wandte ich mich an Zac, der geradewegs an mir vorbeilief und um eine Ecke verschwand. »Hallo? Ich habe was gefragt?«

Mit schnellen Schritten folgte ich ihm, betrachtete im Vorübergehen die tausend Ersatzteile und die Basketbälle, die in einem Korb lagen. Der Geruch von Öl und Gummi hing in der Luft.

»Nein, wir werden keine Werkstatt zeichnen.« Er zog eine Klappc an der Decke auf und eine Leiter klappte aus. »Da du vom Zehnmeterturm gesprungen bist, gehe ich mal davon aus, dass du kein Problem hast dort hochzuklettern.« Er machte eine Handbewegung, die mir symbolisierte, dass ich den Vortritt hatte.

»Und was ist da oben?«, wollte ich wissen, während ich von unten etwas zu erkennen versuchte.

»Das wirst du sehen, wenn du oben bist.«

Da war sie wieder. Die Herausforderung in seiner Stimme.

Also holte ich tief Luft und stieg die steile Leiter hinauf. Mit jeder Stufe, die ich erklomm, wurde die Neugierde größer, und als ich dann oben war, wurde ich als Erstes von der Sonne geblendet.

Mit dem Buch in der Hand krabbelte ich auf den Boden, um anschließend aufzustehen und mit der Hand die Augen vor der Sonne zu schützen. Mein Blick glitt über die alten Matratzen, die jemand übereinandergestapelt und unter Decken versteckt hatte. Kissen lagen darauf und an den Wänden klebten zig Zeichnungen in den unterschiedlichsten Stilen. Ein kleiner Tisch stand in der Ecke, an dem drei Stühle standen, und zwei Gläser mit allen möglichen Stiften befanden sich darauf.

»Sind das deine Bilder?«, fragte ich, als Zac hinter mir hochkam und die Klappe schloss. Ich lief näher zu der Wand, an der eine Zeichnung hing, die das Haus zeigte und unfassbar detailliert war. Daneben hingen Bilder von seinen Eltern und Pflanzen.

»Ja«, antwortete er.

»Also, wenn wir hier sind, damit du mir zeigen kannst, dass selbst so eine völlig unfähige Zeichnerin wie ich irgendwann gut wird, muss ich dich enttäuschen. Die Skizzen hier sind der Wahnsinn«, seufzte ich, als ich seinen Arm neben meiner Wange bemerkte.

Verwirrt drehte ich mich herum, nur um gleich darauf von Zac gefangen genommen zu werden. Seine braungrünen Augen fixierten mich mit einem gierigen Ausdruck, der meinen Mund trocken werden ließ. Sein Gesicht war nur wenige Zentimeter von meinem entfernt und der Geruch von Salz und Kaffee stieg mir in die Nase, ließ meine Lungen kollabieren. Er stemmte die Hände links und rechts neben meinen Kopf und zwischen uns war nur noch mein Zeichenbuch, das ich gegen meine Brust presste, als könnte es mich vor dem Herzinfarkt bewahren, den ich gleich erleiden würde.

»Um ehrlich zu sein, Scar, habe ich nicht eine verfluchte Sekunde daran gedacht einen Stift in die Hand zu nehmen«, erklärte er heiser.

»Nicht?«, schaffte ich es zu piepsen, was ihm ein verschwörerisches Lächeln auf die Lippen trieb.

»Nein, ich wollte dich einfach mal nur ungestört für mich haben.«

Und dann presste er seine Lippen auf meine.

44. Scarlett

Das Zeichenbuch glitt mir aus den Händen, schlug mit einem dumpfen Ton auf dem Boden auf.

Ich nahm alles zurück.

Keiner der Küsse, die Zac mir je gegeben hatte, war mit diesem hier zu vergleichen.

Er war gierig und stürmisch, drückte mich gegen die Wand, während meine Hände nach Halt suchten, welchen sie an seinem Shirt fanden. Er ließ mir keinen Moment, um Luft zu holen. Gnadenlos drängte seine Zunge sich in meinen Mund und gleichzeitig fanden seine Hände den Weg zu meiner Hüfte. Ruckartig zog er mich an sich, drückte seine Erregung gegen meine Mitte. Ein überraschtes Stöhnen bahnte sich den Weg aus meinem Mund, schien ihn nur noch mehr anzustacheln.

Mein Herzschlag glich dem eines Kolibris und ich war mir sicher, dass das nicht gesund war. Doch das Kribbeln, das durch jede Zelle meines Körpers schoss, und die Hitze, die zwischen meinen Beinen entstand, hatten sich noch nie so gut angefühlt.

Der Kopf hatte sich ausgeschaltet und meine Finger bahnten sich den Weg unter sein Shirt.

Ich wollte alles von ihm und zwar jetzt sofort.

Mit zittrigen Fingern griff ich nach dem Saum seines Shirts und zog es hoch. Ich brauchte nichts zu sagen. Er folgte meiner stummen Geste sofort, hob die Arme und ließ sein Oberteil achtlos auf den Boden fallen. Ein leiser Seufzer entwich ihm, als meine Hände über seinen Bauch bis zu den Schultern wanderten.

Das hier war besser als alles, was ich jemals erlebt hatte.

Seine Hand legte sich in meinen Nacken, drückte meinen Mund noch ein wenig fester gegen seinen. Ich sah Sterne und fühlte Sternschnuppen. Mein gesamter Körper befand sich in einem Zustand, den ich nicht zuordnen konnte, und ich wünschte, dass er niemals aufhören würde.

Unruhig fuhren seine Finger von meiner Hüfte unter mein Shirt, strichen behutsam über die nackte Haut und hinterließen ein Prickeln. Ich schnappte nach Luft, doch er unterbrach den Versuch, indem er auf meine Lippe biss. Plötzlich löste er sich von mir, betrachtete mich mit einem hungrigen Blick, der das Ziehen zwischen meinen Beinen verstärkte. Schwer atmend griff er nach meinem Shirt und zog es mir langsam über den Kopf.

Auch diese Kleidungsstück fiel unbeachtet zu Boden. Und dann stand er einfach nur da, starrte mich an, als wäre ich ein Ausstellungsstück. Meine Wangen wurden rot und reflexartig verschränkte ich die Arme vor der Brust, senkte den Kopf.

Natürlich.

Ich sah bestimmt nicht so aus wie in seinen Vorstellungen.

War klar, dass seine Leidenschaft einen akuten Dämpfer bekommen würde, sobald er mich von Nahem sah.

»Hör auf damit«, murmelte er plötzlich und ich spürte Finger, die mein Kinn hochdrückten. Mit trockenem Mund und weit aufgerissenen Augen starrte ich Zac an, dessen Haare völlig außer Kontrolle geraten waren. »Scheiße, weißt du eigentlich, wie wunderschön du bist?«

Er wartete keine Antwort ab, lehnte sich einfach nach unten und küsste mich erneut. Ein Schwarm Schmetterlinge bahnte sich den Weg in meinen Magen, während er seine Arme um mich schlang. Meine Finger krallten sich in seinem Haar fest, während wir zusammen zu dem Matratzenstapel taumelten. Anstatt darauf zu fallen, legte er seinen Arm um mich und führte mich auf die Kissen, als könnte ich bei dem Aufprall in tausend Teile zerspringen.

Ich fuhr mit der Zunge über seine Lippe, als er sich auf mich legte und sein Bein zwischen meine schob. Sanft strich seine Hand über meine Schulter zu meinen Brüsten und schließlich wieder zu meiner Hüfte. Er löste sich von meinen Lippen, ließ mich schnappend Luft holen, während seine Lippen meinen Hals fanden.

»Das ist besser als jede meiner Vorstellungen«, flüsterte Zac atemlos an meinem Ohr, zwischen den Küssen, die er dort verteilte. Seine Finger krallten sich in meine Seiten, als sein Mund auf meinem Dekolleté landete. Mit der Zunge fuhr er bis zum Bauchnabel und schließlich bis zum Bund meiner Jeans.

Ich gab ein unruhiges Stöhnen von mir, als seine Finger über meine empfindlichste Stelle glitten, den Druck in mir noch verstärkten. Mit Augen, die dunkel vor Verlangen waren, und feuchten Lippen schaute Zac zu mir.

»Wie weit willst du gehen?«, fragte er heiser und erst jetzt fiel mir auf, dass er genauso schwer atmete wie ich. »Ich will das nur klären, damit mein Kopf das jetzt noch sinnvoll verarbeiten kann, bevor er gleich ganz aufgibt.« Ein Lächeln, das so unfassbar sexy war, dass ich in diesem Moment alles für ihn getan hätte, umspielte seine Lippen. »Scar? Alles oder…?« Er ließ die Worte in der Luft hängen, kniff die Lippen zusammen, während er auf eine Antwort von mir wartete.

Dabei hätte er gar nicht fragen müssen. Er konnte mit mir machen, was er wollte. Hauptsache, es würde so bald nicht aufhören.

»Alles«, kam es atemlos über meine Lippen.

»Darauf hatte ich gehofft.«

In einer unfassbaren Geschwindigkeit fielen meine Schuhe zu Boden und er zog mir mit einer gekonnten Bewegung meine Hose aus, streifte sich gleichzeitig seine Schuhe ab, die mit einem leisen Knall auf das Holz purzelten.

Es gab nichts Heißeres als Zac dabei zuzusehen, wie er sich seiner Jeans entledigte. Ernsthaft. Die Erotikfilmbranche hätte nur dadurch Millionen machen können. Mit geöffnetem Mund schaute ich Zac dabei zu, wie der Stoff auf den Boden fiel und er nur in einer engen Boxershorts vor mir stand.

Gerade als er sich zu mir legen wollte, bemerkte er meinen Blick und zog eine Augenbraue hoch.

»Soll ich noch Musik anmachen oder etwas länger stehen bleiben?« Die Arroganz in seiner Stimme ließ mich die Augen verdrehen, doch gleichzeitig stieg ein Schwall Blut in meinen Kopf, woraufhin ich sein kehliges Lachen vernahm.

Langsam kletterte er wieder zu mir und strich mir eine Haarsträhne aus dem Gesicht.

»Ich hätte nie gedacht, dass es mich so heiß machen würde, wenn du rot wirst«, grinste er, ehe seine Lippen sich wieder auf meine legten. Mit einer schnellen Bewegung rollte er sich auf den Rücken, zog mich mit, sodass ich auf ihm saß. Er fuhr mir mit einer Hand durchs Haar, als die andere meinen Rücken hinaufglitt und er mit einem geschickten Griff den BH öffnete. Er warf ihn zur Seite, nur um gleich darauf mit der freien Hand zu meinen Brüsten zu fassen, die mir viel zu schwer vorkamen. Meine Nippel waren hart, als er mit dem Daumen darüberfuhr und mir ein kehliges Stöhnen entlockte.

Ich drückte meine Hüfte gegen seine Erektion, woraufhin er zischend ausatmete.

»Oh Scheiße, Scar«, fluchte er. Mit einer schnellen Bewegung drehte er mich wieder auf den Rücken und gleich darauf fuhr scinc Zunge über meine Brüste. Seine Finger waren plötzlich an meinem empfindlichsten Punkt und ein Blitz jagte durch meinen Körper.

»Oh Gott«, kam es mir über die Lippen. Ich drückte den Rücken durch und meine Finger krallten sich in den Stoff unter mir.

Sanft massierte er weiter, drang mit einem Finger in mich.

Das hier war alles zu viel.

»Du bist so verdammt feucht«, hörte ich ihn heiser an meinem Ohr sagen, was das Ziehen in mir auf einen neuen Höchststand trieb.

Ich wollte ihn spüren.

Sofort.

Ich ließ den Stoff los, der mir bis eben Halt gegeben hatte, und wandte mich zu Zac. Atemlos küsste ich ihn, streifte mir den Slip ab, der sowieso schon irgendwo kurz über meinen Knien hing.

Ich brauchte Zac nicht zu sagen, was ich wollte. Mit einer schnellen Bewegung entledigte er sich seiner Boxershorts und drängte seine Zunge für eine lange Sekunde in meinen Mund, ehe er sich löste und nach seiner Jeans suchte. Er kramte einen Moment in den Taschen herum und zog schließlich ein Kondom hervor.

»Jetzt denk nichts Falsches von mir«, grinste er, während er die Verpackung aufriss.

»Das sieht aus, als hättest du das sehr akribisch geplant.«

»Nein«, er streifte sich das Kondom über und legte sich wieder zu mir, »so ungern ich es sage, aber das hat Logan mir zugesteckt mit den Worten: *Nur zur Sicherheit*. Und ich muss leider zugeben, dass ich ihm noch nie so dankbar war«, murmelte er, strich mir mit der Hand über die Wange und gab mir einen kleinen Kuss, der mein Herz in den Himmel beförderte.

»Also bist du dir wirklich sicher, dass du das willst?« Er schaute mir tief in die Augen und ich hätte ewig so liegen bleiben können, wenn da nicht das Pulsieren zwischen meinen Beinen gewesen wäre.

»Hör endlich auf, solche Fragen zu stellen«, flüsterte ich und zog ihn zu mir herunter. Seine heißen Lippen trafen auf meine. Ich drückte ihm meine Hüfte entgegen, damit er endlich in mich eindringen konnte. Das Verlangen brachte mich allmählich um.

Langsam löste er den Kuss, drang gleichzeitig in mich ein. Ich schnappte überrascht nach Luft, als er mich ausdehnte. Ich schlang meine Beine um seine Hüften und er stieß behutsam zu, was in mir ein kleines Feuer entfachte.

Ein Seufzer glitt über meine Lippen, während seine Hände meinen Hintern fassten und er immer wieder zustieß. Ich schloss die Augen, genoss die Spannung, die sich immer weiter ausbreitete. Das Zimmer war erfüllt von unserem hektischen Atem und dem Geräusch von Stoff, der über Haut glitt. Die Zeit existierte nicht mehr. Ich spürte nur noch Zac und seine Küsse, die mir den Verstand raubten.

Meine Atmung wurde unruhiger, während er zustieß. Meine Finger krallten sich in seine Schultern und ich ertrank in seinen Küssen. Sein heißer Atem strich über meine Lippen, als sich der Druck mit einem Mal löste.

Ein heiserer Schrei entkam mir, ich drückte mich gegen ihn, spürte die Welle der Ruhe durch meinen Körper gleiten. Zacs Arme spannten sich an und er biss mir auf die Lippe, als er plötzlich schneller und härter zustieß.

»Oh ja«, stöhnte er, drang ein letztes Mal tief in mich ein, nur um gleich darauf erschöpft über mir zusammenzusacken.

Ich spürte seinen Herzschlag, konnte seinen Atem an meinem Hals fühlen. Meiner Lider fielen zu und ich genoss den vertrauten Geruch, der in diesem Moment von ihm ausging. Sein Haar kitzelte über meine Schläfe und am liebsten hätte ich mich an ihn geklammert wie ein kleines Äffchen, aber ich wusste ja nicht, wie das bei ihm so ablief.

Immerhin waren wir nicht zusammen.

Mit einem Seufzen rollte Zac sich von mir und blieb neben mir liegen.

»Das war besser als jeder Traum«, hörte ich ihn sagen.

Und ja, ich fühlte mich bei diesem Satz deutlich besser.

»Jeder Traum? Wie viele hattest du denn?«, fragte ich nach, als mein Mut langsam zurückkehrte.

»Soweit ich mich erinnere, habe ich dir schon mal mitgeteilt, dass du mir eine Menge Nächte geraubt hast, und mehr werde ich dazu nicht sagen.«

Er stützte seinen Kopf auf Hand und schaute auf mich hinab. Seine Finger glitten zu meinen Lippen, die immer noch feucht und geschwollen waren. Wahrscheinlich würde jeder sofort erkennen, was wir gerade getrieben hatten, denn in seinen Augen stand immer noch die Gier.

»Das ist feige.«

»Nein, intelligent. So schütze ich mich nur vor möglichen Angriffen«, lachte er. Ich spürte seine raue Haut, die über meine Wangen glitt. »Und jetzt würde ich gerne wissen, um wie vieles besser ich war.«

»Was?« Verwirrt runzelte ich die Stirn und setzte mich ein Stück auf.

»Na ja, erinnerst du dich an die Unterhaltung im Lager? Ich denke, ich habe gerade jede deiner bisherigen Erfahrungen in den Schatten gestellt.« Ein überhebliches Grinsen legte sich auf seine Lippen.

»Du kannst so arrogant sein«, schimpfte ich, griff nach einem der Kissen, die neben uns lagen, und schlug ihm damit gegen den Kopf.

»Hey!«, protestierte er laut, doch ich hatte bereits ein weiteres Mal ausgeholt und pfefferte es ihm gegen die Arme. Er wich mit erhobenen Händen zurück, bis ich ihn nicht mehr erreichen konnte, und grinste mich schief an. Ich warf das Kissen nach ihm, das er lachend abfing. »Also, an solche Aussichten könnte ich mich gewöhnen«, stellte er mit einem Blick auf mich fest. Sofort färbten sich zum gefühlt hundertsten Mal meine Wangen rot und eilig zog ich eine der Decken hoch, um mich zu verhüllen. Ich presste die Lippen aufeinander und schaute peinlich berührt zu Zac, der mich mit leicht zusammengekniffenen Augen betrachtete.

»Nicht bewegen«, befahl er plötzlich und stand auf. Im Gehen zog er sich seine Boxershorts an, schnappte sich Stifte und ein Skizzenbuch und schob einen Stuhl heran.

»Was hast du vor?« Verwirrt sah ich dabei zu, wie er sich setzte und eine Seite aufschlug. Seine Mundwinkel zuckten, während er einen Bleistift aus der Dose nahm.

»Ich werde dich zeichnen.«

»Was?!«, kam es verdattert über meine Lippen. »Warum?«

»Na ja«, murmelte er, »solche hübschen Dinge sollte man verewigen.«

In meiner Brust erstarrte etwas, nur um dann zu vibrieren und sich zusammenzuziehen.

»Zac?«

»Ja?« Er schaute von dem Papier auf und ließ den Stift sinken.

»Wie viele hast du schon mit hierhergenommen?«

Einen langen Moment versank ich in seinen Augen, spürte die Angst vor der Antwort in meiner Brust. Meine Finger krallten sich in die Laken und ich biss mir auf die Zunge, um den bevorstehenden Schmerz, der mich gleich überfallen würde, zu überspielen.

»Keine.«

Ein Stromschlag schoss durch meinen Körper, als ich sein schiefes Grinsen sah, das mich sofort ansteckte.

»Und jetzt halt still. Sonst muss ich von vorne anfangen«, ermahnte er mich, und obwohl ich nicht wollte, strahlte ich ihn an.

Das hier fühlte sich einfach perfekt an.

»Ich habe nichts gezeichnet«, stellte ich fest, als wir auf dem Weg zu der Bar waren, die nur ein paar Minuten von Zacs Elternhaus entfernt lag. Seine Mutter hatte uns wissen lassen, dass der Rest sich schon vor über einer Stunde auf den Weg gemacht hatte und dort auf uns wartete.

Ich hoffte nur, dass keine Fragen aufkamen, weil wir über vier Stunden verschwunden waren, sodass es mittlerweile fast fünf Uhr nachmittags war.

»Tja, wir haben halt nichts gefunden und du warst einfach zu fertig mit den Nerven. Ende der Geschichte«, erklärte Zac schulterzuckend und brachte ein wenig mehr Abstand zwischen uns, was ich nachvollziehen konnte. Immerhin war die Bar schon in Sichtweite. Dennoch riss es ein Stück meines Herzens auseinander.

»Und wenn sie das nicht glauben?«

»Also, Ryan und Logan werden uns das garantiert nicht abkaufen, aber die werden die Füße stillhalten.«

»Warum sollte Ryan denken, dass wir…« Ich ließ den Rest des Satzes in der Luft hängen, was Zac schon wieder ein Lachen entlockte.

»Ganz einfach, Scar, er ist ein Kerl.«

»Fantastische Erklärung«, murrte ich.

»Na ja, Männer wissen so was eben meistens.«

»Echt? Ich habe immer das Gefühl, dass ihr komplett auf einem Schlauch steht«, gab ich genervt zurück.

»Es kann halt nicht jeder so genial sein wie ich.«

»Mir wird schlecht«, erwiderte ich kopfschüttelnd, während Zac mir von der Seite ein schiefes Lächeln zuwarf.

Vor der Bar fing jemand mit den Händen an zu wedeln. Es war nicht schwer zu erkennen, dass es sich dabei um Kayla handelte, die wahrscheinlich schon etwas betrunken war, denn sie klammerte sich an Ethans Arm fest.

»Hey Scar?«, sprach mich Zac leise von der Seite an.

»Ja?«

»Können wir heute Abend oder so reden? Alleine?«

Ein Stein bildete sich schlagartig in meinem Magen.

»Ja, klar«, versuchte ich ruhig und fröhlich zu antworten, ohne ihm dabei in die Augen zu schauen. Für mehr blieb auch keine Zeit, denn da kam uns Kayla schon entgegengelaufen und quetschte sich zwischen uns. Obwohl mich der Drang, ihn anzuschauen und dabei herauszufinden, ob ich irgendetwas falsch gemacht hatte, fast umbrachte, starrte ich stur auf den Boden.

»Da seid ihr ja endlich«, freute sich der Lockenkopf und hakte sich bei uns ein. »Ich habe eine große Überraschung für dich, Zac.«

»Du hast eine Überraschung für mich?«, fragte er verwirrt nach.

»Ja und du wirst dich wahnsinnig freuen!«

»Worüber denn?«

»Die Frage ist wohl eher, über wen«, kicherte Kayla.

»Wen?« Ich hörte die Skepsis in Zacs Worte, als wir uns der Gruppe näherten und die Stimmen lauter wurden.

»Na über wen würdest du dich mehr freuen als über deinen alten besten Freund?«, mischte sich eine fremde, rauchige Stimme ein.

Ich brauchte nicht aufzuschauen, um zu wissen, wer es war. Und doch schnellte mein Kopf hoch und entdeckte einen großen, schlaksigen Typen mit kurzgeschorenen Haaren. Seine Lederjacke war an einigen Stellen abgewetzt und die Jeans zerrissen.

»Hallo Zac«, begrüßte der Kerl ihn, der mit einem diabolischen Grinsen an der Zigarette zog.

»Sean«, war das Einzige, was Zac über die Lippen kam.

45. Zac

Natürlich.

Ausgerechnet heute musste Sean aufkreuzen. Es war ja nicht so, als würde mein Kopf schon beinah zerspringen vor Chaos und den Szenen mit Scar, die sich in Dauerschleife wiederholten und meinem Denkapparat einen Dämpfer verpassten.

»Was machst du hier?«, wollte ich barsch von ihm wissen, während meine Muskeln sich verhärteten. Aus dem Augenwinkel erkannte ich, dass Ethan, Ryan und Logan mit mürrischer Miene meinen ehemaligen besten Freund betrachteten. Und um ehrlich zu sein, tat es gut zu wissen, dass sie mich unterstützten.

»Was ich hier mache? Ich treffe einen alten Freund«, erklärte Sean mit einem breiten Grinsen, bei dem sich meine Nackenhaare aufstellten.

»Ich dachte, du wärst in Denver.«

»Oh nein, ich bin schon lange wieder hier und arbeite in dem Laden von meinem Alten.«

Hätte meine Mutter mich nicht vorwarnen können? Oder hatte sie das gewollt und einfach keine Gelegenheit dazu gehabt?

»Und möchtest du mir jetzt nicht deine hübsche Begleitung vorstellen?«

Ich wollte ihm die Zähne ausschlagen.

Dieser widerliche Blick, mit dem er Scar von oben bis unten betrachtete, machte mich wahnsinnig. Und ich konnte nicht einmal sagen, dass sie zu mir gehörte.

»Ich bin Scarlett«, kam sie mir mit eisiger Stimme zuvor. Obwohl ich es vermieden hatte sie anzuschauen, um möglichen Ausrutschern vorzubeugen, konnte ich es jetzt nicht länger verhindern. Als ich dann sah, mit was für einem kühlen Blick sie den Kerl betrachtete, der sie in Gedanken auszog, wurde mir ein bisschen warm ums Herz. Am liebsten hätte ich sie einfach in den Arm genommen, aber Ethan sollte ich das wohl irgendwie anders beibringen. Sobald ich wusste, was das mit ihr und mir war.

»Hallo Scarlett«, säuselte Sean und machte eine kleine Verbeugung. »Ist Zac jetzt etwa sesshaft geworden…?«

»Sie ist meine kleine Schwester«, kam es bedrohlich leise von der Seite, ehe Sean seinen Satz zu Ende sprechen konnte.

»Ah, dann muss ich also bei dir später um ihre Hand anhalten?«

Ja, er liebte solche Spielchen und das Problem war, dass man an Ethans bebenden Nasenflügeln genau sah, dass er darauf ansprang.

»Was halten die hübschen Damen in der Runde denn davon, wenn ich sie zu einem kleinen Drink einlade?«

Kayla verstand es nicht. Sie schien komplett neben der Spur zu stehen und diese eisige Stimmung zwischen den Anwesenden nicht wahrzunehmen, obwohl manche Leute im Gehen bereits einen großen Bogen um uns machten.

»Das finde ich eine gute Idee«, meldete sich der Lockenkopf kichernd zu Wort und zog Scarlett einfach mit. Sie warf mir einen kurzen Blick über die Schulter zu, als Sean die beiden vorbeiließ und ich wünschte, ich hätte sofort hinterherstürmen können.

»Ich gehe mit«, knurrte Ethan, als ich mich zu ihnen stellte und Sean so lange im Blick behielt, bis er zwischen den Menschen verschwand.

»Wo ist Madison?«, fragte ich die beiden, nachdem auch Ethan in der gefüllten Bar verschwunden war.

»Bei guten Freunden von Sean«, seufzte Logan. »Sie wollte unbedingt bleiben, als wir rausgegangen sind.«

Ein mulmiges Gefühl breitete sich in meinem Magen aus und ich biss die Zähne zusammen, um nicht in den Laden zu stürmen, alle herauszuzerren und so schnell es ging zu abzuhauen.

»Und?«

Verwirrt blinzelte ich einige Male und schaute zu den beiden Jungs, die mich neugierig musterten.

»Was und?«

»Scarlett und?«, half Ryan mir auf die Sprünge.

»Ähm«, murmelte ich, vergrub die Hände in den Taschen, da sie plötzlich schweißnass waren, und warf einen Blick auf meine Schuhe. Nervosität überfiel mich gnadenlos und meine Kehle wurde trocken.

Was zum Teufel sollte ich sagen? Ich hatte gehofft, dass wir das Thema mit einem Nicken abhaken würden, aber scheinbar hatten die beiden da andere Vorstellungen.

»Ihr habt es getrieben«, stellte Ryan fest.

»Verdammt, dein Ernst?« Logan riss überrascht die Augen auf und seine Mundwinkel verzogen sich. »Dann war's ja doch gut, dass ich dir Gummis zugesteckt habe.«

»Du hast ihm welche gegeben?«, wandte Ryan sich verwundert lachend an ihn.

»Er wollte keine, weil er meinte, dass da eh nix Großes laufen würde.«

»Ich hatte das auch wirklich nicht so geplant«, zischte ich leise und warf einen Blick zur Tür, aus Angst, dass Ethan plötzlich auftauchen könnte.

»Und? wie war's?«

Ich hasste Ryan.

Mit einem Seufzen fuhr ich mir durchs Haar.

»So schlimm?«

»Ich hätte es eher als gut gedeutet«, widersprach Logan ihm.

»Ihr seid schlimmer als eine Horde sechzehnjähriger, pubertierender Mädchen«, fluchte ich und wünschte mir irgendetwas, das dieses Gespräch beenden würde.

»Jetzt hör auf, dich zu beschweren, und antworte«, gab Logan gelangweilt zurück.

Zwei Augenpaare starrten mich abwartend an und ich wusste, dass ich meine Antwort bereuen würde. Allerdings musste ich es dringend loswerden und am liebsten hätte ich mich mit beiden – so verrückt es klingt – irgendwo hingesetzt und über alles gesprochen.

»Es war unfassbar gut. Ernsthaft. Ich kann mich nicht erinnern, jemals so guten Sex gehabt zu haben«, gab ich mit einem Seufzer zu.

»Echt?«

»Es war der Wahnsinn«, bestätigte ich Ryans Frage.

»Und was ist das jetzt zwischen euch?«

Warum musste mein Bruder manchmal Fragen stellen, auf die ich selber noch keine Antwort hatte?

»Wenn ich das wüsste«, murrte ich und spürte einen dicken Kloß im Hals.

»Wir sollten langsam reingehen, ehe Ethan Sean umbringt. Außerdem habe ich kein gutes Gefühl, wenn wir die alleinlassen«, meldete Logan sich zu Wort.

»Also, wenn der Sex echt so unglaublich war, sollte ich mich vielleicht auch mal verlieben.« Ryan legte nachdenklich die Finger unter das Kinn.

»Gut, ein weiterer Grund, so schnell wie möglich reinzugehen«, fügte Logan kopfschüttelnd hinzu. »Und wir reden später.«

Keine Ahnung, ob das eine Drohung oder ein Versprechen war. Ich persönlich hoffte auf Letzteres.

Sean baggerte sie hemmungslos an und es ging ihm am Arsch vorbei, dass Ethan kurz davor war, ihn zu erwürgen. Im Gegenteil. Es stachelte ihn noch mehr an. Und ich hätte alles dafür getan, neben ihr sitzen zu können. Stattdessen hatte ich den letzten freien Platz neben Kayla ergattert, die mir davon vorschwärmte, wie fantastisch es war, mit Ethan Zeit zu verbringen. Kein Thema, über das ich gerne viel erfahren wollte.

Also hörte ich mit einem Ohr hin, nickte hin und wieder und gab kurze Kommentare ab, während ich Scarlett mit Blicken festhielt, bereit, Sean die Gedärme herauszureißen, sollte er sie anfassen.

Ich konnte nicht sagen, ob ich Scarlett für ihr Verhalten den Kopf abrupfen oder sie küssen sollte. Sie versuchte Sean gegenüber höflich zu sein, um Ethan vor weiteren Provokationen zu bewahren, ging gleichzeitig auf Distanz und verhielt sich eiskalt.

Natürlich wäre es mir am liebsten gewesen, wenn sie ihm einen Drink über den Kopf gekippt und sich dann um meinen Hals geworfen hätte.

Utopisch, aber eine schöne Vorstellung.

»Ich hole mir noch ein Bier«, murmelte ich zwischen Kaylas Worten. Sie stockte kurz, erwiderte etwas, während ich aufstand.

Ich musste wenigstens kurz aufhören sie anzustarren und einen einigermaßen klaren Kopf bekommen. Vielleicht war es keine brillante Idee, Alkohol zu trinken, aber ich konnte unmöglich nüchtern mit ansehen, wie Sean sie so anmachte.

Auch ich hatte eine Eifersuchtsgrenze, und obwohl Scarlett eine deutliche Grenze zog, brodelte es in meinem Magen. Und zwar auf einer Skala, deren Höhe ich nicht für möglich gehalten hätte.

»Du hast es echt geschafft, deine Augen von ihr loszureißen?«

Mein Kopf wirbelte zu Madison herum, die sich entspannt an den Tresen lehnte und dem Barkeeper mit Handzeichen deutlich machte, dass sie ein Bier wollte.

»Wovon sprichst du?«, versuchte ich sie zu verunsichern. Doch der Blick, den sie mir zuwarf, gab mir klar zu verstehen, dass es keinen Sinn hatte ihr etwas vorzumachen. Sie schnalzte belustigt mit der Zunge und schüttelte den Kopf.

»Es ist wirklich süß, wie ihr das versucht zu verstecken, aber lass dir eins gesagt sein: Ich kenne Scarlett gut genug, um zu wissen, wenn sie bis über beide Ohren verschossen ist.«

Falscher Moment, aber in meiner Brust zog sich etwas vor Aufregung zusammen.

»Und ich bin auch nicht ganz doof. Wundert mich, dass Ethan zu blöd ist zu kapieren, dass da was zwischen euch läuft.«

»Da läuft nix«, kam es zu schnell von mir, woraufhin ich mir auf die Zunge biss.

Ein breites Grinsen zierte ihre Lippen, als sie nach dem Bier griff.

»Natürlich«, lachte sie augenverdrehend. »Lass dir nur eins gesagt sein: Brich ihr nicht das Herz. Das hat sie nicht verdient.«

Meine Finger klammerten sich um die Flasche, die vor meiner Nase landete.

Hatte es einen Sinn, es vor Madison zu leugnen?

Wohl eher nicht.

»Habe ich nicht vor«, murmelte ich. Madison gab mir einen Klaps auf die Schulter und schenkte mir ein herzliches Lächeln.

»Das wollte ich hören.«

»Ich hoffe, du behältst das für dich?«, fragte ich mit einem Blick auf den Tisch, an dem vertraute Gesichter waren, die nicht besonders glücklich aussahen.

»Keine Angst, diesmal halte ich mich raus«, versprach sie und nahm ihr Bier. Eine Sekunde zögerte sie, musterte mich von oben bis unten. »Ich nehme an, ich muss dir nicht mehr erklären, dass ich dich umbringe, wenn du ihr wehtust? Du weißt schon. Dieses Knochen-brechen-Zeug und so?«

»Ist angekommen«, grinste ich, woraufhin sie langsam nickte und sich umdrehte.

Ich schluckte schwer, als ich die Leute betrachtete, die dort saßen.

Mittlerweile gab es nur noch zwei Personen an dem Tisch, die nichts von Scar und mir wussten.

Dabei waren es diejenigen, die es eigentlich als Erste hätten erfahren müssen.

Plötzlich stand Sean auf und hielt Scarlett die Hand hin. Er sagte etwas mit seinem charmantesten Grinsen, was seine Freunde am Tisch zum Lachen brachte.

Galt es als Mord, wenn ich jemandem im Fallen ein Messer in den Magen rammte?

Sie zögerte einen Moment, ignorierte Ethans Blicke, der die Hände bereits zu Fäusten geballt hatte. Dann zuckte sie mit den Schultern und legte ihre Hand in seine. Als hätte er darauf gewartet und mich die ganze Zeit im Blick behalten, wanderten seine Augen zu mir. Das Funkeln, das darin stand, war alles andere als freundlich und mein Magen sagte mir, dass er eine Vermutung hatte, was zwischen uns lief.

War es denn wirklich so verflucht offensichtlich?

Er zog sie hinter sich her und wirbelte sie mit einer geschickten Bewegung herum, sodass sie ganz dicht vor ihm stand. Seine dreckige kleine Hand, die abgeschlagen werden sollte, landete viel zu tief auf ihrer Hüfte. Ethan hatte einen dunklen Rotton angenommen, von dem ich mir sicher war, dass meine Ohren ihn auch hatten.

Die langsame Musik wurde noch etwas ruhiger und das Licht schummrig. Ohne mich aus den Augen zu lassen, wanderte sein Mund an ihr Ohr und er sagte etwas. Ja, ich wünschte, ich könnte es hören, was wahrscheinlich zur Folge hätte, dass ich ihm die Zunge rausreißen würde. Seine Hand wanderte ein Stück tiefer.

Gut, es reichte.

Doch bevor ich aufspringen konnte – und in diesem Moment wäre es mir egal gewesen, was Ethan gedacht hätte – löste Scar sich bestimmt von ihm. Mit einem gezwungenen Lächeln sagte sie etwas, brachte ihn mit ausgestreckten Armen auf Abstand, nur um gleich darauf auf dem Absatz kehrtzumachen und davonzustürmen.

Mit einem widerlichen Grinsen starrte er ihr auf den Arsch und ich hätte ihm dafür mindestens einen Kinnhaken verpassen sollen, aber zuerst musste ich mich um Scar kümmern. Außerdem würde das mit dem Verprügeln bestimmt Ethan übernehmen.

Ich ließ das Bier stehen und folgte Scarlett, die sich ihren Weg zwischen zwei Kerlen hindurchbahnte. Die Anspannung war ihr anzumerken. Obwohl ich nur ihren Kopf und die Schultern sah, wusste ich, dass sie wütend war.

Ich hoffte für Sean, dass es nicht allzu schlimmes war, was er ihr gesagt hatte.

Scarlett verschwand um eine Ecke zu den Toiletten, rempelte dabei eine junge Frau an, die schimpfend den Lippenstift in ihre Tasche steckte. Ich ging ihr gekonnt aus den Weg, bog ebenfalls ab und sah die Notausgangstür, die langsam zufiel. Doch bevor das geschehen konnte, war auch ich nach draußen gestürmt.

»Ich hasse ihn!«

Scar wedelte aufgebracht mit den Armen durch die Luft und das kühle Gesicht, das sie die ganze Zeit über beibehalten hatte, war einer zornigen Miene gewichen.

»Das ist ein absoluter Ekeltyp. Wie konntest du mit so einem befreundet sein?!«, wollte sie energisch wissen und deutete anklagend mit dem Finger auf mich, während die Tür hinter uns zufiel.

»Ich meine, geht es noch abartiger? Er hat vorgeschlagen, dass wir's auf der Toilette treiben. Warst du mal auf einer der Toiletten hier? Es ist so dermaßen widerlich, dass ich mich zurückhalten musste, um ihm nicht auf die Füße zu kotzen und dann eine zu verpassen.«

Ihre Augen glitzerten von Wut.

Und das Einzige, woran ich denken konnte, waren ihre hübschen Lippen.

Ja, eine innere Stimme sagte mir, dass es eine dämliche Idee war. Aber das war mir in dem Moment mit ein wenig Alkohol im Blut egal.

»Oh und ich hoffe, dass Ethan jetzt keine Dummheiten anstellt, denn…«

Weiter kam sie nicht. Ich hatte einfach den Meter Abstand zwischen uns überbrückt, sie an mich gezogen und meine Lippen auf ihre gelegt. Mein Herz sackte erleichtert nach unten, als sie verstummte und ihre Hände sich auf meine Brust legten. Ich schmeckte den Cocktail, den sie getrunken hatte, und spürte sofort, dass sich etwas in meiner Hose bewegte. Doch das Gefühl hielt nicht mit dem klopfenden Herzen mit, das mir beinahe aus der Brust sprang, als sie leise seufzte.

»Tja«, murmelte ich, während Scarlett überrascht nach Luft schnappte und mich mit großen Augen anschaute, »dann werde ich mir wohl doch einen anderen Ort für unseren Quickie aussuchen müssen.«

»Du bist so ein Idiot.«

Hatte ich jemals erwähnt, dass ich ihr Lächeln liebte?

»Was hältst du davon, wenn wir einfach verschwinden und das Arschloch hierlassen, das sowieso keine Zähne mehr hat, wenn dein Bruder mit ihm fertig ist.«

»Klingt gut«, flüsterte sie, als ihre Augen zu meinen Lippen wanderten.

Ich konnte nicht loslassen und dem Drang widerstehen. Zu präsent war das, was vor wenigen Stunden passiert war und mich auf eine neue Ebene des Sex-Himmels befördert hatte. Ich überbrückte das letzte Stück zwischen uns, legte meine Hand auf ihren fantastischen Hintern, der mir alleine gehörte.

Sie vergrub ihre Finger in meinen Haaren, zog mich noch etwas näher. Wir taumelten einige Schritte, bis sie mit dem Rücken an der Wand stand. Ich schob meine Zunge in ihren Mund, ließ meine Hand unter ihr Shirt huschen.

Ein Prickeln jagte durch meine Finger, als ich über die zarte Haut fuhr und sie genüsslich in meinen Mund seufzte.

»Was zur Hölle macht ihr da?!«

Als hätte ein Blitz zwischen uns eingeschlagen, sprang ich zurück und schaute zu der Notausgangstür, wo Ethan mit weit aufgerissenen Augen und böser Miene stand.

Scheiße.

Mehr fiel mir dazu auch nicht ein.

46. Scarlett

»Sag mir, dass das ein dämlicher Scherz ist, Zac!«, fauchte Ethan.

Innerhalb einer Millisekunde hatten sich die Verwirrung und das Erstaunen in puren Zorn gewandelt, den ich bisher noch nie zu Gesicht bekommen hatte.

»Ethan…«, versuchte ich seine Aufmerksamkeit auf mich zu lenken, doch mein Bruder hatte nur noch Augen für seinen besten Freund, der abwehrend die Hände hob.

»Lass uns da in Ruhe drüber reden.« Zacs Stimme war sanft, doch ich glaubte, er hätte in einem Engelskostüm stecken können und Ethan hätte sich trotzdem nicht eingekriegt.

»Worüber willst du in Ruhe reden?!«, schrie er seinen besten Freund an. »Darüber, dass du dich an meiner kleinen Schwester vergreifst?«

»Das ist alles nicht so, wie es aussieht.«

»Also hast du ihr gerade nicht die Zunge in den Hals geschoben und sie befummelt wie ein notgeiles Arschloch.« Zac presste die Lippen zusammen und warf einen kurzen Blick zu mir.

»Ethan«, wandte ich mich energischer an meinen Bruder, der aufgedreht herumwirbelte.

»Sei still, Scarlett. Zu dir komme ich später«, fuhr er mich an, ehe er sich wieder Zac zuwandte. »Also, Zac, *mein bester Freund*, worüber möchtest du jetzt mit mir reden? Darüber, dass du sie gerne vögeln willst?« Er spuckte die Worte nur so aus und ich konnte in Zacs Augen sehen, dass es ihn verletzte, so von meinem Bruder angegangen zu werden.

»Verdammt, hör auf mit dem Scheiß, Ethan!«, brüllte ich, doch die beiden Männer waren in einem Blickduell gefangen. Ich lief zu meinem Bruder und packte ihn am Arm.

»Das ist nicht dein Ernst.«

Er ignorierte mich, starrte nur noch Zac an, der ertappt den Blick senkte.

»Dürfte ich bitte auch was dazu sagen?!«, versuchte ich mich verzweifelt und mit klopfendem Herzen dazwischenzudrängen. Allerdings schien ich nicht länger zu existieren.

»Sag mir, dass das ein Scherz ist, Zac«, fluchte Ethan und machte einen Schritt zurück, bei dem er mich beiläufig abschüttelte. Und dann flog ohne Vorwarnung die Faust meines Bruders nach vorne und kollidierte mit voller Wucht mit Zacs Kiefer.

Mein Schrei mischte sich mit Zacs Fluch, der zur Seite taumelte und sich das Gesicht hielt.

Mein Magen zog sich schmerzhaft zusammen und Tränen bahnten sich den Weg aus meinen Augen.

»Ethan, bitte«, kam es verzweifelt aus meinem Mund. Mein großer Bruder hatte sich vor Zac aufgebaut, der sich mit der Hand das Blut von der Lippe wischte.

Das hier war ein einziger Alptraum.

»Wir fahren.«

Es war das erste Mal, dass er mir einen Befehl entgegenfeuerte.

»Warum fragst du mich nicht mal?!«, schrie ich ihn an.

»Warum? Weil du, was Kerle angeht, nicht zurechnungsfähig bist«, knurrte er und packte mich am Arm.

»Hey, was macht…« Ryans Stimme verstummte, als sein Blick auf Zac fiel. Ethan beachtete keinen der Anwesenden, zerrte mich wie ein Kleinkind hinter sich her.

Adrenalin schoss durch meinen Körper, während Tränen erbarmungslos über meine Wangen liefen. Schluchzer schüttelten mich und sorgten dafür, dass ich das ein oder andere Mal stolperte. Hätte Ethan mich nicht so fest gehalten, wäre ich mehrmals auf dem Boden gelandet.

Und dort hätte ich mich einfach zusammengerollt und wäre liegen geblieben.

Kein Wort kam aus meinem Mund, als wir die Bar verließen und beinahe zu Zacs Elternhaus rannten. Statt hineinzugehen, steuerte er den Truck an und schob mich bestimmend auf den Fahrersitz.

»Meine Sachen«, krächzte ich mit trockener Kehle.

»Kayla wird sich drum kümmern«, knurrte er, ohne mich eines Blickes zu würdigen. Mit voller Wut schlug er die Beifahrertür zu, was mich zusammenzucken ließ. Meine Finger krallten sich an den Saum meines Shirts und ich versuchte das schmerzhafte Ziehen in meinem Magen unter Kontrolle zu bekommen, doch bei dem Anblick meines zornigen Bruders erwies sich das als sehr schwierig.

Sobald er eingestiegen war, startete er den Motor und fuhr mit quietschenden Reifen los.

»Ethan, bitte lass uns das klären«, flehte ich meinen Bruder an, der sich in einen gefühlskalten Eisbrocken verwandelt hatte.

»Sei. Einfach. Still«, schnaubte er und klammerte sich am Lenkrad fest, bis seine Knöchel weiß hervortraten.

»Wo fahren wir denn hin?«

»Nach Hause«, zischte er, würdigte mich keines Blickes.

Und da wusste ich, dass ich jetzt in diesem Moment keine Chance hatte auf ein vernünftiges Gespräch.

Also lehnte ich die Stirn gegen die kühle Scheibe und ließ den Tränen freien Lauf, in der Hoffnung, dass der Schmerz in meiner Brust abnehmen würde.

Ethan hatte auf der Fahrt nach San Diego kein Wort gesprochen, mich nicht gefragt, ob alles in Ordnung war. Nein, er hatte stur auf die Straße geschaut, leise mit Autofahrern geschimpft und mich nicht angeschaut.

Und mein Kummer?

Der wurde nicht weniger.

Zwei Stunden Autofahrt und Schweigen hatten jedoch dazu geführt, dass sich Wut in mir aufgebaut hatte. Wie ein gigantischer Yenga-Turm, bei dem einige Steinchen fehlten, bereit, jeden Moment umzustürzen.

Denn mal ehrlich, warum war Ethan der Meinung, dass er darüber zu entscheiden hatte, mit wem ich was machte? Und seit wann wurde er so verflucht besitzergreifend? Was in Gottes Namen dachte mein großer Bruder sich bei seinem dermaßen beschissenen Auftritt?!

Mit quietschenden Reifen parkte er den Wagen im Halteverbot vor der Haustür.

»Aussteigen«, fuhr er mich an, bevor er vom Sitz glitt und die Tür hinter sich zuschlug.

Ich wischte mir mit dem Handrücken über die Wangen, um die Spuren der Tränen zu beseitigen, ehe ich die Tür öffnete und ausstieg. Mein Bruder starrte Löcher in die Luft und hielt die Haustür auf.

Ich würde ihm hier draußen keine Szene machen. Aber sobald wir oben waren, würde es Krieg geben.

Ich stampfte an ihm vorbei, ballte die Hände zu Fäusten und stieg so schnell wie nie zuvor die Treppen hinauf. Ethan wich mir dabei nicht von der Seite und ich konnte nicht sagen, wer in diesem Moment wütender war.

Vielleicht lag so was ja in der Familie?

Ethan rammte den zarten Schlüssel brutal in das Schloss, riss die Tür auf und machte eine deutliche Handbewegung, die mir sagte, dass ich schnellstmöglich meinen Arsch reinschaffen sollte. Ich feuerte im Vorbeigehen einen bösen Blick auf ihn ab, während in meinem Kopf das Sammeln der Argumente und Vorwürfe weiterging.

Ich war bereit für den Kampf und ich würde ihn gewinnen.

Zumindest dachte ich das, bis ich in das Wohnzimmer trat und mit einem Mal alles, was mir bis gerade durch den Kopf geschwirrt war, verpuffte.

»Warum…?!«, pfefferte Ethan los, doch auch seine Stimme versagte, als er neben mir stehen blieb und die bekannten Gesichter erkannte.

»Da seid ihr ja endlich«, kam es kühl von meiner Mutter, die sich vom Sessel erhob und uns arrogant musterte. »Wir haben lange genug auf euch gewartet.«

Und dann kam Chad aus der Ecke.

Das konnte doch nur ein Witz des Universums sein. Und ein ganz grottiger dazu.

»Es ist wirklich kein günstiger Zeitpunkt, Mum, und mal abgesehen davon würde mich interessieren, wie du in die Wohnung gekommen bist«, zischte Ethan im gleichen bösen Ton los, mit dem er mich zuvor angefahren hatte.

»Nicht jeder Hausmeister sagt zu einem Geldbündel Nein. Und was soll das heißen, kein günstiger Zeitpunkt? Ich denke, es ist absolut perfekt, um meine Tochter wieder mitzunehmen und von ihrem Höhenflug zu holen. Und du solltest eindeutig deinen Tonfall ändern«, fauchte sie ihren Sohn an.

»Wir sind nicht hier, um mit Ethan zu streiten«, erinnerte Chad meine Mutter, die einen lauten Seufzer von sich gab.

»Du hast recht. Also pack deine Sachen, Scarlett.«

»Sie wird ihre Sachen nicht packen. Ich habe nämlich noch einige Sachen mit ihr zu klären und ihr solltet zusehen, dass ihr verschwindet, bevor ich euch wegen Hausfriedensbruchs verklage.« Wütend baute Ethan sich auf und funkelte unsere Mutter zornig an.

»Oh und was hast du so Wichtiges mit ihr zu klären?«

»Das geht dich einen Dreck an.«

»Da ich ihr zukünftiger Ehemann bin, wird's mich aber was angehen«, fuhr Chad dazwischen.

»Ehemann?!«, kam eine sehr atemlose Stimme dazu. Ich wirbelte herum und mein Herz blühte auf, als ich die vertrauten braunen Augen sah, die misstrauisch Chad betrachteten. Bei dem Anblick seiner geschwollenen Lippe bildeten sich jedoch schlagartig hunderte Eiswürfel in meinem Magen.

»Oh, da ist also dein kleiner neuer Freund«, fauchte Chad mich an.

»Er ist nicht ihr Freund! Er liebt sie ja nicht mal und eine Beziehung kann er sich schon gar nicht vorstellen!«, schrie Ethan. »Oder, Zac?!«

Die Zeit hielt an.

Ich wusste nicht, wie lange, aber ich sah, dass er zögerte.

Mein Herz.

Es brach in tausend Splitter.

»Siehst du, Scar! Der Kerl ist nicht gut für dich. Genauso wenig, wie es die Lachnummer da ist!«

»Lachnummer?!«, wiederholte Chad verblüfft. »Wer von uns hängt denn in so einer abgeranzten Bude?!«

»Wenigstens zahlen wir unsere Miete selber.«

»Scarlett, pack deine Sachen«, warf meine Mutter dazwischen.

»Das wirst du nicht tun!«, hielt Ethan dagegen.

»Wir haben ja wohl mehr zu sagen in ihrem Leben als du!« Meine Mutter stellte sich so nah vor Ethan, dass ihre Nasenspitzen sich berührten, während mein Kopf ein einziges schwammiges Chaos war.

»Scarlett«, vernahm ich Zacs Stimme wie durch Watte.

»Wag es ja nicht, sie anzufassen!«, schaltete Ethan sich ein und drückte seinen besten Freund zur Seite.

»Verdammt, Ethan, lass uns gleich bitte in Ruhe reden!«, polterte nun auch Zac los.

»Oh, was für ein Kindergarten. Jetzt beeil dich.« Meine Mutter schnalzte genervt mit der Zunge.

»Du bist ja wohl eher die, die den Kindergarten leitet, und ich sagte doch, dass sie hierbleibt und ihr jetzt endlich ohne sie verschwindet.«

»Sie ist ihm aber leider schon versprochen.« Mit einer kurzen Handbewegung deutete meine Mutter auf Chad.

»Das Arschloch wird sie garantiert nicht bekommen«, knurrte Zac, der plötzlich neben mir stand.

»Halt. Dich. Da. Raus. Zac.«

»Ich sagte, wir reden gleich«, murrte Zac Ethan an, dessen Gesicht dunkelrot war.

»Verflucht, es gibt mit keinem von euch was zu reden!«

Und dann brach das ultimative Chaos aus.

Alle schrien und diskutierten wild durcheinander, während ich mit den gebrochenen Teilen meines Herzens dazwischenstand und jeden Einzelnen genauestens betrachtete. Keiner derjenigen nahm mich mehr wahr. Sie bissen sich aneinander fest, stritten sich, was ich tun sollte.

Nur wäre es nicht am einfachsten gewesen zu fragen, was ich wollte?

So schnell, wie die Wut verpufft war, flammte sie innerhalb einer Sekunde wieder auf. Und zwar auf jede der anwesenden Personen.

Ethan, der mir vorschreiben wollte mit, wem ich zusammen sein durfte.

Meine Mutter, die über meine Zukunft bestimmen wollte.

Chad, der mir befehlen wollte, was ich anzog.

Zac, weil er mir das Herz geraubt und es anschließend zerstört hatte.

Und zu guter Letzt auf mich selber, weil ich das alles mit mir machen ließ. Und das war wahrscheinlich das Schlimmste von allem.

»ES REICHT!« Meine Stimme hallte an den Wänden wider, ließ die Meute verstummen. »Warum fragt mich eigentlich keiner, was ich will?! Ist es so verflucht schwer? Dabei finde ich die Frage ›*Scarlett, was willst du eigentlich?*‹ wirklich simpel!«, schrie ich.

»Aber…«, setzte meine Mutter an. Doch der letzte Stein war bereits gefallen, hatte den Yenga-Turm zum Einsturz gebracht.

»Es gibt kein beschissenes ABER! Hört gefälligst auf, euch in *mein* Leben einzumischen. Nehmt euer eigenes, wenn ihr was verpfuschen wollt, aber ich habe keinen Bock mehr auf den Mist!«

»Scarle…«

»DU«, fauchte ich und deutete anklagend auf meinen Bruder, der überrascht die Augen aufriss, »bist kein Stück besser als der Rest hier, also sei einfach still.«

Meine Beine setzten sich in Bewegung, während ich fassungslos den Haufen anstarrte, der mir einst so wichtig erschienen war.

»Bitte«, hörte ich Zac leise sagen.

Das war der Moment, in dem ich zerbrach.

»Lass gut sein«, brachte ich durch zusammengebissene Zähne hervor, drehte mich um und stürmte aus der Wohnung. Hatte ich jemals gedacht, dass Tränen nur in einer begrenzten Menge zur Verfügung standen, so wurde ich heute bitter enttäuscht.

Es schien kein Ende zu nehmen und ich musste mich am Treppengeländer festkrallen, um nicht zu fallen, weil ich so eine eingeschränkte Sicht hatte. Im Rennen rempelte ich jemanden an, der einige Flüche von sich gab. Er rief mir etwas hinterher, doch da hatte ich bereits die Haustür erreicht und wurde von kaltem Regen in Empfang genommen.

Natürlich.

Warum hätte auch die Sonne scheinen sollen?

Ich rannte um mein Leben, versuchte den Frust, den Zorn und die Angst zu vertreiben. Eisiges Wasser prasselte auf meine Haut.

Einer Sache war ich mir leider sicher.

Das Rennen würde mein gebrochenes Herz nicht wieder zusammensetzen.

Es war ein Déjà-vu.

Wieder war ich alleine und hatte keine Ahnung, wohin. Nur war die Situation diesmal noch schlechter als damals. Denn ich hatte absolut nichts, und das brachte mich an einen neuen Tiefpunkt der Erbärmlichkeit.

Ich stand vor dem Tor, das zum Anwesen von Carol Miller führte.

Mit gebrochenem Herzen und verschmiertem Make-up.

Und die einzige Zuflucht, die mir einfiel, war die Frau, die mir damals schon geholfen hatte. Ich nahm an, dass alle mittlerweile eine Suchaktion gestartet hatten, und so gern ich Ryan mochte und wusste, dass er mich verteidigen würde, so hatte er doch keine Chance gegen die ganze Bande und würde es ihnen verraten, wenn ich bei ihm wäre.

Ich schluckte schwer und lief zu dem Wachmann, der wie schon letztes Mal in seinem Häuschen saß und einen Kaffee trank. Mit zitternden Händen klopfte ich an die Scheibe, die kurz darauf einen Spalt geöffnet wurde.

»Ich würde gerne zu Carol Miller«, krächzte ich in erbärmlichem Tonfall. Seine Augenbrauen zogen sich zusammen, während er mich einen Moment lang musterte. Ich war bereits auf eine Abfuhr gefasst, als die Tür des winzige Häuschens geöffnet wurde und er mir eine kleine Tüte hinhielt.

Wortlos nahm ich sie entgegen, während er das Tor entriegelte.

Ein Wachmann hatte mir aus Mitleid einen Donut geschenkt.

Sollte man mich je nach dem Tiefpunkt meines Lebens fragen, wäre dieser Moment die Antwort.

Ich brachte kein dankbares Lächeln zustande, ließ die kleine Tüte vom Regen in Beschlag nehmen und versuchte gar nicht mehr den Tropfen zu entkommen. Immerhin war meine Kleidung bereits klitschnass.

Der Kies knirschte unter meinen Füßen, als ich die Treppe hinaufstieg und wie ein Häufchen Elend vor der großen, pompösen Eingangstür stehen blieb. Meine Selbstachtung hatte sich schon vor Stunden verabschiedet. Von daher war es mir egal, was Carol Miller zu mir sagen würde. Ich hoffte nur, dass sie mich nicht sofort wegschickte.

Mit hängenden Schultern und einem stechenden Schmerz im Magen drückte ich die Klingel, nahm meine gesamte Selbstbeherrschung zusammen und verbot mir auch nur eine weitere Träne zu vergießen.

Die Tür ging auf und eine top gestylte Frau stand am Eingang, starrte mich einen langen Moment mit offenem Mund an, ohne etwas zu sagen. Hätte ich in den Spiegel geschaut, wäre mir wahrscheinlich auch nichts mehr eingefallen.

»Das Leben ist manchmal ziemlicher Mist, was?«, kam es nach einem endlos erscheinendem Augenblick von ihr. Ich brachte lediglich ein Nicken zustande, dann brachen alle Dämme und ich fiel in Carol Millers Arme.

Warum musste auch alles auf einmal passieren?

47. Zac

Sechs Tage.

Kein Lebenszeichen.

Es brachte mich um.

Zwar war ich mir sicher, dass ihr nichts passiert war, aber nicht ihr Lachen und ihre Stimme zu hören, trieb mich auf eine neue Stufe des Wahnsinns und so langsam musste ich einsehen, dass es auf Ethans Frage eine ganz einfache Antwort gegeben hätte.

Ja, ich liebte Scar.

Und ich hasste mich dafür, dass ich es nicht einfach gesagt hatte.

Stattdessen lebte ich jetzt mit meinem ehemaligen besten Freund in einer WG, der mich mit Schweigen strafte, genau wie meine ehemalige beste Freundin. Kayla schien mir das Ganze noch übler zu nehmen und ich war mir sicher, dass sie in ihrem Kopf schon den ein oder anderen Mordplan ausgeheckt hatte.

Und zwar nicht nur für mich.

Ryan und Madison bekamen die kalte Schulter der beiden genau so brutal ab wie ich, was zu einem sehr unangenehmen Arbeitsklima in der Bar führte. Und das spürten leider auch die Gäste, die uns stirnrunzelnd betrachteten, denn die lustigen Sprüche blieben seit dem Tag aus, als Scarlett sich aus dem Staub gemacht hatte.

Aber konnte man es ihr verübeln?

Ich hätte an ihrer Stelle bestimmt auch das Weite gesucht, wenn meine verrückte Mutter, mein brutaler Ex-Freund, mein aufgebrachter Bruder und der Typ, den ich gernhatte, darüber stritten, was ich zu tun und zu lassen hatte.

Und dann versemmelte ich Idiot dieses Liebesding auch noch.

Logan schickte mir fast täglich eine SMS, aber ich hatte keinen Schimmer, wie ich ihm das beibringen sollte. Er würde mir dafür den Kopf abreißen. Und Ryan und Madison waren ebenfalls kurz davor, denn Ethan hatte allen brühwarm erzählt, dass ich nicht auf seine Frage geantwortet hatte.

Kurz zusammengefasst gab es momentan also genug Leute, die mir den Hals umdrehen wollten, und wenn sie fragen würden, würde ich mich an der Aktion wahrscheinlich beteiligen. Zu verlieren hatte ich schließlich nichts mehr.

Brutaler als nötig riss ich einen Karton auf und pfefferte ein Stück davon auf den Boden.

Meine Laune war abgrundtief schlecht und nichts konnte das ändern.

Die Tür öffnete sich und irgendwer trat in das Lager. Da Gespräche nicht mehr an der Tagesordnung waren und ich auf weitere böse Blicke verzichten konnte, machte ich keine Anstalten, mich umzudrehen. Mit zusammengepressten Lippen fing ich an, die Flaschen aus dem Karton zu ziehen und in das Regal neben mir zu räumen.

Im Augenwinkel erkannte ich Kayla, die mit einem Zettel in der Hand vor einem Regal stand und etwas abhakte, während ihr Kopf sich hin und wieder kurz in meine Richtung drehte. Das Summen der Lampe mischte sich mit dem Klirren der Flaschen, die ich unsanft abstellte. Zwischenzeitlich ertönten das Kratzen eines Stiftes, der über Papier glitt, und das Reißen von Pappe.

Es war eine schreckliche Stille.

Früher hatten wir miteinander gelacht und geredet und jetzt fühlte ich mich wie ein Fremder. Ich unterdrückte einen Seufzer, riss noch ein wenig fester an dem Karton.

»Du hast es mir damals versprochen«, wurde die Stille plötzlich durchbrochen. Überrascht, dass jemand mit mir sprach, drehte ich mich um und fand eine aufgewühlte Kayla vor.

»Was?«, kam es mir verwirrt über die Lippen.

»Du hast mir damals hier, in diesem Lager, versprochen, dass du ihr nicht das Herz brichst und niemals etwas zwischen euch passieren wird«, erinnerte sie mich.

Super. Noch mehr Schuldgefühle.

Betreten senkte ich den Blick, biss mir auf die Innenseite der Wange.

»Also ist die logische Schlussfolgerung, dass du mich entweder damals schon angelogen hast oder dein Versprechen einfach gebrochen hast.« Ihre Augenbrauen zogen sich fragend nach oben und der drängende Blick ließ mich nicht los. »Lüge oder Versprechen gebrochen, Zac?«

Hatte ich etwas zu verlieren?

Nein, eigentlich nicht mehr.

Ich holte tief Luft und schluckte schwer, ehe die Worte meinen Mund verließen.

»Beides«, gab ich zu, »aber bevor du mich jetzt komplett verurteilst: Als wir die Unterhaltung hatten, habe ich gedacht, es wäre nur eine Phase und diese dämlichen Gedanken würden wieder verschwinden. Doch irgendwie ist dann alles Mögliche passiert und…« Ich verstummte.

»Und du hast meine beste Freundin gevögelt«, beendete Kayla in einem eisigen Ton meinen Satz.

»Nein«, widersprach ich heftig, »so war das nicht.«

»Soweit ich weiß, warst du mit ihr im Bett«, wurde ich angeklagt, konnte die Wut in ihren Augen aufblitzen sehen.

»Ja, das war ich, aber es war anders, okay?! Das war keiner dieser One-Night-Stand-Momente.«

»Was unterscheidet es denn von einem ONS?!«, polterte Kayla mich an.

Dass ich sie gezeichnet hatte.

Und jetzt wie ein kranker Stalker jeden Abend die Skizzen anstarrte und mich fragte, ab welchem Punkt alles schiefgelaufen war.

»Meine beste Freundin ist weg und hat nicht ein Wort darüber verloren, dass ihr was am Laufen hattet«, sagte Kayla mit brüchiger Stimme, während ihre Augen anfingen bedrohlich zu glitzern. »Dabei erzählen beste Freundinnen sich doch alles, oder?«

»Sie hat es dir nur nicht erzählt, weil sie Angst vor Ethans Reaktion hatte. Genau wie ich. Und falls es dir nicht aufgefallen ist, war das anscheinend berechtigt«, erwiderte ich sauer, ignorierte die Tränen, die über ihre Wangen liefen.

»Aber vielleicht wäre alles anders gekommen, wenn ihr von Anfang an ehrlich gewesen wärt!«

»Vielleicht, wer weiß!« Ich warf die Arme in die Luft. »Jetzt ist es sowieso zu spät.«

»Ja, und es fühlt sich ziemlich beschissen an von seinen beiden besten Freunden angelogen zu werden«, kam es bitter von Kayla. »Vor allem, wenn der eine der anderen das Herz bricht.«

Ich bekam einen letzten bösen Blick ab, dann knallte sie die Tür hinter sich zu, ließ mich mit hängenden Schultern und einem beschissenem Gefühl im Magen zurück.

Schade, dass Scar mir auch das Herz gebrochen hatte, ohne es zu wissen.

Mein Blick fiel auf eine Flasche Wodka, und ohne einen Gedanken an irgendwelche Folgen zu verschwenden, schraubte ich den Deckel auf und nahm einen großen Schluck.

Nicht besonders schlau, aber gerade das einzige Mittel, das in Reichweite war.

Ich hätte es wissen sollen. Langjährige Erfahrung hatte mich gelehrt, dass ich und Wodka nicht gut miteinander zurechtkamen. Mal abgesehen davon, dass das Zeug mich voll umhaute und ich auf dem Boden zwischen einer Menge Kisten saß, hätte mir klar sein müssen, dass die Gedanken in Bezug auf Scarlett nicht verschwanden.

Nein, sie brachten mich jetzt um, so wie in jener Nacht damals.

Und ich konnte an nichts anderes denken, als dass ich neben ihr liegen wollte.

In meiner Brust hatte sich ein schmerzhafter Knoten gebildet, der sich bei jedem Herzschlag enger zog. Leider half kein weiterer Schluck Alkohol, doch mein Hirn war nicht mehr in der Lage, das zu verarbeiten. Also setzte ich immer wieder an, ließ die düsteren Gedanken und Gefühle überhandnehmen.

Das hätten sie früher oder später sowieso getan.

Vielleicht wäre es auch an der Zeit, Logan mein absolutes Versagen zu beichten? So betrunken machte es mir wahrscheinlich weniger aus, wenn er mich zusammenstauchte, als wenn ich nüchtern wäre.

Ich rutschte ein Stück nach vorne, angelte mit den Fingerspitzen nach dem Handy in meiner Jeans. Umständlich zog ich es heraus, woraufhin es mit einem Klirren auf dem Boden landete. Ich stieß einen leisen, unverständlichen Fluch aus und rief meine Kontakte auf.

Scar

Ich verharrte in der Position.

Wie gerne würde ich mit ihr sprechen. Ihr eine Nachricht schreiben. Doch das würde nichts bringen. Kayla hatte das Handy in Scarletts Zimmer gelegt und dort befand es sich bis heute.

Ich schluckte, um den trockenen Mund etwas zu befeuchten, und scrollte weiter, während fiese Stiche sich über meinen Körper zogen.

Es war wesentlich schwerer den Namen anzutippen und schließlich noch *Anrufen* auszuwählen, als ich gedacht hatte.

Wahrscheinlich lag das auch am Alkohol, aber wen interessierte es schon.

Mich jedenfalls nicht.

Ein Piepen ertönte und ich legte den Kopf in den Nacken, griff ein weiteres Mal nach der Flasche, um meinem Mut etwas mehr auf die Sprünge zu helfen.

»Zac?«, hörte ich die vertraute Stimme am anderen Ende der Leitung und das kurze Bedürfnis zu lachen überkam mich, verschwand jedoch genauso schnell, wie es gekommen war, als mir einfiel, weswegen ich ihn sprechen wollte.

»Ich hb's verkckt«, presste ich zwischen zusammengebissenen Zähnen hervor und stellte die Flasche mit kribbelnden Fingern neben mich.

»Bist du betrunken?«

»Hast du nich gehörd, was ich gesgt hab?«, lallte ich in das Smartphone.

»Zac, was ist los?!«

Ich hatte ihn genau einmal in so einem Tonfall reden gehört. Und das war, als ich völlig neben mir aus dem Krankenhaus angerufen hatte, um irgendwem mitzuteilen, was mit Dad passiert war.

»Sie is weg und alle hassn mich.«

»Wo bist du?«

Ein Glucksen entwich mir, als er wieder so besorgt klang. Dabei war doch alles halb so wild.

»In der Bar, wo snst?«, lachte ich.

»Geht's dir gut?«, hörte ich Logan fragen.

»Bestns.«

Ich vernahm im Hintergrund Geraschel und Gemurmel.

»Kannst du mir mal Ethan geben?«

Jemand rammte ein Messer in meinen Bauch und schlagartig war meine Stimmung wieder im Eimer.

»Dr redt nicht mit mir.«

»Warum redet er nicht mit dir?«

»Ich hab doch gesgt, ich hbs versaut.«

»Mit Scarlett?«

Ich raufte mir die Haare, kniff die Augen zusammen und nickte langsam.

Verflucht.

Warum tat das so weh?

»Zac?«, hakte Logan nach und es dauerte einen Moment, bis ich begriff, dass er mich nicht sehen konnte.

»Ja«, murmelte ich leise.

»Versprichst du mir dort sitzen zu bleiben, wo du gerade bist?«

»Hab kein Grund zu gehen«, presste ich hervor und sackte etwas in mich zusammen.

»Gut, ich rufe dich gleich zurück.«

»Kay«, flüsterte ich in den Hörer, kurz darauf ertönte das Piepen und mein Bruder hatte aufgelegt.

Vielleicht machte er sich erst eine Liste mit den Dingen, die er mir vorwerfen wollte?

»Zac?!«, vernahm ich plötzlich Ethan und die Tür zum Lager wurde aufgerissen. Da stand er nun. Mein ehemaliger bester Freund mit einem Handy am Ohr und starrte mich an, als wäre ich ein Straßenköter, der sich in sein Reich verirrt hatte. »Gefunden«, murmelte er in das Telefon und legte auf, während Kayla, Ryan und Madison hinter ihm auftauchten.

Herrlich.

Jetzt fiel Logan mir auch schon in den Rücken.

»Was?!«, fuhr ich die Meute an, die mich verstört anstarrte. »Bin ich jtzt eure persönlche Freak-Show?«

Mit wackeligen Knien und der Wodkaflasche in der Hand kämpfte ich mich hoch und verfluchte meinen großen Bruder. Schwankend hielt ich mich an einem Regal fest und feuerte diesmal die bösen Blicke auf die Leute ab.

Keiner sagte ein Wort, während ich mich taumelnd in Bewegung setzte und den ein oder anderen – unabsichtlich –

dabei anrempelte. Ich prallte mit der Schulter gegen die Türzarge, als Ethan mich am Arm packte.

»Wie viel hast du getrunken?«, wollte er scharf wissen.

Ich schraubte die Flasche auf, die ich in der Hand hielt, und warf ihm einen provokanten Blick zu, ehe ich ansetzte und so viel trank, wie es ging. Zumindest, bis mir die Flasche aus der Hand gerissen wurde.

»Scheiße, Zac!«, schnauzte er mich an, doch ich hatte mich bereits bewegt und torkelte in den schmalen Flur. »Was soll das?!«

Ja, das war eine gute Frage.

»Was dnn? Soll ich dir jtzt meine Gründe nenn?«, fuhr ich ihn an, lehnte mich mit dem Rücken und grimmiger Miene gegen die Wand.

»Wäre vielleicht mal eine nette Abwechslung«, fauchte er.

»Ethan, sei nicht so böse«, vernahm ich Kaylas leise Stimme, was mir ein spöttisches Lachen entlockte.

»Als ob du besser wärst!«, feuerte ich gegen Kayla, die mich eben genauso angeschissen hatte wie ihr großer, lieber Freund. Der Lockenkopf zuckte ertappt zusammen und ich sah, dass ihre Augen rot und verquollen waren.

Ich gönnte es ihr.

»Beruhig dich, Zac.«

»Beruhigen?«, ging ich nun auch auf Ryan los. »Weswegen denn? Weil Gäste in der Bar sind oder weil ich euch auf den Sack gehe?«

»Zac…«

»Ich gehe euch allen doch am Arsch vorbei!«, redete ich mich weiter in Rage, spürte einen unsäglichen Schmerz über mich herfallen. »Also, warum steht ihr hier noch?!«

»Du gehst uns nicht am Arsch vorbei«, versuchte Ryan mich zu besänftigen.

»Ich bitte dich!«, fauchte ich. »Meine beiden besten Freunde sprechen kein Wort mehr mit mir und jeder von euch«, ich feuerte einen verschwommenen Blick auf die umstehenden Leute ab, die mal zu meinen Freunden gezählt hatten, »wünscht sich doch, dass ich verschwinde!«

»Das ist nicht wahr!« Ethans Stimme war laut geworden und er hatte einen Schritt auf mich zugemacht.

»Was? Willst du mir noch eine verpassen?«, lachte ich bitter. »Bitte! Schlag zu.«

»Ich will dich nicht schlagen.«

»Nicht? Soll ich dir noch mal erzählen, wie gut es war, deine Schwester zu vögeln?!« Wut schoss durch meine Adern und ich hasste mich dafür, dass die Worte aus meinem Mund kamen. Aber was machte es schon? Viel mehr verachten konnten weder ich noch andere mich.

Doch es blieb still.

Keiner sagte etwas.

Schwer atmend lehnte ich den Kopf an die Wand, spürte einen unfassbaren Schmerz, der sich um mich schlang.

»Ich wollte das nicht«, murmelte ich, als meine Knie dem Alkohol kapitulierten und ich zu Boden ging. »Ich wollte das alles nicht«, wiederholte ich und krallte mich an meinem Haar fest. »Ich wollte es nicht so, Ethan. Nicht so.«

Ich schloss die Augen.

Ein fataler Fehler.

Scarletts lachendes Gesicht blitzte auf, gefolgt von dem gekränkten, als ich sie das letzte Mal gesehen hatte.

Und dann gab ich auf. Ließ den Schmerz die komplette Oberhand gewinnen und fing an zu weinen.

Weil alles zu viel war.

Und ich wünschte, ich hätte einfach alles anders gemacht und nicht meinen besten Freund, meine beste Freundin und das Mädchen, das ich liebte, verloren.

48. Scarlett

Ein gebrochenes Herz zusammenzuflicken dauert. Und zwar länger als sechs Tage, die man in einem gigantischen Gästebett mit kiloweise Schokolade und traurigen Filmen zubrachte. Ja, ich suhlte mich in meinem eigenen Elend und der Trauer und es fühlte sich gut an.

Irgendwie.

Und irgendwie auch nicht.

Carol Miller war in den letzten Tagen zu meiner Ersatzmutter geworden und hatte darauf bestanden, dass ich mir mindestens eine Woche nahm, um alle blöden Gefühle rauszulassen und zu verarbeiten. Das waren auch weitaus mehr, als ich geahnt hatte.

Zu Beginn hatte ich mich schlecht gefühlt, weil ich sie überfallen hatte, und wollte am selben Tag wieder zurück. Sie hatte mich davon abgehalten und in dem Gästezimmer einquartiert.

Es gab nur eine Bedingung.

Ich musste ihr abends bei der Bewertung und Korrektur von Arbeiten helfen.

Es war eine fantastische Beschäftigung, die den Tag nicht komplett nutzlos erschienen ließ. Zum einen lenkte es mich von den tausend Splittern in meinem Herzen ab und zum anderen war es angenehm sich Plakate anzuschauen und darüber zu sprechen, ob der Entwurf, so wie er war, Sinn ergab.

Das ließ mich sogar verdrängen, dass keiner wusste, wo ich war. Zumindest ging ich davon aus, denn sonst hätte bestimmt längt jemand angeklopft und mich aus dem Haus gezerrt, nur um mich in das Leben zu stecken, welches derjenige sich für mich vorstellte.

Und da gab es mittlerweile einige Kandidaten.

Seufzend verdrängte ich den Gedanken an meinen Bruder und meine Mutter und widmete mich wieder den Plakaten, die an einer langen Wand hingen.

»Der Bezug zur Umgebung geht verloren«, murmelte Carol und strich sich nachdenklich übers Kinn.

»Das haben die definitiv besser gemacht«, wies ich auf das Plakat daneben. »Aber da ist die räumliche Gestaltung nicht komplett durchdacht.«

»Ich weiß auch nicht, warum die den Eingang da hingesetzt haben«, erklärte sie und deutete auf den Grundriss.

»Himmelsrichtung?«, schlug ich vor.

»Du meinst, dass der Eingang den ganzen Tag erhellt wird? Aber so was hätte man in den Erläuterungstext schreiben müssen.« Sie blätterte durch den Stapel Papier, den sie in der Hand hielt, auf der Suche nach dem richtigen Dokument.

Ich wollte gerade fragen, ob ich helfen sollte, als es an der Tür klingelte.

»Ich gehe mal schauen, wer das ist«, sagte ich zu der abwesenden Dekanin, die mit ihren Gedanken irgendwo im Architekturuniversum schwebte.

Vorsichtig legte ich die Bewertungsbögen beiseite und verließ das riesige Arbeitszimmer, in dem jedes Regal mit Modellen gefüllt war und in dessen Ecken überall zusammengerollte Pläne standen.

Ich lief durch den großen Flur, vorbei an dem Wohnzimmer und der Küche zur Haustür. Meine Schritte hallten an den Wänden wider, die mit Stuck verziert waren. In der Hoffnung, dass es nicht wieder ein Student war, der unbedingt über seine Benotung sprechen wollte – davon gab es mehr als genug –, öffnete ich die Tür.

Ich erstarrte und konnte nicht verhindern, dass meine Lippen sich zu einem erleichterten Lächeln verzogen.

»Dora!«, rief ich erfreut und fiel ihr um den Hals, ignorierte den Karton, den sie in den Händen hielt.

»Hallo Scarlett«, murmelte die ältere Frau und schenkte mir einen stolzen Blick, als sie sich von mir löste. Feine Fältchen legten sich dabei um ihre Augen, während die karamellfarbene Haut in der Sonne schimmerte. »Es ist so schön dich zu sehen.« Mit der Hand fuhr sie mir über die Wange und eine angenehme Ruhe breitete sich in mir aus.

»Woher weißt du, wo ich bin, oder wolltest du…«

»Ich habe Carol Miller angerufen und gefragt, ob du hier bist, nachdem deine Mutter und Chad wieder zuhause waren und sich über dich ausgelassen haben.«

Mein Herz zog sich etwas zusammen.

»Hast du mit meinem Bruder gesprochen?«

»Ich hielt das für keine so gute Idee nach dem, was ich von den beiden gehört hatte«, gestand sie.

»Ja«, stimmte ich gedehnt zu und senkte den Blick, während Dora mich lange musterte.

»Sie haben angefangen alle deine Sachen in den Müll zu schmeißen«, seufzte sie irgendwann und streckte mir den Karton entgegen. »Die Dinge, die dir noch wichtig sein könnten, habe ich heimlich abgezweigt und versteckt.«

Mit leicht zittrigen Fingern nahm ich den Pappkasten entgegen und starrte auf die Bilderrahmen und Erinnerungsstücke, die sorgfältig gestapelt worden waren. Ein Ziehen schoss durch meine Brust, als ich aufschaute und auf vertraute Augen traf.

»Sie haben meine Sachen entsorgt?«

»Ja und ich nehme an, dass sie verstanden haben, dass es das war. Sonst hätte Chad bestimmt nicht offiziell verkündet, dass er wieder Single ist.«

»Offiziell verkündet«, wiederholte ich langsam, während die Worte in meinen Kopf sickerten.

»Und deine Mutter hat angefangen alte, reiche Männer zu daten«, fügte sie lächelnd hinzu.

»Ekliger Gedanke«, kommentierte ich und verzog angewidert das Gesicht, woraufhin wir beide lachten.

Meine Brust füllte sich mit Zuneigung und ich presste die Erinnerungsstücke etwas enger an mich.

»Möchtest du noch reinkommen und was trinken?«, schlug ich hoffnungsvoll vor.

»Ein anderes Mal. Mr. Gear denkt, dass ich nur ein paar Sachen aus der Wäscherei hole und einkaufen bin.«

»Oh, okay«, murmelte ich ernüchtert.

»Aber ich verspreche dir, dass wir uns wiedersehen werden, Scarlett. Meine Nummer hast du ja.«

Ich brachte lediglich ein Nicken zustande. Dora beugte sich nach vorne und ich schloss die Augen, atmete ein letztes Mal den vertrauten Duft ein, als sie sich zu mir beugte und mir einen Kuss auf die Stirn gab.

»Pass auf dich auf, Scarlett, und denk immer dran, dass es jetzt vorbei ist und du tun und lassen kannst, was du willst.« Ein letztes Mal sah ich die Zuversicht, dann winkte sie, drehte sich um und stieg die Stufen hinunter.

Da ging sie hin.

Meine Vergangenheit wurde von der Dunkelheit verschlungen.

Zurückgelassen hatte sie nur einen Karton mit Erinnerungen und es tat furchtbar weh, dass mit Dora nicht nur Schlechtes aus meinem Leben verschwand.

»Scarlett?«, kam es plötzlich von hinten und ich entdeckte Carol Miller, die neben mich trat. »Wer war das?«

»Dora«, gab ich leise zurück, beobachtete, wie sie die Pforte passierte und nach links abbog.

»Alles gut bei dir?«, wollte die Dekanin wissen, starrte genau wie ich auf die Zufahrt.

Ich schluckte schwer.

»Mein Bruder wird stinksauer sein«, murmelte ich.

»Vielleicht ein wenig«, korrigierte Carol mich.

»Meine beste Freundin wird kein Wort mehr mit mir sprechen.«

»Briefe haben sich über eine lange Zeit bewährt«, warf sie ein.

»Und ich habe eine gewaltige Abfuhr kassiert.«

»Na ja. Er hätte dich auch schwängern und dann sitzen lassen können. Dagegen erscheinen eine Abfuhr und ein angeknackstes Herz doch ganz gut.«

Mir war nach Heulen zumute, aber bei den aufmunternden Worten zuckten meine Mundwinkel.

»Ich sollte nach Hause«, stellte ich mit schwerem Herzen und einem Wespennest im Magen fest.

»Ja, wahrscheinlich schon«, stimmte Carol Miller mit einem sanften Lächeln zu.

Überwindung bezeichnete nicht mal im Ansatz, was es kostete, dieses Haus zu betreten. Ich konnte nicht sagen, ob ich mehr Angst vor Zac, Kayla oder Ethan hatte. Wahrscheinlich war es eine Kombination aus allem zusammen.

Eine verfluchte Stunde hatte ich auf der anderen Straßenseite in der Dunkelheit gewartet und mit mir selber gerungen. Einige Passanten hatten mir schräge Blicke zugeworfen, weil ich Selbstgespräche geführt hatte, die eindeutig nicht von meiner geistigen Gesundheit zeugten. Und doch hatte ich es jetzt bis zur Wohnungstür geschafft, ohne jemandem zu begegnen, dem ich nicht begegnen wollte.

Allerdings hatte ich nicht länger eine Wahl.

Meinen Schlüssel hatte ich bei meinem stürmischen Abgang vergessen, genau wie so ziemlich alles andere. Mir blieb also keine Wahl, als das kleine Klingelschild zu drücken.

Du schaffst das.

Ich biss die Zähne zusammen, drückte schnell auf die Klingel und verschränkte hastig die Arme vor der Brust. Mein Herz drohte mir aus der Brust zu springen und die Sekunden zogen sich in die Länge. Schritte ertönten und dann ging die Tür auf.

Mit einer schnellen Bewegung quetschte ich mich in die Wohnung, warf keinen Blick auf die Person, die die Tür geöffnet hatte, und stürmte mit gesenktem Kopf in mein Zimmer. Ich schlug die Tür hinter mir zu und erstarrte.

Konnte ein Herz noch weiter splittern?

Jeder verfluchte Zentimeter des Raumes erinnerte mich an ihn, was zur Folge hatte, dass ich so eilig, wie ich hineingegangen war, wieder herausstürmte. Mit einem Kribbeln in den Fingern zog ich die Tür zu, ließ die Klinke los, als hätte ich mich verbrannt.

Leider fühlte es sich schlimmer an als jede Verbrennung.

Ein Gefühl der Hoffnungslosigkeit klammerte sich an meine Beine, zwang mich in die Knie. Ich hatte keine Kraft, dagegen anzukämpfen, und ließ mich mit einem dumpfen Knall auf den Boden im Flur fallen.

Warum hatte ich das nicht bedacht?

Ich absolut dämliches Stück.

Aus dem Augenwinkel sah ich, dass mich jemand beobachtete. Ich wartete auf Beschimpfungen, Schreie oder Vorwürfe, doch es blieb still. Mutlos betrachtete ich die Tür, verknotete die Hände und versuchte eine Lösung für mein Zimmerproblem zu finden. Leider gab es keine Lösung.

Also saß ich in dem Flur und starrte eine Tür an.

Erbärmlich.

Ein weiteres dumpfes Geräusch ertönte und plötzlich setzte sich jemand neben mich. Ich schluckte die Furcht herunter, die mich immer noch im Griff hatte, und versuchte alles um mich herum auszublenden.

»Hübsche Tür«, vernahm ich Madison nach einer langen Zeit.

»Ja«, kam es mir leise über die Lippen.

Und dann saßen wir beide einfach nebeneinander und sagten nichts mehr. Ich verlor das Zeitgefühl, ließ meinen wirren Gedanken freien Lauf, die bei Carol scheinbar viel eingedämmter gewesen waren. Hier schienen sie jedoch ihre volle Wirkung zu entfalten.

Ein weiteres Mal öffnete sich die Haustür und ich war mir sehr sicher, dass es diesmal Kayla war. Meine Schultern verspannten sich und ich wartete erneut auf böse Anschuldigungen, doch wieder blieb es still. Stattdessen schloss sich die Tür wieder, Schritte ertönten und dann setzte sich jemand auf die andere Seite neben mich.

Vielleicht, um mir die Flucht abzuschneiden?

»Du hast es mir nicht erzählt.«

Ein Messer bohrte sich schmerzhaft langsam in meinen Rücken bei Kaylas Worten.

»Ich dachte, wir sind beste Freundinnen.«

Die Traurigkeit in ihrer Stimme fühlte sich wie eine Rasierklinge an, die über meine Haut fuhr.

»Wir sind beste Freundinnen«, korrigierte ich leise, ohne den Blick von der Tür zu wenden. Eine Träne löste sich aus meinem Augenwinkel. »Bist du sehr sauer auf mich?«, wollte ich mit brüchiger Stimme wissen und blinzelte einige Male in der Hoffnung, dass die Tränen verschwanden.

»Er hat dir das Herz gebrochen«, stellte Kayla fest.

Oh, wie ich es hasste innerlich zu zerbersten.

Ich brachte nur noch ein Nicken zustande, presste die Lippen zusammen und ballte die Hände zu Fäusten.

»Ich glaube, die Tür braucht einen neuen Anstrich«, murmelte Kayla.

»Was hältst du von blau?«, schlug Madison vor.

Das hielt ich nicht aus. Meine Schultern begannen zu beben, während heiße Tränen über meine Wangen rannen. Verzweifelte Schluchzer mischten sich mit dem Gefühl der Erleichterung, als Kayla und Madison ihre Arme um mich schlangen.

Und es fühlte sich an, als wäre nichts gewesen.

Einfach drei Mädchen, die vor einer Tür saßen.

Wie immer.

49. Zac

Ich fühlte mich noch beschissener als vorher.

Mein Kopf explodierte, und dennoch war es nicht im Ansatz Strafe genug für meine eigene Dummheit. Eigentlich war ich alt genug, um zu wissen, dass Alkohol keine Lösung war. Eine nette Ablenkung zwischendurch, aber in meinem Fall wirklich unangebracht.

Und das war noch milde ausgedrückt.

Die Kaffeemaschine vor mir machte unaussprechlich laute Geräusche, die wie ein Hammer auf mein Hirn trommelten. Ich unterdrückte ein Stöhnen und schloss die Augen in der Hoffnung, dass der Schmerz nachließ.

Leider war das nicht wirklich der Fall. Stattdessen kam da dieser dämliche Liebeskummer hinzu, von dem man mir mal erzählt hatte. Der war schlimmer als jeder Zahnschmerz und fraß einen innerlich auf.

Ich konnte nur nicht abstreiten, dass ich es verdiente.

Die Tür von Ethans Zimmer glitt auf und ich biss mir auf die Zunge, schluckte das Schamgefühl herunter, das mich, seitdem ich wach war, begleitete. Denn zu meinem Leidwesen hatte der Alkohol nicht die Gehirnzellen vernichtet, die für mein Erinnerungsvermögen zuständig waren.

Ich konnte mich noch genau daran erinnern, wie ich angefangen hatte zu heulen und Ryan und Ethan mich nach Hause tragen mussten. Wie Kayla mich zugedeckt hatte und beruhigend mit mir gesprochen hatte.

Ja, ich war zu einer liebeskranken Heulsuse mutiert und jeder hatte es mitbekommen.

»Hey«, unterbrach Ethan meine Gedanken, als er neben mich trat und sich gegen die Arbeitsplatte lehnte.

»Morgen«, gab ich leise von mir, brachte es jedoch nicht über mich in sein Gesicht zu schauen.

»Wie geht's dir?«

Er war freundlich zu mir.

Dabei hatte ich das absolut nicht verdient.

»Du fragst noch?«, murmelte ich und nahm den Kaffee, um ihn Ethan zu reichen, der mich stirnrunzelnd musterte. Ich versuchte das auszublenden und lief zum Schrank, um mir eine neue Tasse zu holen.

»Ich kann das nicht.« Ethan knallte die volle Tasse auf die Arbeitsplatte, woraufhin etwas von der braunen Flüssigkeit über den Rand schwappte. Ich schluckte schwer, versuchte mich nur auf das Einschenken zu konzentrieren.

»Zac!«, rief er lauter, verpasste meinem Kopf einen weiteren Hammerschlag.

Wollte ich diese Unterhaltung, bei der er unsere Freundschaft beendete? Nein. Hatte ich es kommen sehen? Natürlich.

Mit Betonklötzen an den Füßen drehte ich mich um und zwang mich in das Gesicht meines besten Freundes zu schauen.

»Schon gut«, sagte ich mit fester Stimme, »ich gehe gleich packen.«

»Alter«, fluchte der große Kerl, von dem ich immer noch einen blauen Fleck am Kinn hatte, »wovon redest du?«

Verwirrt legte meine Stirn sich in Falten. »Davon, dass ich gleich packen gehen werde, damit du mein Gesicht nie wiedersehen musst.«

»Wie viele Gehirnzellen sind bei dir gestern bitte flöten gegangen?«, fluchte er.

»Ich…«, stotterte ich verwirrt herum und versuchte die rostenden Rädchen in meinem Kopf in Gang zu bekommen.

»Du wirst garantiert nicht deine Sachen packen«, befahl er und verschränkte die Arme vor der Brust. »Ich halte es einfach nur nicht mehr aus, dass wir nicht miteinander reden.«

»Du hast nicht mit mir gesprochen«, korrigierte ich.

»Ja, weil du Trottel dich an meine Schwester rangemacht hast, ohne es mir zu sagen!«

Eine Sekunde starrten wir uns schweigend an.

»Also, hätte ich dir erzählt, dass ich was von ihr will, hättest du mir brüderlich auf die Schulter geklopft und gesagt: ›Schnapp sie dir, Tiger‹?«, kam es sarkastisch über meine Lippen.

Ethan räusperte sich, fuhr sich mit der Hand durch das Haar, während ich abwartend meinen besten Freund betrachtete.

»Nicht ganz«, gab er zu.

»Nicht ganz? Du hättest mir jede meiner Gliedmaßen einzeln ausgerissen und das weißt du«, kam es bitter von mir.

Der sonst so große Kerl sackte ein Stück in sich zusammen.

»Gut, ich gebe zu, ich wäre bestimmt sauer gewesen.«

»Das ist noch untertrieben«, murrte ich und griff nach dem Kaffee, weil mein Kopf schmerzhaft pochte und dieses Gespräch nicht zur Linderung beitrug.

»Aber du bist mein bester Freund, Zac. Ich dachte, wir könnten über alles reden.«

»Was deine Schwester angeht, bist du leider etwas schwierig.«

»Ja«, stimmte er leise zu, »das hat sie mich ja auch deutlich wissen lassen.«

Da fiel es mir zum ersten Mal richtig auf. Ethan war am Boden zerstört. Auch wenn er die letzten Tage wie ein Eisklotz rumgelaufen war, konnte ich in diesem Moment sehen, wie verletzt er war. Er wirkte alt und traurig und wusste wahrscheinlich genau so gut wie ich, dass wir beide es verbockt hatten. Jeder auf seine Art und Weise.

»Falls es dich tröstet, ich hab's auch versaut«, versuchte ich ihn aufzubauen.

»Wir scheinen beide keine besonders guten Händchen zu haben, was Scarlett betrifft.« Ethan lächelte mich schief an, während ich an dem heißen Kaffee nippte.

»Scheint so.«

Dann wurde es wieder still. Vielleicht dachte Ethan daran, wie er es wieder mit Scarlett hinbiegen könnte, während ich mich fragte, was passierte, wenn sie ihm einen neuen Typen vorstellen würde. Dieser Gedanke brachte mich um. Ich konnte sie mir nicht mit jemand anderem vorstellen und schon gar nicht nackt.

Verflucht.

Ich wollte dieses Privileg alleine für mich.

»War sie nur ein bisschen Spaß für zwischendurch?«

Ich schaute auf.

»Nein, nicht eine Sekunde«, kam es ehrlich aus meinem Mund und ich konnte so etwas wie Erleichterung in seinen Augen aufblitzen sehen.

»Liebst du sie?«

Meine Kehle wurde trocken.

Musste er jetzt mit solchen Fragen kommen? Wenn ich einen Kater hatte und gerade halbwegs glücklich war, weil mein bester Freund mich nicht loswerden wollte? Musste er jetzt mit einem Zahnstocher in meinem Herz rumpiksen?

»Tut nichts mehr zur Sache, oder?«, brummte ich und klammerte mich an die Tasse in meiner Hand.

»Scheiße«, murmelte Ethan mit einem bösen Blick, »natürlich tut das was zur Sache.«

Konnte jetzt ein Klavier vom Himmel fallen und mich erschlagen? Das wäre weniger peinlich oder schlimm oder was auch immer.

»Ja, ich glaub schon«, sagte ich, ohne ihm in die Augen zu schauen. »Aber leider ändert das nichts an der Situation.«

Meinem besten Freund entfuhr ein langer Seufzer.

»Also los«, forderte er mich auf.

»Womit?«

»Wie ist das mit euch passiert?«

»Das weiß ich nicht mal selber«, gab ich zu und starrte auf die braune Flüssigkeit.

»Dann fang einfach von vorne an und erzähl mir auch die Sachen, die ich nicht weiß.«

»Um dann noch ein paar Kinnhaken zu kassieren? Nein, danke«, lehnte ich seufzend ab.

»Ich setze mich auf das gegenüberliegende Sofa und werfe mit Kissen, wenn ich denke, dass du es verdient hast«, schlug er lächelnd vor. »Aber wir müssen den Namen ändern. Nenn sie Lisa oder so.«

Ich dachte, es wäre ein Scherz, aber nichts an ihm unterstützte meine Theorie. Mit einer Ernsthaftigkeit im Gesicht, die mich einschüchterte, starrte er mich abwartend an.

»Okay«, stimmte ich dann leise zu, »aber du kriegst nur drei Kissen, und wenn die aufgebraucht sind, machen wir eine Pause.«

»Einverstanden.«

Und dann fing ich ganz vorne an und erzählte meinem besten Freund die komplette Geschichte.

»Ich fasse es nicht!« Ryans fröhliche Stimme schallte durch den Flur, als Ethan mich gerade mit drei Kissen hintereinander abgeworfen hatte. »Das Paar ist wieder glücklich vereint.«

»Nicht mehr lange«, fluchte mein bester Freund und ich schenkte ihm ein entschuldigendes Lächeln.

»Ich werde Logan die Eier abrasieren«, schimpfte er, als Ryan sich auf den Sessel zwischen uns fallen ließ und lächelnd zwischen uns hin und her schaute.

»Das mit dem Eierabrasieren verstehe ich nicht, aber…«

»Hätte Logan ihm kein Gummi gegeben, hätten die beiden nicht…« Ethan ließ die Worte in der Luft hängen und verzog leicht angewidert das Gesicht.

»Ich habe, ehrlich gesagt, viel früher damit gerechnet«, meinte Ryan nachdenklich und kratzte sich am Kinn, woraufhin er ein Kissen über den Kopf gezogen bekam.

»Du hast es auch gewusst, also glaub nicht, dass von heute auf morgen auch zwischen uns alles wieder in Ordnung ist«, klagte er Ryan an, der abwehrend die Hände hob. »Außerdem kann ich mich noch sehr gut dran erinnern, wie du sie angegafft hast.«

»Die Sache ist die«, erklärte Ryan und lehnte sich grinsend ein Stück nach vorne, »gevögelt hat letztendlich Zac sie.«

Diesmal griff ich nach dem Kissen neben mir und schleuderte es zu diesem Idioten, der lachend in Deckung ging, denn Ethan hatte ebenfalls ein Kissen in der Hand.

»Ich gebe doch auf!«, kapitullierte Ryan lachend und es tat wirklich gut ihn so zu hören. Die letzte Woche war mir wie eine Trauerfeier vorgekommen. »Meine Güte, ihr seid heute aber empfindlich«, seufzte Ryan und versuchte das elektrisierte Haar unter Kontrolle zu bekommen.

»Was machst du eigentlich hier?«, meldete Ethan sich zu Wort und sammelte die Kissen wieder ein, um sie griffbereit neben sich zu drapieren.

»Scarlett ist wieder da.«

Das Herz rutschte mir in die Hose und meine Lungen verweigerten die Arbeit. Während ich in eine Starre verfiel, sprang Ethan auf, bereit loszustürmen, doch da stellte sich Ryan gekonnt vor den Riesen, der blinzelnd stehen blieb.

»Ich denke, es ist keine gute Idee, runterzugehen«, sagte er mit entschuldigendem Blick.

Dabei war es doch klar gewesen.

»Sie will uns nicht sehen«, sprach ich das aus, was Ryan nicht wagte.

»Sagen wir mal so, sie ist nicht besonders gut auf euch beide zu sprechen.«

Ethan sackte etwas in sich zusammen. »Klar«, meinte er mehr zu sich selber als zu uns. »Warum sollte sie mich auch sehen wollen?«

»Das wird schon wieder«, versuchte Ryan ihn zu trösten und klopfte ihm aufmunternd auf die Schulter. »Sie ist gerade nur noch nicht so weit, um mit euch zu reden.«

»Sie wird nie wieder mit einem von uns reden«, stöhnte ihr großer Bruder und rutschte ein Stück tiefer, was ihn wie ein Häufchen Elend aussehen ließ.

»Oh doch. Mit dir garantiert. Bei Zac kommt es jetzt einfach drauf an.«

»Auf was?«, platzte es verwirrt aus mir raus.

»Na ob du Idiot ihr endlich sagst, dass du sie liebst.« Ich konnte fühlen, wie ich etwas blass wurde, und biss mir hastig auf die Zunge. »Ach komm, Zac. Hast du echt so lange gebraucht, um das zu kapieren?«, seufzte Ryan und schüttelte den Kopf. »Das hat doch jeder mitbekommen.«

Ethan räusperte sich lautstark.

»Fast jeder«, korrigierte er seine Aussage und rutschte, so weit es ging, von Ethan weg, der bereits wieder nach dem Kissen griff.

»War's echt so offensichtlich?«, hörte ich mich peinlich berührt fragen.

»Schon, aber du bist eben nicht immer die hellste Leuchte«, scherzte Ryan.

»Wir sprechen uns wieder, wenn du dich verliebst«, knurrte ich den Kerl an, der ein Lachen unterdrückte. »Das mit diesen Gefühlen ist nämlich nicht so einfach, wie es aussieht.«

»Ich melde mich bei dir, wenn's dazu kommt.« Er zwinkerte mir zu, was ein leichtes Brodeln in mir auslöste.

»Irgendwann ist er auch an der Reihe«, munterte Ethan mich auf. »Und dann lachen wir über ihn und seine Dummheit.«

»Darauf freue ich mich jetzt schon.«

»Da könnt ihr noch lange drauf warten«, erwiderte Ryan selbstsicher und lehnte sich entspannt zurück. »Was sind das eigentlich für Zeichnungen gewesen?«

»Zeichnungen?«, fragte Ethan skeptisch nach, während mir flau im Magen wurde.

»Ja, die von Scarlett.«

Ich. Würde. Ihn. Umbringen.

»Welche Zeichnungen von Scarlett?«

»Die auf seinem Schreibtisch«, antwortete Ryan verwundert, während ich heftig den Kopf schüttelte, doch da war Ethan bereits unterwegs in mein Zimmer. Genervt stöhnte ich auf, während das Rascheln des Papiers aus meinem Zimmer kam. »Er hat es gestern also nicht mitbekommen«, stellte Ryan mit bedauernder Miene fest.

»Sonst hätte er mich bestimmt schon drauf angesprochen«, brummte ich, als Ethan mit leicht rotem Kopf in das Wohnzimmer gestampft kam.

»Du hast meine Schwester gezeichnet?!«, polterte er los.

»Für ein Projekt!«, verteidigte ich mich.

»Was für ein Projekt?« Ich sprang auf und angelte nach meinem Buch, doch gegen Ethans lange Arme hatte ich keine Chance.

»Was für den Tag der offenen Tür«, gestand ich, »mein Prof hat sie für ein super Motiv gehalten und fand die Entwicklung gut.«

»Welche Entwicklung?«

Hatte der Himmel denn heute kein Mitleid mit mir?

»Das mit den Gefühlen«, knurrte ich und entriss Ethan den Skizzenblock.

»Gut«, vernahm ich Ryan, »das musst du jetzt noch etwas weiter ausführen.«

»Und ich will jede Zeichnung sehen!«, fügte mein bester Freund hastig hinzu.

Wahrscheinlich war der Tod angenehmer als das, aber die beiden ließen mir keine Wahl. Also ergab ich mich leise stöhnend dem Schicksal und packte alles aus, was ich von dem Mädchen gezeichnet hatte, das mir nicht aus dem Kopf ging.

Musste ich erwähnen, dass es schlimmer als jede Folter war, wenn die Erinnerungen in meinem Kopf auftauchten und ich wusste, dass sie mich gerade abgrundtief verabscheute?

Nach dem Verhör durch zwei meiner besten Freunde hatten wir einen Film angemacht. Mein Herz war in tausend Einzelteile zerlegt gewesen und wahrscheinlich fühlte sich jeder Streuner besser als ich mich, aber es war erledigt. Und es war ein fantastisches Gefühl, mit den beiden auf einem Sofa zu sitzen und zu lachen.

Leider lief der Alltag weiter, weswegen ich am Freitagmittag in die Uni musste, um dem guten Professor Brown bei der Korrektur und den Vorbereitungen für den Tag der offenen Tür zu helfen, der morgen stattfand.

Und zu meinem Leidwesen war er mehr als begeistert von den Skizzen.

»Die letzte ist eine deiner bisher besten Zeichnungen«, lobte er mich und ich konnte nichts dagegen tun, dass sich meine Wangen rot färbten. »Das wird eine wunderschöne Ausstellung«, freute er sich und legte die Skizzen ordentlich übereinander. »Kommt das Modell denn auch vorbei?«

»Eher nicht«, murmelte ich und sammelte die Utensilien zusammen, mit denen die Besucher morgen probehalber zeichnen sollten.

»Hat sie keine Zeit?«, hakte mein Lieblingsprofessor nach und beobachtete, wie ich die Sachen in einen Karton packte.

»Nein«, antwortete ich knapp und verdrängte die Tatsache, dass morgen hunderte Scarlett ohne ihr Wissen sehen würden.

»Schade«, murmelte Professor Brown und setzte sich wieder an seinen Schreibtisch. Er tunkte den Pinsel ins Wasser und fing an, eine Skizze mit Aquarell auszumalen. Ich holte tief Luft und schob weitere Gedanken an Scarlett und wie ich sie zurückgewinnen konnte beiseite. Darum würde ich mir nach der Arbeit hier noch genug den Kopf zerbrechen. Aber wenn ich Glück hatte – und so hatte es sich eben angefühlt –, würden mir Ryan und Ethan tatkräftig zur Seite stehen.

Ich öffnete die Tür und jemand schlug mir fast mit der Faust ins Gesicht.

»Achtung!«, rief ich und erstarrte, als mich zwei unfassbar schöne graublaue Augen anstarrten, die ganz langsam immer größer wurden.

Unschlüssig öffnete mein Mund sich, doch meine Stimmbänder versagten auf ganzer Linie, während mein Körper durch ein Elektrizitätswerk geschossen wurde. Tausend Ameisen krabbelten plötzlich in meinem Bauch und ich bekam keine Luft mehr.

Sag etwas!

»Ich…«, krächzte ich.

Für Scarlett schien es eine Art Startschuss zu sein. Sie machte auf dem Absatz kehrt und rannte davon, so schnell wie damals, als ich sie hier abgefangen und im Büro eingeschlossen hatte. Nur rannte sie diesmal nicht vor ihrem blöden Ex weg, sondern vor mir.

»Trottel«, schimpfte ich mit mir selber und schlug den Kopf gegen den Türrahmen.

Ich musste dringend mit ihr sprechen.

Irgendwie.

50. Scarlett

»Hat er was gesagt?«, fragte Madison, während ich von der Tafel Schokolade biss, die Kayla glücklicherweise für Gefühlsnotfälle versteckt hatte.

»Keine Ahnung. Ich habe mich umgedreht und bin weggerannt«, gab ich zu und bettete den Kopf auf den Tresen, nur um gleich darauf meine Arme drüberzulegen.

»Du bist weggerannt? Sehr erwachsen.«

»Lass sie«, verteidigte Kayla mich und strich mir vorsichtig über den Rücken. »Das ist manchmal halt nicht so einfach. Vor allem nicht, wenn man Liebeskummer hat.«

»Du hättest ihm lieber eine Ohrfeige verpassen und ihn anschreien sollen.« Madison schob mir ein Glas Wasser hin.

»Und dann hätte er dich bestimmt geküsst und gesagt, dass er dich auch liebt.«

»Natürlich«, brummte ich. »Mann, wie soll ich das denn hinbekommen. Er ist der beste Freund meines Bruders. Ich werde ihm nicht ewig aus dem Weg gehen können, aber…« Ich verstummte und schloss die Augen.

»Keine Angst, irgendwann wirst du schon über ihn hinweg… Aua!«, rief Madison, woraufhin ich den Kopf hob. Sie rieb sich den Arm und wurde von Kayla mit einem bösen Blick gestraft.

»Sie meint, dass das mit dem Liebeskummer auch wieder vergeht«, korrigierte Kayla mit einem liebevollen Lächeln.

»Sicher? Aktuell fühlt es sich nämlich so an, als würde ich ihn nie wieder anschauen können, ohne in Tränen auszubrechen.«

»Das wird wieder. Ganz bestimmt«, munterte auch Madison mich auf, als die Tür der Bar geöffnet wurde und die Gesichter meiner beiden Freundinnen einen leicht panischen Ausdruck annahmen.

Es gab genau zwei Möglichkeiten für diese Reaktion und sie hatten Namen.

Ethan oder Zac.

Und ich tippte auf Ersteres, weswegen ich eilig meine Jacke schnappte und dem Boden so viel Aufmerksamkeit schenkte, wie er sie schon lange nicht mehr bekommen hatte.

»Bin weg«, murmelte ich, als ich von dem Barhocker glitt.

Leider war ich nicht darauf gefasst, dass ich gegen eine große, starke Brust prallen würde. Ich hatte darauf gehofft, dass er mich in Ruhe lassen würde, bis ich auf ihn zukam, aber mein Bruder schien anderer Meinung zu sein.

»Bitte, lauf nicht weg.«

Es war der flehende Unterton in seiner Stimme, der mich innehalten und aufschauen ließ. Ich wurde von zwei großen Augen in Beschlag genommen, die eine Mischung aus Traurigkeit und Entschlossenheit ausstrahlten.

»Ich bin am Gehen«, presste ich hervor und versuchte mich an dem großen Kerl vorbeizudrängeln, der mit mir mitlief, es jedoch nicht wagte, mich anzufassen.

»Bitte, Scarlett. Ich muss dir etwas zeigen«, flehte er und presste die Lippen zusammen. »Es ist wirklich wichtig und wir müssen auf dem Weg auch nicht reden.«

»Auf dem Weg?«

Wo wollte er mich hinbringen?

Mein Bruder holte tief Luft und ignorierte Kayla und Madison, die sich schützend hinter mich stellten.

»Vertrau mir. Auch wenn ich das in eigentlich nicht verdient habe.«

Ja, verfluchter Mist. Er hatte es eindeutig nicht verdient.

»Du hast mich aus einer Bar gezerrt, in ein Auto gesteckt und anschließend versucht mir vorzuschreiben, was ich zu tun und zu lassen habe«, erinnerte ich ihn unsanft, was ihn leicht zusammenzucken ließ. Betreten senkte er den Kopf.

»Klingt noch viel beschissener, wenn man es ausspricht.«

»Und es ist noch beschissener, wenn es einem passiert«, feuerte ich weiter, verschränkte die Arme vor der Brust.

»Gut, das ist dann wohl unser Stichwort«, vernahm ich Madisons Stimme sanft neben mir. Ich spürte ihre Hand kurz auf meiner Schulter, ließ meinen Bruder nicht aus den Augen. Eigentlich fühlte ich mich hundeelend und wollte ihn wie ein kleines Kind schlagen, um die Wut zu bändigen, aber das würde ich nicht tun.

Ein wenig Würde wollte ich heute noch behalten.

Die Tür zum schmalen Flur wurde zugezogen und dann waren wir alleine. Ich streckte das Kinn etwas weiter in die Höhe, hielt dem traurigen Blick meines großen Bruders stand.

»Ich hatte Angst, dich zu verlieren.«

Ich blinzelte verwirrt, während meine Argumente und Vorwürfe langsam im Nirvana verschwanden.

»Es hätte wohl jeder Typ sein können«, gestand Ethan und senkte beschämt den Kopf. »Ich habe einmal erlebt, wie es ist, dich zu verlieren, und es war genug. Ich hatte einfach Schiss, dass du mit ihm abhaust oder mich abschreibst, verstehst du? Und ja, es war dämlich, kindisch und völlig daneben, aber ich hatte es in dem Moment einfach nicht unter Kontrolle und ich würde alles dafür tun, um es rückgängig zu machen.«

»Du bist so ein Idiot«, fluchte ich, blinzelte die Tränen weg, die schon wieder aufkamen. »Du verlierst mich doch nicht. Schon gar nicht an einen Typen oder eben…«, ich stockte und schluckte den Stein auf meiner Zunge mühsam herunter, »an deinen besten Freund«, beendete ich den Satz. »Für ihn war es ja eh nichts, also vergessen wir's.«

Ich wünschte, diese Worte würden sich nicht so falsch anfühlen.

»Klar«, murmelte Ethan zustimmend, zuckte mit den Armen und schien sich selber dran zu erinnern, dass er mich nicht berühren wollte. »Ich weiß, dass das noch ein wenig dauern wird, bis du nicht mehr sauer auf mich bist, aber könnte ich damit anfangen es wiedergutzumachen?«

»Jetzt? Mit dem, was du mir unbedingt zeigen willst?«

»Ja und ich lege meine Hand ins Feuer, dass du es nicht bereuen wirst.«

Ich schaute meinen großen Bruder an, der mich plötzlich wieder an den kleinen Jungen erinnerte, mit dem ich früher gespielt hatte. Der Junge, der mich beschützt und es eigentlich immer nur gut mit mir gemeint hatte.

»Okay«, stimmte ich leise zu und wusste im selben Moment, dass ich ihm verziehen hatte.

Immerhin hatte auch ich meine seltsamen Phasen gehabt und die hatte er mir auch verziehen.

»Was machen wir in der Uni?« Alarmiert flog mein Blick in jeden Gang und mein Körper war im Fluchtmodus.

»Komm einfach mit«, murmelte Ethan und schenkte mir ein ermutigendes Lächeln, während er mich zielstrebig durch die vertrauten Korridore führte. Im Gehen begutachtete ich die Modelle und Pläne, die man für den morgigen Tag aufgebaut hatte.

»Sicher, dass wir hier richtig sind?«, wollte ich wissen und schaute in den Gang hinter uns, als Ethan vor einer Ausstellungswand stehen blieb und ich beinah in ihn hineinrannte. Ich konnte gerade noch abbremsen und meine Nase vor einem brutalen Zusammenstoß mit seinem Rücken bewahren.

»Eins solltest du wissen«, behutsam umfasste er meine Oberarme und schaute mir wehmütig in die Augen. »Ich wollte immer nur, dass du glücklich bist. Und ich werde dir nie wieder im Weg stehen.«

Mein Magen rotierte nervös, als er mir einen Kuss auf die Stirn gab und mich dann losließ. Ohne ein weiteres Wort setzte er sich in Bewegung und ließ mich zurück, während er in dem leeren Gang verschwand.

Was zum Teufel sollte das?

»Das ist ein schlechter Scherz!«, rief ich in den Flur, in dem meine Stimme widerhallte. Doch ich erhielt keine Antwort. Nur die Stille blieb zurück und ich schüttelte den Kopf, drehte mich um und warf die Arme in die Luft.

»Was soll…«

Ich erstarrte.

Meine Lungen verweigerten den Dienst, während meine Arme langsam sanken und schlapp neben meinem Körper hingen.

Da war ich.

Überall an dieser großen Wand war ich.

In den unterschiedlichsten Situationen, mal grober gezeichnet und einmal ganz fein. Zwar konnte ich nicht alles zuordnen, doch das Bild in der Mitte war unverwechselbar. Ich saß auf einem Bett, hatte eine Decke um mich geschlungen und lächelte mit rosigen Wangen den Zeichner an.

Zac hatte diese Skizzen gemacht.

Allesamt.

Und ganz oben prangten zwei Worte.

Feeling. Love.

Mein Hals schwoll zu, als hätten zehn Wespen mich gleichzeitig gestochen, und mein Herz schlug erbarmungslos, als wollte es herausspringen. Ich trat einen Schritt näher heran, versuchte das, was sich hier befand, irgendwie in dem Chaos einzuordnen, aber es gelang mir nicht. Mit den Fingern strich ich über das Papier und ein Kribbeln jagte durch meinen Körper bei dem Gedanken, dass Zac es in den Händen gehalten hatte, um mich zu zeichnen.

Mich.

Warum?

Schritte ertönten, ließen mich herumwirbeln.

Und dann stand er dort im schummrigen Gang, starrte mich an, als wäre ich eine Halluzination. Keiner von uns sagte ein Wort. Ich hörte nur meinen unruhigen Atem und sah den Schock in seinen wunderschönen Augen, die mich zerfließen ließen.

Aber ich musste etwas sagen.

Irgendetwas.

Denn diesmal war Wegrennen keine Option.

»Du hast mich gezeichnet«, platzte es aus mir heraus und ich deutete unbeholfen auf die Wand, die mit mir übersät war.

»Ja«, sagte er gedehnt, machte keine Anstalten, sich zu bewegen.

»Wann hast du das gemacht?«, fragte ich laut mit trockenem Mund.

»Unterschiedlich«, gab er nervös zurück und räusperte sich.

Gott. Hatte er immer schon so verdammt süß ausgesehen?

Das Haar stand wild ab, die dunkle Jeans saß tief auf seinen Hüften und unter dem grauen Pulli trug er ein schwarzes T-Shirt. Selbst in der Dunkelheit schienen die kleinen feinen grünen Tupfer seiner Augen zu leuchten, obwohl er mindestens zehn Meter von mir weg stand.

Er schien über etwas nachzudenken, ehe er langsam auf mich zutrat. Immer noch verdattert bewegte ich mich keinen Zentimeter, während er näherkam und zwei Meter von mir entfernt stehen blieb.

»Das oben links habe ich gemalt, nachdem du damals bei Ethan aufgetaucht bist.«

Er deutete auf ein Bild, auf welchem ich mit spitzen Lippen und gehobenem Kinn in den Himmel schaute. Ich sah aus wie eine arrogante Schnepfe.

»Das daneben war auf der Party, als wir in der Badewanne gesprochen haben.«

Ja, das erkannte ich. Sein Fuß hing daneben und ich wirkte immer noch eingebildet, aber diesmal waren die Striche nicht so brutal und einer meiner Mundwinkel war nach oben gezogen.

»Das oben rechts ist aus der Nacht, in der ich dich in der Bar aufgegriffen habe. Du hast mir damals das mit Chad erzählt.«

Es war ein bitteres Bild. Etwas anderes fiel mir nicht dazu ein. Ich stand auf dem Tresen, um mich herum Hände und meine Haare wirbelten wild durch die Luft. Doch wenn man genauer hinsah, konnte man die Tränen erkennen, die über meine Wangen liefen. »Und das darunter ist, als du aus der Umkleide gekommen bist«, erklärte er.

So sah ich nicht aus. Zumindest hatte ich mich noch nie so gesehen. Ich lächelte sexy, hatte volle geschwungene Lippen und einen großen Ausschnitt. Größer als er in Wirklichkeit war.

»Das links daneben ist von dem Abend, an dem wir diese komische Penny-Wette gestartet haben«, fuhr er fort und deutete auf das Bild, auf welchem ich mit einem herausfordernden Grinsen die Münze hielt.

»Und das war nach unserem ersten Kuss.«

Meine Augen waren halb geschlossen und ich war wunderhübsch. Die Linien waren hier weicher und er hatte mit viel mehr Details gearbeitet.

»Das ist, nachdem wir unsere kleinen Streitereien aus der Welt geschafft hatten. Ich habe es fertig gezeichnet und dich dann auf der Straße gefunden, als du zu Chad wolltest. Erinnerst du dich?«

Ich brachte nur noch ein Nicken zustande, als ich mich selber betrachtete, wie ich mit einem himmlischen Lächeln an der Arbeitsplatte lehnte und mir eine Haarsträhne aus dem Gesicht strich.

Sah er mich wirklich so?

»Na ja«, fuhr er unsicher fort, »und das Letzte kennst du.«

Ja.

Das war, nachdem wir das erste Mal miteinander geschlafen hatten.

Ich brachte keinen Ton heraus. Was sollte ich auch sagen? Der Typ, der mir alles bedeutete, hatte mich seit unserer ersten Begegnung gezeichnet und ich hatte es nicht bemerkt.

»Ich kann sie wieder abhängen«, vernahm ich plötzlich seine Stimme. »Professor Brown wollte unbedingt, dass ich sie aufhänge, und ein paar habe ich noch zurückgehalten, ansonsten…«

»Die hast du wirklich gezeichnet?«, unterbrach ich ihn, konnte mein Herz nicht daran hindern, beinahe aus meiner Brust zu springen. Er nickte langsam und ich unterdrückte den Wunsch, ihm um den Hals zu fallen.

»Ethan hat dich hergebracht, oder?«, unterbrach er mein Gefühlschaos.

»Ja, er meinte, er müsste mir etwas Wichtiges zeigen.«

»Wäre nett gewesen, wenn er mich vorgewarnt hätte«, sagte er mit einem grimmigen Grinsen und fuhr sich unruhig mit der Hand durch das Haar.

»Warum hätte er dich vorwarnen sollen?«, fragte ich leise und wusste nicht, ob ich die Zeichnungen oder Zac anstarren sollte.

»Dann hätte ich ein wenig planen können, was ich sage.«

»Ist es denn wichtig?«

Seine Mundwinkel zuckten belustigt und er vergrub die Hände in den Hosentaschen, schaute einen Moment auf seine Schuhspitzen.

»Für mich gibt es momentan jedenfalls nichts Wichtigeres.«

Ich würde an einem Herzinfarkt sterben.

Heute.

In wenigen Minuten.

»Ich muss meine unausgesprochene Antwort zurückziehen«, erklärte er mit einem tiefen Seufzer.

»Die unausgesprochene Antwort«, murmelte ich nachdenklich, und als ich begriff, wovon er sprach, formten meine Lippen sich zu einem kleinen O. Er lächelte, als er es sah.

War ich schon im Himmel?

»Es gibt nur eine Antwort auf deine Frage, Scar«, sagte er leise, kam näher und zog etwas umständlich einen kleinen Penny aus der Hosentasche, den er mir hinhielt. »Also das ist mein größtes Geheimnis…« Er blieb direkt vor mir stehen und ich war mir sicher, dass er meinen Herzschlag hören konnte. »Ich liebe dich und ich will mit dir zusammen sein. Nur mit dir. Und das schon seit Langem.«

»Du liebst mich?«, flüsterte ich, als er seine Hand an meine Wange legte.

»Ja, Scar. Ich liebe dich.«

»Du hast mir das Herz gebrochen«, erinnerte ich mich selber und sah den Schmerz in seinen Augen aufblitzen.

»Ob du's glaubst oder nicht, aber du hast mir auch meins gebrochen.«

»Ich habe dir das Herz gebrochen?!«, rief ich überrascht aus.

»Du hast dich tagelang nicht gemeldet!«, hielt Zac dagegen.

»Nachdem du mir einen Korb verpasst hast!«

»Den ich dir nicht verpassen wollte! Und könnten wir jetzt bitte wieder zu dem wichtigen Thema zurückkommen?«

»Wichtiges Thema?«, wiederholte ich.

»Ich sagte: Ich liebe dich. Es wäre ganz cool, wenn ich eine Antwort bekäme, weil es wirklich beschissen ist auf eine Reaktion zu warten, wenn man gar nicht geplant hat, das so mitzuteilen.« Er schloss den Mund und stieß einen leisen Seufzer aus. »Ich liebe dich«, hauchte er.

In meinem Magen schlüpften schlagartig Millionen Schmetterlinge.

»Ich dich auch«, kam es mir leise über die Lippen, ohne dass ich darüber nachdenken musste.

Und dann überwand er den letzten Zentimeter zwischen uns, legte behutsam seine Lippen auf meine, als könnte ich zerbrechen. Dabei geschah in diesem Moment das genaue Gegenteil. Alles, was in den letzten Tagen zersplittert war, fügte sich Stück für Stück zusammen. Seine Hände strichen zärtlich über meine Wangen, als er sich von mir löste.

»Wo warst du eigentlich die ganze Zeit?«, wollte er wissen und legte seine Stirn an meine.

»Bei der Dekanin. Wir haben zusammen Arbeiten korrigiert«, erklärte ich, während er seine Hände mit meinen verschränkte.

»Hätte ich draufkommen können.«

»Und du?«

»Ich habe versucht im Lager deines Bruders meinen Liebeskummer zu ertränken.«

»Hat's geklappt?«

»Nein, nicht wirklich«, gestand er. »Und sollte dir jemals wer was darüber erzählen, dass ich geheult hätte: Glaub ihm nicht.«

»Du hast geheult?«

»Ich sagte doch, glaub ihm nicht. Ich hatte nur was im Auge«, korrigierte er mich, während ich ihn breit grinsend anstarrte.

»Du hast geheult«, wiederholte ich, als er sich mit einem genervten Grinsen nach vorne beugte.

»Sei einfach still, Scar«, flüsterte er, legte dann erneut seine Lippen auf meine und ließ mich spüren, dass ich absolut perfekt war, wie ich war.

Und das war das schönste Gefühl, das er mir geben konnte.

Epilog – Scarlett

Mein Finger schwebte einen Moment über dem Knopf für die Kamera. Ich schluckte die Nervosität herunter und holte tief Luft, ehe ich die Aufnahme startete. Der winzige rote Punkt blinkte, während ich mich selber auf dem kleinen Bildschirm betrachtete.

»Hallo zusammen«, fing ich an, »das hier ist keins dieser Ich-bin-wieder-da-Videos. Es ist eher ein Ich-bin-ab-jetzt-weg-Video.«

Ein kleiner Seufzer entwich mir und ich strich mir eine Haarsträhne hinter das Ohr.

»Ich möchte mich nur offiziell von euch verabschieden«, sagte ich langsam. »In meinem Leben hat sich in den letzten Monaten eine Menge geändert und ich habe festgestellt, dass mich andere Sachen als Videos und Fotos glücklich machen. Was genau das ist, werde ich euch nicht verraten, weil es *mein* Leben ist und es auch meins bleiben soll.«

Nachdenklich starrte ich auf die Aufnahme.

»Ehrlich gesagt gibt es nicht viel mehr zu sagen. Nur noch eins: Hört auf mit dem Versuch, perfekt zu sein. Das macht auf lange Sicht nicht glücklich und das ist etwas, was ich wirklich weiß. Ihr seid super, so wie ihr seid«, sagte ich leise und schenkte meinen zahlreichen Followern ein letztes Lächeln.

»Also macht's gut.«

Ich winkte ein letztes Mal wie gewohnt in die Kamera, ehe ich den kleinen Knopf drückte und die Aufnahme beendete.

Es fühlte sich seltsam an, und doch unfassbar gut, als ich sah, wie das Video hochgeladen wurde. Ich ignorierte die Benachrichtigungen, die überall aufblinkten, und klappte den

Laptop zu. Ich stieß erleichtert Luft aus und lehnte mich im Stuhl zurück.

»Geschafft?«, vernahm ich plötzlich eine leise Stimme hinter mir. Ohne die Augen von dem Laptop zu nehmen, nickte ich lächelnd. Zac legte seine Hände auf meine Schultern und drückte mir einen Kuss aufs Haar.

»Dann können wir jetzt los?«

»Ja, ich muss nur noch meine Schuhe anziehen«, erklärte ich.

»Es ist sicher alles in Ordnung? Wenn das zu viel ist, fahren wir wann anders zu meinen Eltern.«

»Es ist der Geburtstag von deinem Dad. Natürlich fahren wir«, protestierte ich und schlüpfte in meine Boots. Einen langen Moment schaute Zac mich an, als würde er noch abschätzen müssen, ob er sich auf meine Worte verlassen konnte. »Es geht mir gut«, beruhigte ich ihn und drückte ihm grinsend einen kurzen Kuss auf die Lippen.

Um ehrlich zu sein, ging es mir noch nie besser.

Und ich würde alles dafür tun, dass es so blieb.

Danksagung

Dass so viele Menschen an diesem Buch mitwirken würden, hätte ich nicht gedacht.

Zuerst sind da Mell und Marc, die überhaupt den Anstoß zu diesem Projekt gegeben haben. Ohne euch wäre das hier nie geschehen.

Dann geht ein gigantischer Dank an Kerstin und Chanti, die mir ganz wertvolle Tipps gegeben haben und deren Pingeligkeit mir enorm geholfen hat. Ich freue mich schon darauf, mit euch den nächsten Band zu überarbeiten!

Ebenso dankbar bin ich den Lesern, die während der Entstehung immer wieder Rückmeldung gegeben haben. Das war wirklich hilfreich!

Natürlich gibt es dann noch meine ganze liebe Familie, die mich in meinem Schreibwahn ertragen musste und mir wertvolle Inspiration ist.

Ein Riesendank geht auch an das Zeilenfluss-Team und besonders an Lisa, die mir mit Rat und Tat zur Seite stand. Ich freue mich schon mega auf weitere Projekte mit euch!

Und zu guter Letzt möchte ich jedem einzelnen Leser danken, der diese Geschichte liest.

Ich hoffe, ihr seid beim nächsten Teil dabei!